北鲲 /著

车者无疆

线装书局

图书在版编目（CIP）数据

车者无疆：较量/北鲲著.—北京：线装书局，2018.5
ISBN 978－7－5120－3098－5

Ⅰ.①车…　Ⅱ.①北…　Ⅲ.①长篇小说－中国－当代　Ⅳ.①I247.5

中国版本图书馆 CIP 数据核字（2018）第 013565 号

车者无疆——较量

作　　者：	北　鲲
责任编辑：	曹胜利
出版发行：	线装书局
地　　址：	北京市丰台区方庄日月天地大厦 B 座 17 层(100078)
电　　话：	010－58077126(发行部)　010－58076938(总编室)
网　　址：	www.zgxzsj.com
经　　销：	新华书店
印　　制：	北京彩虹伟业印刷有限公司
开　　本：	787mm×1092mm　1/16
印　　张：	22.5
字　　数：	430 千字
版　　次：	2018 年 5 月第 1 版第 1 次印刷
印　　数：	0001—3000 册
定　　价：	48.00 元

线装书局官方微信

目　　录

第一章　熟悉的陌生人 …………………………………… 1
第二章　时间，六年前 …………………………………… 15
第三章　接受是一种无奈 ………………………………… 28
第四章　生存的不同方式 ………………………………… 42
第五章　市场不是鸡肋 …………………………………… 56
第六章　匆匆而过 ………………………………………… 69
第七章　全新体验 ………………………………………… 83
第八章　老狐狸是谁 ……………………………………… 96
第九章　第一次培训 ……………………………………… 110
第十章　突　变 …………………………………………… 123
第十一章　数字游戏 ……………………………………… 139
第十二章　新来的销售经理 ……………………………… 155
第十三章　天堂饭店的主人 ……………………………… 173
第十四章　新的对手出现 ………………………………… 190
第十五章　游戏规则都一样 ……………………………… 208
第十六章　彻底革命 ……………………………………… 225
第十七章　将计就计 ……………………………………… 242
第十八章　混　战 ………………………………………… 259
第十九章　都有新局面 …………………………………… 275
第二十章　数字游戏也可以这样玩 ……………………… 292
第二十一章　妥协也是胜利姿态 ………………………… 308
第二十二章　必须辞职？ ………………………………… 324
第二十三章　离开并不代表结束 ………………………… 340

第一章 熟悉的陌生人

1

如果生活是故事,但愿她是一个美丽的童话,有一个很美好的开始,也会有一个很美好的结局。

楚天舒不由自主地抬头看了一眼那间他坐了三个月的销售经理办公室,似乎不久之前的一切都是一场梦。虽然三个月里所有一切都真切在眼前,但它太快了,那种倏然而逝的感觉只能让人有种太虚幻而不真实的感受。

坐在销售顾问办公室,还是曾经坐过的那张桌子,一切既熟悉又陌生。

楚天舒结束了代理销售经理,回到销售部的第一天开始,李峰就用无声的敌对来对抗吴戈,同时也是向楚天舒表达了自己"支持"他的态度。吴戈很清楚这个楚天舒的"小跟班"是怎么想的,他始终认为"楚哥"把朱羽挤走是和他们的"功劳"分不开的。而且"楚哥"上任后也用"实际行动"对他们表达了感谢,比如说:从不过问具体工作,从不批评他们的错误,所以"楚哥"是自己人,更是哥们儿。作为哥们儿,必须要在有难时伸出援手,他能帮得上的也就是与现任领导对抗,用以向楚天舒表态,希望楚天舒明白自己是绝对不会"背叛"友谊的。

吴戈上任后,第一时间找到了李峰谈话。谈话的目的很简单,希望他能端正自己的态度。吴戈耐心地与李峰谈了整整一个下午,并对他讲了一个道理:工作是自己的,要对自己负责,不管私下里是什么关系都不能影响工作。

这次谈话的结果令吴戈很意外,不但没有起到效果,李峰反而更加针对自己了。吴戈成了李峰眼中的恶人,不但"夺走"楚天舒的位置,还离间他们的友谊。

这种结果让吴戈很无奈,为了更加清晰地表明自己的意思,吴戈第二次找到李峰。对于这次谈话,吴戈虽然是足够耐心,足够细心,不过他自己能够感觉到不会有明显的作用。所以当他第三次也是最后一次找李峰时,谈话内容就简单多了。他告诫李峰,这不是自己家,如果再因为个人原因影响工作,要么停职反省,要么直接回家。

令吴戈没想到的,谈话后的第二天,李峰就没来上班,电话也一直关机。吴戈真是又气又笑,觉得这个年轻人的责任感太差了,缺少面对困难的勇气。

想到了他会辞职,但是没想到他会"不辞而别"。

李峰"不辞而别"后,给楚天舒发了一条短信,表达了对吴戈的不满,告诉楚天舒他不去上班了。对这个结果楚天舒早有预感,他比吴戈要了解李峰。如果现在他还是销售经理,他也会找李峰谈话,如果他找李峰谈话,李峰还会离开吗?

对于一个公司来说,人员流动是无法避免的。不过李峰的这次自动离职却有些麻烦,他是在吴戈刚上任一个星期后离职的,而且方式很特别,自动离职,或者应该说是"不辞而别"。这让吴戈感觉很别扭,最近一段时间龙川集团对员工的辞退管理非常严格,像李峰这种"不辞而别"的情况销售经理要接受问责。另外,销售部的人都认为李峰是楚天舒的人,现在李峰与自己谈话之后不来了,这让楚天舒怎么想?就算楚天舒不会误会,销售部的其他人呢?如果贾媛媛和张丽以为这是新旧两任销售经理的人事斗争,进而无心工作而只琢磨怎么与领导处理关系就太麻烦了。

李峰走后,吴戈向王天佐汇报了这件事,他需要王天佐给他出个主意。王天佐把楚天舒也叫到了他的办公室。当着楚天舒的面,王天佐让吴戈把这件事的前后经过又说了一遍。楚天舒明白王天佐的用意何在,他是希望自己不要误会吴戈在搞人事斗争。正因为他明白王天佐的用意,所以他什么也没说。当别人向你解释一件事的时候,千万别多说话,否则对方一定以为你不但不认可这个解释,还在故意找毛病、挑别扭。

吴戈把经过讲完后,王天佐看着楚天舒:"叫你上来主要有两件事。第一,我和吴戈都希望你来继续负责营销工作。对于你的能力,我和吴戈都非常了解,也非常认可。从你进入这个品牌开始,我们就观察到了你的能力不凡。你接手厂家营销工作以来,所有营销活动都很认真负责,我和吴戈对你都很放心。"说到这,王天佐顿了一下,似乎想等楚天舒的回应。不过楚天舒却依旧沉默不语。

"还有件事,我想听听你的意见。"

楚天舒心中暗想,这才是你要讲的主要内容。虽然他猜不到具体是什么,但多少能感觉到与李峰会有些关系。

"我想听听你对李峰的评价。"

"有冲劲、热情、对客户认真。性格直、心粗,对自己并不能正确认识。"

"我作为品牌经理,有理由根据你在代理销售经理期间对他的评价,向集团建议辞退这个人,你认可吗?"

楚天舒盯着王天佐,他不理解王天佐用意何在。一个已经主动离职的员工,怎么涉及辞退呢?

"我希望你打个报告来辞退李峰,时间就在你代理期间。"边说着,王天佐边把一份集团的文件给楚天舒递了过去。

龙川集团近一些时间人员流动太大,有些不正常。人力资源部根据这一情况做出规定,各店的部门经理应随时掌握手下员工的动态。员工辞退需其总经理向上申请,总经理同意签字后还需要向集团主管副总说明情况,之后方可辞退。对于不辞职而不来上班的情况,部门经理负全责。

看过这份文件,楚天舒明白了。王天佐希望自己后补一份辞退申请,这样一来吴戈的责任也就没了。楚天舒很反感这种行为,他觉得这样对李峰非常不公平,人已经走了,为什么还给他一个这样的评价,不过因为要帮助的人是吴戈,这件事情和吴戈确实是没有关系,所以王天佐的这个意见让他无法拒绝。

第二天,楚天舒就把人员管理表格交到了王天佐手中。王天佐看了看楚天舒,他明白这件事让楚天舒很为难,他相信如果不是为了吴戈,楚天舒肯定会拒绝他的这个建议。

"你别有意见,我这么做是想给吴戈一个公平的交代。"

"我没意见,也明白你的意思。李峰太幼稚,不适合在这里。"楚天舒有句话没说:你想给吴戈一个公平的交代。李峰呢?谁给他一个公平的交代。

"这些年来吴戈挺不容易,如果换别人我不会这么帮他。"

楚天舒点点头。

王天佐也算是跟他坦诚了,他希望能够和楚天舒相互信任,因为他看好楚天舒。楚天舒当然明白,但他很难信任王天佐,这种不信任源自朱羽,特别是得知了朱羽与周亚川的关系后。他觉得王天佐对朱羽的纵容是因为对周亚川的惧怕,这种情况下朱羽和王天佐是一样的。楚天舒相信王天佐对吴戈的保护是无私的,而且也能感受到他对自己表示出了友好的信任。

不过对于这些,楚天舒并不认为这些就能让自己信任眼前的这个人。

2

坐在办公室里,楚天舒脑海里闪过一个念头,吴戈、李嘉再加上王天佐,哪个也不是简单的角色,就连那个已经离开了的朱羽也不是自己先前看到的样子。说李峰幼稚,他自己又何尝不是呢?想想自己简直可笑至极,对这里的一切一无所知就梦想取代别人。龙川集团藏龙卧虎,这句话他最早是听吴子非说的,真的一点不错呀。

李峰离开后,楚天舒发现张丽显得十分孤单,与市场部新来的人不熟,与贾媛媛之间性格差异太大,和他的话也越来越少。楚天舒能感觉到,她怕自己。楚天舒终于明白了,在这场人事斗争中,他成了彻头彻尾的失败者。

三个多月未接待客户,楚天舒手上已没有了潜在客户。吴戈把李峰的客户档案给了楚天舒,让他自己去筛选,有价值的重点回访跟进。楚天舒把李

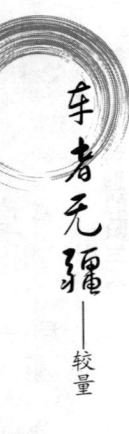

峰的客户档案看了一遍，他感觉非常意外，李峰把客户进行了非常详细的归类。他的客户多数是有职有权的，如某局局长、某处处长、某校主任……楚天舒很早之前就发现李峰有挑客户的毛病，只是没想到他挑得这么厉害。相信如果不挑客户他能卖更多的车。不过能把客户挑得这么细，也足见李峰是个懂得"经营"自己的关系网的人。看来这孩子绝对不像自己想象的那么幼稚，其实有谁是幼稚的呢，人都是单纯的，也都是复杂的。

楚天舒拿起桌上的电话，给李峰打了过去，半天也没人接。楚天舒猛然意识到，他不想与这里发生任何关系，所以肯定不会接这儿的电话。想罢掏出手机，走出办公室。

"干吗呢？"

"楚哥呀，我玩游戏呢。"

"够美的，有什么打算呀？"

"我没什么想法，家里给想办法呢。"

"家里要是能给找个稳定工作也好。对了，你的客户都分给我了，我看了下有些客户你做了重点标记，这些你备份了吗？"

"有备份，谢谢楚哥关心……"

楚天舒相信李峰既然如此细分客户，就肯定会留备份。他打这个电话无非是向李峰表明，在龙川集团，楚天舒并不是敌人。楚天舒觉得没必要多一个敌人，可以不成为朋友，但也最好别成敌人。

吴戈上任后把销售部的工作进一步细分了，明确了责权。作为销售经理，他自然是负责全面工作，李嘉负责市场大客户，楚天舒负责市场营销工作。这种分工与之前并无变化，只是更加详细了，责权分明。吴戈要求每项工作都要有报告和总结，每项工作的负责人必须照顾大局并做好本职的销售工作。

楚天舒听着吴戈对销售部的工作分配，深感自己过于单一且过分地自我表现，想证明自己，结果事与愿违。

吴戈分配完工作，李嘉对楚天舒小声说："晚上有空吗？"

"出去喝酒？"

"对，叫上吴哥，咱仨好久没出去了。"

在一家火锅店内，三人围桌而坐。李嘉把白酒均分了三大杯，楚天舒酒量明显见长，以前三两就晕，现在少说半斤。他发现，在喝酒上自己很有潜能。

面前的火锅很快就开了，浓浓的香辣味让人垂涎。

"还是这种碳锅正宗，吃上去有感觉。"边说着李嘉边端起了酒杯，"你们俩怎么这么沉闷呀，好长时间没在一起喝酒了，怎么连话也不会说了？"

吴戈端起酒杯，朝楚天舒："来。"

第一章 熟悉的陌生人

楚天舒端起杯,面前的吴戈、李嘉并不了解他过去的经历。这些年来命运似乎总在和他开玩笑,得到也失去是人生的必然过程,但楚天舒偏偏是刚刚得到却又彻底失去。他经常想,与其失去还不如没有得到。没有得到只是遗憾罢了,得到后的失去真太痛苦。此刻端着酒,与当年来到这座城市有什么分别吗?不管经历了什么,也不管曾经有过什么,现在的楚天舒又成了人生失败者。

吴戈能感觉到楚天舒心情低落,对他这种状况也能够理解。

"心情不好吧?"吴戈问。

"挺好的。我没觉得有什么不好的,就是不知道败在了哪里。"楚天舒回答得很认真。

"哪里有什么败不败的,我们的每一次经历都是经验的积累,当我们的积累达到一定程度的时候,我们自然就会看透很多东西。那时我们会变得成熟和无比坚强。"

吴戈说这番话的时候,目光直视楚天舒,透着信任和鼓励的目光。正是这种目光让楚天舒感觉到了真诚,也正是因为吴戈的这份真诚让楚天舒在若干年后能念及旧情。

"我说你们俩能不能说点别的?好不容易出来一次怎么还是工作?你们俩都是工作狂。"李嘉边说边往锅里放肉,"边吃边聊吧。我正在筹划一件事呢,估计今年在龙川是最后一年了。"

李嘉说要辞职已经不是第一次了,楚天舒和吴戈早就习惯了。但今天的气氛有些特殊,而且李嘉的表情这么严肃,估计着这次是动真格的了。

李嘉见两个人目不转睛地看着自己,他笑了。

"别这么看我行不,我发冷。谁能打一辈子工呀,别告诉我你们俩都在这养老。"

这句话还真把两个人给问愣了,这两个人谁也没想过这个问题。

吴戈到龙川集团已经超过十年了,他经历了龙川集团的发展与辉煌。尽管这十多年来,他几乎百分百的时间都在销售一线,没有得到重用。但他一直敬重周亚川,一直信任陈建,把这里当成终老之所有什么不可以的吗?吴戈值得交往、值得信赖的一个重要原因就是他的这份宽厚。

对楚天舒来说,现在的他目前只在想一个问题,与吴戈相比到底差多少。今天李嘉的一句话让他不由得回想起了在N城的日子。打拼了四年的那座城市如今已经完全与他无关了,而那些他经历过或忧或伤或喜或悲的往事也从他的脑海中渐渐抹去了。时间这把刻刀在雕琢时光的同时,也摧毁了无数记忆。事到如今,身在哪里对他都没有意义了。

"准备做些什么?"吴戈问李嘉。

"还能干什么,搞进口车吧,做汽车快半辈子了,也就这点优势了。"

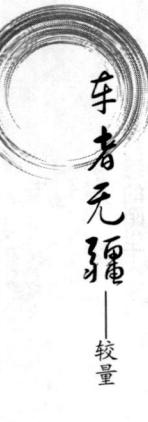

吴戈轻轻皱了下眉,听李嘉的意思他想干汽车这行,他觉得这不是个明智的决定。周亚川最恨离开他的人自己做汽车相关的生意,他觉得这一点李嘉应该很明白,或许他已经有了很明确的方向,那么对朋友的选择应该表现出支持。

"干得好好的干吗要离开呢?"吴戈淡淡地问了一句。

"好?你觉得好吗?你现在已经是销售经理了,你觉得怎么样?有意思吗?所有的一切是老大给的,就连陈建也越来越小心了。我一直都想离开,只是时机总也不成熟。之所以想离开是不想把生命中最好的几年耗在别人的公司里,而且得不到认可。"

听完李嘉这番话,吴戈明白了,李嘉在抱怨、在不平衡。看来人与人之间的差别真是不大,平日里玩世不恭的李嘉同样在意所有人在意的事儿。如果周亚川给他机会,认可了他,他还会离开吗?

"你如果决定了就努力去做吧,我应该和你说过吧,我见过太多的人走走来来……"

"我明白……"

一直沉默不语的楚天舒终于开口了:"别说这些了,聊点开心的事儿吧。"

三个人把话题从龙川集团身上转开了,不过不管聊什么,都没有离开汽车。一个优秀的汽车人对汽车的一切话题都应当感兴趣,从国内汽车场地赛到烧钱无数的 F1,从巴黎至达喀尔汽车拉力赛到国内很少有人关注的 WRC 拉力赛。赛车是一个能让男人血很快沸腾的运动,也几乎是每一名汽车人都喜欢的运动。

这顿饭一直吃到 11 点多,如果不是李嘉接了个电话要走,估计他们还要继续下去。

李嘉走后,吴戈对楚天舒说:

"去喝会儿茶怎么样?"

"行。"

楚天舒也很想找这么个机会和吴戈聊一聊,喝茶应该是个很不错的建议。

一壶乌龙茶摆在两人面前,吴戈熟练地沏茶、倒茶。品着乌龙茶回味悠长的香气,楚天舒觉得身上轻松了许多。

"吴哥你这技术不错,以后下岗了来这儿当服务生也没问题。"

"我这张脸估计没人喜欢看。你平时喝茶吗?"

"不喝,没这个习惯。我喜欢喝咖啡。"

"我不太喜欢咖啡,太烈。喝下去感觉还是不错,但就是没有回味。"

"对我们而言,这些都是消遣品,别太认真琢磨就能好好享受。"

第一章 熟悉的陌生人

听完楚天舒这句话,吴戈笑了:"你觉得这茶怎么样?"

"挺好,虽然我第一次喝,但能感觉到确实比咖啡让人有回味。"

说完,两个人都陷入沉默,吴戈继续他的"茶道",楚天舒继续他的"品茶",谁也没打破这种沉静。四五杯之后,楚天舒开口了:"怎么刚刚还挺好,这杯一下就没了?"

吴戈点了点头:"你挺敏感,这儿的茶很一般,自称铁观音,也就是一般乌龙罢了。改天我带点儿好茶去你那儿,你请我喝咖啡,我请你喝茶。"

"咖啡泡茶,又刺激又有回味。"

"只要开心有什么不可以。"

说完两个人都笑了,不过这笑都很无奈。"开心"很简单也很难。吴戈来到龙川集团这么多年了,他自己也无法说清楚是否开心。可是不管开心与否,生活还是一样地过着,那么生活和开心有没有什么关系呢?

既然茶已经无味了,两个人就放弃了喝,专心聊了。

"你来多久了?"

"马上就要第三年了。"

"这么快?有什么感觉吗?"

"说实话还真没有,从不适应到适应,从没目标到有目标,这一路走来就是不知能有什么感觉。"

吴戈明白楚天舒不想聊公司的事,不过有些话他必须和楚天舒说。

下午他去找陈建交月度工作计划,陈建签好字后示意吴戈坐下聊一聊。

两个人聊到了集团发展的人才时,陈建问吴戈:"你觉得楚天舒是个可用之材吗?"

"是,绝对是!"吴戈毫不犹豫地回答,"他现在缺少经验,而且没有人教他怎么做,之前朱羽并没有给他起到榜样的作用。他的管理水平、市场意识、营销思路都不错,只要能给他正确的引导,他能担大任。"

"可是三个月里他表现得太平常了,而且太急了。我只看到了他很片面的营销能力,但我也承认你说的,相信他缺的是被引导的机会。所以我准备和老大建议再让他锻炼一下。"

"会给他机会?去哪里?"

吴戈问了个令陈建很难回答的问题,陈建眉头皱了一下,但凡换个人问这个问题都会遭到他的叱责。不过正因为面对的是吴戈,陈建才没有发作,他觉得应该和吴戈说。

"老大会给他机会,其他的我也并不清楚……应该会离开这个品牌。"

现在,吴戈回想着陈建的那番话,深感应该向楚天舒说一些什么。他希望楚天舒能得到机会,不希望他因为没有成为销售经理而消沉。

"李峰的事我很抱歉,我知道你不会认为我在排除异己,我的为人你应该

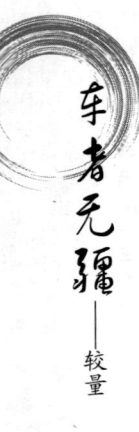

很清楚,可能方法有问题吧。"

"李峰身上有问题,其实离开对他来说真的是好事,如果是我也一样会找他谈的。"

吴戈明白楚天舒的意思。

"天舒,机会这东西其实很公平。现在对你来说缺的是磨炼,你欠缺的还不少。同样你也会有很多机会。如果你相信我,沉下心来做事,认真工作总结自己,机会自然也就来了。"

楚天舒自然是相信吴戈的,所以接受了吴戈的建议,沉下心来做事,认真地工作,总结自己,等待下一次机会的到来。楚天舒发觉他现在的境遇与刚到龙川集团时几乎一样,又开始了静静的等待,不知道这一次他会不会"等到"他的机会。

3

清早刚刚起床,楚天舒就接到了客户的电话。这是昨天就约好要来交钱买车的客户,电话里客户支支吾吾地说了半天,楚天舒明白了,今天不能过来了。至于为什么,客户并没说。楚天舒心中暗想:没戏了。

吃过早饭,想起了那个电话,真觉得晦气,早晨刚起来就这么扫兴。

到展厅后,吴戈简单地布置了工作,询问了成交的情况和今天可能再回展厅的客户。之后销售顾问开始擦车,进入一天的工作状态。

楚天舒负责玻璃展台上的展车,手拿麂皮擦了几下,他发现车右侧后门处似乎有点凹陷,赶紧走过去。果然是个坑,而且比较明显。这台车楚天舒负责,所以在未销售之前的一切责任全是他来承担。按规定,这台车需由售后处理,所需费用公司负担70%,销售顾问负担30%。除了一种情况,那就是能卖掉,但时间不能太久。他马上和大家打了招呼,今天尽量推这台车。

一切忙清了,楚天舒照例冲了杯咖啡,今天可真够不顺的,全是事儿。一口咖啡还没送到嘴里,手机响了起来。看了一眼,一个陌生号码。

"您好。"

"你是卖车的吗?"对方口气挺硬。

"对,您好。"

"我想去你们那儿看车,怎么走呀?"

楚天舒给客户指了路,又问了对方姓名,回忆了半天,对这个姓卢的男人也是一点印象没有。

大约过了一个小时,正在办公室里整理档案的楚天舒被前台告知有客户找自己。

楚天舒猜可能就是刚才那个姓卢的男人。走出销售办公室,放眼望去,展厅里齐刷刷地站了十多个人，为首一个身材高大、面色青黑，不用问这准是买主。

"你姓楚？"

"对，您是卢先生吧？"

黑脸中年人脸上露出一丝笑容："对。陆强让我来找你的。他说你们是哥们，找你买车肯定给我优惠不少。"

原来是从陆强那儿得到自己电话的，楚天舒边想着边笑着说："你想看哪款车？"其实从对方的阵势上楚天舒已经感觉到了，今天他们肯定要把车买回去，否则十多个人来干什么，这些人是帮着挑车的。

"你们不是出了个2.0的车，20万左右，在街上见了几次，感觉挺不错。"

"就是那款车。"楚天舒一指展台上的那辆车，"我们先看看车吧？如果看好了，我给您去申请价格。"

姓卢的中年人还没说话，他身边一个女的先开口了："你就说最低价吧，我们钱都带来了，合适就买，不行也不耽误时间了。"

楚天舒乐了，这女人真傻，拿钱来吓唬谁呀，带钱来了就更不能让你走了。

"价格不是问题，既然是陆强的朋友，我肯定给你们一个满意的价格。现在咱先去看看车，您只在街上看过车，现在近距离看看有好处。再试驾一下，就会更满意了。"

那女人还想再说什么，姓卢的中年人开口了："咱先去看车吧，谈了半天价格车看不上也没用。还有车吗？"

"有，在后边库区呢。"

"我能看后边的吗？"

"当然。"

楚天舒到库管那里签字领了三把车钥匙，这个姓卢的客户看上去挺果断，再看看他身后的十多个人，这些人是帮他选车的。做销售的最怕这种事，一大群人不知是来买车还是抢车，你一嘴他一嘴的，全是毛病。如果遇上一个没主见的客户肯定给搅得晕头转向。更为关键的问题这些被客户邀请来挑车的朋友也不一定真的懂车，大部分人只是会开车，开的时间长一些罢了。更有些人只是喜欢在网络上发表各种奇谈怪论，这些人的独特偏好被大家神传后便成为"专家"。这种"专家们"被朋友邀请来，其目的是找毛病挑问题，而专家们也深觉不能给朋友丢人，不能让朋友白请来自己。所以他们的嘴总是不停地找毛病，这也为日后果真出问题而埋下伏笔：当初我说了，你不听不怨我。

任何一名汽车销售都非常烦这类人。

手拿三把钥匙，引着客户一行十多人，楚天舒朝后边的库区走去。边走

他边盘算着,怎么能与姓卢的客户单独聊上几句,必须与他建立信任,找到认同,否则这么多人用不了多长时间他就乱了。

楚天舒把三台车的车门打开,一一把车发动起来,把前机盖打开。这一切做得干净利落,姓卢的客户不由得问道:"你卖车的时间不短了吧?"

"嗯。很多年了。"想让客户对销售产生信任,时间可以证明能力。

"那你对车肯定很了解,你帮忙给选选吧。"

楚天舒很满意,已经得到了认可。客户开始流露出对他的信任,这是进一步沟通的关键。这时他的那些个朋友饿狼一般地凑到三辆车前,试加速,试空调,听发动机……

楚天舒正好利用这个机会与客户交流。

"现在汽车生产商都是流水生产,基本上车都没问题。要是出问题也是一大批全是同一个毛病,您知道汽车召回制度吗?就是生产商发现了问题,成批召回4S店维修。厂家还是很负责的。"

"这么说买车就是看运气了,别碰上有问题的那批就行了?"

"也不能这么说,汽车生产商有多道检测工序,问题几乎在出厂前就已经发现了。新车到店后都要做一个PDI,这是个非常全面的检测,也是一个有力的保障。"

"P、P什么……"

"PDI,其实就是给你的新车做一个全面体检。我们叫新车准备检查。"

"都查什么?"

"仪表、器械、电路、灯光、除汽油之外的各种油、液等二三十项,非常全面。"

姓卢的客户点点头,似乎认可了楚天舒的话。

"那我们还有什么可挑的?"

"整车的外观,有无划痕、碰伤等的,咱买个新车总不能带伤吧?"

两个人正聊着,一个人走了过来:"卢哥,这车一般,怎么看上它了?"

"怎么了?"

"加油的时候发动机抖得厉害。"

楚天舒眉头皱了起来,他明白,"专家团"开始行动了。

"发动机抖是有原因的。"边说,楚天舒边朝其中一台车走去,"首先我们车内的汽油不多,这种情况下加速,特别是急踏油门肯定会有轻微抖动;再一方面,您看一下咱们这款车的发动机,是可溃缩的,连接处是胶皮,轻微抖动属于正常现象。"

"你这是轻微抖动吗?"那个人边说着边用手拉动了油门拉线。发动机随即轰鸣了起来,楚天舒从这轰鸣声中判断,此时发动机的转数肯定超过了5000。

"你这是在毁车,不是买车。"

"我是在挑车不是在买车。"这个人和楚天舒直视着。

楚天舒这种客户见多了,他面无表情地看了眼这个人:"你加油的方式有问题,如果这种方式没有车能让你看中。"

"那你教我怎么加油?"

"新车必须缓加油,慢慢把发动机转速提高。"

"我是来挑车的,看的就是性能,你让我缓加油,我能看出什么来?"说完转身看着姓卢的客户,"卢哥,这车真的挺一般。早就和你说别买欧洲车,太费油、价还高,而且配置都不高,还是日本车好,省油、没噪声、配置高还便宜。"

"要想省油也别买日本车。"楚天舒冷冷地在一旁说。

"那买什么车?"

"捷安特,省油废血。"

姓卢的客户一下乐出了声来,他那个朋友愣呆呆地站在那儿,估计一时间没明白什么意思,正在脑袋里搜索所了解的中外汽车品牌、分系,这个"捷安特"怎么也找不到。

这时又有个人过来了,说噪声大,话还没说完,又来了一个,说怠速高。楚天舒看着十来个人纷纷走过来,他明白对这些人没法一一作答。这些人的问题也主要集中在三方面,发动机抖、声音大、怠速高。

"这样吧,您跟我去前边展厅签一份试驾协议,试一下开着的感觉。回来我再给您解释刚才这几位大哥的问题。"楚天舒采取主动出击的方式,找准方向、找对人。如果和这十多个人在库区里你一言我一语地争论,肯定很快就会让客户失去了耐性。

利用库区到展厅的一分多钟,楚天舒想好了下一步怎么做。

4

签好了试驾协议,楚天舒对客户说:"咱们试的是商品车,人不要太多行吗?我和您两个人,您觉得行吗?"

"行。"

楚天舒发现这个客户有些特殊,找来了这么多人帮着选车,但他好像在看热闹,既不听这些人的话,也不发表任何意见。

上车后,楚天舒提议去加100块钱汽油。客户看了他一眼:"车我如果不要怎么办?"

"加油钱我来出,我就是想让您试一下性能,有油它才能有好表现。"

整个试驾过程非常顺利,姓卢的客户开车很稳,即便是在一条直线加速

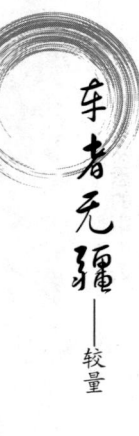

路上,他的加速也是平稳的。由此可见,这个人性格沉稳,可能他与外表的粗犷正相反,应该是一个心细的人。

"您感觉怎么样?"楚天舒问。

"挺好,不瞒你说,我以前的车就是你们这个牌子的,我买的时候开了五年了,从一个朋友手里买的,之后我又开了三年。对这个品牌挺信任,所以直奔你这来了。"

"您那些朋友似乎对这车不感兴趣。"楚天舒这话说得相当大胆,明显是和客户很熟悉的样子。

"那是我妻子找来的人,都是她单位的同事,其实我早就看好这款车了,他们说什么我不会在意。"

这回楚天舒心里多少有了点底了,车回到库区,依旧是停在了原来的地方。虽然客户说了他不在乎朋友们的话,但楚天舒不能大意,谁知道会不会节外生枝。

一行人再次来到三辆车前,楚天舒把那两辆车再次发动起来。

"您再听一下,噪声小了吧?怠速是不是也下来了?"说完打开发动机盖,坐在试驾的那辆车缓缓加油,直到发动机转速超过5500转,"您看看发动机现在是不是轻微地抖动?"说完走下车来,面对一排人,"凉车高怠速,这台车我们出去跑了一圈,水温上来了,怠速自然也就正常了。我给这台车加了100块钱的油,所以发动机抖动小了不少,至于噪声,车跑了一圈,声音自然小了。"说完看着客户的几位朋友,"买车的关键是试驾,不是听、看。您几位是高手,这个道理应该比我清楚。"

这番话说得让"专家团"成员无言以对,更没法反驳。

姓卢的客户看了眼楚天舒:"就这车吧。"

"行吗?"女人急了,"咱再看看,试试……"

"不用了,就它了。"说着转头看了看楚天舒,"我不要这儿的车。"

这句话把楚天舒说愣了。

"我不明白您的意思。"

"里面那台车和这个是一个配置的吗?我要里面的。"

楚天舒明白客户想要展台上的展车。但他有些不理解,挑了半天、试了半天怎么突然想起买展厅里的车了。

客户乐了:"你们库区里的商品车估计谁都能开吧,里面的肯定不一样。如果真遇上几个我们这样的,你们库区里的车估计没几个好的了。所以,我要里面的。"

"您可真有见解。"楚天舒嘴上乐着说,心里却不然。这就叫聪明反被聪明误吧,考虑得这么细,这么周全,不过照样犯了个愚蠢的错误。展厅里的车一定都好吗?现在他想买的那辆车就有个坑。"您再试下车吧。"

"行。里面的车也干净。"

"没错。我们每天要擦两次车,那台车是我擦的。"

"那100块钱我出,你帮我请示下经理,看能优惠多少?"说着拿出张名片,"有事可以找我,我和陆强关系不错。"

楚天舒接过名片,这人居然是律师,而且是律师所的主任。律师卢江涛,楚天舒记住了这个名字。

回到展厅,楚天舒让李嘉帮着把车开到外面,陪着卢江涛去试驾,他到楼上去请示吴戈。

"我有个朋友想买辆车。"

"今天提车?"

"对。展厅里那辆。"

"给你5000,你自己掌握吧。"

这是楚天舒回到销售顾问的岗位后第一单,算是一个开始吧。

办完了提车手续,已经快12点了。中午他值班,他让贾媛媛帮忙买点吃的,他想休息一下。

贾媛媛走后,他坐在前台看当天的日报。这时展厅的电动门一响,楚天舒抬起头来,见走进一老一少两个人,看上去像是父子。

"您好。"

楚天舒站起来迎上去。

父子二人都微笑着点了点头。

儿子先开口了:"结婚选车,女孩子开,价位在20万左右,不要三厢的,空间大一些,要有性格的,您能帮忙推荐一款吗?"

楚天舒听完很想乐,他这还是第一次遇上这么主动的客户,全部需求丝毫不保留地交代了出来。

"您了解毕加索这款车吗? 我觉得完全符合您的要求。"

"有车吗,我们看一下。"

"有图片,这款车是订单销售,以保证品位和个性。"

说着,楚天舒拿过一张宣传单页,又递上自己的名片。

年轻人似乎很感兴趣:"爸,你觉得行吗?"

"让她来看看。"

"行。"

听到这儿,楚天舒说:"您先到休息区等一下,一会儿您叫我,我来给您妻子介绍一下。"

贾媛媛很快把饭给楚天舒买了回来,她替楚天舒在前台值班,让楚天舒回办公室吃饭。

刚刚吃完,贾媛媛进来了:"楚哥,有人找。"

楚天舒抬头一看,正是那个青年。

"兄弟,麻烦你一下,我妻子来了,你给她讲讲?"

"没问题,这是我的工作。"

说完站起来,跟着年轻人朝休息区走去。来到休息区,楚天舒看见坐在沙发上的女人,顿觉眼前一片雪花,大脑中一片空白。

坐在那里的女人是杜宇。

第二章 时间,六年前

1

楚天舒愣愣地立在客户休息区,眼前的景象让他恍若如梦。面前的女人他太熟悉了,这是一个给过他一切,又毁灭了他全部梦想的女人。这一切是真的吗?怎么感觉像是一场梦呢?此时的楚天舒只觉大脑一片空白,她怎么会出现在这里?面前这个年轻人又是谁呢?

坐在休息区里的女人也愣了一下,但显然她比楚天舒要自如。

"楚天舒呀!我是杜宇,还记得吗?"边说着边站起来向前跨出一步,挽住了楚天舒身旁的年轻人,"这是我先生付雷鸣。雷鸣,这是我大学校友,我们也好久没见面了。"

杜宇的这番介绍让楚天舒有些哑口无言,他惊讶地看着面前自如的女人,一直以来他印象中的那个杜宇被今天下午这个突如其来的变化彻底击碎了。这个女人真的是自己牵挂多时又时时放不下的那个人吗?订车的手续办得很快,因为楚天舒这个"大学校友"在这里做销售,付雷鸣毫不犹豫就决定了买这款车。在销售价格上也没有提过分的要求,而楚天舒也就只按正常优惠的范围给了价格。楚天舒明白,这个付雷鸣是在向自己证明他有财力。这是有钱人的典型作风,遇上了熟人会不由自主地向人证明他们的财力,钱花了多少他们不在意,他们只希望别人看到他们拥有了什么。而付雷鸣的想法很简单,在未婚妻老同学面前替未婚妻宣传,拥有是种幸福。

这种拥有的幸福感再一次深深刺痛了楚天舒,在这份拥有的背后是他失去的伤痛。

回到销售办公室,楚天舒给吴戈打了个电话,称有点头晕,请个假先回去了。

时间:六年前

出生于江南的楚天舒大学毕业后并没有回到他更习惯生活的水乡,而是与女朋友杜宇在N城,一座典型的北方城市奋斗起了他们的青春。楚天舒大学学的法学专业,但他对经济更感兴奋,正是这个原因才认识了经济系的杜宇。从大一开始,有着极强经济头脑的楚天舒就开始了"躁动"的经济行为,电话IC卡、情人节的玫瑰、挎包、防紫外线的太阳伞、高年级学生淘汰的各类

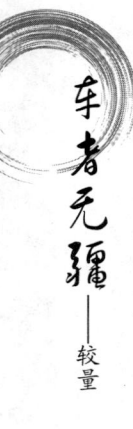

考试型辅导教材……这些五花八门的东西到了楚天舒手里很快就变成了钱。

有了经济基础做后盾,楚天舒开始不满足于只是这样小打小闹。他计划开干洗店、冷餐店、钟点出租房……那个时期他想法特别多,几乎每天都有新想法,不过这些想法不管怎么多,都因为校规而无法实现。校规把楚天舒第一次想要经商的梦打碎了,他经商之路也第一次遇到规矩而不得不停止。人们常说无规矩不成方圆,这话没错,不过有了规矩之后,便也只有"方圆"了。楚天舒上大学的年代学校里的各项规章多得要人命,那些特立独行的学生们往往是校规漏洞的发现者,也是新校规无情的试验品。

楚天舒这种有想法有头脑的人是绝不会做特立独行的校规试验品,所以当他发现挡在自己面前的校规是无法越过的一道墙时,他选择了听话,老实地遵守校规,而放弃了空想。不过他没闲着,而是继续他的小打小闹。

放弃梦想,即便是空想,也是需要相当大勇气的。同时这也是一件很需智慧的事情,放弃了该放弃的,那么就一定能得到应得的。

大学四年里,楚天舒放弃了他众多的空想,但一直未放弃小打小闹所进行的经济基础的积累。

大学毕业时,一位据说有着相当预见性的老师给同学们写赠言。

考研的同学:知识改变命运,久后必成国之栋梁。

考下律师证的同学:勤磨刀剑,莫让歹人逞强,心正眼直,误使善念泯灭。

有的同学有个好爸爸,给安排了好去处:此去经年,纵是前程如锦也只镜花水月。

当楚天舒也找到这位喜好卖弄的老师时,老师提着笔无从着笔。并不是他不想写什么,而是他不确定面前这个学生是他教过的。这名好卖弄的老师以讲课风趣而著称,他教过的学生对他都有好感,他也大部分记的。可面前这个学生他怎么也想不起来了。思来想去,他还是不得不写上一句话。

最后眼一闭,牙一咬,"前途无量"四个大字。

楚天舒乐呵呵地带着老师的赠言,带着四年大学生活所积攒的经济基础,带着他美丽的女朋友,在N城这座并不太喜欢的城市开始用行动证明自己的理想不是空想。

在很快地换了几个行业后,楚天舒和杜宇最终选择了建筑建材行业。大学毕业后的四年时间,两个人用无数辛苦和奋斗换来了一份安稳的小事业。

他们的事业进入第四年时,楚天舒的思想又开始不安分地活跃了起来。他与杜宇再三商量之后决定去深圳,找一家可以常年合作的厂商,做长期代理和加工。他想把货源稳定在一个较高层次,也想涉足制造领域。

随着年龄的增长,女人开始在意自己的身材,开始渴望婚姻,看见街上咿呀学语的幼儿总是忍不住要抱一抱、亲一亲,杜宇就处于这一时期。她知道这一时期一旦过去了,生活对她来说也就变了样子了。杜宇骨子里是个传统的女人,家庭生活对她来说是大于一切的。

旧历年刚过,楚天舒就踏上了南去的列车,目前他们的货源主要来自深圳的一家公司。几年的合作,楚天舒越来越有一个强烈的想法,他想自己开一个小工厂,从深圳找些代加工的活,这样一步步下来,他也就可以涉足制造领域。

敢想敢做,这是许多成功的人的经验。只不过这个所谓的成功的经验,停留在"敢想"的人多,真正付诸行动"敢做"的人太少了。

有了要涉足制造业的想法后,楚天舒一刻也没闲着,在深圳忙着拉关系的同时,他得到一条重要信息,N城大学要申报国家重点院校,省教育局对这件事很重视很支持,给了钱、配了人、找了关系。终于传回了可靠的信息,目前综合来看,人文学院是N城大学的优势所在,所以对人文学院应该加强硬件投入。校领导如获至宝,马上大刀阔斧地开始规划。四栋年久的教学楼进行全面翻新,刚刚新建落成的研究生楼马上交给人文学院使用,为提升整体形象,在校区西侧征地建一大型综合体育馆……

这一消息对楚天舒来说是一个难得的机会,他马上给杜宇去了电话。人文学院院长吴言与他们打过交道,两年前人文学院有过建设项目。当时吴言还是副院长,主管基建,那次打交道吴言给楚天舒的印象还不坏,他曾戏言:人文学院的领导就是比经济学院的好接触,不那么务实,喜欢风花雪月,吟诗作赋,不喜欢"阿堵物"。

杜宇接到楚天舒的电话时刚刚醒,昨晚她把目前几家店铺的账核了一遍,全部完成已经夜里3点多了。

和所有未婚同居者一样,他们之间由最初的神秘、激情渐渐成为一种习惯和平淡。他们之间由激情变得平淡且习惯了,而且适应了这种习惯。

放下楚天舒的电话,杜宇找出了人文学院吴言的名片。两年多没联系了,她不确定吴言能否记得他们之前的合作。不过她也明白,他们这种手中有权的各种领导很会利用他们的身份,他们清楚每个找到自己的人的目的。对于每一个能准确说出自己姓名和官职的陌生电话,都会成为一次"机会",所以他们的电话永远都开机,这样也就不会错过任何机会。

吴言的电话拨通后,只聊了几句,吴言就想起了杜宇。吴言说他们的信誉很好,东西质量也不错,给他的印象不错。

杜宇无法去分辨吴言这番话是否出自他本意,但吴言请她喝茶就等于是一个暗号,说明吴言会给他们合作的机会。

放下吴言的电话,杜宇准备好好地洗个热水澡,以去除浑身的疲倦。昨夜的疲倦在热水中渐渐退去,杜宇微闭双目,脑海中不由得又回到几年前上大学时的日子。最近一段时间,她似乎特别喜欢回忆往事,在她的印象里,对往事的回忆应该是老年人的专利,难道说自己开始变老了?

想到"老"这个字,不由得心慌,女人最怕听见的应该就是这个字。站起来,看着镜子中的自己,皮肤依旧是光洁如初,但明显已不年轻,"娇嫩"这种词已经和她没关系了。少女时代坚挺的双峰开始了松垮,小腹也渐渐隆起。杜宇不得不承认,她的青春已经不在了。青春,那些曾经美好的青春去哪里了?人是很奇怪的,失去了一样东西,便开始追悔,每一件失去的东西也会变成宝贝。

梳洗完毕,杜宇穿戴整齐,给吴言又打了个电话,确定了地点后出门直奔目的地。

车距吴言说的茶馆还有一段路时,杜宇下了车。她想利用这段路程再想想怎么开口,都谈些什么。

地点是吴言选的,是个名为"幽"的茶馆。从外面看,装修得很考究。木制的整体风格,看上去相当厚重。红木色实木感极强的横竖交错的木格上,一个暗灰色的"幽"字,显得深不可测又庄重典雅。

厚重的木门推开后,一位服务生微笑着走上前:"您好。"

"我订好了,一位吴先生。"

"N大人文学院吴院长?"

"对。"

在一位身着米色中式旗袍的女孩引领下,杜宇穿过斜长的过廊。脚下的路由鹅卵石变为竹地板又变为纯实木地板,耳边的天籁之音也由二胡变为琵琶又转为古筝。随着女孩轻盈的脚步,杜宇鞋跟与地板相击之声与那头顶之声居然相和。

走廊尽头就是吴言订好的包间,推门走进顿觉古朴中透着灵秀,耳边突然飘进了潺潺水声和轻慢的古筝之声。

见杜宇推门走进来,愣在那里不动,吴言站了起来:"这里环境还可以吧?"

这轻声的一问,把杜宇拉回现实,那古筝与流水之声似乎从未进入过这间屋般地消失了。面前的吴言与两年前相比几乎没有变化,一副半框眼镜,一张精致文弱的脸,身材修长,举止儒雅。这些年来杜宇没少见大腹便便的各种局长、主任,面前这个大学里的院长果然是有读书人的气质,选择见面的地点也是如此别致。边想着,杜宇边把风衣脱下,递到女孩手中。

"环境很好,适合谈生意。"

吴言微笑着坐下:"杜小姐喜欢喝什么茶?你来点。"

"别,我平时不喝茶,您来吧,我也跟您学习学习。"既然吴言把见面地点选在了茶馆,就说明他或多或少地喜欢喝茶,让他点茶有两方面的考虑。第一,日后送礼可以投其所好;第二,可以恭维他几句。不管是谁,都喜欢被人侧目,喜欢被人称赞。

吴言似乎并没想太多："那就老样子，来武夷岩茶。"对服务生说完，他看了眼杜宇，"怎么样？"

杜宇略带歉意地笑了："对茶叶我是完全不懂，今天您正好给我好好上一课。"

趁着备茶的当口，杜宇向吴言坐近了一些："我们之前的合作很愉快，听说人文学院最近可能有些项目，不知道您能否和我们再次合作？"

吴言的脸上一直保持着一种似有似无的微笑："这一次我们要有很大的动作，我是直接负责人。实话跟你说，我现在每天都会接很多电话，得多在产品上下功夫。这次 N 大可不是随便花钱，钱花多少没关系，关键是有效果……"

杜宇真没想到吴言这么直接，而且算是交了底。该怎么做，吴言已经说明白了，能否做好、做到位，就看本事了。与此同时，杜宇也能明白吴言的话中话，他表明了身份"我是直接负责人"，他讲明了现状，每天都会接很多电话；他谈到了项目"钱花多少没关系"……

杜宇不由得感慨：人的欲望太复杂了。

……

2

回忆往事的时候总有些事儿是让人痛苦的。

没等到下班，楚天舒就找吴戈说有点不舒服，下午想休息。

从公司往回走时，漫无目的地看着街上的人群，这一条条或熟悉或陌生的街道上，他东游西走根本没有方向。思绪一次次飞回 N 城，那些他想回忆的，不想回忆的，都在心中来回翻涌。

他想不明白杜宇怎么会也来了这里，那个吴言呢？这个付雷鸣又是什么人，怎么成了她的未婚夫？许多想不明白的问题让楚天舒感觉胸闷气短，头很晕。

走到一家咖啡店，楚天舒想都没想，推门就走了进去。点了杯咖啡，坐在那里一动不动不知多久，面前的咖啡已经没有了温度，脑子里更是一片空白。正这时，手机欢快地叫了起来，楚天舒看了一眼，是吴戈。他没接，想一个人静一会儿，吴戈的电话响了一会儿挂了，楚天舒把手机调成静音了。

面前的咖啡一动未动，楚天舒拖着沉重的身体回到住所。打开冰箱，还有四瓶啤酒，他全拿了出来，坐在客厅的窗前，看着外面即将谢幕的夕阳。

此时的楚天舒内心平静得有些荒芜，他自己都无法说出现在的感受。回想下午见到杜宇时的感觉，快三年了，他没想到会以这样一种方式再次见到杜宇。他曾经幻想过许多次与杜宇相见的场景，也曾失望地觉得不会再见到

杜宇了。可是今天下午,如同梦一般的她却出现了,而且杜宇的平静中透着一种陌生。这种陌生让楚天舒有些无法接受。

面前的酒很快喝完了一瓶,楚天舒放弃了借酒消愁的想法。他看了眼手机,有三个未接电话——吴戈、陆强和马维英。吴戈还发了条短信,让楚天舒抽时间给他回个电话。楚天舒琢磨了下,先给马维英回了电话。

"下午挺忙?"马维英问。

"不忙。休息,一直睡觉了。"

"晚上有空吗?我请你吃饭。"

马维英的口气不容回绝,不过楚天舒真没想着回绝他。马维英上一次找楚天舒帮忙后,隔三差五地联系一下楚天舒。楚天舒也乐得这个靠山,所以对于马维英的邀请向来不拒绝。

约好了见面的时间地点后,楚天舒给吴戈回了个电话。吴戈问他好点没,楚天舒说没事,就觉得有点头晕,睡了一下午好多了。吴戈问他明天能上班吗。他说可以。

回过了两个电话,他看着手机,接下来就是陆强的电话了。他感觉陆强知道杜宇来了这里,他老婆郭扬与杜宇是大学同班同学,她来保新市绝不会是一天两天,未婚夫都有了,最少也要半年了。这半年中,陆强夫妇不可能不知道杜宇来了的消息。

这样想着,楚天舒给陆强回了电话。

"我找了你一下午了,有个事想问问你,晚上有空吗,见个面?"

"今天不行,有约,一个客户请客。"

"能推吗?我真有点重要的事。"

楚天舒感觉肯定是杜宇的事:"不行,这个客户挺重要的,你在电话里说吧。"

"你先放了,过会儿我给你打过去。"说完陆强放了电话。

楚天舒把手机扔在了桌子上,他感觉陆强肯定知道杜宇的事儿。

10分钟左右,手机响了。

"什么事这么神秘?"楚天舒觉得心跳开始加快,手甚至有些抖。

"我想搞一个建材城,目前没有想法,想听听你的意见,你不是干过建材吗?"

楚天舒听了这话很意外,他非常肯定地认为陆强会和他谈杜宇的事,没想到他没提,反而要干建材城。

电话的一端一下子沉默了,陆强有些急了:"你在听吗?"

"正在听。强子,这事不那么简单,搞不好可就赔惨了。你让我再想想,明天咱们见面。"

"行,明天我请。"

"咱俩别那么客气。明天下午再联系一下。"

回过了该回的电话,楚天舒看了看时间,与马维英约好的时间还有一会儿,他打算先洗个澡,估计今晚回来得不会太早。

楚天舒提前10分钟到了与马维英约好的饭店,没想到进门后马维英、吴子非和一个年轻人已经坐在了雅间里。

楚天舒很夸张地看了看手表:"我没迟到吧。"看这阵势,今晚估计又没什么"好事"。

马维英朝楚天舒招了招手:"我和子非正在附近办事呢,直接过来了。"

楚天舒看了一眼吴子非,笑着说:"二哥才多久没见呀,你可好像胖了不少。"

"能不胖吗?最近什么事也没有,正经是闲得我难受。"

三个人相互调侃了几句后,吴子非让一旁的年轻人站了起来:"天舒,这是我一个朋友,今天他做东,有事和你商量。"

吴子非口中的"商量"说得很随意,但楚天舒心情却很复杂。与这两个人交往,无法避免的是利用,他有心理准备但他并不想总被"利用",当然这需要不断被他们"利用"才会逐步建立相互信任。

吴子非身边的年轻人站了起来:"楚哥好,我叫阿峰。"

"别客气,坐下说。"和吴子非他们接触得多了,楚天舒也学会了大气地面对这些小兄弟了。

简单寒暄过后,马维英叫来服务生,点了四冷六热。

"最近忙吗?"马维英朝楚天舒举起酒杯。

"老样子,我们永远都是那点儿破事。"

四个人有一句没一句地闲扯了起来,喝了几杯酒后,阿峰站了起来:"楚哥,咱这是第一次见面,兄弟敬您一杯。"

"别这么客气,坐下。你这么客气我可不习惯。我和马队、二哥平时都挺随便。"

阿峰把杯中的酒一饮而尽:"听二哥说您搞汽车生意,所以今天约您来想请您帮个忙。"

楚天舒面无表情地看着阿峰,什么也没说,他要知道接下来阿峰说些什么。

"我们与天津一家汽贸有常年合作的关系,手上有不少进口车。手续没问题,车也是新的。这份表格您看一下。"说着把一份打印好的表格递给楚天舒,"这上边的价格是给您的,加多少钱您自己谈。"

楚天舒看了看手上的表格,都是原装进口车,车型50多种,价格果然很低。他明白,这个阿峰只是马维英他们推到前面的一个傀儡而已,这些车的真正主人是马维英他们。看着车价,楚天舒明白这里肯定有问题,必须倍加

小心。这样想着,楚天舒把这份表格放进口袋。

"别客气,能帮得上忙的我肯定尽力。我先收着,有消息我直接找你。"

"上边有我电话,三部手机随时开机,楚哥准能找到我。您只谈价,给我们信息,其他的不用您出面。多出部分我们会返给您。"

不知为什么,楚天舒突然想起了李嘉。

"你还和龙川里别人有合作吗?"

"没了,这种事人不能太多。"

楚天舒点点头没再说话,表示已经明白了。

眼见该说的事都说清楚了,吴子非端起酒杯:"阿峰那里的车很保险,别担心。做一次你就知道了,很简单。你也给阿峰留个电话,以后你们常联系。"

第二天一早,楚天舒睁开眼顿觉头就好像裂开般的痛个不停。昨晚酒喝得太多了,他已经记不清是怎么回来的了。挣扎着从床上坐起,浑身酸痛。从床头把表拿起,还不到5点。他感觉自己的嘴里快冒火了,嘴唇就像根枯树枝一样。走到客厅,拿起一大杯水,一口气喝了下去。

回到卧室,看见手机的提示灯闪个不停,他拿起一看,是一条短信,马维英发来的:兄弟,以后有心事的时候少喝酒,我送你回去的。车在楼下,钥匙在茶几上。你先用吧。阿峰的事很可靠,别担心,马哥这是给你个挣钱的机会。

楚天舒回忆不起昨晚整个经过了,只记得吃过饭四个人又去了酒吧,之后的事一点儿也记不得了。

他浑身酸疼,头晕要死,哪里敢开车。打车到公司后,他依旧觉得一阵阵恶心想吐。开过早会,吴戈把他叫到了办公室。

"好点没有,脸色这么难看?"

"没事了,就是头痛。"

"上午你抽空去找一下陈总,昨天下午他来展厅了,让你今天去找他。昨天你要在,估计当下就找你了。"

3

朱羽去北汽现代任销售经理后,陈建也不在兼任北汽现代的品牌经理了。就在陈建刚准备全身投入北汽奔驰项目时,龙川集团宝马品牌的品牌经理突然辞职了。这件事让周亚川非常意外,宝马品牌总经理郑旭飞是周亚川很喜欢的一个中层,能力强、关系广。他离开得非常突然,周亚川不得不联想到通业集团。他找来陈建,让陈建有空的话以个人身份找郑旭飞聊一聊,看看到底是怎么回事。与此同时,周亚川让陈建到宝马暂时负责全面工作,一定要想办法把人员稳定住,在不明具体情况的时候,人员的不稳定很可能会带来更大量的人员动荡。

陈建也怀疑郑旭飞的离开与通业集团有关,朱宇阳能找到自己自然也能找到其他人。在这个敏感时期,任何人的离开都会让人产生联想。

陈建点了点头,虽然心里并不是很愿意,但嘴上什么也没说,沉思了片刻,他向周亚川建议让楚天舒到宝马做销售经理助理。

周亚川点了点头:"可以,应该让他多接触几个品牌。"

正是这种情况下,陈建才去找的楚天舒。

从吴戈办公室走出来,楚天舒在销售办公室冲了一大杯速溶咖啡,边喝着边给陈建拨了电话。

"陈总你在集团吗?"

"我在宝马店,你来这儿吧。"

宝马……

这是楚天舒心中的一个结。自从杜宇钻进吴言那辆宝马,头也不回地走后,楚天舒就对这两个字特别敏感。

陈建坐在宽大的办公桌后,桌上七零八落地散着不少文件。见楚天舒站在门口,他笑了。

"进来坐。很乱吧?刚接手这儿的工作,好多文件要看。"边说着,陈建边开始整理散落的各种文件,完全是副心不在焉的样子,似乎他没找楚天舒,而是楚天舒来找他有什么事。

"最近工作怎么样?"

"老样子。"

"老样子?老样子是什么样子?原地踏步吗?"说着陈建放下了手中的文件,直视楚天舒,身子向后靠在椅子上,"前段时间,集团锻炼了你一下,也算是考察你的能力。你表现得还不错,不过也有问题。你缺少汽车行业管理经验,正是基于这个原因,周总和我商量后准备让你来宝马,做销售经理李凡的助理,想听听你的意见。"

……

走出陈建的办公室,楚天舒不知怎么来形容自己的心情。说什么呢?造化弄人,"宝马"这个楚天舒心中无法解开的结,居然现在让他去那里工作,本已开始淡忘的往事又开始涌上心头。

至今楚天舒也不知道是什么原因让杜宇仅仅在三个月的时间里就从自己的身边离开,最终和吴言走到了一起,那三个月里到底发生了什么?

六年前……

在深圳楚天舒找到了一家新的建材企业进行合作,他们的新产品是来自北欧的一种工艺,新型环保建材。楚天舒让杜宇与吴言联络,他则加紧与这

家企业的谈判,其中有一项对他至关重要的谈判,在 N 城建一个北方代加工的工厂。

代加工工厂的事谈得并不顺利,但代理权却很顺利。这里一家私营企业,他们今年的目标就是北方市场,与楚天舒接洽了几次后,他们认可了楚天舒,把北方地区总代理的资格给了他。

在火车上,他接到了杜宇的短信,杜宇告诉他人文学院那边联系得还不错。

楚天舒一身轻松,意气风发地从深圳回到 N 城。虽然关于代理加工的事没谈妥,但北方总代理对他来说又上了一个新台阶。刚下火车,他就掏出手机给杜宇打了电话,让她马上安排与吴言见面,他要和吴谈聊一下项目。

然而事情并不像他想得那么简单,就在楚天舒回到家,还没来得及整理这次带回的资料时,深圳那边的电话来了,让他马上过去。

放下电话,楚天舒看了眼杜宇。

"我得回深圳。"

"什么!不是刚回来吗?"

"那边有事,我去出席一个活动,这次咱们拿到了北方地区的总代理……"

杜宇一动未动地听着楚天舒激动地讲着,她知道,楚天舒决定了的事情谁也无法改变。

"这边怎么办?"杜宇问。

"这边的工程非常重要,咱们拿到了总代理,这个工程正好可以帮咱们上个台阶……我们到那时就完全有能力上自己的工程……"

就在楚天舒"设计"美好未来的时候,杜宇突然插了一句:"咱们什么时候结婚呀?"

杜宇这句冷冰冰的话让他一下子如坠深渊,大学毕业四年了,这是杜宇第一次和他提结婚的事。楚天舒明白,女人到了一定的年龄对婚姻的向往、对家庭的渴望要大于一切。这个时期男人必须给女人一个明确的态度,给女人的承诺虽然什么也不代表,但是作为男人有一个好态度会让女人心中安稳很多。

"等我这次从深圳回来,我们就准备婚事,人文学院的事一结束咱们就结婚。"说完,楚天舒一把抱住杜宇,"我一定会给你幸福,一定会的。"

杜宇看着楚天舒,觉得自己好像是在逼婚似的,笑了笑将头埋进楚天舒怀里。

清晨,楚天舒离开时,杜宇还在睡觉,他给杜宇留了张字条,叮嘱她万万不能放松与吴言的联系,既然是对方表明了态度,不管用什么办法也得拿下来。最后他没忘写上一句:回来后我们就开始准备婚事,我爱你……

在深圳,楚天舒住了一周。他有幸见到了这次新合作的集团的董事长李笑然。这位年仅35岁的董事长性格开朗,睿智而善谈,在他的身上,楚天舒几乎是看见了自己的未来。因为他的野心与不安分,也就注定了他的与众不同,这也包括了他的感情。

他与李笑然谈得非常愉快,谈了运作和长远计划,甚至谈到了他个人的目标。

李笑然微笑着听着面前这个年轻人的讲述,他能感觉到,这是个有着极大野心的人,但同时他也是一个很容易忽略身边人感受的人。或许正因为这一点,他的成功还要经历更多的磨难和失败。

一直以来楚天舒都觉得婚姻对于他和杜宇来说不过是形式上的东西罢了,他觉得没有必要去走那个形式。不过他能理解杜宇,女人的感情和对待感情的态度与男人不同,他这次回深圳之前,确实是计划好了回去后与杜宇准备婚事。但这一周来,他彻底否定了先前的计划和他对杜宇的理解。

李笑然雄厚的资金、指点江山的气度和他的雄心都是楚天舒向往的,或者说是他一直以来的目标。目标活生生就在眼前,他怎能不心动?回去的火车上,楚天舒手拿计算器,一边盘点自己现在的库存金额,一边筹划着下一步该怎么做。与这个新型环保建材相比较,他更看好李笑然这个人。

回到N城。

楚天舒进门第一句话就是:"人文学院那边怎么样?"

"你才走了一周,他们能怎样?"

"他们不急?那我们也不急。我最近有个新计划,现在店铺中三个利润不高的没必要投入精力了。与其费神费力不如直接关掉,这样我们也就有足够的精力把未来的这个项目做好。我非常看好这次的合作项目,如果做得好,我们真的可以更上一层。人文学院是个很不错的机会,做得好正可以向对方展示我们的实力……"

楚天舒自顾自地憧憬着,在他眼里似乎已经看到了明天,非常美好而真切的未来。但他唯独没看到现在,眼前他的女朋友正以一种怎样的目光盯着他。

"我以为你会和我谈结婚的事……我想知道在你的计划里有我吗?"

听完这句话,楚天舒很心烦,他不明白杜宇这是怎么了,结婚的事儿说了一遍又一遍,他都有些麻木了。楚天舒始终都觉得他们现在这种情况与婚姻并无区别,既然如此何必要去走那个形式呢?

两个人第一次因结婚的事情发生了争吵,彼此也是第一次很多天没有说话。

这几天里,楚天舒并没闲着,他按照自己的计划一步步地进行着。店铺被他转租出去了,价格他很满意。与笑然集团谈妥了广告投入的事情,前期经费也已经到账。这几天里,杜宇也同样很忙碌,楚天舒为分散她对结婚的

注意力,让她主要跟进人文学院。

虽然这几天中他和杜宇一句多余的话也没有,但楚天舒能感觉到杜宇一样在忙碌。这也证明她忘记了结婚这件事,他不奢求杜宇能理解自己,只觉得只要两个人的方向目标一致就一定会得到想要的结果。

直到……

直到有一天,楚天舒发现杜宇开始心不在焉,经常若有所思的时候,他才意识到是否有必要和杜宇好好谈一谈了。

4

想好了要找杜宇聊一聊,楚天舒就开始想在什么地方,想来想去,决定在一个他们大学时常去的冰激凌店,当年这家店两个人无数次地光临过。这家小店没什么特色,但却坚持了这么多年。之所把地点选在这里,楚天舒是希望杜宇能够回忆起一些往事,也希望借此来告诉杜宇,坚持到底就能一起面对未来。

看着面前一口口吃冰激凌的杜宇,楚天舒开口问:"你想什么呢?"

"没……"

"你还记得吗?上学时咱们经常来这里。"

"那时候太美好了,现在人越来越现实,生活也越来越无味!"

楚天舒愣愣地看着杜宇,他知道杜宇对现在这种生活很不满意。也正因为如此,他特意选择了这家店,来聊一聊两个人的现状或者还会说一下未来的美好画面。不过看她的意思,似乎并不想讲和。

"人文学院那边情况如何?"

"很顺利,再有一个月就可以签合同了。"

"这么快呀……"楚天舒没想到他没出面,杜宇就能把这个项目谈下来,真是不容易,接下来就是货源了。

"除了人文学院,除了你的项目,我想知道我们还能说些什么?"杜宇的口气比她面前的冰激凌还要冷。

楚天舒一时间哑口无言。

杜宇目不斜视:"果然是无话可说。"

一切还没开始就不欢而散了。楚天舒不知道问题出在了哪里。

当晚为了缓解气氛,楚天舒买了一束玫瑰。进门后看见杜宇正坐在沙发上看电视,他大摇大摆地走到了杜宇面前。

"你这算什么?求婚?"杜宇依就是一副冷面孔,甚至有些要开战的架势。

这句话让楚天舒又一次陷入沉默。

"算了!别费劲去编造花言巧语了。我知道你心里压根就没有这件事,既然如此何必费心机编故事呢?"

楚天舒站在那里一动不动,仿佛是被这番话点中了穴位一般。他想告诉杜宇自己不是没想过结婚这件事,而是想过一段时间再准备,现在他们的事业正处于一个重要的上升期……可这些理由是根本没法说的。他明白只要自己一张嘴肯定会被杜宇驳为狡辩、花言巧语、费尽心机编故事……但不说话就能让杜宇消气吗? 就能改变现在两个人之间的局面吗?

杜宇根本就没想听楚天舒的解释,站起来朝卧室走去。楚天舒目视着杜宇的背影,看着卧室门关上,他感觉到一堵无形的墙在两个人之间打开了。

第二天一早,楚天舒从梦中醒来,一时间忘记了自己在沙发上睡了一夜。揉着酸痛的肩背,看见卧室的门开着,里面空无一人。他给杜宇打了三次电话也没有人接,他不知道杜宇去了哪里。他并没有意识到问题的严重性,所以全部心思还是放在了自己的事业上。

与笑然集团负责北方事务的区域经理多次沟通后,楚天舒开始了大规模的宣传,所有能利用上的关系也是一点不落地利用上了。

一周后,杜宇回来了。楚天舒陪一个包工头吃喝完,刚一进门就看到杜宇坐在沙发上,一只皮箱靠在沙发边。

"你要出门?"楚天舒感觉自己的声音有些抖。

"没有我也一样挺好。生意一样做,生活一样过。"

"你……"

"你太不了解我了,楚天舒! 这么多年了真没想到你还是这么不了解我。"

"你想要什么? 结婚? 没问题。明天,明天就去!"眼睛盯着靠在沙发旁的皮箱,楚天舒有些怕了。

"我想要什么你根本不明白。我想要平静的生活,和其他的普通女人一样的生活。你太飘了,我受不了。"说完这话,杜宇拎起皮箱朝外走去。

一辆白色的宝马车停在了小区门口,一路上楚天舒无数次想把杜宇拦回去,直到看见那辆白色的宝马。杜宇站住了:"我真的累了,你放了我吧。我不适合你那种生活,我的要求不高,只想有个家,平稳的生活……"

楚天舒无言以对,他看见了吴言,心中一惊,看见了杜宇钻进那辆宝马,看见了那辆宝马飞驰而去……

这些年来,这些回忆他始终不想触碰,他心里压抑了许久也挥之不去的便是杜宇钻进那辆宝马车时的情景。那时起宝马成为他心中的一个结,直到今天陈建与他谈话,告诉他将去宝马做销售经理助理。终于他明白了,人的一生,有一种情感是挥不去、舍不掉、剪不断、抛不走的。

第三章 接受是一种无奈

1

生活让人只能无奈地接受,接受无法改变的命运。

楚天舒别无选择地接受了去宝马的任命,陈建在找他谈话时曾对他说过要认真和销售经理李凡学习,全力配合李凡的工作。至于其下一步的安排和其他的事情陈建并没有说,楚天舒也不想问。

第二天调令就到了东风雪铁龙,大家对楚天舒的离开并不意外。吴戈对他说:"能与陈总一起工作机会难得,好好表现。"

带着对"宝马"这个品牌无法释怀的心结,楚天舒成了这个品牌4S店的销售经理助理。在时间面前,一切都变得渺小了。来到龙川集团马上第三年了,这是他第一次跨出雪铁龙这个大门。陈建怕楚天舒对雪铁龙有惯性思维,所以在他到来的第一时间里便安排了与销售部全体人员的见面。

与刚进入龙川集团时一样,楚天舒参加了销售部的晨会。销售经理李凡带着手下6名销售顾问向楚天舒介绍了宝马品牌旗下的全系车型。

6名销售顾问用了近两个小时的时间把全系车介绍完后,陈建问楚天舒:"感觉怎么样?"

"很好,很全面。"

"给你印象最深的是什么?"

"美女……"

这个品牌的6名销售顾问都是身高一米七以上的漂亮女孩。楚天舒用句玩笑遮盖了自己的内心;他内心深处在寻找吴言那款宝马,并暗自在心里重复一句话:一定要买一辆自己的宝马!

陈建笑了:"把你调过来是个非常严重的错误。"说完转身对着6名女孩子,"这小子至今单身,你们都小心点,有需要人身保护的提前说话。"

楚天舒想也不敢想的是宝马早会加上流程的演练居然能够有两个小时,这主要还是因为这里平时的客户不多,所以也就有这么充足的时间。早会和演练都结束后,楚天舒跟着李凡走进他的办公室。李凡的办公室里挂满了各种看板,楚天舒粗粗看了一下,有十几块。

"坐吧。"李凡微笑着说,"这间办公室除了我这个活人之外全都是数据。

关于销售数据的看板有三块，月度进出货目标、个人目标达成、月度利润达成情况；关于整车保险的数据也有三大看板，部门任务推进、部门利润达成、投保率；关于精品装饰的数据也是三块看板，部门任务推进、个人利润达成、集团贡献率；库车辆看板相对复杂一些，不过咱们内行人一眼就能看个八九不离十，各品牌间也是大同小异，不难理解；厂家任务看板与集团任务看板是同一块，这样方便我们对任务进行总体分析；最后一块是市场管理看板，包括单月市场活动及集客目标，完成情况及效果。这是我写市场工作报告的依据，是很重要的。"

　　李凡把墙上挂的各种看板给楚天舒做了介绍，没容楚天舒开口，他就自顾自地打开一盒烟，示意楚天舒也吸一支。楚天舒摆摆手说他不吸烟，李凡自己点了一根，边吐烟圈边对楚天舒说："这些东西不难，估计你都明白，用不着我多说。这些是陈总的命令，我也没办法。"说完看了眼另一间玻璃办公室，"这就是新官的三把火，正常。陈总是集团副总，他来这里做品牌经理只要稳定现在的局面，你现在不要着急，先看为主，有咱们放手干的那一天。"说完，李凡吸了一口烟轻轻地吐了出来继续说，"你现在没有单独的办公室，和销售顾问在一个办公室，处理事情由我来，别担心。你现在的任务就是和他们处关系，等你上位了就知道这个时期多么重要了。"

　　楚天舒真没想到这个李凡居然敢暗示他会成为这里的品牌经理，而楚天舒会成为销售经理。对这种说法楚天舒不置可否，他只能保持沉默。

　　看着面前这个盲目自大的李凡，就冲他这些话，他也没可能做品牌经理。从李凡的办公室出来，楚天舒来到销售办公室。这里的办公环境要比雪铁龙优越许多，李凡让一个叫陈菲的女孩给楚天舒安排办公桌。陈菲是展厅主管，协助李凡的日常工作。她给楚天舒介绍了销售部其他五个人，看着一个个花枝招展的女孩，楚天舒真有掉进万花丛中的感觉。

　　安排好了楚天舒的办公桌后，几个女孩各忙各的去了。楚天舒站在销售办公室门前，看着展厅里唯一的一对客户，似乎是对夫妻。这种高端品牌的客流相对较少，有些客户也只是看看车、过过眼瘾。

　　这时一个长头女的女孩一脸气恼走了进来："男人没一个好东西！"说完一抬眼看见了门口的楚天舒，"楚经理，我可没说你。"

　　"你没把我当男人？"

　　"不……不是……我……"

　　看着一脸尴尬的女孩，楚天舒笑了："我开玩笑呢，别当真。"

　　陈菲抬头一脸坏笑："又被骚扰了？谁让你是站花，你来了我们都解放了。"

　　女孩并没理会陈菲的调侃，脸上依旧是有些尴尬地对楚天舒说："楚经理，真不好意思，都是那个干巴老头。"

"什么意思?"

"一个干巴老头,看了快一个月车了,今天来交订金,结果跟我说晚上他朋友有个小Party,让我和他一起去。说只要能去,明天就全款提车。我去他的吧……"说着女孩看了一眼楚天舒,"老干巴头子跟块腊肉似的,做癞蛤蟆他都没资格,还想吃天鹅肉。"

楚天舒笑了,看着面前这个心直口快的女孩,从刚刚陈菲的话可以听出来,这个女孩应该算是"新人",起码比起其他几个销售顾问来得要晚。

"腊肉比癞蛤蟆好,起码看着不那么讨厌。"楚天舒开玩笑地说。

陈菲和那个女孩都乐出了声。

快下班时,楚天舒终于找到了与陈菲聊几句的机会。

陈菲说陈建对这里的要求基本上没有变化,但与以往的老总相比他更重视销售,现在陈建重点抓保险和售前精品加装。陈建这几天正在与李凡商量对策,按陈菲的话:"想办法对付我们呢。"

龙川集团中各品牌有相对独立的管理,各品牌店的考核制度也不一样,所以品牌经理有很大的自主权。周亚川对旗下的各子品牌一贯采取要利润不过问管理的方式,他作为董事长,这种放权是可以的,但陈建这个位置的高管可就不容易了。众多4S店之间的考核不同,管理制度也不一样,必须时刻保持清醒的头脑,这真的是一件很难的事情。此时,陈建正在自己的办公室里与销售部和服务部的两个部门经理研究新的考核方案呢。

中午在食堂,楚天舒看见了贾媛媛,她告诉楚天舒一个他意料之中的事情。"张丽也辞职了。"楚天舒越来越觉得龙川集团是个有趣的地方,这里的人都很聪明,也都挺傻。

边吃饭楚天舒边琢磨着,龙川集团只适合两种人,聪明人和傻子,平常人是留不住的。只不过每个留下来的人都觉得自己是聪明人而不是傻子。正在这时,手机响了,是马维英,他询问楚天舒感觉怎样,并嘱咐以后少喝酒。楚天舒很清楚他来电话的用意何在:"马哥放心,车的事我肯定上心。我现在调到宝马了,接触的人层次不同了,机会也就多了。"

懂得时刻为别人着想,把别人不方便说的话说在明处,这是楚天舒过人之处。

放下马维英的电话,楚天舒刚想继续吃饭,有人在他肩头拍了一下:"什么人呀?想买什么车?"

楚天舒回头一看,李凡不知什么时候站在了后面。楚天舒心头一动,这个李凡居然在"盯"着自己,听他的口气刚才他一直在听着。

"一个以前的客户,想买个高档点的二手车,让我帮着寻一个。"

李凡点了点头,并没和楚天舒坐在一起。楚天舒几口吃完了餐盘中的饭菜,站起来准备离开。这时,手机又响了。楚天舒用眼角的余光看了一眼李凡,李凡的目光正向这里投来。楚天舒肯定了,这个人太"关心"自己了,一定有问题。

电话是陆强打来的,电话里陆强态度很坚决:"不管有什么事你也给我推了,今天我必须见到你才行。"

整个上午,展厅里只来了三拨客户。如此淡的人气为什么不想想办法呢,现在正是做活动的最佳时机呀。

楚天舒把这个想法对陈菲讲了,陈菲沉思了片刻:"楚经理的想法真的挺好,但和这里的情况有些差距。现在市场部经理李凡兼任着,他可能没那么多精力吧。"

听陈菲这么说,楚天舒明白了她话里有话。

陈菲笑着看了看楚天舒:"我觉得,你们两个中有一个会去市场部。"

与李凡的话相比,楚天舒相信陈菲的判断。

他深感以李凡的能力做销售经理已经很勉强了,做品牌经理是绝没可能的。他想起那个女孩的话,一个连癞蛤蟆都没资格做的人,也敢梦想吃天鹅肉?

陈菲问楚天舒有没有活动计划或是想法,楚天舒很认真地思考了一会儿,又很认真地摇了摇头。

来给李凡做助理的第一天起,楚天舒就暗下决心要收好尾巴。所有的懂与不懂他全放在心里了,他想看看销售经理应该怎么做。不过第一天只过了一半,他就领教了李凡。这个人看上去勤奋、认真,实际上太过虚伪,而现在他对自己更是"小心关照",今天他在背后听马维英的电话,足以证明他时时处处在留心着自己。李凡暗示自己他会高升,其目的就是让自己小心与他处理关系。这一点对于楚天舒并没有太多作用,现在的楚天舒不对任何人有威胁,当然别人对他也无法构成威胁。他不能很准确地猜透陈建或周亚川让他来这里做助理的目的,但他多多少少能感觉到,这里不是他的长留之地。李凡是个会做表面文章的人,这种人很难有大发展,但也不会有大麻烦。领导对这种听话、善于表现的手下不喜欢,但决不讨厌。

下午几乎是上午的翻版,展厅里依旧是没几个客户,李凡也依旧在他的办公室里"忙着"。眼看就要下班了,陈建给楚天舒打了个电话,让他下班后到自己办公室去一下。放下陈建的电话,楚天舒给陆强拨通了电话。

"强子,我今天有点事,改天行吗?"

"别,我等你。听说你去宝马了,我不管是宝马还是宝驴,我今天必须得见到你。"

"那你得多等会儿,我不知道什么时候忙清。"

"行,多晚我都等你。"

听着陆强坚定的口吻,楚天舒觉得他或许真正要和自己谈的事是关于杜宇的。

2

陈建的办公桌已经不那么杂乱了,陈建也是一副轻松自在的表情。
"今天感觉怎么样?"
"挺好。"
陈建点了点头:"李凡给你安排具体工作了吗?"
"没有,他让我与销售沟通感情。"
"让你干什么?谈恋爱呀?工作是一切,这一点你应该很清楚。李凡身上有缺点,让你来这里给他做助理就是希望你能看到这些,也希望你不要犯同样的错误。李凡是很典型的学生经理,大学毕业就来到了集团。正赶上老大重视文凭的一个时期,很快他就成为销售经理,其实对这些,他自己恐怕也并没有准备,所以在患得患失心理的驱动下他变得只会附和,喜欢做表面文章。在集团处于发展的阶段之时,决策层喜欢这样的人,利于管理,而且对决策层提出的各项意见也坚决执行。但目前集团大发展的时期已经过去了,渐渐走上了稳定之路,这种情况下集团需要有能力、善于管理、勇于承担责任的人。就目前来说,集团希望你能全面了解中层管理者的工作内容、管理模式和管理习惯。集团有一些中层管理者思路比较顽固,不可能轻易改变。你如果想触碰这些敏感的地带,千万要小心,不要成为大家眼中的另类而被所有人孤立。很多有经验的人被淘汰并不是他们能力不够,而是他们很难改变自己的固有思维模式,很多问题从最开始就想的有偏差。我不否认你的能力,也认为你是个勇于承担责任的人,如果能把自身的经验与集团的实际情况相结合,这里有你很大的机会和空间。"

陈建的话听上去有些乱,但每一句都有很强的针对性。楚天舒认真地听着每一句话,他明白自己的猜测基本上是正确的,目前在这里,李凡虽不被喜欢但也绝没有遭到抛弃。所以目前的他还只能是个过客,这里不是他的落脚点。陈建反复强调了学习这里的管理思路、习惯和模式,就是让楚天舒也同样能够学习李凡的工作作风。听上去有些矛盾,李凡的行为并不被领导认可,为什么还要向他学习,学什么?其实学会一些东西并不一定要应用,李凡的那种工作方式好与坏无法简单评述,但如果不明白不了解,作为领导就会有大麻烦,被下边人的假象哄住。

这样看来,楚天舒应该有不错的前景。

楚天舒走后,陈建把文件又归整了一下,关上电脑准备赴一个约会。下午他给郑旭飞去了电话,为了完成周亚川交代的任务,他约郑旭飞见面吃饭。

临出门前,陈建又给周亚川拨了电话。

"我约了郑旭飞在外面吃饭,一会儿就过去。"

"嗯,你们聊聊吧,看他有什么想法。"

陈建是个极小心的人,虽然与郑旭飞的见面是周亚川授意的,但在见面之前他也依旧要向老板汇报一下。毕竟他现在要见的是一个已经"叛逃"的人,所以不管怎样一种情况,他都要通知老板自己的行踪。

陆强让楚天舒去家里,他说家里就他自己,挺方便的。

到陆强家时已经快8点了,陆强准备了火锅,还有一瓶五粮液。

"这是怎么个意思?太丰盛了吧,我怀疑你另有所图。"

"看你说的,哪有那么严重,就是想借个机会和你叙叙旧罢了。"

"没关系,别管聊什么,白吃白喝的事我很乐意。边吃边聊吧,我饿了。"说完楚天舒坐在椅子上,伸手把五粮液拿了起来,"你真是挣大钱了,这酒可是不错,我最喜欢的就是五粮液。有什么正事快说,喝多了我就没谱了。"楚天舒感觉陆强今天很怪,他感觉到陆强有事,绝不会只为建材城。难道杜宇在这里,说不定一会儿就会和郭扬从里面卧室走出来?这样想着,楚天舒突然感觉有些紧张,脸上也开始发热了。

陆强从楚天舒手中接过白酒:"有个朋友搞了个建材城,我投了点钱,想听听你的意见。"

"什么样的?多大规模?"

"城东区的一家大超市,倒闭了。我们承租了下来,又找了个合伙人,想干建材城。"

"有投资人,有合伙人,你这个小股东还有什么可担心的?跟着干就行了。"

"关键问题对这行我不了解,对投资人和合伙人我又没信心。"

"谁是大老板?"

"王刚,你还记得吗?"

"有印象。他不好好地开矿瞎折腾什么建材呀!我跟你说,这可不是闹着玩的,搞不好就是血本无归。合伙人是干什么的?"

"一个建材商,有自己的工作,他负责招商。"

"噢,那还好,有个有经验的人帮助你们也就少点风险。你不接案子了?"

"现在我很少去事务所了,我跟王刚合伙做生意呢,我们刚收购了一个国有建筑企业,我做总经理。律师是我的底线,有机会的话我会往高飞。下一步准备收购个纺织厂,做一个大型娱乐城。我想自己开个酒店……"

听着陆强的美好设想,楚天舒沉默不语。他不明白陆强叫自己来干什么,似乎他并不知道杜宇的事。

"你老婆呢?"楚天舒试探了一句。

"去杭州了,估计一个星期才回来。"

"建材城我给不了你建议,以前我做的只是品牌代理,说白了,就是建材城里的商户。"

"我知道,我找你来想让你帮我介绍一个人。"

楚天舒有些不解,他盯着陆强:"在你的地盘上还需要介绍人给你认识?"

"我的地盘自然我做主,不过出了我的地盘我就不好使了……你认识李笑然吗?"

楚天舒一愣,点了点头:"以前我拿过他的品牌。"

"他就是合伙人。"

"厉害呀,触角伸得够长的。既然是合伙人,你不会不认识他吧?"

"认识,但我想更深地接触他……"

"什么意思?"

"你只要帮我约上他就好,我和他单独谈就行。"

"你怎么肯定我能约他出来?"

"他应该很欣赏你吧。"

楚天舒盯着陆强,他在陆强的眼中看到了狡诈和不信任:"你小子敢查我?"

"别给我戴高帽了。我们想了解点事并不难,咱们自家兄弟我也不瞒你,我想在他那里也参股,这样他们两家谁也抛不了我。"

楚天舒点点头:"我尽量吧。"

"你能现在联系他吗?"

楚天舒抬手看了眼表:"如果没意外他现在正在做理疗,明天吧。"楚天舒不想当着陆强的面打电话,他觉得李笑然肯定会拒绝与陆强的这种见面。

陆强也没有再说什么,两个人都默默地想起各自的心事。

"你知道杜宇来的事情吗?"

陆强惊讶地看着楚天舒:"不知道!她找你去了?"

"偶然见到了,估计她早就到了这里,准备结婚呢。"

楚天舒说得极平淡,他已经想透看开了,杜宇不管在哪儿,是什么样的状况,和他都没有丝毫的关系了。

"你们说话了吗?"

楚天舒点点头:"总不至于陌路吧?"

"你们俩到底怎么回事呀?"

"一言难尽,我自己也说不太清楚,有机会我和你详细说吧。"

3

回家后,楚天舒冲了个热水澡,酒意在热水中渐渐退去。一杯清苦的咖啡让他更加清醒了,下班后陈建的那番话在他耳边回荡着。

陈建以集团副总的身份和我谈这些是什么意思?

这个问题在他脑海中没有找到合理的答案。李凡、陈菲、陈建这三个人的话他谁的也不会全部相信。但相比较起来,陈建的话是三个人中分量最重的一个,毕竟他的身份不同。陈建的每一句话似乎都在暗示着什么,也正是这种并不确定的暗示,让人最难把握。

一整夜,他都睡得不好,脑子里乱七八糟地转个不停,真不知道是睡了还是没睡。

不到5点,天还沉沉的,没有丝毫要亮的意思。冬季的北方,5点和深夜是没有多少区别的。一夜的思考,楚天舒终于理清了一些思路。现在他最该做的就是接受,不管是做助理还是做其他别的工作。少说话,认真做,不管谁的话可信,也不管谁的话无聊,他只会相信自己。

早上到办公室后,他给李笑然去了电话,互相问候之后,楚天舒说明了这个电话的用意。

李笑然沉默了片刻:"你和那个律师关系很近吗?"

"大学同学,关系一直不错。"

"那我和你说实话吧,这件事你别多参与,情况挺复杂。你那个同学也并没和你讲全部的情况。事情复杂,电话里也不能讲得很清楚。总之一句话,我不会见他,你也不要参与他们的事,这个电话就当没打过。"

周亚川一早就来到办公室,他知道陈建一定会来找他。平素里,办完了自己交代的工作后,陈建肯定会在第一时间里来向自己汇报的。看着水族箱里金龙鱼傲慢的身姿,周亚川心绪不宁。

武汉二汽网络部来了信函,国产标致即将下线,东风标致销售公司在全国精挑细选了22家经销网点,周亚川名在其中。由于法方的重视,这次厂家方面主动与经销商取得联络。这是标致品牌第二次进入国内市场,与十多年前相比较,中国大陆的市场已经扩大了不知多少倍。由于是"二进宫",所以从上到下都非常重视,在全国首选的22家经销商都是有相当实力且能够左右市场的。对周亚川而言,这些年来新品牌越来越多,而他身上的压力也越来越大。

还有件事让他始终放不下心来,通业集团的信息始终不多。他相信通业集团是下了大力气的,但他始终也得不到有效的情报。正在这时,郑旭飞突然提出了辞职……

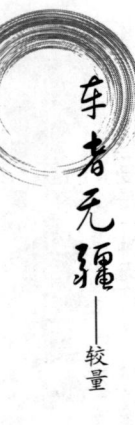

陈建的敲门声打断了周亚川的思绪。

昨晚陈建与郑旭飞谈得不太顺利,郑旭飞只是反复说自己太累了,想休息。

周亚川点点头:"随他去吧,想走的人咱们留不住。"说完把桌上的文件递给陈建,"二汽网络部发来的邀请函。"

陈建接过来认真看了一遍:"这个品牌难度不小。"

"为什么?"

"这是他们第二次进入国内市场,第一次的不成功对品牌形象冲击不小。这次的卷土重来不知会怎样,目前来看,他们估计也是信心不足。"

"我们与二汽合作得还算顺利,试着考察一下。正因为第一次的失败,这次厂家肯定要增加投入、加大关注。"

从周亚川办公室出来后,陈建一路上都在琢磨一件事。为什么周亚川不想再提郑旭飞的事儿了?他知道周亚川一直派人在注意着通业集团北方分公司,那么是否周亚川已经知道了郑旭飞的动作了呢?难道说他没有去通业集团?不管他去了哪里,不出三个月集团里各品牌经理就必然要开始议论了。如果郑旭飞聪明的话,他应该至少半年后再露面。不过最重要的问题是哪家用人单位会给他半年的时间,陈建预感郑旭飞不会有太好的结局。

回到办公室,桌上放着一份特快,他打开一看,是两张周末电影的首映门票。看了眼票价,陈建马上给前台打了电话。前台的小姑娘说这个特快早上送到的,她放在办公室的。盯着桌上的电影票,他脑海中一遍遍地想着有谁会下如此本钱给自己这两张电影票。几乎每一个想到的人又都被他否定了,他想不出会是谁。就在这时,他的手机响了。

"陈总您好。"

"朱宇阳?!"

"好久不见,别来无恙。电影票收到了吗?这场首映的票很难找的。"

"谢谢,我刚刚收到。"

"陈总不必客气,工作娱乐都很重要,我觉得您的压力太大了,所以请您和夫人放松一下。"

放下电话后,陈建马上意识到问题非常严重。朱宇阳怎么能如此准确地把快递送到宝马的品牌经理办公室?他刚刚进门,朱宇阳的电话就来了,难道仅仅是巧合?这两个疑问的背后是一个可怕的事实,龙川集团内部,确切地说是这个品牌的内部有人与朱宇阳在联系。

正这时,桌上的电话响了,是前台打来的。

"陈总,董事长来了。有个客户来这儿看过车,也跟来了。"

"叫我没有?"

"没叫。"

"你让李经理先下去,你看一下是谁的客户,问问怎么谈的,马上回给我。"

找到周亚川的客户很多,但他亲自带来的非常少,不用问,这个人的关系不一般。

李凡下去后不久,周亚川就到了二楼陈建的办公室。

"X3,你把所有政策都刨干净,出一台。"

陈建点点头,看来客户确实来头不小。

"你跟我下去吧。"周亚川似乎没有坐下的意思。

在展厅里,陈建见到了刚刚试车回来的客户,周亚川给双方做了介绍:"我不多陪你了,你放心价格。"客户自然是点头称放心。

陈建则把销售顾问叫到了一边。

"客户想要的车有现车吗?"

"没有,他要蓝色的,只有红色和银色的了。"

"你能劝动他吗?"

"尽量吧。"

陈建又交代李凡:"这台车已经让清了,什么也不能送了,而且必须提现车。"

找人买车的客户达到目的后便不希望熟人在身边了,他们觉得有些话说起来不方便。

楚天舒看着展厅里的客户问正在电脑前的陈菲:"那不是腊肉吗?她不是不喜欢腊肉吗?"

陈菲抬头朝展厅看了一眼,笑了:"现在腊肉已经变成王子了,咱们的天鹅从来不忌口,统统都吃。"

楚天舒笑着摇了摇头,从陈菲的语气中他听出了几分不平的意味。这种心情也容易理解,同一个工作平台下,得到机会多,自然也就会得到同事们的异样目光。

和陈菲又聊了几句,前台到办公室通知楚天舒,陈总要求下班后在二楼他的办公室开会。

4

陈建办公室内,李凡、楚天舒之外还有服务经理贾彬和财务经理,陈建把楚天舒给两个人介绍之后清了清嗓子。

"今天没太重要的事情,大家汇报一下各自负责部门的工作,主要是这个月的情况。李凡你先说吧。"

李凡把笔记本铺开,坐在他一旁的楚天舒见他的本子上密密麻麻地写满

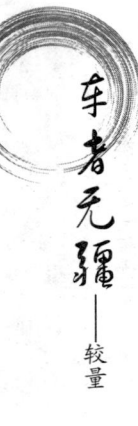

了东西,估计这通儿汇报时间太短不了。

"我先说一下上周的情况吧,上周总体情况不理想,成交三台,订单一台,退订一台。目前我们销售出货完成79%……"

"等一下。退订是什么原因?为什么我不知道?"陈建突然打断了李凡。

"这个车……"李凡明显有些蒙,翻了翻他那密密麻麻的笔记本,"这个车是当天来看车就订的,订金1000元。客户想办贷款,但手续费没谈拢,再加上客户想要的车我们没现货,最后当天下午就主动放弃了,按集团规定订金不足5000元且当天退订,销售经理可自己决定……所以我就没和您打招呼,自己决定了。"

"车价谈好了没有?"

"车价谈好了,但是客户是贷款,贷款手续费没谈拢……"

"手续费没谈拢?怎么谈的?"

"贷款额的5%。"

"按规定不是可以优惠到3%吗?"

"是的,不过因为害怕影响销售顾问的情绪和积极性,我们一直坚持着5%绝不能浮动。"

"你指的是超过3%的两个点给销售顾问15%的提成?"

"嗯。"

"客户想要什么车?"

"老款3.0。"

陈建听见这句话,抬起头,目光直视李凡:"老款3.0我们不是有一台白色的吗?"

"客户想要银色的。"

"李凡,你做销售经理几年了?"

这句话把李凡给问愣了,他不知道该怎么回答。

陈建根本就没想让他解释:"如果销售顾问只想做报价机器,我没意见;如果你想做一个被客户牵扯着鼻子走的销售经理,我也没意见。但是你和你的销售都要离开龙川!为什么不发挥你的能动性?颜色是非常主观的,为什么不尝试一下?今天周总带的朋友买X3的,不也成功换了颜色吗?"陈建似乎突然间便爆发了,不光李凡,在座的所有人都有些紧张,但陈建并没有说完,更严厉的话还在后面。

"今年6月新款3.0上市后,老车型受到了较大冲击,我记得8月份的集团销售例会上,你向我要政策,当时我给过你单车单议的政策吧!我记得你和我讲过白色3.0的库存较大,我告诉你什么?目的是清库,在这个原则的基础之上不管是什么客户,只要有购买的意向,绝不能放弃。可是到了现在,你告诉我还有一台车,为什么在如此情况之下还要放走客户?!"边说着陈建边掏出手机,"老3.0进货价674835元,我们这台车已经滞库近一年,平白占压了公司60多万的资金,产生的利息多少你算过吗?这时候你作为销售经理居然考虑的是手下销售的情绪!你把公司的利益放在哪里?这台车怎么谈的?"

"优惠了15000元,送了8000元装饰。"

"装饰成本多少?"

"2400元。"

"那就是说,这台车实际优惠了17400元,老3.0报价729800元,优惠17400元,卖价为712400元,贷款首付30%,213720元,贷款额为498680元,保证金为24934元,销售顾问可以有3740元的提成。如果按3%的点数收取保证金,客户交款14960元,能省下9000多块,哪个客户是傻子?谁都会算账。"陈建边说边用手机计算着,"这台车我们进货价674835,如果能够按你们谈好的价格成交,保证金收取贷款额的3%,销售顾问少收入3000多,但公司能挣多少你算过吗?37565元!这台车由于滞库时间太长,厂家的各项政策都已经不再享受了!这也就是说我们能挣的钱只有30000多,一台车公司给你配了多少资源你算过吗?把这台库存清掉之后意味着什么,你想过没有?你作为销售经理的立场在哪里?如果你站在销售顾问的高度考虑问题,你觉得这个销售经理你能胜任吗?"

一连串的数字,一连串的疑问,李凡早已如坐针毡,而陈建接下来的一番话让他几乎绝望了。

"从今天开始到这个月的月底,这台车我不给你算。下个月一号开始,每过一周我加扣你150元,直到你清库为止。"

楚天舒听着陈建如此严厉的话语,感觉李凡真是无可救药了,陈建的话等于是给他下了定论,他在龙川集团恐怕已没有前途了。这样想着,他侧头看了眼身旁的李凡。

"你接着说吧。"陈建的语气平稳了许多,虽然脸上依旧没有笑容,但他能允许李凡继续说下去也是挺意外。

"上周展厅客流不理想,137组有效客户,留电率不到50%,试乘试驾率也偏低,7%。"

李凡的话说完后,陈建的办公室陷入了沉寂。楚天舒感觉到非常压抑,似乎连喘气都非常吃力。

"解决方案!问题出现了,就把解决方案提出来,你准备如何提高留电率和试驾率?"陈建口气严厉地打破了沉寂。

"针对客户不愿留电话的问题,我们准备制作留电卡片,客户留电后可凭卡片到前台领取小礼品一份。对于增加试驾客户的活动已经开始了,凡试驾客户均有礼品相赠,昨天是第一天,效果还不错。"

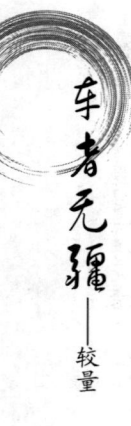

"怎么还不错?我要具体数字。"

"昨天客流37拨次,试驾25拨次。试驾率超过了65%,明显有了很大的提高。"

"你怎么评价自己的活动效果?成功?从不到10%的试乘试驾率到65%,这个数字足以证明了你这次活动的成功?可是在这些数字背后呢?你用礼品作为诱饵刺激客户,怎么能没有效果?你做卡片、送礼品,这些费用从哪儿出?车辆的销售成本无形中被你拉了上去。销售顾问的个人能力决定一切,为什么不发挥他们的能动性?我不反对你做活动,但如果你搞不清楚主次,你的钱白花!"

看着被陈建批得体无完肤的李凡,楚天舒很同情他。陈建刚刚一番话说得有道理,不过李凡的所作所为也并没有错。更为关键的,他的确取得了效果,这种情况下陈建依旧一通批,只能有一种可能性,陈建今天是带有目的的。

李凡汇报的工作只两项就被陈建批了这么多,他已经胆战心惊了,他不知道是不是还要接着往下说。

陈建看了一眼手表:"今天就到这儿吧,一会儿董事长还要找我。楚天舒留一下,你们先回吧。"

几个人出去后,陈建点上一支烟,静静地吸了半支。

"感觉怎么样?"

楚天舒只是笑了一下,并没接话。"李凡做营销的能力太差,你先管一下市场吧。你在雪铁龙时已经证明了你是个不错的市场经理。"楚天舒真没想到,在雪铁龙的三个月代理销售经理,陈建用这句话做了总结。

"明天你把下个月的广告思路、计划给我。我要详细的计划,费用预算和各项活动的实施细则。"

看着楚天舒走下楼,陈建松散地坐在了皮椅上。今天对李凡的"开火"是有原因的,他怀疑这个品牌有人与朱宇阳私下联系。能够让朱宇阳私下联系的人,不外乎几个部门经理,他今天是希望敲山震虎,不管是谁,他希望达到让"他"胆虚的目的。

从陈建办公室出来,边往回走,楚天舒边琢磨今天陈建对李凡的言行和对他说的那番话。显然,陈建是以集团副总的身份对李凡进行的"批评",陈建今天的言行已经表明了他对李凡的强烈不满,这一点太重要了。至于他自己,难道真的就像陈菲所说的那样?怎么办?没办法,只能接受。

快到家时,吴戈来了电话,询问楚天舒吃饭了没有。楚天舒乐了:"还没到家呢。"

"出来吃火锅吧。"

"都有谁呀?"

"我和天佐。"

一听有王天佐,楚天舒不想去了,但吴戈说什么也不答应。无奈之下,楚天舒只好答应。

"宝马那边怎么样?"王天佐问。

"和咱们那边差不多。"楚天舒特意把"咱们"两个字说得挺响亮,以表示自己没忘本。

"陈总是个有大智慧的人,你和他在一起肯定能学到不少。"

楚天舒笑了,他不想谈论关于工作的事儿。

吴戈看出来了:"来,咱仨这还是第一次一起喝酒吧?先干一个!"

楚天舒知道,他已经渐渐地走进了龙川集团的另一个小圈子,这一个圈子的人不同,也就有很大差别,他走进了这个圈子。

第四章　生存的不同方式

1

陈建让楚天舒做广宣活动计划,这对楚天舒来说难度不小,对宝马这个品牌内涵他并不了解,更为关键的,他对厂家的商务政策不了解。这就是致命的了,没有商务政策作为依托的话,怎么能够做好宣传呢?主机厂的要求无法达到,想要得到厂方的支持那真是扯淡了。

无奈之下,他找到了李凡,希望李凡能够提供一些帮助。

"陈总已经和我说过了,你来负责市场部的工作。这块的工作内容很多很杂,我希望我们之间合作愉快,好好配合。"

楚天舒听出了李凡的话中话:你小子负责市场部,明白了吧?别妄图插手我销售部的事情。

楚天舒很同情李凡,他这种患得患失的性格,注定了他就是一个心胸狭小的无能之辈。他始终会充满"危机意识",见到谁都时刻保持高度的警惕。

李凡当然不会给楚天舒任何帮助,他把楚天舒带到了市场部办公室。4S店的市场部一直是一个比较尴尬的部门,工作内容说起来是开拓宣传,不管是市场开拓还是营销策划宣传,市场部只是在花钱而不能直接创造价值。由于市场部在很大程度上只是执行部门,所以它只需要专员来负责主机厂方面的对接工作,给厂家报送一些销售信息、竞争对手的信息和固定的活动总结等。市场部也就不需要设立部门经理,许多大经销商设立这一职务,也多数是个虚职罢了。周亚川在龙川集团设大市场部的想法几经讨证,也已放弃了。

市场部的办公室非常小,只有两张桌子,一个市场专管员,确切来说是市场部内勤。是个女孩,叫孙筱玥。把楚天舒交到孙筱玥手里后,李凡大摇大摆地回到了他的销售部。看着李凡的背影,楚天舒觉得这是个孤独又可悲的人。

没时间再多想其他的事儿,楚天舒今天要完成陈建交给他的工作。他给姚雪竹去了电话,约她到宝马市场部见面。

姚雪竹的广告公司已成为龙川集团指定的三家广告合作商之一了。现在的她可真的是今非昔比了。

一见面姚雪竹就笑对楚天舒:"就知道你是厉害角色,宝马可是了不得的地方,工作环境真不错。"

"做经销商的哪里都一样,品牌是厂家的。"

"想搞活动?"

"我要做一份广宣计划,包括广告和活动,你有什么想法?"

"你风风火火地叫我来就是要我的想法?"

"对。"

"大哥,我正在广本店里谈一个大单呢,接到你电话就直奔了过来。你能不这样吗,我以为你有现成的思路了呢!"

楚天舒看着姚雪竹:"我就是想找你来聊一聊思路的事情。"

姚雪竹无奈地看着楚天舒:"我明白你怎么想的,不过思想是需要碰撞的,现在我可能给不了你什么意见。"

"下午3点前能给我吗?我非常着急!"

"应该没问题。"

"那我等你。"

"没事了?"

"没事。"

"求你了,下次这么点事您电话里吩咐我就行了。"

楚天舒乐了:"不好意思,我有点急。我们老总昨天跟我说的,今天就要,所以我也挺急。"

"老总要的,那必须好好表现,要不要尽善尽美?"

"别,太完美了我下次怎么进步?我现在脑子挺乱,你有想法就随意提……"

"下个月就是12月份了,你们汽车销售一年中难得的好季节,做什么活动合适?"

姚雪竹这句话一下子把楚天舒问愣了,他怎么忘记了,下个月是12月份呢?!对于外行人来说,这个月是汽车销售的旺季,但是对于汽车销售的圈内人来说,12月份还有一个特别的含意——这是全年的总结。陈建说李凡做营销不行,让他来做12月份的全部计划。他是不是让楚天舒在这个月把厂家的活动费用款的核销给套回来呢?这样想着,楚天舒突然感觉挺可怕,他好像是误读了领导的意图。不过这个想法他不能对姚雪竹说,毕竟她不是这个圈里的人。

"我再想一想,中午咱们通电话吧。"

姚雪竹走后,楚天舒马上让孙筱玥把今年厂家关于营销方面的商务政策拿给他。

厂家关于营销活动的商务政策规定得很详细,其中有一条很值得回味。

第四章 生存的不同方式

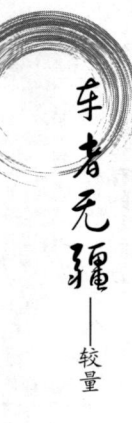

广告宣传与市场营销活动各占一半的核销费用,而且厂家是鼓励经销商做活动的,对于活动的核销一贯是执行得很有弹性的,网点的贡献率决定着费用核销的多与少。也就是说,网点的销量越大,可给的支持也就越大。

"今年广宣花了多少钱?"楚天舒问孙筱玥。

"不到90万。"

"这些可以核销吗?"

"没有问题。"

"市场活动呢。"

"一个没有。楚经理,咱们可以利用下个月的活动往回套钱。咱们区域,一直是咱们的贡献率最大。"

楚天舒点了点头,看来这个女孩也认真地看过厂家那些复杂的商务政策。

"每个月的广宣是你来做?"

"对。李凡从来不管这些事情,其实我也只是收厂家的邮件,联系媒体或广告公司,再找各种票据准备核销,很机械。"

"今年为什么没有做活动?"

"广告都有模板,我们只负责联系,很简单,也不会出问题。活动就不同了,要构思、要执行还要总结,麻烦不说,出了问题谁也不愿担着。"

"我想下个月组织点活动,你有什么想法?"

"我一般都负责执行,您的思路我来实施。不过,快到年底了,现在不管做什么样的活动都不会太有效果。旺季不用刺激市场,所以12月份最该做的是把活动费用往回套一下,否则太可惜了。不过您现在负责市场部,您来决定。"

楚天舒点点头,这女孩思路很清晰。

"你那里有没有厂家的全部商务政策?"

"有。"

"给我拷一份。"

孙筱玥递给楚天舒一个U盘:"这里是今年全部的商务政策,包括销售、售后和市场,还有我以前做的一些市场报告和其他网点的市场活动总结,您看一下吧。"

"谢谢。"楚天舒对孙筱玥报以微笑,这是个有心的女孩。

打开电脑,插好U盘,一份份地打开文件,认真地研究起来。边看边琢磨,一条计策慢慢在心底浮现。

中午快下班时,手机响了起来。楚天舒一看,宋光勇,这个名字可是许久没有出现了,每一次出现必定给自己带来好事。

"宋哥你好。"

"听说你高升了?"

"就是换了个品牌,工作内容差不多。"

"我来做保养,你有空吗,过来聊聊?"

"行。"

不管做到了什么位置,只要有曾经的老客户找你,所有做过汽车销售的人都会毫不犹豫地去见客户。

"宋哥又发财了。"楚天舒摸着宋光勇的肚子说。

宋光勇边笑边说:"辛苦钱,辛苦钱。你现在也不错吧?"

"我们打工仔能好到哪儿去,老样子罢了。"

"说个正经事,我想把车换了,你能给我帮个忙吗?"

"行,有事你直说。"

"我想换个悍马,你能给帮着找一台吗?我相信你,你帮我联系联系。"

楚天舒惊讶地看着宋光勇,两年多的时间这个小老板从七八万的车一跃到了100多万的车了?

"宋哥,你想去打伊拉克呀?"

宋光勇笑了:"我和朋友包了一个矿,干了一年了。这车底盘低,上矿太不方便,有人给我推荐了悍马,我看见过几次,感觉不错。我打听了一下,有一款97万的,我感觉挺合适,你帮我联系一下。再有我办贷款,但手续不全,你也得给我想办法。"

"车问题不大,不过原装车的价格是不确定的,汇率如果变化太大,车价也有浮动。贷款的事,我给你问问,找私人贷款应该可以,就是利息高点。"

"你看着办,钱我不在乎,我相信你。最好年底前给我信,年底要平账,我想用这车来充账。"

"好,我三天内给你答复。"

宋光勇满意地笑了:"中午我安排,你看还叫上谁?"

楚天舒明白宋光勇的意思:"叫上给你接车的服务顾问,让他再叫上几个修工。"

"行。"

李嘉朝楚天舒招了招手。

"怎么了,李哥?"

"你那个女同学的车到了,你通知她吧。"

"这车你办吧,我们关系一般,车价也没动多少,我怕她琢磨不合适再找我要东西。她要问我你就说我走了,别说太明白。"

"好的。"

李嘉说的女同学指的是杜宇,楚天舒不想再与杜宇有任何联系了。离开那座伤心的城市之后,他本想就此与那座城市、那个人不再有联系了,可谁知

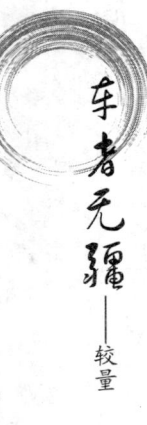

道人生就是如此的奇妙。你不想发生什么,什么就偏偏发生。现在的楚天舒把一切都看透了,对一切也就不会再有留恋。曾经的一切,哪怕是回忆他也不想与杜宇有任何关系。

中午在 4S 店附近的一家饭店,宋光勇请了楚天舒和售后服务的几个人。买了车的客户不管怎么相信卖给他车的销售,他们用车时最需要的人永远是售后的。

吃过午饭,楚天舒刚踏进宝马展厅,姚雪竹的电话就来了。

"你有计划了吗?"

"我来做吧,如果批准了你来帮我执行。"

坐在展厅的休息区里,楚天舒掏出手机,找到了阿峰的电话。

"阿峰,我是楚天舒。"

"你好,楚哥。"

"我手上没带着你给我的那份表,有个朋友要一辆 100 万左右的悍马,具体配置价格我也说不太好,你给看一下。另外他想走贷款,估计他手续不全,你看能不能想想办法。"

"问题不大,我们自己就有贷款公司。"

"那行,能给什么价?"

"我稍晚点给你打过去,现在在外面呢。"

"你给我发信息吧,一会儿我这接电话不方便。"

放下电话,他静静地看着展厅里的展车,目光中透出一丝得意,关于下个月的市场计划,他心中已经有数了。李凡不想让他插手销售部,他不会插手,但他要让陈建明白李凡的工作没有到位。楚天舒是个可怕的对手,他太不安分了,而且对于"仇人"向来不会轻易放过。

用了大概一个多小时的时间,楚天舒把简单的计划和费用预算都做好。他让孙筱玥看,让她提意见。孙筱玥边看边称"太棒了",看完后她提出一个问题:"这费用太高了,公司估计很难批准。"

楚天舒笑了:"这是给厂家看的,实际的费用应该不到 5 万,你觉得这份计划怎么样?"

"非常好,绝对可行,也非常有创意。"

"领导派我们工作,我们在套回钱的同时也得把本职工作做得漂亮,这样才能得高分不是。"

2

和筱玥做好了沟通之后,楚天舒把这份计划详细地整理了出来。在下班之前他把三十几页的计划书交到陈建手上,陈建越看眉头越锁得深。

楚天舒12月份的营销计划一共四项：

一、跨年冷餐会。活动时间为12月31日晚，邀约已购车客户代表，活动的目的是培育忠诚度。预计费用35000元。

二、艳炫之舞。邀约已购车女性客户代表，活动内容为全月参加美体健身体验营活动，活动目的是传播品牌时尚生活、品味优雅的生活品质。预计费用28000元。

三、聚交高端。月中时在市电视台做访谈类节目，以宝马车主的代表为谈话对象，目的是提升形象，增加购买感召力。预计费用30000元。

四、"新希望、新未来"！在展厅开辟一块长3米高1.5米的许愿墙，接受所有关注、购买宝马品牌的客户在此墙上许愿，明年春节前，将选出100位客户的最佳愿望，在媒体上公布，并赠送车模一个，目的是增加长期关注，并借此推出本店宣传口号：梦与你同行。

四大项计划之下，针对不同客户的分类，进行不同的宣传。

陈建把这份营销计划书合上："谈谈你的看法。"

计划书中其实已经写得非常详细了，那么陈建让楚天舒谈什么。陈建觉得以楚天舒的能力，他不可能不理解自己的意图，但他依旧做了这份"漂亮"但不实用的计划书，下个月的任务是什么？如果楚天舒不知道，他和李凡也就没什么区别了。他正是因为相信楚天舒比李凡强，所以让他谈一谈看法，也就是让楚天舒自己解释一下。

"下个月是传统的旺季，按道理我们不用做活动烘托气氛，但下个月的活动却是全年中最该做的一个月，而且是要大做特做的一个月。上午我仔细看过了厂家的商务政策，由于我们自身的理解偏差与片面，每个月我们都平白地损失了至少3万的营销支持。单独营销政策的文件不多，只有一项。全月活动不少于两次的网点，厂家给予全月营销费用50%的核销。除此之外，更多的是关于费用支持的政策，这些都是来自销售的商务政策。销量排名区域前三的网点，厂家奖励当月营销费用15%的支持；贡献率排名所在大区TOP5的经销商，厂家奖励15%；单月进货连续一个季度超过120%，厂家从第四个月开始奖励15%的费用；在活动现场中能够现场成交的经销商，厂家直接给当月份活动15%的支持。我仔细地看了咱们近半年的销售月报，咱们完全符合商务政策的要求，但我们一直没有做活动。而咱们区域其他网点的市场活动做得都还不错，厂家也确实是按商务政策来给予奖励的。我们之前的市场工作等于是在丢钱，而且不是小钱。下个月是今年最后一个月，大区营销部手中的钱肯定得全花出去。我们作为区域的龙头，一直没有像样的活动，所以这次的活动厂家必将支持。这次活动的实际费用在5万左右，我们上报厂家11万左右，不是为了挣这笔钱，只是为了把损失减小，而且要让厂家知道我们的营销能力。"

楚天舒这番话让陈建非常满意,他没想到楚天舒能想得这么细,做得这么漂亮。同时,对李凡他更加的不满意了,难道李凡平时不看商务政策?

"你再检查一下,如果没有问题就上报厂家吧。月底在北京将召开区域营销会,你去参加吧,这个会每个月月底都在北京开。你去也可以和同行们多交流。"

从陈建办公室出来后,已经下班了。楚天舒回到市场部办公室,孙筱玥已经走了,不太大的办公室里,此刻只剩下了楚天舒一个人。坐在办公桌后,本想喝杯咖啡,手机短信响了。是阿峰发来的,告诉了楚天舒他想要的悍马的型号、大概配置和价格。阿峰给楚天舒的价格是958000元,短信中他告诉楚天舒,这个价格是给他的,至于他怎么给客户,加多少都没关系,到时候谈好了让客户去找他,楚天舒把开票价告诉阿峰就行。

楚天舒马上给宋光勇去了电话,告诉他车价988000元,并把阿峰的电话也给了他。告诉他贷款没问题,车也没问题,想要随时与阿峰联系。

这台车楚天舒加了3万,他很明白,这种关系下的钱必须挣。如果他不挣,阿峰一定会怀疑自己,而且一旦中间某环节出了问题,他必将是被第一个怀疑的,因为你是一个不肯同流的人。

楚天舒没想到第一次合作这么顺利,两天后,宋光勇来了电话,告诉楚天舒车提了,而且非常满意。当天下班阿峰约了楚天舒,见面后阿峰给了他一张卡,里面是33000元,阿峰说那3000元是贷款的提成钱,密码让楚天舒自己改了,今后的提成就都打到这张卡里。见楚天舒把卡放在桌面上并没有收起来,阿峰笑了:"楚哥放心,这个卡的开户人不存在,不会出问题的。"

楚天舒点点头,心里暗自琢磨:这些人真的是很小心,做事情永远这么滴水不漏,和这些人合作自己更要小心。

陈建同意了12月份的活动计划后,楚天舒与姚雪竹联系,让她报价。对于高端访谈,自然是与雪幽联系了。身边的有效资源不多,当然要好好地合理利用。

活动总费用出来后,楚天舒到陈建办公室去签字,还没等他开口,陈建先说话了。

"活动怎么做我没意见,但下个月销售部的人不能给你。"

"我明白,旺季的第一要务是销售。"

陈建满意地点了点头,他接过了报价单。总费用49000元,陈建想了想:"能再砍下去4000元吗?"

楚天舒坚定地摇了摇头:"我们人手不够,这四个活动都需要广告公司派人来做。"

"你准备给厂家报多少钱?"

"13万。"

"有点高,小心不批。如果厂家不批,这些活动都打住,我们自己不做。"

"我明白。我和周边网点都沟通过了,下个月周边都没有大活动。9 到 11 月份厂家给咱们区域的月均营销费用是 18 万,6 家网点均分 18 万,每家 3 万。由于我们主动放弃,其他 5 家分得近 4 万。这是理论值。实际情况下并不是每家网点都能完成月任务,也就是说又会淘汰一批网点。我和筱玥查过了,上个月咱们区域算上咱们只有 3 家网点完成了进出货的奖励数目,但我们主动放弃了活动,所以 18 万的营销费用只有两家网点平均分了,12 月份无论如何得争回来。"

"你先把报告发给厂家,有问题你再找我,我去协调。"

楚天舒点头称明白,下楼去了。

在整个汽车产业中,经销商是很重要的一个环节。经销商把主机厂生产的产品展现在消费者面前,在这一过程中经销商先扮演消费者,而后又扮演商人。两种角色的转化的快慢能够证明经销商是否优秀,如果只会在卖车、卖保险、做贷款、卖车装上挣钱,只能说明这个经销商太平庸。一个能精准解读厂家商务政策的经销商才是真正能挣到钱,也是真正能长久生存的。不过并不是所有的经销商都能精准地了解、掌握厂家给出的商务政策。

陈建越发觉得楚天舒是个不错的"苗子",三个月前他还什么都不懂,一心要好好表现,如今他已经学会了如何运用厂家政策,这个过程证明他心细、思维缜密,并且时刻知道自己想要什么。

给厂家的报告打上去后,楚天舒让孙筱玥看一下厂家关于活动费用核销的要求,务必要所有条件都准备充足,千万别在核销事宜上添不必要的麻烦。

姚雪竹在市场部那间小办公室里讨论着"艳炫之舞"这个活动,这个活动将在 1 号开始。孙筱玥偶尔也插上一两句。一下午的时间,讨论得基本有了眉目,就等着厂家的回复开始实施了。

看着楚天舒成天忙碌的样子,李凡心里多少有些不痛快。他不想做那些没意义的活动,但也不希望别人"看上去"比他忙碌。他试探性地询问陈建,是否让销售与楚天舒沟通一下活动的内容。陈建明白他想参与:"等厂家的批复下来再说吧。"

一直到下午下班,厂家的邮件也没来。孙筱玥知道厂家的人都是夜猫子,一般到晚上 11 点以后才开始回复邮件,所以明天一早估计才可能有回复。

收了阿峰的钱之后楚天舒就约好马维英今天见面,马维英的车他还开着呢,这么久了,也该给他了。

楚天舒提前半个小时到了饭店,掏出手机,他给李笑然打了过去。

电话接通许久后,李笑然才接,声音听上去非常疲倦。李笑然说他正在广西,目前与人合作投资了一个木材加工厂。

"这边建材城的事呢?"

"暂缓了,放一放他们,他们也就能冷静一下,也就能明白自己的身份了。"

"如果你到这边来给我电话,许久没见你了。"

"没问题。你现在怎么样?"

"在宝马店呢,销售经理助理。"

李笑然略一停顿:"助理不过是给你一个借口,给别人一个理由。或升或降就看你自己了,如果升的话估计不会是销售经理,应该更高才对。你应该自己心里有数。"

李笑然一句话点中了楚天舒目前的状况。

之后,两个人又聊了许多不相关的话题,最后李笑然说:"人生就是有得有失,不必太在意。越是追求尽善尽美就越容易患得患失。"

放下电话不久,马维英就来了。

楚天舒把车钥匙递了过去:"谢谢马哥,有车确实方便。"

马维英笑了:"用车就随时说话,和我别客气。"

两个人边吃边聊了起来,楚天舒有意无意地透露了他与阿峰已经开始合作之事。马维英马上表示,与阿峰的合作他不操心,他与阿峰不熟。这个说法与当初他给楚天舒的短信并不一样,看来马维英不希望提这件事儿了,彼此心照不宣最好。得到这种暗示,楚天舒也就明白自己该怎么做了。

3

第二天一早,刚到办公室,孙筱玥就让楚天舒看电脑。厂家区域市场经理给他们邮件的批复是:请贵网点市场经理月底携此计划到北京开会时当面汇报。

这个批复让楚天舒非常意外,他看着孙筱玥:"是不是希望不大了?"

"不好说,厂家的市场会在每月的20号,还有一周的时间,咱俩足够准备了。"

楚天舒点了点头:"我在琢磨怎么和陈总说呢,我可是信心十足地跟他表态了。"

"咱们觉得好,他们可能不认为好,也算正常。要不和陈总说说,先和销售部开个内部会,让他们提些问题或是给点意见,咱们也好准备呀。"

"嗯,行,我这就去,你给我把邮件打一份。"

楚天舒非常担心厂家不能批这个活动计划,陈建之前就曾说过,这个活动计划如果厂家不批,网点是不做的。对这一点,楚天舒心里有数,本身旺季就不用花费太多精力在活动上,这个活动计划的目的也只是套钱。所以如果厂家不同意,他们的活动也就失去了意义。这种情况是楚天舒不想看到的,但越是不想的事也越容易发生。

陈建接过楚天舒递上来的厂家回复的邮件,他看完后沉思了片刻:"你想怎么办?"

"能不能让销售部先提一些意见,这样我也好捋顺一下思路?"

陈建点了点头:"行,就今天吧,你准备一下,我通知销售部。"

下班后,在大会议室中,销售部6名销售顾问和李凡、楚天舒、孙筱玥加上陈建,一共10个人围桌而坐。

"天舒把12月份的市场活动计划做了出来,想听听大家的看法。我也想听听大家的意见,毕竟大家在一线,比我们了解市场。"说着看了眼孙筱玥,"你把大家提出来的问题记好,下来和天舒再讨论分析。"

楚天舒把四项活动讲得非常详细,尽可能地做到把每个细节讲明白。四项活动讲完后,会议室陷入了沉默,这种沉默让楚天舒感觉非常不舒服。

"大家给些意见吧。"他直截了当的问话中多多少少透着些许的无奈。

其实楚天舒不了解这里的情况,并不是这些销售们不想提意见,而是他们都不习惯。陈菲是这里最老资格的销售了,在她的印象里根本就无法找到关于活动的记忆。这样一种情况之下,销售们怎么可能提出问题呢?虽然没有问题,但他们都觉得楚天舒的计划做得非常不错,从活动的目的、形式到整体的步骤,甚至包括费用都非常详细,让人一听就明白,眼前很容易就展现出一幅画卷。你很难让从未见过大海的人在面对雄壮博大的海面时,平静地找出海的缺点。这些销售,包括李凡在内,是真的无话可说,没有意见可提。

"都没有意见那就给点表扬吧!"陈建比楚天舒了解面前这些人的心理,他洪亮的声音一落,李凡马上就带头鼓起了掌,整个会议室也顿时充满了掌声。这掌声让楚天舒心里很别扭,李凡的虚伪让他觉得很不痛快。他现在不需要掌声,厂家的区域营销会议还没有开,他心里真的没底,不知道这份计划能否被认可被批准。如果厂家不批,那么不管是意见还是掌声都毫无意义。

会议结束后,楚天舒跟着陈建到他的办公室。

"没想到会是这么个结果吧。"陈建的语气很平稳,似乎早有预料一般。

"嗯。"

"这也正是我从开始就不想让销售参与进来的原因,他们会打击你的积极性,只会添乱。他们不习惯做活动,不习惯提意见,不习惯动脑子。我很矛盾,不知道是改变他们的这些不习惯还是彻底换人。我在集团时,对下边各店的情况多少有些了解,但我真没想到问题会这么严重。"

听完陈建的话,楚天舒终于明白了今天大家沉默的原因了。原本他以为是李凡和销售们打过了招呼,让他们保持沉默。现在他终于看明白了,与此同时,他也更加能感觉到李凡是个无能的家伙。

　　面对着陈建的"牢骚",楚天舒同样选择了保持沉默。领导在你面前发牢骚,千万要装作没听到;领导在你面前征求意见,千万不要傻愣愣地乱说话。

　　11月份北京大区营销会议来了一位重量级的人物,大区主任,程炜。北大区所辖五省七市29家网点,程炜是这29家网点的财神和大老板。一般他是不会参加区域营销会议的,这次的例外是因为负责楚天舒区域的区域经理把他们12月份的市场活动计划发给了他,区域经理认为这是个非常不错的计划,但由于费用太高,他希望大区主任出面协调,能把这个活动做起来。

　　程炜看完邮件也非常满意,他在北大区已经四年了,销售情况一直不错,但市场活动却不太出色。这一次看了龙川宝马店的活动计划,他看到了希望,他给负责该区域的区域经理去电,告诉他给龙川集团回复,让他们的市场部经理在区域会议上汇报这次活动。

　　楚天舒怎么会了解这些内情,第一个被点名发言的他略有些紧张地开始介绍12月份的市场活动计划。原本只是本区域的几家网点,由于程炜的参会,29家网点都到齐了。楚天舒的汇报结束后,会场静了下来。突然不知是谁先鼓起了掌,紧跟着全场也掌声雷动。这个场景楚天舒非常熟悉,几天前,在宝马的会议室里,李凡就用这一幕让楚天舒觉得别扭到了极点,今天又是谁呢?

　　当楚天舒看清了带头鼓掌的人是程炜时,他的心放了下来。

　　程炜清了清嗓子,掌声很快平息了。

　　"今天把大家叫到这里,主要是让大家听一听这份月度市场营销活动计划。我邀请龙川集团的市场部经理来给大家做这份计划的讲解,为什么呢?我在北大区已经四年了,在座的各家网点我都去看过。每家网点的实力我都很了解,而且能拿下宝马这个品牌已经证明了在座的网点的实力。可是光有实力、光有品牌就够了吗?龙川集团为什么能够成为我们这个大区的销售冠军,除了各位所拥有的实力和品牌外,他们还拥有头脑,拥有不错的营销构思。这四项活动的意义在于,他们认真分析了目前我们的客户,并做到了客户细分工作。一直以来,我们都在寻找着我们的客户细分,现在我们终于找到了。这四项活动为我们总结得非常好,成功男士、时尚女性、与梦同行、超越自我。如何在展厅之外发掘更多的有效客户,龙川的这四项活动已经给我们做了非常好的说明。首先是客户的忠诚,其次是带动购买欲,最后给他们梦的机会。这些如果各位都做到了,难道不足以使各位强大吗?"

　　就连楚天舒也没有想到程炜会以如此方式把他推出去,而且从他的话中能听出来,程炜认真看过月度计划。为什么程炜如此重视他们的月度计划,楚天舒敏感地感觉到这是一个可以好好利用的机会。

　　其实楚天舒的感觉非常准,程炜是有目的的,他在这个大区主任的位置上坐了四年了。五年一换,他还有一年,这一年他想好好地利用一下,因为他想往上走,他必须选择一家或几家网点来做一些事情。恰巧,楚天舒出现了。这是种巧合,更是种必然。

离开北京前,程炜和区域经理找到了楚天舒,询问下个月什么时候开始活动。程炜告诉楚天舒,他会去参加一项或几项。

4

楚天舒刚下火车,陈建的电话就来了。区域经理的邮件发到了,陈建让楚天舒马上回来,到办公室找他。

陈建看着一脸倦容的楚天舒,把电脑推给他,区域经理的回复挺简单:"同意你网点12月份的活动计划,费用核销以商务政策为准。"回复只有这么简单的一句话,楚天舒看了两遍,他觉得这里面暗藏"杀机"。

见楚天舒眉头越来越紧锁,陈建开口问:"你怎么看他的回复?"

楚天舒静静地想了一会儿:"会不会在12月份给咱们压太重的任务呀?"

陈建点了点头,对这个回答很满意。从这个回答来看,楚天舒已经具备了一名优秀销售经理的大局观和前瞻性。

在楚天舒去北京开会时,陈建与周亚川对他下一步工作的安排交换了意见。陈建希望由楚天舒做品牌经理助理,但周亚川未置可否:"你觉得让他做销售经理怎么样?"

陈建一愣,难道周亚川对宝马的品牌经理另有人选。或者,他想让自己这么一直做下去?

看了眼面前的楚天舒。

"我这么着急地把你叫回来,其目的就是让你明确一点,我们做12月份活动的目的是套钱,我相信这一点厂家也能看透。所以,为了让咱们少套走钱,必然在商务政策上多做文章。厂家的人是不是也要来参加活动?"

"对。"

陈建点点头:"商务政策中不是有关于现场成交一项的奖励吗,他们肯定是来监督的。所以除了我们自己合理有效的准备工作之外,还要着眼全局。你是销售经理助理,对销售部的日常工作你有责任和义务。"

楚天舒被陈建这番话说得很晕,怎么突然间又有了变化?怎么又提起了销售部的工作了?

"您是不是跟李凡再打个招呼?"楚天舒问。

"什么意思?"

"现在的销售部,包括李凡自己都认为我是市场部经理。这种情况下,我再出现在销售部,恐怕不太合适吧?"

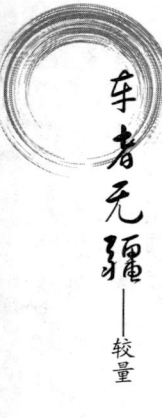

陈建明白楚天舒想说的意思,他点点头:"明天是周一,销售部例会上,我再强调一下。"说完陈建看了看表,"累不累?"

"还行。"

"晚上有空吗?找个人请咱俩吃饭。"

"可以呀。"

陈建掏出手机:"干吗呢?晚上请我吃饭吧,我和天舒。"放下电话看着楚天舒,"你还有事吗?没事咱现在就走。"

"我要给筱玥交代几件事儿。"

"行。你忙清了上来找我。"

推开市场部办公室的门,孙筱玥一惊:"我天呀,你老人家太猛了,刚回来就上班,野人吧。"

楚天舒笑了:"活动批了。"

"我看邮件了,咱什么时候开始准备?"

"明天。你再认真地把核销政策看一遍,别在这件事上耽误了大事儿。"

"好的。"

"活动当天程炜要来,你提前准备一下住宿的地方。"

"好的。"

"你帮我打一个报告,邀请周总也来参加活动。"

"啊?老大也来呀?"

"必须叫他,程炜来了,他陪着才显得正式。"

厂家向来重视龙川这种大型多品牌集团,他们同时也希望龙川能重视他们。作为董事长,能亲自参加某一品牌的市场活动,也说明了对这个品牌的重视。楚天舒希望从每一个细小的环节做起,让厂家的人得到心理上的满足。

"再给陈总打个申请,调两名销售顾问来市场部协助活动。"

"这……恐怕太难了,12月份的重点是销售,销售顾问肯定以卖车为主。"

"没错,之前陈总也说过,销售顾问不参与活动。不过,咱们必须做个态度,到时候他给咱派人,咱不用感谢他,这是咱自己申请的。他不给咱派人,咱也一样干活,省得他突然给了个人,干好了也没他的功劳。"孙筱玥边笑边说:"楚哥,你太坏了!"

楚天舒下意识地笑了:"你个小丫头懂什么,这叫策略,上兵代谋。"

"是,老大,还有什么吩咐?"

"下班回家,路上小心。"

坐在陈建的车里,两个人谁也没说话。虽然陈建没说和谁吃饭,但楚天舒能猜到,除了吴戈不可能有任何人可以出现在两个人相同的交际圈子里。

吴戈家附近新开了家东来顺,车子在门口稳稳停下了。

进门后,吴戈已经坐在了最东边靠窗的一张桌子了。

三个人都坐好后,陈建说:"今天咱好好地喝点,吴戈你和我俩都喝过,我俩的酒量你都了解,你说怎么喝。"

"先来白的。"

"好。"

楚天舒看出来了,陈建今天放下了龙川集团副总的身份,他的状态很不错。这种状态也感染了楚天舒和吴戈。

"陈总,咱们公司内部员工买车能有多大优惠?"楚天舒问。

"想买车了?"

"嗯,有这个想法。"

"进货价,一般就这样。"

"试驾车能卖吗?"

"能,你选好车然后我和品牌经理打招呼,批个条子就行了。"

一瓶白酒三个人很快就分完了,三个人的话题也一直没离开车,但楚天舒并没参与陈建和吴戈讨论集团里的事儿。走时,楚天舒拒绝了陈建送他,说不出为什么,他不想让身边的人知道自己住在哪里。

回到住处,楚天舒打开电脑,上网看些新闻,边喝着咖啡边琢磨着12月份的活动,看看还有哪些没有想到的,哪些有可能做的更好的。

突然一则新闻吸引了他,东风标致年后将启动"蓝盒子"计划,全国首批22家4S店将于明年5至8月开始正式销售。其中的15家店是受厂家方面直接邀请的,这15家店也是全国的样板店。

在15家店中北方区域的两家店映入眼帘,龙川集团、通业集团。

吃饭时,陈建曾说起过,老大现在最大的心病就是通业集团。

楚天舒嘴角露出一丝笑,这就叫怕什么来什么吧……

第五章　市场不是鸡肋

1

12月份的活动是楚天舒到宝马店的第一次具体工作,对他来说,这次的收获非常大。如果他没有研究那些商务政策中的枯燥数字,如果他没有不断查看和分析各种数据,他是不可能做出让厂家和陈建都满意的计划的。

他自己可能还没有意识到,现在他对各种问题的考虑越来越全面了,他的目光也越来越长远了。或许这就是人生的所谓成长,我们都是在这不知不觉中开始变化的。

楚天舒拿着孙筱玥打印好的两份报告,一份给周亚川,邀请他与大区主任一同出席12月份的活动;另一份是给陈建的,向他申请要人来配合活动。

周一上午9:30是品牌例会时间,一周遇到的问题,各部门经理要向总经理逐一进行汇报。这次的例会陈建重点重申了楚天舒的工作,要求楚天舒在做好营销工作的同时,一定要多与李凡配合销售部的工作。会议上陈建强调了李凡工作方面的细致和认真,希望楚天舒能够多学习。

一个多小时后,会议结束了,基本上没有什么太多的问题。会议结束后,楚天舒拿着两份申请报告来到陈建面前:"陈总,你看一下。"

那份希望周亚川来参加活动的报告放在了上面,陈建看了一遍:"理由很充分,但周总不一定能参加。"说完陈建在这份申请报告上签了字。

接着,那份申请要销售顾问的报告出现在陈建面前了。一看标题,陈建眉头就轻皱了一下。在他看来,这件事已经和楚天舒讲过了,12月份的重点是展厅销售,所以不可能给他派人。而且他已经花钱找了广告公司的人,怎么又打了这份申请报告呢?陈建没再问,而是逐字逐句地看起了这份报告。终于他"读"出了楚天舒的心思,他是把棋推到了自己面前,怎么走你自己看着办。"给人"我们自己争来的,"不给人"做好了可是市场部的功劳。

这个楚天舒真是个难对付的家伙,他所表现出的严谨与自私让人气愤,他是个不会承担他不该承担的风险的人,这是个聪明的人。想到这儿,陈建猛地想起了朱羽。两个朱羽也斗不过一个楚天舒,这个楚天舒的眼中自己是什么样子呢,吴戈是他的朋友,会不会有一天也会成为对手呢……

楚天舒一直盯着陈建,他无法揣测陈建在想什么。正这时,陈建拿起笔,在报告上写下一行字,写好后递给楚天舒:"快点准备吧,这次活动的计划做得很不错,不过执行实施才是很关键的。"

走出陈建的办公室,楚天舒才看了陈建的批复:在不影响目前销售力量的情况下,请李凡进行适时调配。

陈建这句话写得非常有深意,一句话把李凡的位置给楚天舒讲明了,让李凡来调配人力资源。如果你觉得人不够,自己找李凡去。不过按照李凡的作风,看了陈建的批示,很有可能会自己上阵直接指挥这次的活动。看了陈建的批示,楚天舒有些后悔了,不该和陈建耍这种心眼儿。陈建一定是看出了自己的心思,这句话实际上是告诫楚天舒,李凡才是销售经理。直到这时,他才意识到这步棋太冒失了。不过事已至此,说什么也都没用了,现在能做的,就两件事儿了,首先绝不能让李凡看见陈建的批复也就是不去找他要人,其次一定得把12月份的活动做得漂亮。

推门走进市场部办公室,李凡正和孙筱玥聊着什么。

"等你半天了。"李凡说。

"有何吩咐?"楚天舒笑着说。

由于办公室很小,见两位领导要谈事儿,孙筱玥自觉到外面去了。

"这段时间挺辛苦的,12月份的计划做得很不错。刚才陈总的意思你听明白没?他想让你多参与销售上的事儿,你有什么意见?"

"我?我没什么意见,全听你们领导们的安排。"

李凡挠了挠头,一副为难的样子:"那你看这样行不行,你暂时做一段时间的展厅主管?"

楚天舒愣了,他不太明白李凡的意思。

"陈菲的工作我一直并不太满意。我一直想让她多学点管理方面的经验,你带带她,这样也算是完成陈总交代的工作了。"

"我应该没问题,不过这个月的活动还没开始呢。我刚刚还在和陈总讨论活动的事儿,马上就开始准备了,我怕时间上有冲突。"不知为什么楚天舒的话明显在示弱,而且把"陈总"搬了出来。

"应该没太大影响,刚刚我和筱玥聊过了,她自己完全能够完成剩下的任务。思路你已经给她提供了,广告公司也已经找好了,具体操作你就放手下边人去做吧。咱俩去找陈总说一下,看看他的意见。"

楚天舒没想到李凡会如此突然地强硬了起来,刚刚自己"得罪"了陈建,真有些冒失了。可是做过的事,没法再后悔了,只能跟着李凡去找陈建。

陈建听完李凡的话看了看楚天舒,一句话都没说。

楚天舒明白陈建现在等自己说话:"工作上做什么我都没意见,但我觉得现在不太合适。12月份活动还没开始,计划完了关键还是看执行和实施之后的效果。我想等这个月的活动之后再去销售部,那时候也不会分心。"

陈建看着李凡:"活动怎么办?"

"天舒已经把活动思路都做好了,筱玥可以去具体执行,天舒不用每一步都紧跟着。我希望陈菲和天舒学一些管理和市场方面的思路,如果筱玥那边有问题,我出面协调人员的事情。"

"筱玥和广告公司、电视台的人并不熟悉,现在只是有大体的思路和计划,实施过程中肯定会有预料不到的问题。如果实施过程不完美,整个活动也就失去了意义……"楚天舒说这番话时目光一直盯着陈建,现在他非常后悔刚刚不该和陈建耍心眼儿,那份报告很有可能会成为导火索。他明白眼下的李凡是在贪功,想把自己往外推,但这个活动如果真交给他就算完了。

陈建没说话,把面前的笔记本电脑向两个人转过去:"厂家的任务已经出来了,进出货比上个月多了20%。"

楚天舒马上意识到,从北京回来后他与陈建的担心变成了事实。厂家果然给出了高任务,以此来防止套钱的行为。

"这个月区域总任务也很高。"这句话明显是说给楚天舒的,因为在商务政策中有一项奖励是完成率超过所在区域总任务的20%。

"这么做有什么意义呀,各网点还得和他们去争。"李凡愣头愣脑地说了一句。

李凡这句话一说,陈建、楚天舒两个人都明白,他根本没有认真看过市场营销方面的商务政策。

"李凡,我同意你的意见,应该让陈菲和天舒多学习。明天你主持销售部会议,我参加一下。"

楚天舒浑身突然软了,他知道一切都无法挽回了。

"不过你应该先让陈菲去市场部,让她先去市场部给天舒帮帮忙。下个月他们再回销售部。"陈建对李凡表明了态度,又对李凡说,"你把陈菲叫上来。"

李凡下去后,陈建看了一眼还有些发愣的楚天舒:"厂家的做法在我们意料之中,不足为怪,关键是我们怎么应对。董事长可能会让你做宝马店的销售经理,不过还没和李凡谈话,你现在必须担负起这个责任来。李凡有的话说得有道理,你没必要亲自监督实施。"

正说着,陈菲敲了敲门进来了。

"陈总您找我?"

陈菲走进办公室,把门关好,坐在楚天舒旁边的椅子上。

"你在这里已经四年了吧?已经是这里元老级的人物了,所以我不隐瞒你。楚经理可能在年后要做你们正式的销售经理,所以我希望你全力配合他的工作。明天起,你和楚经理一起去市场部,先熟悉那里的工作。以后你的工作重点在市场方面,和楚经理好好配合。我希望你们俩能够相互学习,不管是市场还是销售,都做好。"

陈建这番话讲出来,坐在对面的两个人都没想到。其实陈建的用意并不复杂,在楚天舒和李凡两个人之间调和的最有效方式就是加入陈菲。有了一个销售顾问夹在两人中间,他们谁也不会过分地对立。

从陈建办公室里出来后,楚天舒微笑着对陈菲说:"先到办公室吧,咱们简单说说各自负责什么。"

"没问题。"

"那你先去把展厅的工作交代一下,我去找李凡聊几句。"

在李凡的办公室。

"陈菲今天就过去了。"

"行。"

"下个月我们再具体讨论销售部的工作?"

"没问题。"

2

回到市场部办公室,陈菲和孙筱玥正乐得两朵花似的。见楚天舒进门,两个人一下子就收住了笑容。

"怎么了,见瘟神了?"

"领导面前要保持严肃。"孙筱玥说。

楚天舒笑了:"咱们先分一下工,各自负责哪块,这样效率会高一些。"说完他拉了一把椅子坐在两个女孩对面,"陈菲,你负责咱们现有礼品的清点记录工作。厂家的礼品一定要做好进出登记,我前段时间看了一下,咱们现在手上的东西不多,你对照着活动计划中所需礼品的数目,有不够的就和筱玥说,让她给厂家打报告要东西。这项工作今天下班前必须完成,明天你去客服部,筛选客户,男的 10 名女的 35 名。挑选原则我不管,但有一点你要注意,所有筛选出来的客户必须具有代表性。这些人选出来,咱们再仔细地斟酌一下。筱玥,你从现在开始跟着我,下个月我就回销售部了,所以你要跟着我多与广告公司的人接触,我回销售部后你就要多与他们联系了。"

"行,我搞不定再找你。"

"不行,如果你搞不定再来找我,下一次还是搞不定。必须学会处理问题,只有自己处理过,广告公司的人才会相信你。"

分工完毕三个人开始了行动,楚天舒先给电视台的漂亮女主播雪幽打了电话,约她今天见面谈活动的事宜,问她何时方便。雪幽说她现在就有空,可以马上过去。放下电话,楚天舒又给姚雪竹打了一个,让她下午来一趟,关于活动实施细则,要见面讨论。

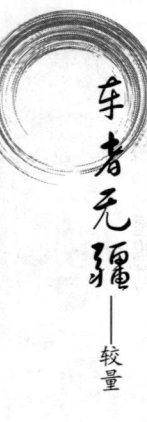

打完这两个电话,他翻看着孙筱玥给他的月度营销费用核销标准。在核销资料的准备上,各个品牌的要求其实基本无二,各项活动的发票、照片、电视台的监播证明、光盘……

"筱玥,一会儿广告公司的人来了,你千万把我们需要的核销材料讲清楚,这是合作中最重要的。钱花出去,想拿回来就靠这些东西了。千万要心细,不能偷懒,市场部的工作适合女孩子,你们心细。"

"我明白。"

"下个月以你为主,不知道以后我做什么,但市场部依旧是你来做。所以你必须熟悉一切才行,在做活动期间要密切关注厂家的邮件,下个月的任务不低,其目的就是想让咱们不能轻松套钱。"

"行。您做计划,我来实施,没问题。楚哥你是不是要做销售经理了?"

楚天舒看了一眼孙筱玥笑而未答。

陈建对陈菲说,楚天舒将做这个品牌的销售经理。对这话,楚天舒是不相信,他始终觉得宝马并不是他的长留之地。而对陈建的那番话,他觉得很大程度上是让陈菲配合他的工作罢了,他如果当真可就坏了。

"楚哥,你下个月一点不管了?"

"你要相信自己。"

"那你得请我吃饭。"

"为什么?"

"你把我一个人扔下了就得请我吃饭。"

"没问题,不过我怎么听着这么别扭呀。就今天吧。"

"行。"

两个人正聊着,雪幽在外敲了敲门,推开一个缝。

自从与楚天舒在雪铁龙合作过一次后,雪幽再没见过楚天舒。对楚天舒,她非常有好感,其实她只比楚天舒大一岁,但人生经历的不同,让她的美丽中透着娴静的成熟。

雪幽推门进来,孙筱玥眼前一亮。她是市电视台的名人,漂亮、大气、神秘。对于孙筱玥这个年龄的女孩子来说,都非常向往她那高贵的气质。今天能见到镜头外的雪幽,孙筱玥非常激动,她要求楚天舒拿数码相机给她俩拍照合影。

"女人太容易把自己的心掏出来找个对象去崇拜。"楚天舒无奈地摇摇头。

三个人坐下后,雪幽把她的想法简单地说了一下。楚天舒边听边点头,他对一个词非常感兴趣,"感召力",这一次访谈的目的就是怎么有效地刺激购买欲。"感召力"是最好的动力!

说完计划,雪幽点上一支烟,轻轻吸了起来:"客户的选择万万小心,选不好全白瞎。"

"什么时候给你客户?"

"你要着急就快,我要和你给的人员交流沟通。"

"行。还有什么好意见吗?"

"小妹妹,你有什么想法?"雪幽问一旁的孙筱玥。

"我?嗯……客户的年龄层最好跨度大一些,最好能有年轻人。年轻人喜欢标新立异,不随波逐流,但他们却是冲动一族,接受感召的感染力更强。"

"你手下的小妹妹头脑不简单。"雪幽对楚天舒说。

"忘了对你讲了,下个月的活动她来全面负责,以后你们多联系。"

不到一个小时,该谈的都谈妥了。

雪幽走后,陈菲从库房走出来,她把厂家发来的礼品清单递给楚天舒:"楚经理您看一下。"

楚天舒双手接过来:"谢谢,辛苦了。"看了一遍后,递给孙筱玥,"你拿着吧,这些归你支配。陈菲,晚上有空吗?"

"啊?"陈菲有些不明白楚天舒的意思,她看了眼孙筱玥。

看着陈菲那双美丽的大眼睛,楚天舒知道她想多了:"咱仨吃饭,我请。"

孙筱玥马上不干了:"不行,你说请我的,怎么成了咱们三个了?"

楚天舒一愣,不明白孙筱玥这是什么意思。

孙筱玥一脸坏笑地看着陈菲:"菲姐,今天楚哥请我吃饭。您呢,陪着吧。明天再让楚哥请你,我再陪着,怎么样?"

"我看行。"

楚天舒看着两个女孩的一脸坏笑,明白自己上当了。

"我说你们俩早上笑得那么灿烂,原来是早商量好了。"

下午刚上班,楚天舒就让陈菲去客服部拉客户名单了。

姚雪竹早早就来到了,12月份的四项活动中三项是她来做的,所以她很重视。姚雪竹心很细,能想到的问题都做了分析。几乎一下午三个人都在办公室里讨论着,快下班时,一切已经理顺了。楚天舒看着姚雪竹:"晚上有空吗?我请俩美女吃饭,你也去吧。"

"今天不行,我哥带他未婚妻过去,改天我请。"

送走姚雪竹,楚天舒让孙筱玥先去换衣服,他去客服部找陈菲。

楚天舒推门一看,客服部里居然只有陈菲一个人。

"怎么就你自己?"

"客服部去培训了,客服专员刚走。"

"还有多少?"

"已经完了,我正在核对。你到前边等我吧,一会儿就好。"

"没关系,我在这儿等吧。"

"楚经理,你在这我有点紧张。"
"行。"
楚天舒能看出来陈菲是个工作认真的人。
孙筱玥坐在办公室里,见楚天舒一个人回来了问:"菲姐呢?"
"马上就过来,你先想想吃什么。"
"我想吃狗肉……"
两个人聊了不久,陈菲就回来了。
"菲姐咱们去吃狗肉吧!"
"啊?!不行,我不吃狗肉,我养狗的。"
楚天舒乐了:"筱玥的口水白流了吧?"
陈菲有些不好意思:"要不我请吧,筱玥你说只要是不吃狗肉,哪个都行。"
"泰国菜!"筱玥说,"楚哥请。"
"没问题。"

3

早上不到7点,楚天舒就收到了雪幽的短信。雪幽让他早点到公司,她给楚天舒发了个邮件,如有问题及时讨论。看着手机,楚天舒不由得感叹,真够敬业的。

雪幽的邮件里把整个活动做了细致的规划,因为暂时还没有确定参加的客户类型,所以客户参与部分目前还没有详细的规划,不过大体脉络已经成型,能够看出其中的整体过程和细节之处。

客户的挑选是这个活动的关键,经过再三的挑选,最终目标定为男性客户,只选三名,所以必须有代表性。客户的年龄层定义为三十、四十、五十,加上大区主任程炜和周亚川,这应该是非常不错的搭配组合。

楚天舒把陈菲整理好的客户仔细看了一遍,陈菲把客户分类和每位客户的背景做得非常细。不过看了十几名客户之后,楚天舒发觉在"五十"这个年龄层中,客户没有代表性。

陈菲和孙筱玥陆续来了,楚天舒让孙筱玥先看一下雪幽发来的邮件,他和陈菲去参加销售部的会议。

会议内容对于楚天舒李凡和陈菲来说已不新鲜。陈建已然和三个人都交代过了,陈菲暂时到市场部,现在无外乎是宣布一下罢了。对销售顾问们来说,他们不会关心谁来谁走,他们只要卖车、挣钱就会很满足的。

早会结束后,陈建把楚天舒叫到了他的办公室。
"活动准备得怎么样了?"

"还算顺利,如果现在开始也没问题。"

"事情可能会有些变化,如果你能放手,就让陈菲和筱玥去做 12 月份的活动。我希望你 12 月份去销售部,不管是助理还是主管。"

楚天舒有些意外,但他隐约中有些感觉,所以他尽量让孙筱玥多接触媒体的人。

"有件事我想先和你打个招呼,今年的年后我会向董事长推荐你做总经理助理,这里由你全面负责,你早做准备。"

楚天舒一头雾水,他有些搞不懂,陈建到底在干什么。这种开空头支票的行为似乎不应该是他该做的,与吴戈那次吃饭,他想向楚天舒表明他们之间的关系可以和吴戈一样的亲密。楚天舒相信他"交友"的心情很急,但不相信他这种位高心重的人的诚恳。

不过时间不允许楚天舒多想,他回到市场部时陈菲和孙筱玥已经看过了雪幽发来的邮件,她们俩说没什么意见,感觉应该很好。楚天舒说他也觉得很不错,但问题的关键是"五十"年龄组的人选。

"我有个想法。"孙筱玥说。

楚天舒和陈菲一起盯着孙筱玥。

"周总,他最合适。"

听完这话,楚天舒泄了气。

"我想让周总和北大区的程炜作为嘉宾参加,不是被采访对象。周总代表商家,程炜代表厂家。"

"其实周总完全能代表本市'五十'年龄段的成功人士,我们可以让陈总作为商家代表出席呀。"

对于孙筱玥的这个提议,楚天舒不太确定是否可行。但目前没有更好人选的情况之下,也只能试一下。他想找陈建商量一下,听听他的意见。

陈建听完楚天舒的话,摇了摇头:"不可能,周总不会参加这种活动。"

"不能去试着说一下吗?"

陈建看着楚天舒:"这样,你想好了怎么和周总说之后,你可以去和周总申请一下。不过,我劝你别抱希望。"

从陈建的办公室出来后,楚天舒坐在了展厅的大沙发上,闭上双眼,琢磨着到底去不去周亚川那里,去了都说些什么。

这不是楚天舒第一次到周亚川的办公室了,上次是因为与朱羽的矛盾。而这一次,他要请周亚川做他自己不愿做的事儿。

看着鱼缸里硕大且叫不出名字的鱼,楚天舒刚想开口,周亚川却先说话了。

"喜欢养鱼吗?"

"没养过,不敢说喜欢不喜欢。"

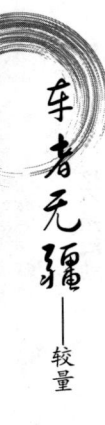

"嗯,有些事必须自己做过才知道是不是喜欢,而一旦喜欢上的事儿就很难改掉了。这条鱼我已经养了五年了,也算是有感情了。"

听完周亚川的话,楚天舒心凉了一半,喜欢的事儿很难改掉,那么习惯的事儿也是一样呀……

事实证明了楚天舒的判断,周亚川非常耐心地听完楚天舒的理由和他讲的道理之后,他直接否定了楚天舒的幻想。

"我有个习惯,从不上电视台的节目。"

楚天舒不知该再说什么,周亚川是这家集团的当家人,他当然有权力决定该做什么,该怎么做。

"你让陈总给你安排人,我不出席了。另外厂家来人也让陈总陪着吧,如果这次我去了,下次肯定还得去,一次不去他们就会不痛快。去了这个厂家,别的厂家不去不合适,到最后我别工作了,陪着他们玩吧。"

楚天舒觉得周亚川说得很有道理,所以没法提任何意见。一路往回走,楚天舒很无奈。一进展厅,看见陈建正坐在沙发上,他知道陈建猜得到结果。

陈建朝楚天舒招了招手,把他叫了过去。

"全否了吧?你性格太强,又很倔,只能让你碰壁你才回头,别急,我给你找几个人。"

陈建的话让楚天舒哑口无言,他发现陈建挺了解自己,被领导摸透了可不是什么好事。

四天之后,11月的最后一天。楚天舒提前到李凡那里报道了。陈菲留在了市场部,而楚天舒决定了"踏实"地做李凡的主管。

这些天来楚天舒一直在考虑一个问题,如果市场部不是形同虚设,而是能真正地研究厂家的商务政策,相信最后这个月不用这么大的活动往回套钱。而正是因为没有进行细致的研究政策,才会在最后一个月套取费用产生过高的费用预算,所以厂家才会在12月份给出进出货任务双双提高的结果。这个连锁反应楚天舒早有预料,他相信以陈建在这一行多年来的经验,陈建绝对是早有预料的。那么接下来的情况陈建是不是也能猜到呢?

因为怕孙筱玥忙不过来,陈建让陈菲留在市场部帮忙,而他也就自然如李凡所愿,暂时做了展厅主管。不管李凡怎么想,怎么安排,也不管陈建想让自己做什么,楚天舒眼下的目标是月度销售任务。

面对一屋子花枝招展的女孩,楚天舒乐呵呵的:"真不习惯呀,眼都不知道往哪儿放了。"楚天舒笑容一直挂在脸上,"这个月的任务完成不错,不过12月份马上就来了,任务大家心里都有数,很高。我现在把各项任务细分到人,大家先看看。"楚天舒把手上早已打好的任务细分表发到了销售顾问手中。

楚天舒很清楚这些站在品牌影响力上卖车的女孩子对他分下去的任务

不会在乎,这一点他不在意。他在乎的是分下去,不但让销售顾问知道,也要让李凡、陈建知道。

紧接着,他找到李凡。李凡正在写工作报告,与朱羽不一样,李凡是绝不会把这些交给别人的。在他看来,这些是一名销售经理工作的全部。曾几何时,楚天舒也有如此想法,但现在,他已经转变了想法。做一个合格的销售经理至少要能及时掌握各种数据、懂得管理手下人;做一个优秀的销售经理,首先要对厂家的商务政策全面地了解与掌握。他正是在这种不断的自我认识中慢慢成长的。

李凡看着面前的楚天舒,问他有什么事。

楚天舒说想看一下商务政策。

李凡的眉头皱了起来:"这个我恐怕不能让你看。"

"为什么?"

李凡笑了,笑得有些轻蔑。

"有何不妥吗?"楚天舒追问了一句。

"一个品牌的厂家商务政策是品牌的核心部分,你觉得你能看吗?有些政策我都没权力看。"

"行,那有问题我再找你吧。"

楚天舒心满意足地从李凡办公室走了出来,他去李凡办公室的目的就是让李凡说出这番话。他想让李凡有销售经理的成就感,这样他就不会看自己不顺眼了。

坐在销售办公室,楚天舒静静地看着展厅,人不多,不过几名销售都没闲着。到这里已经一个多月了,刚开始时的想法已经完全改变了,每一个品牌的工作和人员都有自身的特点,这一点楚天舒十分清楚。像宝马这种品牌需要李凡这种人,表面文章能做得很漂亮,这就足够了,其他的全是次要的。宝马这种品牌的市场开拓和广宣基本上是成套路的,只要执行就可以了。来了一个月之中,陈建的表现是最怪的,也是令楚天舒不解的。当有时间静下心来一点点地回想,不难发现,陈建似乎在寻找一个人,一个可以替代他的人。因为他要离开,他是龙川集团的副总,不是宝马店的品牌经理。

4

此时的陈建,正在办公室里接朱宇阳的电话呢。

朱宇阳问陈建电影怎么样。

陈建不无遗憾地说:"我刚刚从武汉回来,所以没去看,票我送朋友了。"

"陈总动作很快呀,这就开始为标致的事行动了?"

陈建一愣,随即笑了:"你们准备把标致放在哪儿?"

"H市。"

"可能性很小吧,厂家看重的是你们在南方市场的地位,当年广州标致的惨败估计也要靠你们来扭转吧。"

"这是当然,在广州我们准备筹建旗舰店。不过,陈总没有想过我们可能会同时申请南北方两家店吗?"

陈建的口气依旧非常轻松:"果然有魄力,这种投入表明了你们的信心。我们还没有具体的计划,如果董事长决定做,我可要向你好好请教了。"

话已至此,也就没必要再继续下去了。

放下了朱宇阳的电话,陈建平视前方,透过前方的玻璃窗,陈建望着马路上的冬景。近些年来,北方的雪越来越少,一点也没有冬季的味道了。在朱宇阳来电话之前,周亚川给他发了一封邮件,明年龙川集团准备建四家店,其中斯巴鲁是一个多年来的心愿。十多年来,周亚川的未来规划里,原装进口4S店是发展的重心。当通业集团的战火开始燃烧起来,周亚川也迈出了从快速发展到稳健发展再到高端化路线的这一步。

朱宇阳说通业集团准备同时申请两家店,通过这一点能够看出来,通业集团是准备好了稳扎稳打的,看来他们也明白在这里想要撼动曾经的霸主需要的是时间也是真正的实力,这次把一个全新品牌拿过来,正是做好了一切的准备。

12月份龙川宝马的市场活动做得很成功,提前的预热让第一项活动,电视台的高端访谈收视很不错。虽然程炜、周亚川均没有出席,但几位本市重量级的人物加上气质高雅的女主播,坐在演播间里大谈生活、品位、成功和自己的座驾,让所有观众对"宝马"这两个字有了更深刻的理解与向往。当雪幽极具感染力地以"这是可以伴随你成功的一个朋友"为这次访谈的总结时,也宣告着整个活动的成功。

区域经理小古对瑜伽的喜爱超出了楚天舒的想象。在姚雪竹的安排之下,"艳炫之舞"这个活动变成瑜伽体验,而这个临时的改变也让楚天舒他们收获了大成功。

区域经理小古叫古清然,号称宝马北方第一美女。当得知龙川的"艳炫之舞"是关于瑜伽之时,古清然马上给楚天舒打了电话,她表示这个活动她肯定要参加。

活动结束后,她又找到楚天舒,希望能帮她办一张瑜伽年卡。楚天舒把古清然的意思向陈建说了,陈建很高兴地拍着楚天舒的肩膀:"很好,能把她留在这里比什么都重要。"

许愿墙活动不成功,当姚雪竹向楚天舒道歉时,楚天舒乐了:"没关系的,如果这次太完美了,以后让我怎么进步呀。"

跨年冷餐会是最后一项活动,这项活动标志着12月份的圆满成功和一整年的完美表现。在冷餐会上,陈建总结宝马客户为"素质高、品位高、情趣高",而活动的高潮部分是程炜的到来,原本以为他不会来了,没想到最后时刻程炜出现了。让4S店的人没想到的,程炜到来后马上寻找楚天舒。无奈之下,陈建让孙筱玥给高烧在家几乎入睡的楚天舒打了电话,让他马上到公司。

活动结束后,陈建诚心留程炜,但程炜说后天要去澳洲开会,所以不能留下。他拍着陈建的手:"陈总你放心,整个活动我都已经了解过了,我很满意。你们这个月的销售不好呀,可能会拖点后腿。"陈建刚想说话,程炜马上又开口了,"没关系,你让小楚给古清然打个申请,内容你们自己考虑,古清然转给我,我来批。"说完转身看着古清然,"凌晨3点前没收到邮件就别给我转了。"

李凡送古清然回酒店,程炜一个人离开去北京,准备年会去了。

陈建、楚天舒看着几个人纷纷离开后回到办公室。这时已经是夜里两点了,得马上写那封申请。

"你想怎么写?"陈建问楚天舒。

"营销单项核销申请。"

与活动的热火朝天相比,这个月的销量不太理想。与往年相比,销量没有明显地减少,但由于上月月底时楚天舒精心策划了全年的最后一次当然也是第一次活动,厂家把任务数提高了不少,任务高了销量不高,一下子就出现了差距。对12月份全月的销售情况,陈建一点心理准备也没有,原本他认为交到了楚天舒手中,他应该尽心尽力。谁知道楚天舒如此精,他让李凡一个人跳起了华丽的"草裙舞",不过不管是华丽还是美丽,草裙终究是中看不中用的。

当周亚川问宝马的情况时,陈建只能说:"小楚的思路很活,他做的活动效果很好,厂家全额支持了。销售的情况不太好,这个月任务重,李凡的工作不到位。"

汇报完工作,陈建发现,功劳是谁的就是谁的。想抢功的李凡成了楚天舒设下陷阱的猎物了,这么快速的攻防转换,估计李凡没有心理准备。

通过这件事,陈建发觉楚天舒对事情的洞察力很强,如果不幸和这个人成为对手,最好早早结束战斗,否则时间越久,损失越惨。

整个12月份,楚天舒都"忙"得很,李凡几乎天天看到他在展厅里忙这忙那。楚天舒抓住了李凡的一个心理,李凡工作不可谓不认真,不可谓不努力,但方向有问题。他喜欢做表面文章,喜欢看领导的脸色,喜欢琢磨领导的意思。楚天舒正是抓住了这一点,他也在表面工作上下足了功夫,让李凡想方设法地找机会抢功劳,这两个人在表面功夫上下足力量,谁也别管销量任务了。到头来,李凡满意地发现在表面文章上,楚天舒不是他的对手。但真正

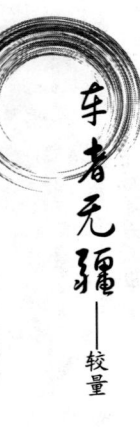

的问题也随之而来,月度销售任务没有完成。直到这时,李凡才明白过来,争功不要紧,现在的首要问题是卸压、推责任。想是想明白了,但做起来可太难了。他是销售经理,销售部的问题他能推给谁?销售顾问的客户信息管理卡上都有楚天舒的签字;每次试驾回来也有楚天舒签字的回馈意见;每一个战败客户销售顾问都有分析原因,楚天舒也都有批示;每一个订金客户都有楚天舒督促的记录……看到这些,李凡傻眼了,他终于明白了,这些他没看到的地方,楚天舒也做到了。而更加可悲的,直到最后他也没有意识到楚天舒在这件事中的真正角色。

楚天舒导演完这场戏后等待着陈建,他做这一切全是让陈建看的,毫不夸张地讲他没把李凡放在眼里,他只是告诉陈建,自己不是棋子,不能随意摆布。

12月份对楚天舒来讲是成功的,又一年过去了,他已经习惯了这里的生活,也喜欢上了这种生活。

第六章　匆匆而过

1

过完了风光无限的 12 月,李凡让陈菲回到销售部,而楚天舒则"无事可做"了。他倒是乐得如此,轻松自在。

陈建已经发觉到了错误,当初让楚天舒来给李凡做助理就是一个绝对的错误。让一个能力强的人给能力弱的人做助理,简直就是种灾难。这种灾难正好落在了李凡面前,而李凡的能力不足以对抗楚天舒。陈建终于读透了楚天舒,从他开始做市场营销策划的那一刻起,他就想到了要用商务政策中的问题来压李凡。也就是说,在他做好计划之前,他已经预料到了厂家会把月任务提高,李凡会和他抢功,而他正好到销售部和李凡"比"表面文章。

当一切过去后,再回过头来看楚天舒。陈建发觉这个人不是一般的可怕,他和李凡并没有太多的恩怨,他做这些的目的完全是给自己看。楚天舒成长得太快了,他不但读懂了商务政策,而且会利用这一切。

那么接下来怎么办?陈建想了许久,维持目前宝马的组织架构是最佳方案。也就是说,楚天舒依旧是助理,但无事可做,只是个虚名。

让陈建没想到的,楚天舒似乎是"玩累了"一般,也消停了下来。孙筱玥找他问 1 月份广宣活动计划,他让筱玥直接找李凡。楚天舒在宝马"闹"了两个月后,想休息了。

楚天舒很聪明,进入 1 月份后,陈菲回到销售部,陈建在销售部会议上没再说陈菲和他配合,而是让陈菲与李凡好好学习。楚天舒马上明白了,他做得太多了,该休息了。同时再一次认识到,这里不是他的最终之地。

人在轻闲的时候时间过得是最快的,"无所事事"的楚天舒在宝马悠闲地晃了两个月。两个月来,这里的一切又都恢复了"平淡",销量依旧保持全区域的冠军,广告依旧是每期不落,而活动依旧是没有动作。汽车销售行业能否挣到钱,销量是一切。

2 月底是旧历年,春节前一周,区域经理古清然给楚天舒打电话,说请他吃饭,以私人身份。

汽车厂商的区域经理是个相对自在的工作,收入高,有绝对的自由时间,而且接触层面比较高。这一行中女性很少,年轻漂亮的女性更是少之又少,

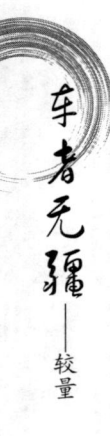

古清然便是这少之又少中的一分子。就像玫瑰总是带刺一样,古清然这个漂亮妞绝对是个厉害角色,能在众多男性世界和一片冰冷钢铁的世界中游刃是很需要功夫的。

古清然明显是以私人身份来与楚天舒见面的。虽然还是一身职业装束,但简单的饭菜和一瓶红酒,让楚天舒感觉很轻松。

"你到底在这里负责什么?"古清然边给楚天舒倒酒,边平淡地问,一双大眼直视楚天舒。

人们常说一心不能二用,如果一个人能同时做好三件事的话,说明他的心智超群,而且是精心准备好的。楚天舒看着面前的古清然,心中暗想,今天这顿饭真是不能白吃,古清然看来是早有所准备,那就不急,听她想说些什么。

"集团的任命是宝马店的销售经理助理。"楚天舒的回答漫不经心。

"你自己怎么看你的工作呀?我觉得你们集团肯定会重用你,现在一定是在着力培养你。前段时间你做市场工作很不错,我不知道为什么现在你又不负责市场工作了。你应该尽可能多地发挥自己的优势项,在你们这种大型集团里,每一个人都是龙,你不在优势项中拿分的话,领导就很难给你机会。"

古清然这段开场说得很动情,完完全全站在了楚天舒的立场。之后,她开始围绕着如何能在大型集团中生存、发展展开了讨论。楚天舒一边极认真地听,一边极认真地点头微笑。他非常清楚古清然说这番话的用意,也非常明白古清然今天请自己吃饭目的何在。

古清然那次活动之后就留下来在本地常驻办公的目的绝不是那张瑜伽年卡,更不是为了监督工作。她是看重了楚天舒能在这里做出像样的活动,对她来说,龙川宝马这个品牌是没什么可说的,因为它实力太强。但如果市场活动被他们重视起来,那就证明他们管理层已开始有压力了,同时他们也会需要自己的帮助,她的机会来了。

"我是对你们网点有非常大的信心和希望。工作是什么?我这些年来信奉一条,工作是我们用自身行动证明机会是留给自己的一件事。你在工作上付出得越多,机会也就距你越来越近。而与此同时,工作让你的判断能力不断提升,当你的判断能力提升到足够的高度,当你不断用工作来接近机会之时,你的成功会非常顺利且快速。"

楚天舒不得不承认,古清然这番励志的言论非常有感染力,只不过他已过了听人说些话就能激动的年龄了。

直到饭局将要结束,古清然问楚天舒:"你觉得怎么样?"

这是向楚天舒要态度。

楚天舒非常认真地看着古清然:"我非常感谢今天你的招待,对你说的我非常认可,而且也会认真考虑。"

这些年来,他已经学会了不与人争论。况且此种情况下,他必须要给古清然面子。

古清然点点头:"那我就祝你好运。"

春节过后,周亚川计划去武汉厂家进行标致品牌的考察。可他们还没有动身,厂家网络部的人就来了。一行 15 人,标致市场网络管理部部长带队,对全国选定的重点经销商进行分区考察。

得到消息后,周亚川让陈建马上准备这次的接待工作。对于这次考察的目的,双方心知肚明,标致品牌的建店事关重大,再一次大举进入国内市场,一定要做好。由标致网络开发管理部部长牵头的考察,是可窥得此次厂家的态度与决心。

这次来访的带队部长叫贺松扬,这个贺松扬与陈建可以说是老熟人了。贺松扬曾是雪铁龙华西区的主任,陈建与贺松扬认识之时,他们都没有现今的风光。陈建那时是雪铁龙的品牌经理,贺松扬是华东区的一个区域经理。按理说他们之间几乎搭不上边,但为了一辆车的跨区销售问题,两个人有过非常激烈的争斗。在一般的概念中,为"跨区销售"这种事争得你死我活的大多是经销商,厂家的人一般不会参与这种事。但贺松扬则不然,不知他怎么想的非要插上一脚。而最后的结果也证明了一个真理,"朝中有人好办事",本来事实清楚证据确凿对陈建他们非常有利的事儿,因为贺松扬的加入而变了结果。自那之后,陈建为了报复这个贺松扬多次挑起事端,双方更是你来我往地斗了一年多。本来是公对公的事儿,最后变成了两个人之间的私人恩怨。随着陈建离开雪铁龙,贺松扬升职去了华西大区,这场个人恩怨也终告结束。

当陈建拿到厂家方面的人名单后,不由得暗自感慨,人生如戏,怎么就又碰上了呢?不过陈建也很清楚,当年不管经历了什么,都已经过去了,所有一切都不会成为今天再聚首的话题。因为,两个人的身份都发生了很大变化。

贺松扬的考察团到来之前,一个叫姜茜的女孩先来到了龙川集团。姜茜带来了一份这次考察的内容和要求的文件。陈建对于这种性质的文件并不陌生,这些年来他亲自参与了许多品牌的授权,大部分品牌的签授是一样的流程。

对于一款全新的产品,这次东风标致考察团的工作中有一项非常重要,所占分值也很高的项目,那就是,销售经理这个职位。对于一款全新上市的家轿品牌来说,市场没有保有量,那么在近一年内的销售业绩注定了一切。所以厂家对于销售经理的人选非常重视,厂家组团前来,也正是希望这些选定的重点经销商能从行动上真正地重视起来。

2

周亚川看完姜茜带来的文件,问陈建:"他们什么时候到?"

"明天下午4点。"

"这么急?"说完周亚川陷入沉思。

陈建明白他正在琢磨谁来做销售经理合适,一般来说在签授协议的会议上肯定是要有组织结构图的,包括品牌经理、销售经理、服务经理和财务经理。国内大部分厂家对这块的管理并不严格,允许开店之前一个月对管理层的人员进行调换更换。此时周亚川琢磨这件事也证明了,他想提早定下人选,不准备轻易换人。

"你、楚天舒、朱海洋参加这次的考察。朱海洋有经验,你和他谈吧,把楚天舒叫来,我和他谈。"

朱海洋是一汽丰田的售后车间主管,论能力做服务经理是没问题的。周亚川这个安排显然楚天舒是销售经理了,陈建点头称是。

楚天舒接到陈建电话时,正在展厅里漫无目的地踱着脚步。这几天楚天舒深感无聊,每天都在展厅里来回用脚丈量面积。

放下陈建的电话,楚天舒有些兴奋。他等待这一时刻不是一天了,从过完年开始,他便等待着周亚川或陈建找他谈话,周亚川找他谈话意味着他将离开这里,会有新机会。陈建找他谈话意味着他将留下,要接着助理。在他看来,这两种情况都比现在他的状况要好很多。

周亚川目不转睛地盯着楚天舒:"陈总一直对你赞赏有加,我也一直想给你些机会让你施展一下。新品牌相对的空间更大,有更好的机会。你准备一下,与陈总一起开始准备二汽东风标致网络部的考察,你作为销售经理参加新品牌的筹建工作。"

周亚川的话让楚天舒很高兴,这么多天的等待证明了他的判断。这个准确的判断让楚天舒很兴奋,但同时,他又感觉到了一些说不出来的压力。在雪铁龙、在宝马,他都并不是最早的参与者,现在不同了,他的机会来了,能够亲自参加一个品牌的筹建工作,这种机会对他来说是至关重要的。虽然集团的实力在新品牌的申请上有至关重要的影响,但是整个申请团队的准备工作绝对是不容忽视的。

"我想听一听你自己的看法。"周亚川的思路显然还在他自己的轨道上。

"一款新品牌,销售是重点。我觉得应从五个方面下力量来做。首先,广宣的一致性。目前新车型还未上市,厂家方面也没有明确的信息。前段时间上网,我看到过关于国产标致车型的一些消息,新车有可能在8月份正式上市,正式的销售时间可能推迟一个月左右。在新品上市前的漫长时间内,4S

店的工作重点应是市场营销,怎么在新品到来前做好预热、营造气氛,怎么利用厂家给出的信息来完成最理想的自我宣传。这些工作中有一个点至关重要,那就是一致性。能与厂家保持步调上的一致,就可以得到厂家的支持。这次在宝马,我们的营销思路非常迎合厂家的指导思想,所以我们取得了成功。其次是硬件,一个品牌能否做好有诸多因素,硬件设施也是不可忽视的一个。有一个良好的环境和完善的设施,可以加深客户的好感。第三,有一个配置合理的管理团队,从品牌经理到各部门经理,再到各级主管,应当具备相当的能力与素质,同时还应该有足够的执行力。管理团队的能力、专业技能和执行力直接决定了一个品牌的生存。第四,销售人员的能力与专业技能。个人能力是需要时间来积累的,是一个由质到量的过程,这是集团不能左右的。但专业技能不同,专业技能是可以由集团来调教与培养的。如果企业在销售顾问的专业技能上多下功夫,任何品牌都会做得轻松。如果销售顾问能尽可能多地掌握专业技能,销售经理就有时间与厂家多周旋了。第五,是售后服务顾问的选择,服务顾问是服务的开始,关系到整个品牌长期持久的发展。客户忠诚度的形成在很大程度上取决于服务顾问的能力、技巧,有生命力的品牌生命力往往来自于服务。"

周亚川听完楚天舒这番话,一直沉默不语。他能感觉到面前的年轻人在等待这个与自己面对面的机会。周亚川眼中,刚刚的这番话不过是纸上谈兵,这么多年来,他只相信已发生的事实,对那些找到他空谈的人,他向来是不理不睬。今天事情有些不同,楚天舒说这番话有太强的针对性,不但提到了销售也提到了售后服务,看来他的野心不小。

"你说的这些很好,但真正实施起来并不一定能办得到。如今的私营企业遇到的最大问题是执行力,没有执行力,你所说的这些都是空想!"

对于"执行力",楚天舒有自己的见解和看法,但现在远不是说这些的时候。今天他已经说得够多了,他应该静静地听了。

"明天下午厂家就要来人了,事发突然所以估计不会太严格。你找陈总去吧,他正在和朱海洋谈这一次的考察。你们三个应付这次突袭应该没问题。"周亚川想结束谈话了。因为楚天舒刚才所表现的过于积极,甚至有些着急了。

直到这时,楚天舒方才意识到问题,坐在这里之后,周亚川并没说什么,而他却说得太多了。没办法了,已然如此了,说什么想什么也没用了。

推开陈建办公室的门,里面朱海洋正与陈建讨论着什么。陈建招呼楚天舒坐在朱海洋一旁的沙发上:"给你们彼此介绍一下,这是天津一汽丰田的车间主管朱海洋。这是宝马的销售经理助理楚天舒。"给两个人做完介绍,陈建把一摞文件递给楚天舒,"你先看一下,我先和老朱说,一会儿咱们再说销售方面的事儿。"

楚天舒接过陈建递来的文件,大概一翻,一共是五份文件。两份品牌考核评估表,标致一份雪铁龙一份,一份标致品牌的历史,一份品牌筹建须知,最后是厂家刚发来不久的邮件,"关于考察工作的通知"。

楚天舒先拿起了这份通知,他需要了解厂家这次来想干什么,他在其中所能起到的作用。只有这些都明白了,他才有可能做出有针对性的工作。

"通知"中简单明了地概括了这次网络部的工作内容和经销商需要做的工作,大体上有三方面:一、作为被考察的对象,龙川集团应按要求配合各项工作;二、在网络部考察期间,会不定期进行交流和飞行突检;三、相关岗位人员(品牌筹建总经理、销售经理、服务经理)需全程陪同此次考察。

看完这些要求后,楚天舒第一反应就是,这个品牌已经进入了最后实际的谈判阶段了。相关问题应该已经解决了,差的只是这一场"考察"而已。

这样想着,楚天舒拿起了品牌筹建须知,这是龙川集团内部的文件。手中文件有红色"绝密"二字,而且只是销售部分。这份文件应该是品牌筹建阶段销售经理的岗位职责,也可以说是工作指南。楚天舒很认真地翻看了起来,这份"工作指南"对于楚天舒而言非常及时。在雪铁龙时他经历了三个月的代理销售经理,在宝马他又经历了三个月的销售经理助理,在管理岗位上,他已经待了多半年了,多半年后楚天舒手捧这份文件,看一看作为一名销售经理应该干些什么,工作如何才能算全面到位。一条条地看下去,楚天舒发现这些教条的文字背后是许许多多他从未考虑过的问题:展厅车辆的摆放、展厅的基本布置、展厅日常管理……多达几百项的细则中,许多都是他平时没有想过的。这样看来,他的工作没有得到领导的认可也是情有可原的。

这时陈建结束了与朱海洋的谈话。

朱海洋走后,陈建打开笔记本电脑:"你看了哪份文件了?"他头也没抬问道。

"厂家通知和建店须知。"

陈建没说话,而是一直关注着他面前的电脑,楚天舒不知道他是否在处理邮件,过了一会儿,陈建又开口了:"董事长应该和你谈过了,过多的话我就不说了,这一次时间很紧,咱们尽量不要出问题。我作为筹建店店长,你和小朱分别以筹建店销售经理和服务经理的身份参加考察。厂家的通知你看了,对你这个岗位的工作责任应该心中有数了。关于筹建店工作指南,那是一份咱们集团内部总结性文件,并不权威,但非常细致。总的说来,这份细致的文件多数属于表面文章,李凡是最了解和全面掌握这些细则的,但他不是一个优秀的销售经理。"

陈建的语速很快,他把楚天舒看过的两份文件交代了一下。看来这两份文件都不重要,这样想着,楚天舒认真等待陈建接下来的话。

"对于许多欧洲汽车品牌来说,'百年'是足可以在中国人面前来显示的资本。他们确实拥有可以炫耀的资本,不管是汽车工业还是企业管控,他们做得都比我们好。不过把历史这个概念摆到中国来,不太明智。我们的历史是足可以让世界惊讶的,所以这点本可炫耀的资本又显得不够大气了。"

3

看来那两份考核评估表才是真正的重点。这样想着,楚天舒把另外两份文件放了上面。

"还是我们说过的那句话,这一次的时间太紧,所以现在我们讲重点,细节部分暂时先不细说了。对于汽车品牌的筹建工作你还没有经验,所以我给你打了一份雪铁龙当年的评估表做参考。一方面因为你在那里工作过,而我之前也负责过这个品牌,许多问题很容易沟通清楚;再一方面不论是国内还是国外,标致和雪铁龙同属于一个集团,许多管理理念、经营理念是相通的,为了速成,我们就把这个做一个模拟好了……"

陈建把厂家特许经营权的考核评估表中的每一项给楚天舒认真地讲了起来,近百项的考核内容中楚天舒不时用笔做着记录。午饭时,雪铁龙部分全部讲完了,陈建看了看表,拿起桌上的电话:"给我去打两份工作餐,5元标准就行。"放下电话问楚天舒,"中午没别的安排吧?"

楚天舒平时的午饭一直是5元标准的份饭,不过今天陈建这里的5元标准可要远远超过他在食堂的饭。吃完饭,陈建问:"够吗?"

"很够。平时在食堂我也是5元的份饭,差太多了。"

陈建笑了:"全世界通行的特权原则在哪儿也不会例外。喝茶还是咖啡?"

"咖啡吧。"

陈建叫行政又送进来两杯咖啡。

"你平时午休吗?"陈建喝了口咖啡问道。

"没这个习惯,中午偶尔上网看看新闻,网络发达了,读报少了,获取新闻主要来自网络。"

"网络是好东西,我儿子在英国就学的计算机网络方面的专业。"

"那可是大智慧的人才能玩明白的东西。"

"你喜欢什么车?"

"我?宝马。"

两人边聊天边喝咖啡,也算是种不错的放松。一杯咖啡刚喝完,陈建马上进入了工作状态。

标致的蓝盒子计划相较于雪铁龙的龙腾网点计划进步了许多,涉及的面更全面具体。由于有了上午的底子,标致考核部分的内容楚天舒也能理解得

差不多了。不到两个小时,两个人把各项内容梳理了一遍,针对各项内容,两个人反复推演了各种问题与答案。其目的只有一个,顺利通关。

看见陈建已经合上了笔记本,慵懒地坐在了沙发椅上,楚天舒以为这些已经足够了。

谁知陈建从抽屉里又拿出了几张A4张:"这些考核项咱们没什么可说的了,到时候只能听天由命了。这是关于答辩时可能会有的问题,没有标准答案,你自己考虑吧。"

楚天舒接过来一看,三张A4纸上写满各种问题:"这些全是?"

"这是我自己总结的,我参加过很多品牌的答辩,厂家可能会问到的问题大概就这些,不过关键还是要靠你随机应变。"

听陈建说这些是他自己总结的,楚天舒不由得认真地看起来。

"一名真正优秀的销售经理应该是有思想的,所有工作都应该是以超越为最终目标,超越每一项纪录和自己!"

这是楚天舒第一次听陈建给"优秀销售经理"下定义。

A4纸上的一系列问题会不会出现,谁也不知道。但今天的工作也就到此为止了,陈建让楚天舒回宝马店,明天一早直接来他办公室。从陈建办公室走出来,楚天舒觉得非常轻松,虽然一整天他的脑袋里装了许多东西,但兴奋却一直伴在他身边。

第二天一早,楚天舒、朱海洋先后来到了陈建的办公室。在陈建办公室,除了他还有一个干练的女孩子。

"这是厂家考察团先行特派员姜茜。这位是我们的筹备销售经理楚天舒,这位是筹备服务经理朱海洋。"陈建给双方做了介绍。

姜茜很职业地与两个人简单问候,四人落座后,姜茜先开口了。

"贵集团的筹建店店总没来吗?"

"我来兼任。"陈建回答。

"这不太好吧,我怕部长不会同意。"

"怎么?我能力不达标?"

"不是,不是这意思。我是说您目前的身份很难长期在品牌店总这个位置上,所以我担心贺部长会提出不同意见。"

"我最近一直在负责品牌店的筹建工作,我之前兼任北汽现代的店总,现在正兼着宝马的店总。所以,这个问题不是问题。"

姜茜有些为难:"我今早刚刚收到部长的邮件,他强调了品牌店应有专职店总。"

"我不让你为难,我和贺松扬很熟,我可以当面给他解释。"

"陈总,我最怕和你们这样的老总打交道,你们太想当然从不在乎别人的感受。我曾在雪铁龙网络发展科工作过,有一次在山西验收一家网点,多项指标不达标,投资人说和我们老大很熟。结果他是没事了,我们负责验收的工作人员全部受罚。所以今天您不指定品牌经理我就不给部长发邮件,他们也不会来这儿。"

陈建笑了:"放心,我不认识你们大老板,和你们贺部长当年在雪铁龙就认识了。我们打打闹闹的时间不短了,所以我不会让你为难。但你也别让我为难,你头上有贺部长,我头上有董事长,我们的实力你应该明白……"

姜茜无奈地摇摇头,打开电脑,给贺松扬发了回执邮件,确认龙川集团已做好准备工作。

"做领导的都这样,总把问题推到下属面前。"姜茜一脸的不情愿,"我得告诉你们一个消息,今天 11 点,工作组就会进入龙川集团。"

"本省几家网点?"

"陈总您考我?这个问题您不可能不知道,算你们两家。"

"先到我这还是先到另一家?"

"另一家,早上往这儿来的。"

陈建笑了:"在那里他们并不满意,否则不会提前结束工作,怎么也得吃过午饭呀。"

另外一家网点就是目前龙川集团的最大对手,通业集团与北方一家集团合作组成的通业北方汽贸。贺松扬在通业北方确实是很不满意,通业北方方面希望由朱宇阳任标致的品牌经理。贺松扬的态度非常坚决,不同意,而且他放出了狠话,如果朱宇阳以通业北方总经理的身份兼任品牌经理的话,厂家方面会认真考虑与通业集团的合作。

这则信息是贺松扬的随行人员向姜茜透露的,所以今天姜茜把矛头直指陈建准备兼任店总一事。这时,陈建提到了贺松扬他们在另一家网点没有得到满意结果,姜茜感觉这正是让陈建改变主意的最好时机。

"陈总猜得没错,部长在通业北方考核后并不满意。因为一项与贵集团相似的问题,他们也由一名集团高管级别的管理者兼任总经理,这一点让贺部长非常不高兴。部长不但否定了他们的人选,而且说会重新考虑与通业北方的合作关系。所以我才建议您,希望你们的品牌代理申请书上更换品牌经理的人选。"

陈建一直面带微笑,听姜茜把话讲完后,他点起一支烟。对面沙发上,姜茜、楚天舒和朱海洋都以不同的心态等着陈建的回答。陈建本不想说太多,他觉得和姜茜他没必要说太多,不过当他看见楚天舒和朱海洋的目光后,他觉得应该说,应该让自己人增加信心。

"我们的情况与通业北方不同,两者没有任何可比性。"陈建话语中透着平稳,"朱宇阳以通业北方汽贸总经理的身份兼任标致的品牌经理,有三点是无法回避的短板,你们的贺部长也正是考虑到这三点,才坚决否定了他们的

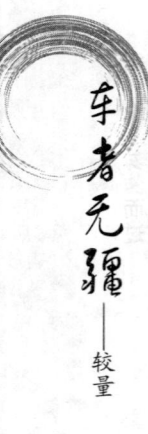

人员组织结构。"陈建直视姜茜,"首先,通业北方汽贸是两家集团合作的企业,通业北方公司的总经理必定是一个定期更换的角色。如果通业北方的总经理卸任后,能否让他留任标致品牌经理,我觉得可能性太小了。如果我是考察方,我会建议两家集团外聘品牌经理。第二,品牌经理个人的性格喜好和工作作风可以直观反映在所管理的品牌上。标致这一品牌再次进入中国市场,怎么能站稳脚跟,我想你们已经做过无数的调查了,这个品牌到底需要怎么做你们心里很清楚。新车型能否取得成功,最关键的是半年内的销量,选择一个有销售背景的品牌经理才是你们的要务。第三,也是最为重要的,朱宇阳不过是个海归罢了,现在海归不吃香了。做经销商,没能力是不行的。朱宇阳在美国期间只有短暂的汽车行业经历,而且是在生产商。回国后他也没有直接在一线战斗过,我相信你们不会把一个如此重要的、亟待复兴的品牌交到这种人手上。"

这番话陈建本来是留给贺松扬的,但今天面对强势的姜茜,他必须把话讲明说透,只有这样才能让楚天舒、朱海洋放心大胆地面对这次的考核。

这番话让姜茜多少放下了点心。她没想到龙川集团把朱宇阳和通业北方已经了解得如此透彻,由此可见龙川集团对对手的重视,对这个新品牌的重视。

4

10点整,贺松扬带着一行15人的考察团来到了龙川集团。

主机厂这次的行事风格与往次都不太一样,相对来讲非常主动。经销商的选择很慎重,经过多方调查全国首批22家店,其中包括龙川、通业两大集团在内的15家店为受厂家直接邀请参与本次选拔的第一批经销商。或许是感觉到自己的姿态太低了,新年刚过,厂家便不待经销商有准备马上对22家网点开始审核,并考察具体准备情况。

楚天舒在网上看到新闻,标致新款车将于8、9月间正式上市,还有半年多的时间,眼下的一切显得非常匆忙。对楚天舒来说,他对这一切都很陌生,进入龙川集团三年了,这是他第一次经历这种任务。其实他并不了解,许多从事汽车行业的人,或许其整个职业生涯都没有机会参与这种品牌申请的事。

贺松扬与陈建打交道是在6年前,6年时间过去了,贺松扬依旧是当年那副精力充沛的样子。

龙川集团大会议室内,贺松扬一行15人在南,以陈建为首的龙川集团的筹建人员,楚天舒、朱海洋、会计师、秘书、法律顾问等也是15人在北。

"陈总,这么多年未见你可真是风采依然呀。"

第六章 匆匆而过

"你是说我没有进步,这话可不能让我们董事长听见。"

"哪里,陈总依旧如此锋芒。"

"不会呀,已经没那么多刺了。"

"这次来贵集团,主要是学习,北方众多经销商中,我本人最尊重龙川。"

"给我们这么高的评价是不是还有其他目的呀?"

开场白就如此火药味十足,这是在座的人完全没想到的。陈建、贺松扬作为两个团队的带队人,等于是给这次的谈判定了调,接下来的你来我往也必然少不了激烈的火药。

贺松扬提出了两个问题,首先希望能有机会看一下土地,其次,对品牌经理和销售经理进行考核。

陈建针对第一个问题给出了自己的回答,目前龙川集团土地不缺,但没有具体给谁的计划。目前北汽奔驰和另一款进口品牌也要进入谈判阶段,原则上来讲哪个品牌谈得顺利,土地也就可以先得到。所以关于看土地,不如坐下来先谈,谈妥了什么都好说。

贺松扬心里非常清楚,这一次他们没有优势。从最开始,他就不同意网络发展科的这个经销商选择计划,他从基层一步步爬上来,和经销商打过多年交道,深知这群人中有许多诡道的家伙,这些玩车的人是真正的高手,每年厂家事业部闭门"造出"的商务政策不论多么难懂,总有些家伙能够读透,可以钻出空子来。这些家伙大都是厂家头痛的主儿,而且这次的22家网点中绝大部分都是这种让人头痛的主儿。不过他不能改变高层的想法,所以只能执行。可是刚刚过年,高层似乎也感觉到有些不对,马不停蹄地开始组织人员到各网点进行实地考察。

贺松扬明显感觉到,这一次他们所谓的考察不会有太好的结果。从一出门,"被动"这个词一直在贺松扬脑子里来回转悠,可是没办法,从一开始就是错的,也只好错下去了。

厂家想通过22家网点的影响力打造出新品牌的形象,同时也会让这22家网点挣到足够的钱。22家网点,北方8家,南方14家。临行前,上司找到了贺松扬,对他进行了半小时的激励。上司对贺松扬很了解,不想让他带着不情愿的心情去工作,因为所有人对这次的蓝盒子计划都很有信心。

通业北方汽贸是北方第一家被考察的网点,和朱宇阳"不欢而散"后,贺松扬就收到姜茜发来的邮件,在组织机构中,品牌经理是陈建本人。这个问题与通业北方的情况一样,贺松扬有些纳闷,现在的经销商都怎么了,难道真的没人了?他实在是不明白安排集团的高层来做总经理有什么好处。

眼看到了午饭时间,双方你来我往了几个回合后,也都对无实质内容的谈话不感兴趣了。

午饭时,气氛不错。陈建借机提意下午就可进行品牌经理与销售经理的

考核工作。按照陈建的话说就是早点谈妥,土地也就能早有希望。贺松扬明白,他根本没法提反对意见,因为主动权并不在他手上。

午饭后,双方都回到了桌边,在饭桌上良好的氛围很快就消失了。

"陈总,咱们先不忙着考核你们的组织架构,有个问题我想听听你的看法。集团领导级的管理者兼任品牌经理,能全身心地工作吗?"

陈建料到了贺松扬会提出这个问题,不过贺松扬的口气很缓和,能听出他话中之意——如果你能给我一个让我满意的答复,我会同意你们的这种组织架构及人员安排。

"这个问题应该首先来谈一谈我们双方计划合作的这个品牌了。对于一款新品牌来说,最为关键的是头半年的时间,怎么树品牌,怎么创知名度,怎么开发有效客户,怎么针对竞争品牌展开有效防守和反攻……这些在新品牌之下,依靠的是品牌经理的大方向性指导。对于我这种多年在一线工作的管理者来说,集团自然是非常信任的。我们集团向来重视与汽车厂商的合作,特别是二汽品牌。我本人对二汽品牌也有着很深的了解,一路从销售经理走到现在,以我的能力完全可以弥补新品牌的不足。"

贺松扬面色严峻,陈建话中多次提及新品牌这个词。也就是说,如果不是新品牌,陈建不会兼任品牌经理。贺松扬想到了陈建会比较"强硬",但没想到他会这么直白。

"我相信陈总能力过人,也领教过你的气魄,不过厂家需要的是一个稳定的管理团队。在品牌经理的位置上你能待多久,半年?那么半年之后呢?这个品牌的管理思路是否需要重新构建?我想,到那时你们自己也会无能为力。我不反对你兼任品牌经理,但是我希望你或是贵集团能安排一名品牌经理助理。这样我们未来三到五年内陆续上市的新车新政策才不会脱节。"

"未来三到五年是一个很美好的远景,龙川集团也有一套自己的用人原则。品牌授权书签下之后,我们会有筹建团队,正式建店前,筹建团队负责与厂商方面联系。你刚才提到品牌经理助理,可以这样对你讲,目前我们安排的销售经理楚天舒完全有能力直接做品牌经理。"

陈建此话一出,龙川集团的所有人都一惊,对方考察组成员也纷纷把目光投向了楚天舒,一时间楚天舒有些心慌,手脚甚至有些发木。

贺松扬把电脑中楚天舒的个人资料打开:"楚经理你好,我能问你几个问题吗?"贺松扬目光盯在手提电脑上,头也没抬地问道。

陈建心里很清楚,贺松扬对楚天舒的考核这就算开始了,而且估计着会按照品牌经理的标准来进行考核。

没等楚天舒反应,贺松扬的问题就来了。

"你认为在4S店中,销售经理应该是个什么样的角色?"

"在我看来,销售经理应该是厂商与销售商之间的一线营销人员。一款汽车品牌号召力和品牌形象的建立是通过经销商行为来完成的,一款新品牌车型,销售经理的营销能力、经销商的认知度、企业魅力和企业文化都是通过销售经理展示给客户的,一个新品牌中销售经理是战略中非常重要的棋子。"

"我注意看了一下,你曾是一名一线的销售顾问,这证明你有足够的经验和能力。我想请你讲一下一线销售的工作流程。"

"客户开发、接待、产品介绍、试乘试驾、跟进、签单、成交、交付。"

"很好,背得不错。楚经理,你既然是一名从一线走出来的实力派销售经理,我想你肯定有自己的工作风格。我想听听你在实际工作中是如何来操作的?"

陈建听完贺松扬这番话,心中暗道不好。厂商向来注重流程,而且这些流程本来就是厂家制定的。今天贺松扬的这个问题是想让楚天舒说出来否定厂家流程的话,这可是相当阴险的招数。但此时此刻,陈建不能说话,不能阻拦。

"首先感谢贺部长给我的认可,我本人从一名一线销售顾问一路走来,我想我完全配得上您给我定义的'实力派销售经理'。其次,在我个人的成长过程中,集团领导给过我很多指导。在众多的指导和培养中有一条是我始终牢记的,那就是执行。在我看来,不管何时何种状况,都不要妄图挑战上级和权威。上级领导给予的指令通常是需要贯彻执行的,而不是用来怀疑的。企业遇到的执行力不够,大部分原因来自于管理层对决策层的怀疑,有些管理人员善于和喜好挑战权威,对决策层的每一次决定首先想到的是怀疑而非执行,这种管理人员是企业发展的阻碍。刚刚您提出的问题,我想我的回答是,我及我所在的集团对于厂家的权威机构给出的各项服务流程一贯是认真贯彻执行的。如果对每个厂家的政策流程都加以怀疑的话,龙川集团不会有今天的成就,旗下的品牌也不会在本地雄踞多年,更不可能为每个品牌的发展做出贡献。"

贺松扬对楚天舒的回答完全没有预料,不由得抬起头来。他没想到楚天舒能猜透他刚刚的问题,看来这个人还真的是龙川集团精心选拔的。刚刚楚天舒的话是就事论事,不过贺松扬听了之后心里非常不舒服。因为他自己就是楚天舒说的那种,善于怀疑和挑战高层的人,一直以来贺松扬都以此而高兴地觉得自己有思想,善思考。但今天,楚天舒把他这类人定义为企业发展的阻碍,虽然他不赞同楚天舒的看法,但一时间也找不到反驳的理由。

"难得你有如此思路,龙川集团的人才储备果然了得。如果你成为标致的销售经理,那么有某一个月的任务没有完成,我想了解一下你如何看待这一情况。"

"首先考虑一下厂家或公司给出的任务是否合理;其次分析市场的实际情况;第三考虑我们的激励制度是否合理;第四鼓励我的团队士气;第五把未

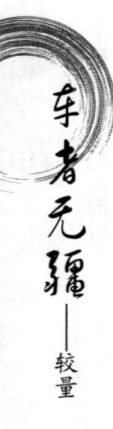

完成的数量细分到以后各月,以便全年任务不受影响;第六改变现有激励制度,以表现出公司有针对性政策出台;第七作为销售经理,我会找厂家和公司承担我的责任;最后我会视情况申请对总任务数进行调整。"

如果不是临时提出的问题,贺松扬一定会怀疑楚天舒知道自己的问题。本来他接下来想问楚天舒怎么看待激励制度,怎么与手下的销售们沟通,怎么与厂家解释自己的责任,是否会申请改变任务数……但这一系列的问题,楚天舒已经给出了回答。而且并没有太久的思考,是平时的积累、精心的准备、超凡的能力、敏捷的思维,造就了刚才的回答吗?除了这些,贺松扬真是想不出还有什么词可以形容自己听到这些回答的感受了。

"让你来制定品牌营销策略的话,你认为标致品牌目前最该做的是什么?"

"针对目前市场情况分析主要竞争对手的广宣、客户和市场定位,找到我们品牌的优势。我个人不建议一款新品牌做比较,由于目前我们不了解厂家方面的新车市场定位,所以不好定具体计划。从经销商方面来讲,品牌建设没有最该做什么,一切都很重要,每一个细小环节的完美都可以铸造伟大的胜利,任何细小的失败也会导致全盘皆败。如果说标致品牌最该做的,我认为是细致到从新车未开始上市前的所有一切。"

第七章　全新体验

1

下午的考察结束后,陈建安排厂家人员好好地放松了一下。朱海洋、楚天舒自然也一起陪同。

贺松扬几杯酒下肚,和陈建聊起了在雪铁龙时的往事。陈建微笑地听着贺松扬的回忆,并不插话。令他没有想到的是,贺松扬对当年之事记忆犹新。贺松扬坦言,当年他非常气愤,不过他作为厂家的区域经理,也确实有些小气。

楚天舒一句半句边听边猜,大概也听出了一些来龙去脉。当年的那些你来我往虽不能算是惊心动魄,但也足够真刀真枪。联想到曾经陈建亲自指挥对嘉源汽贸进行的剿杀,楚天舒不由得看了一眼坐在对面的陈建,楚天舒觉得如果只是看表面,真的不能想象面前的人有如此丰富的经历。

酒越喝越多,贺松扬的话题也越来越广。桌上人的兴致很快也被调动了起来。楚天舒比较怕这种场合,他不善于在这种场合里多说话。

吃过饭,陈建建议大家去KTV,贺松扬摆了摆手:"我不行,不喜欢去那种地方。陈总,带上小楚给咱们开车,咱仨去喝茶吧。"

"好。海洋你带大家去唱歌,天舒你开我的车,咱们分头行动。"

陈建也想叫上楚天舒,一方面楚天舒今晚酒喝得不多,再一方面陈建向来小心处理每一次与厂家来人的会面,一定要有第三人在场。

车稳稳停在了陈建说的茶馆门口,贺松扬走下车后拍了拍楚天舒的肩膀:"你很不错。"

楚天舒一愣,看着贺松扬和陈建并排走进茶馆,楚天舒不明白这句话什么意思。

贺松扬点了武夷岩茶,三人落座后,他看了看陈建和楚天舒。

"关起门咱自家人讲话,你干脆直接让楚经理做店总算了,别费周折了。"贺松扬坐下就对陈建说。

"你我有一点是相同的,不能做主,我们都是执行者。你觉得天舒是人才,我同样也明白。不过我只是管理者,而非决策者,只有决策者才有资格决定任用,特别是一个店里的总经理更是重中之重。"

话题就此打住了,两个人谁也没再谈工作上的事儿。不过话题一直没有离开汽车,只不过是国外汽车的品牌营销。

回到住处,楚天舒觉得有些累,他冲了杯咖啡,喝完后又冲了个澡。回来的路上,陈建让他休息一天,说厂家接下来就不会再考核他了。

下午贺松扬几乎是对他一个人进行的考核,虽然问题很多,但他表现不错。

接下来的四天里,陈建和会计师、律师等非龙川集团内部的管理人员一同陪着贺松扬的工作组。楚天舒和朱海洋回各自的品牌去了,对他们来说,首期任务已经完成。楚天舒第一次经历这种事,心里有种说不出的感觉,他满怀信心地想准备一场争斗,谁知道这么快一切就过去了。

回到宝马店,李凡对他的态度有了明显变化,他明白李凡已经不把自己看作对手。因为他要去一个新品牌,李凡的位置不会被冲击。李凡觉得他没必要再多树个敌人,这样一来,李凡对楚天舒不但是亲近了许多,而且也主动传授起了做销售经理的技巧。

用李凡的话来说,销售经理的工作主要是三方面:一、控制手下人;二、处理好与品牌经理的关系;三、看上去始终忙碌。

对于李凡说的最后一点,楚天舒深有体会,李凡就是一个看上去始终忙碌的人。楚天舒同意李凡关于"始终忙碌"的这一说法,高层管理者都希望手下人忙碌起来。这是一种很复杂的心理,一名睿智的管理者,看到手下人忙碌会微笑,虽然他们明白这种忙碌的背后多多少少有些做戏的成分。但他们也愿意接受,人生不就是一场戏嘛,这样说来只要演技漂亮,每一个人都喜欢这场演出。

只不过"演技"可并不是随便哪个人都高超的,李凡的演技应该属于比较差的那一类,他所表演的"忙碌"给高层管理者的感觉非但不是忙碌,甚至还有无所适从的感觉。无所适从的手下,在高层看来至多是个碌碌无为的小丑。楚天舒眼里,李凡就是一个终日碌碌无为,平庸得不能再平庸的小丑。

贺松扬的考察团离开后,一切又恢复了平常。陈建消失了一周的时间,这一周楚天舒在宝马每一天都像置身沙漠。他觉得孤单,没有方向。他盼着陈建的出现,潜意识里,他觉得陈建一定可以带回来一些消息,而这些消息一定与这次东风厂家的"来访"有关,也可以说与他的"未来"有关。不过事实让他有些失望,陈建再次出现,居然没有提一句关于东风标致的事儿,也没提一句他在龙川集团的未来。

一切如常。

古清然又找到了楚天舒,这次是中午,在一家西餐馆。安静的小餐馆里,古清然看着楚天舒:"听说你要去东风标致了?"

"谁说的,我还不知道呢。"

"你不可能不知道,你的心智很高,如果真的这么久不给你安排事情,你早急了。"

楚天舒笑了笑,没再接古清然的话。

他看着古清然纤细的双手,恍然间又想起了些什么。

"现在宝马的营销你觉得怎么样?"

古清然看了看楚天舒:"营销分人做,用心的人就会做得很好。"

"会做事的人很多,但是能用心的人不多。"

"没错,既然你明白这个道理,现在的营销做得怎样你应该很清楚。"

"每个人都有自己做事的风格,不过总的说来不管是厂家还是经销商,大家都一样,都是用忙碌的身影秀给自己的上司。"

"话没错,不过秀与秀可是有着天壤之别,李凡不是一个不会秀的人,只是他的秀实在是太平庸了。"

不管从哪方面来讲,李凡是龙川集团的一分子,古清然这样评价李凡,楚天舒也觉得没有面子。不过他恐怕很难维护李凡的形象,他承认古清然说得对,也相信她非常了解李凡。越是这样,他越觉得李凡是个可怜的角色。

午休的时间短,楚天舒与古清然并没有聊很多。临分手时,古清然告诉楚天舒,是陈建向她透露楚天舒将要去东风标致的消息的。古清然一脸严肃地对楚天舒说:"我和你们这种大集团打过多年交道,有一个道理我想你比我更清楚。在没有成为现实之前,一切承诺都是假象。"

古清然的这句话让楚天舒很快就冷静了,她的这句话果然像一把刀一样,把楚天舒心中的诸多心结斩断了。古清然说得没错,一切在未成行前都是假象。能不能去标致,在楚天舒看来,已不重要了。因为他不想要假象,不想要没意义的事情。

就在楚天舒开始自我调整心态之时,陈建找到了他,在他回来的第三天下午。

在陈建的办公室里,楚天舒接过刚刚打印出来的,东风标致厂家的通知,东风标致厂家与龙川集团的品牌授权协议,下周一就要正式签了,厂家对龙川集团提出的管理组织架构给予了认可。也就是说,进入4月份,按厂家的安排,品牌经理及其下属就要开始接受培训了。

"你准备一下,今天厂家给我来了电话,估计下个月咱俩先去培训,地点还没选好。今天厂家方面会有人与你联系,你就按他们要求的办吧,也算是种经历吧。品牌筹建是个挺复杂的过程,能经历一下是好事儿。"

陈建的话让楚天舒充满了好奇,也可以说是希望。从陈建办公室里出来后,他一直在等待厂家的电话。快下班时,楚天舒的手机响了,他掏出来一看,号码前的区号是027,正是武汉厂家来的电话。楚天舒松了口气,总算来了,等了整整一个下午。

"您好,是楚天舒经理吗?"

一个非常典型的南方小男孩的声音。

"对,你是哪位?"

"您好,我姓龙,叫龙行,是东风标致厂家网络发展与维护部品牌筹建协调员。在品牌筹建阶段,主要由我与您联络沟通。有几件事想要与您明确一下,还要和您确认几个问题,不知您现在是否方便?"

"你说吧,我这现在没事儿。"

"好的,谢谢您。请问这是您的常用手机吗?"

"对。"

"在品牌筹建阶段,我们要求销售经理的手机保持24小时开机状态。请您给我一个您个人的邮箱,我需要给您发一些文件。"

楚天舒对这个龙行的口气和态度非常反感,由于陈建已经提前叮嘱过:按厂家的要求去做,所以他什么也没多说,给了龙行自己的邮箱。他不由得暗想:陈建果真是身经百战,肯定早就料到了这个二小子了。

"楚经理您好,我知道您平时的工作非常忙,请您见谅吧。接下来的一段时间,我们的主要工作是通过手机短信和电子邮件的形式完成的。"说完龙行便如数家珍般地对楚天舒讲了他接下来的"工作"。

"每天早上9:30之前,你要把当日工作计划用邮件正文形式发到我的邮箱,我不接受附件;11:15前手机短信的形式向我发送当日主要竞争品牌的成交情况,主要竞争对手信息,我会在电话结束后的半小时内发到您的邮箱里;下午2:30之前发送当日主要竞品的促销情况,也是手机短信;下午5:30之前用电子文档形式完成当日工作总结并以附件发送至我邮箱。以上工作自下周一正式开始。今天是周三,明后两天您需要收集竞争品牌车型的销售信息,周日请您以附件形式发送至我的邮箱。以上表格我都会发送到您的邮箱。每个月5号前,请把全月广告预算和实施计划发到我的邮箱;20日前请将月度营销、销售工作总结发到我邮箱。以上两项工作,自下个月开始施行。我一会儿会给您发一封电子邮件,以上所有工作都会在邮件中体现,我的电话和其他联系方式也会在邮件正文中,请您查收我的邮件后,3分钟内给我回执,最后祝您工作顺利。谢谢合作。"

2

放下电话,楚天舒有些气不顺。这个叫龙行的小子让他觉得自己就像是个汇报数据的机器。正坐在办公室里气不顺的时候,前台通知他到二楼陈建办公室开会。

楚天舒推门进去的时候,朱海洋也正好刚坐下。

"陈总,厂家那小子算是个什么东西,怎么那么多事儿?我哪有时间伺候他呀!"朱海洋没轻没重地来了一句。

何止是楚天舒、朱海洋两个人遇到了这种待遇,就连陈建也未能幸免。陈建把他们俩叫过来就是和他们通个气,交代几项工作。

"那是厂家的协调专员,我也接到电话了,我的工作比你俩加一起还要多得多。这就是工作,我们没资格说三道四、挑肥拣瘦。"陈建口气很严厉地说道。

陈建与汽车厂商打交道不是三年五年了,参加过很多品牌的筹建工作。但这一次这么"严格"的还真是第一次遇到,龙行也给他打了电话,正如他所说的,他的工作比楚天舒、朱海洋两个加在一起还要多。身为龙川集团的副总,他兼任品牌总经理,本身的工作就非常多,他是绝对没时间做标致厂家的那些"工作"。他把楚天舒和朱海洋叫来就是要把他的工作分给他们俩。没想到朱海洋上来居然先开始了抱怨,陈建平素里的修养很高,但今天确实是火了,毫不留情地指出了朱海洋身上的问题。抱怨这件事情看着不大,但对于管理层来讲这是最大的忌讳。

陈建打开桌上的便携电脑,口吻依旧严厉地说:"工作既不是让我们怀疑的,也不是让我们抱怨的。这次东风标致厂家的要求非常严格,我也是不适应,不过我们必须要正确对待。这种要求严格也充分证明在如此激烈的市场竞争之下,不只是经销商,就连主机厂的压力都非常之大,对于一款新车、新产品、新品牌来讲更甚。我们的一切工作,周总也在关注着。我给你们发一些邮件,你们回去查收,从现在开始,你们全天候进入角色。"

对于楚天舒来说,工作不算什么,再多也没关系。这段时间他太闲了,成天在销售办公室和展厅间来回进出,他自己都感觉很别扭。现在终于有"事"做了,他自然是高兴。宝马品牌的销售顾问每人一台便携电脑,剩下的那一台台式电脑就留给了楚天舒。坐在电脑前,楚天舒终于又找到了感觉。与在雪铁龙的代理不同,与刚来宝马时负责营销"套钱"也不一样,这一次的感觉很充实,古清然的那句话他早已忘记了,楚天舒如今跳不出这个局,很难做到理性地去辨别"真假"。

邮箱中有两封邮件,分别是龙行和陈建发的。楚天舒先打开了龙行的邮件,基本上把他电话里讲的内容落实到了邮件里,不过多了一项比较麻烦的,就是收集、分析竞品信息与报告。这一项中列出了目前10万到15万价位之间的所有品牌,包括营销分析、市场占有情况等15项内容。其中竞争车型上一年度在本地的上牌量和广告投放量这两项是个很大的麻烦。楚天舒边看着,边琢磨着谁能帮得上忙。上牌量他能找马维英,相信这对他来讲并不是太大的问题。广告的投放量,可以找姚雪竹,她找媒体代理商应该不成问题。

这份竞品信息汇总报告量大,楚天舒决定明早来了先从这份文件下手。

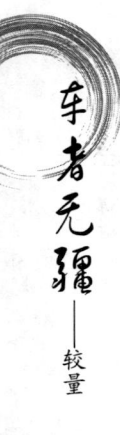

看完了龙行的邮件,他打开了陈建发来的邮件,邮件中居然有30多个附件,粗粗地看了一遍,全都是Excel表格文件。不用看也能猜到,这是龙行发给陈建的,陈建身为集团副总,肯定不能给他们填这些数字。叫他和朱海洋上去,也就是要把这些发给他们,让他们俩完成。这样想着,楚天舒在电脑中新建了一个文件夹,把这些附件一一下载下来。在邮件的正文中,陈建交代了何时把何种文件发给他,并叮嘱:必须确保准确及时。

对陈建分配下来的任务,楚天舒无话可说,这是他的工作。他自己说过,工作是用来执行的,不是用来怀疑的。他是这么说的,也是这么做的。

楚天舒正看着电脑发愣时,陈菲推门走了进来。

"楚哥还没下班呢?"

"收个邮件,你怎么也没走呢?"

"别提了,一倒霉客户,买车不到三个月来了不知多少趟了。"

汽车只是一个很普通的消费品,并不因你是宝马就一定品质高贵,也不因你的车花了八九十万就一定没有故障。卖过车的人一定都对客户说过一句话,"赶上了",要真是赶上了一辆有问题的车,那可真是上火生气加费钱。

"你忙清了?"

"算是吧,一会儿我再请客户吃个饭。没办法,安抚一下这孩子受伤的心灵。"

楚天舒笑了:"最近销量还行吧?"

"不错,我们几个忙得挺快乐。楚哥跟你说个事儿,王梓萌估计要走了。"王梓萌就是和楚天舒开玩笑说客户是"腊肉"的女孩。

"为什么呀?"

"终成正果了。"

做高端品牌汽车销售的女孩大都是漂亮有气质的,自然会博得男人的喜欢。而这些女孩子也都希望能把自己成功"销售"出去。越是高端品牌,这种事也越多。

这时陈菲的客户来办公室找她,她朝楚天舒摆了摆手:"明天见,楚哥。"

看着陈菲走出展厅,钻进客户的车里,不知为什么楚天舒突然觉得陈菲会成为下一个王梓萌。

正在胡思乱想着的时候,手机响了,楚天舒一看是朱海洋。

"朱总有何吩咐?"

"别贫了,你看邮件没?"

"看了。"

"陈总也太那个了吧,这些应该是他的工作,现在倒好都推给咱们了。我这一天的事儿可是不少,他给你多少表格?"

"大概30个吧,我没具体看。"

"快看看吧,和你比我还算好点,才 10 多个。这是领导交代的工作,别含糊。"

放下朱海洋的电话,楚天舒摇了摇头,原本想约他出去坐坐,吃点饭。不过现在看来,两个人恐怕很难有共同语言,还是少见好。

这样想着,楚天舒把陈建发来的表格打开,一个个认真地看起来。看完后,松了口气,这些表格几乎是销售经理手上数据的汇总,并没有太多新东西,有些需要新数据,也并不复杂。这样看来首要任务还是完成好自己那几份表格,再来做这些汇总表。陈建给的这些表格数据中的内容大部分要求一个月上报一次,少数几个是半个月,只有极个别的要求每周上报。新品牌、新车型,销售工作肯定是重中之重,作为品牌筹建期间的销售经理,理应有相对繁重的工作。这些,他非常理解也很认同。相比较起来,他相信朱海洋的"工作"绝不会比自己多,而那种抱怨的心态必定会引起陈建的不满。

把龙行和陈建发来的邮件都看过之后,已经 7 点多了,整个 4S 店的灯差不多都熄了。楚天舒关上电脑,又冲了杯咖啡,边喝边闭上双眼。他并不疲倦,他只是想安静一会儿,这样一个人待一会儿。白天的 4S 店是相当喧闹的,整个展厅里就像一个大型的秀场。买车的、看车的、看美女的和这里漂亮的销售顾问乱作一团,"战"作一团。夜幕下,展厅里的几款车反倒更加清秀刚劲,原来在这时,原本就是主角的这些车才登场。做汽车销售这一行三年多了,他今天才发现原来没人看车时,这些车才是真正的主角。想到这儿,他把杯中的咖啡喝完,站起来简单收拾了一下,准备离开,让这些主角们自己去尽情表演吧。

走出展厅,走出 4S 店,楚天舒在夜色中慢步走着。此时此刻,他脑海中不知不觉地想起了在 N 城时的生活,那时的他看上去每天都忙碌且精力充沛,可那段时间里他却是混乱不堪的,总想创造更美好的生活,但生活本身却已经迷失了方向。现在却不同,他没法去为明天创造任何,但每一个小小目标的达成却都能让他兴奋不已。

电话铃把他从 N 城混乱不堪的生活拉了回来,是苏琳的电话。最近一段时间,苏琳在国内飞来飞去。楚天舒问她是否有了什么新项目,苏琳并没回答,反问:"听说你到宝马做销售经理了?我新聘了一个副总,干得不错,想给她买辆宝马 1 系车,给我个实在价吧。"

楚天舒说没问题,不过他只是销售经理助理,而且可能要去其他品牌,价格明天帮她问。

放下苏琳的电话,楚天舒明白,苏琳已然找到了她想要找的人。对于他,苏琳再不会有目的地联系了,当初的认可和欣赏肯定会慢慢消失的。这些都很正常,不管怎么说人是感情动物,感情来了什么事都好说,也都让人心血热腾。当一切冷却了,所有的幻想也就全都平淡,甚至破灭了。

3

　　第二天一早,刚刚到办公室,陈建给楚天舒打电话,让他去周亚川的董事长室去。来龙川集团这么久了,他第一次知道原来周亚川还有一间自己的办公室,而且并不在集团的大楼里。

　　周亚川的董事长办公室并不在龙川集团总部的大楼里,而是奔驰品牌。在二层,有一间很普通的办公室。周亚川是国内为数不多的,同时拥有奔驰和宝马两大国人最眼熟却又离普通人生活较远的汽车品牌经营权的人。这两大汽车制造商是不允许一家经销商同时拥有两家品牌同时经营的,不过任何事也并不是完全绝对的。更何况,奔驰的法人代表并不是周亚川,而是一个叫褚建英的人。从名字上是无法判断这个人的性别,也从来也没有人见过这个褚建英,但所有人都明白,这个人是周亚川的人,这个店是龙川集团的店。至于那个名字,恐怕是否存在都是一个疑问。

　　对于楚天舒这种进入集团不过三年的底层员工来说,他完全不了解这些,他和所有中国的普通百姓一样对奔驰、宝马这两个名字既熟悉又陌生。熟悉是因为它们的品牌效应,是对它们超高价格的心知肚明。陌生是因为这些车,对于普通工薪阶层来说多数时候只有远观的份,就拿奔驰S级650AMG来说,高达298万的价格,对于一般人来说是一个连梦都不敢做的事情。而那些什么6.0的排气量、450KW/4800vpm、100Nm/2000—4000rpm……的数据则更是天书一般。

　　置身于这个大展厅,楚天舒感觉到一种说不出的高贵感。平实无华的简单装修,并不显华贵的陈设,他并不喜欢的黄蓝两色,这些完美协调地为进来的每一个人呈现着尊贵,这或许就是品牌感染力吧。

　　周亚川的董事长室是清一色的红木家具,地板是纯实木制的。

　　楚天舒在门口敲了敲门,他没想到开门的居然是周亚川,而且里面只有他一个人。

　　"进来吧,门口有鞋,你换一下。"

　　与周亚川在龙川集团总部的那间办公室相比,这里小很多。而且由于红木家具颜色偏暗,让这里显得非常压抑。只有一个与总部那间办公室一样之处,就是鱼缸。有钱的人喜欢养鱼,特别是红色的鱼,或许是讨个吉利吧。看着周亚川这一缸红彤彤的鱼,楚天舒心中不由得感慨这种有钱人的生活。

　　"这鱼怎么样?"周亚川问。

　　"我不养鱼,不懂这个。"

　　周亚川点点头,同样的问题他问过每一个来这间屋子的品牌经理,得到的回答基本无二,"很好",但是说"很好"的人中绝大部分不养鱼,甚至不知道这是什么鱼,他们不过是为了迎合自己。

"这是金刚鹦鹉,也叫红财神。有机会你也该养养鱼,忙碌过后看看它们是种非常好的放松。"

"嗯。"楚天舒点点头,没再继续这个话题,周亚川叫他来肯定不是讨论养鱼的。

"和集团办公室那条鱼比起来,你更喜欢哪条?"

"我说不上,没有什么感觉。"楚天舒依旧不发表自己的观点。

以周亚川阅人无数的眼光,他已然看透了,面前的年轻人是在有意地隐藏自己。他本想用"鱼"的话题来试探一下,看看这个人是否主动迎合自己。不知道面前的这个年轻人是猜透了自己的用意,还是本就是一个懂得隐藏自己的人,通常有思想且懂得自我保护的人都会隐藏自己。

这些年来,周亚川在管理人员的使用上,一直心有顾忌,有想法的人他不想用。这些人太浮躁,他不想让自己的企业成为这种人的"试验田"。对楚天舒,现在进入了他的考察视线,不过同样的,他也不完全确信这个年轻人是不是一个可以放心用的人。

与东风标致厂家完成考察的配合工作之后,陈建飞到了长春,与长春一汽洽谈奥迪店A8、QT、TT等原装车的销售权,国内合资4S店允许卖进口车后,周亚川非常重视这个变化,他让陈建马上放下工作去接洽,争取在全国经销商批量开始之前率先迈出这一步,以便能够占有市场先机。一周的时间,陈建收获不小。也正是这一周的时间,让周亚川决定找楚天舒好好地谈一谈。

楚天舒没想到周亚川会找他单独聊天,让他更意外的是周亚川先聊起了"鱼",这让他不敢随意说话,更猜不透周亚川的心思。

"与标致厂家的接洽你表现得很不错,厂方已经给我发来了正式邮件,建议由你来做品牌经理。"周亚川的语气平缓,却非常严肃,不由得令楚天舒坐直了身子。

"厂方自有他们的如意算盘,陈建是集团的副总,他不可能过长时间兼任品牌经理,所以如果现在有合适的人选,他们是不会希望陈建出现的。集团对你很信任,也相信你的能力,不过问题是你对这个行业的了解程度毕竟还不够。整车销售这一行是点线分明,却又环环相扣的,作为总经理,必须要销售、售后全盘精通。对于一个全新的品牌,市场占有率是零,你只懂销售没关系,头两年你会做出成绩。但两年之后,随着车辆销售情况越来越好,售后的问题马上就会突现出来。而且问题一旦暴露,你就会发现,并不是你的能力所能控制的了。这种局面一旦形成,将是个人毁灭的开始,一个优秀的人才恐怕也会被废掉。所以集团向来在品牌总经理的选择上,非常审慎。不是不放心,而是要对管理人员负责任。"

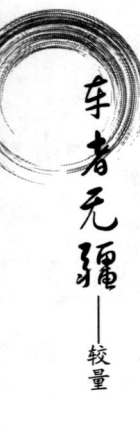

楚天舒一字不落地把周亚川这段话听了进去,脑子不停地转着。他在想周亚川是何用意,他想对自己说什么。以他目前的层级,他还真没读懂周亚川。

"品牌经理的培养是非常细致的一项工作,要做到系统、全面且不动声色。品牌经理向来是备受关注的,所以在一切没有成为事实之前,就需要高度保密,因为被培养的对象往往不是一个,而且也未必一定能够胜任,当然更未必一定就是最终人选。"

听完这番话后,楚天舒大概能明白了,周亚川想培养他成为品牌经理,同时也告诉他,并不是培养他就一定让他来坐这个位置。

"由于集团认为你对汽车行业深度了解还有所欠缺,所以准备交给你三项工作。今天由我找你来第一是想向你表明态度,集团对你的认可和器重;第二,这次谈话仅限于我们两人之间,你有权提问,更有权拒绝集团的安排。"说完周亚川从桌上拿起一页纸,"你先看一下,这是你第一项工作。"

楚天舒接到手中一看,是一份龙川集团内部的通知性文件。楚天舒即日起调任东风雪铁龙售后服务部,岗位是前台服务顾问。看着这份文件,楚天舒很有些意外,他原以为会是品牌经理助理,谁承想从销售调到了售后,而且是服务顾问,这份他完全陌生的工作。

"有什么意见?"

"没有,我服从集团的统一安排部署。"

"另外一项工作,标致厂家马上会与我们品牌签授权书了。你作为销售经理的计划不变,现在厂家的店还没建起来,我们的工作要认真到位。最后一项工作,下半年集团会与另一汽车厂商签品牌授权协议,到时会推介你为品牌经理,你有个心理准备。这三项工作中,在雪铁龙做服务顾问是要向全集团发文件的,标致筹建店的工作,集团自然会有人传播,第三项工作只有我和陈总知道。最多半年,你这三项工作就能分出主次了,只攻某一方向,你到底有多大能力,尽情去发挥吧。"

三项工作对楚天舒来说哪个也不轻松,他觉得有些发蒙。这一切来得太突然了,从进门起,周亚川就有些反常,谈了许多问题,都是让楚天舒猜不透的。之后很快把三项工作"抛"了出来,这种突然的变化让楚天舒有些昏,需要再好好地动动脑筋。

仔细、快速地把前后的事情串了一下,很容易就明白了,周亚川想要培养楚天舒,而且是要全面培养。整车销售行业中,销售与售后的比重大概是四比六,想要在一款全新品牌做好品牌经理,必须了解售后服务的全部流程。而东风标致和另外一家未谈下的品牌给楚天舒留下了两次机会,对他来说,这种信任是空前的。

从奔驰4S店往回走时,楚天舒脑海中还不停地浮现着刚刚谈话的画面,似乎是那么不真切,那么遥远。正在这时,手机响了,他掏出来一看,武汉的电话,不用问是那个叫龙行的男孩。

"你好。"

"您好,楚经理,我是东风标致筹建协调专员龙行。周一时您要发一份竞品的分析报告给我,您在下午1点前发到我邮箱。"

"不是规定5点吗?"

"我要汇总几个网点的,所以只好麻烦大家提前发了。"

放下电话,楚天舒有些不痛快。一个小小的协调员,坐在厂家小格子办公间内,拿着电话居然想操控自己?做梦!

4

对于楚天舒工作上的安排,虽然周亚川已经与陈建沟通了很多次,但是他也确实是不太放心楚天舒,楚天舒在销售方面具备的素质与能力足已承担起销售经理的担子,他自身也还确实有一些值得认可的地方。不过他来公司的时间不长,对这个行业的了解程度太浅,很难判断他处理危机状况的能力。虽然能够看出来是人才,也能够肯定地说楚天舒还有上升的空间,但是真的到了楚天舒这个年龄段,人是否还有接受新挑战新事物的激情,这也是一个未知数。也正是这些个不确定的因素,让周亚川反复犹豫琢磨良久。

楚天舒走后,周亚川把陈建叫来了,告诉他楚天舒接受了三项工作。

"恐怕他还不了解这三项工作到底意味着什么,当他遇到困难时,才能体现他真正的能力。"

陈建明白周亚川肯定要培养楚天舒,他建议把马洪亮叫来。他能感觉到周亚川有些不放心,这种不放心不是不信任,相反是一种绝对的信任。正因为这种绝对的信任,所以才担心楚天舒辜负了自己对他的培养。陈建实在不明白周亚川的这种信任源自哪里,但有一点可以确定,楚天舒一定会得到重用,而在得到重用之前,这一切虽然看上去都不是那么的确定,可是这份看重和信任会伴随楚天舒身边周围。

周亚川同意了陈建的建议,拿起桌上的电话,把马洪亮叫了过来。

与周亚川谈话后的第二天,调令就送到了宝马店。楚天舒已经许久没有正常的工作了,所以工作交接极其简单。办完工作交接后,他到李凡的办公室找李凡问宝马1系的价格。其实他早已在陈菲那里问到了一个满意的价格,他也很清楚,李凡绝不会给他实在价。他无非是想在走之前看一眼李凡,他想看一看这个始终忙碌着的李凡此时此刻是什么样子。

简单地聊了10分钟。

车价果然不如陈菲给得实在,而李凡所表现出的兴高采烈也是楚天舒所

没料到的。李凡甚至安慰楚天舒：别灰心，售后相对稳定，服务顾问的收入也不低。

看来李凡并不明白集团调他去服务部是准备培养他，同时也证明了周亚川所说的，这种培养是秘密进行的。

最后要签字的是陈建。

"来宝马三个多月了吧？"

"嗯。"

"感觉怎么样？"

"挺好，学到了不少。"

陈建笑了："学到了什么？"

"如何始终忙碌地工作。"

"过不了多久你就要真正始终忙碌地工作了，到时候你会怀念现在的时光的。我叫马总过来了，好好做，在售后一定要多听多看，董事长对你的希望很高。"

刚听到陈建说"马总"时，楚天舒没明白"马总"是谁，当陈建提到了售后时，他才明白是集团的另一个副总，主管售后服务的马洪亮。陈建是销售副总，马洪亮是服务副总。楚天舒要到服务部去了，当然要见一见那里的大领导了。

"马总过一会儿才到，我先和你说点事。董事长和你说了新品牌的事，首先你要保密，未成行之前一切都不确定；再有，标致那边你或许会被推荐为品牌经理，品牌经理和销售经理不同，对你来说，销售方面我一点不担心，但售后是不一样的。不了解的事儿千万别发表意见，一定要懂得放权给下边的人。一个新品牌培养的时间大概是两年，两年对一款新车来说足以检验能否生存。如果两年销量能达到一定的量，这个品牌也就站稳了。与此同时，售后部门的问题会随之而来。在这段时间，尽可能不说话和放权。如果再遇上问题，你就一定能处理了，但这也并非全部……"停了一下，陈建又开口道，"新品牌的事儿你别太上心，做到心中有数，知道自己该看什么、干什么、学什么才是关键。标致方面的事儿，你千万要认真。对你来讲，现在这是一次非常重要的机会。龙行对我每天都进行全天候的骚扰，这孩子一根筋，太教条。不过也可以理解，他们都是大学刚毕业的学生，自然希望自己认真、努力的工作能被领导发现。那些汇总表格和无聊的信息数据、数据分析在他们看来是宝贵得不能再宝贵了。尽量别和他发生冲突，海洋已经被告到周总那里了，昨天他和龙行在电话里嚷了起来。结果厂家直接找了周总，现在周总、马总正和朱海洋谈话呢。这种事儿你也得注意，不管是为了什么，尊重对方是必须的。"

朱海洋会出问题，这是楚天舒早就料到的，不过他真没想到会这么快。

店还没开,就和厂家人发生了矛盾,想再做下去,恐怕很难。

"不能怪朱经理,那个龙行太气盛,说话不讲分寸……"

陈建摆了摆手,不让楚天舒再说了。

"你今天就去雪铁龙报道,胡文海你应该很熟。马总也跟他打过招呼了,你听安排吧。记住一点,少和销售顾问在店内聊天,现在你的本职已发生了变化。"

两个人聊了十多分钟,马洪亮推门走了进来。

马洪亮是个爽直的人,三个人聊了半个小时,楚天舒就拿着调令去雪铁龙了。

王天佐在楚天舒的调令上签好字。

"你也算对这里很熟了,不用我多说了,你找胡文海吧。"

其实不用王天佐说,楚天舒也会直接去找胡文海的。陈建已经提醒他了,来这里该干什么就干什么,少与销售们接触。这句话再明白不过了,上上下下会有许多双眼睛盯着你,千万做好本职工作。

胡文海见楚天舒走进来,放下了手上的文件。

"楚总来镀金了?"

楚天舒笑了:"发配边疆。"

"呸,我这可不是边疆,你下一步去哪个站?来这实习几个月就能高升了,店总吧?没问题!"

"谁说的,没那事,我是给你当小兵来了。"

"拉倒吧,我来集团多少年了,什么不明白,售前转售后,这是高升的第一步。让你去哪个站?标致还是新店?"

第八章　老狐狸是谁

1

胡文海的话让楚天舒吃惊不小，周亚川说集团对人员的培养方式向来是不公开的。陈建说关于新品牌只有少数高层知道，所以一定要严格保密。李凡的言行让他相信了周亚川和陈建的话，但是今天胡文海的问话让他彻底地怀疑了。看来不管什么事儿，根本就没有秘密可言。在龙川集团工作超过五年的有心人，稍微留一下心就能看出周亚川怎么培养人才。可是新品牌的事儿，胡文海怎么知道的呢？看来任何在高层眼中需要保密的事情，下边人都会想办法得知。

在胡文海那里报到后，楚天舒被安排到了服务前台。雪铁龙售后的三名服务顾问，楚天舒都认识，当初卖车的时候有问题没少找他们帮忙。没想到现在能有机会和他们一起工作，一起面对那些或熟悉或陌生的客户。

胡文海安排他跟这里资格最老的服务顾问学习，这名服务顾问叫刘志峰，是雪铁龙最老资格的售后服务人员之一。楚天舒并不知道，这个刘志峰在龙川集团曾经可是一个绝对的风云人物，做过三个品牌的总经理，做过陈建的副手，一度还曾有传闻他要取代陈建。不过事实却是他的路越来越窄，最后售前转到了售后，做了服务顾问，最终落脚在了售后。

这些事儿没人对楚天舒讲，他是绝不可能知道的。如今的刘志峰人很随和，爱乐，寡言少语，与他当年风光时全然是两个人。吴戈在龙川集团时间很久了，他亲眼见证了刘志峰短短五年的时间从一名销售顾问升到集团副总助理的过程。如今，在东风雪铁龙的售后服务顾问的岗位上，刘志峰已经平平稳稳地又做了五年。这些年来，刘志峰不争不抢，反而得到了更多尊重，就连胡文海都比刘志峰来得晚。安排楚天舒跟着刘志峰是马洪亮向胡文海传达的，并告诉胡文海这是周亚川的意思。

刘师傅很随和，这是楚天舒的印象，当初客户遇到问题，他最喜欢找刘师傅。客户相信年岁大的师傅，楚天舒也相信他的为人。

胡文海把楚天舒交给刘志峰时，他一直在忙碌着，只抬头看了一眼楚天舒："小楚呀？你怎么也是新人了？你还有什么不懂的吗？你先到办公室吧，忙完了我找你。"

对这里的一切,楚天舒都很熟悉,三个月后他再回来,感觉一切都很亲切。在售后办公室,他和信息员、客户关系专员、结算员聊得很开心,还真的有种回家的感觉。闲聊了一会儿,楚天舒突然想起该给苏琳去个电话。

电话里,他告诉苏琳宝马1系的价格后,又对她说,自己回雪铁龙了,在售后,有事找他,更方便了。

不管自己身处何地,是何状态,始终都与自己重要客户保持着适当的联系,并且要尽量多地帮助自己的客户,这是楚天舒做销售的原则,他始终都把工作和自己可能的未来紧密联系。

对于楚天舒的变化,苏琳似乎并没太多想说的话,楚天舒本以为她多少会说点什么。但她只淡淡说了句,以后保养车方便了。楚天舒多少有些意外,恐怕在苏琳眼中,他这种打工仔就应该是这样跳来跳去的。放下苏琳的电话,楚天舒又给自己几个常联系的老客户打了电话,这些人听说楚天舒到了雪铁龙售后,都挺高兴,在他们眼中"小楚"是个不错的朋友,懂得顾及自己的利益,这样一个朋友到了售后,以后修车保养就更加放心了。

宋光勇接到楚天舒的电话时正在市区里办事,虽然他已不再开他那辆雪铁龙了,但和楚天舒还是一直保持着联系。听到楚天舒去售后的消息,宋光勇愣了一下:"兄弟,晚上我请你吃个饭吧,咱俩也好久没见了。"

"行,那下班再联系一下。"

刘志峰似乎算准了楚天舒会什么时候打完电话似的,他刚把该打的电话打完,刘志峰就走进了售后办公室。

"小楚,你跟我来一下。"

楚天舒跟着刘志峰,朝着二楼的售后培训室走去。在二楼的培训室里,有许多资料。

"你先看看这些资料吧,今天挺忙,暂时没空和你聊。这些东西挺有用,别怕麻烦,领导看见你用功肯定也高兴。"说完朝楚天舒笑了一下,"我先忙去了。"

楚天舒看着刘志峰走出去后,有些不知所措的感觉。他想起了刚到龙川集团的时候,在销售办公室,朱羽递给他一摞汽车技术参数配置单。这种似曾相识的感觉让他怀疑所谓的培养,不过就是耗日子、等时间。几个月后等标致或某一个新品牌拿下来了,4S店也建好了,他在这里的任务也就结束了。

正坐在培训室里胡思乱想,手机响了,是龙行打来的。

"楚经理你好,竞品分析您做好了吗?"

"不是周一才交吗?变了?"

"没有,我只是提醒您一下,我知道您工作很忙,所以先给您做个提醒。"

"谢谢呀,要不是你提醒我,我还真给忘了。"

第八章 老狐狸是谁

"啊?！没关系,以后每次我会提前与您联系。"

楚天舒脑子里马上浮现出一个词——"阴魂不散",这个龙行真是个恶魔。这样想着,楚天舒觉得应该和他逗几句,让这个"恶鬼"也不那么总是感觉良好。

"龙行,我听说你和老朱打起来了?"

"没有……我们只是争论了一些事儿。"

"不对吧,听说你都哭了,哭得不成样子。不过老朱也挺过分,你知道吗,我们集团给他通报了。"

"这……"

"你说多大个事儿呀,你的工作我们都能理解,我们也太忙。你要真逼得我们没办法了,到时候也影响你的工作不是?"

龙行没说话,楚天舒则继续说:"我们现在特重视你给我们下达的工作命令,对你也非常尊重。你看我就是,一见你来电话,不管多少事,都立马放下,到办公室很认真地听命令。你听这儿多安静,我一个字不落地对任务听得仔仔细细。"楚天舒把手机在培训室里晃了晃。

"楚经理我明白了,以后我尽量少打电话。"说完,龙行就挂了。

楚天舒有些意外,他没想到龙行这么敏感,刚刚只是开个玩笑,他居然当真了。仔细回想一下,自己刚刚的话可能也有些过分。

放下龙行的电话,楚天舒马上给该打电话的人打了电话,做竞品分析。

快 11:30,刘志峰推门进来了:"怎么样?"

"挺多,有点晕。"

"别急。中午我值班,咱俩去吃饭,值班时,我再和你好好聊。走吧。"

"行。"楚天舒爽快地答道。

胡文海安排他和刘志峰学习,那么刘志峰就是他的师傅,所以他一切的行动也就理应随着师傅了。吃过午饭,两个人坐在售后的休闲区聊天,刘志峰抽着烟,楚天舒喝着咖啡。

"小楚你来公司几年了?"

"三年了。"

"真快呀。"

楚天舒不知道刘志峰说的"快"是什么意思。

"刘师傅您来公司的时间不短了吧?"

听完楚天舒的问话,刘志峰深深吸了口烟,烟圈一个个缓慢地飘了出来。

"长与短并不重要,你看吴戈,来了十多年了,还没有得到你这种锻炼的机会。"

楚天舒注意到刘志峰用的是"锻炼"这个词,而不是"培养"。

"你呢,现在别想太多,好好在这儿学。如果真能让你做个服务顾问真是不错。"刘志峰淡淡地说道。

2

两个人正聊着,吴戈和李嘉走了过来。楚天舒顿觉看到了亲人一般乐了起来:"上午你俩都没在吧,去哪儿了?"

"有个银行正准备搞车改呢,看看是否有机会插上一手。"吴戈说着也坐了下来。

李嘉坐下后掏出盒烟:"老家伙……"说着给刘志峰推了过去,"你这老滑头可别把天舒给带坏了。"

刘志峰接过烟:"好家伙,你这是中奖了还是捡钱了?这么贵的烟你也敢买?"

"老大埋单。"

"你小子又揩油呢?吴戈你现在都当上经理了,怎么还跟这小子同流合污,怪不得你老也当不上店总。"

"这烟算是让老狐狸给叮走了。"吴戈对李嘉说,"早告诉你别给他,你还不听。"

"没事,咱还有一条呢,自己留着,不给这老狐狸。"李嘉边说边乐。

"别呀,你看你们干销售的人怎么都这么小心眼儿呢。我这不是表明我的立场吗,我和你们一个立场,永远站在吴总和李总管的身边……"

楚天舒听三个人有说有笑,能看得出他们之间很熟,而且关系相当不一般。他有些诧异,他在雪铁龙也待了两年多,怎么从来没发现吴戈他们和刘志峰有如此之深的交往呢,他自己虽然也和刘志峰经常说话聊天,找他帮忙办事,但那种感觉明显差了很多。

"老大让你到这儿来就证明他对你非常信任,好好干,老狐狸身上也有不少优点。"吴戈看着楚天舒说。

楚天舒不知说什么好,他想和吴戈聊一聊,想说说自己的想法和这段时间的感受。但这时不合适,从心里的信任来说,他对吴戈的信任要更多一些,不过他又不时地对自己说,应该更多地相信自己。

楚天舒不明白吴戈为什么说回到了雪铁龙来锻炼是周亚川信任自己,但他什么也没问。有些时候把一切都看明白了,也就没意思了。他不想把一切看得太透,也希望自己能用自己的方式去解读吴戈或刘志峰的话。在他看来,这次周亚川对自己的这种培养,就像周亚川自己说的,不是唯一的,也并不代表着什么。之前他不了解这些,他不会明白。现在,他真切地经历着这种以前没经历过的经历。由最初梦想成为一名4S店的销售经理,到现在作为品牌经理来重点培养。他这一路走来,既平常又不同。对于进入汽车销售这一行时间并不算长的楚天舒来说,能够用三年时间从一名普通销售顾问

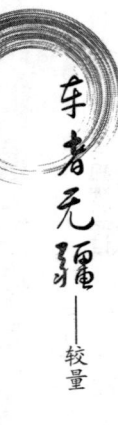

成为品牌经理的备选,是成功的,也是多种因素共同作用的结果。如今的他,并不能确定自己的未来。不过他始终相信,他会拥有一个非常美好的未来。

快下班时,一辆黄色的悍马停在了雪铁龙展厅外的停车坪上,几名新来的销售顾问目光火热地盯着车上走下的中年人。中年人刚刚迈进展厅,一个戴眼镜的男孩子第一个冲了过去。男孩是大学刚毕业的新人,刚刚过实习期。平日他很积极、热情,同样心里也很着急,急着卖车,急着用实际行动证明自己能胜任这份工作。

从悍马车上走下的中年人是宋光勇,他来这是找楚天舒的。不过面对着笑容满面的销售顾问,宋光勇想趁着楚天舒没出来先逗他玩会儿。

销售顾问朝宋光勇微笑着递上名片:"您好,欢迎光临,请问您之前来过吗?来过的话,我帮您叫上次接待过您的销售顾问。"

宋光通把名片接过来看了一眼:"我第一次来,就找你吧。"

"那好,我给您介绍一下吧。"

"好呀。"

这个销售顾问从最左侧的富康开始,如数家珍般向宋光勇介绍了目前雪铁龙在国内投产的几款家轿。算是详细的介绍过后,戴眼镜的男孩分析面前的中年人应该有较强的购买能力,所以把"凯旋"向宋光勇做了主推。

宋光勇坐在展车里看看这儿,碰碰那儿,就是一句话不说。

戴眼镜的男孩感觉客户正在自己做分析,按照他学到的销售知识来看,此刻应该给客户一定的诱惑,以刺激购买欲。

"您如果能现在订车,我可以给您一个很合适的价格。"

"什么价格。"

"优惠 15000 元。"

"还有多少空间?"

小伙子一愣,宋光勇这句话让他隐隐有种不安。他猛然觉得这个人似乎并不想买车,而且感觉他了解汽车销售这一行。

"还有空间吗?"宋光勇又问了一句。

"有……不,没有了。"

宋光勇乐了:"听说你们有款车叫 C5,这儿有吗?"

"啊?"小伙子一愣,"C5,是原装的,我得去问问我们经理……"

正在这时,宋光勇的手机响了,楚天舒正在他的车边上呢,问他在哪。宋光勇说马上出去。放下电话,宋光勇朝那个小伙子晃了晃名片:"谢谢你,电话我留下,买车的时候找你。"

"您给我留个电话吧,我问问我们经理,如果能订到 C5 我第一时间通知您。"

宋光勇回过头来,乐呵呵地说:"等我想买的时候我会联系你。"

坐在车里,楚天舒看着宋光勇放在仪表台上的名片。

"还买车?"

"不是,你没出来我逗这小伙计玩儿呢,不过他明显是个生瓜蛋子。"

楚天舒笑了笑,没说话。

销售的成长历程是漫长且相当不容易的,刚进入汽车销售这一行时,所有人都只有一个念头——"卖车",只有卖车才是最有力的证明,证明自己有资格留下来,证明自己能做得更好。在这个过程中,销售顾问把每一个肯留电话的潜在客户都牢牢地捏在手心中。每天都会回访、跟踪,生怕他们会溜走。他们也不断进行着自我的心理暗示:这个客户没问题,那个客户这个月也有戏……由于缺少经验,他们基本的判断能力也很差。他们的客户很多,但收获很小。平时经常处于紧张、兴奋和疲倦的交替之中。要做到理智地分析客户,是一个相当长的积累过程,需要的是时间和经验的双重磨砺。很多从事多年汽车销售工作的人,都是心理高手和谈判专家,他们对客户有着非凡的把握能力。不过,更多的销售顾问没有机会成为销售高手。因为他们不能静下心来总结,因为他们无法做到理性的判断,也因为周围环境对一个人的影响和决定。

宋光勇提议去养生粥馆,楚天舒点头称没问题。在粥馆,宋光勇要了两凉两热,又点了两份粥。

"从前到后,感觉如何?"宋光勇问。

"还好。"

"有没有想过离开?"

这个问题让楚天舒有些意外:"暂时没有,还不到时候吧。"

"我帮你分析一下,你在这家公司的前途有两种,要么前途无量,要么就此打住。"

宋光勇的分析让楚天舒很感兴趣:"宋哥分析得挺有意思,能给我具体说说吗?"

"你是明白人,不用我说。你在这家集团的时间也不算短了,应该知道什么是你的强项,现在让你到了一个新岗位,但这个岗位并不是你的强项。要么是让你接触的层面更广,要么是给你一个稳定的出路,让你就此踏实下来。"

宋光勇的分析很简单,但是让楚天舒吃惊不小,他没想到宋光勇这么一个对汽车行业一点不了解的人居然能把这些看透。从本质上来讲,宋光勇与周亚川有一个共同点,他们都是商人。在商人的世界里对一切的衡量只有一个标准,价值。能否有可利用的价值是他们用人时最直接的影响和判断,这一点只有投资人能够明白。

3

晚饭过后,宋光勇执意要送楚天舒回家,在楚天舒家楼下,宋光勇对楚天舒说:"如果真的没有发展了,来我这儿吧,我们现在发展得很快,管理人员有点跟不上。"

终于,楚天舒明白了今天宋光勇请自己吃饭的目的。对于一个商人来说,不会轻易浪费一次可能的机会,更不会白白花钱请人去吃饭。不管是何时何地何种情况,商人们永远不会忘记创造他们的价值和能够为他创造价值的人。

周一的上午,楚天舒用售后客服的台式电脑把竞品分析给龙行发了过去。

不到10点,刘志峰叫楚天舒外出去一个交通事故现场。有辆车出了车祸,保险公司的人和4S店的人都奔着现场而去。

刚走出来一个多小时,龙行的电话来了,说楚天舒的竞品分析报告中有一个数据出了问题,要求楚天舒马上修改,并半小时内给他发过去。

楚天舒笑了:"一个数据?你帮我改一下吧,我没在公司。"

"楚经理,我并不只负责您这一家网点,如果每家网点的错误信息都让我来修改,我就不用做其他事了。再说我没有给您发回复邮件,您是不能离开电脑的。麻烦您现在马上回公司,半小时内给我发回来,我要上报总部。"

楚天舒一听就火了:"我现在就回公司也要一个小时后才能到,如果仅仅是一个数据发生了错误,你帮我……"

"对不起。"龙行很生硬地打断了楚天舒,"我是为厂家工作的,只负责汇总数据,不负责修改错误。半小时内如果我没收到您的邮件,我就视为贵公司未向我上报竞品分析。"说完居然把电话挂了。

"我靠!"楚天舒差点把电话摔在车上。

"怎么了?"刘志峰问。

"厂家的小崽,给脸不要。"

事故在山区,路况复杂。一辆大货车把一辆富康给撞到了山涧里了。看着面目全非的车,楚天舒感觉有些恐惧。刘志峰和保险公司的人边看边聊,看上去他们很熟的样子。大约聊了半个小时,刘志峰叫上楚天舒回到车里:"咱们先回去吧,一会儿他们负责把车送过去。"

"这就完了?"

"嗯,咱们来报价,一般看到熟悉的保险公司,他们会给面子去咱们那儿修。"

"不是每次出险都去4S店吗?"

"当然不是。做销售时你怎么跟客户说的?"

"一切问题有保险公司负担,修车只会去4S店,很有保障。"

"这是一个很美好的愿望,不过实际上是有着很多可能性的。"说着把车发动着,"先回,边走边说,中午我请你去吃点好东西。"

与刘志峰接触了几天,楚天舒对这个"刘老师"的随和感受很深。

车开动后并没回集团,往前走了不远,来到一个农家院:"这里的羊杂汤、烧鱼很不错,吃完再回。"

"刘师傅,你刚才说保险公司有把客户带到别的地方的情况,客户会同意?"

刘志峰伸出右手:"这么大一块划伤,客户自己到4S店要1000元,保险公司带来的客户800元,但是在外面找个维修厂最多也就400元。一般合作不是很顺利的保险公司当然不想多花钱,遇上不太明白的客户,他们会说:这事故我们只赔800元,去4S店的话你还得自费一部分,我带你去我们常年合作的汽修厂,700元就行,你还能挣100元。实际客户并不知道到底多少钱,只是听保险公司的话,你说你要是客户怎么选?"

"外面的能做好吗?"

"人只在乎得到了什么,能不花自己的钱把事儿办了,不会再管那么多,再说当下也不会有什么不一样的。"

"不是所有客户都这么好骗吧?"

"当然,老司机都多少懂一些保险常识。刚才那个司机就是,保险公司找的汽修厂要价13000元,咱们要30000元,客户相当懂保险,所以把咱叫来了。"

"司机没事?"

"伤了,不严重。时间久了你就明白了,雪铁龙这车安全绝对最佳。做销售的只在意车卖不卖得出去,你们忽视了许多问题。在卖车时很多信息也是你们传递给客户的,有些错误信息,客户自己是没法分辨的。"

听完刘志峰的话,楚天舒感觉4S店里销售与售后太脱节了,简直是完全不通。

"别想太多了,现在来售后了,你就有机会接触到许多以前没听过的事,习惯就好。这也真能让你全面了解4S店。"

说着话的时候,刘志峰点好的饭菜都上来了。刘志峰不再说了,而是专心地吃了起来。楚天舒的心里不知是什么滋味,他对于4S店感触最深的那些东西,在来到售后之后,一点点地在发生着变化。

往回走的路上,两个人都很沉默,刘志峰连着抽了两支烟后,打破了沉默。

"别管老大和陈建对你说过什么,都不要往心里去。不论让你在哪个品牌,做什么工作,你都应该有长久干下去的心理准备。一切承诺不过是空头支票,别让看不见的未来搅乱了正在进行的生活。"

回到店里,刘志峰填写外出救援记录。楚天舒找了台电脑,马上登录邮箱。看完龙行的邮件后,楚天舒很恼火。在他的竞品分析报告中,龙行用红

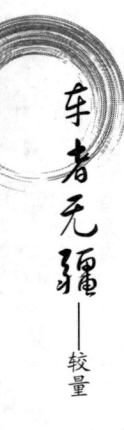

色字体标明一处问题,只不过是一个数字的合计有问题。楚天舒看看表,3点多,他把那个数字改好,给龙行发了过去。让他真正感到气愤的是,龙行明明知道只是数字的合计出了问题,为什么不直接修改?如此教条,如此的盛气,不过就因为他是厂家罢了。

楚天舒向来睡觉比较晚,一般情况下晚上1点才会休息。12点刚过,他的手机响了,他拿起来一看,是武汉来的。

"你好。"

"你好楚经理,我是姜茜。不好意思这么晚还打扰您休息,有件事想和您沟通一下。今天我们要求网点向我们提交竞品分析报告,您是否太忙而忘记了?现在我还没有收到,不知现在你是否方便给我发过来?"

"什么?竞品分析?"

"对。"

"这个不是发给龙行吗?"

"对,龙行是协调专员,他负责三个网点。各协调专员把网点的文件发给我,如果我没有收到的话,我会给网点打电话的。今天是第一次要数据,可能您还不太习惯,我明白你平时忙,但也不能不打扰您……"

"龙行向你汇报工作?"楚天舒不想听姜茜再废话了。

"对,怎么了?"姜茜感觉到楚天舒说话的语气有些不对。

"龙行的邮件什么时候发给你的?"

"10点。"

"上午10点?"

"不是,晚上刚刚发来的。"

"我一会儿把邮件发给你。"说完楚天舒挂了电话。

打开电脑,登录邮箱,把上午自己发的邮件打开。坐在电脑前,楚天舒沉思了足足有20多分钟,他把计划想好后,反复比较衡量最后打定了主意。

楚天舒把自己发的第一份邮件、龙行的回复及自己第二封邮件发送时间做了附件发给姜茜,在邮件正文中,他详细讲明今天的事件全过程。这封邮件题目为"关于龙川标致竞品分析报告发送情况的说明",主送贺松扬、姜茜,抄送龙行,密送陈建。和厂家较真的事,他必须让陈建知道,而且也要让龙行自己看到。

10分钟后,姜茜给楚天舒发了一条信息:邮件已收,您早点休息吧。

这封邮件中,楚天舒没有发送竞品分析表,他特别指明,他的邮件已经发送给了龙行。

4

第二天一早,楚天舒接到了预料中的电话,陈建打来的。

在陈建办公室,楚天舒又把昨天的事情经过讲述了一遍,而后让陈建看了他与龙行的邮件原文。

"你把贺松扬拉进来干吗?你等于是要他必须参与这个事情。你知道后果吗?你和龙行肯定有一个要离开。"

楚天舒承认陈建说得非常有道理,昨晚他经过长时间的考虑和衡量后,决定把这封邮件发给贺松扬。他知道这件事把贺松扬拉进来就必然是个麻烦,但他依旧选择了这样做。上一次朱海洋与龙行发生争吵后,不管原因在哪一方,厂家为了颜面,要求周亚川处理朱海洋。周亚川为了顾全大局,换掉了朱海洋。或者说起码在品牌筹备阶段,朱海洋肯定不会出现了。这种情况之下,自己再与龙行发生矛盾,而且把事情的前因后果写清楚讲明白,楚天舒认为厂家会对龙行的行为有个说法。他想要的就是这个结果,如果他不这样做,龙行下一次肯定还会照旧,甚至会更过分。正是有了这个想法,楚天舒才下决心给贺松扬也发了一份,闹就闹出点动静来。

"我如果不给贺松扬发这封邮件,龙行就会得寸进尺,我也就别工作了,成天伺候他吧。"楚天舒用这句话向陈建表明他的态度,而且也表达出了他对龙行结果的判断。

"他毕竟是个孩子,这么做有点不公平吧?"陈建已经明白了,这封邮件是楚天舒精心设计的,甚至于这个机会他等了许久了。

"就是因为我们对他太公平了,他才忘了自己是谁。你说他是孩子,那我们就更应该好好地教育他了,对孩子不能太放纵,没好处。"

陈建有些不习惯楚天舒这种说话的口气,他没说话,站起来沏了杯茶。贺松扬肯定会给他打电话,他怎么说呢。自己手下人接二连三和厂家方面发生冲突,不管谁是谁非,总归不是好事。怎么和贺松扬交涉,怎么让楚天舒明白这就是工作的一部分,工作不能随着性子胡来。他承认,楚天舒是个很聪明的人,能够审时度势地分析自己的优势,更会加以利用。但这种人太自我,想怎么做就怎么做,从不考虑结果和影响。

出乎意料的,贺松扬并没有打电话,而是给陈建和楚天舒分别发了短信,让他俩9:30上网,要开网络会议。

网络会议的内容有三项:第一是关于目前标致品牌的一些情况通报,国产车预计上市的时间、各岗位人员开始培训的时间等;第二是关于目前各项工作的再一次声明,强调了时效问题,而且规定经销商与厂家之间的联系要通过电子邮件或者电话直接联系;第三对现在的人员安排做简单调整。

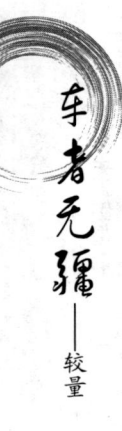

会议是贺松扬一个人主持,他"讲话"期间大家只能看,不能说。这三项内容都不复杂,所以很快大家就看完了电脑屏幕上的字。

全国分成了七个区域,龙川集团分在了东一区,这个区域的另外两家网点分别是通业北方和来自天津的一家汽贸。每一区域由一名筹建协调员负责经销商与厂家间的沟通,7名协调员向姜茜汇报各网点的筹建工作情况。不出楚天舒所料,东一区的协调员换了一个叫洪峰的人,龙行被调到了西南区去了。

会后,陈建让楚天舒准备一下去武汉参加培训的事。厂家方面宣布,培训计划提前开始,估计着包括新车上市等一系列活动都会提前,所以必须早做准备。

在这次的网络会议上,陈建发现了一个很敏感的问题,参会的22家网点,大多数是三人参加,品牌经理、销售经理和服务经理。由于厂家要求网络会议采取实名制,所以陈建一眼就看到了"通业北方服务经理郑旭飞"的名字。看到郑旭飞的名字,陈建心里多多少少算有点底了。看来事情与他预料的差不太多,郑旭飞果然去了通业北方。楚天舒走后,他马上来到周亚川的办公室。

周亚川听完陈建的汇报后沉思了片刻:"估计品牌经理也会让他来做,不过……"周亚川停住了,周亚川觉得郑旭飞从自己这里出走,有些值得玩味。在这里是品牌经理,到了那边也一样,从品牌来讲,从知名度来讲,郑旭飞的离开一定都有隐情。可能……可能他还有上升的空间,否则这是个败招。这些话他没对陈建讲,只能自己暗自琢磨。

"这种事既然公开了,集团里很快就会传开,人员流动是很正常的。我讨厌的是这种挖墙脚的事情。既然安排他先做服务,估计是不想在培训阶段就与你相遇,你也别联系他,心知肚明就好了。"

在这件事儿上周亚川表现出了难得的大度,这也让陈建感觉到非常意外。不过,对于已成的事实恐怕这也是唯一能做的了。

新来的协调员洪峰与龙行正好是个非常鲜明的对比,自贺松扬那次会议之后,洪峰只是在网上与楚天舒聊过一次。之后就一直是通过电子邮件、手机短信联系,楚天舒也就自觉地老老实实地每天发短信、发日报、发报表……就这样,双方相安无事地过了两周。

刘志峰开始让楚天舒跟着接保养的车,对于楚天舒来说,这一切在以前是相对神秘的。一家4S店,前边卖车,后边修车。一个客户休息区把前后分得很清晰,而且是两个完全不同的世界一般。

买了车的用户对售后人员都亲热很多,聪明人都明白一个道理,车已经买了,就算是上了人家的船了。现在这时候,把关系处理好,就能得到照顾。所以在售后,服务顾问们是用户们最喜欢的人,因为他们无法与车间里的维修人员接触。

在售后待过一段之后,楚天舒渐渐发现,服务顾问的工作与销售顾问有很多的相似之处。他们都通过业绩说话,他们也需要积攒客户,他们都需要忠诚的客户。因为他们自身工作岗位的原因,他们很容易与客户保持好关系。这点来说,销售顾问是很难办到的。一个销售顾问一年如果能卖 100 台车,这 100 个客户中恐怕只有 10 个能保持着联系。剩下的 90 人,自然而然地把热情转投到了服务顾问身上。如果说在成交之前,销售顾问与客户之间的关系是天然"敌对"的话,那么成交之后,服务顾问与客户之间就有着天然的亲近。

这些对楚天舒来说,应该算是种发现吧。而这种发现让楚天舒也明白了,为什么周亚川如此重视售后服务了。而且在近几年,汽车生产商也越来越重视服务质量,把售后服务质量的相关考核一再提高。甚至一些厂家开始与销售的返利挂钩。4S 店是一个整体,并不是因为它的大、全,而是因为它的缜密,每一个环节相互扣紧,每一个岗位相互扶助,每一个部门相互制约,有一个点不通全局都不顺。

吴戈听说刘志峰已经让楚天舒开始自己接待来保养车辆的客户后,给刘志峰打了一个电话,约他晚上出去吃饭。刘志峰笑了:"行,叫上小楚。"

楚天舒接到吴戈电话时还很意外,在销售部的时候,销售售后一起出去聚餐,刘志峰向来不参加。

吴戈订的东来顺,快 4 月的天气,吃火锅还算感觉不错。

吴戈要了木炭火锅,点了肉菜之后,从包里掏出瓶酒。

"老狐狸,这是给你自己的,你悠着点,我们俩喝啤的。"

说着吴戈把一个大约一斤的酒瓶放在了桌上,刘志峰把酒拿过去,打开后先倒了一小杯。酒色浅黄,有些黏,刘志峰端起酒杯先闻了闻,而后一饮而尽。

"好,还是那么醇。我不和你们俩客气了。"

楚天舒有些好奇:"什么酒?"

刘志峰看了眼楚天舒:"你没喝过?这是吴戈老家带来的,枣酒。你尝一杯。"说着,给楚天舒倒了半杯。楚天舒刚想端杯,吴戈拦住了他。

"慢点,这酒很冲,你不一定能服这个味儿。"

楚天舒先闻了闻,然后抿了一小口:"还好吧,有点茅台的味?"

刘志峰哈哈大笑:"坏了,又培养了一个馋鬼,吴戈你带了多少?"

吴戈也笑了:"两瓶,不过你们俩都少喝,这酒冲得很,我可不喝。"

火锅上来后,吴戈要了两瓶啤酒,刘志峰和楚天舒端起白酒,他自己倒上啤酒。

"来,咱仨凑在一起不容易,今天好好喝。"

"怎么会不容易呢,以后有的是机会。"说着刘志峰端起小酒杯又一口喝了下去。

中国人不管是谈生产还是叙友情,酒桌上都是最好的所在。"酒"是个最好的载体。可以说正是因为有了酒,今天第一次坐在一起的三个人才能相互没有顾忌,才有可能把想说的话都说出来。一瓶枣酒喝完了,刘志峰让吴戈再开一瓶,吴戈有些犹豫。

"怎么了?当经理了,老大哥的话你也不听了。"

吴戈笑了:"我是怕你俩撒酒疯。"

刘志峰一把夺过酒:"拉倒吧,我的量你还不知道!"说完打开酒,给楚天舒倒上一杯,"我挺喜欢你,你聪明、有头脑。你和我很像,走的路也差不多。现在我是你师傅,我不能让你和我的结局一样。"

楚天舒并不太明白刘志峰是什么意思,但出于礼貌,他微笑、点头。

"我来这个集团九年的时间了,走过了一条与你相仿,但比你还顺,还要更高的路。现在呢,我在这里五年了,一直还是服务顾问。当年我从一名普通的销售顾问到销售经理,又到服务经理、品牌经理,最后成为陈建的助理,这一路走来,我几乎没闲着。每天都在梦想,总给自己设定新的更高的目标,为了我新的目标,我付出、算计、用尽心机手段,表现自己排挤对手,最后怎么样,在将要到达权力顶峰之时,我停止了,摔了下来。周亚川对我说,做服务顾问是对我最好的锻炼。在这五年里,头两年我还忍着,还在梦想,还在给自己订目标。终于有一天,我发现自己面前这条路只是一个梦幻,不可能成为现实了。当年,周亚川告诉我,他在培养我,在锻炼我,我有些飘,不知道自己几斤几两了。每一个岗位上,我都混,直到我做了陈建的助理,我还天真地想,混几个月,把他混走,我就完成我的人生目标了。结果呢,每一个我混过的地方都成了我的伤,没有根基的我一下子摔到了底。"

楚天舒如同听天书一般看着面前的人,听他讲述在龙川集团非凡的经历,看着有些微醉,说话也不太有条理的刘志峰,他真难以相信,面前这个人当年是何等风光……现在他又怎么能如此心态平和地在服务顾问的岗位上工作呢,这些简直无法想象。

"你很聪明,我相信你不会走我的老路。周亚川让你到雪铁龙肯定是要让你看看我,让你吸取我的教训,从这一点来说,他对你有更高的信任。不过我给你泼盆冷水,你要相信我就听。现在你该干什么就干什么,走好每一步,把每一步都当最后一步来走。千万不要觉得周亚川在培养你,如果你觉得这个岗位是给你一个锻炼的机会,那么这就把自己害了。以后不管你在哪个品牌,哪个岗位,你都应该认真学东西,因为它们随时有可能成为你的最后一个岗位。你现在的每一步,周亚川都会看到,你如果心态发生了变化,就很难有机会了。凭我的经验,不管周亚川对你说过什么,那都并不是你的未来,周亚川是一个成功的商人,一个成功的商人是善变的。现在你能做的就是隐

忍、审时度势。康熙晚年,四儿子为什么得到了他的赏识,就是因为懂得隐忍和审时度势。"

当晚刘志峰还说了很多,不过楚天舒大部分都不记得了,因为他喝多了……

第八章 老狐狸是谁

第九章 第一次培训

1

3月份的最后一天，陈建把楚天舒叫到他的办公室。之前，楚天舒已经收到了东风标致厂家的邮件，第一批去武汉培训的人名单和时间确定了，时间是4月3日，首批培训人员全部为销售经理。由此也可见证，厂家方面对新品牌销售的重视程度。

楚天舒之前没有经历过这种性质的培训，自从他进入龙川集团的第一天起，就盼望着能够有个机会可以深入了解汽车销售方面的知识。现在他做了三年销售，又在售后待了一段时间，在刘志峰的指导下已经开始独立完成简单的接车保养工作了。这个时候能够全面系统地经历一下这种厂家安排的培训，对他来说既是种很好的总结，也是种向上的推动力。

在办公室，陈建叮嘱了楚天舒三件事，多听少说，少喝酒，广交友。此时楚天舒还不了解，在汽车行业摸爬滚打多年的陈建这三个叮嘱多么的重要。

培训地点是武汉东风公司的总部，22家网点的销售经理陆续来到厂家邮件里指定的宾馆。楚天舒与东一区天津一家网点的销售经理住一个屋，那个人比楚天舒先到了，在吧台，楚天舒被告知房间号。

天津来的销售经理叫王斌，是个一米八多、两百多斤的大块头。楚天舒敲了敲门，里面人一口浓重的天津音。

"没锁，进来吧。"房门没关，而是虚掩着。

楚天舒进门后，王斌从床上站了起来。

"您是？"

"龙川集团的，来参加培训。"

"噢！楚天舒？幸会，幸会。咱俩一房间，终于把你盼来了，我是天津中林端锋的销售经理，叫王斌。"

楚天舒看着这个天津来的销售经理，能看得出，王斌是一个社会老油条，不过为人豪爽，倒也有趣。楚天舒刚放好行李，准备换衣服。

王斌问："你们公司每天报多少餐费？"

"50元。"

"好嘛，真够抠的，50元够干吗的，今儿吃我。今晚厂家不安排饭，我们公司实报,吃我的,吃完了咱多要50元的发票,齐活儿。"

楚天舒笑了:"行,明天吃我,一顿饭而已,不报咱也得吃呀。"

"明儿狮子请客,不用咱了。"

"狮子?"

"厂家,标致不就是狮子吗?"

楚天舒明白了,培训通知上面对这次培训的时间流程给了说明。4号报到,报到当天的伙食自理,5号到15号11天的时间培训,培训期间的食宿厂家提供。

"那我就不客气了。"

"客气嘛呀,以后咱都是兄弟了,咱这区还有一家网点,等他来了我请你们俩,以后咱得并肩作战呀。"

说完王斌从包里拿出一张名片:"不好意思,这是老的,新的没出来呢,电话可以用。"

楚天舒接过来一看,这个王斌以前是雪铁龙的营销经理。他也掏出了自己的名片,标致的名片还没印,他身上带的是宝马的名片。

王斌双手把名片接过,看了足足15秒钟,抬起头,诧异地盯着楚天舒:"宝马?你不老实地待着,怎么给折腾到这儿了?"

"我在宝马那边实习,给他们的销售经理做助理。"

"我说嘛,不过你也真算是点背,这么个刚刚起步的牌子,再怎么也强不了多少。我以前在雪铁龙管营销,那是个无奈的角色,自己把自己当块饽饽,其实就是个窝头,现在有机会名正言顺了,就算是狗粮咱也干。"

两人说笑了一会儿,王斌给吧台打电话,让他们见到通业北方的齐珺后,到321房间,有人找。

就在楚天舒刚刚到达武汉之时,龙川集团内部发生了一次非同寻常的人事变动。万里之外的楚天舒怎么也不会想到,这次人事变动让他加速走上"高速车道"的步伐。

王斌和楚天舒都没想到,通业北方标致的销售经理居然是个女的,而且身高一米七多,身材姣好。

吃过晚饭,王斌提议再去KTV玩会儿,楚天舒摇了摇头:"我不去了,累了,你们去玩吧。"

王斌用询问的目光看着齐珺。

齐珺笑了:"咱俩去。"

躺在松软的加宽单人床上,楚天舒久久无法入眠。武汉他不是第一次来了,当年做建材生意时,他在武汉考察过市场。他和杜宇在武汉曾住过一个月的时间,对他来说,这里的回忆太多了。今天走在人群不减当年的街上,身边已没有了那个熟悉的人……

杜宇在保新市露了一面后,又不见了。一座城市多么大,怎么能那么巧就遇上了呢?现在他们各自过着各自的生活,好也罢,坏也罢,已经完全形同路人了。如今他一个人故地重游之时,内心依旧无法平息对往事的思念之情。如果换作她,她会吗?她会回忆当年那些美好的时光吗?带着一份无法释怀的情感,楚天舒进入了梦乡。

早上醒来时,楚天舒听见了卫生间里王斌洗澡的声音。他半躺在床上,盯着墙角,脑海中一片空白。

"醒了?我吵醒的吧,不好意思。"王斌从卫生间里走出来看见楚天舒发愣,轻声地问道。

"没有,也该醒了,昨天回来就睡了,睡足了。你们什么时候回来的?玩得怎么样?"

"快两点才到,玩得不错。她以前是车模,改行干销售才一年多,以前卖车,刚升的销售经理,我看呐,八成是睡出来的经理。"

"什么?"楚天舒一下子没反应过来。

"齐珺呀,你看她那条儿……"

"你呀,挺好的一女孩,怎么让你一说这么别扭呀。"

今天是正式培训的第一天,但吃过早饭,所有的人都感觉有些茫然,不知道该如何是从。从昨天报到后,直到现在,这些销售经理们只在吧台得到了一张培训流程,而厂家方面则无人露面。培训流程上写得很清楚,今天9点钟正式开始培训,所以大家吃过早饭都在餐厅里等候着。

9:15,一身职业装的姜茜出现在餐厅门口,身旁站着一位40多岁的中年人。

"大家好,久等了。先不多说,请大家跟我来。"

22名各网点的销售经理随着姜茜走出宾馆,门口停着一辆豪华大巴。

"大家先上车,咱们车上说。"

所有人落座后,大巴车缓缓启动。姜茜如同一名旅行公司的导游一般,站在大巴的前端。

"大家好,我就不做自我介绍了,咱们都见过面了。现在我们要去参观标致车间,我们要去的车间有我们即将投产的车型,也有未来三到五年我们计划国产的车型的原型车。今天是各位经理参训的第一天,在第一天里我们想让各位先看一看我们的未来,希望各位信心百倍。各位是全国的大型集团的代表,是管理精英,我们希望通过这11天的培训,让大家成为国内标致品牌的权威和专家。接下来,我把此次培训的详细流程发给大家。"

2

楚天舒以前没有经历过这种正规的培训,对于这种培训也没什么概念。他手中握着姜茜发的培训流程,这些看上去是那么的混乱。培训流程不知为什么已经变了三次了,最开始的流程在厂家邮件中,然后是在宾馆吧台处签到后给了一份,现在姜茜又发了一份,真难说这份流程能否顺利地执行下去。

在这份培训流程中,总体的时间为11天,培训大体分为三大部分:参观生产车间,理论培训,试驾国产标致新车。

这次培训的重中之重是为期9天的理论培训,也就是涵盖了产品知识在内的新车培训。包括产品知识、销售技巧、产品定位、营销管理、品牌形象建立、忠诚度培育、销售团队管理、展厅布置技巧、网络营销九大项。9天时间九大项内容,不知算不算多,对楚天舒来说,这些培训项目有着比较大的吸引力。他知道这些他平时工作中经常见到的词汇中蕴藏着非常多的内容,经过了三年的整车销售工作之后,楚天舒非常渴望能系统全面地学习专业知识。因为他并非"专业"出身,所以更加渴望了解专业知识和得到专业培训。

下午3:30,大巴车回到了宾馆。姜茜一一送下每一位销售经理,并告之明早的培训时间。

王斌拉了拉楚天舒:"晚上还出去吗?"

"去哪儿?"

"昨天你不是说累了吗,今天再出去玩呗,怎么样?"

"你去?"

"回去后给齐珺打个电话,约上她。我估摸着这小妮儿也是个爱玩的主儿。我让她叫上上午跟她坐一块的那女的,好像是通业总部的吧。长得真不错,他们集团美女不少。叫什么来着?"

"宋艳辉。"

"行呀,你早注意上了吧。"

楚天舒笑了。

他确实是早注意上了那个宋艳辉,而且是相当的留心。不过楚天舒留心宋艳辉并不是因为她的美丽,而是因为她身后的通业集团。楚天舒听陈建说,通业集团凭借着超强的实力,在南北各拿了一个4S店。无疑目前来看,通业集团是他们最大的对手,这一点不用任何人说,楚天舒也心知肚明。所以从一到培训驻地,他就开始留心通业集团的两名销售经理了。今天他本不想出去,因为他早已厌倦了那样的生活了。离开原来的城市,早已习惯的一些生活也离他越来越远了。在龙川集团的这三年中,他已经彻底改变了。不过王斌提到约齐珺和宋艳辉,楚天舒冲着这两个人也会参加这次的"狂欢"。

在宾馆附近的 KTV,王斌、楚天舒、齐珺和宋艳辉订了个包间。

"你一直都这样沉默吗?"宋艳辉问楚天舒。

"还好,我只是不太喜欢这种地方。"

"难得,干咱们这一行的人中大部分都是这种生活方式。"

很快两个人的对话就被王斌和齐珺的歌声淹没了。王斌的声音很好,唱起歌来那一口滑稽的天津口音也荡然无存了。齐珺的歌声也很优美,与她的形象很"般配"。两个人各唱了三首歌,宋艳辉接过麦克也唱了一首。王斌让楚天舒唱,楚天舒推辞了半天,没办法,点了首迪克牛仔的《放手去爱》。一曲唱罢,三个人目呆,他们谁也没想到楚天舒会有如此的歌喉。

深夜,四个人还在街边的大排档吃着烤虾球、辣鸭脖。不知是不是因为昨晚王斌对齐珺的那句猜测,楚天舒不太想和齐珺说话,他心里有种隐隐的说不出的痛。看着齐珺的漂亮、干练,不能不让他想起杜宇……整晚,楚天舒的话都不多。在大排档,王斌、齐珺和宋艳辉讲述了各自的工作和每一个"汽车人"都相似的经历。

第二天早餐过后,大巴车准时停在了宾馆门口,姜茜依旧如昨。不同的,今天他们的目的地是一栋四层的旧式建筑,这栋楼就是东风乘用车公司为标致上市而进行培训的培训楼。一款新车上市之前,其所有数据和信息都是保密的。今天所有的参训人员在培训开始之前,先要签一份保密协议。因为在接下来的几天时间里,他们将于所有国内消费者之前来详细体验、感受新车,一款全新车的一切数据和信息。

所有的人都很激动,在座的销售经理的年龄都不大,绝大部分是第一次参加新品上市的培训。

培训的教室非常宽大,可以看出是专业的培训场地。正方形的大厅中摆放了八张同样为正方形的大桌子,桌上都有牌子,分别写着几大区域。姜茜对大家说,自己找自己对应的区域坐。楚天舒、王斌和齐珺坐在了东一区那张方桌前。

"这不是三缺一吗,这明显安排得不到位,工作不细致。"坐下后王斌小声对楚天舒说。

这时从门外走进来十多个人,姜茜跟在这些人身后,走到了最前面的讲台。

"我给大家介绍一下,这位是我们这次培训的主讲师。"姜茜把身旁一位气度不俗却有些过分瘦弱的中年人介绍给大家。

"大家好,本人姓樊,叫樊天烨,是东风公司首席培训师。"

樊天烨做完自我介绍,姜茜又把身边的几个人一一做了介绍。原来这些人就是厂家负责筹建阶段的协调专员,他们每个人坐在了自己负责的区域的方桌前。

"看来他们的安排还是到位的,这不一桌四个人吗?"楚天舒对王斌说。

按姜茜的说法,让协调员与网点的人一同受训,多交流多沟通,为日后工作打好基础。

楚天舒没想到龙行居然是个非常帅气的小伙子,而且英武十足,一米八几的大个子,一副运动员似的身形。这样一个人,楚天舒实在无法与前段时间和自己通电话时的龙行联系在一起。在他印象里,龙行应该是个个子不高,瘦瘦小小,戴着眼镜的斯文男孩模样。更让楚天舒没有想到的是现在东一区的协调员洪峰,"洪峰"这个听上去劲力十足很有些气势的名字的主人,居然是一个身材娇小,相当柔美的女孩。

"你看洪峰像李小璐吗?"王斌小声问楚天舒。

各区域的协调员都入座后,姜茜坐在靠近门口的一张长条桌旁,与她同坐的还有几名厂家的人。

樊天烨站到讲台中央,打开接好投影机的笔记本电脑,看着大家。

"各位同人,大家好!"樊天烨声音洪亮,底气十足。

"很高兴有这样一个机会与各位在这里相互学习,分享成果。首先在开始正式的培训之前我本人要强调三件事情。第一,我们每天的培训时间为早8:25开始点名,中午12点下课,下午1:25点名,5:50结束全天课程。培训期间一概不许迟到,更不准请假,各位都是经理,应该有很强的自控力,希望在培训结束后,厂家给你们老总的回执能让你们老总脸上有光。第二,培训期间,任何人不准许在课堂上接打电话,发送手机短信,如有一次违规,本次培训的食宿费由各网点负担,违规两次,我会请你们离开这里。关于手机,我给大家一个最好的建议,各位经理平时一定都非常忙,一定有接不完的电话,处理不清的事情,为什么不利用现在这个难得的机会来放松一下呢,把手机关掉。第三,我们此次培训最后会有一个考试,我们会把各位的成绩直接寄给你们的老总。这个成绩什么也不代表,不过如果你的成绩太差,老总是不是会怀疑他花钱送你们过来是亏本买卖呢。所以,希望各位认真对待。"

这个樊天烨的语速很快,语调上扬,一副不容违规的神态。培训室里安静了几秒钟,樊天烨掏出手机,关机了。这时大家似乎意识到了什么,也纷纷掏出手机,只不过他们中间几乎全部的人只把手机调成了无声。这些人是典型的现代职业经理人,离不开手机、电脑、网络和e-mail,这些几乎占了他们生活工作的全部。让他们关掉手机,他们会感觉到孤单,更会感觉到无所适从,就像被关进了无人区,有一种无人关注的茫然和失落。

樊天烨看到了这一切,他摇了摇头:"大家应该学会放松。好了,我们言归正传。各位经理一定都接受过很多不同的培训,听过许许多多的课,也一定是汽车销售方面的高手。我毫不怀疑你们可以做我的老师,也不怀疑你们专家的身份。但是,今天你们坐在了这里,东风标致的培训室里,我希望你们

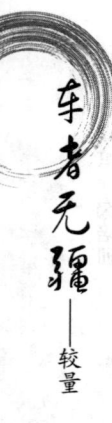

能够忘记你们之前所有一切,从头开始用心来感受我们的产品和理念,这将是全新之旅……"

整个上午,樊天烨一直用他标准得有些过了头的普通话讲着课。午饭时王斌问楚天舒感觉如何,楚天舒很认真地回答:"咱没让传销给骗到窝点吧,这家伙怎么跟像传似的……

接下来的几天,楚天舒仿佛回到了大学一般,每天过着规律的生活。这次培训让他第一次感受到了所谓的"专业水准",与他自己从事了三年的销售工作自我总结中有许多相同之处。楚天舒终于明白了为什么有那么多的人喜欢成功学,对于许多过来人的成功过程,那些已然成功的人经历,走过无数弯路的人听到后会后悔为什么没能早点听到这些总结。不过有一个无法回避的现实,不论我们怎样地寻找成功的捷径,真正成功的人没有一个是通过成功学而成功的。成功学就像一部电影大片,再好看也不是生活,对于生活也没有指导意义。

这些成功的总结对那些经历过失败又获得过成功的人来说是种回忆,是种深有感触的东西。但那些希望成功的年轻人不经历失败,永远学不会成功,不走几道弯路,永远也找不到正途。沿途的风景才是最美的,没有弯路地磨砺永远见不到美丽的风景,也不会拥有一览众山的气度。

3

试驾是这次为期十多天培训的最后一项内容,这也是国产标致第一次与大家见面,22 名未来的标致品牌的销售经理每一个人都很激动,能有幸成为首批试驾的非厂方人员,对他们来说都是难得且兴奋的。

试驾场地是东风公司提供的一块标准专业场地,急转弯、河滩、沙石路面、平顺的高速、加速直道,几乎所有能想到的路状在这里都有体现了。

樊天烨和姜茜每人带领一组人员分别试驾。两台完全相同的车,分组的目的显然是为了节约时间。对于试驾,并没有什么可说的,这些人哪个也不是省油的灯,论开车都是高手中的高手。试驾车是 2.0 自动豪华型的,多种先进的功能在培训时已经讲到了,所以每个人试驾起来都非常随心所欲。

楚天舒试驾过后坐在场地边上等着其他人,对这款车他并没有太多的感觉。他是第一个试驾的,所以很多人都凑上来询问他感觉如何,楚天舒笑了笑:"还好,没什么感觉。"

动力如何、加速如何、制动效果怎样、声噪控制如何、加速的平稳性怎样……一串串的问题抛向了楚天舒。他实在没办法一一给出回答,就他来说,关注点并不在试驾本身上。从看见这款车后,他就开始构思如何为其宣传。一款车的外观、性能等应该是消费者该关心的,作为销售经理应该考虑怎打广告,怎么组织活动,怎么宣传,怎么销售……

在楚天舒那里并没有得到想要的回答,人群渐渐散去,楚天舒有些不解,这些人怎么目光与客户的关注点一样。

很快陆续有不少试驾过后的销售经理走了下来,也有一些人并没说什么。但是绝大部分的人则聚在一起,围绕着性能等问题这些人大声争论、讨论着,甚至把樊天烨也叫了过去。

就在试驾过后的销售经理的争论声越来越高,甚至于开始了激烈的争吵之时,有些销售经理发现,一辆爱琴海蓝的车高速飞驰出去。

第一个不算急的弯,车子似乎没有减速反而加速冲了过去,车尾向一侧甩去,进入直道加速区。车子的速度不断提升,很快驶入河滩区。一般来说,非专业人士并不建议在河滩区测试,刚刚几个试驾过的销售经理也基本上是全速冲了过去,还算是有些分寸。可这辆车,以十足的力量冲入河滩,然后在河滩区急刹车,并在中段停车、熄火。所有人看着这一切,不明白车上的人想干什么,到底是谁。就在这时,车又发动着了,并冲出河滩。原来是想测试河滩泥泞道路下的车动力性。不过这么做有些冒失,这毕竟还是新车,而且是自动挡的,这样做对车辆的损伤很大,如果发动机进水,那将是不可挽回的损失。河滩区过后是一条直道又是一条加速道,不过在这条加速道的尽头是三个连续的急弯,而这辆车在加速道上不断地提速,似乎全然不顾尽头的三个急弯。目测车速达到 80 时,车来到第一个急弯,只见车头向左稍倾,车速下降,车身向右横甩,大约十一度角时,车头摆正,车猛然加速,这个急弯顺利通过。不过真正的考验是接下来的两个急弯,而更加麻烦的,是车速又提了起来,接下来车很可能会抛出很远。就在所有人这么想之时,这辆车几乎是横向在车道上行驶起来,后轮似乎抱死,与地面摩擦发出刺耳的声音,且有大量烟尘。这时人群中已有人开始叫好,高呼"漂移"。急弯区过后,是一条直道,也就算是回到了起点。车子依旧是横向"漂"过了所有惊讶的目光,甩到大家一侧。众人大声叫好并鼓掌,但车里的人始终没下来,前排的几个人似乎看清了车里的人,但实在不敢相信自己的眼睛。见车里人一直没出来,22名销售经理渐渐凑了过来。所有人惊呆了,走下来的人是姜茜,有的人还朝车内看了一眼,以确定车内确实只有一个人。

姜茜看了看周围的各位"老司机",笑了:"各位经理见笑了,我平时就很喜欢开车,今天利用这个机会也算和大家亲近一下,同时向各位学习了。我们的车一直把性能作为第一位追求,我相信以后各位会听到许多批评和非议,我也相信各位一定会用今天看到的事实回击那些人。开车的人做不到的,并不代表我们没有。"

所有人都明白了,姜茜在等大家围拢过来,等待向大家表明一个态度,是你们不会开,并不是我们的车不具备这样的性能。

人群静得出奇,大家对姜茜的这种对抗行为有些不满意。

王斌第一个站了出来,不过他选择了一个错误的方式。他趁大家不注意,钻进另一辆车里,姜茜发现时,车已冲了出去。

直道加速、砂石路面、河滩区,这些都很顺利。车驶入急弯区,出了问题。由于车速太快,第一个弯车就发生了侧滑,撞向了侧面的护栏上……

本来挺好的一次试驾,让王斌的冒失断送了。原本还有几名销售经理要试驾呢,这下也没戏了,而王斌则极不情愿地把众人对姜茜的不满转嫁到了自己身上,他垂头丧气地跟在姜茜身后。姜茜笑着对王斌说:"没事,这不算什么,我们试车的时候也会出状况,这些在所难免。"话虽如此,但王斌心里有数,这件事儿绝不会这么简单的,估计回到集团,厂家的通报也就到了。

最后一天的试驾结束后,厂家把各网点培训人员的返程车票买好了。楚天舒和齐珺的卧铺是挨着的。

返程路上,楚天舒和齐珺聊到了这款新车的宣传和销售。

齐珺说她并不是太有信心,她觉得作为一款全新的品牌,仅靠这一款车打天下,恐怕太难了。这款车之后,厂家并没有明确接下来的国产车型,产品线太单一了。如果没有销量的保证,这个品牌的形象很难建立。没有保有量,售后服务怎么办?而且从车型上来看,这款车估计很难马上对市场形成冲击。作为经销商,她在乎能不能盈利,能否尽快地把投进去的钱挣回来,她想看看第一年的商务政策再考虑宣传等其他的事儿。

听着齐珺头头是道的分析,楚天舒对齐珺这个漂亮女孩的印象有了改变。王斌看来并没有和她谈过这么深的话题,楚天舒对她所分析的这些很赞同。看来,她也是个不错的销售经理。

楚天舒去武汉培训期间,龙川集团又有一名品牌经理辞职了。长安福特这个品牌这两年一直做得不错,主力车型的销量一直很稳定。这个品牌的总经理徐琛和周亚川深谈了几次之后,终于如愿辞职了。

周亚川口气严厉地把陈建叫到他的办公室,关于人员流动,特别是高管的流动的预防,通业集团在北方设立分部之前,龙川集团的人员结构中,高管一直很稳定。现在,通业北方的大旗竖起来之后,已经有两名总经理辞职了,他相信如果不加以控制,肯定还会有"追随者"。所以他同意了徐琛的辞职,并让集团记住这个例子。

在郑旭飞离开后,他就与陈建交流和交代过。如今看来,并没有收到太有效的成果,高管在流动,下边的销售也一样。更为着急的是事先并无先兆。这次福特店总徐琛直接把辞职信递到了周亚川的办公室,这种明显越级的行为让周亚川很恼火,所以他把陈建叫来。

陈建放下周亚川的电话,心中多少能猜到周亚川想说什么。这次福特品牌经理的辞职是个很不好的信息,他向龙川集团传递了"有人愿意给更高待遇"这一信息。多年来,这些品牌经理们已经习惯了龙川集团的这种生存模式,可以肯定地说,他们离开这个温室是无法生存的。不过任何一株小草都有长成参天大树的雄心,可惜的是他们忘记了自己到底是草还是树。

虽然在电话里陈建听出了周亚川有些不高兴,但没想到他会发怒。因为是周亚川自己签字同意徐琛走的,而且似乎并没有太多的阻拦。令陈建没想到的,在办公室,周亚川的怒火全部向徐琛撒了出去。办公室里除了陈建还有人力资源总监乔振和周亚川的私人律师。

"你和刘律师马上给我查一下他的劳动合同,看一下到底怎么回事。他说合同到期了不行,我说了才算。刘律师你马上给我起草一份行业保密协议,具体内容你自己衡量,我要求离开龙川集团三年内不得从事相关行业,保证生活费你可以参照其他行业,可以略高。"说完又对陈建说,"你给我盯着,如果他去通业马上起诉他。"

听完这句,陈建终于明白了,周亚川放走徐琛是个计策罢了。

把想交代的问题交代了之后,周亚川让乔振和刘律师先回去了。

办公室里只剩下了周亚川和陈建。

"你现在第一步该干什么?"周亚川问。

"稳定一下局面……"

"最重要的是确定福特的品牌经理,不能让外人看笑话。"周亚川没等陈建开口就打断了他的话,"你回去后和宝马的服务经理贾彬谈一下,让他做宝马4S实习品牌经理,下午让他再来找我。你觉得他怎么样?"

陈建没想到周亚川这么快就做出了决定,原本他以为周亚川不会太轻易地决定宝马店的品牌经理。

"他在管理上没问题,但对销售不在行,应该再培训一段时间。"

"你觉得像宝马这种品牌,我们经销商能做什么,最多就是做好服务。福特那边的销售经理叫什么?"

"张远。"

"让他去宝马,李凡去福特,岗位不变。楚天舒去福特做总经理。"

陈建有些发蒙,他不知道这些决定是周亚川早就想好的,还是因为这次徐琛的辞职而临时决定的。这个决定太突然了,让他不由得联想到许多事情:让楚天舒给李凡做助理;让楚天舒去雪铁龙售后跟着刘志峰;让他去武汉参加培训。这一切难道是周亚川有意安排的?难道说他早在寻找或等待这样一个机会?而周亚川对楚天舒这种使用,绝不是左右不定,他一定有更深远的想法。

4

"楚天舒正在武汉培训呢,这次人员变动怎么向二汽解释?他们很看好小楚。"

"他们看好才更说明了他是人才,集团的人才是为集团服务的,不是他们。"

"那标致方面谁来做销售经理?"

"你从集团里选一个吧,提一个老销售吧。"

从周亚川办公室出来后,陈建有些压抑,他敏感的神经绷得很紧,周亚川的言行似乎在说明着些什么。能看得出,他很在意通业集团的这种挑战。陈建有些不理解通业集团的行为,为什么不光明正大地从总部派人过来,为什么要挖人墙脚,他们能保证过去的每一个人都很保险吗?

陈建先去了福特找张远,先和他谈一谈调他去宝马的事。周亚川相当明智,楚天舒做品牌经理明显还不够格,肯定会有很多问题。楚天舒的强项是销售,把能干的张远调走,换来楚天舒已经了解了的李凡,这步棋相当的厉害。

徐琛是龙川集团为数不多的没有学历的品牌经理,他是个能力超群的实干型人才。和刘志峰一样,他也和陈建斗了很多年,而且一直并不和。所以也就不难理解,他这次离开是为什么越过了陈建直接找到了周亚川。此时的陈建,环顾四周,当年的对手走的走、倒下的倒下,他非但没有成就感相反还感觉到了一种危机。他心里非常清楚,在龙川集团,他是立在周亚川身前的挡箭牌。当那些行刺者、造反者被他一一挡下、一一清除之后,臣服者、朝拜者越来越多之时,他站在周亚川身前已经不合适了。周亚川会把他看成一个潜在的行刺者,会把朝拜者的朝拜记在他头上。

走进福特展厅。

前台圆形办公区上摆着四个一次性纸杯,几份资料随意散落在地上,洽谈区的烟缸里还未灭的香烟冒着半死不活的烟。展厅里有几个看车的客户,但没有一名销售顾问。

陈建把地上散落的资料捡起来,放到资料架上,拿起前台的纸杯,用里面的水灭了烟缸里的烟。这时一名销售顾问和两名客户有说有笑地走了进来,看到陈建,他愣了一下。不过他没有过去打招呼,而是把客户带到了休息区。

"陈总……"

"先去看看客户。"

陈建坐在了洽谈区,抬手看了看手表,9:45。

令陈建没想到的是那名销售顾问用了不到半小时,把客户拿下了。

不到10:30,张远从外走进展区,一眼看见了陈建。

"陈总,您什么时候来的。"

"快一个小时了。"

"我去广告公司了……"

陈建摆了摆手:"去你办公室说。"说完站起来头也不回地向张远办公室走去。

张远进门后关上了办公室的门,等着陈建问话。

"说吧。"

"我去广告公司了,下周我们有个活动要他们配合一下。"

"哪个广告公司?"

"天元盛世。"

"你们一直与他们合作?集团不是有统一指定的广告公司吗?"

"以前徐总在的时候一直与他们合作,我们的许多素材也都在他们那里。与他们合作久了,相互也就挺默契的。"

"你这有多少销售?"

"10个。"

"10个销售没有一个在展厅?前台哪?都乱成狗窝了,扣她300块钱。有客户看车,没销售介绍,咱们是4S店还是地摊?刚刚那个客户成交了,我不知道那名销售是谁,应该表扬他。你看一下,那些客户以前来过没有,如果来过,把接待过的销售直接开掉,自己的客户来买车,他人不在卖场,让他回家。"

"今天有5个人轮休,可能客户太多了,平时他们都挺认真的。"

"别解释了,下班后你给他们开个会,今天这种事儿是最后一次。"说完陈建停顿了一下,"有件事我要提前和你打个招呼,徐琛离开集团去哪儿没关系,你少与他联系,董事长正准备起诉他呢,你自己注意就行。"

"我们平时联系就不多。"

"董事长准备让你去宝马,你和李凡对调。你有什么意见?"

这个突如其来的安排让张远有些不知所措,在他的思维模式里,去宝马做销售经理是件很轻松的事,那是一个并不需要销售经理的品牌,只要按月执行好政策就行了。从工作的角度来看,绝对是个美差,不过让他想不明白的是,徐琛刚辞职又把销售经理调走。他知道楚天舒在宝马给李凡做了四个月的助理,原以为他会取代李凡。没想到他去了标致,而李凡和自己对调。龙川集团还从来没有把两个品牌的销售经理对调,销售经理掌握的信息很多,所以在这个层面的管理人员相对稳定。

"有什么问题可以说。"陈建觉得张远有话想说。

"没……"顿了一下,张远又开口,"品牌经理谁来做?"

"不出意外应该是楚天舒。"

　　与张远、李凡、贾彬三个人分别谈完话，一天的时间也就过去了。陈建坐在办公室里，看了看表，已经快下班的时间了。他沏了杯茶，闭上双眼，花茶的芳香很快就充满了整个办公室。桌上的手机响了起来，陈建看了一眼：朱宇阳。他皱了一下眉，这个时候来电话，这小子八成没安好心。陈建没接电话，过了5分钟，手机又响了，不用看也知道是朱宇阳。陈建动都没动，喝着花茶，任由手机在那里唱歌。

　　喝了三杯茶，陈建把手头的文件和一些办公用品整理了一下，准备下班。刚拿起车钥匙，手机又响了。陈建很佩服朱宇阳的执着，拿起来看了一眼，果然还是他。

　　"你好。"

　　"您好陈总，说话方便吗？"

　　"刚开完会。"

　　"噢，要不我过会再打过去？"

　　"没事，你说吧。"

　　"有一阵子没看见您了，想约您见个面，不知您有空吗？"

　　"不巧呀，今晚有约了。"

　　"是吗，真遗憾，您不负责宝马了，还是这么忙，那我改天再联系您。"

　　说完，朱宇阳的电话挂了。陈建非常吃惊，集团的正式文件还没下，这个朱宇阳怎么知道了呢？这个电话明显是在告诉陈建，一切我都可以了解到。

　　是谁泄露了这些？联想起几个月前，他刚到宝马就收到了朱宇阳的电影票，陈建断定这个人应该是李凡。恐怕周亚川怎么也不会想到吧，在他的集团内部，对手已安插了眼线。徐琛辞职了，那么张远会不会也是朱宇阳留下的眼线呢？今天他很关心品牌经理的人选，或许是急着汇报吧。张远为人勤奋，做事认真，是个不可多得的人才，他真不希望张远和李凡走一条路。

　　至于李凡，把他交给楚天舒吧。他相信，周亚川把李凡放在楚天舒手下就是让楚天舒树立威信的，不管从哪方面来讲，李凡都不是楚天舒的对手，也没法兴风作浪。

　　回家的路上，陈建深感疲倦，他不得不去面对他不想面对的事情。

　　有些时候，我们会觉得人像非常渺小的一叶舟，在巨大的风浪面前，只能随风浪逐流。但也正是因为有了风浪，一叶小舟才有了登上风浪顶端的机会，正是有了风浪，一叶小舟才有了勇往直前的机会。

　　千里之外的楚天舒怎么也不会想到，龙川集团的这场"风浪"会成为他一步步走向顶峰的助推。这种机会对每个人来说都是万分难得的，只不过这种机会也随时伴着覆灭的危险。回到龙川集团后，等待他的将会是什么，是他猜也猜不到的结果。

　　一切都在平静中悄然开始了……

第十章　突　变

1

　　回到了保新市,楚天舒先回家睡了一下午。火车上他根本没办法入睡,这次去武汉他发现自己多年来几乎快要绝迹的神经衰弱又出现了,培训的最后两天他感觉昏昏沉沉。所以虽然回来的时候已经是中午了,他也毅然决定回家睡觉。

　　一觉醒来已经是下午6:30了,天已经黑了下来,他冲了一杯咖啡,打开提包,从武汉他带回来不少小吃,他想喝杯咖啡然后简单吃点。

　　刚刚喝了几口咖啡,手机就响了起来,是陆强打来的。

　　"到家了吗?"

　　"在家呢。"

　　"回来睡觉了还是直接去公司了?"

　　陆强这句话让楚天舒很意外:"你什么意思?"

　　电话那端陆强得意地说:"去武汉培训了吧?今天刚到吧?"

　　"行呀,你是不是改行当侦探了?"

　　"别废话了,你吃了吗?没吃的话出来吃点东西吧,正好有一个朋友给你介绍一下,人家也想认识你一下。"

　　"你等会儿,你让我清醒一下,怎么这么乱呀。"

　　陆强这个电话让楚天舒非常的晕,绝对是找不到北的感觉,他不明白陆强为什么对自己的行踪如此了解,而电话里那个想见他的人又是谁。

　　"行了别想了,出来吧,见了面就什么都知道了。"

　　按照陆强电话里说的地方,楚天舒来到了那家饭店的雅间,推开门陆强已经和一个年轻人坐在里面了,见楚天舒进来两个人都站了起来。楚天舒一时间感觉面前的年轻人非常眼熟,但是又想不起在哪里见过了。

　　陆强是这次见面的中间人,他就理应充当双方的介绍人了。不过那个人自己却先站了起来,似乎他和楚天舒早就认识一样:"楚总您好,幸会,免贵姓朱,朱宇阳。"随着这句话,名片已经递到了楚天舒面前。

　　楚天舒接过名片,还没看就问:"我们见过面?"

　　"应该还没有。"

　　这时楚天舒才留心看了一眼手上年轻人递来的名片：通业集团北方分公司总经理。原来面前这个人是通业集团北方公司的总经理,怪不得陆强对自己的行踪了如指掌。看来陆强今天约自己来的目的绝对不单纯,想到这儿,楚天舒朝陆强瞪了一眼,在这种关键时刻,陆强居然把自己骗到这里,如果龙川集团管理层有人看到了他和朱宇阳吃饭,对他来说可是非常不利的一件事情。刚刚从厂家培训回来,没回集团也就罢了,偏偏和最大的竞争对手坐在了一张饭桌上推杯换盏。这件事情如果周亚川知道了,他在龙川集团的前途就彻底黯淡了。

　　陆强看到了楚天舒眼神中的不满,他不知道该怎么说才好。他不了解其中的原委,也不明白里面的利害关系,笑嘻嘻地说:"坐下吧,坐下聊。"楚天舒真想转身走人,但是想了想不妥,毕竟陆强是自己的朋友,自己来到保新之后他对自己一直都很照顾。既然这样,既然来了那就看看这个朱宇阳能说出什么来。已经很明显了,这是一个早就设计好的"圈套",他倒要看看陆强是真不知道其中的利害关系,还是明知这么做有风险还要让他跳进来。

　　刚刚坐下,雅间的门又开了,楚天舒一看是刚刚才几个小时不见的齐珺,楚天舒看到齐珺,心里厌烦的情绪顿时高涨。他已经明白这绝对是一个圈套,他真恨陆强不够朋友,这种事情一定要和自己说明白才行。不过转念一想,既然是早就设计好的,陆强肯定是什么都不会说的,不然他是绝对不会来的。看来对面的这个朱宇阳早已经和陆强设下了局。

　　齐珺坐下后,朱宇阳开始张罗着点菜,并一定要让楚天舒点第一道菜。楚天舒并没有推辞,接过菜单随意点了一个菜,他想尽快地开始尽快地结束这场毫无意义的会面。不管朱宇阳说什么谈什么,他都不感兴趣。

　　朱宇阳问楚天舒喝什么酒,楚天舒看了眼陆强,又看了一眼齐珺:"对不起,我从来不喝酒。"

　　"哈哈,楚经理果然有着不一样的气度,不过我觉得今天我们还是随意一些比较好,不瞒你说,你们集团我已经和很多人都吃过饭了,甚至包括你们陈总。"

　　听了这句话,楚天舒心中暗道不妙,这个朱宇阳既然敢说和陈建吃过饭,那么下一次也会和其他的人说跟自己吃过饭,而且是他楚天舒刚刚从厂家培训回来就和自己吃的饭。

　　朱宇阳似乎没有注意到楚天舒脸上的表情,继续说着:"既然我们选择了汽车这一行,我想我们应该首先是朋友才对,难得有机会在这里聚一下,放开啊。"说完,他对齐珺低语了几句,齐珺站起来出去了,片刻,手中拿了一瓶红酒走了进来。

　　"这是从法国带回来的,今天咱们谁也不要多喝,但是都要尝一尝,楚总和我们的美女都是刚刚从武汉回来,一路辛苦了,少喝点酒。"

把酒倒好，齐珺一下子成了饭桌上的主角，楚天舒知道在这种场合之下女人的作用就是活跃气氛。在回来的火车上他对齐珺的好感被这个聚会一下子抵消殆尽了。

"齐经理没回家吗？我记得下车的时候你说要回去呀。"楚天舒非常不客气地直奔主题。

"回去了，这不我们朱总说请您吃饭，我就赶过来了。这几天培训我一直都觉得您是一个值得交往的朋友。"

"是吗？那我可要好好地感谢你的信任了，不过为了表示你的诚意，是不是你先喝一杯呀。"

齐珺听完端起酒杯："好的，来楚经理，我敬您。"

"别，我的意思是你自己喝，你既然觉得我值得交往就应该拿出点诚意吧。"

齐珺听罢一笑："楚经理那我先干为敬。"说完一仰头，一杯就喝了下去。

"朱总，你们这个销售经理绝对是一个厉害的角色，论相貌、论身材都没得说，我们在武汉的时候就都想和她接近。今天能和这么好的员工在一起吃饭，我觉得您也要好好地表现一下啊。刚才齐经理喝了一杯了，那么您是不是也不能空着杯子呀？"

朱宇阳什么都没说，端起酒杯一饮而尽。

再一次把酒倒上，齐珺端起酒杯："楚经理，我敬您一杯……"

楚天舒一摆手："先别急，刚才这是第一杯，现在我要罚你一杯。"

齐珺一脸疑惑地看着楚天舒："楚经理此话怎讲，为什么好端端地要罚我一杯？"

"不管是什么原因，今天你并没有回你的家，从这一点来说你欺骗了我。刚刚你说我是一个值得交往的人，那么对值得交往的人欺骗是不是该惩罚？"

"这……怎么会呢，你怎么能确定我没有回家？"

"你去武汉培训的时候总共带了三身衣服，两身套裙，一身套装。在武汉你每天都要换一身衣服，证明你是一个爱干净注意自己形象的人，既然已经到家了，不管有多么重要的事情你肯定先要换了衣服。除非你只有三套衣服。再有，武汉的气温高，上火车的时候你就穿了这身套裙，现在这身套裙在我们北方似乎就不太合时节了吧？"

"没想到楚经理如此关注我们的大美女，我们的齐珺在通业北方绝对是第一美女。在武汉十多天的时间你一定天天都在关注她吧？是不是另有目的？"朱宇阳故意把话题岔开，他已经明显感觉到了，面前这个楚天舒不好对付，而且没有一点善意。

"其实这杯酒应该是朱总替美女才对，我相信如果不是您的命令，我们的大美女绝对不会来这里，是您让我们这么爱干净的美女出门十天都不能回家

早点休息的,对吧?"

陆强感觉到了气氛不对,端起酒杯:"那个……"

"强子,你别喝,一会儿我喝多了你还要送我回去呢。"

朱宇阳真没想到这个楚天舒这么不好对付,私下里他已经和龙川集团的很多品牌经理都吃过饭了,没有一个像他这样的。一瓶红酒,楚天舒和陆强杯中的一滴都没动,而他和齐珺两个人则是一杯杯不停地喝着。最后剩下一杯了,朱宇阳笑着说:"楚经理最后一杯了,你不会不喝吧?"

"朱总您真是贵人多忘事,我从来不喝酒。"

往回走时,陆强开车送的楚天舒,快到住处的时候,陆强把车速减缓了。

"你今天怎么了?从来没见你这样过?有点过了啊!"

"是吗?我觉得还不错吧,我做了应该做的事情罢了。以后这种事情你一定要提前告诉我,否则的话别怪我还这样。"

"怎么了?"

"你知道那个朱宇阳是干什么的吗?"

"和你一样也是做汽车销售的。"

"亏你还知道我和他是同行,你知道我去武汉干什么了吗?培训,一款新车上市,一个新的品牌我作为销售经理参加了厂家为期十多天的培训。走了十多天今天刚回来,还没回集团就和对手坐在一起吃饭。如果你是集团的领导你会怎么看这件事情,如果你是集团的领导你会怎么做?"

听了楚天舒的话,陆强一句话没说,而是把车靠边停了下来:"你想在龙川集团做多久?一辈子?在这里,只是你的一个落脚点罢了。现在机会摆在了你面前,你怎么不知道珍惜?通业集团是什么样的集团我想你比我还清楚,他们拥有的4S店在全国比你们的集团要多不知道多少,而且通业集团这些年来开始转型,已经开始了综合化发展,目前他们已经在国内的多个领域开始发展。这样一个企业有着非常大的发展空间,你为什么不想想呢?"

"你并不了解这个行业,强子,我很感谢你为我着想,但是现在我没想法,真的没想法。我知道你为我好,知道你时时处处都为我着想行了吧。"

陆强无奈地笑了:"走吧,我请你吃点东西,刚才你一口都没吃。"

"不错,观察力很强,不愧是大律师,咱们去喝点粥吧。"

"少贫嘴了,认识你我算是倒霉了。"

2

第二天,楚天舒把这次武汉之行的培训心得和报销单据都递交到了陈建那里。

陈建看了一眼:"你先去找一下周总,他有事情找你。"

楚天舒一愣，有些紧张。他猛地想起了昨晚和朱宇阳的饭局，不会吧，不会这么巧吧？应该不会。如果真的被周亚川看见了，那自己马上就去买彩票，绝对中大奖。

周亚川看着坐在沙发上的楚天舒，这个年轻人让他看到了一些希望。集团发展到了现在，周亚川需要新血液，多年来变革的计划从未停止过。眼下还远未到变革可以实施的地步，但是现在足以可以让楚天舒这一类的年轻人好好地磨炼了，他要给面前这个年轻人一些机会，当然也会给一些压力。只有这样，才能看出他是不是值得培养。作为未来集团重要变革的参与者中的一分子，楚天舒必须能够承担责任，扛住压力才行。

"你在宝马做李凡助理的时候，陈建曾经多次向我推荐你，你的能力突出，协调能力也很强。这一点目前集团销售经理层面你绝对是最优秀的，宝马厂家和这次标致厂家对你都给予了很高的评价，他们也看中你的才能，集团领导同样看重你的才能。这次送你去武汉培训主要有三个目的。首先是让你接受一下汽车厂家的正规培训，让你感受一下那种氛围；其次希望你能多结交一些朋友，做我们这个行业的必须要有很多朋友，朋友越多我们越好办事情；第三我是希望你能多学习一下如何与厂家的人打交道，这一点非常重要，甚至比前两点还重要。"

楚天舒听完周亚川的话非常诧异，他没想到周亚川会说这些，而且这三点是他完全没有想到的，他说到了三点居然没有一点是与标致这个品牌有关系的。他想起集团的很多人说的那句话，在集团任何事情不到最后一刻，不落实到纸面上都是有变化的。他猛然间想起刘志峰的那句话："周亚川是一个很善变的人。你一定要把每一步当作最后一步来走，隐忍，审时度势。"

周亚川的话题并没有停下："你做服务顾问岗位的时间太短，但是现在已经不可能给你太多时间了。原本我想让你在雪铁龙做到 8 月份，然后去标致做半年销售经理，等到明年我们新品牌下来之后派你去做品牌经理。按理说这是一个正常的惯例，但是现在时间不允许我们一步步来了，在你去武汉期间我和陈总已经商量了不止一次了，决定派你去福特店做总经理。"

楚天舒刚刚还在捉摸着周亚川对自己下一步的安排会是什么样子的，没想到他居然说出了这番话。"品牌经理"，这意味着什么，在这里他得到了信任和充分的认可。如果不是这样他不会这么快就走上品牌经理的位置，刚刚周亚川已经和他描述了他应该走过的路，四个月的服务顾问，六个月的销售经理，然后是一个新品牌的总经理。可是现在，他一步就跨过了至少十个月，这一步是不是太快了？这一步，这一步又意味着什么？为什么会这么快呢？

"我知道接下来的工作对你来说有着非常大的压力，但是这种压力是没有人能帮你化解的，你要自己去承受，而且你也要全盘接受。"

从周亚川的办公室里出来后，楚天舒想安静地走一走，没有去找陈建，没

有回雪铁龙签字办理调动手续,他觉得这一切都来得太过美好了,又太突然了。这一切对他来说有种想象不到的感觉,不由得他开始幻想起来,坐在品牌经理的办公室里,他要做些什么事情,要面对什么事情,该如何处理……

楚天舒从集团人力资源部出来后已经感觉到了变化,刚刚所有人见了他都尊重地称呼"楚总"。乔振又和他补签了一份保密协议,楚天舒看着保密协议中有一条写道:主动离职后三年不能在本市从事汽车相关工作,作为补偿,龙川集团一次性给予25万。看着这一条,楚天舒有一种被重视的感觉,同时他又深深地感到,周亚川宁肯用20多万养一个闲人也不会让这些人成为对手。楚天舒暗自对自己说:绝对不能成为闲人。

福特品牌经理的办公室如此之宽大明亮是楚天舒没有想到的,王天佐雪铁龙的办公室只有这里的一半大,陈建在宝马的办公室也只是这里的三分之二。楚天舒不知道为什么这里的办公室如此之大,但是这个超大的办公室让楚天舒有一种说不出的压迫感。坐在宽大的办公桌前,打开电脑,看到有密码,楚天舒一愣。正在这时,有人敲门。

进来的是行政内勤,实际上就是总经理的秘书。到了品牌经理这个位置,内勤就是给他一个人配的了。内勤姓卢,叫卢莉,在这里工作一年半了。

"楚总,这是今天的报纸,我的内线是8002,有事您可以随时叫我。"

"谢谢。对了,电脑的密码是多少?"

"是七个零,这台电脑是公司给您配的,密码您可以随时修改。"

说完,卢莉转身出去了。

把密码修改完,他马上登录邮箱,想查看一下邮件,这时门又被敲响了。鹿峰和福特的财务经理走了进来。

"楚总,打搅您一下。"鹿峰非常谦卑地低声说道。

楚天舒看见鹿峰心情一下好了,这个曾经说过他有好运气的男孩是龙川集团第一个和他聊天的人。如今三年过去了,两个人的身份发生了很大的变化,但是在楚天舒的眼里,一切都和从前一模一样。

"这是集团品牌经理配备车辆领用登记,您签个字。签完后陈经理就可以把钥匙和加油卡都给您了。"说完鹿峰双手把一个表格给楚天舒递了过来。

签好字,财务经理陈松楠把一把钥匙递给楚天舒:"车牌号LC906,黑色蒙迪欧。行车本和加油卡都在扶手箱里,油卡每月2000元标准,月底卢莉会找您要卡,您不用操心。"

把钥匙交给了楚天舒,两个人走了出去。楚天舒内心被喜悦和不安充斥着,他早已经忘记了龙川集团的规定,总经理都是要配所在品牌退役的试驾车的。现在当一切都一下子来到自己面前,楚天舒不知道怎么表达自己的心情。一种不安的心情一直都在自己身边,一直以来他都觉得自己是一个拿得起放得下的人,可是当一切美好的东西都降临的时候,他开始有种不安。这种不安的情绪来自内心最深的地方。或许这种不安应该叫作患得患失吧。得到的东西再不想失去,这种感觉应该是每个人都有的,也是很正常的吧。

打开电脑,登录邮箱,邮箱中有几封邮件是洪峰发来的,都是关于日常工作的,邮件中提到了很多新的标准和要求,楚天舒认真地看完邮件,不知道该如何处理,就给陈建打电话。

"陈总,东标那边有新的邮件,我是否还要继续?"

"这个月你先继续,下个月你就不用管了。"

放下电话,楚天舒开始着手洪峰邮件里的工作。他觉得不管是什么工作,都应该善始善终,领导怎么看不重要,关键是自己要对自己有一个交代。

快11:30的时候,桌上的电话响了,是卢莉打来的,询问楚天舒中午是否在公司吃饭。楚天舒说就在公司吃,卢莉说她会把饭给楚天舒买回来。

不到12点,卢莉敲门走了进来,给楚天舒带来了三个菜一份米饭。

"多少钱?"

卢莉愣了一下:"没关系。"

楚天舒看着卢莉,没说什么,指着办公桌,简单地说了一下:"放在这里吧,你吃了吗?"

"吃过了。"放下饭菜,卢莉就走了出去。

一边吃饭,楚天舒心里一边感觉很别扭。不知道为什么今天从走进这间办公室开始他就感觉不舒服,这个卢莉的言行让他感觉更是别扭。吃完饭,他给卢莉打电话问她是否有空,不忙的话想和她聊两句。

很快,卢莉手里抱着一个大笔记本走了进来,楚天舒示意她坐下:"对这里我还有很多不熟悉的地方,我很希望你能给我详细地介绍一下。"

楚天舒的话让卢莉多少感觉到了一些意外,卢莉在这里工作将近一年半了,她已经习惯了前任总经理徐琛的工作方式了。徐琛是一个很有能力的领导,但同时也是一个非常霸道的人,工作上要求的是绝对服从。卢莉不知道被教训了多少次。徐琛是绝对不会用这种口气和态度和自己说话的,所以她感觉很意外。不过很快她就平静了心情,在她的眼里,楚天舒这种人是笑面虎,是一种比徐琛更加可怕的人。所以对楚天舒的问题,她给予了最正式也是最简单最平常的回答。

听完卢莉的介绍,楚天舒内心并不是很高兴,这个女孩并没有真正地敞开心扉,不知道是她对徐琛还留有好的印象,还是对自己有什么不满,楚天舒能够感觉到她对自己有着戒备心理。

"徐总在的时候,午饭都是你给他买回来?"

"绝大部分时间是这样的。"

"那我以后的午饭也就麻烦你了,不过有一个前提,是在我很忙的情况下。如果不忙我还是愿意自己去食堂吃饭的。"

第十章 突 变

卢莉点了点头没说话,在她的眼里楚天舒一点都不另类,她也不相信楚天舒说的话。

"每个人都有自己的做事风格,每个管理者也都有自己的管理思路和管理方式。徐总以前的管理方式和管理思路不管好与坏,都已经过去了,这一点我希望你能够明白。对你我没有太多的要求,目前阶段我自己也在熟悉工作,所以我还没有办法给你安排具体的工作。"楚天舒说完看了一眼电脑,MSN对话框弹了出来,是洪峰,"好,先这样,我有点事情需要处理,我还会再找你,中午饭很好吃,明天我请你。"

洪峰在网上召开了一个网络会议,参会人员都是北区的品牌经理和销售经理。会议内容只有一个,中午12:30,有人把即将国产的东风标致307车型的照片发到了网络上,一时间引起了大面积的讨论。厂家公关部已经在第一时间与网站进行了联系,目前图片已经删除,但是这件事情影响极其不好,目前法方已经得知此事,而且非常愤慨,准备严肃处理。

洪峰把事情的经过做了介绍,然后询问:"这张照片是不是从我们区域出去的?"

楚天舒看完这句话有些诧异,难道怀疑照片是从经销商泄露出去的?

洪峰继续说:从图片分析来看是通过手机拍摄的,而且背景非常明显就是我们在武汉培训期间的那几天,所以现在各个区域在筛查呢。目前我们的意见是经销商自己出来承认,这件事情就好挽回。我们也会想办法补救,也会和法方说明解释。千万不要等着我们通过网络监管拿到详细的信息,否则,一切就都晚了。

洪峰的话说完后没有人说话,停顿了片刻,洪峰又说:如果各网点看明白了,就回话。很快几家的销售经理都打出了:明白!

整个下午,楚天舒一直都坐在宽大而寂静的办公室,他觉得空旷得有些可怕。他突然间觉得周亚川办公室里养鱼并不是真正为了欣赏,或许还有排遣寂寞的原因吧。快到4:30,楚天舒终于理清了自己该做什么了,或许应该说他明白了自己应该先从什么事情开始。

他给卢莉打电话:"你通知一下各部门经理,下了班在会议室开会,不许迟到。"

3

6点整,楚天舒和卢莉坐在了会议室,静静的会议室能够听见两个人均匀的呼吸声。6:10,李凡和陈松楠有说有笑地走了进来,看见楚天舒和卢莉之后两个人都不说话了,坐在了一边。6:20,楚天舒看了一眼卢莉,"你通知服务经理了吗?"

第十章 突 变

"通知了。"

"告诉他下班开会不许迟到了吗?"

"告诉了。"

一旁的李凡掏出手机:"老刘,哪儿呢? 快点上来开会,就等你了。"

福特的服务经理叫刘彬,一建店就在福特做服务经理了,已经快四年了。也就是楚天舒刚刚来到龙川集团,刘彬就已经是这里的服务经理了。这次徐琛辞职之后,他天然地认为周亚川一定会把品牌经理这个位置给他,他的朋友甚至在私下里给他庆祝了多次,他自己当然也是越来越飘飘然了。

楚天舒隐约地听见电话里刘彬的声音:"我这忙得要死,没工夫伺候他,刚来就摆谱,谁受得了。"

楚天舒听完笑了,这个刘彬原来是一个有头无脑没有城府的家伙,对付这种人不用费力气。

目前福特厂家关于销售售后的商务政策是什么,激励制度是什么……这些内容只能靠着陈松楠来介绍。陈松楠是财务出身,各项数据掌握得绝对是精准的,只是他对商务政策的理解能力还不足。毕竟他只是财务人员,具体实操要涉及从业务角度考虑问题。楚天舒极为费力听着讲解,不时地记录着自己听不明白的地方。

李凡刚刚来这边,所以他也有一些不明白的地方。楚天舒要求一周之内李凡把全年的销售目标达成情况写一个分析出来,今年的任务还有多少,如何完成。一周之后再开会的时候一定要把这个拿出来。

会议内容不多,但是耗时较长,结束的时候已经8点多了,楚天舒看了看表:"晚上都有空吗? 我请你们出去吃饭。"

"楚总,我今天真不行,去见老丈人。"李凡站起来无奈地说。

楚天舒有些失望地笑了,看着陈松楠:"老陈?"

"我没事。"

"小莉?"

"我也没事。"

楚天舒指着李凡:"你小子失去了一个机会,下次你请大餐。"

会议结束,也没见刘彬的影子,下楼后,楚天舒看了一眼车间,早就没人了。

陈松楠是一个很有意思的人,楚天舒在饭桌上发现了这一点,原来他一直都觉得一个三十大几的男人做财务,多多少少都会有点婆婆妈妈的感觉,但是这个陈松楠的谈笑风生和知识渊博着实让楚天舒意外。

"其实刘彬这个人不错,就是脾气直,以后接触多了你就知道了。"吃完饭往外走时,陈松楠小声地对楚天舒说。

楚天舒笑了笑没接话:"我送你们两个回去。"

陈松楠住得很近,放下他之后,卢莉说打车回去,楚天舒笑了:"放心吧,我还是很安全的。"

卢莉坐在后排,一句话没有,楚天舒把CD的音量调小。

"你多大了?"

"女孩子的年龄能随便问吗?"

"我关心一下我的员工。"

"24。"

"我看你心态像42的。"

"我心态很年轻,只是和你们这帮老家伙在一起我没法年轻罢了。"

"老家伙?不论从哪方面来说,我都不算是老家伙吧?"

"比我大的都是。"

"那可真不幸。你有男朋友了吗?"

"有了。"

"比你大吗?"

"也是一个老家伙。"

楚天舒一下子笑出声来:"你下班之后还是很有趣的。"

"上班的时候我也一样。"

回到住处,楚天舒冲了一杯咖啡。坐在客厅的沙发上,这一天对他来说是种煎熬,他做了什么,其实什么都没做。如果周亚川和陈建知道今天他的工作内容的话,会怎么想?他们知道下边各个品牌都是什么样子的吗?

想到现在的位置和这个品牌,楚天舒感觉压力非常大。销售经理新上任,而且是一个只会做表面文章的家伙。服务经理肯定会造反,怎么平息他,这是一个关键问题。为什么周亚川要把自己放在这个品牌,一连串的压力马上就来了,孰轻孰重?没有轻重,没有缓急,这些都要面对,都要处理。

夜色越来越重,楚天舒在咖啡的刺激下越发兴奋。他已经想好了该怎么对付刘彬,他有些兴奋,内心的计划不管能否实施,对他来说都是高兴的,因为无形中他找到了一个可以缓解压力的方法——那就是把身上的压力压在刘彬身上。陈松楠说刘彬人不错,不错的人是什么样子的,不错的人可能浑身都是毛病,不错的人可能需要好好地教训一下,自己得好好地收拾收拾这个不错的人。

第二天,楚天舒还没有来得及找刘彬,陈松楠就敲响了他的门。

"有件事情我要和你说一下,也算是一个提醒吧。"

楚天舒一下子就有一种不好的预感:"怎么了?"

"你叫李凡上来吧,这件事情他也应该知道。"

接到楚天舒的电话,李凡多少有点不痛快,他不太习惯楚天舒说话的方式和口气。进门后,见陈松楠也在,李凡心里一紧,不会是要收拾刘彬吧。

等李凡坐好，陈松楠把一张 A4 纸分别交给两个人。

"我不知道你们以前所在的品牌有没有玩过这种数字游戏，但是这里从建店开始就一直在玩这种游戏，你们先看看能不能明白。"

楚天舒接过表格，仔细地看了一遍，表格分为八大项：车辆大驾号、入库日期、进货价、市场指导价、车辆上报日期、是否享受补贴及金额、补贴是否到账、目前是否在库。楚天舒又看了一遍，多少有些明白陈松楠说的"数字游戏"是什么了。但是他实在是不敢相信这种数字游戏，他虽然没有玩过这种游戏，但是绝对知道这种游戏带来的后果是什么。他看了一眼编号，足足 40 台车，他隐隐地感觉到背后在冒凉气。

"这是什么意思？"李凡拿着表格问陈松楠。

陈松楠没说话，而是把目光投向了楚天舒，他希望楚天舒能够看明白，只要是他能看明白就说明他懂得这里面问题的严重性，这样他会有警觉，或许还会有办法解决。而更深一层的，也证明了周亚川的选择是正确的。如果他看不明白，那就只能自己给他讲，到时候他恐怕没办法承受这个压力。陈松楠和楚天舒虽然只是接触了一天，但是他能感觉到楚天舒和徐琛不一样，他希望这个人可以给这里带来不一样的风气。

"这些车已经上报了？"楚天舒看着陈松楠。

"对。"陈松楠心里终于松了口气，新来的总经理看懂了其中的门道。

"现在还有多少没有消化？"

"就是表上的，这就是全部了。"

"我明白了，李凡，你让销售顾问整理现有的全部潜在客户，下班之后给我，我要全部的。"

"潜在客户？"李凡有些晕，这些表格上的车怎么了？超期了？

"对，所有的潜在客户，一个都不能少。"

"好，我马上办。"虽然李凡还没有明白，但是他能感觉到这件事情不一般。

李凡出去后，楚天舒站起来给陈松楠倒了杯水。

"和我说说怎么回事？"

陈松楠所说的"数字游戏"说得简单一些就是经销商为了能够得到某一期的厂家政策上的销售激励而进行的数字瞒报，这种方法在早期的 4S 很流行。如今大部分经销商都不用了，因为这里面风险很大，而且厂家查处得很严。现如今很多经销商都改变了经营思路，这种"数字游戏"除了会把自己越套越紧、越陷越深之外，没有任何好处。

徐琛从一开始就玩这种"数字游戏"，而且是乐此不疲。用陈松楠的话来说：徐琛是一个非常不安分的人，不管在哪里他都不会按常理做事。不过这种"数字游戏"一旦开始就很难摆脱，厂家也是睁一只眼闭一只眼，因为任

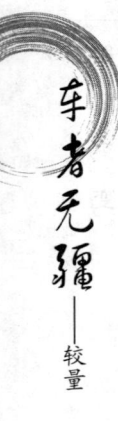

务达成毕竟可以越来越高,最后损失最大的就是经销商自身,这是一个越陷越深的泥潭。

4

听完陈松楠的介绍,楚天舒心里得到了印证,多多少少感觉轻松了一些。他的判断没错,那么对他来说,应对措施应该不会有偏差。只有40台车,还算好,这个数字不大,两个月的时间应该就能够消化完。

"其实徐琛当时也想过改变这种局面,春节前的时候,我们最多的时候有100多台这种车,他用了大半年的时间来一点点地消化,现在已经好多了。不过最终他没坚持下来,所以给你留下了一个不小的麻烦。"

"只有40台车不算太难,用不了多久就消化完了,这个问题不大……"

"楚总,您别着急,绝对不是这40台车的问题。"陈松楠马上就接过了楚天舒的话,"你玩过股票吗?这40台车就是被套牢的股票,你只有割肉才行。当初徐琛就是因为实在扛不住了,不认栽,压力也太大,所以就放弃了。再有,这40台车在厂家层面已经销售了,各项政策都已经享受了。那么我们真的卖了也没有任何的奖励政策了,你打算怎么和集团解释?由于这些车已经上报了销售,这些车中滞库时间最长的已经200多天了,这些车在厂家那边的索赔期已经从我们上报的那天开始计算了。我们销售之后到客户手中的车,索赔期肯定已经不足两年时间了,如果客户的车子恰好在我们厂家系统内的索赔期之外出了问题,发生了需要索赔的情况,怎么解决?你怎么和客户解释?厂家方面的销售任务可是不会给你减少,你怎么保证销售任务的同时还要消化这些车?到年底这些车没消化完,任务还差的话,为了拿到年终返利,你只能再次玩这个游戏,到时候这个游戏就是你在玩了。"

楚天舒知道陈松楠不是来为难自己的,但是这一连串的问题真的是让他无法回答。同时他也深深地感觉到了,这件事情远远比他想的要复杂得多,陈松楠所说的这些都是他没考虑到的。

陈松楠看楚天舒一言不发:"没给你太大的压力吧?"

"没啥,这件事还不是早晚都要面对。"

"那我就再说一件事情。你刚来,想让老大对你放心最直接有效的方式就是业绩,最该做的也是成绩。所以这个数字游戏你玩不玩,怎么玩,还是你说了算,你是总经理,责任重大呀。"

这句话让楚天舒又气又笑,这个陈松楠把一堆问题一股脑地抛了出来,自己倒是站在一边了。不过现在楚天舒知道自己早晚要面对这里所有一切的困难。现在这个阶段,问题越多越好,一来可以尽早地发现尽早地解决,不管什么问题发现得越早解决得才能最快,再一方面可以用自己的行动证明自己的价值。

这件事情绝对是事关全局的,任何一个点的工作不到位都有可能带来意想不到的麻烦,也会埋下祸患。陈松楠分析得很到位,各方面的问题想得也很周全。现在他需要理清这些头绪,其实一切并不复杂,一切的开端就是销售,销售的根本是客户管理。楚天舒让李凡做客户统计的决定是一点错都没有的,他已经感觉到了李凡还没有了解这件事情的复杂,而且他也不想让李凡了解得太透彻,毕竟这件事情太突然也太复杂,他怕李凡没办法接受这个压力。

眼下这种局面,别的事情都可以放一放,但唯独这件事必须要有一个执行方案才行,这样想着,楚天舒决定了先把刘彬放一放。

下午刚上班,李凡来电话问在哪里看销售顾问的客户信息,是否需要拿到楚天舒的办公室。楚天舒说让李凡把所有的客户信息卡带到会议室,让销售顾问每个人到会议室单独汇报自己的客户情况。

这里一共有10名销售顾问,每5人一组,两组轮流值班。楚天舒边翻看着销售顾问的客户信息卡,边听着销售顾问每个人讲解客户的基本情况。所有销售顾问都说完之后,楚天舒把李凡留下了:"这个月的任务怎么样了?"

"销售还差3台就完成了,进货已经完成。"

听完后,楚天舒沉思了片刻:"好的,现在关键是抓紧现车销售,必须卖现有库内车辆。你跟我来,去我办公室吧,你让销售把这些信息卡都拿回去吧。"

回到办公室,楚天舒已经想好了一个很大胆的计划,他要用数字游戏来玩数字游戏。

"这个月出货不报厂家了,就差3台。"

李凡听了楚天舒的话有些不解:"为什么?"

"你想超任务?还有不到两周,你能超多少?"

"这个月还不错,我觉得照着这个趋势这个月怎么也能超10多台呢。"

"你看了商务政策了吗?这两个月是联动考核,这个月其实并不是很理想,刚才你也听了销售顾问介绍客户情况了,我也想冲量,但是一定要有策略,否则的话下个月怎么办?我现在需要把下个月的目标压下来。"

"可是您刚来,现在需要的是成绩啊……"

楚天舒心里一阵的不高兴,这个李凡的老毛病还没改,还是只会做表面文章。

"成绩好坏需要的是时间来证明,现在你做得再好也就仅仅是不到两周了,是你的成绩吗?"楚天舒只好用这个方式来刺激他一下。

李凡似乎还是没听明白,他看着楚天舒:"这个月怎么办?"

"不管能卖多少,这个月都不上报,下个月任务数下来之后再报。"

"可是,刚来就完不成任务,没法和集团交代吧?"

听李凡居然还在为了在集团领导面前做文章而纠结,楚天舒火了:"你知道现在你销售部屁股底下有多大的窟窿吗?徐琛给你留下了一个深不见底的大洞你知道吗?先把这个洞填满了再琢磨你的漂亮工作吧。"

李凡没有想到楚天舒会突然变了脸,他不知道楚天舒说的不见底的大洞是什么,不过眼前任务不能完成的危机,和楚天舒的态度让他不安起来。"怎么办?我们应该完成任务,我们也要规避风险,怎么办?"

看着语无伦次的李凡,楚天舒真是无奈了,怎么把这么个东西派过来了?"你先下去吧,让销售顾问们下班后开会,你让你的销售内勤把客户信息整理成电子版的,发我邮箱。"

李凡走后,楚天舒让卢莉把那40台车的详细信息打印了12份,并叮嘱下班后开会,她也参加。

一切交代完,他坐在椅子上想了很多。目前这种状况下,能够找谁来商量呀?他拿起桌上的电话,给张远打了过去。

"张远吗?我是楚天舒,想和你聊聊,忙吗?"

张远早就猜到楚天舒会给他打电话,也知道楚天舒电话的目的。但是他真的没想到会是这么快,刚刚上任的第二天,这个楚天舒就给自己来电话了。看来他确实是做业务出身的,对这些很敏感。

张远没有任何的隐瞒,他告诉楚天舒"数字游戏"到底是怎么开始的,为什么这么做,最后他说:"楚总,其实这就是一个手段罢了,真的没必要太在意,我们这么做其实也创造了一定的利润,毕竟厂家的政策我们都及时地把握了,不能说我们做的错,只是方法不得当。厂家也只是睁一只眼闭一只眼罢了。"

"你说的我能够理解,但是这么做不是把自己越套越深,甚至套死吗?"

"其实没那么严重,不至于死,不过这也是最能显示您的能力的时候呀。"

楚天舒感觉到张远的话里透着无奈,估计徐琛在的时候一手遮天,他这个销售经理也是无能为力吧,那种局面之下能做的只有忍耐和妥协。楚天舒向张远说了自己的计划,询问他的意见,电话那端的张远想了很久:"太难了。那些销售顾问我太熟悉了,李凡的那两下子我想你比我清楚,他绝对控制不了那些销售顾问,再说你的想法不切合实际,你不要成绩了?"

"我觉得首要问题就是销量,我想拓展市场,我找你就是想知道厂家方面是否知道我们的数字游戏,他们的态度是什么?"

"我不是说了吗,睁一只眼闭一只眼。"

"我想知道那只睁开的眼睛看什么,闭上的眼睛闭得多么死?"

"这么说吧,北区的老总叫魏强,当年他暗中鼓励经销商做这种事情,数字游戏的始作俑者就是魏强。"

"整个北区都在做这种游戏?"

"没错,就我了解到的情况来看是这样的。"

看来事情远比自己想象得要复杂很多,如果这种事情厂家只是了解但是不会鼓励那就是姑息,如果厂家参与其中的话那就是纵容,两者之间绝对是不一样的概念。

张远见楚天舒没有说话:"您也不必太上火,我一会儿给您发一个手机号码,这是我们区域一家经销商的老总,是一个能力很强的人,也是很有远见的人。那家公司他有部分股份,您可以和他交流交流,这种事情不是一年两年形成的,您想改变我能理解,但是千万不要太着急,想办法站住脚之后再做改变。那时候您周围的环境都成熟了,再改变起来就会很顺。我这些话不该说,您见笑了。"

下班后,李凡和所有的销售顾问都坐在了会议室里等着楚天舒。楚天舒进门后让卢莉把那份表格分到了每个人的手中,他自己也拿起来一份。

"大家好,很荣幸和大家在一起讨论一下销售部目前存在的困难。我和李经理都是刚刚接手这里的工作,很多地方还是不熟悉,请大家多多包涵。刚刚发给大家的是我们目前急需要销售的车辆明细,明天我会给集团打一个申请,这些车给予单独奖励,目的就是要在最短的时间内把这些车消化掉。"楚天舒的开场白有点生硬客套,似乎把所有人都放在了对立面。

"这些车我们不敢卖。"一个女孩说。

楚天舒看了一眼那个女孩:"为什么?"

那个女孩没有说话,偷偷瞥了一眼旁边坐的销售主管。楚天舒捕捉到了这个细节,他心里暗自琢磨:看来大家都知道这些车是怎么回事。

"在座的都是老员工,我想这些车是什么情况,大家都应该很清楚。现在我们必须把这些车尽快地消化,否则这就是一个永远无法打开的死结。我知道这些车已经上报了厂家,而且质保期早就已经从上报的那天开始算起了,这一点我会和陈松楠经理想办法从财务角度来做最大的弥补,但是这期间我们的销售绝对不能停下来。下午我已经看了大家的客户信息卡,大家手上的客户不少,但是问题也很多。目前我们在库存有70多台,可是有不少人的跟进记录都写着:客户等新车。我不知道这些是真实的跟进还是做做样子,我姑且认为这都是大家认真回访的结果。那么,我想问问大家,我们哪里可能有那么多新车给客户,新车给客户我们现有的车怎么办?卖车的基本原则是先进先出,从今天开始入库时间超过三个月的车开始扣款,销售顾问每人每台50元,销售经理每台100元。"

楚天舒这番话确实是触及了所有人的痛楚,特别是最后一句话,他已经看出来所有人,包括李凡的不满。楚天舒很清楚,现在只能用金钱来刺激他

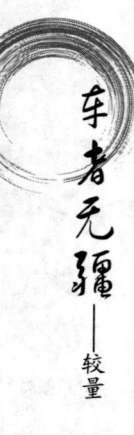

们的能动性。

"楚总,这些车都已经有半年的了,我们真的无能为力。如果这么扣下去,我们都别卖车了,挣的还没扣的多,没法干了。"

楚天舒看着说话的销售顾问,一句话没说。

不知道是不是见楚天舒没说话,在座的销售顾问开始你一言我一语地讨论了起来。楚天舒依旧是一言不发静观其变,他想起张远的话,这些销售顾问都不好对付,李凡绝对没办法掌控这些人。这样想着,楚天舒突然觉得心头发堵,数字游戏、销售顾问的不协调、销售经理的能力、服务经理的对抗、对售后服务的不了解……所有的问题似乎一下子都涌了上来。

"对于公司政策我想应该尽量想办法执行,而不是抵触。扣钱不是目的,我希望大家多挣钱,但是前提是我们必须拿出自己的努力,明天我会向集团申请政策,单车奖励制度很快就会公布出台。"说完楚天舒宣布散会。

楚天舒深感应该向集团申请要一个销售经理,他想到了让张远回来,也想到了李嘉。他觉得这两个人都可以做好,目前的这个局面他有点应付不来,但是这个申请绝对不能贸然地就打上去,必须等待最佳时机。

第十一章　数字游戏

1

4月份的最后十多天,龙川集团福特4S店没再向厂家申报销售。4月份的销售任务最终差3台没有完成,而实际上最后十多天的时间里,完成了9台车的销售,其中3台车是之前数字游戏所剩下的产物。

4月底,楚天舒让李凡把区域经理毕向东请来了,楚天舒要在月度任务上和厂家方面好好地沟通一下。他需要政策的支持,也需要了解厂家现在对"数字游戏"的态度是如何的,毕竟他只是听张远说了厂家的态度,他要亲自看看厂家到底是怎么想的。

全部的精力都放在了销售上面,刘彬被他冷处理十多天的时间。这种有意无意的冷处理反倒是起到了意想不到的效果,让刘彬有些不知所措。人是一种很奇怪的动物,两个人可以针锋相对互不相让,但是一旦一方偃旗息鼓的时候,另一方就会不知所措。楚天舒实在是没有精力理刘彬,虽然他明白现在对售后服务一点都不能放松,但是没有办法,只能有所取舍。

李凡告诉楚天舒毕向东下午就到,楚天舒马上让卢莉订晚餐、订酒店,能否把40台车的数字游戏窟窿堵上,这个毕向东是关键人物。

刚放下卢莉的电话,门就敲响了。

还没等楚天舒说话,门就推开了,一个中年男子走了进来:"您就是楚总吧?"

楚天舒诧异地看着面前的来人:"您有什么事?"

"免贵姓王。"边说着,来人快步上前递上了自己的名片,"天元盛世,王贵军。"

楚天舒把名片接过来看了一眼,原来是广告公司的。他有些不痛快,这个卢莉怎么把广告公司的人放进来了?难道要自己亲自谈这些事情?现在已经忙得不可开交了,哪有时间理这些人?

"你去找我们的市场经理,广告的事情一直都是他在负责。"说完,楚天舒不等这个王贵军坐下就把名片又递了回去,这个举动实在是有点过分,但是王贵军显然不在意。

"楚总,我和徐总已经合作了三年多了,一直很默契。咱们福特厂家的所

有广宣都是我们在做代理,我听说您来了,特意来拜访您一下,5月份是我们销售的旺季,我想是不是应该在广宣方面多投入一些?"

楚天舒一愣,看着这个王贵军。这哪里是来拜访,显然就是来通知:我一直都和你们合作,现在你们需要投入了,不然的话旺季就不好说了。这种口气让楚天舒不舒服也不适应,他心里琢磨着难不成这个人是厂家指定的,或者是集团某领导的亲属,为什么如此的盛气凌人?

双方都无语的时候,门又敲响了,是卢莉。进门后,她也愣了一下,似乎认识这个王贵军。

"酒店已经订好了,刚才李经理说毕向东可能中午就到,咱们是不是提前准备一下?"

"你让李凡去准备吧,随时与毕向东保持联系。什么叫可能中午到,来还是不来都搞不清楚?你见过毕向东吧,他来了你也陪着。"

卢莉出去后,楚天舒看着王贵军:"你看到了,我这里的事情确实很多,厂家的人马上就要过来。你先找我们的市场经理去,既然合作了很久,我们没必要客套。"

"您得把把关,我已经打听了,您可是营销高手,走过的品牌多,见过大世面。5月份咱们必须重视,全年的任务关键是这个月,承上启下呀。您刚来必须弄个头彩呀,超过之前的总经理可是集团领导们最看重的。"

楚天舒眉头紧锁,对这个王贵军他实在是厌烦,但是他摸不清这个人的来路,也不能轻易地发脾气:"王总说得对,但是我确实很忙。这样吧,我让我们市场经理和你联系,你先回去吧,有事情的话过了这两天我们再沟通。"

总算是把这个王贵军打发走了,楚天舒拿起桌上电话把卢莉叫了进来。

"刚才那个人你见过吧?"

"见过,徐总之前一直都和他合作。这个人很讨厌,每次来都是不打招呼,一副盛气凌人的样子推门就进,刚才我在订餐,一直打电话,没注意他就进来了。"

"为什么和他合作?集团不是已经指定了四家广告公司吗?"

"这个我就不是很清楚了,不过以前张远都没权力过问这些,徐总向来一个人说了算。"

"我和李凡都是刚来,对这里的情况不熟悉,还得需要你多协调,以后这种人你就帮我挡了吧。"

正说着,陈松楠敲门进来了:"上个月售后的经营报表,你看一下吧。"

楚天舒接过陈松楠递过来的报表,对卢莉说:"你和李凡商量一下中午去哪儿吃饭,我就不管了,毕向东要是提前来了你们就招呼一下,就说我开会呢,订好了地方,吃饭的时候再叫我。"

一个4S店售后服务是很稳定的,也是利润的一块重要来源,售后服务不显山不露水,但是问题多责任重,这一点楚天舒非常清楚。楚天舒非常希望现在坐在自己面前的人是刘彬,自己也可以好好地和他讨论一下,很多问题自己都不是很清楚,需要一个明白人给自己说一下。但是目前来看似乎很难做到。刘彬不来捣乱已经很不错了,哪里还指望着他和自己好好地沟通呢?见陈松楠要走,楚天舒喊住了他:"老陈,坐会儿?"

"有事?我可忙得要死。"

"聊会儿吧,不死人的。我想听听你的看法,上个月咱们怎么样,消化了3台车。"

"挺好,但是关键问题是你能坚持住吗?你先别着急和毕向东谈条件呢,观察局面最重要。"

"我想和你聊聊售后服务的报表。"

"老大,你的思维太跳跃我跟不上你,怎么说着说着销售猛然间又蹦到了售后了?我可以和你聊聊,但是我觉得你最好还是找刘彬好好地沟通一下,你总不能这样一直不理他了吧。"

有什么不能,冷却他、孤立他,让他自己没趣。心里这么想着,但是嘴上什么都没说。"你先跟我说说,我是个外行,免得让人家笑话。"

陈松楠笑了:"老大,你先饶了我,我现在很忙,有时间了咱们好好聊。"

陈松楠刚走,吴戈的电话就来了,问楚天舒晚上是否有空,刘志峰想一起坐坐。楚天舒说下午厂家的人过来,晚上估计没时间,可能要很晚。

刚放下吴戈的电话,姚雪竹的电话就跟了过来。

"楚哥你可不够意思呀,做了品牌经理了也不打个招呼,有空吗,我过去找你待会儿?"

"行,你来吧。"

其实楚天舒的事情不少,但是他想见见姚雪竹。这段时间很忙,一直都没见过面,他想见见这个"故人"。楚天舒很清楚姚雪竹和王贵军的用意是一样的,都是做媒体的,需要和自己加强联系。同时他们的嗅觉也是最灵敏的,他们和整个集团的人打交道,消息很灵通的。

十多分钟后,桌上电话响了:"楚总,有一位姚女士说和您约好了。"

"对,让她进来吧,谢谢你。"

楚天舒很满意卢莉的聪明,刚说了让她挡一下媒体的人,这就用上了。

"你太牛了吧,找你还要通过一个小美女,说什么也不让我进来,是不是女朋友,老实交代。"

"废什么话,我的内勤。这一阵子广告公司的人来得太多,让她帮我挡一下。"

"楚总就是不一样,脾气见长呀。我不管谁找你,你必须和我合作,以前那个姓徐的家伙我找过他,但是水米不进,我没办法了。现在好了,你来了,

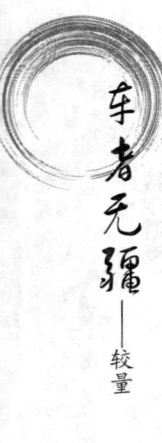

我可有救了。"

"你别太贪婪,你拿下了我们集团不少品牌了吧?集团已经指定了四家广告公司,这里面你应该是最大的吧?"

"我们有实力当然最厉害,不过现在压力太大,很难做,我很希望能够做得更多。再说,指定了四家不是还有和别人合作的吗?不是一盘铁砂,我希望能够就指定我们一家。"

"你做好了,关系自然就硬起来了,该给你的肯定给你。"

"我的楚哥,我的楚总,你真是不食人间烟火。你做过市场,你应该很清楚,其实媒体是什么呀,什么所谓的实力,就是看关系,在哪里做都一样,每家代理公司都是一样的水平。我这么说没错吧?和哪家合作其实还是关系,做得好坏还是你们这些人说了算。"

楚天舒笑了:"我说不过你,你厉害。我问你,你怎么知道我当总经理的事情的?"

"你以为龙川集团是什么,国家保密单位呀,一点消息都飞不出去?你们集团里爱传闲话的大有人在。"

楚天舒点了点头:"你找我干啥,就是拉拉关系吧?"

"你瞧这话说的,我就算是拉关系怎么啦,这还不是应该的吗?不过我觉得我们关系不一样,你是帮我进入龙川集团的人,我想感谢你,不管你在哪儿,在什么位置,我都该感谢你。今天过来办事听说你升了,特意来看看你,然后想晚上请你吃顿饭。我知道你现在是总经理,身份不一样,但是我绝对只是个人友谊,没有别的东西。"

同样的目的,但是姚雪竹比王贵军要精明很多,这句话让楚天舒起码心里很舒服。

"这边的市场经理归销售经理管,销售经理李凡你应该知道,以前在宝马。你直接去找他就行了,如果他有什么为难你的,你就找我。吃饭是必须,但是今天不行,我们厂家的人很快就到,咱们改天吧。"

2

在楚天舒那里碰了钉子之后,朱宇阳非常的不痛快。郑旭飞和徐琛两个老油条都乖乖地投靠了自己,没想到这么一个小小的销售经理这么不识抬举。朱宇阳想要放弃这个不识抬举的小小销售经理的时候,突然听说他接手了徐琛留下来的福特总经理的位置。这个消息让他多少感觉有一些意外,看来这个楚天舒还真是受到了龙川集团的重视,这么说那天他表现的高傲也就可以理解了,他应该知道他已经能够接替徐琛了。当初把徐琛挖过来就是因为通业集团要在这边投资一家福特店,目前徐琛已经前往广州总部培训了,这样一来,徐琛和楚天舒应该是未来的对手了,两个人的几斤几两正好可以真刀真枪地试一下了。朱宇阳并不喜欢徐琛这个人,他觉得这个徐琛不像是职业经理人,倒很像一个匪类,做事情高调。虽然接触不多,但是能感觉他身上那种不按常理出牌的习气。现在这种局面下,两个人的直接较量必然会开始,通业的高层领导肯定也希望看到这个局面。

朱宇阳问齐珺在武汉的时候和楚天舒关系如何。

齐珺说谈不上好不好,因为都是北方片区的,培训期间倒是吃过几次饭,总体感觉这个人沉默寡言,话不多,不是高人就是白痴。

朱宇阳笑了:"咱们那次吃饭你还看不出来,这个人是白痴吗?"

齐珺也笑了:"这个真不好说。他做事情不给自己留后路,不是白痴也差不多。"

"他现在已经是福特的总经理了,那天他肯定已经知道了,所以那种表现也是很正常的。"

朱宇阳觉得在未来,两家集团的第一次交锋就应该是福特店,徐琛锋芒毕露,楚天舒内敛中透着桀骜不驯,两个人有相似的地方,也有很大相同。

毕向东不用邀请也会来的,销售经理、品牌经理更换这么大的事情让他不可理解。一个品牌的建立是非常艰难的,四年之久的时间这个品牌已经度过了成长期,现在已经到了收获的时候,徐琛和张远都不在这个品牌了,这让他感觉不可理解。徐琛主动离职,张远呢,是怎么回事?新来的总经理能力如何? 不知道周亚川是怎么想的。在去龙川集团的路上,毕向东给徐琛去了一个电话,徐琛很大气地告诉毕向东,他没有离开汽车这行,不久之后他们或许还能见面,张远去了宝马,还不错。毕向东听完了徐琛的话,有些怅然若罔,他想到了自己,在区域经理这个位置上做了四年,一点变化都没有,北区的总经理魏强年富力强,估计自己干不过他了。

中午12:30,毕向东到了龙川集团福特店,正是午饭的时间,展厅里只有前台值班的销售顾问。这些销售顾问对毕向东很熟悉,都热情地和他打着招呼,一个销售顾问带着毕向东直奔李凡的办公室。卢莉正和李凡在办公室里聊天,见毕向东走了进来,卢莉先站了起来:"毕经理,等了您好久了。"

"堵车,我们国家如果再不修路的话,谁家的车都别想卖了。"

卢莉给毕向东介绍了李凡:"你们先坐,我去给您冲杯咖啡。"卢莉对毕向东说,毕向东非常喜欢喝咖啡,正好卢莉借这个机会向楚天舒通知一下。

楚天舒听说毕向东来了,对卢莉说:"这么晚才来,这明显就是冲着午饭来的。让他和李凡都上来吧,我这里现在没事了。"

"毕向东非常喜欢喝咖啡,给他买点吧?"

"这个嗜好和我一样,下午我和李凡要和他谈谈最近的情况,你去买吧。别买太好的,供不起。对了,你们以前都买什么的?"

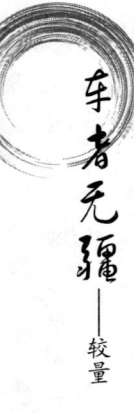

"以前是在一个品牌店里买,他一直都很喜欢山多士。"

"那就按照你们以前的标准吧。"

"您要吗?"

"算了,没那么大架子,你给我从超市买点速溶的吧。"

楚天舒原本没打算在吃饭前见毕向东,谁知道这家伙居然这么晚才来。按理说他应该下去李凡办公室见毕向东,毕竟这是第一次见面,但是他还是让卢莉叫毕向东上来自己的办公室。其目的只有一个,就是摆摆架子。今天他有求于毕向东,楚天舒是一个懂得利用人心理的人,他求人办事之前必要得先摆一摆架子,这样一来可以在求人的时候让对方心理得到很大的满足,"你小子也有今天?也要求人?"每当被求者脸上流露出这个意思的时候,就是上了楚天舒的当了。

不过这个火候是很难把握的,多一点少一点都不到位,而且很有可能让被求者一口拒绝接下来的请求。

李凡和毕向东走进来的时候,楚天舒刚好站起来,既不刻意也不虚假:"毕经理您好,楼上安静,咱们在这里聊会儿吧?"这句话说得就好像是在和毕向东商量一般,其实人都上来了,难不成还扭头下去?

毕向东握住楚天舒的手,心中暗想:这个家伙比徐琛还老到,又是一个难对付的家伙。脸上笑容满面地回应道:"我觉得楼上不错,安静熟悉。"这句话说得更到位,他在配合楚天舒的同时也在告诉他:这里我很熟悉,只是你我陌生。

楚天舒用力握了一下毕向东的手,心说:行,你小子是个懂得配合人的人,也是一个精明的人,我喜欢和这种人打交道。

吃过午饭已经2:30了,楚天舒让李凡开车带毕向东先回去,他叫住了卢莉:"买咖啡的地方远吗?"

"不远。"

"我和你一起去,这个人不简单,你看他谈笑风生的,但对一切都很在意。桌上每道菜都能讲出个典故来,这种人必须好好伺候。"

饭桌上,毕向东谈得最多的就是汽车和咖啡,而且讲得非常精彩,虽然楚天舒也非常喜欢喝咖啡,但是他喝咖啡的目的很简单,就是提神,说白了就是提神的工具罢了。就在毕向东侃侃而谈的时候,他已经决定了要带着卢莉去给毕向东选咖啡,必须买点精品的。

李凡带着毕向东先回去了,很快楚天舒他们就到了。楚天舒对李凡说:"你去找一下卢莉,她有点事情和你说。毕经理你把车钥匙给他,让他给你做一个检查,该保养了咱就好好地保养一下。"

李凡出去后,楚天舒把毕向东叫到了自己的办公室。他要和毕向东谈谈月任务的事情了,这是他关心的。同时他相信,这也是毕向东所关心的,只不过他们两个关注点不同罢了。

"上个月的任务有点重，你也看到了，对我和李凡来说是新人，管理层的更换其实是非常无奈的。这个月的任务是不是给少来点？"楚天舒的话说得很轻松，也很直接，完全是老朋友间的商量口气。

"你们销售部的主力都是老员工，没问题的。再说你们现在双月联动考核还差60台车吧？"

"62台。"

"对呀，我想减任务也很难呀。最少你们这个月也要实打实地完成62台吧。你想不想要超额激励？如果想我可以给你减少，但是不多，而且你还要和我签一个协议，达不到120%是没有单车补贴的。"

"规则是你们研究的，肯定对你们有利，多余的话我不说。咱们抛开商务政策不谈，抛开什么蓝标和规则，我只想和你谈谈数字，如果我们一直用数字来说话的话，早晚都会崩盘的。"

楚天舒非常大胆，第一次和区域经理谈话就提到了"数字"这个词。张远说过整个北大区都在玩数字游戏，他相信毕向东一定明白他说的这个"数字"的内涵。楚天舒敢于直接提到"数字"与"崩盘"是因为在中午吃饭的时候，毕向东谈到了国外的汽车经销商的成功经验。他有一句话：主机厂和经销商之间应该是相互尊重的，遇到利益一起伸手，遇到问题一起携手。正是这句话让楚天舒动了直接和他谈谈数字游戏的念头。

毕向东听了楚天舒的话，既感到意外也觉得正常："楚总，见到你第一眼的时候，我就感觉到你是一个有胆有谋的人。不过有些游戏是大人物决定的规则，咱们都是小人物，还是别轻易地搬动链条的好，否则恐怕会出大麻烦。"

楚天舒知道毕向东指的是魏强，不过这应该不是最大的问题。"你手下六家网点，给我留留情面，应该不明显吧？我也不瞒着你，我肯定要处理这些数字，我肯定能够扭转这些空头的游戏。"

"5月份是全年最重要的一个月，也是第二季度的关键月，有好的销量才能够为全年的销售任务打下良好的基础。主机厂方面为什么设置4、5月份联动考核，一方面给大家机会让大家多挣钱，再一方面是希望冲量，在国内销量排上好的名次不容易呀，最后……"说到这儿，毕向东停住了，最后一点他考虑还是暂时不要说得好，之所以要设置联动考核就是要让经销商冲击高任务并且保证北区销售任务的节节攀升。

"咱们还是抛开厂家的政策，你们制定的那些政策只有一个目的，就是玩经销商。"

毕向东看着楚天舒："你想怎么办？"

"每个月给我们减少9台车的任务，半年我就能把手上的洞填平了。"

"你卖的车没有补贴了，你知道吗？"

"我会和我的领导讲明原因的。"

"我给你一个建议,5月份我给你60台的任务,我希望你能够完成联动考核,多余部分如果你完不成的话就吃回去。"

毕向东说的吃回去其实就是继续数字游戏,楚天舒根本就没理会他:"你要是觉得半年时间长,每个月少给我15台车,三个月,三个月我就足够了。"

"我知道你有想法,但是你太着急了。徐琛在这里四年的时间都没有解决的问题,你想三个月就解决?你觉得可能吗?"

"当初如果不是他种下了祸根,至于有今天吗?"

"当初如果徐琛不在,这个店早就关门了。就算你想解决这个问题,就算你们周总已经给了你期限,你也要明白什么叫作循序渐进,急功近利的话只能会自损自伤。"

两个人的话谈到这份上,已经没法再继续了,但是毕向东从心里还是非常欣赏楚天舒的,这是一个有想法的人,只是这些想法在他看来有些天真也有些不切合眼下的实际状况。

"这件事情由来已久,已经积习难改。你想解决一个问题就要先进入这个问题,站在门外指手画脚的结果只能是被人嘲弄。这个问题并不简单,我可以告诉你,你们周总一定也知道。我再告诉你一点,你们陈总和我沟通过几次,我想你并没有征得他的同意就自作主张了。我不否定你的想法,但是还是那句话,你要是真的太过于着急,最后可能会功亏一篑的。"

对于毕向东的"劝告",楚天舒无法接受。他不能说服毕向东也是之前没想到的,原本以为毕向东会暗中支招,谁想到他一点不松口。

毕向东并没有多逗留,李凡把车钥匙给他后就起身告辞了。李凡送走他之后问:"怎么了?"

"没事,我们按照自己的思路,该怎么做还怎么做。"

3

虽说和李凡说了该怎么做还怎么做,但是楚天舒心里也没底。不知道到底该不该按照计划来进行,而这么做之后又会有什么后果。本来计划得挺好的,但是楚天舒真没想到厂家会明确表示不支持。这件事情如果没有了厂家的支持,很难实施下去。就像今天这种局面,楚天舒和毕向东各说各的,谁也不想放弃自己的观点,其结果只能有一个,都说服不了对方,而且也都达不到自己想要的目的。毕向东很明智,知道在这里待着没什么意思,所幸也就走了。

楚天舒给卢莉打电话,让她把酒店的房间退了,卢莉说:"陈总刚才来电话了,我估计一会儿他会找你。"

· 146 ·

"还说别的了吗？"

"没有，就是问您在不在，别的一句没说。"

放下卢莉的电话，他给吴戈去了电话，说晚上有空了，厂家人走了。

"怎么了？不是刚来吗？怎么这么快就走了？"吴戈有些诧异。

楚天舒本想和吴戈发发牢骚，但是想了想还是没说，毕竟现在身份位置都不一样了，过多的话不该和吴戈说。

陈建快下班的时候过来的，楚天舒怎么也没想到陈建来此的目的。

陈建先是简单地和楚天舒闲聊了几句，问了问最近的各种情况。陈建有一搭无一搭问话的时候，楚天舒多少感觉到了陈建今天来绝对不是闲聊，而且肯定是有比较重要的事情。果然聊了没几句，陈建转入正题。

"上个月你们有 9 台车没有上报销售？"

陈建此话一出，楚天舒脑子飞快地转动，他在想是谁把这个消息告诉了陈建。这件事情只有福特的销售部和陈松楠知道。销售部的销售顾问不可能接触到陈建，陈松楠应该没必要说这些事情，说了对他也不一定有什么直接的好处。那么只有一个可能，就是李凡，李凡在宝马的时候就是陈建的下级，而且这次的事情李凡从心里是不支持的，他是一个喜欢做表面文章的人，这种人要的是自己的安稳和漂亮。

"是的，4 月份厂家采取双月联动考核，我们的总任务不是很低，5 月份的任务比较大，我想借此压一下任务。"

"没有别的原因了？"

陈建这句话很明显是有针对性的，楚天舒明白了，陈建已经知道了事情的全部，甚至每一个细节都已经了如指掌了。这种时候是否还有必要再隐瞒，继续隐瞒只能让告密者有立功的机会，让陈健有审问的快感，更会让他无所顾忌地相信告密者的密报。

"我发现了一个问题，这个问题在我来之前已经比较严重了。这个问题不解决，恐怕我们会有很大的损失，而且无法估量后果，如果解决这个问题就需要用非常规手段。"

"有一些遗留问题也是正常的。况且，有一些遗留问题恐怕不是一朝一夕造就的，也不是某个人铸成的。作为集团领导，我很欣赏你的勇气，你能够顶着来自多方面的压力做这件事情，说明周总没有看错你。不过万事都有章有法，你不能盲目地大刀阔斧去做，否则对你自己不利。"

这是今天楚天舒第二次听到这番话，他不得不承认这番话非常有道理。想要生存得很好，首先是需要活着，只有活下来才能谈生存得很好。但是现在他已经只想着改变数字游戏留下的遗患，而彻底忘记了一切，他因为自己的信念忘记了所有有道理的话。

陈健似乎明白楚天舒是怎么想的："你和毕向东谈过了吗，他怎么说？"

楚天舒知道李凡一定把毕向东来了的事情告诉陈建了，但是李凡不知道过程，他想这就是陈建今天来的目的吧。"他似乎不支持。"

"你想从厂家的套子里跳出来，他会支持你吗？"

陈建这一句话一下子让楚天舒清醒了，是呀，怎么会没想到这一点呢。张远告诉过自己，这件事情厂家的人是知道的，而且是纵容的。现在自己还想着改变这种局面，毕向东作为厂家方面的人，肯定不会支持自己，而且自己这么做简直就是破坏游戏规则。

"你不管想什么办法，我首先要求你还是保住目前的销量不下滑，市场部是用数字做出来的，你可以想办法拓展市场，在市场上面多下功夫。李凡怎么样？"

陈建突然提到了李凡，楚天舒不知道怎么回答，好像陈建突然间就把李凡摆到了自己面前。他对李凡这个人并没有太多好感，从宝马接触开始他就对李凡的印象很差。李凡是一个"阶级"分明的人，他对自己很尊重，绝对服从。虽然李凡只是喜欢表面文章，但是总的来说态度是没问题的。楚天舒一直都认为员工不可能全面的，但是他们也都有自己的优点。所以楚天舒用人的原则一贯是用优点，只用优点。今天陈建来这里问了问数字游戏的事情，他已经肯定是李凡汇报了全部经过，但是作为李凡的"主人"，陈建为什么直接询问自己对李凡的态度？

"总的来说，李凡的工作是有优点的，我相信在宝马的时候您对他的了解比我更甚。"

楚天舒的回答相当硬，等于是把问题给陈建推了回去，这等于是在对陈建说：你想问什么就直说，不用拐弯抹角的。

这已经是陈建第二次领教了楚天舒的这种高调和凌厉。今天之所以问到了李凡，他是想知道楚天舒的眼中李凡是不是有什么异常。陈建在宝马的时候就感觉通业集团与龙川集团内部有人联系，而这个人很有可能就是李凡。他相信楚天舒是一个非常敏感的人，他不知道楚天舒是否观察到了这一点。但是楚天舒今天的表现足以证明他对自己的不信任，恐怕这种不信任是来自他的性格，陈建觉得楚天舒如果不好好地修炼自己的心性的话恐怕要吃大亏的。

坐在沃尔沃轿车里，陈建还没有更多地想楚天舒、李凡和福特的事情，朱宇阳的电话就打了过来。

"陈总方便吗？和您简单聊两句。"

"你说。"

"我们准备要在本地新建四家店，不知道是不是会有冲突呀？"

"哈哈，你怎么这么含蓄了？现在我们两个集团恐怕没有不冲突的品牌吧？"

"陈总现在正在谈的尼桑项目,恐怕我们要走到前面了。我还听说你们的福特换了一个新的总经理,据说周总非常信任和看重这个人呀。"

陈建放下朱宇阳的电话,脑海里马上就浮现了李凡的影子,肯定是李凡无疑了。但是,为什么朱宇阳一而再再而三地提醒自己呢,他这么做是什么目的?难道是让李凡做一个替罪羊?

郁闷了一整天,下班后楚天舒直奔了雪铁龙。在售后转了一圈也没看见刘志峰,本来不想去二楼找吴戈,他怕看见王天佐,因为见面后实在是不知道说什么。在售后转了两圈,和修工、服务顾问们聊了会儿,看上去大家都不是很忙的样子。楚天舒看出来大家似乎都有了回家的意思,他很知趣地停止了谈话,到楼上去找吴戈,边上楼边琢磨着应该先去找王天佐聊几句。

上楼一看,王天佐正在吴戈的办公室里,这种大玻璃的办公室就这点不好,一点隐私都没有。

"王总,开会呢?"

"没有,你这么闲在呀。工作怎么样?"

"我还好,要学习的东西很多。一会儿出去坐坐吧?"

"今天不行,老丈人过生日,下次我安排。"

"行,这句话我记住了。"

在吴戈的办公室,他们足足等了一个半小时。刘志峰救援去了,吴戈给他打电话说不管多晚都等着他回来。一个半小时,楚天舒没有和吴戈说半个福特的字,他不想说什么,现在他有种孤独的感觉。福特的销售经理和服务经理都不让他满意,每每想到这里,他就有种说不出的压力,心烦得要命。但是这些又不能表现出来,不能说出来,在他的眼里吴戈是老大哥,但是老大哥也有老大哥的难处,他相信吴戈的麻烦不比他少。有些事情还是需要自己一个人来面对的。

吴戈和楚天舒谈了谈李嘉,他已经三天没上班来了。早上吴戈给他打了一个电话,但是没人接。李嘉想辞职这件事情两个人都知道,但是李嘉肯定还没有做好准备,按照吴戈的说法,李嘉只是想逃离这个环境罢了。

楚天舒突然心头又闪过了那个念头,李嘉是否有可能到福特来做销售经理呢?这个念头已经不止一次地在他脑海里了,但是他也明白这是不可能的事情,集团不是由他来安排销售经理的人选。如果真是那样的话,各个品牌还不是总经理一个人的天下了?不过楚天舒绝对是已经动了要换掉李凡的念头了,身边有一个不顺眼的人,而且还有可能是领导眼线的人,想起来就让人浑身不舒服。

刘志峰回到店里已经快8点了,到吴戈办公室后,三个人商量了一下决定去吃烤鱼。

刘志峰看着面前的楚天舒,端起酒杯:"先喝一杯吧,你最近过得不好。"

楚天舒笑了:"刘师傅不修车改行相面了?"

"好过难过都要过,品牌经理在龙川集团不好做。你干得好,陈建生气要给你小鞋穿,你干得不好,销售经理、服务经理要造反。累呀,没办法,谁让你拿着比别人都多很多的待遇,开着公司配的车呢,你想睡安生觉,做梦去吧。"

刘志峰的话虽然有些偏激,但是绝对是很有道理,现在楚天舒还不能很准确地理解,品牌经理再往上一层就是集团的领导了。做销售出身的品牌经理在龙川集团并不多,这为数不多的几个人直指陈建。楚天舒想把工作做好,想把工作做得漂亮,等于是直接给陈建压力,现在的陈建已经在周亚川面前越来越不被看重了,当然这些是楚天舒并不能真正了解到的。

楚天舒只是感觉刘志峰和吴戈都已经了解到自己现在的状况了。

"在集团能和陈建叫板的就只有我和徐琛。现在徐琛走了,我也早就废了。陈建想怎么样都能怎么样了,老大是一个聪明人,他看重你。为什么让你去福特,他是让你去看看徐琛怎么做的管理。你小子听我的,别把自己当什么总经理,你就是去学习的。为什么把张远调走,是因为要给你一个新环境,一个陌生环境。这么做是老大希望你能做出点事情来,做得好了就有更多机会给你。陈建同样是希望你做点事情出来,做事情就意味着会犯错误,事情做得越多,可能有错误的地方也就越多。你没错误他怎么收拾你呢?做与不做你自己衡量,但是我要给你一句忠告,不要妄图轻易地改变徐琛的管理思路,你现在应该有所取舍。徐琛的管理思路你先不要否定,他有特殊的时期留下的遗留问题,但是他不是一无是处,论能力他比你我都要强很多。老大的集团里,越是难做的品牌总经理的能力越是超乎寻常的高。今年你最好不要动,明年你就有发言权了,到时候你想怎么改都是你的事情,不过到了明年你还想不想改就另当别论了。"

说完这些,刘志峰看着楚天舒:"不说没用的废话了,今天我们不再谈工作了。对了,我准备要开始养鱼了。记得两年前,有一次我去找老大签字。他问我喜欢养鱼吗,我说不喜欢。他问我为什么,我说没钱。他说如果每个月多给你1000块钱你也照样不养,不是钱的问题,是心态的问题。不知道怎么回事,最近我总是想起老大的这句话,上个星期我休息去买了一个水族箱,这周再休息我就去买鱼。"

楚天舒笑了:"你可想好了,那可是闲人玩的东西。"

"你觉得我不是闲人吗?这些年我努力地做一个闲人,但是一直都不成。原来问题出在了心态上,老大是一个高人,两年前他就已经把我看透了。没有闲人的心态,做不了闲人的事情。"

楚天舒看着面前的刘志峰:如果他能来福特做服务经理就好了……

4

回到住处,坐在沙发上,楚天舒回想一整晚的谈话。他已经不记得吴戈说了什么,似乎就只是刘志峰一个人在说着。猛然间,他觉得可能是吴戈让刘志峰来劝慰自己的,否则今天两个人的举动都有些异常。

该怎么办?他知道刘志峰的话非常有道理,但是接受刘志峰的意见就等于再一次放任这种事情继续发生。可是改变,太难了。没有人支持,没有得力的助手,自己已经身陷群敌了。

清晨的阳光透过玻璃窗慵懒地洒在周亚川的办公桌上,鱼缸里的红龙目中无人地游着。

周亚川心情非常好,对面沙发上一个身着职业装的年轻女孩看着鱼缸里的鱼:"都四年了,这家伙活得还挺好,就是越长越丑了。"

周亚川笑了:"怎么会呢,越来越有霸气了,每个人都夸它的霸气。"

"你知道为什么吗?除了我,他们都在骗你,哄着你玩呢。"

"小丫头片子,我还没老糊涂呢。什么人骗我,我心里很清楚。"

说话的女孩一头红色的短发,小麦色的肌肤,眼睛大大的,很有精神,总给人一种微笑着的感觉。

两个人正说着话,陈建在外面敲响了门。

"您找我?"陈建并没有注意沙发上的女孩。

"坐下聊吧。"周亚川示意陈建坐在沙发上。

陈建一眼看见了沙发上的女孩,愣住了。

"陈总您好,多年没见,您可真是风采依旧呀。"

陈建简直太意外了,他怎么也没想到面前的女孩离开龙川集团四年居然又回来了,又坐在了周亚川的办公室里。

"她回来一段时间了,这些年她一直都在国外读书,成绩很好。咱们集团现在很缺人,给她一个机会吧?"周亚川看着陈建问道。

"欢迎,周总您觉得好就好。"陈建被这突如其来的变故击了一下,有些语无伦次了。

"坐下说。"周亚川指了指沙发,"日产那边怎么样了?"

"很顺利,他们对我们的实力非常认可。下周他们的代表会过来,我已经安排好了,明天有一个会需要您参加一下。"

"我听说通业今年要建四家店,其中就有福特、北京现代和尼桑这三个和我们冲突的品牌。徐琛已经去了广东总部培训,只要他回来马上起诉他。"

"我听小乔说刘律师已经准备好了,应该是很有把握。"

"其实我就是给他添添堵罢了,我不想闹得太厉害。不过如果不做点事

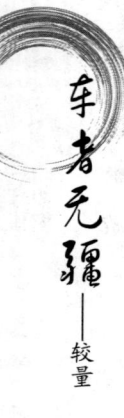

情的话,他就太舒服了。他去通业如果真的还是做福特的话,这就是公然地挑衅,这种挑衅如果我们不做点什么,郑旭飞会马上到标致。或许还会有更多人离开。"

陈建认可周亚川的说法,但这是徒劳的。

"还有件事情,你一会儿叫楚天舒来我这里一下,我要听听他的工作汇报。福特北大区的总经理魏强给我来了一个电话,说咱们新的品牌经理是一个有思想有胆子的人。"

从周亚川的办公室里出来,陈建很无奈,如果说他在龙川集团的这十多年里什么事情是让他难以忘怀的,就是那个女孩在集团的一年多时间。周亚川对这个女孩的信任是无以复加的,他不想猜测周亚川和那个女孩的关系。但是事实是陈建险些因为这个女孩辞职离开集团,如今周亚川再一次让她回来了。陈建心里暗想:男人永远改变不了自己的本性……

楚天舒接到陈建的电话后,做了大量细致准备。他查看了所有厂家的邮件,查看了库存,查看了商务政策,查看了上个月的销售和售后的利润,等等等等。

不得不承认他有些紧张,他有些怕见周亚川。因为他自己很清楚,现在的他做得并不好,这里一点都没捋顺,想做的事情一件都没做成。还有一些乱七八糟的事情横七竖八地挡在了面前。最让他头疼的就是售后,他来这里已经两周了,还从来没有和刘彬说过一次话。

推门进到周亚川办公室,楚天舒看见一个女孩立在周亚川身后,手中一支笔、一个本。

"昨天厂家的人来了?"楚天舒刚刚坐下,周亚川的问题就来了。

"对。吃过午饭就走了。"

"北大区总经理魏强给我来电话了,我很好奇,你和毕向东说什么了,那个魏强猛夸你。"

楚天舒紧张的心情稍稍平缓了一些,但是也觉得奇怪:"我和他讨论了一下4、5月份联动考核的事情,我想让他5月份给我任务降点。"

"全年多少?"

"800台。"

"现在完成多少了?"

"到4月份已经完成了380多台了。"这些数字是报给厂家的,其中里面有那40台车的虚假信息。这40台车是楚天舒的心病。

"不错嘛,为什么要求降低任务?怕完不成?这个牌子的单车利润还是可以的,你要想办法对市场进行拓展,不要一味地在意任务数,数字这东西都是假的,实实在在地做出来的才是真的。"

不知道是不是对"数字"这个词太敏感了,楚天舒感觉好像周亚川也在暗指"数字游戏"。难道他知道了?

"售后怎么样?"

"上个月不是很理想,毛利没有完成,备件滞库情况很严重,索赔库还有将近1万元的零件没有索赔回来。"

"你和保险公司的人见过面了吗?"

"还没有呢。"

"你让刘彬牵头,你见见他们,不要把目光都放在销售上。"

在汽车4S店,保险公司的销售和勘验理赔就是一个人的两张脸。销售对销售部,勘验对售后服务部。买车的人买什么保险、在哪家保险公司投保、投保的险种多少,全凭销售顾问的介绍,所以保险销售对汽车销售向来是毕恭毕敬的,请客送礼也是常有的事情。勘验和售后服务的关系正好相反,车主的车出了险,去哪儿修、怎么修,全凭勘验的一句话。4S店想有大活就必须和这帮勘验的人搞好关系,时不常地出来坐坐,联络联络感情。

周亚川一句话点出了楚天舒工作的重点,作为品牌经理,楚天舒需要大局观,不能顾全大局的话是没办法把一个品牌做好的。除了大局观,还要有战略性,哪些东西该管,哪些东西不该管,哪些事情需要细致,哪些事情交给手下人来做,这些都是楚天舒需要好好地学习的,眼下他更多的还是把目光放在了销售上,而且大有亲力亲为的意思。

"品牌我交给你了,你怎么管理是你的事情,我要的就是成绩。"

周亚川这句话好像是万斤重压一般,楚天舒终于明白了,张远、陈松楠为什么说徐琛顶不住压力了,不管怎么做要的就是结果。作为投资人来说,周亚川要的就是结果,这个一点错都没有。刘志峰说老大是一个高人,楚天舒不敢说,但是他知道周亚川是一个商人,是一个绝对的商人,过程可以不管,但是结果必须要好。但是周亚川不知道吗,手下人很多都在迎合他的这种心理,弄虚作假的事情时有发生。

回到福特展厅,他并没有马上上楼,而是在展厅里坐着。他在想该怎么办,是给周亚川要的结果,还是继续他自己的想法呢,认定的方向该如何改变呢。

人生最难的就是做出选择,但是比选择更难做出的就是妥协。在楚天舒看来,现在如果让他妥协就是懦弱无能的表现。可是不妥协,现在他就是孤家寡人了,更没办法向周亚川交上他要的成绩。毕向东说得很对,这件事情弄不好就是自损自伤。

"楚总,您帮我个忙行吗?"

楚天舒回头一看,是前段时间开会时说那些虚报车辆没法卖的女孩。

"怎么了?"

"我这有一个客户看咱们滞库的蒙迪欧呢,就是时间最长的那个。价格

谈好了,但是客户今天来了又后悔了,我都磨了两个小时了,现在他就是要个面子,您能帮我一下吗,出面给他优惠点?"

"谈到多少了?"

"我给他让了5000元了,这台车可以优惠23000元。"

"你想让我再给他放多少?"

"您说吧。"

"客户是你的,你有把握,你说吧。"

"500元足矣,太多了反而不好,我就说你是销售主管。"

"你有把握500元就能搞定?"

"没问题,这台车要是不成我就吃了它。"

楚天舒跟着女孩见到她的客户,很配合地给足了客户面子。果然500块钱就让客户心悦诚服,看着销售顾问开心的笑容,楚天舒猛然间发现达到目的后的喜悦真的是无与伦比。一个小小的销售顾问尚且知道运用手中微小的权力搬动总经理来协助她卖车,他龙川集团名正言顺的总经理怎么就不能按照自己的想法来做呢?什么自损自伤,都是扯淡,边去吧,只有试过才不会后悔。

想到这儿,他大步朝二楼办公室走去,坚持想法,一做到底。

第十二章 新来的销售经理

1

每年的5月是一年中第一个重要的促销月份，也是全年承上启下的重要月份，全年任务最终完成情况如何，5月是一个关键。

5月份，楚天舒背负着巨大的心理压力，在他来到之前便存在的问题该怎么解决，随着时间的推移，这些问题已经和销售部共生了。几乎所有的人都在告诫楚天舒，眼下并不是处理这些事情的最佳时机，他自己心里也很清楚，只是内心里的一个声音不停地告诫自己，要挑战这些所谓的权威。如果说内心的魔鬼每个人都有，那么楚天舒内心的魔鬼就是那种不服输、不信任与执拗。

与徐琛留下来的"数字游戏"相比较，刘彬是他的第二个心病。楚天舒很清楚，这个刘彬是一个有勇无谋的家伙，但是到底是收服他还是干掉他，楚天舒一时间还没有想好呢。每天早会是楚天舒必须参加的，不过之前他只是参加销售部的早会，5月份开始楚天舒把工作的重点开始转移，其目的有两个：第一个是他要让李凡自己表现，他已经开始怀疑李凡是陈建派到自己身边来监视的，但在不能确定之前任何事情都不能做，现在正好利用这个机会让李凡自理事情，那么一切也就很容易暴露了。第二点也是很明显的，他要开始介入售后服务部。

售后服务部的早会相对简单很多，点名，然后车间主管说一下当天的工作安排就散会了。楚天舒的参加并没有影响早会的时间和形式，刘彬和他一样也是每天列席参加并不发言。

连续一周的时间，楚天舒都只是参会而不发言。他知道刘彬在等着他说话，但是他绝对不会开口。他一直都在给刘彬计算着时间，看这家伙能撑多久。与此同时，他不断地找售后的服务顾问和车间主管聊天。不管是他的办公室还是售后车间里，楚天舒总是寻找机会与车间主管和服务顾问，甚至是修工们聊上几句。开始的时候这些人对他并不友善，话也不是很多。但是慢慢地，楚天舒可以和他们开玩笑了，可以和他们大声地聊这聊那了。楚天舒知道他可以找刘彬了，这个时候刘彬应该已经认命了。

在楚天舒的办公室里，刘彬多少有一些不自在，面对着楚天舒，他有些不

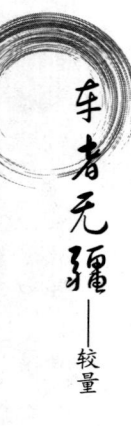

知所措。将近一个月了,新来的总经理一直都没找过自己,他也觉得这个人不那么简单,不好对付。和徐琛比起来,这个楚天舒更加的阴险,他本已经做好了要斗争到底的准备,但是这个楚天舒不但不理自己,而且已经和自己手下人接触上了。

"我是做销售出身的,对销售比较了解,但是对售后我基本上一窍不通。所以很多事情都需要你来帮我,既要对得起老大的信任,也要对得起自己的良心。我这个人一直都有一个原则,上对得起自己跟的人,下对得起跟着自己的人。"

刘彬没有说话,但是他能听得出楚天舒这番话是真诚的。

"我听卢莉说以前公司管理层没有开周例会的习惯,你觉得如果我们每周开两次会怎么样?周五总结,周一分派任务?"

刘彬点了点头,"应该开。以前我们也开会,每天都开,后来越来越少,最后一个月也不开一次了。"

"那好,我们定下来,每周两次例会,参加人员你我和李凡,卢莉做记录。你觉得还叫上谁?"

"松楠吧,他必须参加。"

楚天舒点点头,刘彬的表现他很满意,看来他真的已经认命了。

"我看了一下报表,咱们现在备件库的滞库情况比较严重,这个问题怎么造成的?如何解决?"

"这个问题的成因很复杂。"刘彬突然间有些激动了,"销售总是给我们增加麻烦,很多件,特别是那些非常规的件都是销售给我们报的需求,说客户要。可是等我们的货到了,又说客户不要了,我们也没办法。这些都是非常规件,很头疼。"

楚天舒皱了皱眉头:"客户没有交订金吗?"

"很多都是外装件,销售卖车的时候推荐给客户的。结果货到了客户不喜欢了,销售为了卖车方便不留麻烦,私下找销售经理签字退了客户的订金,结果一来二去的,库里的备件越来越多。"

楚天舒点点头,他相信这种情况肯定是存在的。但是目前的真正的原因肯定不是这么简单。因为他已经看过了备件库的库存清单,刘彬这么说他不能接受,他是在转移话题推卸责任。楚天舒并没有马上反驳他,因为他还要继续问。

"现在咱们对异地购车客户的首保有没有相关的政策?"

"没有。"

"为什么?"

"一直都这样呀。"刘彬看着楚天舒,他不觉得这其中有什么问题。

4S店对异地销售的车辆的情况向来是最反感的,而且向来是本地的经销商同心协力一致对外的。楚天舒从刘彬刚才的回答里已经感觉到了，这里没有相应的规范。连店内都没有凝聚力的话，怎么可能一致对外？看来这里也一样，售前售后相互脱节，甚至互不买账，刚才关于备件刘彬已经在指责销售的问题了。

接下来楚天舒和刘彬又聊了一些问题，他把自己要问的问题都基本上了解了，而且对刘彬给自己的回答也做了基本判断。这样他也就明白了接下来他该做什么，他的工作该朝着哪个方向来做了。

由于涉及两大部门之间的协作，所以楚天舒需要梳理两个部门之间的问题，把矛盾摆在桌面上是最有效的方式，否则的话大家的误会越来越深，对谁都没好处。一个汽车4S店也是一个团队，这个团队带不好的话影响太深远了，绝不仅仅不是一个称职的总经理那么简单。对资源的整合需要能力，对部门间的协作需要了解部门间的运作模式，对业务全面掌控需要的是来自平时工作的积累。楚天舒对以上这些有信心的同时也感觉压力很大，但是这种压力并没有让他退却，而是给了他更多动力和面对的决心。

就在楚天舒在办公室里一个人谋划着未来该如何对这个品牌进行管理的时候，有人敲门。进门的男人楚天舒看起来很眼熟，但是又想不起在哪里见过了。

"楚总您好，我是盛世天元王贵军，我们见过面。"

楚天舒一下子想起来面前这个人了，那个广告公司的总经理，一个有点二的人。"你好，有什么事情吗？"

"咱们5月份的广告怎么和另外一家公司合作了？"

楚天舒听到质问的口气，马上放下了手中的鼠标，向后靠在了椅背上："你想怎么办？"

"咱们合作不止一两年了，什么样的场面都经历了，我们哪点不行？"

"我觉得你问我这个问题很奇怪，首先我是总经理，你这是市场部的事情，市场经理和销售经理才对这个负责。其次你有什么资格在这里和我说话，和谁合作是我的事情。"

楚天舒的话说得非常狠，其实这些天他自己内心已经非常受煎熬，现在这个王贵军让他更加恼火。一个小小的广告公司的总经理，居然敢如此说话，就算你有背景也不能如此嚣张，这不是给你的背景抹黑吗？

王贵军已经看出来楚天舒动怒了，他也有点感觉不好意思。其实他就是着急上火，自己好端端合作了多年的项目说没就没了，谁能不上火呢？"楚总，我已经找过了你们的销售经理了，他和我说广告公司是您指定的。可能上次我没和您沟通清楚，其实我们和别人的政策是一样的，而且我们比较专业。"

"我可以负责任地和你讲，那家公司不是我指定的，是集团指定的，我们

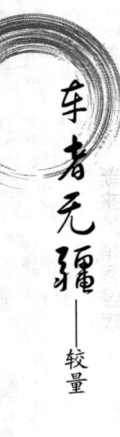

集团指定了四家广告公司。现在我们合作的是其中一家,你说这家公司是我指定的吗?"

"我其实已经了解了一下,那家公司是您一手扶起来的,当年您还在别的品牌的时候就曾经和这家公司合作过,而且对他们有过不少的帮助。现如今,他们居然成了龙川集团指定的广告公司,您的能力可见一斑呀。其实我们如果合作的话会有更多的机会,毕竟我们做得更加专业。我想如果是我们合作的话,肯定更加顺利。您不管是个人利益还是工作业绩一定会更上一层楼。在个人利益方面,我们可以在最低价基础上再拿出三个点给您,在公司业绩上,我们的专业更会让领导看到您的业绩,毕竟这里的一切都是您的业绩。"

楚天舒看着面前的这个人,如此的赤裸裸让他无法接受。这个人是绝对不会轻易放弃的,他绝对是属于死缠烂打类型的,对这种人绝对不能给好脸色,否则会更加没完没了。

"你有多大实力和我没关系,我也不关心你能给我带来什么利益,这些事情和我没关系。领导让我在这里管理这个店,当然看重的是我的能力,至于说成绩,我想不用通过你来证明吧?你还是去找我们的销售经理,如果同意和你们合作我不会有意见的。"

"这是您说的,只要是你的手下人同意,你不会反对?"

"是的。"

看着这个王贵军头也不回地走了出去,楚天舒真是哭笑不得,这个人跑到这里来赌气来了,这不是有病吗?想到这儿,他拿起电话给卢莉打了过去:"刚才那个人进来你没看见?"

"楚总不好意思,刚才我没在。"

"你干吗去了?"

"我……我刚才去卫生间了……所以没看见。"

楚天舒笑了:"没事,没有怪你的意思,我估计你也是没在。你叫李凡来我这里。"

和李凡简单地交流了几句之后,楚天舒问到了广告和营销策划这块。福特和宝马是不太一样的,福特的市场部并不独立,市场部负责品牌宣传和营销活动中的与厂家联络,不过市场部并没有从销售部独立。楚天舒向来不喜欢市场部独立于销售部之外而存在,任何市场部的行为归根结底都是为了销售在做服务,所以市场部成为销售部的子部门绝对是理所应当的。

楚天舒知道李凡喜欢做表面文章,所以在市场方面必须给他加大压力才行,福特可不比宝马,品牌认知度是决然不同的。福特不可能坐在办公室里执行厂家方面的政策就可以卖车了,所以市场营销的作用是非常明显的,对于向来重视市场营销的楚天舒来说他早已发现了很多问题。

"这个月已经出了几期广告?"

"三期,不对,四期了。"

"内容都是什么?"

"主要都是促销,这个月厂家的单车补贴还是不少的。"

楚天舒知道李凡这个毛病,做表面文章,把各种数字都烂记于心。这个时候如果楚天舒和他较真的话,李凡肯定不会很好受,但是现在楚天舒没那个心情,或者说现在还不是收拾李凡的时候,现在他需要解决的事情太多了,一个李凡不可能让他分心。

"月任务怎么样?"

"上个月我们有3台车没有完成,这个月有73台的任务,两个月联动考核,我们现在一共有76台的缺口。"

"你有多少信心?"

"从目前情况来看应该问题不大。"

"我可真不想听你说应该问题不大,你下去让销售顾问都准备一下,今晚开会。"

与李凡谈过之后,楚天舒又找到了陈松楠,告诉他以后每周一周五是例会时间,这两天不能休息不能请假还要准时参加。

陈松楠没有表现出什么不同意见,倒是问了他一个不相关的问题:"厂家是不是不支持你改变现状?"

楚天舒看着他:"你怎么知道?"

"猜的,这种事情没那么简单,我劝你还是面对现实,做自己该做的事情好了。怎么把销量搞上去,怎么让售后的进场台次增加,这是眼下最重要的事情。"

"你说得没错。别忘记了开会的时间,要是忘了,我可真罚款。"楚天舒微笑着对陈松楠说。

2

楚天舒并没有屈服于任何人,更没有改变自己的想法,他只是正在一步步地走。现在的他已经不再盲目地追求快速胜利了,他承认大家说的都有道理,面对这些由来已久的问题,只能慢慢来。

他让卢莉起草一份通知,今后每周一、周五为品牌例会时间,参加人员为总经理、销售经理、服务经理、财务经理、行政经理,例会日不许请假,每周二为销售部周例会,周三为售后部周例会,总经理列席参加两个部门的周例会。

楚天舒下发这个文件的目的就是希望整个店的气氛都紧张起来,来到福特的这段时间,他已经感觉到了松散的气氛。他一定要改变这种状况,这种

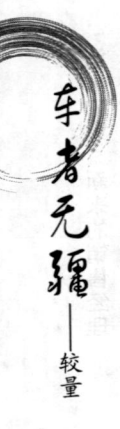

状态下,每个人都没有斗志,这是绝对不行的。

快下班的时候他接到一个陌生的电话,楚天舒想了半天终于辨认出这个声音。电话那端的人是阿峰,马维英介绍的那个"搞车"的年轻人。和这个人,楚天舒只合作过一次,之后他感觉不是很稳妥就不敢再冒险了,也就再没联系过这个人。钱来得太容易了只会让人心里不安的。

电话里阿峰约楚天舒今晚见面,说有点重要的事情一定要当面谈。楚天舒想了想说明天晚上吧,今晚他有一个会。阿峰说,不管多晚都要等着他,今天最好是能见面,无奈之下楚天舒只好答应下班后联系。

福特销售部总共有10名销售顾问,每5人一组,每组由一名组长负责管理。两名组长直接受销售经理的管理。楚天舒到福特后发现了销售部这种组织架构其实并不合理,两个组之间久而久之必然会产生矛盾,到时候如果两名组长不配合的话,销售经理可就要遭殃了。

楚天舒让两个组长先介绍了一下本组的情况,重点询问了H级、A级客户的情况,是否存在价格问题导致的客户无法成交的情况,目前的订单情况,库存车的消化存在哪些问题。两名组长分别把各自组的情况做了介绍,之后回答了楚天舒提出的几个问题。

楚天舒并没有提到任务、销量,那些只不过是个数字的问题。那些数字不是他要了解的和解决的,眼下他想对销售部进行改革,他要打破分组,设置一名销售主管,这样李凡就可能更加直接地接触销售顾问了。

之后又说了一些简单的无关痛痒的话之后,楚天舒让李凡留下,其他人都可以回家了。

销售顾问们都走了之后,楚天舒把李凡叫到了自己的办公室,他问李凡对销售部能够有多大的把握。李凡不知道楚天舒是何用意,有些不敢说话了。楚天舒边整理电脑里的邮件边等着李凡的回答,等了足足一分钟居然没有听见李凡说话。他抬头看了一眼李凡,李凡更加不知所措了。

"怎么了?"

"没……没事,我没听清楚您刚才的问话。"

楚天舒笑了,他常听说官大一级压死人,但是一直在潜意识里认为那是在政界和军界才有的现象。今天看见李凡诚惶诚恐的样子,实在是可笑至极,一个私营企业,至于吗?

"现在销售部的分组制度我不是很满意,我想打破分组,你全面负责包括市场营销、展厅管理在内的销售部所有工作。所以我才问你是不是对销售部能够掌控,有多大把握。你要知道,如果我宣布打破分组,你的压力有多大,你我对于这个品牌来说都是新人,必须对这个部门有着非常牢固的掌控力,否则的话恐怕会出问题的。你把所有工作都做起来,一年之后你也就有了足够的了解和掌握,那个时候再放权给手下人就不会出现问题。现在我最担心的就是你的掌控力,还有我根本不知道销售部的真实情况,两个组长说的话是否都准确我不是很相信,这需要你来给我汇报。还有广告的事情,必须要你亲自来抓,你应该感觉到了,这个品牌不像宝马,这个品牌需要我们付出更多,而且回报不一定就很大。"

"我尽量,短时间真的不敢说做到全面的掌控。"

"这个没关系,我也不会着急宣布,但是不能超过一个月。"

"对了,有一个广告公司的总经理找我了,说是您的亲戚,让我照顾他一下。"

"亲戚?我是他大爷。"

阿峰接到楚天舒电话后马上开车到了约好的饭店,由于楚天舒离得近,阿峰进门的时候楚天舒已经在雅间里等了一会儿了。

"还有谁呀?"楚天舒看着进门的阿峰问。

"就咱们两个。"

"就咱们两个还订什么雅间呀,至多也就是路边喝两口的事儿,真有大事你电话里吩咐我就行了。"

"瞧你说什么呢这是,咱们哥们至于说吩咐吗?我就是想和你合作点事情。"

楚天舒心里有些不痛快,不知道为什么,他对这个人不是很感兴趣,阿峰身上匪气太重。"有机会合作当然是好事情了。"

"你们卖福特翼虎吗?"

听完这话,楚天舒一愣,他怎么突然提到了福特呢?心里想着,嘴上什么都没说,只是点了点头。

"拿车找我吧,别去保税区了。"

楚天舒看着他。

"你们从保税区拿车最多也就能挣27000元,我给你们的车能让你们挣到32000元。"

"能有这么大的差价?"

"没问题,车源你放心。进口翼虎已经被国内一家经销商把今年所有的配额都买断了,不管是谁要车都要先走他的路子,所以今年的翼虎价格会有比较大的差异。"

"这个我尽量。"

"楚哥,这是正经生意,车的安全你放心,而且每台车我都给你甩2000元,不管你什么价格出货2000块钱是固定的。"

"你这么确定我能帮你的忙?"

"不是帮忙,是合作。楚哥,我知道你现在是福特的总经理,这点事情对你来说绝对是不费任何力气。"

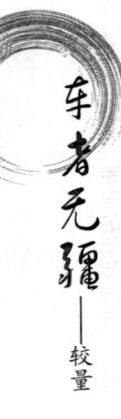

回到住处，楚天舒还在琢磨，这个阿峰是怎么知道他做了福特的总经理呢。谁说"好事不出门"，这段时间有多少人都在盯着他，面对他的变迁，大家和他联系得开始紧密，无外乎看重的是他屁股底下的椅子罢了。

周亚川让陈建把尼桑品牌的授权书交到集团律师团的手中，其中有几条条款是他们以前没有接触过的。

"有件事情我得和您沟通一下。"陈建站在周亚川的办公桌前。

"坐下说吧。"周亚川边说着边对身旁的女孩说，"你去给陈总倒杯茶。"

"周总，有个事情，我觉得应该和您说一下，我觉得李凡不适合做福特的销售经理。"

周亚川笑了："我正想和你谈谈这个问题，我想让小玲去福特锻炼一下，正好也想让你找李凡谈谈呢。你现在说到李凡，正好我也想把他调到集团行政部。"

对于李凡的事情，陈建想了很久，不能简单地和周亚川说，但是也必须要简单明了地说。他相信周亚川自己也在调查通业集团，那么李凡的事情周亚川自己心里应该有数，所以他需要掌握一个分寸，既表明他认为李凡有问题又要表明现在不知道问题出在了哪里。但是还没等他说什么，周亚川就提出来换了李凡，看来一切他早就计划了好，只不过不知道是为了那个女孩还是察觉了李凡的什么事情罢了。

"你去和李凡谈话，我下午就让管理部找小楚，你可以给他稍微透露一点。"

楚天舒怎么也没有想到，他刚想让李凡做点事情的时候，陈建来电话居然要把他调走。具体为什么事情、谁来接替李凡，陈建一概不说。坐在偌大的办公室里，楚天舒的心情极其低落，这种命运被别人主宰的滋味真的是非常不好受。不管是谁来接替李凡的位置，楚天舒都要继续被动地对销售部进行整顿。对他来说，周亚川给他提供了一个很好的机会，以前自己做生意，但是那时他的小作坊是绝对无法和这种正规企业相提并论的。所以得到了这个机会，他就不会轻易地放弃。正是这个原因，不管是徐琛留下来的数字游戏有多么大的窟窿，还是销售部整体改造的构思，甚至是刘彬的不配合这些都没有让他感觉有什么困难的，他知道这些是他必须面对的，因为周亚川把这个品牌交给他的时候已经说过了，品牌交给你，做出成绩是必须的。

放下陈建电话不久，鹿峰就来到了楚天舒的办公室。

"楚总，有份文件请您签个字。"

对鹿峰，楚天舒向来很有亲近感，看见鹿峰他很高兴地招呼着进来："好久不见了。"楚天舒想起来几年前自己来龙川集团面试的情景。

鹿峰面带微笑地说："主要是您太忙了，其他的总经理们没事经常去管理部的，您好像是很少过去。"边说着，边把一份文件递到了楚天舒的手中，"集团给您派来一个助手。"

楚天舒接过来一看,是一份员工履历表:"这是什么意思?"

"集团新派来的销售经理。"

楚天舒没想到会这么快,他拿起这封履历表,简单地扫了几眼:周玲,女,诺丁汉大学硕士学位。

"女的,还是海归?"

"是的,硕士。"鹿峰微笑着说。

"硕士怎么了,不过是多花了几年钱罢了,海归也要先学会在淡水里游泳。"

3

当员工履历表中的"周玲"活脱脱地站在楚天舒面前的时候,他确实吃了一惊。这个周玲就是那天周亚川办公室里那个红色短发一身职业装的女孩。他真没想到,原以为那个女孩是周亚川的秘书,现在看来这个人是给自己"准备的"。

"你以前做过汽车这一行吗?"楚天舒手拿周玲的报到函问。这时,他想起来当初鹿峰给自己周玲的履历表的时候自己应该好好地看看才对。

"以前做过两年,出国留学学的是企业管理和市场运营,本来不想再做汽车这个行业了。"周玲回答的时候冷冰冰的,骨子里透着一股傲气。

楚天舒点点头:"我不知道你来之前管理部有没有和你介绍一下我们这里的情况,我虽然是总经理,但是上任的时间也不长。我们这里有很多的问题需要我们一起面对和改善,这一点我希望你能够提前做好心理准备。再有,集团把你派过来,我相信也是经过了深思熟虑的,所以我要郑重地提醒你一下,在我的理念里,我希望团队讲究的是配合,我绝对不会搞一言堂。你是从国外回来的,我想你一定有很多新颖的思路和管理理念,我希望你能够多多帮助我们本土的管理者。我也可以和你提前讲明,在我看来现如今的社会是一个团队协作的社会,只有协作才能有所成就,你可以放心地去做你的成绩,我作为这个品牌的最高管理者其作用就是协助各个部门做好基础管理工作。"

周玲看着楚天舒,心里暗自有了一点点好的印象。周玲对龙川集团再熟悉不过了,龙川集团的很多人她都看不上,在她的眼里,那些人大部分都是对周亚川随声附和的机器,很少有自己的思想。这次回来,她真的是不打算再回到龙川集团,但是周亚川和她深谈过一次之后,她决定还是回到集团来,就当是给周亚川帮忙了。眼前这个楚天舒身上有一种说不出的气质,这是一种什么气质周玲说不出。算起来这是第二次见到楚天舒,但是这种感觉却是第

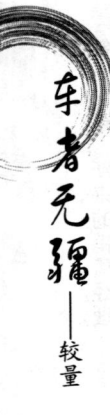

一次给她。

楚天舒看看周玲,他不是很习惯这个女孩这么沉默的感觉。似乎心里都明白,但是嘴上什么都不会说,这种姿态给人的感觉是拒之千里,会让人感觉抓狂的。"先去销售部吧,你见见大家。"

楚天舒带着周玲来到了销售部,向大家做了简单介绍后,楚天舒自己回到了办公室。他不知道该做点什么好,这次的销售经理调整对他来说实在是太突然了。原本他计划从销售部开始进行整改的,但是现在发生了如此之大的变化,让他始料未及。虽然他对李凡并不满意,但是李凡这个人有一个最大的优点就是听话,对于一个高层管理者来说,自己的中层听话是最重要的。但是如今这个周玲突然来到,她能否胜任销售经理这个职位还不确定,更不要说楚天舒对现在销售部的整改构思了。这个周玲应该来头不小,她会成为自己的助手吗?

周五下午,卢莉给楚天舒打电话询问下班后是否要开周例会,楚天舒毫不犹豫地回答:"开。"

如果说这次会议是楚天舒等待已久的或许有些夸张,但是能够把这个品牌的销售、售后、财务三个经理都聚在一起,这确实是他早就等待的一天。

在小会议室里,楚天舒端坐在前,看着面前一女两男三个部门经理。

"两位已经见过了我们的周经理了吧?"边说着楚天舒边翻开了工作笔记,"今天主要是想和大家沟通一件事情,也就是目前我们总体的情况。其实主要是我和周玲经理都是新来的,对很多问题都不是很清楚。我想请松楠给我们把今年品牌的情况介绍一下,主要是讲一下集团对我们的要求和我们现如今面临的情况。"

陈松楠早已经准备好了,楚天舒已经和他说过让他准备一下,其目的就是要把现在的所有问题都在这次会议上说出来,希望大家都能够直面现在的问题。陈松楠把笔记本电脑打开,插上 U 盘,用了大概一个小时的时间把今年全部的商务政策讲解了一遍,又把上半年的所有数据进行了讲解和分析,主要针对销售和售后的数据,来自于两个部门和财务的核对,数据方面非常准确。而且所谈的问题都非常的现实,在每个问题中几乎都涉及一个共同的词,那就是协作。

5月下旬,楚天舒找来了周玲,询问她任务的完成情况。不知道什么原因,这个月的销量并不太好,马上就要过去了,但是距离73台的任务还有18台。如果算上上个月留下3台未完成的,应该还有21台。

"目前销售顾问手中的客户多吗?"

"多。不过大部分都在持币待购,不知道哪条道上出来的风,说十一期间要有大动作,最少1万的降幅。"

"这是你手下的销售顾问和你说的?"

"不止一个人,是不是网上有什么促销的消息?"

"先别管网上怎么说,咱们先管好自己的销售,特别是销售顾问的心态。降价几乎是每年的一个必然,咱们要让销售顾问明白他们是干什么的。如果轻易就让客户左右了还行,十一的活动还要等多久,这不是胡闹吗?"说完之后,楚天舒突然心中一动,这些销售顾问绝对不是省油的灯,他们这么做是不是有着更深层的意思呢?"你最好给销售部开个会,我要的是效果,你要好好地沟通一下。还有一件事情我需要和你好好地沟通一下。"

楚天舒把徐琛在的时候数字游戏的事情和周玲非常详细地说了一遍,说完之后很认真地看着周玲:"我想听听你的意见,这个月我们该怎么做?现在马上就要月底了,任务还差不少呢,你怎么打算?"

"月任务我只能说尽最大的努力去完成。"

"其他呢?"楚天舒知道现在他的这种态度对一个女孩是不公平的,这等于逼着周玲要么玩数字游戏,要么就跟他站在一起坚决地改变这种局面。对于一个刚刚上任的销售经理来说,这一切过于残酷了。但是没有办法,既然选择了职场,就要承受这些残酷和压力,既然选择了这个行业就要面对这个行业的问题,既然来到这里做管理,销售经理就必须扛得住这里的压力。他自己不也是正在无奈中承受着这一切吗?有些时候这些压力是职场生活的重要组成部分。

"你是不是想让我做出选择?要么继续玩数字游戏,要么从哪里来回哪里去?"

早就听说海归说话又直又冲,今天楚天舒算是见识了。"你是销售经理,对于销售上的事情你必须有思路,我想听听你的想法。"

"我没有想法,我也不该有想法。4S店的销售经理应该是一个执行的角色,总经理的思路是通过我们销售经理来传达、执行给销售顾问的,我们能做的只是服从,不能有反对。我本人的职业风格向来不会怀疑上司的政策和命令,我从不挑战权威。"

"你是从英国毕业的?"

周玲看着楚天舒,不知道他想说什么。

"我怎么感觉你出生在日本毕业于西点呀?还什么从不怀疑,从不挑战。"

周玲笑了:"你会开玩笑呀,我看你成天心事重重的,想不到也有幽默的一面。"

"我觉得我们是一个团队,我们需要相互的配合,你必须有想法。"楚天舒又变得严肃了。

玩笑归玩笑,楚天舒倒是很欣赏周玲的这种职业素养。他相信周玲有这种想法就会很好地配合他,不过他也有一种不安的感觉,不知道在他和周玲

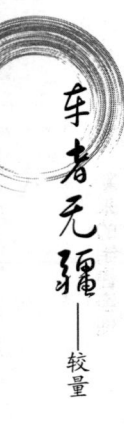

面前是一条什么样的道路，他们的职业生涯很可能会因为这次的事情而有所改变。龙川集团应该是他们职业生涯中最佳的一个选择，或者说是最好的一次机会，现如今楚天舒决定了要不顾别人的反对一意孤行地做自己想要做的事情，周玲这个执行者，这个优秀的执行者"无奈地""被动地"去接受和贯彻这一切。如果失败，对周玲恐怕是残酷和不公平的，她没有任何可以抱怨的，甚至是没有任何可以遗憾的，因为她根本就没有选择的权利。眼下对于楚天舒来说，他没有时间感慨，没有时间动感情，因为对他来说具体的一步步地做才是最重要的，其他的都不重要。

"你来之前，其实我已经决定了要改变这种局面，准确一点说从上个月开始我们已经开始行动了。4、5月份厂家采取了联动考核，我想商务政策你一定已经看过了。上个月我们在最后9台车没有上报厂家。其中有3台车是之前留下来的数字游戏产物，我已经想好了，牺牲掉几个月的销量，而后再冲击全年的总任务。月销量肯定会受到影响，但是全年整体不会有任何的变化，甚至我有信心能够超额完成。如果你也同意我的意见，这个月最后一周我们还是采取不上报销量的办法。除此之外，你一定要督促好销售顾问把手上的客户尽可能地转化为现有的问题车，这些车越快消化我们越主动。"

"有件事情我不是很明白，不上报销售怎么就能够和停止数字游戏画等号？我们这么做牺牲了业绩，但是也看不到有什么好处呀。"

"从上个月开始，我就让销售部有意识地少报销量，而且接下来几个月我都会牺牲任务，其根本原因在于希望通过销售的不景气状况来影响厂家的任务分配。你一定要随时关注厂家区域经理的态度，及时地反馈给我，还有就是一定要尽一切可能让他给我们降低任务。如果任务能够下浮的话，我们的压力就会小很多，而且没有上报的那些车就可以冲击年销量了。这个过程很艰难，主要是要面对的压力太大了。以前的总经理也曾经试图改变这种局面，但是最后压力太大放弃了。我希望我们能够坚持住，不管几个月，我们都要坚持，直到最后把所有的车都消化出清。"

"这些车有单独的奖励吗？"

"除了公司给的正常奖励之外，我个人出500元，实现销售后第二天早会现场发放。"

"这钱？"

"我个人出，越快消化越好。"

"行……"

周玲比楚天舒想得还要大胆，最后的13天时间她居然一台也没有向厂家上报，而且13天里先后11次让楚天舒掏了500元的单车奖励。也就是说，两个月的时间里楚天舒他们一共消化了14台留下来的"数字游戏车"，减少了14台车应该是一个不错的成绩，但是楚天舒依旧感觉速度太慢了，还剩下 20 多台,接下来还要多久才能消化掉不好说,而且接下来的三个月就是淡季了,恐怕销售会进入一个比较平淡的时期。

还没等他找周玲,周玲自己就来了。

"陈建刚刚给我来了电话,询问咱们 5 月份怎么回事,为什么实际销售的数量和厂家上报数量不一致。"

没有给厂家报销售,但是必须对集团实际上报,这里面七七八八的各种数字罗列起来非常烦琐。楚天舒没想到陈建会关注到实际销售和上报厂家数的差距,龙川集团要求子公司每个月都要上报的数据中有一项是预计返利情况,这个数字很麻烦的,因为各个品牌的返利情况是不一样的,发放标准也是不一样的。但是集团要求统一上报,总经理们也没办法,只好是预计一个尽可能接近的数字报过去。楚天舒没想到陈建会把这个数字看得这么仔细,他开始的时候甚至觉得陈建根本就不会看数字,等到年底的时候找平了所有数字就行了。陈建询问这个问题是为了什么?关注自己?还是什么别的原因呢?

"你上来吧。"楚天舒觉得还是面谈要好一些,就把周玲叫到了自己办公室。

在楚天舒办公室里,周玲问楚天舒该怎么办。楚天舒想都没想:"该怎么办就怎么办,当初我和陈总也说过了,这件事情我一定要解决。"

"你打过招呼是你的事情,但是他买不买账是他的事情,问题出来了,领导都会往下推的。"

楚天舒真不知道该说啥了,这个周玲说话还是这么口无遮拦:"你放心,我不会把问题推到你身上去。"

周玲似乎意识到了自己说话有问题,笑了:"我没说你,你别这么小心眼儿行不?你在我眼里不是领导,你是我老大,能罩着我的老大。"

"算了,我还是当你领导吧,罩着你没好处。"

"楚总,你说这件事情会不会和陈松楠有关系?"

"什么意思?"

"预计返利的测算只有你我陈松楠知道,我不相信陈建会看得那么仔细,如果他每一个品牌的预计返利都会看得那么仔细的话早就累死了。"

楚天舒没说话,但是他想起了一件事情。当初 4 月底,陈建也是突然到来,查问销售部的事情。当时他怀疑是李凡向陈建做了汇报,李凡被调走之后,他甚至想过这个新来的周玲会不会是陈建的眼线。观察了一段时间之后,楚天舒对周玲放松了警惕。周玲是一个能力很强的人,胆子也很大,关键的一点是执行力很强。她对自己的意见向来都是贯彻执行的,这一点楚天舒非常满意。今天周玲猛然提到了陈松楠,而且那意思暗指陈建和陈松楠之间有来往。周玲的这个提醒让楚天舒有些紧张,他不能确定周玲的话有多少可

信性,他不想轻易地怀疑一个他相信的人,对陈松楠的信任来自于对他工作的满意。如果因为周玲的一句话就怀疑了陈松楠,楚天舒觉得既是对自己判断的否定,也是对陈松楠的不公平。

楚天舒把这件事情放在了心里,并对自己说,先观察,不要着急,不要着急。

4

楚天舒让周玲和陈建实话实说,把问题往自己身上推。

"你真想罩着我呀老大?"周玲那双大大的圆眼,说话的时候闪动的光芒让楚天舒心中一悸,一种似曾相识又遥远陌生的感觉油然而生。

"你把该说的话说到位,向陈建表明你的态度和立场,让他能够明白你和我想法是一致的,而且也下了决心要把这件事做到底,这样他自然会来找我。而且这样一来,咱们和他就是二比一,胜算大一些。"

周玲听完一脸的坏笑:"老大,你这哪是罩着我呀,你这分明是拉我上贼船呢。"

楚天舒也笑了。

让楚天舒很意外的是,陈建并没有纠缠在预计返利这件事情上。周玲告诉他,陈建听完了解释之后就没再过多过问,只是说,今后有什么事情一定要第一时间汇报。

刘彬很快就给楚天舒带来了第一个棘手的问题,一个蒙迪欧车出现了索赔的情况,售后查出此车已经过了两年的质保期,但是客户说买这车还不到十个月,而且拿出了发票。

楚天舒马上明白了,这是当初数字游戏留下的隐患。他让刘彬先稳住客户,先把车做一个检查。然后叫陈松楠过来了,他想知道以前有没有过这种事情,这种事情发生之后又是怎么解决的。

陈松楠有些无辜地看着楚天舒:"这个我真不知道,一般这种事情我是不会参与的,毕竟这是业务部门的事情。"

"我知道这是业务部门的事情,但是肯定还要涉及财务,否则的话账务方面怎么平?"

"是,确实是涉及账务,但是那时候都是他们商量好了之后告诉我,徐琛签字授权了,这种事情以前发生过。我给你一个建议,你去找一下客服经理郑端端。以前这种事情她每次都参与,而且她也负责过几次的协调工作。"

现在的汽车生产厂商越来越重视客户满意度,不管是销售还是售后,对客户满意度工作都相当重视,客服部也就应运而生了。这个部门说重要非常重要,销售、售后两大部门的客户满意度重担交到了这个部门的手里。说不重要吧,其实很多经销商的客服部都只有两到三个人,一个部门经理一两个专员,经理干着专员的工作,专员当着经理的家。

郑端端是福特品牌的客服经理,这是一个身材丰满长相甜美的女孩。这种女孩做客服工作是最合适的,客户就算是有再大的火气也不好意思发出来。

楚天舒把郑端端叫来后,向她询问之前有无类似的事情发生,都是怎么处理的。

"这种事情以前也发生过,一般都是徐总、刘总和我商量一个方案出来,然后由我出去和客户面谈。我如果谈不下来刘总就出面,增加一下力度,如果客户还不依不饶的话就是总经理出面。一般客户都不傻,总经理出面了,这个事情也就算是到头了,没什么好说的了。而且说真的,客户自己也很清楚,他们还要在这里修车,他们也不会太过分。"

"就这么简单?"

"其实说简单不简单,说复杂不复杂。但是这种事情一般来说不能处理得太复杂,越是复杂客户的条件也就越多,简单点什么都好谈,什么都好办。"

楚天舒点点头,抄起桌上电话给刘彬打了过去:"你上我这里来。"

楚天舒真没想到这件事情处理起来这么简单,既然以前有过类似的情况发生还有可以参考的模式,而且刘彬也是其中的参与者,那么他还把客户往自己这边推,看来他是故意把问题搞大,在给自己找麻烦。

"我不参与了吧,没这个惯例,业务部门的事情我们财务最好不发表意见。"陈松楠站了起来。

楚天舒点点头,心中暗想,这个陈松楠真是老滑头。他绝对知道之前处理这种事情的方法和过程,之所以不说而是让自己找郑端端就是因为不想担责任。不过再想一下,他能够让自己找郑端端就已经不错了,起码没有看自己笑话,不能要求每一个人都是勇士,都可以承担面对那些不是他们能力范围之内的事情。这个社会上不是很多人都爱说一句话,这不是我的能力范围之内能办的事情。每个人的能力范围有多大,这个真的不好说,也没有人去界定,所以允许别人的不同,允许每个人有自己的方式也算是一种美德吧。

刘彬对楚天舒说的方法并不赞同:"如果常规方法能够解决问题的话,我肯定不会麻烦你,端端在这儿呢,你问问她。"说完刘彬看着郑端端,"政法大学教授、民法专家宋兴宪你知道吧?"

郑端端听到"宋兴宪"这三个字,一脸的无奈,笑着对楚天舒说:"楚总,这个宋兴宪脑子好像是有点问题,不管多么小的事情非要闹得不可开交,他来我们这里不止一次了,而且动不动就把法律搬出来。去年他当选了市委办的民法专家团团长,他自己本身也是律师,这种是最不好对付的。"

楚天舒点了点头:"他想怎么办?"

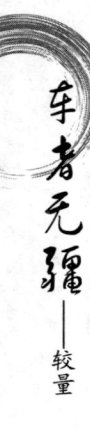

"我已经和他谈了不下20次了,他就一口咬定咱们有欺诈行为。"刘彬说。

"为什么说我们有欺诈行为,他以为他是谁呀?什么狗屁的民法专家,真有本事就帮老百姓办正事儿。全世界奸商都一样,都信奉一句话,无商不奸。他是个什么东西,以为自己生活在纯净的空气里?"楚天舒愤怒地说道。

"这话咱们关上门自己说行,现在人家不答应,你总不能让我也这么和他说吧?"刘彬看着楚天舒。

楚天舒明白,当然不能和客户这么说,他更明白刘彬这是把问题又给自己踢了回来。刘彬的态度很明确,这个客户他已经对付不了了。以前不是有惯例,服务经理处理不了了,总经理就要出马。

"他提出什么条件了?"楚天舒问。

"没提条件,咱们怎么说都不行。"

"给他赔了都不行?"

"不行。"

"那还谈个屁呀。"楚天舒的话里带着极大的愤怒,其实这个愤怒多一半是针对刘彬。

"他就是揪住了我们一句话不放,当时索赔员告诉前台业务接待这辆车已经出了质保期了,不在索赔范围之内。这个业务接待想都没想就对客户说了,客户把发票拿出来一看果然还没超过两年。这个业务随口问了句:你在哪儿买的车?二手的吧?客户就是揪住了这句话不放了,车从我们这里买的,我们的人又说这辆车是二手的。"

楚天舒听完把桌子一拍:"这小子是不是有病,缺魂是吧!一点常识都没有,发票上不是有我们的公司名字吗?"

楚天舒的愤怒让刘彬觉得非常没面子,毕竟这是他售后服务部的人,楚天舒的怒火等于是撒在了他的身上。

"新人,新来的……"

"别说了,你马上打一个报告,这种人不能留着了,嘴太快。"

"我知道,他的业务能力还算是不错,所以我才留下来的。但是嘴确实是没把门的,我也是刚刚了解到了这个事情,报告已经写好了。"

"行,你一会儿就拿过来,我马上签字,然后你送到集团去。这种事情我们必须第一时间自己处理好。"说完见刘彬还在看着自己,"那个姓宋的走了吗?"

"不确定,刚刚还在下面。"

"你问问下面,如果还在就让他上来。"

刘彬拿起楚天书桌上的电话给下面打了过去。

"已经走了,说是有事。"刘彬放下电话后对楚天舒说。

楚天舒点点头："那就先这样吧,下次他再来你就让他直接找我,我和他谈,我倒要看看他想干什么。"

刘彬点点头："行,那我就先下去了。"

刘彬站起来走了出去,郑端端却还在那里一动没动。

楚天舒看着她："还有事?"

"嗯。有件事情您可能还不太清楚,我需要和您沟通一下。"

"说吧。"

"咱们厂家每三个月会有一次销售和售后的客户满意度调查,上一个季度咱们排名倒数第一,厂家关于客服部的商务政策中有非常明确的规定,连续两个季度排名在区域倒数第一,会扣除我们部分年终返点的。"

在众多的商务政策中,楚天舒最关心的就是涉及年终返点的,福特厂家除了正常返利之外还有年终的考核返点,这个是在计划外的奖励。年终返点拿到得越全也就意味着在来年有一个非常好的开始,利润会从开始就要高于别人。不过在他的眼里客服部关于客户满意度那0.1个点应该是没问题的,他不相信这个数字能影响太大。但是今天,郑端端把这个问题提出来了,正是这个他认为绝对不会出问题的问题现在出了问题。已经有了一次倒数第一了,如果这次还是倒数第一,那么这0.1个额外点数就会泡汤了。

"什么时候做调查?范围有多大?"

"一般都是第三个月的20号到月底的最后一天,范围是全部购车客户中的30%,85分是合格线,如果不合格超过三个客户也会记过,记过超过两次一样扣除这个返点。"

"上次多少分?"

"73。"

"也就是说上一次不但是区域的倒数第一,还被记过处分了?"

"是的。"

楚天舒一下子有点蒙了,看来他的工作做得还是不够细致,他也没想到徐琛除了给自己留下了数字游戏这个窟窿之外,还在管理上给自己留下了一个麻烦。

"以前你们情况如何?"

"一直都很好。"

楚天舒一愣："一直都很好?你的意思是近期我们才开始成绩不好的?怎么回事?"

"以前我们都有方法。"

"什么?什么方法?"

"以前我们都是造假,报送给厂家的客户信息都是自己筛选过的,电话都是我们自己改过的。"

"现在呢?"

"徐琛走了之后这个事情就没再做过。"

楚天舒终于明白了郑端端在自己办公室里没走的原因了,原来是让他定夺是否继续造假。

"销售经理和服务经理不参与吗?"

"其实这是我们客服部的工作,以前都是请示徐总之后才能够做……所以……"

"不这么做不行吗?"

"其实我们也不想造假,但是没办法,您也看到了,上个月咱们应该算是真实水平了,其实其他的网点也都是这么做的。最早我们的成绩也很差,总是在后面徘徊着,后来徐琛一次外出开会的时候和其他网点交流了这个方法,从那之后我们就一直都这样做。"

楚天舒无奈之下只好点点头:"那你就先按照以前的方法办吧,涉及返点的事情不能马虎。接下来督促销售和售后加强客户关系的管理工作,慢慢地来吧。"

郑端端走后,楚天舒坐在办公室,闭上双眼,感觉十分疲倦。他怎么也没想到会有这么多复杂的事情等着自己,之前想好的事情一件都不能按照自己的心愿来做,眼前又是一个烂摊子了。这么下去可真不行,到头来自己就每天忙于处理应付各种突发事件而无暇思考该去做什么重要的事情了。

突然他睁开眼,想起一件事情,拿起桌上的电话给陆强打了过去。

"强子,我和你打听一个人,宋兴宪你认识吗?"

第十三章 天堂饭店的主人

1

毕向东的不请自来早就在楚天舒的意料之中,自从他来到了这个品牌,已经连续两个月没有完成月度任务了。毕向东不管是出于什么原因,出于何种目的,肯定是要来这里看看的,不管结果如何,"看"这个形式是必须要走一下的。

楚天舒让周玲陪着毕向东,他不想出面见他。见面也没什么意义,现在楚天舒很明白,自己不可能说服毕向东认可自己的观点。他也知道毕向东来也就是问问情况,至于说6月份的任务,该怎么下还会怎么下,不会有任何的照顾。所以这个时候楚天舒不可能出面,见了面说什么?说多说少都没有意义。不管厂家制定怎么样的考核政策,他已经想好了就是不完成。除非是年度任务降下来,只有这个才能让他和毕向东好好地喝点,除此之外恐怕没有可能性。

毕向东由周玲去陪了,宋兴宪可是必须要他自己来"陪着"了。

快吃午饭的时候,周玲问楚天舒还去吗。楚天舒说不去了,还有几个重要的邮件需要处理。这只是一个很不高明的借口,厂家的区域经理在这里呢,什么邮件不能当面沟通呢?

楚天舒在电脑前正在看着海外福特的新闻,桌上的电话响了。

"楚总,展厅里来了几个电视台的人,说是要曝光,正在支架子要拍摄呢……"卢莉话语里透出了紧张。

"周玲走了吗?"

"她已经陪毕向东吃饭去了,刚才是前台来的电话。"

"我知道了。你给销售部去一个电话,让展厅主管出去一下,先对付一下。"说完,楚天舒马上翻出了手机里雪幽的电话,"雪姐,我是楚天舒。"

"啊!好久没听见你的声音了,我正在你们集团呢。有空吗?我去找你?"

"是吗?太好了,我这里也有点事情找你,你来一下福特吧,我在这边等你。"

"现在就过去?"

"嗯。我有点重要的事情想请你帮忙,你到了给我打电话,我们就在展厅里见。"

楚天舒的头脑相当清晰,现在能做的事情是不着急。楼下不管发生什么事情都不会闹出格,电视台来人了更不会有什么大的事情发生。让他们随便拍去吧,拍完了他们也不敢播,他相信在保新市恐怕哪个制片主任也不敢轻易地得罪周亚川。何况周亚川可是电视台的大主顾,每年的广告费谁能放下不要呢。所以下边不管是什么人,不管是来干什么的,既然来了就让他们发泄去吧,给他们时间和空间让他们折腾。现在自己不能露面,否则双方都会陷入僵局,都会没面子。一会儿他们折腾够了,雪幽也就应该到了,不管是什么人,雪幽的面子要管用。

放下雪幽电话,楚天舒看着桌上的表。3 分钟,5 分钟,8 分钟……终于电话响了起来,雪幽已经到了展厅。

展厅里果然已经支上了架子,雪幽站在一旁和一个男人正聊着什么。

"雪姐,你动作够快的,我还没说让你帮着宣传呢,你就开始拍了?"楚天舒一脸坏笑地走了过来。

雪幽一把将楚天舒拉到一边:"你知道这是怎么回事吗?"

"我不知道。"

"你别给我装。"

"说实话,我是真的不知道到底是怎么回事,我只是听说楼下有电视台的人,想起你肯定能帮我就给你打了电话。"

雪幽无奈地摇了摇头:"人家要见总经理。"

"走,上楼吧。"

楚天舒在前,雪幽在后,剩下的四个人也跟着来到了楚天舒的办公室。

"请进。"楚天舒推开办公室的门,让一行人先进去。

雪幽走在最后,进门时低声问:"你现在是这个品牌的总经理?"

楚天舒含笑点点头。

进门后,楚天舒很随意地坐在了办公桌后面的沙发上,除了雪幽,其他四个人都坐在了办公桌对面的沙发上,雪幽坐在了楚天舒办公桌对面的椅子上。

"我就是这个品牌的总经理,刚才雪姐和我说诸位想见见我,不知何事?"楚天舒的这句话既亮明了身份,也把雪幽拉到了自己的阵营中,楚天舒已经看出来她在这几个人面前的影响力了,把雪幽拉到自己的阵营可以让对方暂时不那么敌对自己。他现在还不知道对方的四个人中哪个是客户,也不知道到底是为了什么事情闹得这么厉害。但是他可以肯定,有雪幽在,电视台的人肯定会权衡利弊,该说什么该做什么,自然不会那么过分了。

"您贵姓?"四个人中的一个看上去年岁稍大点的开口问楚天舒。

楚天舒马上断定此人就是客户,在这种局面之下,只有客户才会先开口。"免贵姓楚,楚天舒。您贵姓?"

"我姓宋,宋兴宪,不知道楚总是否知道我?"

楚天舒心头一惊,他真的没想到这个来闹事的人居然是宋兴宪。虽然刘彬说宋兴宪非常难对付,但是他问过陆强,陆强说这个人比较内敛。宋兴宪这个人是一个民法方面的专家级的人物,虽然喜欢较真,不过总的来说不是那种蛮不讲理的人,对他的最好办法就是"礼",宋兴宪好面子,礼数到了,他也没法拨面子。陆强和宋兴宪认识,关系也还不错,但是他劝楚天舒这种事情最好是自己去解决,如果单纯地依靠关系就算是把事情平息了,也不一定让宋兴宪真的服气。可是面前这个宋兴宪居然和陆强说得完全不搭边界,不但不讲礼数,居然还叫来了电视台的人,还说什么曝光,简直太幼稚了。这样想着,楚天舒觉得应该给他点颜色看看,这种人绝对是典型的得理不饶人的家伙。楚天舒想要让他自己认识到"错了",就必须把他自认为是对的道理扭转过来。

"宋先生这是什么意思?想为我们做宣传?"

楚天舒话中已经带刺了,这让宋兴宪真的没想到。

"宣传不假,不过恐怕不是正面的。"

"为什么?"

"我在你们这里买了一辆车,去年 8 月份买的,到现在不过才 10 个月。前段时间出现了故障来咱们这边修理的时候售后告诉我,我的车已经超过了厂家指定的保修期。我了解了一下,长安福特厂家的保修期是两年 4 万公里,先到为准。我的车不论是时间还是行驶里程都没有超过这两个界限,但是为什么我的车已经出了保修期?我把购车发票给了售后的人,后来来了一个专门接车的人,他居然告诉我我的车是二手车,说我的车在厂家系统里不是那个时间出库的。这可是你们自己内部员工说的话呀,你说我能不着急吗?我买车的时候找了你们当时的总经理,其实我和他不是很熟,出了这件事情之后,我给他打了一个电话。他的解释让我非常不满意,他说他也不是很清楚这里面的事情,让我自己找你们,你们肯定有办法解决。"

宋兴宪这番话说得不紧不慢,字字清晰。听着他说话,楚天舒感觉非常舒服,不由得想起了自己当年上学时的民法老师,那种气质和风度还真有几分相似。可以想象得到,在法庭上,宋兴宪一定是一个厉害角色。

"宋律师的话字字句句都在问题的点上,我很佩服。在您来之前,应该是前天吧,我们的服务经理已经向我汇报了这件事情。其实您大可不必找朋友来所谓曝光,问题肯定是要解决的。听陆强说过,您是民法方面的专家,这种先授人以柄的做事风格肯定不是出自您的本意。"

宋兴宪没想到面前这个年轻人如此厉害。在楼下他就把电视台的主持

人给搬了出来,很快就把电视台的三个人给降服了。刚上楼坐下的第一次交流,他就表现出了前所未有的锋芒,交锋一次之后,他居然把陆强也搬了出来。看来这个人是充分地做了准备了,不管是谁,今天必须讨回一个说法才行。

这样想着,宋兴宪又开口了:"你和陆强认识?"

"我们是大学同学,大学时我的专业课比他好多了。只是出了校门我选择了自己更加喜欢的商业作为发展方向,否则说不定咱们也会经常打交道呢。"

"既然楚总也是学法律出身,那就很好办了,你说这件事情怎么解决吧?"

"我必须先给您解释一下这件事情,如果您能认可我的解释,那么我想我的方案您才会认可,如果您不能接受我的解释,那我说什么都是没用的。"

在之前,楚天舒已经问过了刘彬怎么和宋兴宪解释的,现在他要做的就是把这种解释再说一遍,做到口径统一就好了。楚天舒对他们之前的解释非常满意,所以现在他的全部任务就是再一次重复这些话,让宋兴宪感觉这些话虽然啰唆,不管是不是只能接受,因为这里再不会有第二个声音出现。

"去年年底,大概是11月底12月初,长安福特厂家方面要求我们每家经销商上一个全新的办公系统。这套系统我们调试了将近半个月的时间,期间一直都是情况不断,但是最后还是发生了问题,大量的数据丢失。您的这个情况都还不算是很严重的,我们遇到的问题比您严重的还有很多。其实您的车出库时间不对的问题是出现在系统数据丢失方面,具体为什么会出现这些情况我不得而知。但是我可以向您保证三件事情。第一,您的车还在保修期之内;第二,您的车是在4S店购买的正规渠道的车;第三,这件事情绝对是一场误会,那名向您说您的车是二手车的并不是我们的员工,他只是临时在这里帮忙的。"说完这番话,楚天舒微笑地看着对面沙发上的宋兴宪。他相信这番话宋兴宪早就不知道听了多少遍了,所不同的是今天他多加了三个保证,当然这些保证宋兴宪肯定是不会买账。

"你说的这些你们售后服务部都已经和我讲过了,我觉得你们的话有明显的问题。首先,是你们自己的员工说我的车是二手的,这句话并不是我自己说的,现在你告诉我那个员工不是你们的员工,这怎么解释?其次,你说这是数据丢失造成的,这个应该和我没关系吧,作为一个消费者,我应该是弱势群体,你们说数据丢失就丢失了,我们没有任何可以申辩的权利?第三,我对你刚刚的解释也不满意,我本以为你会承认错误,然后给我一个合理的赔偿,但是你只不过是把你们售后服务给我的解释又重新说了一番。你以为这种话能让我满意吗?你以为你们设计好的话,重复多次就会变成真理吗?你们只不过是口径一致地进行欺骗罢了。"

"您刚刚说给您一个赔偿,我想知道您的损失在哪里?您的车出现了质量索赔,按照规定我们已经答应您可以为您免费更换受损部件,是您不允许我们更换的。再有,刚刚您说对我们的解释无法接受,我现在非常想知道您对哪种解释满意,您需要我们做出什么样的解释?"

"我是你们的客户,你们不能给我我想要的服务,我已经来过四次了,都无法给我更换需要的索赔部件,没错吧?"

"没错。不过就我了解到的情况,您来了四次都没有更换部件的原因是因为您自己不允许我们更换。在事发当天,我们的售后服务部和客服部就已经商量着给您更换,但是您一而再再而三地否定了我们的意见,对我们做出的解释您完全不能够接受。"

"没错,我不能接受你们的解释,那种解释就是在推卸责任。"

"那您需要什么样的解释?"

"我想听实话。"

楚天舒笑了:"我想我们在实话这件事情上存在一些异议。由于我们的出发点不一样,所以我们双方对实话这个概念的理解也不一样。您理解的实话是希望我们承认自己的错误,而我们的解释在您的眼中就是推卸责任。可是我们做出的解释就是我们这里实际发生的事实,虽然您自己已经听到了实话,但是您的思维意识里并没有把这些当作真实的。或者说这些话不是您需要的话,再或者说与您希望的有着非常大的差距。我想如果我们双方揪住这个问题不放的话,所有事情就会越来越复杂。您的问题也会越拖越久,越拖越多。"楚天舒边说边观察着宋兴宪的表情,"既然我们双方的争执在于这些话是否是真实的这件事情上,那么我们不妨按照民法谁主张谁举证的原则来相互举证,不知您觉得如何?"

2

宋兴宪没有说话,而是皱着眉头。楚天舒知道他在考虑能够提供哪些证据,哪些证据是对他有利的。楚天舒心中暗笑,这个宋兴宪已经让自己给带进沟里了,他这种学院派的律师非常较真,眼下这种局面,没有百分百为自己佐证的证据之前,他是不会乱说话的。宋兴宪没有证据,楚天舒可是有,他有足够的证据。

楚天舒没等宋兴宪反应过来,就拿起桌上的电话:"端端你来我这里一下。"

郑端端知道宋兴宪来"闹事了",她等了半天楚天舒也没有来电话叫她。她知道楚天舒肯定会叫她过去,郑端端是真的怕了和那个姓宋的律师打交道了。

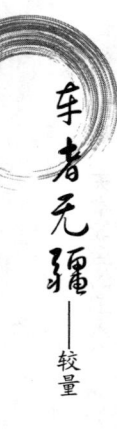

进门后看了看阵势,她敏感地觉得楚天舒似乎是占了上风。

"端端,你现在就去销售部,找库管,把宋先生这台车的出入库记录找到,然后你找周玲让她把这台车的运输记录从系统里打印出来,找到这台车的运输存单,把这些都拿来,再叫上陈松楠一起来我这里。"

郑端端虽然不知道在楚天舒的办公室里发生了什么事情,但是听楚天舒吩咐得这么细致,她的心里豁然开朗了。这些都可以证明宋兴宪的车是从正规的4S店里购买的,为什么之前都没有一个人想到呢?

郑端端出去之后,雪幽开口了:"宋律师,我听了半天了,我想以我的理解能力应该是听懂了。这件事情要我说其实就是一场误会,咱们的目的是修车,楚总是这个品牌的总经理,那么他的目的是为了更好的服务。我和楚总认识已经不止一年了,我对他的人品非常了解,我相信如果楚总给了您保证,那么他就绝对不会食言。我建议您也就不要再找什么证据了,其实大家都是朋友,没必要弄得剑拔弩张的,您说是吗?"

"我想还是先看看楚总给找来的东西吧。"宋兴宪似乎还是不服气的样子。

楚天舒很了解宋兴宪这种人绝对是不见棺材不落泪的,他笑了笑:"没问题,很快就能给您拿来您希望看到的东西。"说完拿起桌上的电话,"卢莉,帮我倒三杯水一杯咖啡。"说完看着雪幽,"知道你喜欢咖啡,我这里刚买了点不错的,你尝尝。"

楚天舒再一次非常合时宜地表明了自己和雪幽的相熟。

大约过了20多分钟,郑端端和陈松楠一起走了进来,郑端端把一摞各种表格的复印件递送到楚天舒的手中。楚天舒并没有看,而是示意郑端端和陈松楠两个人先坐下,然后对宋兴宪说:"您来看看吧,这些是我们客服经理按照我刚刚的要求找来的数据,您的这台车从出厂,再到从我们这里实现销售的所有数据都在这里。"说完,把那摞表格拿起来放在了桌脚。

宋兴宪并没有动:"你来念吧,我相信你。"

楚天舒内心不住地狂喜,这个人已经服软了。想到这里,楚天舒把桌上的表格一张张拿起来:"您这台车是去年1月13日我店在厂方下的订单,15日汇款到长安福特厂家,17日运输物流公司发车,21日到达我公司。这是厂家的销售合同,这有我们公司和长安福特厂家的双方签字确认。如果您怀疑可以做进一步调查。"说完把这张表格放下,"1月21日,这台车与另外4台福克斯一同达到了我公司,入库时间为下午4:40,有库管和我们财务经理的签字,一会儿您可以看一下。"说完放下这张表格,"您是去年8月13日在这里买的车,购车时间为上午10:25……"

楚天舒的话还没说完,宋兴宪就站了起来:"楚总,我想看看你手中的资料。"

·178·

第十三章 天堂饭店的主人

"当然可以。"说完，楚天舒把这些表格放在了桌脚，指了指陈松楠，"这位是我们的财务总监。从组织架构上来讲我是他的领导，但是从集团给定的管理级别来说，我们平级，从另一个监督管理角度来讲，他负责监督我的经营管理工作。如果这辆车有问题，最先是他不干，而不是您。"

宋兴宪皱起了眉头，他怎么也没有想到楚天舒准备得如此充分，他怎么也没有想到一个商家竟然有如此精细的管理程序。宋兴宪已经从内心认输了。

"楚总，您的解释详细，宋律师之前所说的也有道理，刚才雪姐其实说的是一针见血，其实这就是一场误会。既然是一场误会，我觉得就尽早地解决了吧，其实大家都是熟人，我看楚总的法律意识很强，绝对是一个高人，不但经商优秀，法律方面也是非常精通。"宋兴宪带来的三个人中的一个人说道。

这话已经算是自己找台阶了，楚天舒当然明白。

临出门的时候，宋兴宪握着楚天舒的手："楚总不做律师真是律师界的遗憾。"

楚天舒哈哈大笑："如果我不做商业，更是中国商界的损失。"

宋兴宪一惊，紧握双手："佩服！佩服！"

把一群人送到门口，楚天舒拉了一下雪幽。雪幽知道楚天舒还有话没说完，她也就站在了楚天舒办公室门口看着大家出去了。

"雪姐，我可得好好地谢谢你呀。"楚天舒满脸笑容。

"谢我？我做什么了？"

"要不是你，他们根本不会和我上楼，你在这里帮我说的话不多，但是句句都是重量级的。"

雪幽笑了，楚天舒是一个聪明人，他懂得感恩，明白别人给自己带来了什么好处，自己又该如何感谢别人。而且他向来是把话说在明处，让帮助他的人心里非常痛快，明白自己的帮助在对方心中的价值和分量，当然也就乐于继续帮助下一次了。

"不过我真没想到你这么厉害，你以前真的是学法律的？"

"当然了，我可是正经八百的名校法学系高材生。雪姐你说吧，我是请你吃饭还是跟你合作一个栏目？"

"先请我吃饭，再和我合作一个栏目。"

"这个选项不是我提供的，无效，请你再次选择。"

"让你请我吃饭这么难？"

"当然不难了，很简单。看来你选第一个？"

"先吃饭，吃完饭再合作。"

"人生不能有太多选择，否则很容易眼花缭乱的。"

"真费劲，我请你吃饭，你跟我合作。行了吧？"

"不错,看来多一些选择还真不是坏事。"

"我怎么没发现你还这么贫嘴呀。"

送走了雪幽,楚天舒马上给卢莉打电话,让她通知周玲、陈松楠、刘彬和郑端端下班后开会,并要求她也要参加。

放下电话不久,卢莉敲了敲门走了进来。

"楚总您的午饭一直放在我那里呢,还吃吗?已经凉了。"

楚天舒看了看表,三点了,他这才想起来还没吃饭呢:"吃点吧,有点饿了。"

"那我给您热一下吧。"

"算了,我简单吃两口就行了。"

卢莉很快给楚天舒把饭放在了桌上,楚天舒示意卢莉坐下。"你等一下,我和你聊两句。"说完楚天舒边吃边问,"以前销售和售后是不是很少一起做什么事情?"

"对,他们相互都不买账。"

"徐琛没想过要改变吗?"

"这……可能是每个领导的管理方法和理念不同吧,就我知道的,徐总从来没有想过要调和这种矛盾。"

"为什么?"

"这个……我觉得其实我不该说。"

楚天舒抬起头,看着卢莉。从楚天舒来这里到现在,卢莉发生了不小的变化,开始时的那种拘束已经没有了,现在偶尔还能和楚天舒开开玩笑什么的,楚天舒心里很清楚卢莉对自己开始慢慢地信任了。"有什么不能说的,这又不是什么敏感的话题。"

"那我说了你别多想,这些没人和我说过,是我自己感觉的。"

"好,你说吧。"

"矛盾是事物的基本组成部分,如果销售售后没有矛盾了,那么就有可能集中到总经理身上。"

楚天舒听完这句话不知道该如何回答,他不知道这句话是真的卢莉自己感觉的还是曾经徐琛和她表达过类似的想法。不过不管是哪种,面前的这个女孩深沉的思维方式都让楚天舒感觉有点怪怪的。

管理者的风格决定了他所管理的团队的风格,现在的福特已经失去了基本的活力,各自为战,互不调和,难道真的只是曾经最高管理者一个人想转嫁矛盾吗?如果是,这个矛盾并没有被转嫁掉,反而是在外层裹上了厚厚的雪,变得又笨又大,眼下这个又笨又大的雪球滚到了自己面前。这时,始作俑者已经逃离了现场,只剩他一个人面对这些他不想面对,又不能不面对的烂摊子。

楚天舒正不知说什么好的时候,周玲敲了敲门走了进来。

"方便吗?"

"进来,对你来说这里永远畅行。"楚天舒笑着说。

"中午吃饭的票,您签个字给报了吧?"

"怎么样?"

"还行,口头答应了把任务降下来。其实6、7、8三个月他不放下来也不行呀。"

"三个月联动考核?"

"比这个还复杂,一会儿你上网看看邮箱,估计给你发了过来,说实话我看得也是一知半解。"周玲说完看见了楚天舒桌上的午饭,"我说你怎么不出去吃饭,原来在这儿吃小灶呢,卢莉你这可不对呀,给楚总打饭不管我们呀?"

"周姐,平时我可不管他,今天他事情多,这也是刚吃。"说着卢莉都笑了起来,这种感觉太暧昧了。

"干什么呢? 光顾和美女聊天了吧。"周玲笑着问楚天舒。

"好了,你们俩都少说一句行不,说来说去还是把我往里绕,有意思吗? 周玲你先坐下,我有事和你说。"

卢莉马上把楚天舒剩下的饭端走了,楚天舒把宋兴宪的事情和周玲简单地说了一遍。

"晚上开会就说这个?"

"不是。这件事情已经过去了,过去的事情再说是没有意义的。只是这件事情其实暴露了很多问题,最重要的就是销售和售后的协作问题,这件事情如果当初能够顺利地协作,不会这么麻烦……"

楚天舒的话还没说完,桌上的电话响了起来,卢莉找周玲。周玲放下电话朝楚天舒一笑:"售前售后协作这件事确实太重要了,一个销售顾问和一个服务顾问在后面吵起来了,我去一下。"

3

下班后楚天舒早早地坐在了会议室里,一整天他的头都要炸了。周玲去处理楼下吵架的事情之后,他看了厂家发来的6、7、8三个月的商务政策。这个政策相当的复杂,楚天舒连续看了三遍,愣是没看明白。他抄起桌上的电话给毕向东打了过去,他想听听毕向东是怎么解释的。结果毕向东更是一通乱说,把楚天舒说得更迷糊了。最后毕向东被楚天舒的一连串问题给问住了,不得不承认这个商务政策他也在研究中。

坐在会议室里,楚天舒心中暗骂毕向东也是一个倭瓜,自己没明白的邮件也敢给经销商发。其他人都还没来,楚天舒把手提电脑打开,又看起了

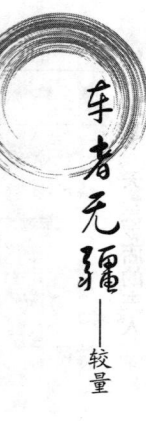

商务政策,这些东西吃不透的话不可能玩得好。一边看,他一边拿起手中的笔,开始按照政策里讲的推算各种数据。在不断的推算过程中,楚天舒已经了解了厂家这三个月的商务政策里面考核的重点在哪里。楚天舒给其他的几个熟悉的经销商打了电话,大家的理解基本相同。放下电话,楚天舒感觉这个政策相当刺激,如果这么"玩"的话,真的有希望三个月就把所有的问题车清空。

卢莉、郑端端和陈松楠先后来到会议室,周玲和刘彬却迟迟没有来。在会议室里等了足足40分钟之后,楼道里传来了两个人的声音。

"怎么回事?"两个人刚进门,楚天舒就严厉地问道。

两个人都愣在门口,不知道该怎么说。刚刚发生了一件不算大不算小的事情,是否有必要在这里说,两个人谁也拿不定主意。

就在两个人愣呆呆的不知如何是好的时候,楚天舒又开口了:"不管什么事情,开会的时间到了就必须上来,如果真的有特殊的事情给我打电话请假,否则一律扣钱。你们俩坐下吧。"他不关心发生了什么,因为现在这个会上还有别的事情,他不希望让其他的问题打搅他的会议。

看着刘彬和周玲坐好,楚天舒这才开始了今天的正事。

"今天电视台来的事情在座的都知道,经过不用我再重复了。本来就不是多么大的事情,因为咱们的配合不默契,客户一而再再而三地来找麻烦,最终把电视台的人还带来了。这件事情本身还真不算是什么大得不可饶恕,但是通过这件事情,我感触很深的是我们的部门合作方面出了问题,一个4S店的销售和售后是两个最重要的部门,如果这两个部门之间相互不配合,那我们的整个公司运作都会出现问题。客户来过了四次,没有人想办法去了解客户关心的问题是什么吗?没有人想到去销售部找车辆出入库登记吗?这些问题充分证明大家从根本上把自己忘记了,忘记了我们是一个整体,大家的意识有待提高。"

楚天舒一改往日的温文尔雅,今天说的话非常尖刻,在座的人都有些不适应。

"今天把大家叫到一起,就是想谈谈部门协作。各位都是各个部门的领导,你们之间的个人关系好与坏我可以不管,但是在一起工作就要把工作关系处理好,处理顺。"

说完楚天舒顿了一下,他的目光扫过每一个人。心中暗想:你们是否喜欢我不重要,因为我也不一定喜欢你们,但现实让我们现在走到一起,所以就必须绑在一起拼命干。

"今天还有一件重要的事情。"说完楚天舒看着郑端端,"端端,你把厂家客服调查的事情说一下。"

郑端端把厂家关于销售、售后客户满意度调查的事情详细地说了,并把目前的问题提了出来：从厂家反馈回来的信息看，销售售前客户满意度越来越低，目前已经排名在全区域倒数第一了。售后的满意度一直都很稳定，没有大的起伏，排名也一直都在前三位。

"销售的客户满意度为什么越来越差？"楚天舒问郑端端。

"现在从厂家方面给的信息来看，客户对售时交车仪式一项的打分是最低的，几乎是零分。对这一原因我们做了分析，主要的问题成因是三方面。首先是销售顾问自身造成的，现在销售部的销售顾问在这里工作不止一年了，随着他们成交的数量越来越多，销售顾问们大部分对客户不再那么重视了，流程什么的执行起来肯定是有不小的偏差。其次我们对客户的引导也存在问题，按照厂家的规定，客户接受调查至少要 25 分钟的时间，先后需要回答 50 个问题，并且对每道题目都要给出自己的意见，如果客户接受调查不满 25 分钟，即便是每道题目都完成也只能计算为每题 1 分，如果整个电话调查过程不到 15 分钟结束，是不计分的。客户是否有时间耐心做完这些调查，并且给出意见，这完全是看我们的销售顾问如何在交车的时候对客户进行引导。第三方面的问题，我们觉得是出在厂家的政策方面。我通过关系找到了一份问卷，这份问卷并不是简单地对是否满意做出是或者否的答复，刚才说了厂家要求客户给出自己的意见。这份调查问卷里的内容甚至涉及了车上某一系统的使用情况，如果说不上来的话就会判定不满意。50 个题目中有 5 个这种情况就计算为不合格客户，这些客户的成绩全部为零，这一项非常可怕，厂家的问卷我们不可能改变，但是问卷的内容确实是有些苛刻。咱们的客户满意度调查中失分项最多的就是在这里。我们的销售售时客户满意度调查分为五大计分项，我们交车环节是其中一项，现在我们的这一项几乎是零分，也就是说我们用自己四项成绩去搏五项成绩，哪有不落后的道理？"

郑端端的分析非常到位。

"我觉得这件事情不能够全怪销售顾问，这个规则制定的本身也有问题，有很多漏洞，客户哪有时间听那么多问题……"

周玲的话还没说完，楚天舒一摆手："刚才端端的分析非常到位，她把人的因素放在了第一位。在工作中我一直都坚持一个观点，人的因素永远是第一位的。我认为首先是销售顾问的态度问题，如果我们的销售顾问能够足够重视我们的客户满意度工作，那么在交车环节中，肯定会反复给客户讲解注意事项，这样的话，客户就会有了基本的心理准备，知道有这样一个调查，也知道这个调查的时间可能会比较长，但是这个调查涉及了销售顾问和经销商的利益，所以需要帮忙完成。"

"客户能配合我们吗？"周玲马上反驳。

"我们先不论客户是否配合，先看我们自己是不是做到了。如果我们自己连做都没做的话，客户当然不会配合我们。这完全是态度和能力的问题，

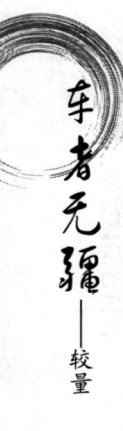

能力可能有高有低,但是只要态度端正就都是好同志。"楚天舒近乎于愤怒地看着周玲,"散会后你下去制订一个对销售顾问新车交付培训,并且需要考试,还要现场模拟演练,我要参加。两周内完成这项工作。"说完他又看着郑端端,"你进一步梳理研究一下厂家满意度调查问卷,咱们自己内部需要做类似的调查,你先把需要调查的问卷整理好,然后根据问题的多少考核你手下人的工作,如果忙不过来打申请,我给你批。我需要两个方面都做到,第一问卷的形式一定要到位,第二你要对每名销售顾问的客户进行调查,不能有任何的遗漏,而且标准都要按照厂家的来。周玲,你根据目前我们的成绩,出台一个制度,我希望对客户满意度进行单独的奖惩,这样才有效果。我们越是重视,销售顾问才越会当回事,否则就成了喊口号了。"

顿了一下,楚天舒又说:"我不是不能接受作假,为了返利,假数字是无奈的办法,但是如果客观工作我们做不好的话,恐怕今后想补救都没有机会了。"

"售后呢?"郑端端问道。

楚天舒看着刘彬:"售后做得一直都不错,在客户满意度方面一直都在区域名列前茅,但是我们同样需要重视,我希望你能够也制定一个相关的政策,对客户满意度单独奖惩。"

刘彬好像是很高兴的样子:"我觉得早该这样,做好了就应该奖励,做不好就应该惩罚,这样大家才有积极性。"

楚天舒知道他售后一直都做得不错,这是利用这个机会邀功呢。他没有说什么。

"楚总,我有点事情想利用这个机会说一下。今天你说到了协作的问题,这个我非常同意,没有销售和售后的协作,真的是没法把这个品牌做好。我必须和周经理在这里正式地强调一下,如果你们的销售顾问再继续帮着客户讨价还价的话,别说协作,连最基本的共事估计都没希望。"

"这件事情是个别情况,不是都说好了吗,怎么又到这里来说这个了。"周玲显然是不高兴了。

"这绝对不是个别情况。"刘彬好像也激动了,"服务顾问接了车,报了价,客户找来销售顾问,销售顾问帮着还价,而且还有的居然直接到备件库去查进价。这是什么行为,说的大点这叫泄密!"

"这件事在楼下咱们说了半个小时了吧,就这一次你怎么抓住不放了?"周玲的声音大了起来。

楚天舒知道刘彬这是故意说给自己听的,楚天舒说了部门协作的事情,那么刘彬这是在向楚天舒靠拢,你说协作,那么我就说协作。这一点来说,刘彬的臣服心已经可以看出来了。但是刘彬也犯了一个错误,楚天舒虽然现在是福特的总经理,但是楚天舒是做销售出身的,不管到什么时候肯定还是会顾及销售的。这倒不是楚天舒有意偏心,而是不管做过什么,都会站在自己从事过的岗位来思考问题,这也是很正常的。现在刘彬说的这个事情,在楚天舒看来或许没那么严重。"销售顾问的做法确实有问题,但是我也能理解,其实销售顾问就是为了能够把这个客户拉住,为自己介绍车。其实这就是我说的协作的问题,如果销售售后能够相互配合,既能够保证客户面子,还能够很好地保证我们的利润不会损失。你们两个在这里都站在本部门的立场上维护自己部门的利益,这一点我很欣慰,你们的手下跟着你们是正确的选择。同样,我在周总面前一样会维护着你们,不过这种维护并不是袒护,有了问题我们必须要敢于承认,这件事情你们两个部门都应该重视。"说完,楚天舒看了看在座的人,"还有事吗?"

"楚总,我有点事情。"一直在做记录的卢莉说道。

"说吧。"

"销售顾问反映中午吃饭的时间不固定,希望公司能够买一个微波炉。"

卢莉的话,在座的人中只有周玲知道到底是什么意思,其实这个微波炉就是给楚天舒买的,销售部从来没有人说过要申请微波炉的事情。

"可以,你打一个申请。其他人还有事吗?没事的话今天就到这儿,周玲你等一下去我办公室。"

坐在办公室,楚天舒接连喝了五杯咖啡,这一天他过得相当疲倦。

"下午我和刘彬……"周玲以为楚天舒是要问下午销售顾问和服务顾问的事情。

楚天舒摆了摆手:"我不关心这个,你们两个这点事还能处理不好吗?"说完楚天舒打开电脑,"邮件你看了吗?"

"还没有。"

"那你马上看,咱们还要上报呢。"说完楚天舒站起来,让周玲坐在他的椅子上,"你先看,我出去一下。"楚天舒知道这份商务政策非常烦琐,所以周玲不可能马上就能看明白。

楚天舒推开卢莉办公室的门:"还不回去?"

"马上就走,您有事?"

"微波炉买好之后交给周经理,让她安排。以销售的名义打的申请,就让他们自己支配。"

卢莉脸红了一下:"知道了。"

"用不用我送你?"

"不用了,您和周姐有事谈吧。"

"商务政策这次非常烦琐。"

"那您快去吧,完了早点回去,今天够累的。"

4

回到办公室,楚天舒看见周玲正拿笔计算着。

"都看完了?"

"看了一遍了。"

"看懂了吗?"

"看懂不难,关键是如何玩好了。"

"口气不小呀,我可是看了好几遍才看明白的。"

"您是总经理,您的事情多考虑的方面也复杂,我的层次还是低一些,所以看这种东西层面也窄。"

"别耍贫嘴,你给我讲讲。"

周玲拿了一张纸:"6、7、8三个月对销售的考核分为五个部分,一、单月销售达标奖励;二、单月进货完成奖励;三、三个月联动销售达标考核奖励;四、三个月联动进货完成情况考核;五、销售上报数据达标完成情况考核。这五项分别对应不同的分值,这些政策不难懂,不过最后一项中销售上报数据达标完成情况考核,是一个非常模糊的概念,我理解的是我们上报厂家的销售数据,最后与实际完成的销售进行比较。"

"你说的大概差不多,但是这五项考核每一项都有很多学问你想过吗?我不知道你注意没有,这次厂家在各项任务的达成上并没有规定具体的数字。最后的考核结果是按照百分百完成计算还是按照以往的惯例120%呢?在进货方面有一个让我非常意外的事情就是取消了落地补贴,那么我们即便是完成了进货的数量,奖励能拿到多少已经成了未知数了。再有一点,就是你刚说的最后一项,咱们上报的数据怎么与厂家数据相一致,不一致的话恐怕就失去了这一项的考核得分。可以说今年的淡季就要开始了,所以厂家才搞出这么一个让人头痛的商务政策来。我问你,淡季里最重要的是什么?"

"销量。"

"淡季何谈销量?淡季里最重要的是客户管理工作,如何有效地把现有的客户管理好,如何想办法拓展销售渠道,增加客户,这是淡季里销售部的首要工作,一旦淡季过去了,咱们就需要飞快地成交,这样我们才能追得上大部队。"

周玲听得有些晕:"你想说啥就直说吧,我有点跟不上你。"

"6、7、8三个月每个月上报销售10台,进货完成120%。"

周玲惊讶地看着楚天舒:"我没听错吧,你这是要干什么?"

其实楚天舒这是做了个非常大胆的赌博,他采取了和徐琛相反的战术,徐琛玩数字游戏的目的是为了套取返利,楚天舒现在也是在玩数字游戏,也是在套取返利，所不同的他们一个是虚报销售，一个是瞒报销售。

汽车销售进入 6 月份，也就进入了淡季，在为期三个月的传统淡季中所有的促销手段和营销活动均不如一件事情来得彻底干脆，能够吸引消费者，那就是降价。厂家也非常明白此时不管是推出什么营销政策也不会吸引客户的目光，那么就在商务政策上做文章吧，把原本简单的商务政策复杂化，其实本身并没有任何的改变，只不过是人为弄得复杂，其目的就是让经销商自己想办法解决淡季的销售问题。不管你怎么研究商务政策，最终的结果只是拼命地卖车，完成任务，完成考核系数，到头来一算居然还是和以前差不多的返利。但是淡季里钱可是真真实实地砸了进去，想得到的没得到的时候才发现，原来上当了。

归根结底，又回到了当初那个问题上了。汽车 4S 店中，对商务政策理解能力强的人才是真正的优秀管理者。这些优秀的管理者能够非常准确地解读出厂家的真实意图，也能够真正地挣到钱。因为只有学会从厂家的政策里挣钱才是一个优秀的管理者该做的，可是这种人才目前非常少罢了。

回到眼下，6、7、8 月份的商务政策，楚天舒不断地研究，与同行进行商务政策的研讨之后发现，这三个月没有任何的油水可捞。唯一可做的就是多、快、狠三个字。"多"是多积累客户，"狠"是狠心降价，"快"是快进快出。

楚天舒早就想过了用这种瞒报销售数字的方法来完成对徐琛留下的数字游戏漏洞的弥补，而且两个月来他一直都在尝试着这样去做。但是总感觉太慢了，不过这次的商务政策出来之后，楚天舒一下子就看到了希望，他一定要好好利用政策里面合理的地方达到自己的目的。

"咱们必须快点把徐琛留下来的窟窿给补上，我有一种预感，这件事情会越来越复杂的。"楚天舒把自己所有的想法都告诉周玲之后又补充了一句。

"你平时都很相信自己的感觉吗？"

"从不相信感觉，我说的是预感不是感觉。"

"道理一样，只是你用了不同的词来描述罢了。"

楚天舒无奈地摇了摇头，面对这个口无遮拦的"小海龟"下属，他只能报以微笑。

"你说这个计划可行吗？"

"你是总经理，你来定方向，我只管照着做。"

"你这是什么话，叫你留下来就是想和你好好商量一下，你这不是跟我推卸责任吗？"

"没有，老大，您看看几点了，咱能不能先吃饭再谈工作？我请您行吗？"

楚天舒看了一眼电脑，已经快 9 点了："不好意思，我忘记时间了，我请你，去一个安静的地方。"

不知道多久没有来"天堂"了，当楚天舒走上二楼时，眼前的一切既熟悉

又陌生,这里似乎重新装修了。过去的影子似乎还留有一些,但是不仔细观察也是看不见的,恐怕只能是靠着熟悉的感觉去捕捉了。

"以前我经常来这里,我很喜欢这里的环境,安静得让人心里舒服。"

"现在不常来了?"

"自从从雪铁龙出来之后我就很少来了,没那么多时间了。其实在4S店,还是销售顾问是最轻松的,收入不少,事情不多,卖好自己的车就是完成全部工作。什么天王老子,爱谁谁,心情好了就努力工作,心情不好在公司也不接客户。上班来下班走,喝茶看报聊QQ。自在呀……"

"你以前做过销售顾问?"

"你不知道吗?你对你的直接上司的个人职业经历都不熟悉,不是一个合格的下属。我刚来集团的时候在雪铁龙做销售顾问,那时候其实真的很开心。嗨,人呀,永远都不知足,一点点地爬上来才知道,越往上走越不容易,收入不一定高多少,但是付出的心血却是最多的。"

"少在这里得了便宜卖乖了,想当销售顾问还不容易,明天你去打个申请,老周肯定同意。当了销售顾问你还能开着公车骗女孩子吃饭吗?做梦去吧!"

"我说,从工作角度来说,我是你的上司。私下里,我比你大,你能不能尊重我点?"

"我怎么不尊重你了,揭穿你的嘴脸就是不尊重你?"

"我真服了你了,你们这些海归们真是……"

"是什么?"

"缺魂!"

两个人逗了几句,就开始边吃边聊了。

楚天舒问周玲:"你觉得这三个月我们就报30台车有问题吗?"

"比较难说服集团,你想好了怎么和老周解释了吗?"

"没有,如果不谈董事长,只是说这件事情本身,你觉得这件事可行性多大?"

"九成吧,其实只要是真想好了,你要是什么都不在乎的话,就做。如果真的能按照你想的那样子,我们就真的翻身了。而且旺季的时候我们可以用这些数字来狠狠地冲击一把。"

楚天舒点点头:"其实我不是很确定这个计划能否成功,就像你说的,最大的问题恐怕来自集团。我不知道怎么和董事长去解释,这是我最发愁的,实话实说肯定是不行的。"

"为什么实话实说反倒不行呢?"

"你觉得否认前任是明智的做法吗?"

"你要是顾忌这么多的话什么都干不成。"

两个人正聊着,楚天舒没有注意一个身影出现在了桌边。

"好久不见,不打搅你们吧?"

楚天舒循声望去,惊得一句话也说不出来,桌旁的人是杜宇。

"这是你女朋友吧?很漂亮。"杜宇向周玲伸出手,"你好,我是天舒的大学同学,我叫杜宇。"

周玲站了起来:"不好意思,我们是同事,楚总是我的领导。"

听完这话杜宇笑了:"这不是你的风格呀,利用工作的名义请女孩子吃饭。你现在在哪儿?听说你辞职了?"

楚天舒不知道怎么面对杜宇,几年的时间杜宇发生了很多变化。上一次在雪铁龙见面时,她所表现出来的是一种相距甚远的感觉,已经让楚天舒不舒服了。今天杜宇这种看上去轻松的谈笑风生更是让楚天舒心里不痛快,说不出的腻歪。楚天舒心里暗想:你为什么总是一而再再而三地扰乱我的生活呢?

"这是我的销售经理,我们在谈工作,这是一顿工作餐。"说完,楚天舒对周玲说,"走吧……"说完没等周玲反应就朝门口走去了。

在车里,楚天舒一言不发,他已经决定了,以后再也不去天堂了。临出门前,杜宇在楚天舒身后说:没事就来吧,这个店我买下来了。

坐在车里,楚天舒一遍遍地在脑海里过着杜宇的这句话,不由得问自己:为什么,为什么你总是把我的天堂变成地狱呢?

"那是你以前的女朋友吧?"周玲轻声地问。

楚天舒没说话。

"我看人家挺大度的,你也不必太小气,过去的事情就过去吧。"

楚天舒依旧是一言不发。

"哎,我说你倒是说句话呀,你这样一言不发的,让我怀疑你是一个小肚鸡肠的人,以后我还怎么和你工作呀。你肯定记仇,我哪敢还和你讨论工作呀。"

楚天舒只是微笑了一下,什么都没说。

周玲再也不敢说话了,看着楚天舒这样异常的面无表情,她知道刚才的这个女人对楚天舒来说有着绝对非同一般的过去。

她努力地回忆着,那个女人自我介绍叫杜宇。

第十四章 新的对手出现

1

生活永远只给弱者留下叹息的时间,对于一个意志坚定的人来说,勇敢面对才是需要做的。对勇者来说,忘掉过去并不困难。

6月份只过了三天,毕向东的邮件就发了过来,月度出货任务是45,进货60。出货任务明显减少,楚天舒觉得在正常情况下,这个月的出货任务完成绝对是不成问题的。这可是真的非常艰难的一个抉择,明知道能够顺利地完成任务,却只能不上报数据,故意不完成。之所以厂家把这个月的任务压下来也是考虑到淡季到了,经销商恐怕压力非常大,这样下去的话经销商自己会受不了的。如果进一步增加虚假数字的话不管是谁都会难受,与其这样还不如在本来就淡的季节里让经销商吃上饭,说不定有些经销商还能吃得很饱。楚天舒绝对相信大部分网点会乖乖地接受这个政策,这个政策绝对是可以执行的,为什么不去按照这个政策来做呢,任务不高,可以完成,那么为什么不完成呢?

但是9月份、10月份呢,厂家会出台什么样的政策,会不会有很高的任务呢? 楚天舒觉得厂家会在9月份出重拳,到时候所有经销商就都会明白了,厂家这三个月为什么会出台这样的政策。恐怕到时候新一轮的数字游戏会更加厉害,越是这样想,楚天舒越觉得必须尽快地把所谓的数字游戏留下来的窟窿填平了。

楚天舒和周玲商量好了,不管厂家的任务怎么下,政策怎么变,他们的计划绝对不会改变。

一周过去了,龙川集团长安福特4S店仅仅上报了两台的销量。毕向东的电话打了过来。

"楚总手下的销售经理能力不行呀,这种业绩肯定是没有认真做工作的结果。如果你们再这么下去的话就危险了,不妨给你透露一个消息,通业集团在与你们相邻的H市也建了一家福特4S店,15号开业。如果你们抓不住客户的话别到我这里来告状。"

楚天舒一听这话非常反感:"如果他敢跨区销售,我肯定不会默不作声,你不管我去找魏总。"

"谁说我不管了,我是提醒你注重自己的权益的同时必须壮大自己。不妨告诉你,通业方面申报的总经理就是你们集团的徐琛。楚总,对您来说这也可以说是一个好的机会,狭路相逢勇者胜,你证明自己的时候到了。"

楚天舒真是没想到徐琛居然去了通业集团,而且要在新的福特店做总经理。楚天舒不知道怎么形容自己的心情,他从来没见过徐琛,没有工作上的往来。但是徐琛离开后自己坐在了他的位置上,他觉得通过这段时间的观察和了解,徐琛这个人是一个一意孤行的人,做事情胆子很大,能力应该也不差,不过他做事情有些不计后果。徐琛到底是一个什么样的人,很快就会知道了。

在H市还有一家长安福特的4S店,这家店是一个外地人投资的。总经理叫彭程,是投资人的亲戚。楚天舒做了福特品牌的总经理之后和彭程联系过几次,当初张远给的电话就是彭程的,真不知道这是巧合还是张远事先知道了什么。

听毕向东说完了通业北方在H市建店的事情之后,楚天舒给彭程打了一个电话,主要是向他求证这件事情。

"他们是在这里申请了一家店,不过我觉得短时间内他们很难成气候。他们在北郊组了一个展厅,说实话,看上去简直就不是4S店,就是一个大二网。我不知道他们想干什么,为什么这么着急,老毕说厂家已经同意了先不建店,开通临时销售,我跟你打赌他们没戏。我听说是要和你们竞争,说真的,连我们都干不过还要和你们竞争。老弟你要是最近有空就来一趟,我安排你一切的活动。"

彭程对通业北方福特店的评价很低,这种评价让楚天舒不敢全部相信。他相信通业方面既然花了力气把徐琛挖了过去,就绝对不会只是小打小闹,不过H市的这家4S店应该是他们的第一个目标。怎么在彭程的眼皮子底下站住脚、打败他,就要看徐琛的能力了。彭程说得对,徐琛现在最重要的目标不是龙川而是彭程。

让楚天舒非常意外的是宋艳辉的电话,更让楚天舒意外的是宋艳辉被派到了通业北方福特店做销售经理。楚天舒真不知道通业集团到底在做什么,是不是通业集团的管理水平太高了,他理解不了。很明显,通业集团的目标是北方市场最大的龙川集团,但是如果在一个地区把本就有的一家汽贸不放在眼里恐怕站不稳脚跟。现在这个战场上很有意思,通业北方没有把彭程放在眼里,彭程更是没有把他们当回事。楚天舒相信他们双方对对手都没有做全面的了解,他们的目标都没有放在对方身上,这件事情真的很有意思。就这样,这场战争,在两个相互不买账不服气的对手之间展开了。

彭程管理的品牌店叫昌硕福特,在H市的销量一直非常好,旗下的福克斯一直稳居当地A级车市场的头名。他看不上通业北方是有道理的,由于盲

目投资,通业北方在先期的投入过大,四家原装车 4S 店已经有一家经营情况非常不理想了,开业后完全处于赔钱的状态。通业集团非常的矛盾,撤,意味着失败;守,实在是太耗费财力物力人力。就在这个时候,通业集团把 H 市的福特店授权拿到了手。这回他们反倒是保守了,对于一家在当地已经打开市场的品牌,他们应该加紧建店,在规模上和对手先开始竞争,把目光放长,目标放短。目标短些也就是直视彭程和他所在的昌硕汽贸。在能够寻找到的对手中,彭程是最厉害的,彭程的精明与能力完全不在徐琛之下。

6 月份昌硕汽贸出货任务 58 台,进货 70。对于他们来说,这个数字绝度不是太大的问题,他们目前对客户的掌控能力来说 58 台车是绝对可以完成的。不过 70 台的进货确实不少,目前他们库存 83 台,与销售能力成正比例。但是 6 月份厂家的意图非常明确,让你能够顺利完成出货,使劲进货。进货是实实在在的,没法作假,所以当你的月度出货任务完成时,进货完不成照样点数没有。所以拼一下也要完成,哪怕形成库存的积压。

昌硕福特的销售经理叫林峰,是个帅气十足的小伙子,人很精明也有手段。彭程非常欣赏这个年轻人,在不同的场合彭程多次向投资人夸赞过林峰。

对于 6 月份的进货,林峰与毕向东打了多次电话协调,这个数字是他没法接受的。

毕向东只是顾左右而言他,始终不谈进货数量多与少的问题。

林峰终于忍不住了:"您这是逼我呢。"

"什么话,下个月我给你调整。"

"下个月,下个月你把进货任务调下去了,出货又调整了上来,这不等于没调整吗?"

"那你说怎么办?任务下来肯定不能修改了。这是多少年的规定呀。"毕向东不敢太得罪昌硕汽贸,毕竟现阶段昌硕汽贸还是能够撑起 H 市的天空的。

"我要特殊政策。"

"可以,但是我要你的销量。"

"你能给多少政策?"

"你能完成多少?"

"你让我完成多少?"

"你能完成多少?"

两个人你来我往,谁也不把自己最后的底牌亮出来。最后毕向东说:"这样吧,你在这个月的最后一周给我打一个申请吧,完成不低于 130%,我可以给你单车补贴,如果你能完成 170% 的话,这个月的广告费我全给你负担,再给你单车补贴。"

就这样,毕向东和林峰达成了口头协议,对于出货林峰还是很有信心可以完成的,58台的任务不算很重,但是如果想得到最高的补贴的话就要完成170%的出货。拿计算器算一下,58的170%是98.6,也就是99台。不要说现在是淡季,就是在9、10月份的旺季,这个数也算是很吃力的了。不过林峰之所以敢和毕向东做这个君子协定,就是因为他和徐琛在性格上有很多相似的地方,而且他们一直都在快乐地享受着数字游戏的刺激。

通业北方福特店6月13号正式开业了,原计划是6月底才要开业,但是徐琛找到了朱宇阳:"厂家既然同意我们先开通临时销售渠道,我们为什么不尽快呢,要知道6月份可是一年中的重要转折点,我希望尽早地开业,越快越好。"

朱宇阳心里很明白,这个徐琛其实就是想尽快地证明自己的价值。他朱宇阳何尝不是呢,他更需要证明自己,通业北方现在的经营情况并不理想,或者说没有收到先期预计的效果。总部有人给他传来消息,老板对他并不满意,倒不是说他的管理而是说他的协调能力。目前通业北方他是行政级别最高的,但是手下的几个总经理却根本不把他当回事,之间也相互不买账。朱宇阳内心很清楚,但是他现在不想过多说什么,因为一切都还没有定论的时候,说什么都是没有意义的,他要等着这些总经理来求自己。

2

通业北方福特店的开业可谓是相当的热闹,毕向东和魏强都来了。对于徐琛,两个人都不陌生,所以他们都很清楚徐琛的能力。开业庆典之后,毕向东请徐琛去喝茶,向他表达了态度。

"你是老江湖了,我不多说,现在为什么还没建店就给你们开通过了销售渠道,你自己应该很明白,我们现在的压力很大,我们的政策可能在近期还会宽松一些,因为现在我们的库存压力也很大。对于你来说,最重要的就是如何把销售尽快地做好。至于说其他的事情,你还是交给朱总去协调吧,现在魏总就在和你们的朱总交流正式建店的事情呢。"

徐琛嘴角有轻蔑意思:"龙川那边怎么样?"

"上上下下都是新人,已经连续两个月没有完成任务了。"

徐琛听完一皱眉,他隐约感觉有些异常,但是又没有太多可以联想的东西。还没有想更多,毕向东就又开口了:"别管那边了,已经是过去式了。你现在最重要的是如何应对本地的对手,昌硕虽然没有龙川那么大的实力,但是这个对手绝对不好对付。昌硕绝对是一群高人聚集的地方,虽然家业不大,但是风格独特。对了,你的销售经理如何?"

"脸蛋一流,不知道功夫如何。"

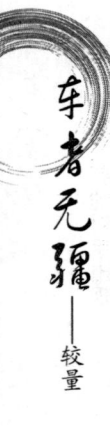

"哈哈,徐总真是风采依旧呀。如果有一个得力的销售经理,你可以省心不少呀。"

毕向东的话非常有道理,徐琛在广州的时候,通业集团主管汽车项目的总经理给他下了任务。回到 H 市之后,"多交朋友少树敌人,狠抓售后稳健销售"这 16 个字一直都在徐琛耳边回旋着,这个品牌已经在本地存在多年了,销售的口碑已经形成,销量高低并不会因为通业北方的加入就很快发生变化。现在两家汽贸加在一起一个月不会超过 200 台的销量,但是区域保有量是一个不断增加的数字,哪家汽贸抓住了客户就等于是挣到了钱。成熟的区域需要做好售后工作,不能等待逐步地自然增长,需要尽快地做好市场的工作。所以,毕向东说如果有一个得力的销售经理他就省心不少绝对是说到徐琛心里去了。

对宋艳辉,他了解度还不够,但是朱宇阳对其赞赏有加,也正是朱宇阳的多次极力申请,宋艳辉才从广东总部正在筹建的标致店来到了通业北方福特品牌。

宋艳辉到来后,朱宇阳便告诉她,她在武汉一起培训的一个人在龙川集团福特做品牌经理。

"楚天舒?"

宋艳辉能够叫出"楚天舒"的名字,朱宇阳感觉很意外,不过这也说明他极力要求宋艳辉来 H 市是一个正确的决定。朱宇阳对待人才一直都有一个很奇怪的理论,大家都说这个人是人才那么这个人一定就是人才。这也是为什么他一而再再而三地挖龙川集团墙角的原因所在。对于楚天舒,他认定了这个人一定不简单,虽然只是接触过一次,但是他已经从这个人的身上看到了绝对不同于以往的那些他见过的人的气息。朱宇阳马上询问了宋艳辉对楚天舒的印象如何。

宋艳辉对楚天舒印象不错,所以听到楚天舒现在做了福特的品牌经理后,她第一时间就给楚天舒去了电话。寒暄了几句之后,她告诉楚天舒现在她在 H 市,而且也要在福特品牌工作了。

楚天舒微笑了一下,电话里的口气尽量平和:"很高兴我们又在一个品牌之下工作了。"

"我们既是对手也是朋友,很高兴和你这种有能力的人在一起工作。"

"但愿如你所说,既是对手也是朋友。"

徐琛第一次召集销售经理和服务经理开会就让他心情非常不好,通业集团与龙川集团最大的不同就在于体制,通业集团是国有性质的,其中很多管理人员都是有编制、有职务的国家工作人员。很不幸的,通业北方福特店的服务经理和财务经理偏偏就都是这种带着公职的管理人员。这可真是苦了徐琛,在龙川集团的时候,他做品牌经理早就习惯了一个人说了算,说他一手遮天有些夸张的成分,但是最起码一个人能说了算,能够做决定。周亚川是绝对不会过问具体的事情的,陈建从哪个方面来讲都要给他面子,其他人徐琛就绝对不会放在眼里了。但是现在可是全然不同了,头顶上一个朱宇阳什么都不懂,身边的服务经理孙兴华、财务经理姜烨又都不买他的账,唯一能够让他呼来唤去的也就是宋艳辉。不过宋艳辉再怎么说也是女的,徐琛说话怎么也要留几分情面,再有他现在最担心的还是售后。

例会时,他向孙兴华了解情况,孙兴华很简单地敷衍了两句。徐琛绝不是他们想得那么简单,他知道这个孙兴华是在挑战自己,换句话说就是不配合。如果是以前,他早就发火了,但是眼下这种局面他断不能随便说话,这里从上到下都是通业集团的人,他自己不过是外来人。如果这些人想架空自己的话那岂不是太简单了吗?所以这种局面对他来说是早就有心理准备的。按理说眼下还没有正式的展厅,现在正是主攻售后服务的最好时机,但是这些人不配合自己,徐琛实在是非常的愤恨,正是这个原因他给这些人都记下了一笔。

姜烨在通业北方福特店的主要工作就是监督所有管理人员,特别是徐琛。当然这种监督主要是财务方面。

在龙川集团时陈松楠也是同样的角色,但是陈松楠是一个非常聪明的人,他从来不和徐琛正面交锋。有问题向来是找徐琛去沟通,当然他也会向领导汇报。不过徐琛能够接受这种工作方式,毕竟汇报是人家的工作范畴之内的东西,再说汇报之前陈松楠都会找他沟通一下。要说这个陈松楠真是绝顶聪明的人,既把工作做好了,又不得罪人。眼前的姜烨就是一个数字机器,就知道一个字一个字地抠字眼儿,一个数一个数地核对花费。而且直言:我有义务直接向总部汇报这里的财务状况,甚至是一切情况。

徐琛简直是哭笑不得,心里开始暗自怀念自己在龙川集团的日子。

对往昔美好回忆才不过刚刚开始,徐琛就遭到了当头一棒。

保新市法院的传票送到了徐琛的手中,龙川集团果然把他告上了法庭,这一点他实在没想到。他马上给保新市的朋友去了电话,让他帮助找一个律师见面。

回到了保新市,他的朋友建议他去见一见以前的老领导,朋友说这种事情大多数就是赌一口气,找老领导认个错估计就没事了。

徐琛当然明白这里的事情,但是他不想回去,甚至可以说他也回不去。他明白陈建绝对不会和他谈什么的。这么多年了他和陈建之间很了解了,虽说他们两人之间并没有私人恩怨,但是相互看着不顺眼却也是事实。这种情况之下他去找陈建,绝对没有可能,去了也是自讨没趣。

找周亚川?更是没可能,自己之所以被告上法庭绝对是周亚川授意的,否则别人也不敢。现在徐琛也觉得当初自己走的时候把事情做得太绝了,一

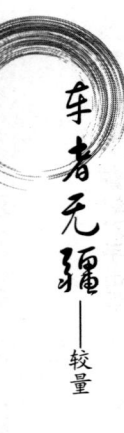

点后路都没给自己留,多多少少有些后悔。当初周亚川再三地挽留他,但是他的态度非常坚决而且说话有些不客气。早知道这个通业集团不过是一个烂摊子,他是绝对不会跳进这个泥潭。

就在徐琛焦头烂额之际,昌硕汽贸那边的日子也不好过。这个6月,车市出奇的惨淡,半个月过去了,销量还不到40台,林峰不管怎么盯销售手上的客户也没法提高客户级别,为此林峰找到彭程,问是否需要把价格调整一下。

彭程想了想:"我现在不想在价格上做文章,价格这个口子一旦开了就刹不住了,降下来容易,再提上去就太难了。汽车和别的商品不同,你降价客户持币待购,你提价客户真不买账。如果闹得骑虎难下我们就被动了,再有你觉得现在的客户有多少是因为价格问题没有成交的?"

"现在客户主要就是三个借口不买车:第一个钱没到位;第二个害怕降价再等等;第三个别的车都在搞活动,你们什么时候搞。如果价格能够松动一下,我不敢说能够立竿见影,但是一定可以刺激部分客户。"

"你还是不能给我具体的数字,你这种凭感觉来办事怎么行?通业北方那边怎么样?"

"我还没有具体数据,但是听楚天舒说通业那边展厅里客户比苍蝇都少。"

"谁?楚天舒?龙川那个?"

"嗯,我们昨天联系了一下,他好像和通业那边的销售经理认识,据他说那边现在很乱。"

"我觉得还是我们自己去看看的好,听别人的不如自己眼见。"

"我知道了。"

彭程把工作重点一直都放在销售上,他自己是做销售出身的,所以更加关注销售。他一直都认为没有销售其他的都无从谈起。就在他琢磨着怎么增大销量的时候,售后那边出了问题。

服务经理向他汇报,刚刚开业的通业北方福特正在搞免费检查服务月,据客户反映的情况来看除了免费检查之外,还有一项免费封釉。

这个消息让彭程有些不安,现在客户只认利,拓展一个客户是相当不容易的,但是丢失一个客户却是非常简单。不管从哪个方面来说,这次这个局面都应该重视了。

"我们要不要跟进一下?"服务经理问。

"再观察观察,如果跟进,他们变了方式我们怎么办?继续跟进就上当了,一来二去的我们就算是进了圈套了。他们刚开业搞点活动也是正常的,但是这个时候我们不能着急,重视是必须的,但不能变化太快,应该看看他们后续的动作。后续跟进的如果很好的话,才能证明他们是有想法的,否则,都是扯淡。咱们这么多年了,再怎么着客户还是认可我们的,封釉这种事情不可能把客户拉走。"这番话既是给服务经理听的,也是说给他彭程自己听的。除了是给自己信心之外,他也希望客户不要那么轻易背叛。

不过这件事情倒是给了彭程一些提醒,对手和自己的关注点是不一样的。他坐在办公室里想了想,觉得通业北方的做法很可能是短时间内资金不足造成的。一家新建店按理说应该双管齐下,现在这种情况下只能说明他们暂时资金有问题。通业集团的实力绝对不容忽视,但是资金暂时的问题也一定是事实。这样想着,他决定明天联系楚天舒,打探一下。

楚天舒那里的情况是比他的两个对手都要好的,三周的时间他们已经完成了50台的销售,比这个月的任务居然高出了5台。虽然成绩很好,但是楚天舒还是坚持只报10台的最初想法。他要把车牢牢地掌握在自己手里,他相信旺季到来之后厂家一定会疯狂地压库,他现在要存下一定数量的车。其次到时候他会向厂家要政策,第三就是清空所有的虚报车辆。随后在旺季到来他一定会全力冲击。

对于宋艳辉和林峰他们的实际情况楚天舒不了解,他只能是凭着感觉分析。因为徐琛的缘故,H市的那两家店越来越被他们重视,周玲问他那两家店是否也会和他们一样把玩数字游戏的车利用这个机会清空。楚天舒想了想:"通业那边我还不是很清楚,但是昌硕肯定不会和我们一样。他们这个月的任务是58台,现在完成了40多了,如果是瞒报数字,为什么不多瞒报点?他们肯定会冲刺任务数量,我估计毕向东和他们之间肯定有某种交易。"

"什么意思?"

"我分析着他们肯定会在最后时刻超任务。"

"还继续玩数字游戏?"

"这个不好说,等一等就知道了,也就还有一周了,要行动的话估计很快就会有动作。让我感觉意外的是通业那边的情况,宋艳辉说他们只卖了一台车,据她说徐琛现在是焦头烂额。我没见过这个人,但是我能感觉到这个人是一个不容易对付的家伙,越是焦头烂额越是会不认输的一个人。"

说这番话时,楚天舒目光透过玻璃窗,看着天边的云层。周玲不得不佩服面前的人,他的洞察力简直让人吃惊,这样一个人刚来集团居然做销售顾问,如果没有被发现的话,估计他还在基层呢。

3

楚天舒对徐琛的分析非常准确,用四个字来形容现在的徐琛,就是愈挫愈勇。焦头烂额和身边的管理层不配合并不能动摇他的信心,6月份的最后一周,他猛然间意识到这个月就要过去了,他可以表现的机会已经不多了。

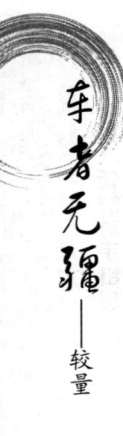

他不管是谁要架空自己,也不管什么官司不官司了,如果失去了这个机会他将不会找到下一个这么好的机会了。他要证明自己的最好机会就是这个,这叫什么,"头彩"。碰个头彩是他必须要的,是他最大的心愿。

他找来了孙兴华和宋艳辉,对孙兴华和宋艳辉他采取了不同的态度和方法。孙兴华想和自己闹没关系,老子绝对陪着你。你有多大的能耐你就使出来,就不信你能造反。在和孙兴华较劲的同时,徐琛还需要安抚宋艳辉。徐琛在管理方面非常有经验,他明白怎么权衡利弊,怎么转移矛盾,怎么拉一方打击另外一方。

"你有没有计算过封釉的成本?"徐琛开门见山地直奔主题。在他的眼里,孙兴华这种小儿科的手段根本不值一提,他也不屑于在这件事情上和他纠缠。只不过对他来说这是与孙兴华对抗的开始,这个开始将如何结束,恐怕没人知道。

"一罐釉500元,可以封大概15台车,再算上人员费用,一台车大概是60多。"

"你工时怎么计算的?"

"按规定工时是70元,但是按照5折计算的。"

"为什么?"

"这是赠送的,所以工时按照5折计算……"孙兴华不知道徐琛想要说什么,但是他有些不安了。

"赠送的。"徐琛重复了这三个字之后就没有再说话,这种沉默让孙兴华有些无所是从。

"咱们这个活动出来已经10天了吧,我刚才看了一下统计的数字,我们封了18台车,效果不错,这可以让更多客户知道我们。"似乎是怕徐琛不知道赠送封釉能够带来什么好处,孙兴华急忙补充道。

"既然是赠送的哪里来的工时?给公司干活也要工时?合理吗?"

孙兴华实在没想到徐琛居然在工时方面揪住不放,而且他心里非常明白这件事情表面看上去似乎合理,但是根本拿不上台面。他哪里知道这些把戏都是徐琛玩剩下的了,更想不到的是徐琛会一直揪住这件事情不放。

"既然是赠送的,明天开始工时计算取消。"徐琛果断地说。

"这样不好吧,工人干活不容易呀……"

"有什么不好的。"徐琛没有等孙兴华话说完就打断了他,"加班工作我们一分钱都不少给,该给的奖金我们也不少给,但是赠送的本就是公司负担成本,你还给计算工时,这不是在增加运营成本吗?这笔费用如果你出的话我没意见,如果是公司出,我绝对不同意。再说维修工干活本身就有工资的,这种赠送在公司内部有明确的规定,我似乎没有听说过5折计算工时的说法。这个工时是客户出的,如果我们自己的人修车也要算工时的话,你愿意吗?"

"这……"孙兴华彻底没话说了,他明白了,徐琛是老江湖。这番话说出来,就表明了一点,对于售后,他徐琛绝对是不含糊的。

"行了,你如果觉得有困难就让他们找我,我和他们说。"

"不用,我找他们就行了。你说得对,我欠考虑。"

"行吗?不要对他们太客气。"

"徐总放心。"

徐琛不由得暗笑,就这么点能耐还敢折腾,自不量力。

其实孙兴华这个封釉的工时费有很大的名堂,徐琛想证明自己被挖过来是值得的,孙兴华同样需要证明自己的能力,甚至他想挤走这个外来户。凭什么这个品牌的总经理让他来做?自己在通业集团的时间不短了,他相信自己的能力绝对能够做一个总经理了。所以他这次一定要好好地利用开业这个机会,和徐琛一样的心理,他要把成绩做出来。他在来 H 市之前,通业的高层就和他讲过,集团外派的部门经理大部分都是集团的老员工,所以要用成绩证明自己。有了这句话,孙兴华当然是不把徐琛放在眼里了。这个封釉的活动当初就是他自己搞出来的,和徐琛简单打了一个招呼就开始实施了。其实封釉的那些工时孙兴华根本就没有给到员工的手里,而是计算到了利润中去了。这个利润如何体现,看似复杂,其实非常简单。

首先在成本上,一罐釉的价格只有 200 元,他向徐琛汇报的一罐釉的价格 500 元其实指的是销售价,销售价和进货成本价之间是有着明显区别的。一般的 4S 店赠送给客户的赠品都是销售部按照销售价和售后结算的,也就是说售后其实还有不小的利润空间。只有做过 4S 店高层管理和财务管理的人才会接触到这一块的东西,孙兴华有点太小瞧徐琛了,徐琛听他说一罐釉的价格是 500 元的时候马上就明白了这里面的猫腻。紧接着,按照孙兴华自己的说法,一罐釉能封 15 台车,一台车按照 35 元的工时计算,15 台车工时就 500 多元,活动申请他按照销售价格计算,但是实际结算的时候按照进货成本结算也就是 200 元。这样一来一罐釉的利润可是相当可观的,对于一家新建店来说这个利润是可以接受的。更为重要的,这个活动做得越好,说明他集客的活动越成功,集客越多他的利润也就越大。这种好事他想起来都会觉得自己的智商实在是高得不得了,但是他忽略了一个事情,就是徐琛绝对不是简单的人。

孙兴华之所以敢这么做还有一个重要原因,就是财务总监姜烨和他的私人关系很好,姜烨和他说过,这种事情属于肉烂在锅里,财务报表上面基本上体现不出来。姜烨甚至告诉他,其实财务报表都是财务人员自己凭良心做的,如果真是几万块钱根本就不会体现出来,所以这种数字游戏基本上不会被发现。谁知道倒霉的孙兴华遇上了玩数字游戏的高手徐琛了,单单这一项徐琛就能让孙兴华卷上铺盖卷滚回南方的老家。所以,当徐琛说他要自己找

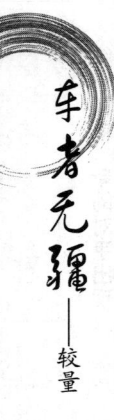

售后的工人去说说的时候,孙兴华连忙制止,这也是他心虚的表现。

如果孙兴华聪明的话,就此放手,徐琛不会太为难他,起码会观察他接下来是不是还会和自己对着干。但是孙兴华既高估了自己,又小瞧了对手,他只是老实了几天的时间,见徐琛并没有什么动作,感觉或许他并没有发现什么,就又开始了小动作。

"警告"了孙兴华之后,徐琛开始准备和宋艳辉商量一个销售方案了。这个月他虽然要碰个头彩,但是也不想太冒进,他对毕向东是很了解的。这个人是一个很贪婪的人,他对经销商可以给予帮助,但是帮助的前提是必须要给他足够的"帮助",他要的帮助不是金钱,而是业绩。这是一个很务实的人,这种人其实也好对付,那就是真正地把工作做好。可是你真的把工作做好了,他会不断地给你施加压力,因为他不会认情面,认交情,这就是毕向东。

徐琛对宋艳辉说:"虽然这三个月厂家不给我们任务,但是我们自己要心里有数,一定要拿出点东西来,否则的话会被人说三道四的。但是我们也不能太冒进,卖得太多了以后的日子肯定不会好过。昌硕那边的情况你还要去了解一下,那边的总经理叫彭程,以前我们接触过,我想他应该知道了我来这边,我们还算是彼此了解熟悉的,那边的销售经理叫林峰,也是一个比较有能力的人,他们一直都做得不错。有些东西是值得我们学习的。"

很快宋艳辉得到了昌硕汽贸的销售数据,70台的出货,70台的进货。

徐琛笑了:"这些数字哪里得到的?"

"毕经理给的。"

"他们至多完成出货50台。"

"为什么?"宋艳辉问。

"如果真是完成了70台的出货,厂家至少要给他们85台车的进货。出一进一,那岂不是太美了?再说对于优秀资源他们可不希望出一进一,绝对是恨不得卖一个进10个才好。"

"那毕向东给我们的数据有问题?"

"不会,老毕没那么多闲工夫。只是这个数字他给你的时候他没多想罢了,如果他知道是我朝你要的,他一定会掂量掂量的……"徐琛嘴角露出了一丝笑容。

"我不太明白。"宋艳辉看着徐琛的表情有些诧异地问道。

"你在以前的时候有没有虚报过数字?"

"有过,不过最近已经不做了,厂家查得太严了,还有就是太麻烦了。"

"麻烦?麻烦才好玩呀。"徐琛的脸上露出得意的笑容,对于数字游戏他向来是乐此不疲的,"如果你把工作当成游戏的话就会发现越是麻烦的游戏越好玩,好玩的游戏是最有乐趣的,当工作充满了乐趣的时候,你觉得如何?"

宋艳辉看着徐琛一脸得意,自我陶醉的表情,不知道该说什么好,数字游戏她早就玩够了,她不是怕麻烦,而是那些数字游戏其实都是无用功。现在回忆起来,当年每个月无休止地计算数字,虚报数字的日子,她至今觉得暗无天日。表面上得到了很多,其实还不是给厂家添加了业绩,经销商背上了越来越重的包袱。

今天看着徐琛的表情,她有些无奈的感觉,她有些想不通,这个徐琛到底是一个什么样的人。朱宇阳给总部的报告里说这个人能力非凡,有胆识。几次接触下来她也发现徐琛是一个很有能力的人,而且判断力很准,面对孙兴华和姜烨的挑战他非常的冷静。可是这个人又似乎想要做几年前大家都不再做的游戏,他要怎么做,他会把这个品牌做到什么程度。

虽然宋艳辉感觉到了这个徐琛的不同寻常,但是她恐怕做梦都不会想到接下来的三个月里将要发生的一切……

6月的最后一天,下午6:30。毕向东打开电子邮件,所有区域他只关心三个经销商。这三个经销商足以帮助他完成他的任务。

龙川集团,自从楚天舒接手之后,龙川的福特店这个经销商的销售业绩一路快速下滑,6月份已经差到了全月只有10台车的出货。对于毕向东来说,他实在是不理解龙川集团的做法。这个楚天舒既没有大局观又没有胆识,为什么把这个人放在总经理的位置上呢?

昌硕汽贸的彭程果然是一个有勇气的家伙,6月份的最后一周林峰总计上报销售99台,进车80台。并申请落地补贴,单车5000元。林峰发出邮件后给毕向东打了电话,毕向东问他心里可以接受的是多少钱?林峰说绝对不能低于3500。毕向东原封不动地把这封邮件转发给了魏强,魏强很快就回复了邮件,同意了昌硕汽贸的申请,奖励数额为单车4000元。与此同时,魏强把这份邮件转发到了全大区的每一位经销商总经理,并写道:在市场如此不利的情况下,昌硕汽贸能够做出如此突出的贡献和成绩理应得到正常奖励之外的重奖。这封邮件的目的太直白了,你们有本事就多卖车,只要是卖车就有钱挣,谁卖得多我给谁,至于怎么卖,你们自己去取经。

让毕向东欣喜的还有徐琛。如果说他关心通业北方的话,还不如说他关心的是徐琛,这次徐琛再一次证明了自己是高手,半个月出货29台,进货35台,对于一个新店来说这是需要很大勇气的,能做到这个程度足以表明了徐琛的能力。毕向东觉得徐琛离开龙川是龙川的损失,同时楚天舒在那里就是一个过客,不会长久。

处理完手头的工作,毕向东决定给楚天舒打一个电话,不管怎么说,他还是希望这个楚天舒能够早点醒悟过来。这么做下去没有好处,毕向东隐约地感觉这个楚天舒其实并不是不能卖车,他不知道这个小子在耍什么花样。电话接通后,楚天舒不等毕向东说话就先说:"我正在开会,一会儿给你打过去。"

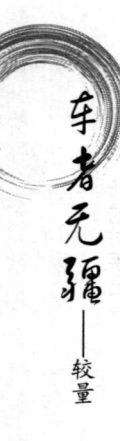

这个电话有点不同寻常，这个楚天舒到底在做什么，龙川集团能够允许一个新到任的总经理月销量一路下滑吗？越想越不对劲，难不成龙川集团有什么动作？毕向东决定马上开车去保新市，马上去龙川集团，他想马上见到楚天舒。

4

接到毕向东电话的时候，楚天舒正坐在周亚川的办公室里。接手福特店之后，他的销售成绩一直都不理想，周亚川把他叫了过来。他需要楚天舒给自己一个合理的解释，一个月10台车的销量是怎么回事？这是龙川集团前所未有的。

虽然楚天舒并不想说徐琛留下来的数字游戏的漏洞，但是这一次他如果不说的话就没法把这件事情解释清楚，如果不能解释清楚的话他就会失去机会，甚至会丢失位置，到那时候再想做什么都是做梦了。

既然已经坐在了董事长的办公室，这种面对面的解释也是周亚川能给楚天舒最大的机会了，而楚天舒自己也明白他的解释是否合理关系到自己的命运。

"我到福特之后发现了一个很严重的问题，之前销售部一直都在虚报销量已达到商务处的月度销售目标，以此换取返利。这种数字游戏之下我们自己的库存数量不断增加，因为在厂家层面，我们上报的车辆已经视为销售，自然库存就比实际要低，厂家也就必然会补足库存，这样一来无形中增加了库存的压力，资金成本也会大幅提高，平白无故地增加了运营成本。再有，销售部的这种做法给售后服务部也增加了不小的麻烦。我们所有上报的虚拟车辆都要由售后服务部来做好详细的记录，做好我们上报厂家日期和实际销售日期的记录，因为厂家的质保期开始计算是按照我们上报的日期，这其中就会存在很多的问题，甚至是很大的隐患。我到福特不久就遇到了一个客户明明还在质保期，但是却不能索赔的情况，就是因为我们提早上报了销售，在厂家方面显示的质保期已经过了，但是客户实际用车里程、时间都没有超过厂家规定。这种情况之下，我就下决心要改变这种局面，虚报数字从表面看确实是套取了厂家的返利，但是从长远的经营角度来看，我们这么做得不偿失。首先是这些虚报的数字只会增加我们自己的压力，我们虚报的数字全都是我们自己的销量，最后我们的任务肯定是节节攀升，高兴的只是厂家。其次这么做实际的意义只是当下看上去利润增加了，后续的影响非常的深远，甚至可能造成无法弥补的损失，我觉得这是无用功。为了改变这种局面，我已经准备了一段时间，现在厂家的政策发生了一些变化，这个机会我正好能够抓住。想改变这个局面，现在在库的销售上报是关键，目前我把之前虚拟的所有车都放在了库区，其他新车放在了集团其他品牌的停车库。然后我们利用逆向思维,以前我们虚报车辆是为了套取返利,现在我们也虚报车辆,只是不是往高虚报而是往下瞒报。其实对我们来说,厂家过高地估计了我们的实力,由于每个月都会虚报部分车辆,这样月度任务上肯定每个月都会超出我们实际的能力。我们就这样每个月不停地追高,厂家每个月不停地放高,最后就陷入死结。想解决虚报问题的另一个关键就是要把厂家任务降到最低,我们要重新开始。所以我采取了最冒险的做法,就是把实际的销量隐瞒下来。"

"你为什么给集团也不上报实际的销量?这个月你们实际销量多少?"

"这个月实际销量50台,其实我们已经把所有数字游戏留下来的窟窿都堵住了。把这个包袱甩开了,我就有充分的信心和厂家要政策了。之所以没有上报集团,这是我要向您重点解释的事情,因为我们现在信息员的工作量太大,她需要核对每天销售的车辆是不是曾经虚报的,如果是的话,需要和售后联系,做好实际销售日期的统计和记录,需要把虚报数字的车辆进行逐一排查,绝对不能出错。因为这里面还有一些是我们实际销售了,但是也没有上报的车辆,这样一来又涉及新的问题,虽然这些问题对我们来说不会造成损失,但是也需要详细记录并说明情况。这些数据如果分开上报的话,我担心会出错,而且我们计划用三个月的时间来做调整,三个月后我们会把所有的数字恢复正常,年终的总和绝对不会出问题。"

"你是要告诉我你们在化零为整,到年底的时候总任务不会少,不管怎样都能给我凑齐了?"

"不是,您误会了,我的意思……"

"行了,你刚才说向厂家要政策,我想知道你要什么政策?"

"通业北方福特店目前没有销售任务,6月份他们上报了销售25台,我分析他们一定是在虚报数字。徐琛玩数字游戏不但是不知死活,而且很上瘾,他把这种东西带到了通业北方,也就是等于把一个麻烦带在了身边。厂家大区想观察通业的实力给他们加任务,我想这个时候我们应该示弱,我要让他们帮我们扛下任务来,这就是我要的政策,减少我们的任务压力。"

"任务压力给你减少了,你能够完成,这我相信。但是就算你不要这个政策,厂家一样会给你减少任务,因为你这么做根本完不成任务。"

"周总,我这三个月都会以最小的数字上报销售。该冲刺的时候我要冲死他们,我要让那两家彻底陷入数字游戏的陷阱绝对不能自拔。到时候我会要第二个政策,我要达标冲刺奖,毕向东肯定会认为我也要开始玩数字游戏了,所以他一定会给我政策,到时候我不但不玩数字游戏,我还要往死里冲。"

周亚川听完楚天舒的话,明白了这个年轻人是绝对有了充分的准备,他做事情绝对不是一步棋就能看透的。这个人是一个管理上的人才,也是一个策略方面的人才。周亚川沉思了片刻:"好,按你说的三个月的时间为期限,9

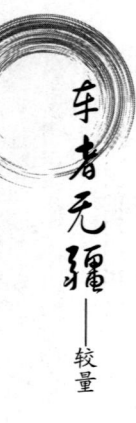

月份我看你的成绩,到时候是什么结果你自己给我详细汇报。"

听完这句话,楚天舒非常兴奋,不过也有无限的压力。兴奋是因为他能够在周亚川面前把这个问题解释清楚了,并且得到了认可。压力来自于周亚川最后的那句话,三个月,三个月之后一切都会和他设想的一样吗?如果这三个月发生什么变化,如果三个月之后并没有按照他的想法那样完成既定目标,会怎样?有一点可以肯定,他不会再留在这个集团了,或者说,不是他不想留。

从周亚川的办公室里走出来,楚天舒直接去找周玲,告诉她这次谈话的结果可能会影响两个人在龙川集团的前途。周玲笑了:"已经过了三分之一了,你想退也没路了。"

自从宋兴宪那件事情之后,刘彬和楚天舒的关系有了很大的改善,刘彬发现他很喜欢楚天舒的处事方式。刘彬这个人真的很简单,只要你能够拿出来让他佩服的东西,他还是很愿意臣服于比自己高的人。不过一个简单的人往往很难做领导,因为他会把所有人想象得和他一样简单,但是事实上这个世界上最复杂的就是人。

与刘彬的关系有了改善对楚天舒来说是再好不过的好消息了,楚天舒已经想好了,售后的事情他暂时很难上手,与其这样还不如放手让刘彬自己去做。就算是他想造反,他也需要业绩,那就让他去做,到时候就凭他的脑子,想造反恐怕都不知道怎么干。所以楚天舒这个外行干脆把手放开了,刘彬感觉到楚天舒与徐琛最大的不同不是放权,而是监管得更加严格。更为关键的一点,他已经感觉到了,楚天舒在额外收入一项上很大度,钱永远是会分到自己手中的,跟着这样的领导有什么不好呢?钱比以前多了,有事情他也会帮助自己,嗨,还是认命吧。

能够把大部分的精力都放在销售上,这是楚天舒非常高兴的事情,与此同时他感觉自己的思路比以前更加开阔了。当周玲和他说毕向东一会儿就到了的时候,他笑了。他已经忘记了要给毕向东回电话的事情了,不过现在省心了,这家伙自己跑过来了。楚天舒有一种感觉,或许不用等到9月份,现在就可以向毕向东要政策了。

毕向东到龙川后并没有第一时间找楚天舒,而是先走进了销售办公室,他向销售顾问要了潜在客户的登记表格,一页一页认真地看了起来。

"毕经理真是太勤勉了吧,这可真是监督到第一线了。"周玲站在销售办公室门口说道。

毕向东笑了:"没办法,大家成绩不好,我上门来给点好消息总是可以的吧。"

"什么好消息?"

"楚总在吗?"

"刚回来,上楼上去说吧。"

让楚天舒没有想到的是,毕向东给他带来了一个非常不好的消息,鉴于目前市场情况不好,主机厂方面决定加大促销力度,其中一项是直接给经销商的销售顾问发放单车奖励,根据不同车型有500到1500元不等的奖励。这个消息真是让楚天舒左右为难,从他的角度来说,他是很希望大家都能挣到钱的,如果卖一台车厂家能够给至少500块的话,对销售顾问来说真的是一个非常大的诱惑,肯定可以大大地刺激销售的积极性。但是这个政策绝对不能和大家宣布,因为一旦宣布了这个政策,就会打乱楚天舒的计划。因为楚天舒不想上报销售,但是不上报销售,销售顾问就拿不到厂家的奖励。毕向东暗示,这个奖励估计只有一个月,所以能够拿到的话就要尽全力。

"厂家想刺激一线销售顾问,这招管用吗?"楚天舒问。

"重赏之下必有勇夫,既然经销商担心自己的利润受损失,那么主机厂肯定会出来帮助大家的。我也是在来的路上接到了魏主任的电话,我感觉这个政策非常不错。电子版的正式通知估计下午下班前就会到邮箱里,你们收到之后尽快地和销售部传达吧。我刚才在下边的时候翻看了一下你这边销售顾问的潜在客户跟进卡,意向还是挺高的呀,我相信这个政策一出来,你们的销售情况会大为改观的。"

就算是毕向东不说楚天舒也知道手下销售部的情况,就算是没有那个金钱刺激楚天舒也相信能够让这里的销售大为改观。"我也希望是这样。今天你就算是不来我也想邀请你来呢,刚刚我去集团了,上午你来电话的时候我正在董事长办公室呢,我想找你谈谈咱们的任务。"

"行呀,我也觉得是该好好地谈谈了。"

"你也看见了,上个月我们的销量实在是惨不忍睹呀,太差劲了。我希望你能把任务给我们放下来,也好让我和集团有一个交代呀,我也不想做到多么好,最起码有一个基本的交代就行。"

"我总不能给你一个月订10台车的任务吧?你看到魏主任的邮件了吗?昌硕汽贸的彭程你应该知道吧,你可以给他打个电话取取经,其实魏主任的话说得很清楚了。"

楚天舒心里暗想,彭程就是自己找死,为了区区几十万的落地补贴就进了80台车,还不知道他虚报了多少车,这里面恐怕前前后后加在一起要有大几百万了。

"我看了,而且我注意到了一个细节,通业北方并没有任务,但是他们这个月的销量很不错,我们拖的后腿他们补上了不少。不如从7月份开始给他们点任务吧,有了任务的压力他们肯定更厉害。这样一来我们的压力也就小了,你的总任务其实也就轻松了不是?"

"厂家规定新入网经销商像通业这种先开始销售并没有建店的,是需要保护的,三个月之内是没有任务的。"

"我知道,但是你可以找徐琛谈,其实并不是真正的任务,你可以把你身上的任务压力分解下来,给他们分一部分出来,这样一来我们的压力小了,你的压力也很小。徐琛呢,卖一个挣一个,既没有任务考核,又可以有压力多卖车,何乐不为?"

毕向东盯着楚天舒:"楚总您这是教我怎么工作?"

"哪里,我只是和你相互探讨一些问题。刚刚你也看到了销售顾问手头的潜在客户登记记录,我不知道你能不能判断出我现在销售部的实际情况?实不相瞒,我要对销售部进行改革,其目的非常明确就是换血,所以销量在这两个月我是没法保障的。但是我可以承诺到 9 月份我能够完成所有的改变,到时候我的任务不但可以完成,还能够超越。"

毕向东一直盯着楚天舒,一句话都没说。他不知道这个人的脑子里在想什么,不过有一件事情是可以肯定的,面前的这个人要么是聪明绝顶,要么就是一个彻头彻尾的无能之辈,绝对没有中间地带。

7 月 3 号月度任务出来了。龙川集团进货 40,出货 30;昌硕汽贸进货 60,出货 55;通业北方福特进货 60,出货 55。

毕向东是在徐琛的办公室里向各家经销商发出的邮件,他几乎用了一整天的时间来说服徐琛。徐琛根本无法接受毕向东给他的任务,因为他知道这个任务根本就是不存在的,厂家不会在这个时候下任务的。而且他也清楚,毕向东是把这个区域里完不成的数字都推到了自己的头上。虽然这让他有很强的优越感,但是优越感不能当饭吃,现在需要的是业绩,但同样需要稳扎稳打,他不能接受毕向东的这个分配。毕向东则再三再四地向他说明自己分配的想法:你是老江湖,这些对你来说都不是问题,站住脚之后就可以考虑自己做得更加长久,甚至位置坐得更高。不要忘记通业集团可是一个相当有规模的集团,而且这次要在北方地区大力发展,你应该把目光放得更长远……

不得不承认,欲望最终战胜了理智,徐琛开始坐下来和毕向东讨价还价了。经过几轮的争执之后,最终在进出货数量上又较量了三次之后,徐琛把自己的任务和昌硕汽贸拉平了。不管毕向东怎么说,他就是不肯超过昌硕。

其实毕向东的心愿已经达成了,再三讨价还价的目的只是让徐琛陷入一种胜利的满足之中,他希望徐琛把所有目光都放在昌硕身上。这个目的可以说不打任何折扣地完成得很漂亮。心满意足后,他不再犹豫立马起身告辞,他甚至怕一会儿徐琛明白过来之后找他算账。

毕向东走了之后,徐琛才想起来上网看一眼他发的邮件。不看则已,看到之后徐琛拍着桌子把毕向东祖宗八代挨个儿问候了一遍。毕向东刚才一直把任务数量和昌硕进行比较,但是绝口不谈龙川那边,徐琛自己也已经把龙川这个老东家忘了,因为现在身在 H 市,首要的对手一定是昌硕,而且之前也有过了解,彭程是一个有能力的人。这些都让徐琛暂时把龙川给忘记了,而且潜意识里,他觉得龙川的任务或许会高一些,至少应该是一样的,这也是他多年来的经验。可是当他看到了邮件时,他明白自己上当了,从数量上来看,他是给龙川集团负担了大部分的任务。

面对着已成的事实,徐琛真是哭笑不得。能怨毕向东吗?这件事情上,毕向东是一个老狐狸,但是自己还不是让欲望给蒙蔽了双眼?

从办公室里出来,徐琛有些心烦,想去售后看看。上一次和孙兴华在封釉的事情上有了一些隔阂之后,孙兴华似乎老实了很多,虽然售后还没有正规的场地,但是也能做基础的保养。在孙兴华办公室外,他看见孙兴华正和一个女孩聊天呢,他推门就进去了。

屋里两个人聊得似乎很火热,对徐琛的推门而入有些准备不足,一下子两个人谁都不说话了。愣了一会儿,女孩站了起来,她已经感觉到了气氛有些不对头,推门而进的这个人脸上看不出是喜是怒,但是很阴沉。

"孙总我先走,明天报纸就出来了,到时候我给您送一份过来。"说完女孩躲过徐琛走了。

徐琛看了一眼孙兴华的办公室,这是他第一次过来,这里简直就是一个茶室,哪里像是办公的地方!

"厂家在搞服务月?"

"嗯。"

"有效果吗?"

"还可以。"

"厂家支持的力度如何?"

"很大……"孙兴华对徐琛已经有些惧怕了。

徐琛没说什么,扭头出去了,看了一眼临时车间,感觉车不算多,但是新开店不就是这样吗?

第二天中午,吃过午饭,徐琛随手翻开了当地的日报。他突然想起昨天孙兴华办公室里的那个女孩说什么报纸今天就出来了这句话,他给销售前台打电话,让把今天的报纸都送上来。

徐琛连续翻看了几份报纸都没有发现任何关于店里的广告,他觉得有些诧异的时候,翻开了《都市报》,汽车专版整整一版居然都是关于孙兴华的个人报道,徐琛真的惊呆了,他原以为是一个关于店里的宣传报道,真的没想到居然是对他孙兴华个人的专访。徐琛的火气一下下地高涨,只有孙兴华这种吃皇粮、要政绩的人才会做出这种事情来。

细看内容,徐琛震怒了,这篇专访配的照片是他的总经理办公室,主人却是孙兴华,内容中对孙兴华的职位写得很含糊:通业北方福特店负责人。

徐琛终于忍无可忍,他本来想让这个孙兴华多活几天,现在看来这是他自己找死了。

第十五章　游戏规则都一样

1

　　徐琛来到H市之前,通业高层就已经给了他16个字的指示:"广交朋友,少树敌人,狠抓售后,稳健销售。"

　　6月份的半个多月的时间里,徐琛根本就没顾上交朋友,没有心情再树敌,更没法抓售后。唯一值得"称道"的也就只是销售了,其实主要的原因还是宋艳辉对自己还算是配合。可就在他觉得销售还算比较让他舒心的时候,毕向东和他耍起了心眼儿。和毕向东打交道不止一年两年了,这个人什么样他很清楚,现在这种情况下,徐琛非常明白,对于毕向东来说龙川集团那边靠不住了,他必须有一个新的经销商来帮他分担身上的任务。说白了龙川集团身上的任务数可能有一部分已经分到了自己头上,徐琛对这种事情非常恼火,他现在还和龙川有官司在身,这场官司什么时候能够了结还是一个未知数。这个时候不明不白地当了冤大头,确实是让人有火发不出。

　　可以说徐琛现在的职业生涯到了一个缓坡,正在他想用力但没地儿使的时候,孙兴华蹦了出来。徐琛觉得这次如果不收拾他,都对不起自己。按照徐琛的话:你自己作死,我得成全你。

　　姜烨是一个典型的书呆子,不过话说回来,一般大型集团外派人员就必须有一个这样认死理儿的财务总监。正因为有这种认死理儿的人存在,财务上的一切问题集团才放心。所有这种书呆子都有一个共同的特点,那就是胆小,胆小还真不等同于怕事。姜烨的这种胆小是因为心思缜密,在通业这种国有大型企业里,他们这种公职人员的顾虑是最多的,考虑最多的是个人的职位是否稳妥。徐琛正是抓住了这一点,他要利用姜烨的手除掉孙兴华。

　　孙兴华在封釉事件之后,对徐琛的态度明显好转,当然主要原因还是惧怕。因为这件事情让他明白,徐琛绝对不是简单的人,想和他斗心眼儿是非常危险的。不过孙兴华也是一个不甘寂寞的人,封釉活动在被徐琛点透了之后,他很快就停止了。但是孙兴华并没有闲着,而是马上跟厂家的区域经理联系打了一个申请,希望厂家能够支持一个服务月的活动。因为现在通业北方福特非常需要一个活动来提升一下关注度,希望厂家能够多给予支持。福特北方区域主管服务的区域经理名叫秦刚,收到邮件之后对着电脑冷笑了一声,对这个孙兴华的智商产生了严重的怀疑。你要宣传自己,厂家凭什么给你负担费用？真是脑子有病了！这样想着,很快回复了一封邮件:目前主机厂没有计划安排统一的服务月活动。

孙兴华收到邮件有些失望,看着秦刚的邮件,就那么一句话,一个让他都觉得精明的规划就这样毫无意义了。

孙兴华原本的计划是利用服务月来造人气,之后就开始向总部邀功请赏。但是这个计划很快就破产了,因为孙兴华傻吧唧地给秦刚发了一个邮件,他在国有企业里待了一辈子,早就习惯了以自我为中心地思考问题。这封邮件秦刚看后第一感觉就是这个人根本做不好这个品牌的售后服务经理,自己都不知道自己处在什么情况、哪个阶段、什么位置,怎么能有正确的思路呢？

虽然服务月的计划破产了,但是孙兴华并没有闲着,销售每从厂家进一台车都要到售后做 PDI,PDI 是新车准备检查的英文缩写。这个新车准备检查的费用是由厂家负担的,每个品牌的规定也是不一样的,福特品牌的规定是每台车给予 1100 元的补贴。按理说这笔钱是品牌所有,服务经理个人是无权支配的,不过一般的 4S 店总经理和服务经理都会商量着把这笔费用灵活使用。不过目前的通业北方福特还真不是一个"一般的 4S 店"。这里虽然还没有真正意义上地开业,但是早已是矛盾重重了。孙兴华太低估徐琛了,他真的应该好好地调查一下自己的对手以前的身份。徐琛做品牌经理的时间比孙兴华进汽车圈还要早一年,对于售后服务的了解程度绝对要更胜一筹。孙兴华想在徐琛面前耍手段,简直就是妄想。

孙兴华很快就打起了 PDI 的主意。这笔钱和销售返利不同,每个品牌也有自己的返款方式,这是一个相当灰色的部分,有些品牌甚至是售后的区域经理直接带着现金让总经理签收。福特品牌就是这种利用每个月月底对经销商进行的检查当面返款的形式,这个举动之下一般的服务经理是不会要求财务经理和总经理在场的。当然这笔钱最大的用途还是售后奖金或者是聚餐之类的,大部分人是不会动这笔钱的,而是把这笔钱计算在部门的结余款里面。

孙兴华正是利用了这个机会,秦刚说 8 月份主机厂应该会有一个统一的服务月活动,到时候再搞活动也没问题。而且主机厂的活动力度肯定更大,这比经销商个人行为更有效果。

得到了这个有利的信息,孙兴华更是兴奋了。他的目光很快就盯在了 6 月份 35 台车的 PDI 款上,如果这个月用这笔钱做活动,8 月份的时候再拿厂家促销的活动费来弥补这笔费用,不但有结余还有好的效果。

打定了主意,他就找来了车间主任和服务前台的主管。很快三个人就定了一个攻守同盟,如果姜烨和徐琛问起来,就说由于他们刚建店,6 月份的

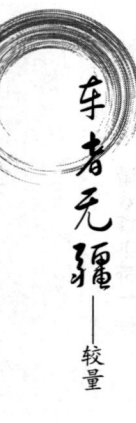

PDI 费用可能要延后很久才能到。按理说，孙兴华就算是不说也不会有人知道，但是他觉得把车间主任和前台主管叫在一起很大程度上这件事情就增加了筹码，一旦真的败露了，三个人可以相互攻守，可以让领导法不责众不大动干戈。服务经理、车间主任、前台主管在很大程度上已经代表了整个售后了。

孙兴华是一个非常精明的人，善于钻营和算计，但是这一次他彻底失败了，简直就是非常业余。

首先，他和两个主管并不是生死之交，甚至连朋友都算不上。这种时候你找他们来做攻守同盟，寄希望于同攻同守，简直就是做梦。关键时刻孙兴华自己只能是一个人孤军奋战了，而且还要提防知情者的检举揭发，倒戈投降。

其次，只尽义务不享受权利的事情是没有人愿意干的，两个主管都很清楚，孙兴华是想捞业绩，甚至还想取代徐琛的总经理位置。这种事情如果做好了是没什么，两个人可能还有好处，但是一旦暴露了，或者说不成功，那么两个人可就成了共犯了。两个人谁都不傻，他们很清楚一旦出了事情，他们两个肯定要背黑锅。

第三，两个主管之间也是相互不服气，相互不买账。就这样的两个人怎么可能成为孙兴华攻守同盟的战友呢？他们自己都不相信对方会成为自己的朋友，更不会相信孙兴华能够帮助自己，也不想和孙兴华之间有什么瓜葛。

孙兴华自己认为一切都在掌控之中了，他便大胆地开始了行动。

徐琛相当敏感，他能感觉到孙兴华肯定会出事，而且他感觉这家伙正在酝酿什么事情。或许换句话说，应该是徐琛希望封釉的事情之后，这个孙兴华还能出点别的事情，这样就有足够的理由来除掉他。如果想借助姜烨的手除掉孙兴华，单单一个封釉的事情还不足以。

倒霉的孙兴华就在这个时候给了徐琛除掉自己的机会，看着每天来来往往的售后临时大厅，徐琛明白这里面如果有问题就是大问题。他做了这么多年的总经理了，太清楚一个只是临时展厅的品牌不可能有如此的人流，这个服务月把孙兴华害了。

最近徐琛经常到车间里去，他的第六感告诉他应该多来看看。看着车间里准备做 PDI 的新车排着队，忙碌的工人们一刻不停的样子，他知道销售又到新车了。这个月 60 台的进货任务，他和宋艳辉商量了很久，最后决定进货任务全部完成，只有这样他们才能在接下来的月份里争取主动。

车间里新到的 8 辆新车正在准备做 PDI，服务月来做检查的车辆也不少，本来就不是很标准的售后看上去一派繁忙。

徐琛看见车间主任正在和一名修工说着什么，那名修工频频点头后离开了，徐琛开口叫住要离开的车间主任："小陈……"

车间主任叫陈正超，是一个从修工一点点做起来的实干型的小伙子，不过他为人很精明,也绝对是那种人见人爱的类型。

陈正超小跑着过来了:"徐总,您找我有事?"

"挺忙呀?"

"还行吧,就是不挣钱。"

"慢慢来,现在我们还没有正式的展厅和维修车间呢,一切都会好起来的。好在本地以前有保有量,我们不发愁这个。"

徐琛看了一眼车间里忙碌的修工们:"每天进厂多少?"

"十七八台吧。"

"不多呀,宣传不到位?"徐琛记得在龙川集团的时候,一次服务月至少要有50台以上进厂才对,高峰期能够达到日进厂80台以上也不成问题。

"宣传我不知道,但是咱们现在硬件不行,所以项目不是很多。"

这句话一下子让徐琛感觉到了什么:"厂家的服务项目不是很多吗?"

汽车生产制造厂,经销商通常称之为主机厂。主机厂每年都会在固定的月份向已购车客户推出一系列的活动和免费服务检查等的噱头。这些服务项目每年都是大同小异,看上去很花哨,不过大多数都没有什么实际的意义。但是正是这些看上去美丽的项目可以把客户有效地吸引回4S店,进行常规的保养维护,一些出了质保期的客户平时是不会回来的,但是服务月期间由于是免费检测,所以这些车自然也会回来。

这次的服务月怎么会减少项目呢?到底是因为硬件不达标,自己主动减少的,还是另有其他的原因呢?如果是自己主动减少,那么为什么孙兴华不汇报给自己,这么做会给客户什么感觉和印象呢?

"这次活动厂家支持力度怎么样?"说着,徐琛开始环顾维修车间。

"还好吧……"陈正超底气不足地说着,他感觉面前的徐总好像都知道了。

徐琛终于发现了问题,怪不得自己一直都感觉不对劲,这么多天了现在才发现问题所在。看着整个售后服务区,没有易拉宝、吊旗、X展架,没有宣传海报也没有任何的宣传单页。可以很明显地看出来这次服务月并不是厂家的官方行为,怪不得感觉有点不对劲,原来问题出在这里。

既然服务月不是厂家的行为,那么这笔费用从何而来呢?如果孙兴华用封釉的钱进行这次服务月,那他就没什么好说的了,封釉的事情虽然不合理,但如果孙兴华用这笔钱来拯救自己的话,徐琛还真的没话说。

这样想着,徐琛有些后悔,当初不该把封釉的事情点破。

不过徐琛很快就把这个假设否定了。首先封釉套到的那些钱非常有限,这么点钱是不可能做服务月的。再有孙兴华自己说的厂家支持的服务月,那么他一定是打过申请的,但是厂家是否批复了就不得而知了。

看来这个孙兴华的胆子真不是一般的大,徐琛想:只要是能明白他到底

用什么方法来把服务月的钱做平,就有机会干掉这个家伙了。

就在徐琛想要查清楚孙兴华到底从哪里弄来的钱做服务月的账的时候,宋艳辉来找他了。昌硕汽贸现在正在搞价格战,这个消息让徐琛有些意外。现在市场情况不理想,降价的方式并不能够真正刺激客户,再说价格从来都是双刃剑,降下来容易升上去太难了,而且彭程这个人徐琛应该是很了解的,他不是那种做事情不讲章法的人呀。

不过徐琛并不知道,眼下昌硕汽贸的行为却有着更加深远的用意。这个月他们与通业北方的进出货任务完全一致,能够完成多少并不重要,重要的是要比对手多出多少。而且市场份额本身并不大,这个时候多完成一台车就等于把对手的机会减少了一台,价格下调可以把客户的目光吸引过来,成交与否还在其次,增加关注度才是最重要的。

2

彭程发现徐琛对售后明显要重视很多,最近听到的一连串都是那边关于服务部的动作。从这点来看,徐琛绝对是行家。在龙川集团的时候这个人就是一个厉害角色,看来这次自己真的遇到对手了。连续两个月通业的重点都在售后方面,这让彭程更加重视这个"新的对手,老的朋友"。彭程很快找了几个朋友到那边去探听了一下,这几个朋友都是以客户的身份去的,经过了几次暗访,彭程心里多少轻松了一些。他发觉对手实在是不够大气,这种缩手缩脚的促销很难把客户真正揽过去。

虽然没有把通业北方放在眼里,但是彭程还是把林峰找来了,商量一下对价格进行调整。

林峰很意外,上个月的时候,他曾经向彭程汇报过,希望能够对价格做一个调整。当时彭程没有同意,理由是价格是很敏感的东西,一动恐怕就要引起一系列预想不到的后果,最好不要轻易动价格。这个月销售情况还算是理想,按照正常的节奏在推进,而且才刚刚月初,彭程这是怎么了,为什么要对价格进行调整呢?

"现在你觉得动价格合适吗?再等等吧,月底的最后一周再做调整,应该会有意想不到的效果。"林峰问道。

"价格向来不是决定性的因素,但是会是双刃剑,搞不好就会让自己很难看,这个道理我还是坚持的。价格只能刺激人们的关注,不可能让人们增加购买欲望和需求。这一次价格的调整我主要是想针对通业北方,把价格调整一下看看他们的直接反应是什么。"

"这段时间他们所有精力好像都放在了售后。"

"对,这说明他们不傻。徐琛也算是老江湖了,市场我们已经开拓得差不多了,销售情况一直都很稳定,我们的口碑和知名度已经很响了。这种情况之下,想吸引客户最好的方法就是通过售后服务。不过我已经找人去实地看过了,他们的这两次活动都做得缩手缩脚,手脚放不开的话就不是做大事情的人,这个不是徐琛的性格,可能是目前通业北方还不正规导致的。这时候我们一定要抓住这个他们还没有立足的机会,他们不是重视售后吗,我就从销售入手,牵着他们鼻子走。"

林峰点了点头。一直以来林峰都对彭程非常信服,彭程是一个思路很宽的人,这一点也是林峰感觉自己无法超越他的地方。在这里,林峰已经做了三年多销售经理了,对彭程也是越来越信服。很多次了,彭程长远的目光和精准的分析都让林峰臣服。今年年初,彭程说投资人在广西投资了一个很大的项目,已经找过他了,他很有可能年底就离开了,到广西去负责那个新的项目。彭程和林峰说一定要多留心学习,他也会向投资人推荐林峰来接替自己的位置。

林峰对彭程的感觉用一个词就是"敬重"。彭程是一个很"厚道"的人,对自己的手下人向来很关心。所以林峰一直都把彭程当作自己的目标和榜样,当然他也把总经理的位置作为自己的职业目标。做人方面他深深地欣赏着彭程,可以说无形中他一直都在模仿着彭程。

林峰对彭程提出来的指示向来不怀疑,这一次也是一样,可以说林峰是一个优秀的中层管理者,执行力很强,能够很快地贯彻领导的思路。

具体的方案因为是两个人共同商量的,所以可以用完美来形容。关键是看徐琛了,看他如何反应,徐琛的反应可以决定整个战局的走向和变化。

宋艳辉向徐琛汇报了昌硕汽贸的优惠政策后,徐琛并没有着急。他做了多年品牌总经理,有着相当高的职业素养,他不会贸然地决定进或者是退。7月份的销售情况明显是好过6月份,起码自己这个临时展厅里的客流量大大地增加了。

"目前有多少客户把主要的注意力放在价格上?"徐琛问宋艳辉。

"不多,我已经安排销售顾问统一了话术。"

"怎么说?"

"主要强调目前我们正在进行新店的筹建工作,厂家对我们非常认可,允许我们先期销售,而且我们的车都是最新的资源,不存在库存。有价格优惠的车一般都是库存时间比较长的,优惠越多时间越久。"

听宋艳辉这么说,徐琛不是很满意。销售话术是一个非常重要的东西,一定要能够自圆其说才行,按照宋艳辉的这种说法,很难自圆其说,而且会自己给自己设套。把价格优惠归结为库存时间长,如果自己也做出相应的调整,那么怎么和客户解释呢?再做任何的解释都是徒劳的,客户绝对不会再信任你。

"下班后销售部开一个会,你主持我也参加。主要就是说说目前我们销售的情况,还有就是对价格做一个讨论,我们是否有必要对价格进行调整。你觉得我们现在有必要调整吗?"

"我觉得暂时没必要,目前来看昌硕汽贸价格调整并没有起到什么作用,我们也不是很清楚他们的销量情况,所以很难判断他们为什么要这么做。"

徐琛见过彭程不止一次,几年来对这个人谈不上深交,但是却也相互熟悉。彭程是一个机敏过人的人,而且是一个主抓销售的领导。这恐怕只是他们的第一步棋,接下来还有其他的动作。

"嗯,我也同意先不着急。等等看,看看昌硕还有什么动作。"徐琛低声说道。

宋艳辉刚出去,徐琛办公室的门被敲响了,朱宇阳走了进来。

"朱总,好久不见呀。"

"最近忙呀,你这里情况怎么样?"

"还可以,我早就轻车熟路了,没什么问题,厂家方面我也很熟悉。"

"那就好,我还是很看好你的。你是高手,手段也不一般。不过有些事情我还是要提醒你,这里和龙川集团不一样,这里的财务总监直接隶属于总部管理,涉及财务方面的事情你应该和姜烨打招呼,你们沟通好了,工作才会更顺利。再说,如果你们沟通好了,还有什么必要把问题都拿到台面上来?"说完,朱宇阳停顿了一下,意味深长地说,"咱们是外聘的经理人,经营管理方面我们可以自行决定,但是涉及财务方面的事情一定要和财务总监打招呼,这样咱们不会太为难。"

朱宇阳上来就是一个软钉子,这让徐琛非常不舒服。

"朱总,您的话我不是很明白,难道我有什么关于财务方面的事情没有汇报吗?"徐琛一脸无辜地问道,其实他的心里非常清楚是怎么回事。6月份给厂家瞒报了销售数字,厂家返利对账表下来了。姜烨肯定是对着这表格看车,结果发现实际销售数字、厂家上报数字和返利之间有冲突,返利多了不少。但是他又不能直接问厂家,又搞不懂怎么回事。按理说他应该找自己或者是宋艳辉问问情况,但是他找到了朱宇阳。徐琛不知道他都和朱宇阳说了什么,也不知道今天朱宇阳来的目的是什么,目前通业北方是朱宇阳在负责,也就是说,他是自己的顶头上司,这个时候他必须向朱宇阳表明自己的态度,否则以后工作没法开展了,动不动这家伙就蹦出来了。

看着徐琛的表情,朱宇阳明白徐琛此时此刻正在想该如何解释。必须给他机会说出来,但是更为重要的是自己需要知道整件事情的来龙去脉。

"其实没什么太多的事情,总部要求通业北方旗下的4S店财务总监每个月都要向我汇报上一个月的财务状况。昨天姜烨给了我一份6月份你这里的财务报表,其中有一些问题他自己解释得也不是很清楚。上个月我们的实际销量是 8 台，但是为什么到了 29 台车的返利？这个问题他始终没法给我解释。"

"噢！朱总要问的是这件事情呀！"徐琛夸张地回一句，一下子就把矛头直接指向了朱宇阳，其意思是：你想知道这件事情直接问我好了，干吗转弯抹角的？"这种事情我个人觉得还是属于经营管理范畴之内的，应该没有必要和姜烨打招呼。宋艳辉应该会自己斟酌是否和财务人员沟通这件事情，返利一般每个月都有一张对账单，但是半年才会兑现一个季度的，也就是说都有三个月左右的滞后期。正常情况下，财务人员只要对好每个月的数字，然后一个季度返利到账情况进行再次核对就可以了。平时的数字大部分都是经营管理范畴之内的，销售部或者是售后服务进行自己管理促销的手段和政策，很可能当下看起来很混乱甚至不可理解，但是一个季度之后就会全部都明白了。我想如果宋艳辉没有和姜烨说这件事情只能证明一点，姜烨平时工作很忙，艳辉不想给他添麻烦。销售的商务政策是很烦琐的，我想这是主要原因吧。"徐琛果然是厉害，几句话就把自己摘得干干净净的，而且把宋艳辉拉了进来。他很清楚朱宇阳对宋艳辉很看重，所以这个挡箭牌自然要好好地利用了。

"6 月份我们实际销售了 8 台车，上报厂家 29 台，多出来了 21 台。这是因为厂家针对 6 月份和 7 月份有单独的考核政策，而且单车的补贴非常高。这一点我和艳辉是研究了很长时间商务政策才决定的，我们是不会盲目出击的。9 月份开始车市肯定就进入了旺季，厂家也会减少各种补贴了。到时候我们可以减少上报数量，就可以补回所有虚报数字。这些是灵活掌握的东西，如果每一次都要和财务人员沟通就需要每次都讲解商务政策，甚至推演计算，您觉得这是不是太麻烦了？而且这应该是经营管理范畴之内的，您也说了经营管理范畴之内的我可以做决定。"徐琛这番话说得软中带硬，面无表情，却又好像透着一丝阴冷的笑容。

朱宇阳笑了："关于商务政策方面的事情，你们有自己的理解，这个我不会关心，我也没时间过问每个品牌的事情。但是咱们都是受君之托，必要忠君之事。不管做什么，你我都要记住一点，多思，多虑，不能随便轻易做决定。"

徐琛明白现在他不能够树敌过多，他想要除掉孙兴华，需要姜烨俯首，更是需要朱宇阳给予支持，至少是不明确反对才行。所以眼下对朱宇阳他还必须客气、听话才行，可以表现争取的态度，但是不能表现不服的态度。所以，阐明了自己的观点之后，徐琛也就不再争辩了。

朱宇阳的来访令徐琛对姜烨也不得不提防，他真的没有想到这里的情况这么复杂，他不得不承认，自己对事情的判断出现了偏差。当初来通业集团只是考虑了工作环境和个人的发展，没考虑这里的人事复杂程度，甚至忽视

了通业集团作为国有企业的弊端。

3

徐琛认定了陈正超那里可以找到突破口,所以他时不时地找陈正超聊天,有时会故意在车间里和陈正超聊一会儿,就是想让所有的人看到。

一个多星期后,业务主管高峰找徐琛签字,是一个外出救援的报销费用明细,包括加油、餐费、路桥费等。徐琛仔细地看了一遍之后问:"姜烨怎么不签字?"

"他说您签完他才签,他只做审核。"

老油条不知道自己什么身份了吧,徐琛暗骂道。"先放在我这里吧,明天给你。"说完看了一眼高峰,感觉他还有话要说就问,"怎么了?"

"您忙吗?"

徐琛一听这句话就来了兴致,他最喜欢手下人找自己聊天,这会是一个全面掌控下边人心态的好机会。他把笔记本电脑合上,以示尊重般坐正了身子:"没事,聊会儿吧。"

"嗯,我也没事,就是想和您聊聊。"

"行呀,咱们还真没聊过天呢,我和小陈倒是经常聊天。"徐琛故意这么说就是要让高峰明白一个事情,你既然主动找我,就要讲真话,就要说我不知道的事情,因为我经常和小陈聊天,而且我相信你也看到过,否则你不会来找我。

这一招果然好使,高峰坐下后想了想,足足有10秒钟没开口。

"徐总,其实有些事情我们手下人是做不了主的。能用得到我们的时候我们肯定冲在最前面,用不到我们的时候我们就很失落也有几分担心,倒不是害怕丢了工作,而是怕没办法完成领导交代的任务。"

徐琛看着面前的这个高峰,心里暗自寻思这小子真会说话,不过他也听出来了这个高峰应该知道一些秘密。"对于任何事情,每个人都有权利选择说或者不说,其实你进门之后坐下来,我就希望咱们能够坦诚地交流。我说了,我经常和小陈交流,而且聊得不错。可能你不想说或者无法开口的事情,其实我已经知道了也不一定呀。所以我觉得你没什么可顾虑的,对不对?好了,你要是不想说得太详细,我们可以聊点别的事情。"

徐琛这是明显的欲擒故纵,而且他已经掌握了高峰的心理,别看这个人表面油滑,实际上不是一个很有心计的人,不想说,没关系,想说我还不听了呢。

徐琛这招果然够狠,高峰如坐针毡,心神不宁地和徐琛一问一答说着没用的废话。眼看着要说的话没几句了,高峰头上冒出了汗,终于他忍不住了。

"徐总……"

姜烨知道朱宇阳找了徐琛,他料定徐琛必然会找自己,但是怎么也没想到过了这么久,徐琛才找到自己。

"这是售后的一张外出救援费用报销单,你看一下没问题的话给他们报了吧。"徐琛把高峰给他的费用报销单递给对面的姜烨。

姜烨拿起来看了一眼:"徐总,这个单子报不了。集团有规定的,售后外出救援的报销单绝对不能超过 24 小时。"

"高峰前天就给我了,我忘记了,今天才想起来。"

"集团规定外出救援的餐费补助每人不能超过 25 元,这张报销单 60 元,但是只有两个人,我签了字,总审也会打回来的。"

徐琛知道财务制度向来都是很气人的,这些财务总监们只要是看着不顺眼的人或者是事情就会把财务制度搬出来卡你,有的时候真是逐字逐句地给你揪问题。以前他在龙川集团的时候领教过不止一次了,所以他不会在这种事情上跟姜烨争辩。

"你看看这个。"徐琛毫不客气地把一份刚刚打印完毕的邮件给姜烨推了过去。

姜烨拿起来一看,这是一封来自厂家大区的售后服务督导秦刚的电子邮件。标题是:关于通业北方福特新车准备(PDI)返款事宜的说明。内容详细讲明了在今年的几月几日秦刚将 6 月份全部车辆 PDI 返款交付给服务经理孙兴华之事,并在这封邮件的最后注明,有孙兴华的亲笔签名领取单。姜烨看了一遍,不是很明白这个是什么意思,正想问徐琛,桌上的传真机响了,一张纸很快飘了出来。徐琛拿起来看了看,站在复印机旁,复印了一张,并把复印件交到了姜烨手中:"这是秦刚刚发过来的。"

姜烨接过徐琛递过来的复印件,这是孙兴华亲笔签收的 6 月份 35 台车 PDI 的返款收单。姜烨拿着徐琛给他的一份传真和一份邮件,看了两遍,他终于明白了,顿觉冷汗直流。

"这笔返款你我都未经手,也没有收到孙兴华关于这笔钱使用情况的书面或者是口头汇报对吧?"徐琛巧妙的提问一方面拉近了他和姜烨的距离,另一方面也是在教姜烨该如何说话。

姜烨感觉有种说不出的恐惧,他第一反应就是孙兴华完蛋了。"我确实不知道……"姜烨的话非常没底气,他非常清楚,作为财务总监这次他的责任重大,而"不知道"三个字绝对不该从他的嘴里说出来。

"你不知道?其实我也不知道。"徐琛近乎开玩笑一般的口气。

姜烨有些坐不住了,从级别来说,通业集团规定财务总监不受总经理支配。但是从组织架构上来看,他只不过是财务人员而已,必须受到总经理的指派。所以徐琛那句"我也不知道"可以看成是对姜烨工作的批评,也可以

看作是对这件事情的推卸,毕竟财务方面出了问题,自己必须负首要责任,这些年他在通业集团太了解集团的做事风格了。姜烨心里暗自咒骂孙兴华不是东西,这么几个钱都看在眼里,这回你自己完蛋不说,还连累我。他又抬头看了看面带微笑的徐琛,这个人不好对付……

徐琛不容他多想:"你怎么看这件事情?"

"我……我查一下,这件事情……这件事情我觉得老孙不会这么傻吧,是不是忘记了?"

徐琛暗笑姜烨真是一个浑蛋,这都什么时候还想着保孙兴华,这小子真的不是一个聪明的人。

"既然你了解他,这件事情你负责查一下吧。这笔款项我会给朱宇阳打一个电话,至于你,你自己找他去解释吧。"

"徐总,咱们一起去吧,这样好点……"

"一起去可以,但是你要先弄明白这里到底是怎么回事儿才行。如果说正常程序应该是你先发现的问题,然后向我汇报,我再带着你去找朱总才对……"徐琛又在诱导姜烨了,说完这番话,他看着姜烨,而姜烨则头都不敢抬起来。

"您说得对,我现在去找老孙,看看他有什么解释。"

回到自己的办公室,姜烨一点精神都没有了,他眉头紧锁不知道该如何找孙兴华。按理说应该直截了当地和他说:徐总正在查你,你把这件事情快点和我说说,看看还有什么可以回旋的余地。可是现在来看老孙做的事情应该不是小事儿,而且这家伙也太过分了,这种事情不打招呼不咨询一下我的意见。这样想着,姜烨又觉得幸好这小子没和自己商量,要不然搞不好自己也就倒霉了。

这样想着,姜烨拿起了桌上的电话:"老孙,咱们上个月的新车准备厂家返款了吗?"

"上个月咱们13号才开业,不足一个月,厂家说暂时不给呢。"

"好了,知道了,我说怎么没听见你说呢。"

"太忙,忘了。"

放下电话,姜烨心中一阵阵发抖,他明白孙兴华一定有问题。他马上返回了徐琛的办公室,可是坐下之后,他又不知道该说什么了,因为他对一切的来龙去脉其实并不清楚。

徐琛从姜烨的表情中已经看出来这家伙意识到了问题的严重性了:"你先坐下,我给你找两个人来,让他们告诉你这是怎么回事。"说完,拿起桌上的电话,把高峰和陈正超都叫了上来。

"小陈,你说吧,PDI到底是怎么回事?"

陈正超一惊,他看了一眼旁边的高峰,只见高峰一脸得意的表情,他明白了,一定是这小子把事情说了出去。他真恨自己怎么不早点儿说,好几次话到嘴边没有说出来,这下惨了。不过现在应该还不晚,他当着姜烨的面原原本本地把事情的经过说了一遍,甚至包括孙兴华找到他和高峰要做攻守同盟的事情也说了。

说完,陈正超又补充了一句:"我和高峰也没办法……"

徐琛问高峰:"你还有什么要说的吗?"

高峰摇了摇头:"正超说得很全了。徐总,我们确实没办法!"

徐琛笑了:"没事,把事情说开了就没事了,不过仅限于我们这个屋子里的四个人知道,不管对谁都不要再说了,否则出了问题没人能救你们。"

两个人下去后,徐琛看着姜烨:"你怎么看这件事情?"

姜烨明白了,其实徐琛早就知道了这件事情,甚至了如指掌,或许他早就等着事情发生呢。这么想着,姜烨明白他没法救孙兴华了。

"我知道,你们是一个集团共事多年的朋友,都是在编人员,一直都关系不错。不过这件事情早就超出了你的可控范围了,你现在只能有一个选择,如实汇报。否则的话对你不利,这个道理你明白吧?"

姜烨点点头,对面前的徐琛他有些畏惧了。

"如果仅仅是这么一件事情也好说,还不必上火,但是还有一件事情我要问问你,上个月售后也做了一个活动,免费封釉,这件事情你知道吗?"

"知道。"

"这个活动从你做财务的角度来评价一下,整体如何?"

"不错,盈利了。"

"那你能不能给我解释一下,既然是全部免费项目,怎么会盈利,盈利的项目来自哪里?"

这句话把姜烨问住了,他看了上个月孙兴华给他的报表,许多数字在一起,他只是按照孙兴华给的工时套算了一遍,数字没有错。其他的他没再看,因为他觉得老孙不会出问题。可是今天徐琛这一问,他意识到这里面也有问题。

"你说我是不是该写份报告,我是该怀疑你的审核能力呢,还是该怀疑你参与此事呢?"

"我不知道这件事情。"

"我也不知道。"徐琛阴冷地说道。

看着徐琛一张阴冷的笑脸,姜烨感觉这个人太可怕了。

"还有件事情,关于商务政策,你要是不懂的话就找小宋多聊聊,不相关的人最好还是不要去打搅。如果打小报告这个坏习惯养成了,就很容易被误认为是叛徒,到时候如果有什么擦枪走火的事情就不好了,对不对?"

彭程和林峰谁也没想到,三周过去了,通业北方福特店居然一点儿动静

都没有。

今年的 7 月份市场情况比往年都要好很多,虽然 6 月份的情况不理想,但是 7 月份一开局就非常顺利。本来计划要牵着通业北方走,没想到昌硕汽贸反倒成了一个人的舞蹈了。销售顾问们才不管领导怎么考虑的,他们开始疯狂地给客户打电话,纷纷把手中能放的价格都放给了客户。销售顾问看重厂家 7 月份的单车销售奖金,每台车最低 500 元的奖励是任何人都会心动而无法拒绝的诱惑。

7 月份的三周后,林峰发现他已经无法控制局面了。销售顾问们你争我抢,脸红脖子粗的。"你卖的车是我的"这句话是最近这三周以来林峰听到的最多的一句话。他给楚天舒打电话询问那里的情况如何。让他意外的是,那边的销售情况很不好,三周过去了,楚天舒他们居然才卖了 7 台车,这个数字简直是差到了难以想象。"你是不是跟我耍心眼儿呢?"林峰问道。

"再耍我的脑袋就搬家了,我现在在老板那里信任度直线下降。"

"嗨,怎么会这么惨,想想办法呀!"

"没办法,现在我正在着手整顿销售部呢,乱套了,必须让他们有统一的步调才行。"

"我这里也是差不多,销售顾问都疯了。你们卖车少不明显,我们这里不一样,销售顾问中已经有人超过 15 台了,全部收入加在一起已经过 2 万了。"

"单车奖励的事情你和手下人传达了?"

"说了,当初的想法是刺激销售顾问的积极性,谁知道现在打得不可开交了。我这里还从来没有遇到过这种情况呢,整个队伍的凝聚力都被打散了。"

"我没让销售经理和销售顾问说这件事情,销售顾问的积极性是要考虑,但是更重要的是团队的凝聚力呀。"

林峰无奈地放下电话,还没容他多想,展厅主管来找他,说外面有一个客户在闹事。

4

这些年来林峰见客户闹事的这种事情太多了,不管什么人他都有办法对付。

边朝展厅走,主管边简单地把客户的情况进行了介绍。这个客户是本地一家酒店的公子,贷款买车手续提供不全,20 多天了,现在失去了耐性,在展厅里叫嚷了起来。

林峰来到展厅,先问主管:"谁的客户?"

"小于的。"

"一会儿你让小于到我办公室来一趟。"

林峰没费什么力气就让这个公子跟他进了办公室,不过在办公室里两个人足足聊了20多分钟也没见小于进来。林峰终于坐不住了,他正要走到展厅里去找小于,小于敲了敲门进来了。

"林经理,签字吧,今天又走了一个。"

这个小于是销售部很稳定的一个人,不光是人稳定,销售情况也是很稳定,一直都是冠军。为人也很精明,对上对下都很客气,所有人对他都是赞赏有加。不过今天,林峰算是真正见识了这个小于的本色了。

"先别急,你带这个客户去找一下上次我们做贷款的那家公司,他们那里相对政策比较宽松,我和客户聊过了,我觉得通过调查没问题,要是还不行你马上给我来电话,我找人。"

"这台车怎么办?要不我先交了这个车?"

"现在就去,车我找人给你办。"

"别呀,这个客户我跟进了半年多,终于提车了,这个时候换人交车肯定客户不高兴。"

还没等林锋说话,客户就急了。

"我交给你们15000元,等了20多天了,什么消息都没有……"

林峰一看客户要发作,急忙说:"别急,咱们不是说好了嘛!"说完看着小于极其严厉地说,"把你手头的工作放下,马上就按我说的去做。这个车我给你找人办。"

其实这根本不是什么大事,按理说也算是正常。小于之所以如此积极地要交车,不让林峰找人帮自己就是因为林峰规定了如果有人代为办理交车,厂家奖励要拿出100元给帮忙的同事。这一下可好,销售顾问忙死累死也愿意自己交车。

彭程推门走了进来。

"刚才怎么回事?"

林峰把事情的经过讲了一遍,末了说:"都是厂家的这个单车奖励闹的,咱们真不该和销售顾问说这个事情,现在让金钱把人们刺激得都已经忘了本性了。"

彭程叹了口气:"通业那边情况如何?"

"他们的价格没有任何松动,而且销量不算差,我朝毕向东要了销售报表,从目前来看,他们比我们少一台车,进货任务已经完成了。"

"他们是新店,进货压力小,出货能有这么好的成绩真是让我意外。最后一周我们把价格往回收,不能这样了,我们任务已经够了,下周开始抓利润。"

彭程他们计划把价格回收,但是徐琛却在最后一周把价格放了下来。因

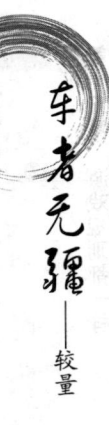

为他的月度出货目标还没有完成,不管价格因素到底能够起多大的作用,现在能用的招数也就只剩下价格刺激了。徐琛了解到昌硕汽贸三周时间就完成了出货目标,这件事情上他觉得自己的判断有失误,如果开始就跟进价格的话说不定现在自己也完成了任务。这个彭程还真不是一个简单的对手,这一步棋徐琛走得不漂亮。

不过这三周的时间虽然徐琛没有动价格,但是他的收获却相当丰厚。姜烨动作之快,审查之严格,是徐琛没有想到的。

只用了不到一周的时间,姜烨把所有的问题都整理好递交给了徐琛。徐琛一页一页看得很仔细,边看边觉得背后冒凉气。对于孙兴华,徐琛其实不是仇恨,只不过是看他不顺眼罢了,如果说整他,也仅仅是把现有的问题汇报出来希望他滚回总部去。但是姜烨给自己的这份报告可以用触目惊心来形容,看着姜烨的报告,徐琛心里暗自琢磨,如果有一天自己也遇到类似的情况,这个姜烨说不定下手更狠。在这份报告中,徐琛似乎看见姜烨在四处寻找石头,把站在井口的孙兴华往井里砸。这分明是在划清界线,姜烨这个人是一个小人。

这样想着,徐琛问姜烨:"你打算先给朱总?"

"是的。他是通业北方区域总经理,这个材料肯定是要交给他。"

徐琛没说话,他担心朱宇阳会不会把这件事情压下来,如果朱宇阳把事情压了下来就彻底坏了。那样的话,恐怕朱宇阳就是在针对自己了,以后所有的工作就别做了。

还没容得徐琛再多想,姜烨又说话了:"我现在就过去吧?"

徐琛看着姜烨,他没想到这个姜烨如此的着急:"行,你去吧。"

徐琛很清楚,姜烨是害怕夜长梦多。万一哪天孙兴华和他说了点什么关于这些该汇报的事情,他是听还是不听呢?

朱宇阳第二天就找到了徐琛。

"姜烨给了我一份文件,你看过没有?"

"看过,里面有几件事情我事先发现了有不对的苗头,然后让姜烨调查的。"

"是吗?"朱宇阳有些意外,姜烨并没有提到徐琛知道这件事情,更没有说过这件事情中徐琛有什么参与。

"其实这件事情最开始是我感觉孙兴华在封釉和免费检查方面有一些问题,但是又不能确定,这样我就让姜烨仔细查一下。后来我看过他的报告,里面其他的问题我就不是很清楚了,他应该是没有和您说我知道这件事情吧?我倒是可以理解,因为对于他来说,监督检查是工作范畴,如果是我提出来他才做的话,岂不是失职?"

徐琛的话很是戏谑,朱宇阳不太习惯他的这种口气和风格。不过他也明白,这个徐琛做事情还是很厉害的,他已经向自己表明了立场:首先,孙兴华这件事情是我首先发现了问题才派姜烨去查的;其次,除了封釉和免费检查这两件事情之外其他的一概不知情,是否属实也不清楚;第三,姜烨工作也有不到位的地方。

"我已经把姜烨的那份文件快递给总部了,总部回信之前我想听听你的意见。"

"我的意见?这种事情我的意见有用吗?"

"我相信这里面的一些事情一定是你有察觉才让姜烨去查的,所以我就直接汇报给了总部。根据我的经验,首先总部会派一个审计组过来对孙兴华进行审计,当然审计的结果不会有太大的偏差。接下来就是换掉孙兴华,然后服务经理可能会听取我们的意见。我想听听你的意见,你有没有合适的人选?"

这可真是一个意外的收获,而且是一个非常好的消息。徐琛怎么也没想到可以自己选定服务经理的人选,要知道这样早就该把这小子干掉。

"总部既然派你做总经理,那么相应地会把权力给你。前期会由总部派人,但是后期肯定还是属地化管理,都要在当地招人。这个道理你应该能够理解吧?"

"明白。"

"那你现在有没有合适的服务经理人选?"

"有。"

"谁?"

"车间主管陈正超。"

在朱宇阳问话的时候,徐琛在脑子里把高峰和陈正超做了几番比较。

陈正超是从修工做起来的,对车间的工序和整个流程了如指掌,而且他在孙兴华这件事情上比起高峰更加老练,沉得住气,相比较来说高峰是很快就背叛了的。相对来说陈正超是不会轻易背叛的,这种人如果能够抓在手里,一旦给他机会,他会懂得如何报答自己。

"行,那你找个机会和他先聊聊,我估计一周左右就会有消息的。"

和朱宇阳聊完,徐琛又考虑了一天的时间,找到了陈正超。

"孙兴华可能会受到处分,并不是只是服务月的问题。姜经理发现了其他一些事情,已经上报了集团总部,估计他的处分很快就会下来。我希望你能够把售后的责任负起来,你有什么想法吗?"

"我会尽力,徐总谢谢您。"

陈正超的回答含义很深,这句感谢的含义可以产生无限的联想,看来每一个人的心里都有自己的算盘,也都计算着自己的事情。

一切都非常快,预计的审计组并没有到来,省去了许多不必要的麻烦。

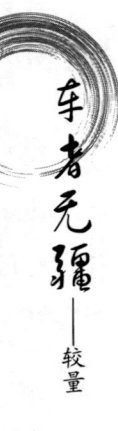

总部很快就下了调令,孙兴华回到总部,陈正超被任命为服务经理。

徐琛长出一口气,孙兴华算是解决了,接下来可以把全部精力都放在销售上了。宣布任命陈正超的时候,徐琛又找他长谈了一次,谈话的最后他告诉陈正超一番话:"现阶段售后不能着急,这不是新品牌,所以一定会有客户主动找上门来,前期这个品牌的保有量是我们的资源之一。我们现在需要做的有三件事:重视技术力量,首先一定要把维修质量做到最好;其次在价格上尽可能不要太多地考虑集团考核方面的事情,先不要太多地增加产值,要做到价格等多方面的透明;第三做好客户的预约,我们现在自身的维修工位不足,力争做到客户来了减少等待时长。"

这番话徐琛说完等于是把售后的大方向和陈正超定了下来,注重发展技术力量,价格透明,减少客户等待时间。那么对徐琛自己来说,现阶段工作的重点自然就放在了销售,有了销量就有了成绩。

内部问题解决了,接下来就是对手了。徐琛把身边的事情捋顺之后抬头一看对手早就跑到前面去了,三周的时间过去了,距离目标还有 11 台车。徐琛找来了宋艳辉。

"马上放价格,让销售顾问打电话通知手头的客户,还有单车奖励的事情销售顾问知道吗?"

"还没和大家说。"

"好,你晚上开个会,告诉大家从明天开始,每台车公司给 300 元奖励。月销售总量超过 8 台的销售顾问每台车再奖励 200 元。超过 10 台,从第 11 台开始单车奖励 500 元。这个月说什么也要完成销售任务,我就要一个结果,必须超额完成,价格的事情你灵活掌握,不能放走客户。"

其实通业北方福特店目前还没有正式开业,现在只不过是一个临时展厅罢了。销售队伍年轻,手上的客户也并不多,能够做到这个成绩已经不错了。虽说重赏之下必有勇夫,但还有句话,巧妇难为无米之炊。没有潜在客户,你让销售把车卖给谁?

7 月份的最后一天,眼看还差 7 台车,宋艳辉问徐琛怎么办。

徐琛的脸色很难看:"和上个月一样,吃回来。"

昌硕汽贸这个月倒是不错,不过林峰有些担心。因为销售顾问为了能够拿到更多的厂家单车提成奖励,已经把手上的客户消化得差不多了。他翻看了销售顾问的客户信息卡,发现级别高的客户已经没有了。这个政策之下大家都是急功近利杀鸡取卵,下个月怎么办呀?

两家都没有注意到龙川集团那个半死不活的楚天舒,依旧是没有完成任务,依旧是和上个月一样的 10 台车。或许在他们眼里,这个楚天舒就是一个过客,龙川集团很快就会换一个新的总经理。

第十六章　彻底革命

1

7月份,当昌硕汽贸在H市的福特品牌市场上独舞之时,当徐琛在新店清理门户之时,楚天舒在龙川集团正在按照自己的想法对这个品牌的固有顽疾进行着"革命"。

早在李凡还在这里的时候,楚天舒就想对销售部进行调整了。平均月销量不到60台车,却留着10个销售顾问,有些销售顾问连续多个月都没有完成任务。一旦到了淡季,"光杆司令"大有人在。而且10个销售顾问分成两个组,每个组还有一名组长,实际上销售部就有12名基层销售人员。组长不参与销售,无形中又浪费了两个人力资源不说,销售部人员工资的分配上就有了很大麻烦。

当他把取消分组、全员参与销售、淘汰不合格销售顾问这三个想法和周玲说了之后,周玲并没有表现出来完全的赞同,这也是楚天舒没有想到的。

"销售部人员的配置是厂家明确规定的,也是蓝标考核项之一。这一点我觉得我们最好还是不要变,而且目前来看销售分组是有好处的,应该说利大于弊。"

"我们不能因为厂家有规定就改变自己的管理方式和思路。当初就是为了迎合厂家的返利政策,才有瞒报数字的情况出现。你说销售分两个组是对销售有好处的事情,我怎么一点都看不出来利大于弊呢?分组后销售的问题主要集中在两个方面:第一价格无法管控,我给你限价,你给销售组长限价,组长再给销售组员限价,其实一层层的限价之后每一层手里的可控权力非常少。销售顾问遇到价格问题只能请示主管,主管请示你。你同意了,OK,车卖了。咱们先不说这里面会不会有因为耽搁时间把客户放走的情况,我就问你一句话,到底是你卖车还是销售顾问卖车?你应该很有体会,在淡季的时候客户对价格计较也是最多的,是不是每台车都要请示你?这无形中增大了你的工作量,而且是没有真正意义的工作。喜欢忙碌很好,但是咱们最好换个方式。第二个问题,每个组的销售顾问、销售组长为了一台车相互争吵。这个问题是我最不喜欢的,我不喜欢在一个队伍里有不和谐的声音出现。这种事情很有可能会成为相互拆台的开始,不知道你想过没有?我就说这么两

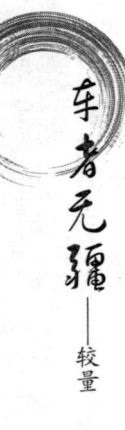

点,其他的咱们都可以不考虑。你给我说说好处,我就不信你能找出说服我的观点。"

周玲不得不承认楚天舒说得很有道理,有些事情没有发生,但是已经有了苗头。进入7月份后,不管是销售组长还是销售顾问,找自己请示价格的频率明显增大了。

"你打算怎么办?"

"我们只有一个月的时间,所以没有磨合期,不可能让你先试着干点这个,再摸索着干点那个。7月份毕向东给通业下了任务,我想通业方面肯定会把完成任务看得很重。徐琛是福特的老人,和毕向东认识,和彭程应该也算是熟悉,那么就让他们去争吧。这个月我们不管任务,照例只上报10台车。你的任务是对销售部进行初步考核,筛选你认为合格的人,留下5个人就行了,其他的人交回管理部。"

"5个人是不是太少了?现在销售部基层人员12个,一下子砍掉7个是不是太多了?也不利于咱们自己的工作。"

"那你觉得留下几个合适?"

"7个吧。"

"行,你是销售经理,留多少人你自己做决定。不过我的基本思路已经和你说了,要是有问题的话,我们随时沟通。你要是真的想不通不要勉强自己硬性接受,咱们两个在管理方面绝不能出现思想不一致的情况。"

周玲看着楚天舒笑了:"放心吧。"

对销售部的改革必须做到快刀斩乱麻,不过店里也有一些事情确实真的不能着急。那就是销售与售后两大部门的协作问题,安排好周玲对销售部的改革工作之后,楚天舒把刘彬叫到了自己的办公室。

"最近情况如何?"

"还不错,前面卖车越多,我们也就越有活儿干。"

楚天舒笑了:"一点都没错,咱们就该这样拧成一股绳。你能给我找几个技术过硬的修工吗?我想让他们给销售顾问做做培训,汽车基本的原理,这对销售绝对有好处,说不定我还能给你培养几个不错的服务顾问呢。你不是总说销售的人长得都看着顺眼吗!"

"哈哈,好呀,这个没问题,好事儿。"

猛然间,楚天舒感觉7月份似乎放慢了脚步。这是他全盘计划中的第二个月,来得快去得慢。

"吴哥,晚上有空吗?"

"有。"

"坐坐?"

"可以。"

吴戈告诉楚天舒,陈总已经找李嘉谈话了,他应该是去新建的日产店了。
"日产拿到了?"
"老大想拿的店有哪个拿不到的?"
"他去做什么?"
"市场经理。现在各个品牌对于汽车市场部越来越重视,现在所有的主机厂都要求市场部脱离销售部并行。"

和吴戈在一起聊天,楚天舒最放松,从进入龙川集团,他就一直和吴戈保持着良好的沟通。在这种私营企业里面,能有这样一个值得信任的朋友是非常难得的。

吴戈问楚天舒工作如何,楚天舒似乎终于找到了一个可以倾诉的对象,把这几个月来的经历都说了出来。说完,他觉得轻松了很多,有一个倾诉对象很重要,可以让人不会有太多压力。

"你和周玲配合得如何?"吴戈突然问道。

"挺好的,这家伙胆子不小,我觉得我就够敢干的了,她比我也不差多少。"楚天舒已经感觉到了,吴戈的话里有话。为什么特意地提到周玲而不问刘彬呢?

"有件事情我觉得还是提醒你一下比较好,周玲这个人绝对不简单。你来集团几年了?"

"三年多了。"

"四年前,周玲从龙川离开的,她当时辞职有一个传闻是周总送她去英国学习了。当时她和陈建的关系非常不好,几乎就闹翻了。等于是陈建把这个女孩挤走了。集团里有一个传闻,当年陈建用辞职威胁周亚川,无奈之下周亚川只好把周玲开除,但是据说是送她去英国学习了。"

楚天舒听完吴戈对周玲简短的介绍感觉很震惊,真没想到这个小丫头片子居然比自己来龙川集团还早。"怎么会和陈建闹得那么僵?"

"怎么说呢,性格不合?呵呵,跟闹离婚似的。其实就是谁都不服谁,陈建现在看着风光无限,当初他可是一路披荆斩棘走过来的。刘志峰、徐琛哪个都不是简单的人物,还有更多想和他较量的人,一个个都被陈建解决掉了。你看他现在平易近人,知道为什么啊?因为在他的眼里已经没有对手了。其实陈建是一个相当有手段的人,非常狠。"

"四年前周玲才多大?她有什么资格和陈建较量?"

"四年前周玲是老大的秘书,其实不是较量,只是都看对方不顺眼。一个小女孩能把陈建怎么样?根本没资格站在他面前说话。但是她背后的人是周亚川,所以当时很多人说周亚川是要借助这个女孩子逼走陈建。"

"这也太悬了吧,你不是说陈建用辞职相威胁吗?如果是周亚川想要逼走他的话,那周亚川早就会答应他的。再说这个女孩有什么本事让老大支持

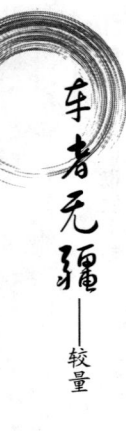

她?就算是老大支持她,就她那个年纪也太年轻了吧,为什么不找一个厉害角色?你说了,徐琛、刘志峰都和陈建有矛盾,我觉得这件事情不可信。"

"当年的情况很复杂,老大考虑得非常全面细致。如果找一个和陈建实力相当的人,只要是老大稍微一支持,那么陈建肯定是走人。但是问题是老大等于自己扶持了一个新的陈建。四年前龙川集团经历了一场巨大的风波,有几个总经理酝酿着想要老大放更多权力,想要推行所谓的总经理负责制,也就是自己管辖4S店,完全独立核算。当时很多人猜测幕后的操作者就是陈建,如果老大除掉了陈建,又再一次找一个实力强大的人,那么一切会发展成什么样子谁也不知道。"

楚天舒没想到自己来龙川集团之前这里还有如此惊心动魄的一幕:"那么周玲最后失败了?"

"应该说老大和陈建做了交易,周玲被除名。陈建很快就开始剿杀那些闹事的总经理,这其中刘志峰和徐琛也在列,刘志峰被免职,徐琛毫发无损,其他人全部离开了龙川。从这一点你就能看出来这两个人绝对不是一般角色,而陈建也利用这个机会把不听自己话的总经理几乎都换了。"

"老刘不是说他是和陈建争夺集团副总不成被免的吗?"

"嗨,谁也不愿意说自己败走麦城的事情呀,就算迫不得已要说,也要找个好的借口。斗争失败被陷害总要好过造反被杀吧?"

"那些总经理也太天真了,老大怎么可能会放权让他们独立经营呢?这肯定是陈建在背后操控的。"

"所有离开龙川的人,没有一个说过陈建一句不好。就算是有也只是工作上的观点不一致,从来没有对他人品和人性的攻击。那些总经理们离开之后老大不是没找过他们,多个层面都打听过的,但是没有有价值的收获。再说,从长远来看,各个品牌恐怕真的会走独立核算的道路。老大这个家业没有明确的继承者,朱羽你也知道,那就是一摊烂泥,这种人老大是绝对看不上的。如果说那些总经理们有什么错误,那就是选错了时间,老大到现在都是精力十足,他的精神头儿也就是50多岁的人,虽然实际年纪大很多,但是心里还有很强的冲劲。"

往回走的时候,楚天舒车开得很慢。他怎么也没有想到自己身边这个柔弱的销售经理,居然在四年前经历了那么一场大的风波。当时的龙川集团是什么样子?周玲是什么样子?周亚川凭什么对她那么信任?当初的信任到现在的再一次信任。那么对自己是信任还是怀疑,自己现在的每一步工作周亚川知道吗?陈建呢?他会怎么看周玲的回归?对自己和福特店,陈建一定会特别关注……

· 228 ·

2

周玲把一份人员名单交给楚天舒。

"这7个人留下,你看看行吗?"

"我没意见,你手下的兵你比我了解他们。我只要最后的结果,这个月我们忘掉厂家的任务和各种目标,我要看看这7个人能否超越12个人。"

这7个人是周玲反复挑选出来的,虽然她无法辩驳楚天舒的观点,但是始终觉得不管是销售分组还是12个人的人员配备都是合理的。如果说有什么不妥,那就是销售组长应该参与销售,不能脱岗管理。不过她并没有挑战楚天舒的权威,毕竟她不是总经理,她需要做的事情就是执行和服从。

人员调回报告递送到管理部的第二天,名单之外的那5名销售顾问就去管理部报到,分配到其他品牌了。周玲明白楚天舒的意思是销售部暂时不设置展厅主管,而她自己也觉得现阶段不适合设置展厅主管,她也希望能够直接管理一线的销售人员。现在潜在客户的管理工作做得非常不好,客户级别的判定也非常不准确。销售顾问们大都是站在品牌的基础上卖车,自己的基本功并不扎实,这种情况估计是一时半会儿无法改变的。不过不能够因为无法改变就不重视,现在只有7名销售顾问,而且不再设立主管,周玲一个人垂直管理,一方面可以更多更直观地发现问题,再一方面可以了解到销售更加真实的东西。

福特这个品牌在当地已经走过了四年的时间,品牌的认知程度已经形成。这种情况之下,品牌宣传、市场推广应该更加扎实地去做,不能只是表面文章了。

周玲一直都很乐意和姚雪竹合作。在她看来,其实和哪家广告公司合作并不重要,关键是对方能够明白自己想要表达的是什么,想要做的是什么。这一点姚雪竹一直都做得很到位,盛世天元那个姓王的也找过周玲,但是周玲始终都觉得这个人只是一个会耍嘴皮子的家伙罢了。

7月份,姚雪竹为周玲推出了一个活动——"万里追踪第一人"。活动是在本市范围之内寻找福特品牌旗下任意车型行驶里程最长的一位客户,本市所有福特车辆均可以到店报名参赛。在指定的时间段内携带身份证、购车发票和行车本就可以报名。活动为期一个月,月底将在本市的主要媒体对外宣传本次获奖客户的车辆型号、行驶里程,并对获奖客户提供一年免费保养,送价值4999元车载导航一台。

周玲看了姚雪竹的活动方案之后非常感兴趣,马上打电话让姚雪竹找自己详细沟通。两个人在办公室里非常详细地讨论了整体的实施过程和每一个需要注意的细节,可能遇到的问题和解决方案。商量好了之后,姚雪竹第

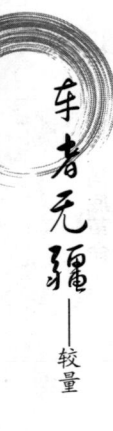

三天就把详细的方案发给了周玲。周玲看了之后很满意,可以说这个方案做得很完美。从活动目的,到活动的执行,再到最后的收尾,期间有危机预案也有解决办法。

周玲把这个活动计划交给了楚天舒。

"这个月打算重点做这个活动,您看一下,要是没问题的话,我就上报给毕向东了。"

楚天舒拿起来,先翻到了最后一页,看了看活动的整体预算,35000元。

"你这个是报给厂家的费用还是自己实际花费?"

"这是报给厂家的,实际费用是15000元。"

楚天舒这才详细地看起这份策划,看完后并没有开口,而是闭上了眼睛。就在周玲不知所措的时候,楚天舒睁开眼,问:"最近展厅客流量如何?"

"还好。"

"还好我该怎么理解?"

"这周平均每天客流量30批次,留电率在90%以上,目前A级以上客户65人。"

"这么高的留电率怎么A、H级别的客户这么少?"

"销售顾问对客户的级别判定有一定的问题,对潜在客户的管理也不够细致。目前造成这种问题的主要原因是销售顾问不好的习惯,害怕客户级别定得过高会受到关注,如果成交情况不好的话压力太大。所以大部分,应该说所有人都不想把客户级别定得过高。"

"害怕受到关注?笑话。作为销售经理,你日常的工作就是关注你手下的兵,他们的数字是你预测和分析的最基本保障。现在相关的KPI不正常,你分析过原因吗?难道我们就是在办公室里坐等结果发生?你刚才说的或许是原因之一,那么就去解决,不管你是谈心培训辅导,只要效果达到了就行。需要什么支持你尽管说,我就要你的结果。"

周玲没有想到楚天舒把她做好的那份市场营销活动搁置到一边,反倒是严厉地说起了别的问题。周玲到福特的时间不算很长,但是早就发现了留档率超高,成交量很低的情况。留档率很高,成交量很低,直接反映到数字上就是成交率非常低。但是周玲并没有认真地分析过这个问题,因为就算是成交量很低,在她看来其实也是留档过多导致的无效客户量比较大。好在销量一直都很稳定,也都还让她满意,所以她并没有分析这个问题。再有周玲不是一个只看数字的人,她一直都很信奉一点,既然是销售就要用实力说话,数字不代表一切。她承认楚天舒说的有道理,但是不可否认,销售就是用实力说话,这两个月销售部不都是用实际行动在证明自己的价值吗?

楚天舒看周玲愣在那里一动不动,又问:"我想知道你怎么看这个问题?"

"我注意过这个问题,但是我觉得销售应该用实际行动说话,那些数字不能作为参考和依据……"

"哪些数字不能参考?你不用销售顾问手里的潜在客户分析预测销量吗?那么你靠什么给销售顾问分配月度任务?只是把厂家任务或者是集团的任务平均分配?你好好想想吧!"

周玲不知道楚天舒这是怎么了,突然之间怀疑起自己的能力来了。她回到自己的办公室后发现居然忘记让楚天舒对活动提出意见了,现在如果再回去,估计没好果子吃,算了,明天再说吧。

坐在办公室里,周玲越想心里越是不痛快,楚天舒这是明显地在怀疑自己的能力。而且楚天舒话里话外地说自己是站在品牌基础上销售的,不懂管理,脱离品牌就完蛋了。不管楚天舒的这番话用意何在,是不是这个意思,周玲心里都非常不痛快。

留下的7名销售顾问里,有一名叫叶冲。叶冲曾经是两个销售组长之一,在楚天舒授意周玲改变销售部的管理模式之后,叶冲就从一名基层管理者变回了一线的销售顾问。叶冲的心态还算是不错,也正是有着不错的心态,他才被周玲留了下来。

"感觉怎么样?"周玲问叶冲。

"还可以,就是我手头的客户太少了,我有两年没正式卖车了。"

"不是把以前销售顾问手里的客户都分配给你了吗?"

"那些写在纸上的客户有几个是真正有效的?真正有质量的客户都在销售顾问的手机上呢,他们除非是彻底不干这一行了,否则是绝对不会给别人的。就算是辞职,也不一定就真的会给我们,大部分都是给了关系好的同事了。"

周玲闻听此言心中一惊,她没想到销售顾问会如此动心机对付管理层。看来楚天舒对销售部的改革做法和销售顾问手上客户信息不准确的说法,不是空穴来风。联想到楚天舒是从一名普通销售顾问成长起来的这个经历,他对一线销售的了解要比自己多得多。

这样想着,周玲试探地问叶冲:"我发现咱们销售顾问手上的潜在客户信息卡有很多问题……"

"其实都是假的,应该说70%以上都是假的。"

周玲没想到叶冲这么直接。

叶冲想了想该怎么说得简单明了,又对周玲说:"怎么说呢,其实说假的是有些夸张,应该说里面都有水分,其实这也好理解。"

别的不用再问了,什么留档率、成交率已经没有意义了。叶冲的话说得很明白了,有水分。不管是什么事情只要是掺杂了水分,那么就不会是一点儿问题,掺一点儿也是掺,掺一盆也是掺,为什么不多点呢?被掺了一盆水的

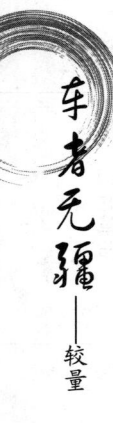

客户信息卡已经完全没有意义了。看来楚天舒的话一点都没错,本来就是虚假的东西,得到的数字自然是假的。

"这种事情有办法解决吗?"

叶冲似乎没有听明白周玲想说什么,他盯着周玲:"我没明白你的意思。"

"我怎么才能让销售顾问手里的客户信息卡真实起来呢?"

叶冲明白周玲要表达的意思了,但是他不觉得周玲能够做到她说的这些事情。对这个新来的销售经理,叶冲不知道怎么评价,女人的细腻和感性在她的身上都体现得淋漓尽致。而与此同时她又十分果敢,对销售部现在的这种改革,动作之快、之狠是任何人都没有预料到的。

不过,今天周玲问他觉得怎么样才能够控制住销售顾问手上的潜在客户不再造假,或者说不再掺假,面对这个问题,叶冲感觉面前的销售经理似乎很幼稚,也许面前这个销售经理背后有人在指挥。销售顾问手头客户的真实性是一个永远都无法解决的难题,想要让销售顾问彻底改变这个毛病恐怕是不现实的。与其完全杜绝,还不如制定相应的制度对销售顾问进行考核,根本就别把这个问题放在眼里就好了。

叶冲看着面前的周玲,淡淡地说了一句:"其实这个并不难,只要是平时多监督,没什么问题的。"

"是吗?"周玲的回答声音有些奇怪。

叶冲听到这两个字,猛然间意识到自己太冒失了,刚才幼稚的是自己而不是别人。周玲这不就是在试探自己吗?她怎么会不知道如何处理这种事情呢?周玲对销售部的改革,不管是别人的授意还是自己的想法,都进行得非常顺利。这说明不管是谁的主意,都已经盘算很久了,那么这个时候销售部的问题,她或者背后的支持者应该大都很清楚了。这么想着,叶冲突然发现自己很傻,这绝对是周玲在试探他,看看他是不是一条心。自己真傻,周玲把自己留下来,自己还在跟她耍心眼儿。

"还有……"叶冲马上又开口补充,他想着该如何把话圆回来,"其实销售顾问的手头客户可能会让他们觉得是自己工作量的一部分,客户越多自己的工作量也就越大。每天让前台报给您的数字里面其实也有水分,我建议您用一周的时间仔细地看看展厅客流登记表,里面的问题应该很突出。"

叶冲出去后,周玲坐在办公室里,看来事情远比她想象的还要复杂。她可以预料到,这里面恐怕是一连串的问题,现在必须把思路都捋顺,否则一旦问题出来了就会让自己手忙脚乱。她觉得叶冲的话很有道理,那就先这么开始吧。

正在琢磨着下一步该怎么做的时候,桌上的电话响了。

"您好,销售部周玲。"

"我是楚天舒。你问问手下的销售顾问,谁有林肯领航员的客户,我有一个关系手头有车,价格很合适。有的话今天务必给我消息。"

3

楚天舒之所以对周玲突然很严厉,就是因为那次与吴戈吃饭得知周玲居然很早就进入了龙川集团,而且曾经是周亚川的助理。面对这样一个人,楚天舒必须改变自己的思路。第一要把她当作一个老手对待;第二这个周玲一定能够和周亚川有通话渠道,这个时候自己必须更加谨慎。

楚天舒觉得自己必须对这个销售经理另眼相看了,所以要求必须严格,说话必须更狠。他想看看这个曾经和陈建对立的小毛丫头,是不是真的很有手段。

和周玲说过销售顾问手上数据的问题之后,楚天舒就接到了阿峰的电话。电话里阿峰说自己手上有一台林肯领航员,车没问题,目前在保税区,可以有87000元的价格空间,但是时间比较紧,最好两天之内能告诉他。楚天舒已经和阿峰合作过两次了,这个人手上的车确实是正路子来的,而且价格都很合适,能够给自己足够的利润空间。楚天舒从心里还是很希望和阿峰合作的,进口的利润他都补贴到了利润不高的合资车身上了。陈松楠问过楚天舒这样做行不行,楚天舒笑了:"我把这部分利润分成了几个部分,保证了销售人员的奖励,也把一部分集团不能报销的费用冲抵了,还可以弥补一些我们的利润损失,有什么不行的?"

7月16号,毕向东的电话在7月份第一次打进了楚天舒的办公室,这比楚天舒的预料要晚一些。

"楚总,你这不行呀,这个月我看你们又够呛了,我真的没法帮你们了。"

"我这里确实有些问题,我自己承认。客户也不多呀!"

"做活动呀,你们不搞促销,怎么吸引客户到店?我听说楚总是营销高手,以前做过的品牌也不少了,对营销您肯定有自己独到的见解。"

"过奖……"

"楚总,您应该在现阶段把注意力放到销售上面,你们是本地唯一一家授权店,如果做不好说不过去的。售后的客户基本上不会外流,所以你还是把目光都放在销售吧。一旦销售不行了,你售后就会更惨。我想这个道理楚总比我清楚。"

楚天舒渐渐明白了徐琛当初为什么在最后阶段没有顶住压力,放弃了彻底改变数字游戏的计划。就差40多台车按理说不难了,但是他实在是顶不住压力了。这种压力来自多方面,集团的、厂家的、市场的、手下人员的……这些巨大的压力汇到一处就是一股洪流呀。

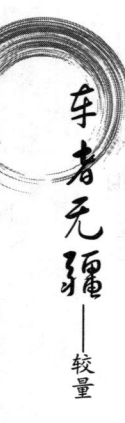

　　宋艳辉到通业北方福特做销售经理后,楚天舒一直都和她保持着不近不远的联系。与毕向东通过电话之后,楚天舒给宋艳辉去了电话,楚天舒还没开口,宋艳辉就先说话了:"我这儿有点事,正在和老总说呢,一会儿给你回过去。"

　　这一个小细节让楚天舒感觉到,宋艳辉把自己当朋友了。她一定是猜到自己给她打电话要说销售的事情,所以一句"正在和老总说呢"让楚天舒明白,他们现在也在讨论销售的事情。

　　过了半个小时,宋艳辉把电话打了回来。
　　"现在方便了?"
　　"嗯,刚才徐总找我说了说市场的事情。"
　　"你们那边如何?"
　　"不理想,我都不知道该怎么说。"
　　"我看毕向东的报表里面你们成绩不错呀!"
　　"嗨,一言难尽呀。找我啥事?"
　　"没什么正经事,就是想问问你,我这边销量很差,看看你那边的情况。"
　　"我说实话,我估计你们并不差,而我们比你们差多了。"
　　"我们不行呀。"楚天舒平淡地说。
　　"行啦,别哭穷了。我虽然不了解你们那里到底怎么了,但是如果你真的那么惨的话你早就坐不稳了。"

　　楚天舒并没有辩驳,现在他这里的一切都不合常理。包括毕向东在内的所有人,都能感觉到有问题,但是又都说不出哪里不对。

　　放下电话,楚天舒已经了解到他想要了解的东西了。通业目前也没有做相应的市场活动,他们现在的活动只是售后的,而且好像厂家也没有明确表态会支持他们更多的东西。

　　楚天舒并没有奢望宋艳辉会和自己说实话,但是他又很相信宋艳辉没有必要说假话。这几天他和林峰也打了电话,两个人的话可以印证一些事情,那就是通业方面目前确实是在销售上还没有太多的动作。反倒是昌硕汽贸月初就开始了促销,这个月的完成情况也不错。楚天舒相信毕向东此时应该不会很舒服,他管辖的区域中两家最大的经销商目前都不是很理想,一家是每况愈下,另一家刚刚有点起色,但是又感觉后劲不足,他的压力可想而知。在这种重压之下,人往往会做出一些让人意想不到的事情。楚天舒猜不透毕向东会怎么做,但是不管什么事他都不希望和自己有关系,别把自己牵扯进去就好。

　　周玲敲了敲门进来了。
　　看着周玲一脸严肃的表情,楚天舒收起了自己的思路,"怎么了?"
　　"那个活动咱们还搞吗?"

"你觉得呢?"

"我觉得应该搞。这个活动其实很有意义,咱们可以利用这个活动好好地做一下宣传。"

"刚刚毕向东给我来电话了,要求我们必须做活动。"说完楚天舒看着周玲。

周玲能够感觉到楚天舒话里有话,所以她没说话,等着他继续说下去。

"厂家希望我们做活动,不管出于何种目的,我们的活动首先起到的作用肯定是品牌宣传。我不想花钱去做品牌宣传的事情,我们做经销商的,做品牌和我们一点关系都没有,那是厂家的事情。"

周玲有些惊讶地看着楚天舒,她有点不相信这句话是从楚天舒嘴里说出来的。接触楚天舒也不是一天两天了,她知道这不是楚天舒的工作方式,但是为什么他要说出这种话来。

楚天舒没有理会周玲的目光,而是从抽屉里把周玲的那份活动计划拿了出来。

"你这个活动要35000元,厂家肯定不会支持的,咱们这几个月都没有好好地完成厂家的任务,厂家更不会同意我们如此大的宣传。你这个活动的主旨是什么?品牌宣传?那么龙川集团可以得到什么?可以给我们的消费者留下什么印象?这个活动从整体的构思到执行,如果是出自厂家无可厚非,但是这不是经销商该做的事情。你的思路不能说不对,但是太大了,不够务实。我们要做活动,但是绝对不是这种活动。一个好的市场推广活动关键是要让你所在的公司获得利益,而不是你所代言的品牌能够被多少人认知……"

不管楚天舒说了什么,周玲其实都已经听不进去了,她受不了这种批评,更受不了楚天舒那种目光短浅的样子。他居然说品牌不是经销商该关心的事情,这个人怎么会是这样子呢?周玲真的是把面前这个人看透了,原来不过如此。

什么样的活动是有效果的?能够给经销商创造利益的?投入最小回报最高的?

周玲把这三个问题一股脑地抛给了姚雪竹。

姚雪竹看着气鼓鼓的周玲笑了。

"怎么了?让老楚把你毙了?"

"嗯。"周玲心里很郁闷,暗骂楚天舒是土包子。

姚雪竹笑着说:"别上火,我好好地给你琢磨一下。"

姚雪竹给楚天舒去了电话,问他是否有空。

楚天舒问:"你是想来公司还是?"

"我想请楚总吃个饭。"

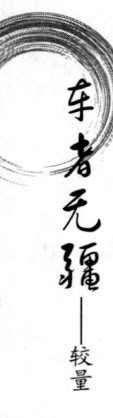

"可以呀,你出血我当然乐意了。"

"好,那就下班后电话联系。"

吃饭的地点是姚雪竹选的,是一个非常有特点的跃层小楼,是最近开始流行的私房菜。

"这不会是你家吧?"楚天舒站在楼下问一旁的姚雪竹。

"我哪有这么多钱,这个老板我也是刚认识的朋友,是一个大美女。我刚给她做了几个不错的方案。这里环境不错,上楼吧,我早就订好了,这里来晚了根本没地方。"

跟着姚雪竹走上楼,二楼一共有六间雅间,并没有大厅。这里好像是一个私人会所一般,很安静,不太像是吃饭的地方。

在一个女孩的指引下,楚天舒和姚雪竹来到背面的一间屋。推开门,里面是中式的古旧家具,一张八仙桌,一个高得有些离谱的花架上一盆吊兰异常繁茂。四壁是浅米色的,透着一股柔和的感觉。看着这种柔和的颜色,楚天舒思绪一下子回到了几年前,那是他刚刚大学毕业没多久,一次和杜宇两个人畅想未来的生活时,他说希望以后的卧室是浅黄色的,他喜欢那种温馨的感觉。

"想什么呢?"姚雪竹看着发呆的楚天舒问道。

"没什么,这间屋子的感觉不错。"

"是吗?那谢谢您的认可了。"

"什么意思?"

"这间屋子的整体设计风格和后期配饰都是我做的。"

"什么?你?你现在又开始搞居室装潢了?"

"不是,我是做创意,不是和你说了吗,刚刚给老板做了几个案子。"

"明白了,骗钱的。"

"胡说什么,这叫顾问。"

两个人边聊着姚雪竹边点了菜:"这里的菜做得还可以,很家常。"

菜上来后,姚雪竹问楚天舒是否喝酒。

楚天舒摇了摇头:"你不胜酒力,我开车不能喝酒,咱们就算了吧。"

"那咱们就喝茶吧。"说完给楚天舒倒上茶水,"楚哥最近是不是很忙呀?"

"也谈不上,你说吧,有什么事?咱们是老熟人,别兜圈子了。"

"其实真没什么重要的事情,就是想和你吃顿饭。不过楚哥我说句实话你别不爱听,我发现你最近胆子越来越小了。"

其实姚雪竹请他出来吃饭,楚天舒早就猜到了她的目的何在,肯定是为了那个活动的事情。这一点可以理解,姚雪竹是生意人,生意人当然是想多揽生意了。这是个心很大的女孩,连居室配饰都开始涉足了,说明了她的不安分。不过同时也说明了她对自己的"事业"目前还并不是很满意,也没有固定的发展方向。

"你想说什么就直说,没事儿。"楚天舒淡淡地说了一句。

"跟你们集团合作这么久了,我发现了一个问题。凡是钱多的活动你们肯定不会做,我上次给奥迪搞的那个活动多好呀,可是最后让老总给否了。现在我又给你们做了一个很不错的市场活动,听周玲说让你亲自给毙了。我真是感觉挺奇怪的,是不是你们做了总经理胆子都变得小了,害怕投入太多了对老板没法交代,其实投入和收获绝对是成正比的。这一点我不用多说,你是市场的专家你比我要清楚得多。"

楚天舒笑了:"周玲怎么和你说的?"

"她就说被你毙了。我知道这个问题肯定在你身上,否则周玲肯定不会这么沮丧。她对你可是相当信任的,当初我们讨论这个方案的时候,她可是觉得你百分百会同意的,还说你会绝对认可这个创意呢!"

楚天舒知道姚雪竹的这番话并不能全相信,但是他隐隐地感觉到了周玲的失望,同时又感觉有一些心里不舒服,为什么周玲不能理解自己,好好地和自己谈谈呢。

看着面前的姚雪竹,楚天舒说不出来,也没有必要去解释。姚雪竹毕竟不是集团的人,而且他们只不过是合作的客户关系,楚天舒知道分寸,到了他这个位置,说话应该是相当注意的。

楚天舒注意到姚雪竹刚刚有一句话,说他和现在龙川集团的总经理越来越像,不管这句话背后是不是夸奖,楚天舒还是感觉很高兴的。这是一种很复杂的心理,他希望得到认可,这种认可他希望是来自多个方面的。甚至是这种局外人的一句话,他就会满足。这也充分证明了他还是不自信。他当然知道,姚雪竹不是在夸奖他,甚至不一定说的是实话,但是他还是感觉到一种说不出来的满足感。

不过对于姚雪竹评价他胆小,他不想做任何解释,因为他知道那不过是姚雪竹想要争取这个活动的一个说辞罢了。由于品牌总经理平时的主要工作就是协调各方面的利益和冲突,所以需要顾全大局,这些事情不是一句话两句话就能够说清楚的,就像现在。楚天舒承认这个活动的策划相当有创意,但是问题的关键是,现在的形势对他们来说不适合做这种活动。这一点他怎么和姚雪竹说呢?难道要告诉她:我们现在的问题是大量的数字游戏导致了很多积压的车辆无法销售,我准备要用几个月的时间把这些车搞定,和厂家方面现在在唱对台戏。与此同时我还在等着对手犯错误,等着集团领导给予支持,等着时机成熟。

这些话说了,姚雪竹也不会明白,就算明白了,她也不会关心这些和她没关系的事情,她只是生意人,只关心自己的生意。这番话,他以为周玲会明白,也必须要明白,可是周玲能明白吗?

4

　　周玲果然没有让楚天舒失望。第二天一早,她手上就拿了一份关于试乘试驾的活动方案交给了楚天舒。

　　试乘试驾可以说是经销商百用不厌、屡试不爽、总有收获但又毫无新意的活动。可以说这个活动让经销商们尝到了很大的甜头,主要因为操作简单,能够聚拢人气,任何时候试乘试驾都是一个吸引客户的最大亮点。而在这一巨大的吸引力之下,经销商也能收获不少,给厂家报的活动费用可以明显增加许多,客户增加之后可以促进成交,可谓一举两得。

　　目前楚天舒或许真正需要的正是这样一个活动。他看完之后,让周玲马上就开始准备,准备好了审批之后就开始执行。

　　与此同时,毕向东一天三次给楚天舒打电话问销售情况、客流情况和新增客户的情况。楚天舒是铁了心这个月就按照当初的计划走,毕向东在电话里催促了几次之后,终于不再来电话了。楚天舒猜测一方面是对自己彻底失望了,再一方面应该是H市的两家汽贸已经有了好消息,毕向东会找他们去谈判,把自己身上的债让这两家人背上。

　　果然不出所料,宋艳辉来电话说他们那边情况已经开始有所好转,价格现在也已经放到了很低。

　　楚天舒马上给周玲打电话:"你了解一下最近我们的战败客户有没有去异地购车的情况发生。"

　　宋艳辉提到了价格调整,楚天舒意识到这一点不得不防。之前林峰也已经说过了,为了完成任务他们必须开始在价格上有所动作了。这一次宋艳辉也说价格已经放到了很低,楚天舒想宋艳辉或许是要说价格已经放到了底,话到嘴边又改成了"很低"。那么毋庸置疑的,这个很低肯定就是已经到底了。看来这个时候最敏感的就是价格了,任何做过销售的人都很清楚,价格永远都是一把双刃剑,动这把剑之前一定要好好想一下接下来该怎么走。

　　7月份的最后一周,楚天舒从毕向东发的邮件中已经看到了他希望的数字,通业和昌硕汽贸两家的情况都很乐观。楚天舒的行为也彻底地激怒了毕向东,电话里毕向东冷冷地说:"楚总,下周一开会,您和您的销售经理一定要来参加,内容就是关于我们8月份的销售目标和各项任务指标。"

　　7月份龙川福特店实际销售51台,这个成绩不是很理想但是也不差,除了成功销售的51台车,还留存下来30多台车的订单。如果把这些加在一起的话,这个成绩应该说相当不错了。有了这30多台车作为保障,楚天舒在考虑8月份是否还有必要按照原计划继续去做。按原计划他和周玲商量的是,最近的三个月每个月都只上报10台车,现在6、7两个月已经过去了,两个月每个月都是10台车,总共上报了20台车。现在他们已经把全部提前上报车辆都消化完成了,这时候楚天舒找周玲商量是否有必要从8月份开始就按照实际完成上报销售,不再玩了。

毕向东通知开区域会议的前一天,彭程给楚天舒去了电话,"明天你过来吗?"

"去。"

"你有没有听到什么风?"

"没有呀,怎么了?"

"毕向东前天就来了,把我和徐琛叫到了一起。厂家8月份会给咱们大区增加销售任务,据说可能不会很低。我听毕向东的口气,他可能要牺牲一个网点,你最好提前做一下准备。"

彭程的电话让楚天舒的心情非常复杂,他反复分析了形式,感觉自己肯定是要被牺牲掉的那一个。

首先,毕向东在月初的时候就曾经警告过自己;其次,最近几天他一直都在联系自己询问工作进展情况,如果今天是毕向东自己打的电话,说一下上面的压力等都还好说。不过彭程给自己打电话说这个事情,怎么感觉都是毕向东让彭程给自己透个风。这两个月他们欠了不少债,而且做得也比较过分,得罪了人家,也就别怪人家不理自己了。楚天舒决定马上找周玲商量一下对策。

彭程所说的"牺牲"指的是一种非常特殊的情况。某一区域的任务非常高,不管怎么分配也无法让各个经销商满意,而且不管怎么分配也无法保证大多数的经销商完成任务,获利挣钱。这种情况之下,区域经理肯定会找一家网点,给出超高的月度任务和返利标准。这样"牺牲"了一个网点,但是其他大多数的网点还是可以获利的。更加关键的是,他会给这家被"牺牲"掉的网点很大的政策,不能算是害你,至多就是把机会给了你你自己没有把握住罢了。

楚天舒真的很害怕这种情况出现,如果真是那种情况的话,事情可就不好收场。他和周玲反复商量了大半天的时间,最终也没有什么更好的应对措施。关键的问题是现在不知道毕向东怎么想的,就算是要牺牲他们的话,会给他们多少任务。最近和毕向东关系处理得不好,所以电话就算是打过去估计也没啥用。

原本计划第二天一早再动身,因为两个城市相距100多公里,一个多小时也就到了。不过现在楚天舒已经改变了想法,他必须连夜赶过去,他要找毕向东好好地聊一聊。

就这样下班之后,他和周玲两个人开车直奔H市。夜幕下的高速公路

笔直幽暗,没有尽头般伸向远方,消失在尽头。楚天舒凝神前方,他有些后悔这两个月来的冒失。仔细地想一想,的确是太过分了,自己把问题想得也太简单了,楚天舒忘记了最起码的尊重。

除了厂家的事情之外,还有几件事情也很让他挠头。

临出门的时候,陈松楠找到了他。告诉他最近卖的几台原装车都有一些问题,利润太高了。特别是刚刚卖掉的一台林肯领航员,利润达到了15万之多。

楚天舒笑了:"高了还不好吗?"

"太高了。一台车的利润是多少税务部门不知道,但是他们会翻看以前的账目。你怎么解释以前的问题,是你以前逃税了,还是现在你用车来洗钱?"

楚天舒愣了:"有你说的这么严重吗?"

"你别不信,等你回来吧,咱们好好地商量一下,你得给我一个合理的解释,我好和税务部门去说。"

楚天舒一下子就恼了,但是他看着陈松楠没有发脾气。现在遇到问题了,你把问题一股脑地推到我的头上来了,以前你们这款车什么价格你比我要清楚,怎么当时不提醒我?楚天舒深吸一口气:"行,等我回来吧,我们好好地聊聊。"

另外一件让楚天舒烦心的事是刘彬。

中午吃饭的时候,刘彬找到楚天舒:"有一个客户换机油的时候遇到了一点问题……"

楚天舒看着刘彬,知道事情不小:"什么事?"

"咱们的修工没有把螺丝上紧,出现了漏油的情况。客户回来了也没说太清楚,业务当时判断是发动机漏油,由于在索赔期就答应客户可以免费更换。结果到后面一查根本没问题,就是螺丝没有上紧。但是再和客户作解释,客户说什么都不答应。"

楚天舒听完就急了:"我说你手下那帮人都是他妈干什么吃的?上次是告诉客户车是二手的,这回不检查就直接告诉客户有问题。你是不是考虑换人呀!"

楚天舒的话很严厉,刘彬自己也确实没话说。这件事情肯定是业务接待的责任毋庸置疑,但是现在最关键的是怎么解决,现在不是发火的时候。

"我知道,他们这帮孙子素质低,不过现在怎么去解释呀?"

"你问我?你自己看着办,就一个原则,客户不能抱怨,我们更不能有损失。"

"我去解释?"刘彬看着楚天舒。

"你想让我去解释?"楚天舒瞪着刘彬。

最让楚天舒心里不舒服的是卢莉。他已经发现了,卢莉对他很好,这个好甚至超过了上下级的范畴。从那次会上申请微波炉开始,楚天舒就已经有感觉了,但是这些话又不能说得那么明白,他必须照顾女孩子的感受。

但是卢莉可没有照顾他的感受,最近对他的关心更加备至。这种表现在多方面的关心,让楚天舒不能接受甚至开始反感了。

"你能让卢莉去你的销售部吗?"楚天舒问周玲。

坐在副驾驶的周玲看了一眼楚天舒:"想给她安排一个好地方还是想监视我呀?"

楚天舒哭笑不得:"想让她离我远点,她工作没问题,也很心细。如果我把她直接退到管理部有点过分,让她在你那里待上一段时间,你要是觉得合适就用,不合适的话就让她去管理部报到。"

"你倒是挺会做好人,得罪人的事情让我去干。你说说为什么要让人家走,是人家得罪你了还是你看腻了?"

"别扯淡了,别让我为这么点儿事情再操心了行吗?就算是帮我一个忙,这么做对她是好事,让她换个环境学点儿东西。再说了,我是总经理,连一个人的调动都没权力说话啦?"

周玲看着楚天舒没再说什么,她知道楚天舒是一个正直的人。不过这种正直的人一旦耍起手腕来更会让人防不胜防。

两个人都不说话了,各自想着各自的心事。高速路在车下飞驰而过,他们谁也没有想到,这次的区域会议对他们来说意味着什么。

夜色初上,野外薄雾渐浓。

第十七章　将计就计

1

楚天舒和周玲不到 8 点到了区域会议指定的酒店，楚天舒住下之后马上与毕向东取得了联系。这一路上他心绪不平，彭程的电话让他心里很乱。如果毕向东真的要通过提高任务来牺牲掉一个网点的话，那么很可能就会是自己。因为最近这段时间他们在厂家层面的销量很差，和毕向东的关系处理得也并不融洽。这种情况下，就算是毕向东拿他们开刀，那也真的没话可说，从哪个方面似乎都没话可说。面对着极有可能成为事实的事态，现在能做的只有两件事情。第一，让这件事情的影响降低到最小；第二，在坏事到来之前一定要找到有利于自己的办法来处理。这两件事情如果都做好了，就算是毕向东真的要把自己"牺牲"掉也有了一定的准备。这两件事情都需要毕向东一起"参与完成"才有意义，不过楚天舒并不是很有信心能够在毕向东那里争取到什么政策。他也想好了，如果毕向东不能够很好地配合，那么他也肯定不会让步。

电话里毕向东还算是客气，直接说今晚他请客。楚天舒听完这句话心想：不乐观，看来这家伙要先礼后兵了。估计着吃饭的时候毕向东会提出来 8 月份区域销售计划的具体分配方案。这样想着，楚天舒也决定今晚必须和他都谈开，这样一个不算正式的场合，最适合提出条件讨价还价了。

对 H 市毕向东非常熟悉，他特意挑了一家安静的小馆子。楚天舒见他和这里的服务生都非常熟悉，由此可见他是这里的常客，更加能证明毕向东应该是没少照顾昌硕汽贸，那么彭程说的话或许是真的。这么说来，这一次就算是自己不请毕向东，他也会找自己来吃饭。看来这次的会议非比寻常的不乐观了。

楚天舒心里很明白，毕向东想要牺牲掉自己，那就必须拿出点诚意来，这么一说，或许自己提出的条件应该不算是很难的事情。楚天舒似乎看到了一些希望，不过从另外一个层面来说，楚天舒现在急需改善和毕向东的关系。从目前的情况来看，毕向东已经放弃了自己，虽然这次约他吃饭他很爽快，而且还提出由他来埋单。但是这并不能证明什么，只能说明这次自己真的是要被牺牲掉了。做经销商如果不能和主机厂的区域经理搞好关系，那就是自己和自己过不去,真的没意义,就算是想和人家玩,人家也要有陪着你玩的心才行。

"我这是和楚总第一次单独吃饭吧?机会难得呀,所以今天我请客,咱们都随意一些。"

楚天舒发现毕向东这番话说得很轻松,但是并没有暗示自己不要提工作,今天这顿饭真的是两个人第一次单独吃饭,也是两个人第一次单独正面较量。

楚天舒猜得很对,只不过他没有料到毕向东是一个比他还沉得住气的人。东拉西扯了一个晚上,就在楚天舒快要失去耐性的时候,毕向东终于开口谈到了他今晚要说的正事了。

"这个月楚总有何计划?"

"你是说8月份呀?"

"对,这段时间应该都调整得不错了吧?楚总肯定能够爆发一下了!"

"爆发谈不上,但是我估计应该不会很差了,销售部我已经整合了,实力不容小视,绝对不会再出现前几个月的情况了。"

"好好好……"毕向东心花怒放般连说了三个好字,"我就知道楚总不一般,肯定是早有准备了。我今天也正想着和你好好地探讨一下我们接下来的8月份该怎么做呢。我希望我们双方能够找到一个都满意也都有收获的方式来进行8月份的工作。"

此时的楚天舒已经被毕向东耗得有点儿没精神了,在单位里忙了一天,下班往这边赶路,到了地方喝酒吃饭聊天就是不说正事,此时才开口。楚天舒暗自骂道:孙子,你这是要把我耗得没精神,判断力下降了呀。他看着毕向东,面带微笑地点了点头没说话,他要等毕向东接着说下去。

"8月份是联动考核的最后一个月了,前两个月你们的情况不乐观,当然这里面有诸多的因素,我想你们肯定已经把这些不利的因素都消除了,或者说都已经找到了解决的办法。联动考核结束后,我们会综合盘点经销商的收益,可能主机厂还会拿出一部分钱来给那些贡献率比较突出的经销商奖励。我不希望看到自己管辖网点的经销商不挣钱的情况出现,大家赔钱自然都不会高兴,大家不高兴我的工作就很难开展,对你们的投资人大家都不好交代。所以这个时候我考虑了一个事情,我希望大家都能有不同程度的钱进账,所以我想了许久想到了一个办法,可以让你们在这个月多挣一些钱。"

毕向东说的是"多挣一些钱",这里面应该有一些夸大的成分,楚天舒假装不明白的样子,一言不发认真地听着。

此时的周玲还不知道楚天舒和毕向东在一起,也不知道彭程给楚天舒打电话说的事情。

"我想征求一下你的意见,如果我把单车的落地补贴增大,进出货奖励也

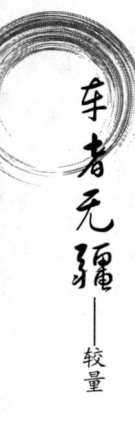

都增加的话,你们能够吃进多少车?我希望你们能够多进多出。"

"加大多少呀?"楚天舒在他最关心的问题上开口了。

"这个我们可以商量着来,我给大区的申请还没有写呢,现阶段单车落地补贴的数额是 2000 元每台,进货奖励 1000 元每台,出货再奖励 2000 元。在这个数字的基础上各自再上浮 1000 元。"按照他的算法,每进一台车可以增加 2000 元的收入,卖出一台车可以增加 3000 元的收入。看上去倒是很划算,不过毕向东能够这么爽快地做出单车 3000 元的落地补贴这是一个意外,落地补贴可是纯利润呀,这说明了他有更大的阴谋,所以暂时不能轻易地答应他的条件。这样想着,楚天舒脸上露出来一份很为难的样子。

"现在还不知道 8 月份的任务,我们还有没有可能完成联动考核的任务,如果确实是完成不了那怎么也没有意义了。"

毕向东听楚天舒说的这个问题感觉颇有些不以为然,在他看来楚天舒无异于痴人说梦,现在已经欠下了 60 多台车的债了,还想着能够完成联动考核的任务,这不是做梦是什么?他觉得面前的这个人很可笑,甚至有点可怜。

"关于联动考核,我想你肯定已经看过商务政策了,三个月不但需要完成总任务,而且单月任务需要完成 70% 以上才行。"

毕向东的话已经再明确不过了,你们龙川集团前两个月没有完成规定的数字,就算是最后一个月完成得再好有什么用呢?

楚天舒当然是明白这一点,他早就把商务政策研究了不知道多少遍了,他明白现在他们其实已经没有什么可以选择的了,只能是按照毕向东的要求来办。不过该有的讨价还价是必须有的,这不算是胡搅蛮缠,不算是垂死挣扎,这应该是争得最大的利益。该怎么做才能做到争取最大的利益,而不是胡搅蛮缠,更不能给人一种垂死挣扎的感觉呢?首先需要做的就是示弱,这种示弱首先表现在了对政策的不了解方面。他希望毕向东对他能够放松警惕,直截了当地把想说的话都说出来。

这个目的很快就达到了。

连续几个月都没有完成任务,而且销售部的整体情况每况愈下,对商务政策的理解不是不够而是完全地偏差。这就是毕向东眼中的楚天舒,简单来说:无能、无知。面对这样的品牌总经理,他明白没有必要遮遮掩掩的了,说得太复杂了他反而听不懂,还不如直截了当地有什么说什么好。

"这样吧楚总,我和您直说吧,如果您觉得有问题等我说完了我们再详细讨论吧。这个方法听上去可能有点难以理解,但是肯定是一个很不错的建议,对你们绝对是有好处的事情。"毕向东说完了看了看楚天舒,楚天舒脸上平静的表情看不出任何的不对劲。毕向东猛然间感觉到面前这个人好像是一个诱捕的高手一般看着猎物,但是话到嘴边了不能不说:"我想 8 月份给你们网点加大任务量,同时给你们加大返利和各项补贴。出货给你们 105,进货115，同时各项单车激励政策和补贴都会上浮。在无法确保完成任务的情况下，能够通过进货完成一定数量，你们肯定也能够挣到钱，你们集团不缺钱，你先把车进回来，起码可以弥补利润。你觉得怎么样？"

沉默，近乎可怕的沉默。

楚天舒虽然早就有心理准备被牺牲掉，但是他没有想到毕向东会如此明目张胆，如此狠。毕向东所管辖的区域有六家经销商，月度总体的进货大概在四百一二，出货在三百七八。毕向东居然想要自己一下子担负四分之一的数字，这样一来剩下的五家网点哪一家不是吃得满嘴流油呢？楚天舒的第一反应就是被骗了或者说被耍了，这种感觉让楚天舒怒火满腔，当下脑海里闪过一个字"滚"。他真的想破口大骂毕向东，你这是在牺牲经销商的利益，并不是在为了经销商着想。对于一家4S店来说，销量多少、维修多少、能挣多少钱都还是次要的。一个真正优秀的汽车经销商是长期的优秀，绝不仅仅是某一个时间段挣了多少钱，卖了多少车，而是要看持久力和长期的发展。优秀的经销商都有一个共同的特点就是能够跟着主机厂的商务政策，始终如一地贯彻执行，一步步跟得很紧，并且每一步都可以达到主机厂的要求。现在毕向东把如此巨大的任务压下来，分明是要让自己死掉，这种"死"是很狼狈很惨的。等你真的死掉了，大区不会默不作声。大区一定会调查网点的销售能力、当地市场的市容量、市场率、车型分布、上牌等等等等的数据，如果觉得问题严重甚至会取消代理资格。

"毕经理这么做有些过分了吧？"楚天舒还是很平静的，但是明显有些不高兴了。

"我怎么了？你们现在根本就没有办法完成6、7、8三个月的联动考核了。我们现在坐下来是想办法让你们多挣钱，争取把损失降到最小，怎么过分？你说我哪里过分？"

"我们一家网点就担负了四分之一的任务量，这还不过分吗？"

"我希望你能明白一个道理，并不是你们担负了多少，而是你们得到了什么。你们8月份就算是卖再多的车，也都无法完成考核指标了，这一点不用我说你应该很明白。实在是想不通就去看看商务政策，不达标你们就没有返利，单车的补贴也会跟着下滑，这个简单的道理更不用我来说了吧？现在我在想尽一切办法来补救你们的损失，争取给你们单车的激励政策和补贴都增大，这样做你们只要是好好地把8月份的销售做好就行了，到时候你们如果真的能够非常好地完成8月份的任务，说不定真的可以和其他的网点拉平了差距呢。当然这一切的前提就是大的任务量，我不可能平白无故地照顾你们，给你们高任务才能给你们好的政策，这一点不论是你、其他网点还是主机厂的领导都能够认可。这个办法我是考虑很久才平衡下来的，现在给大区的报告我还没有递送过去，如果你觉得你自己吃亏了，那我们没有商量的余地

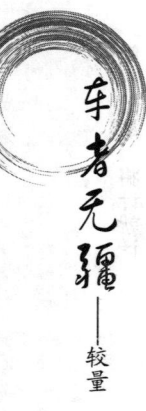

了,我可以给你们低的任务量,到时候你怎么和自己的公司交代那就不是我的事情了。孰轻孰重你自己好好地掂量掂量。"说完,毕向东抬手看了看手表,示意楚天舒,时间不早了,你马上给我一个答复,不然我就要离开了。

2

楚天舒渐渐地平静了下来,他深知,造成今天这种直接对立的局面自己是有责任的。如果不是连续两个月上报的销量都那么惨不忍睹,毕向东是绝对不会这么做的。本来今天是来讲和的,但是看来讲和的可能性是没有了。想要重新获得话语权,唯有用行动证明实力了。楚天舒内心不断地计算着数字,怎样更合适,怎样能够从毕向东的这些数字里获得更多的利益。对于毕向东的憎恨很快就变成了复仇的心理,他一定要让毕向东有苦难言。

"我能提一个意见吧?"楚天舒不紧不慢地说。

"行。"毕向东脸上微笑着,心里早就暗自打定了主意,这个数字绝对不能动。

"出货加到150,进货加到170。你觉得怎么样?"

毕向东听完愣了,刚才楚天舒还在叫嚷着自己这么做过分,怎么突然又要增加任务数了呢?不过他马上就明白了,看着楚天舒的脸,他知道面前的这个当得有点窝囊的总经理此时此刻是在孤注一掷地搏一把了。但是这个决定真的不够明智,毕向东很清楚现在楚天舒的处境,他也知道对于楚天舒来说不论怎样的政策,对于他们现在的实力来讲其实都是死循环。这个游戏不论看上去多美,都是一个大麻烦。

见毕向东没有反应,楚天舒乐了,他知道他的话已经完全超出了毕向东能够理解的范围了。

"怎么了毕总,怕把我压坏了?没事儿,我这个人就是喜欢有压力的事情,而且抗压力很强的。再说了,增加进出货可以增加各项考核的系数,就算完不成出货,进货完成了我还能拿到进货的补贴不是?"

毕向东盯着楚天舒,心中暗想:你现在着急了,想玩数字游戏了?晚了!但是他并不想点明,因为楚天舒眼里透着一股不易察觉的傲气,这种傲气让毕向东感觉非常不舒服。"行,我再考虑一下吧,明天早上我们开会,我肯定会在会议之前和你再讨论一下,把最终的数字确定了,应该能够满足你的要求,不过我需要和大区申请一下。"

楚天舒点点头:"能否把单车补贴再提高一些呢?"

"你想要多少?"

"综合在一起出货5500,进货8000?"

毕向东没动声色,他觉得楚天舒实在是够贪婪的,或者说已经穷途末路了,这么大的一个数字,他肯定会造假。毕向东已经得知一件事情,现在大区基本同意将补贴进行提高了,不过从这个月底开始,厂方会聘请第三方的管理公司对经销商进行飞行检查,据说厂里的大领导发了话了,对于经销商提前上报销量套取返利的行为要严惩。他想提醒楚天舒,这个时候不是玩数字游戏的时候,他也很想对楚天舒说,你最好的机会错过了,现在后悔也晚了……但是楚天舒那得意的微笑再一次浮现在了眼前,他点了点头,笑了:"我尽力。"

回酒店的路上,楚天舒感觉非常压抑。他看了看表,决定到酒店之后叫周玲商量一下。他现在要改变原有的计划了,他们手上还有100多台车没有上报厂家,这个月的任务他不是很担心,他现在担心的是和毕向东的关系该如何相处,这件事情之后毕向东会怎么看自己,是会改变观点还是会更加对立呢?

在酒店的大堂,楚天舒掏出手机:"睡了吗?"

周玲已经换了睡衣了:"没有呢,怎么了? 你跑出去约会了吧?"

"一会儿下来咱俩喝点什么吧。"

"行。"

"我现在打个电话,半个小时之后你下楼,在二层的咖啡厅见。"

说完楚天舒上二楼,朝着咖啡厅走去。他想给齐珺打个电话,记得标致品牌应该是在8月份要求统一开业,这个品牌对于他来说虽然只是一个过客,但是他依旧很珍惜那段日子。

电话接通后齐珺有些意外。

"你怎么想起来给我打电话了,听说你到福特当老总了?"

"岗位不同罢了,收拾烂摊子,没办法。"

"没想到你和艳辉成了对手了,你是来这边开会了吧,晚上我们刚刚通了电话。"

"是,明天有空吗?"

"有,我们刚才通电话就说要请你一起吃饭呢。"

"行呀,我也是这个意思,我带着我这边的销售经理,大家认识一下,都是圈里人。"

"没问题。你们明天开完会联系我吧,开会重要,我随时都有时间。"

放下电话,楚天舒似乎一下子回到了几个月以前,在武汉的时候他与齐珺、宋艳辉、王斌在一起培训、吃饭、喝酒、唱歌的日子。他又给王斌打了一个电话,关机。他看了看表,估计这个夜猫子差不多也真的要睡了。

"有什么背人的电话呀?"周玲笑着问。

"半小时这么快?"

"10分钟罢了,楚总召唤我,我怎么能不快点呢?"

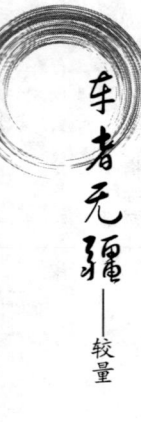

"我还以为你要洗个澡化个妆啥的呢,你们女孩子不都是这样吗?"

"老大,你看看表都几点了,后半夜了都。再说见你有必要化妆吗?再再说,我这么天生丽质还用化妆吗?"

"哪那么多废话呀你,明天晚上我约了通业集团两个人吃饭,你也一起去吧,有福特的销售经理。"

"你认识徐琛吗?"周玲问。

"没见过,但是听说过,他可是给咱们留下了不少的麻烦。"楚天舒心里很清楚,周玲认识徐琛,吴戈说过他们两个人应该是老对头了,"你明天给叶冲打个电话,让所有销售把前几个月没开发票的客户统计一下,可能这个月我们都要上报。"

周玲瞪着眼睛看着楚天舒:"老大,你没事吧?"

楚天舒笑了,把彭程来电话和刚才他与毕向东吃饭的经过说了一遍。

周玲点了点头,她明白楚天舒要做什么了。说真心话,她从心往外地佩服楚天舒,这个人非常懂得掌控、运用局面。更关键的是,他不会让对手察觉到他的动作。周玲相信,毕向东肯定不会察觉他们现在的情况和接下来准备要做的事情。

在区域会议上,楚天舒第一次见到了徐琛,这个人身材高大魁梧,一身都是活力。

徐琛见到了周玲,愣了一下。

"你……"

"徐总好多年不见了,我现在回到集团了,原本以为我们能并肩作战,谁知道还要做对手。"

徐琛笑了笑并没有说话。

区域会议的内容分为三大部分。

一、兑现销售顾问的厂家激励提成;

二、对6、7、8三个月进行梳理规划;

三、公布8月份各个网点的销售任务。

毕向东在开会之前就已经和楚天舒做了一个非常短的交流,他告诉楚天舒:昨晚的事情基本上按照谈好的来做,一会儿邮件会发给你,有问题下来讨论,不要在会议上争论。开会的时候毕向东在第二项内容上用了大部分时间,楚天舒昨晚几乎没睡觉,听得他昏昏欲睡,他实在是不明白这种脱离实际的分析有什么意义?这些数字其实都是各个店报给毕向东的,他只是把这些数据汇总罢了。说得那么起劲,真服了。

最后毕向东现场发送邮件,告诉大家8月份各网点的销售任务目标和完成考核标准都已经统一发到了各位的公司邮箱了,各品牌总经理马上现场查看邮件现场回复确认。

打开邮件,楚天舒看到进货目标175,出货目标150。这和楚天舒要求的数字基本上一致,他又看了看邮件里其他网点的任务数。奇怪的是,通业、昌硕两个汽贸并没有减少,还是维持了以往的水平,甚至略高一些。毕向东这是在做什么?原以为其他网点的任务会下调,看来不是这样,看来毕向东身上有来自外界的压力,他自己的任务数增加了不少。

会议半天就结束了,因为毕向东接了一个电话,马上要到北京区参加一个重要的会议,所以六家网点也就各自散去了。彭程邀请楚天舒、周玲一起吃午饭,由于楚天舒约好了晚上要跟齐珺、宋艳辉吃饭,所以也就答应了中午一起和彭程吃饭了。

"毕向东真够狠的,这么大的任务给你和你沟通了吗?"

"昨天晚上我们见面了,大概就是这样的一个数字情况,谈得也不是很愉快。"

"这么大的任务给你们,我们的任务也没减少,这小子!"

"确实不正常,原来我以为他是希望我们来分担整个区域的任务份额,现在来看应该是这小子自己扛不住了,我们也算是做了贡献了。你们怎么样?"

"我7月份还可以,不过不敢保证8月份,有点难。关键问题是手上没有客户了,不敢预测。好像一下客户就都没有了,心里很没底。"

林峰和周玲也各自聊起了销售部和客户的常规话题。

吃过饭,楚天舒和彭程走在前面,彭程轻轻地对楚天舒说:"10月份我可能要去做其他的事情了,投资人那边要我到外地去负责新的项目,应该是和汽车没有关系了。如果有可能的话,你多照顾一下林峰,他应该会接我的班,他还年轻,我怕他不是毕向东和徐琛的对手。"

晚饭昨天就约好了齐珺、宋艳辉,楚天舒带着周玲与她们两个人见了面。

席间,楚天舒问王斌的情况,齐珺看着楚天舒:"你不知道他的事儿?"

"怎么了?"

"当初咱们在武汉的时候试驾车不是出车祸了嘛,回去后他们网点好像是被扣钱了,他也被处分了,听说让他负责市场部了,等于是降了。事情过去没多久又出了一个事儿,你知道网上出现了307照片的事情吧?那就是王斌干的,据说当时闲得没事干,在市场部一个人生闷气一时手欠就给放到网上了。厂家为了这件事情非常恼火,你离开标致不知道,厂家直接取消了他们的代理权,之后给他打过两次电话都是关机,再后来我也就没联系过他了。"

楚天舒真没想到王斌的生活发生了如此大的变化,往回走的路上他还在想着在武汉时和王斌同住一个房间的情景,谁知道现在几个月过去了,事情居然发生了这么大的变化,估计着王斌已经离开这个行业了。

"我和徐琛早就认识。"周玲突然的一句话打破了车内沉静的气氛。

"我知道。"楚天舒这简单的三个字说得太绝了。一方面告诉周玲,我知

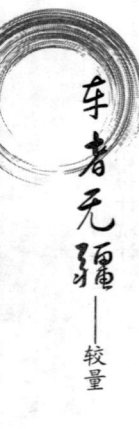

道你们早就认识。再一方面似乎还暗示着,我知道你以前的一些事情。"

周玲听楚天舒这么简单的回答之后,一时间不知道说什么了。她与徐琛见过面后,一直等着楚天舒问她,她也好装作一副无所谓的样子。周玲想过用"见过面"这三个字来做解释。谁知道这个楚天舒好似没看见一般,一句话都没问。直到楚天舒说出"我知道"三个字之后周玲才明白过来,原来这个她自己觉得还算是神秘的事情根本就没什么神秘感,楚天舒居然早就知道了,怎么知道的,知道多少,她自己心里突然没底了,不过她能感觉到楚天舒似乎并不想继续这个话题。

沉默了片刻,楚天舒又开口了。

"回去后得抓紧销售顾问手里的客户了,这个月咱们要玩真功夫了,而且都要上报,把以前卖的车能上报的都要报上去。你一定要心细一些,我觉得这个月的事情不会那么简单,毕向东的区域总任务并没有减少,虽然我们多了,但是昌硕和通业居然都变化不大,我们多出来的任务是怎么回事?我估计这个月厂家肯定会有库存方面的检查,这次给出了这么高的进出货补贴,如果经销商还是选择玩数字游戏,那么主机厂肯定是不会同意的。毕向东这家伙一句话也不说,不管他说不说我们该做的一定要做到位,把该做的事情做到了,能尽快上报的就尽快上报,谁也不知道检查什么时候来,同时还要控制好节奏,太快上报或许会引来检查。"

周玲看了一眼楚天舒:"你这么确定?"

"不确定,只是感觉有些不对头,和常理不一样的事实一定隐藏着巨大的陷阱。"

为了保险起见,4到7月份没有上报销售的客户,楚天舒统一安排了不开发票不给合格证,这么做虽然是付出了一些赠品,但是现在看来相当有用。就算是厂家突然来了飞行检查也没关系,车辆的合格证都在,可以说客户刚刚把车提走要求不开发票,如果有问题的话就让客户随时过来开票也行,大不了就是还款呗,再说第三方绝对不会那么详细地盘问客户的。毕向东是绝对不会想到楚天舒这么大的胆子,整整四个月不给客户开发票不给合格证,更加关键的是居然没有一个投诉。

4月份来到这个品牌之后,楚天舒对这个品牌信心十足,不论从哪个角度来看,这个品牌都有着很大的潜力。做一个有潜力的品牌是非常有乐趣的,能否把品牌的潜力发掘出来发挥到极致,这是他所看重的。在这些都完成的基础上,自然就会挣到钱了。

3

第二天一早上班后,周玲忙着去销售部布置指导接下来的工作。楚天舒

第十七章 将计就计

则在第一时间迎来了陈建,陈建推开楚天舒办公室门的一瞬间,楚天舒知道陈建一定是急了,不然按照他的习惯,肯定是打电话召见自己,绝不会自己主动跑来。

陈建看到了周玲报送的销售月报,虽然数字就摆在面前,但是他绝对不相信楚天舒一个月就只卖了少得可怜的10台车。猛然间,陈建意识到了问题,这一个月他从没关注过集团店内的事情,一直在忙着外围的开拓。这或许不是有利的信息,对董事长来说,这是绝对不能允许的失职。就这样,他忙着把日产厂家的考察团打发走之后,马上就到楚天舒的办公室来了。

看着陈建的表情,楚天舒知道今天陈建绝对是来要一个说法的。楚天舒先没有忙着解释,而是让陈建看了毕向东发的任务邮件。陈建看完之后沉默了片刻:"你打算怎么办?"

"在去开会之前,有一家和毕向东关系不错的网点老总已经给我打了电话,也算是透了底,到了那边我第一时间就找了毕向东。这个任务数是我要的,如果不出意外的话,明天就会有第二封邮件,就是关于给我们单车补贴的邮件。从4月份到现在,我知道我的数字看上去不理想,或者说惨得要命。但这并不是我们的真实水平,我们在示弱,因为我要改变现有库存的结构。通过四个月的努力,终于完成了既定目标,现在我们的库存结构相当合理。我们用四个月的时间示弱,现在所有的人都认为我们弱,都不会把我们放在眼里,我要的就是这个结果。现在厂家也不会认为我们能够完成任务,那么就在他们准备牺牲我们的时候,我去找他们要政策,他不会不给我。虽然这并不是我的计划,但是变化正好在我的计划之内。毕向东根本就不认为我在使诈,而是认为我是一个不懂商务政策的总经理。现在经过了四个月的库存调整,我手上已经有了100多台车的底牌了,我谁都不怕,这个月不但要完成,我还要超额,我要让毕向东知道我们的实力到底是怎样的……"楚天舒原原本本地把自己所想的和自己在这几个月里所做的都说了出来,虽然有些激动,但是条理很清晰,陈建也完全听明白了。

沉默了很久之后,陈建终于开口了:"给你一个建议,你最好不要上报太多销量。第一,如果上报太多的话,你有没有想过下个月怎么办,你的任务肯定会更高;第二,这样做很可能会和毕向东彻底决裂,你不要忘记你这是在欺骗他。我们不能得罪他,你明白吗?"有句话陈建没有说出来,徐琛和毕向东关系很好,现在徐琛已经转投另外一家,成为对手,千万不要在这件事情上让毕向东转了风向标。

"我认真考虑过这一点。首先这个品牌有很大的潜力,应该可以有更大的上升空间;其次作为毕向东,他不过是厂家的一个销售员罢了,他更看重的还是他管辖的经销商的业绩,我们有业绩他就没话说。"

陈建盯着楚天舒,他知道这个人有能力、有目标,这种人往往有着一般人

没有的耐力和执着。但是这种人也都有一个共同的不足之处,很容易陷入自己给自己制造的误区。他们往往都目标明确,而且觉得自己的目标就在不远的将来可以达成。陈建明白楚天舒是要做到最好,也明白他的想法就是得到认可,不过能不能做到,除了能力之外有些时候还需要一些运气。

徐琛见到周玲后吃惊不小,四年前的那段经历再一次浮现在了眼前。他怎么也没有想到周玲居然又回到了龙川集团,而且是到了自己刚刚离开的品牌做销售经理。与四年前相比,周玲似乎一点都没有变,还是锋芒毕露的性格。但是四年过去了,不论是自己还是陈建都已经变了,不能说是老了,也不能说是没了斗志,但是身边明显没有那么多的帮手了。这么看来,自己离开龙川集团是一个非常正确的决定,不然迟早也是要被清除的对象。

有一件事情一直以来让徐琛心神不安,那就是龙川集团对他的起诉,几个回合下来他终于看明白了,其实周亚川并不是真的要把他怎么样,而是要恶心自己,他承认,周亚川的目的达到了。自己现在的心情,无比的恶心。现在唯一能够解决这个恶心事情的办法就是认赔了,花钱消灾好了。

与这件恶心的事情相比起来,工作的事情让他相当轻松。他把所有的工作重点都放在了销售上,毕竟现在是临时展厅,对他来说一切的重点就是销售。与彭程的较量成了他的一大乐趣,在龙川集团的时候和彭程就已经熟悉了,那个时候双方没有利益上的冲突,关系也还过得去,出门开会还经常住在一个房间。很早之前徐琛就知道彭程是一个十分重视销售的总经理,现在正面交锋了,徐琛更加了解到这个彭程真的是一个厉害角色,不能小视。

8月份应该是全年中最艰难的一个月,汽车销售的"金九"将至,消费者多数都选择了持币观望。而8月份商家则是用尽解数,目的就是能够更多地吸引客户的关注,让客户尽可能地到展厅,只要是来了就增加成交的可能性。

如何从消费者紧捂的口袋里把钱掏出来,这真的是一个学问。消费者越来越精明,旺季就要到了,谁也别想从自己的口袋里掏钱。这种情形之下,真正考量一个品牌营销能力的时候也就到了,一个销售经理是不是称职,营销能力如何,不用任何人说就能看得一清二楚。最近的几年,不论是经销商还是主机厂,不够重视市场营销的作用,但是这并不代表所有人都不重视。真能把营销做好的人都是有思想的人,这份思想决定了眼界和行动。

徐琛决定在价格上做文章,他不想太耗费精力弄没用的东西,价格最直接,见效也是最快的。不过眼下他还不会动价格,现在还早,另外一定要有步骤地实施才行。他和宋艳辉商量了一整套方案出来,说白了就是三个步骤:第一加大宣传,第二维系老客户,第三启动价格攻势。

彭程手中拿着《都市报》,汽车板块上的广告是他最关注的。不管是哪个品牌的广告,他都会认真地看,可以借鉴吸收,也可以看到大环境的变化,是不是大家都在促销,是不是大家都面临了同样的问题……

第十七章 将计就计

通业北方的广告照例是一个整版,目前通业北方的广告采取了在本地几家店包版的方式,这么做看上去非常有气势。彭程看着整版的广告,不得不羡慕他们的财大气粗,这种很能体现经销商实力的广告是一直以来彭程都很向往的。不过话说回来,没有那个经济实力也未必做不好。

8月份任务出来后,彭程完全没有想到会是这样。在开这个区域会议的头一天,毕向东就到了他的办公室,而且是把徐琛也一起叫来了。毕向东很客套地询问了两家汽贸的情况之后透露了一个想法,要在8月份牺牲掉龙川集团旗下的福特店。毕向东的话里话外透着商量的口气,好像在征求他和徐琛的意见。但是两个人不约而同地选择了沉默,不沉默能怎样,毕向东是主机厂的人,一家网点的任务多与少他有直接的分配权力,另外自私一点来说,一家网点的任务多了,其他网点自然也就会日子好过很多。

不过当任务分配的具体方案出来之后,彭程感觉被耍了。毕向东这小子是贪心不足还是他自己有苦难言呢?给龙川已经压了这么重的任务,居然不给他们减任务,他不相信这个任务是最终的数字,8月份厂家绝对没有理由增加任务,难道是毕向东在做调整?

彭程问林峰目前销售顾问手头的潜在客户数量多不多?林峰说有明显的增加,但是客户的购车意向并不大。而且现在这个问题比较普遍,也很突出,林峰说他已经和其他地区的几个网点沟通了,大家的情况差不多。林峰说的问题是一个正常现象,8月份客户会增加一些,因为传统的黄金季节快要到了,所以展厅里客流开始增加,大家都要开始为购车做准备了,选车,还价,等待最后的出手。

彭程最担心的就是价格,他害怕徐琛那边单方面做出价格调整,如果双方陷入了价格战,非但得不偿失,而且很难收场。他看了几遍通业方面的广告,发现似乎没有摇动价格的意思,看来眼下不用为这个发愁。

不过最大的问题还是来自任务,观察了一周之后,彭程找来了林峰和两名销售主管。

"如果按照这个速度下去,我们就不要想着完成任务了。毕向东的销售日报你们应该每天都在看,通业那边的情况目前比我们要好。"说完他看着两名销售主管,"你们一会儿下去后让销售顾问把目前的A级客户做好统计报给你们,你们每天都要检查监督。对于无效客户一定要做好分析,对于战败客户要重点管理。我每天要看这个分析,林峰你负责给我。"说完他打开电脑,"今天毕向东给我打了一个电话,你们知道龙川集团卖了多少车了吗?毕向东没有把他们的数据做到日报里面,就是怕吓到我们。"说完彭程把电脑转向了三个人。毕向东给他的邮件里写得很清楚:截止到昨日,8月份第一周龙川集团福特店销售上报21台,开票20台。

"这个数字会不会是假的?"一名销售主管说。

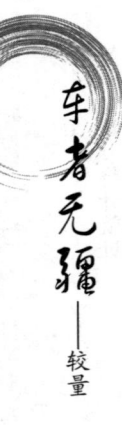

"首先我们不管数字的真假,我看到的是我们已经被落下了,虽然我们不是一座城市,但是市场大环境是一样的,我们要重视。其次,我已经和楚天舒联系了,他们的数字是真实的。上个月他们才卖了多少车,这个月第一周他们就卖了21台了。以后销售部每天下班后开会,总结当天的问题,我要看到效果。"

两名主管低着头走了出去,林峰看着彭程:"龙川那边的数字是真是假呀?"

"我也不知道。毕向东说他准备过去,你没看见日报上面龙川的数字是空的吗?不过毕向东今天在电话里说,前几个月楚天舒刚刚上任,在做人员调整,整个销售部都做了变动。这次开会之前他曾经和毕向东保证了完全可以完成任务,现在他们应该是运转比较正常了,否则不会是这个结果。再说了,他们之前的几个月绝对是不正常的。"

"你觉得这个月他们能完成任务吗?"

彭程看了眼林峰:"你觉得他们能有那个实力吗?龙川集团在最辉煌的时候单月销量也没有突破100台,这一次的任务已经完全是不可能的数字了,你觉得他们行吗?就算是他们真的有实力能做到,他们也不会那么做,否则以后的任务怎么办?肯定是水涨船高。"

"还有一种可能性,是不是毕向东和楚天舒在搞什么鬼?"林峰说。

"不排除这种可能性,但是也不大可能,毕竟楚天舒到这个品牌时间不长。毕向东是什么人你很清楚,这小子有奶就是娘。楚天舒这几个月连续没有完成任务,怎么可能有能力和毕向东做交易?我觉得毕向东要牺牲掉龙川集团的本意肯定是真的,只不过我们不知道这其中都发生了什么。"说这句话的时候彭程有些不痛快,他相信是他给楚天舒打了电话之后楚天舒才有了准备,也就是说毕向东肯定是要做掉楚天舒,但是自己给他报信之后,两个人一定达成了某种协议。

林峰听着彭程近乎自言自语的话,感觉有些摸不到头脑。但是他更加佩服彭程了,主机厂、经销商之间的协作和较量林峰感觉自己是摸不透的,这也是他佩服彭程的一个很重要的因素。

4

8月15日,龙川福特店上报销售77台,通业北方福特上报销售29台,昌硕汽贸上报销售33台。

毕向东双眼死死地盯着楚天舒。

"你给我解释一下怎么回事!"

楚天舒笑了:"你让我解释什么?前几个月我没完成任务的时候可没见

过你这么激动,现在我任务完成好了,你怎么到我这里来兴师问罪了?"

毕向东被楚天舒说得哑口无言。

他知道自己被耍了,可是这一切都是怎么发生的,这个销量怎么突然就上来了?

与陈建的谈话结束后,楚天舒让周玲把所有精力都放在展厅的管理上,必要时一定要在展厅里巡视销售顾问的现场工作。然后他马上联系了晚报汽车版的负责人,希望能做一个专访,内容就是关于购车方面的。晚报很快就派来了一名记者,楚天舒向他谈了自己的想法。

专访分为三期:第一期谈购车的砍价问题;第二期谈购车时如何挑选车辆;第三期谈购车的最佳时机。其实这些问题楚天舒早就做好了准备,他已经把所有的问题都提前写好了,打印在四页 A4 纸上。

记者接过楚天舒递过来的 A4 纸看了一遍:"没有关于您店内的任何宣传呀?是不是要加上地址电话呀?""不用,我不想做成软文,我要做一个专访。你就写明龙川集团福特 4S 店总经理专访就行了,其他的什么都不要写。"说完又递给记者一张 A4 纸,"这个也在专访结束后登一下吧。"

这也是一篇楚天舒自己写好的文章,题目是《旺季旺了谁——购车时机的把握》。这篇文章写得很有新意,可以看出完全出自业内人士之手。文章阐明了一个观点,所谓旺季不过是汽车经销商的旺季,对于消费者来说购车的最佳时机应该是所谓的淡季。处于淡季的经销商为了销售业绩是什么事情都敢做的,所有的价格都是可以商量的,对于消费者来说,是再合适不过的了。

"这……这个能发吗?这篇文章不一定对你们有好处呀?"

"放心吧,没问题,这篇文章对我们相当有好处。你就按照我的要求做吧,一定要先发专访,然后再发这篇文章,这篇文章绝对不能署名。"

第四天上午 10 点钟,楚天舒正站在二楼看着展厅里一片热火朝天的景象,手机响了,是周亚川打来的,让他马上到自己的办公室。

推门走进周亚川办公室的时候,周亚川正坐在一旁的沙发上欣赏着鱼缸里的鱼,看见楚天舒走进来,他站了起来,坐回到自己的办公桌前。

"和周玲配合得怎么样?"

"挺好的,她的能力很强。"

"哪方面的能力?"

"执行力,这一点是最主要的。"

周亚川笑了:"你是说她很听话对吧?看来我给你选了一个非常好的助手。"说完从桌上拿起当天的晚报,"报社的人说这篇文章是你写的,也是你安排发的?"

"是的。这个月我们的任务……"

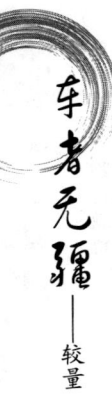

周亚川摆了摆手:"别和我说你的任务,我已经说过了给你三个月的时间,三个月之后看你的成绩,这三个月之内的事情你有自己的安排,不用告诉我。"

被周亚川打断,楚天舒顿觉有些慌乱,他不知道周亚川这是要做什么,报纸的事情如果不从头解释的话是说不清楚的。

"我们做经销商的应该干什么事情?不是做老师,告诉客户该什么时候去买车,该买什么车。现在的消费者信息获取渠道非常广,而且都会自己汇总总结,有很强的辨别能力和识别能力。你觉得你给他们传递这些思想有用吗?他们会相信报纸上一篇文章吗?你的这篇文章只是传递了一种信息——在淡季消费者可以肆无忌惮地还价,在旺季可以持币待购。你想让消费者淡化淡季旺季的概念,但是实际上却把两者倒置了。更为关键的,你在写这篇文章的时候没有大局观,你没有充分考虑大市场的需求,你有没有想过其他集团会利用你这篇文章呢?你有没有考虑过咱们集团内部其他品牌是不是也和你有一样的情况呢?你的文章精彩,但是不应该在这个时候发。"

从周亚川的办公室里走出来,楚天舒有些失落。周亚川句句话都很有力,在他的耳边一直回响着。他无言以对,必须承认周亚川说的都是对的。最后周亚川说:"眼界决定一个人的高度,没有大局观的人不管在哪里都不会被重用,因为眼界决定他不会看得远,所以永远得不到眼界以外的东西。"

楚天舒发现每一次和周亚川谈过话之后,他都会很迷茫。他不知道周亚川是不是在告诫自己,不会得到再多的机会了。这些不像是直面的批评,但也绝对不是肯定。

回到店里,看到展厅里的客流,大局观还是交给高人们去做吧,眼下我最重要的任务就是好好地完成本月目标,然后顺利地把这三个月对周亚川的承诺做好,楚天舒暗自对自己说。

周玲告诉他这个月厂家对广宣和营销活动的支持都很多,刚刚收到了厂家来的邮件,本月的市场活动方案厂家通过了。

这在楚天舒的意料之中,这么大的任务量如果不给支持的话,那就是真的往死里整你呢。

"人手够吗?"

"嗯,大家的积极性都不错。"

"有件事情我要和你沟通一下,7、8两个月的单车销售奖励厂家给得不少,8月份和大家把政策说了,7月份的我们没有通知大家,暂时不发了。不过你要统计一下有多少,这笔钱我们还要给销售,不过不能按照厂家的政策了,我们要进行二次分配。"

"这笔钱怎么发?"

"你先看看有多少钱,然后你订一个政策,反正就是奖励,你看怎么奖励好吧。"说完递给周玲一份文件,"这是毕向东发过来的,你看一下。"

第十七章 将计就计

上边是关于8月份继续执行销售顾问单车奖励制度的通知。

"你先看看,了解一下,但是一定要跟销售顾问讲清楚,这笔钱是厂家给的,月底才发。"

不知道是楚天舒那篇"没有大局观的"文章起了作用,还是周玲的营销活动效果不错,8月份前半个月的销售情况非常好,好得难以想象。

销售顾问的热情很高,客户管理虽然并没有太多改进的地方,但是现在成绩比管理更加重要。所以不管是楚天舒,还是周玲,都不想在这个时候去做那些意义并不大的事情,眼下阶段可以不谈管理一心冲量。

楚天舒没想到毕向东会在一个月内来两次,而且更没有想到的是他会在展厅里足足坐了两天。第三天的饭桌上,毕向东对楚天舒说:"我真的是服了,真的佩服你了。如果不是我亲眼所见,我绝对不会相信这些数字。"

毕向东在展厅里的两天时间,一共卖了17台车。他看到销售顾问不是在卖车,而是在机械般的重复着一套套动作,带客户看车、选车、交钱、交车。看着销售顾问忙碌的身影,毕向东心里当然非常美,只是他实在想不通到底是上天眷顾了楚天舒,还是有什么其他的内情?

他想寻求答案,但是楚天舒不管怎么都只说这是沉淀到了一定时候的结果,同时不断地重复一句话:"运气好。"

离开龙川集团,毕向东直奔通业北方,但从展厅的客流就能看出来,这里明显是人气不足。值班的一组销售顾问在展厅里三三两两地聊着天,另外一组则在办公室里聚群聊着。

看到这一情景,毕向东已经完全明白了,徐琛上报的数字里一定有水分。

其实徐琛的动作比较早,在他的三步计划中,宣传一直都在做,8月份的广告投入不算小。从拿到了任务之后,他就在《都市报》连续做了三期整版的配图软文,这三期把各个车型都做了详细的介绍。在维系客户关系方面,他与宋艳辉一同拟定了一个政策,凡是转介绍成交的车主,都可以获得两桶厂家原厂机油。这个活动在徐琛的眼里一定可以收获意想不到的效果,谁承想,一周过去了,一桶机油都没送出去。

徐琛非常遗憾,这个活动难道不适合在这里做?想当初在龙川的时候,这个活动曾经有不错的效果呀,为什么同样的活动换了一个城市就不行了?

宋艳辉的一句话提醒了他。

"咱们现在做这个活动确实不错,但是我觉得我们不该把广告打出去。广告出去了,大家都知道了这个活动,那么我们的车主谁也不敢带着朋友过来了,要不然朋友会怎么看自己呢?"

徐琛猛地惊醒,懊悔不已,这应该是一个常识性的问题,现在可好,钱都花出去了,什么用都没有。

接下来就是计划里的第三步了,价格调整。不过徐琛现在不想轻易地动

价格,价格这把双刃剑一旦下去了就很难再提上来,所以说越是接近月底的时候才越是好时机。

对于整个销售部,徐琛并不满意,对客户的把握能力太差。他已经接到宋艳辉几次申请价格的电话了,但是最后都是不了了之。再给她打电话,她就说销售顾问反映客户需要再考虑考虑。徐琛听完气就不打一处来,客户还没有流露出来想要购车的意思呢,怎么就给总经理打电话申请最低价呢?如果客户下次再来了,是不是还要再申请更低的价格?"你手下的人判断能力有问题,你最好亲自在展厅里好好地盯着!"徐琛说话已经开始不客气了。

这种情况又过去了一周,销售情况已经到了让徐琛不能接受的地步了。两周的时间,展厅客流量 49 批次,有效客户只有 20 人,成交 6 台。面对这些数字,徐琛几乎绝望了。他不知道昌硕汽贸那边的实际情况如何,但是看到龙川集团飞涨的数字他断定一定是假的。他才不过离开几个月,他太了解那里的实际情况了。正是这样,他把目光都放在了彭程身上。

不过,毕向东告诉他,楚天舒那边的客流量很大。徐琛看着毕向东:"不会是跨区销售了吧?我这边连个人毛都没有。"

毕向东有些不高兴了,他刚刚从龙川集团那边过来,徐琛指责楚天舒跨区销售,这不就是等于在暗指他自己也参与了吗?

徐琛看出来毕向东脸色的变化,他马上赔着笑脸,但是一时间又不知道说什么好。

"你现在还是要从自己的身上找原因,你们的活动呢?十多个销售顾问都在那儿磨磨唧唧,要不就是在办公室里扯淡。你知道吗,楚天舒已经把那边的销售部整合了,你出来几个月了和那边有联系吗?还认识几个人呀?他们现在销售顾问确实是少了,但是人少不重要,重要的是他们现在完成情况很好。徐总,您是不是也要考虑考虑呀?!"毕向东话很重,也是因为楚天舒让他有些不爽,但是没法说,只好找徐琛撒气了。

毕向东走后,徐琛一直在考虑一个问题,什么时候开始动价格?

他不是不明白毕向东的意思,但是目前他想按照自己的计划来做。人员的管理他说了算,但是有一点麻烦的就是是否留用不是他说了算。也就是说,人,他只能选择留用或转岗,但是不能选择开除。

考虑了一段时间,徐琛决定还是要动价格。现在开始动价格还是早,原计划到 8 月 12 号以后,但是现在销量确实是有点惨得可怜了。他让宋艳辉马上联系报社,明天开始把计划的优惠活动开始宣传。

这些是他早就计划好的,所以给宋艳辉的是一整套套餐。

徐琛不知道这次的价格调整能否帮助他达成既定的目标,但是他不会想到与此同时,昌硕汽贸也正好对价格进行了调整,而且两家汽贸的价格调整不但是同时开始,价格浮动都一样,就这样一场价格战开始了……

第十八章　混　战

1

彭程没有想到投资人这么快就让他去广西,年初的时候说好过了今年才走,三个月之前还说要等到 12 月中旬,让他尽快培养人。谁知道突然来电话让他马上做好交接工作,一周之内到广西。彭程电话里问投资人:"这边我交给谁?"

"你先让林峰接手,过完年你过来再带带林锋,到时候再给他半年的时间学习,之后你就可以彻底离开了。现在广西那边事情复杂,你必须马上过去。"

他拿起桌上的月历,原本计划在月底的时候对价格进行调整,但是现在看来不能再等了。他怕一旦自己离开,林峰根本就控制不住局面。

他把林峰叫到了自己的办公室,简单地询问了这两天的情况。林峰说这两天展厅里客流还说得过去,客户级别不算低,这个月的情况可能不会很差。

"有件事情你要提前做好心理准备,我可能很快就要去广西。投资人给我来电话了,也讲明了现阶段让你负责。如果广西那边的生意顺利的话我会在过完春节回来,再帮助你半年的时间,之后就是你自己去面对了。"

林峰没有想到会这么快,彭程的离开意味着他可以得到晋升的机会。对这个机会他当然是高兴的,不过当这一天真切来临的时候,他有些紧张。林峰是一个工作上很认真的人,他知道彭程在这里的这些年,已经让这个品牌在本地市场有了比较高的认知度,他接下来不但要做好,还要超越,这种压力太大了。在这个品牌已经整整四年的时间了,林峰大学刚毕业就来了这家公司,当时应聘的是销售内勤,大学刚毕业的学生还不知道自己能够做什么,拥有什么优势。虽然是本科毕业,但是应聘的时候也只是做一些内勤的工作。与同龄人相比,林峰显得羞涩,平时的话也不多,为人很和善,两个月实习期都还没过,林峰就转岗做了销售。对销售工作,林峰既熟悉又陌生,在这家公司看了两个月别人卖车,但是轮到自己了,才发现卖车绝对不是那么简单的。不过他天生就是一个讨人喜欢的人,与同事之间的关系处理得很融洽,和领导也能保持着不近不远的沟通。很快机会就来了,福特市场部成立,市场部成立之后需要一名工作认真、不怕麻烦、有一定文笔的员工。销售业绩并不

突出，但是学历最高的林峰很自然被选中了。市场部只有林峰一个人，每天的工作也就是收发邮件，关注厂家圈定的竞品信息，然后收集厂家指定的信息整理之后再传递给销售部。

"一周写一个活动总结就能从厂家挣到不少钱。"林峰把这句在心里憋了许久的话对彭程说了出来，之后彭程就让林峰单独向自己汇报工作了。几次接触下来，林峰给彭程留下了不错的印象，主要原因是林峰的细心和踏实。就这样又过去了半年，林峰的第二次机会出现了，销售经理辞职了，这个说是机会也不算是机会的机会就这样一下子落在了林峰面前。有人说机会是给有准备的人的，可是林峰一点准备都没有，甚至是心理丝毫都没有想过有一天自己能做销售经理。但是机会是不会和他商量好了才出现的，林峰凭借着彭程的赏识，完成了自己职业生涯的一次重要飞跃。就这样，进入昌硕汽贸不到十个月林峰完成了三级跳，从刚进公司时的销售内勤成长为销售经理，并在这个岗位上一坐就是三年多。这三年中彭程看着他从一个什么都不懂不敢管的学生，磨砺成一名敢于承担压力和挑战的管理者。对于林峰，彭程是非常欣赏信任的，也正是因为如此，他放心把这个品牌交到林峰的手里。对于林峰来说，他很满足和彭程一起配合的日子，他觉得这样很好，对彭程他有一种说不出来的依赖感。自从彭程上一次找他谈话之后，他知道自己有可能还要再进一步的时候内心有些激动。总经理宽大的办公室，集团给配的个人专车，年底的分红……这些都让林峰激动，也都刺激着他不停地规划着自己的未来。

不过当彭程告诉他，他之前的一切规划都将马上变成现实的时候，他开始紧张了，甚至之前所有的设想、规划都没了方向，变了样子。

彭程告诉他一定要注意三件事情：

一是售后放手给服务经理去做，少说多看；二是尊重财务总监；三是受君之托忠君之事，不该拿的钱一定不要动。

说完这三件事情，彭程开始和他商量接下来销售的事情。

15 号以后开始调整价格，所有店头的活动都改为价格促销的活动。如果月度任务能够顺利完成的话，那么立即停止销售上报，给 9 月份留一些份额。如果未完成则要看其他网点的销售情况，特别是通业北方。如果对手完成情况不错的话，那么就要提前上报销售，如果大家都一般，那就和其他网点联系沟通一下。

临走之前，彭程再三地嘱咐林峰多和其他网点交流，特别是通业方面，大家多交流自然就可以多得到信息。同时不要放松对毕向东的联系，先不要说自己离开的事情，就说自己去总部有些事情。

就这样，彭程 13 号动身去了广西，他恐怕怎么也没有想到，他精心制订好的价格调整计划会和徐琛的动作保持了一致，而这个调整将会是一场规模空前的大战,两家汽贸都会深陷其中。

　　林峰并没有在总经理的办公室里办公。投资人跟他电话里沟通明确了他的位置,集团的认命文件发了过来,林峰见习总经理兼销售经理。投资人的话说得很明白:"你好好做,该是你的自然是你的。"林峰知道自己要面对的是什么,也明白自己接下来要做什么。他现在需要摆正的是心态,并不是位置。

　　彭程走后林峰第一时间给销售部开了会,布置了新的任务,安排了统一的话术,这一切工作做完之后媒体上的广告也就跟着出来了。

　　令林峰没有想到的是,在《都市报》汽车版块上,通业北方福特的促销广告和他们的促销信息几乎如出一辙。彭程曾经对林峰说过,通业北方的销售经理个人能力一般。得出这个结论就是因为彭程看到了通业的那期给转介绍客户送东西的广告,他相信这个广告中的低级错误绝对不是出自徐琛之手。

　　现在彭程精心设计的方案遇到了对手,这一下子让林峰不知所措了,而且感觉对方肯定是大将出马了,彭程以前说,徐琛正在做内部斗争,看来现在徐琛已经扫平了内乱。昌硕汽贸与通业北方采取的促销方式和促销政策都非常相近,购车大礼包还有对某款特殊车型的包牌价。车辆打包价是一个很有吸引力的手段,一台 10 万左右的车,加上 1 万左右的购置税加上几千元的保险就能开回家了,连牌照都给你选好了。这种打包价的吸引力在于方便和便宜。一般的 4S 店与保险公司都直接联系,其中利益自知。所以虽然客户自己买保险、购置税看上去和商家是一样的,但是其中绝对是差了很多,商家自然也愿意让客户把所有的看似合理的钱都交在自己手里。

　　彭程和徐琛同时想到了这个方法,不过由于彭程这个方案最初设计者的离开,这项活动在昌硕方面就显得失去了机动灵活性。林峰好像是为了表现对彭程的尊重,明知道现在通业方面和自己一样开始了价格调整,但是决定不对活动进行改动。即便是销售顾问不断反映客户询问可否还有其他的优惠的时候,林峰也决定不对活动进行变更。

　　活动刚推出来的几天里,确实是收到了不错的效果,几乎每天都有 3 台左右的成交。不过打包价确实是无人问津,林峰开始的时候并没有在意,他觉得一项新的促销政策推出来之后,可能确实是短时间不会有明显的效果,活动本身有多大效果要等待一段时间来验证。正是因为有了这个想法,林峰并没有注意到潜在的问题,特别是已经知道了通业集团目前的促销活动也是打包价售车,他也没有明显的动作和关注。

　　与林峰不同,徐琛看到昌硕汽贸居然与自己的思路一致的时候,首先是震惊,但是很快就意识到如果没有变化的话这场促销就会完全失去意义了。他找来宋艳辉,首先让销售部统一话术,让他们与昌硕汽贸那边的打包价

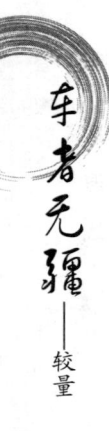

进行区分；其次安排人给昌硕那边打电话探听一下对方的价格，是否还可以松动；第三所有人员不得在电话里进行价格谈判，只允许报活动的价格，如果客户对价格有异议的话，必须邀约到店谈。

与此同时，徐琛联系了媒体，让他们做一篇报道，内容是关于打包购车的。要求以引导消费者为原则，淡化打包销售的概念。这些自然是以通业北方福特店为背景采写的专访。

两家店的应对各有不同，自然得到的结果也就相去甚远了。

昌硕汽贸的建店时间比较长，客户积累多，相对的客户忠诚度要好很多。在这个背景下，他们的销量自然是不会很差。与此相比，通业北方是新开的店，而且是临时展厅。在市场开拓方面，一个成熟的市场想进入是很难的，在成熟的市场环境里抢夺必须有长期投入的心理准备，这一点从徐琛到朱宇阳都很清楚，所以他们的广告投入一直都是很大的。面对一块已经做好的蛋糕，越是饥饿的人越容易得到食物，越是身强力壮的人越容易得到食物，越是狡诈的人越容易得到食物。

和林峰身后的昌硕汽贸比起来，徐琛更加的饥饿、强壮、狡诈，所以他能在这个市场中分得本该属于昌硕的资源。虽然短时间内徐琛还没有足够的能力撼动昌硕汽贸在本地的市场霸主地位，但是他是一个绝对勇于挑战的人。他需要面对的是一个还不成熟的总经理，在龙川集团学到的那些加上通业集团的财力实力足够他获得成功了。

徐琛找到朱宇阳，希望在广宣方面能够再加大投入。朱宇阳有些为难，按理说他明白广宣对市场的重要意义，但是现在的问题是宣传费用一年是固定的，在做预算的时候他已经给福特店多做了费用。现在徐琛又来找他要增加投入，这个要求他是肯定不能同意的。几个品牌都是新的，都要投入，凭什么你福特就要增加？在初始阶段已经给你倾斜了，现在又要增加绝对办不到。

徐琛不这么认为，他的观点是能够创造价值的品牌必须享有更多的政策倾斜。这个观点不能说是错的，但是问题在于，目前通业北方公司旗下的六个品牌中四个是原装车，两个是国产合资品牌。那四款原装车的利润空间可比福特都要高多了，只不过销量目前还很有限罢了。两款合资品牌，标致刚刚建好店开业，福特还在临时展厅里试营业。如果按照徐琛的说法，那么真正应该倾斜的是那四个进口品牌，这种品牌一旦做好了市场开拓宣传，肯定是有非常好的前景。

2

朱宇阳已经隐隐地感觉到了徐琛的老到，甚至可以说是阴险。对这个行业，特别是一线的具体操作，朱宇阳明显不及徐琛了解深入。但是在人员任用管理方面，朱宇阳自信要比徐琛更加透彻，否则通业集团不会派他来这里做这个区域的总经理。

徐琛不到三个月就把孙兴华"挤"走了，而且名正言顺。孙兴华离开这里回到总部之后，总部的人力资源总监对徐琛的工作情况、配合度等进行过询问。朱宇阳很清楚，只要是他稍有微词，徐琛肯定就会马上滚蛋。但是他更明白一点，现在他是通业北方的总经理，他手下的人如果一个个的都不称职，他这个总经理怎么做？再说了，徐琛可是他自己挖来并且力荐的，现在短短不到半年的时间就换人，往小处说自己的眼光有问题，往大里讲这是管理效能上的失败。所以就算是为了自己，他也没有很快否定徐琛。只是心里很清楚，孙兴华遇上了厉害角色，自己是哑巴吃黄连有苦说不出。

他静观徐琛，希望徐琛的能力能够达到要求，那样他的强势和狡诈或许都可以忽略不计了。最近这段时间北方分区的老总一直都在找他的麻烦，朱宇阳这边的花销一直都很大，在北方大区看来，朱宇阳现在没有很好地利用资源优势进行市场开拓，而是把更多的注意力放在了人际关系的开拓上。朱宇阳去了三次北京的北方总部，和大区经理进行了一次彻夜长谈，效果还是明显的，但是大区主任也说了：你现在是通业北方的总经理，你的一切行为都是合理的，集团也不会过问。我现在问你是因为看重你的能力，不希望你在没必要的小事情上得负分。你的首要任务就是业绩的提升，利润的获取，如果在这两项都完成的情况之下，你做什么都合理，如果完不成，你做什么都是错。

朱宇阳心里很烦躁，他不习惯大区主任张嘴闭嘴就是一副干爹的模样，自己做经营自然有自己的思路，什么都要插手，要自己干什么？

就在这时，徐琛又来给他添麻烦，面对他想要增加市场宣传投入的要求，朱宇阳没有马上反驳，这个申请朱宇阳已经不是一次看到了，他明白如果现在不给徐琛一点颜色，这小子还会没完没了地往这里跑。

"陈正超工作怎么样？总部那边需要一个回复。"

"挺好。"

"挺好是多好？没有标准吗？你的判断标准是什么，然后做一个书面的报告给我，总部需要一份书面的报告。"

"行。"说这个"行"的时候，徐琛脑子里还想着如何去申请宣传费用呢，所以没有领会到朱宇阳问这句话深层的含义。

"这段时间销售情况怎么样？"

"挺好的。"徐琛有些不大习惯朱宇阳的这种态度。

"怎么个好法？"

徐琛终于明白了，朱宇阳这是在检查工作，在这里朱宇阳是他的领导，对

第十八章 混战

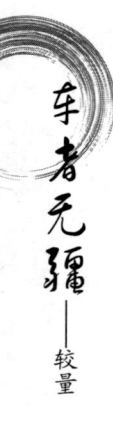

领导汇报工作是他必须做的事情。

徐琛把最近的工作计划和工作重点都做了详细的汇报,朱宇阳的问题他都认真地作答。徐琛在一问一答中已经明白了,朱宇阳这是在有意地告诉自己一个事情:你的申请我不同意。

楚天舒一直都在关注着徐琛和彭程两个人的较量,并与宋艳辉、林峰都保持着联系。他这边的销售情况一直都不错,有了成绩,关注的目光自然就更加广了。

8月20号,毕向东就彻底地驻扎在龙川集团了。这是他这个月第三次来龙川集团,虽然看到了龙川集团的客流量,虽然相信楚天舒确确实实是在做真功夫,但是他实在是需要亲眼见证这个奇迹的诞生。

看着展厅里的人头攒动,毕向东简直要疯了,这种疯是喜悦更是忘乎所以。他在这个品牌已经有将近六年了,从来没有看到过哪一家网点能够做到如此。大区主任魏强已经给他发了邮件半提醒半警告地说,月底的时候肯定会有第三方的人员到网点去做飞行检查。毕向东明白,这个月龙川集团不正常的销售一定是让大区有点不能接受了,龙川集团一家的不正常让所有的经销商都受累,这确实有点说不过去。但是这个问题恐怕也不是一家经销商的事情,因为之前经销商的瞒报行为,厂家区域经理级别的人都是非常清楚的,所以此时此刻,所有的区域经理都非常紧张。

就在这个时候,H市的两家汽贸开始了针锋相对的战争。徐琛在朱宇阳那里没有能够得到想要的支持,但是打包价售车的活动还是做得有声有色。这个活动徐琛做得非常细致,而且考虑到了与售后的结合,这一点不能不说是一个很大的进步,当然这个进步的前提条件是现在的服务经理是他自己满意的人。

通业方面的活动,除了正常的购车手续费用和保险等需要客户自己交的费用之外,还赠送给客户三次免费检测、一次免费更换机油和终身免费洗车。活动的开始并没有这些与售后相关的项目加进去,徐琛知道昌硕汽贸方面也在做同样的活动之后,很快就改变了策略,把售后的项目也加进去了。在销售话术方面,采取了"厂家唯一授权售前售后联动",这一点一下子就和昌硕区分开了,本身来讲,两家汽贸的活动相近就会让客户认为这是汽车厂家支持的活动,现在如果哪一家能够加上售后的话,客户自然会更加满意了。

徐琛每天都让宋艳辉给他汇报新增客户的情况,而且这些新增的客户都要认真区分客户级别。他特别强调,一定要把去过昌硕那边看车的客户做标记。

宋艳辉有些为难:"徐总,这里的市场本来就不是很大,来回两家看车的客户大有人在,有必要做这个统计吗?"

"必须做好统计,有了这个统计我们就能看出有多少客户是举棋不定的,把这些举棋不定的客户区分开之后,咱们才能有效地展开下一步的工作。那些暂时没有购车意向,仅仅就是比较价格的客户,我们不能在他们的身上浪费时间和精力,同理,那些有强烈购车意向的客户我们哪怕价格再松动一下也没问题。"

这项工作虽然是耗费了很大的力气,但是有着超乎想象的效果。

销售工作是一个只认成绩的工作,没有成绩你平时多么优秀也没用,你有过再多的光环也都是虚的。在这种情形之下,难免在销售顾问之间产生矛盾。特别是在重奖政策出台后,每台车厂家至少奖励500元,徐琛对奖励进行了优化,阶梯奖励更加刺激,所以为了一台车的归属问题,销售顾问之间经常是明争暗斗,甚至已经愈演愈烈。

宋艳辉每天都会被销售顾问们争抢客户的事情吵得头疼。虽然她很能理解销售顾问们的心情,但是每天这种事情越来越多,让她感觉这不是一个好现象。

而大家的矛头也开始越来越清晰,那就是一个叫许冠的销售顾问。

许冠本身就是销售主管,本来是不参与销售的,但是厂家单车奖励政策出台之后,他就打申请做了销售。当时宋艳辉不理解,徐琛笑着对她说:"每个人都有自己的选择。"这个许冠很快就表现出了过人的一面,他卖车的数量非常高,可以说销售部的半壁江山都是他一个人的。由于之前做过销售主管,他的人际关系比一般的销售顾问都要多,许多客户都是先找销售顾问了解车型询问价格,最后找他还价成交。一个两个的车也就无所谓了,慢慢地,越来越多。开始不计较的销售顾问们都受不了了,自己费了半天劲谈的客户,许冠就是报一个低价就成交了。

许冠敲响了徐琛办公室的门。

"徐总,我这里有一个老客户带来了一个他的朋友,老客户说了他不要机油,就是想给他朋友争取点价格。"徐琛听完有些不高兴,这个销售顾问怎么直接越权找到了自己,看都没看:"打包价格是不优惠的,你不知道?"

"客户在昌硕那边看过车,那边的政策和我们一样也是打包售车,但是价格比我们这边低2000元。"

徐琛听完抬起头:"你这是帮客户来还价的?那边优惠多少是他们自己的事情,再说了客户说的话能信吗?"

"徐总,我给昌硕那边打了电话了,他们确实是和我们政策一样,而且电话里就说了可以比我们这边再低2000元。"

徐琛一惊,不是因为许冠顶了自己一句,而是对手的信息他的销售经理还没有了解,销售顾问和客户都已经了解到了。

"这台车你有多少把握?"

"我就要求和昌硕那边价格一样就行。"

第十八章 混战

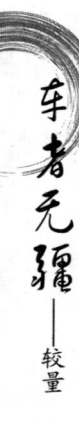

"你有把握?"

"没问题。"

"行。"

许冠下去后,徐琛马上把宋艳辉叫到了自己的办公室,果然宋艳辉对昌硕汽贸的价格调整全然不知。

"这个销售顾问怎么能越过你直接找我?你现在都不知道的事情他怎么知道的?是偶然听客户说的,还是你现在已经对销售部失控了?"

"这个人是销售部的一个大麻烦,所有的销售顾问都反映他在抢客户。他与昌硕汽贸那边的一个主管是大学同学,我觉得应该是这个原因他才知道那边价格的。"

徐琛听完心里很不痛快,这么重要的一个信息怎么宋艳辉现在才告诉自己。

带一肚子气,宋艳辉从徐琛的办公室里走了出来,看着展厅里一脸笑容的许冠,她感觉自己这一肚子气真是没地方发出来。回到办公室,她拿起桌上的手台:"许冠,你忙清了到我办公室来一下。"

"收到,领导。"

半个小时之后,许冠敲响了宋艳辉办公室的门。

"领导,刚才我没有找到你,客户着急买车,我实在没办法,怕损失了这个客户,所以就直接去找徐总申请了一下价格。我确实是怕影响了和客户的关系,还有客户对我们的信任。这是我的一个老客户,这次是他的朋友来买车,他们之前已经在昌硕那边看过车了,那边的政策和我们差不多,也是打包价售车。不过他们的车价本身比我们要低 2000 元,这一点来说我们有点劣势,我对这个客户还是很了解的,他肯定不会骗我。而且他的朋友当着我的面给昌硕那边打了电话,我听见电话里说得很清楚,那边就是比咱们便宜 2000 元。我当时没找到你,又怕客户走,所以一着急我就直接找了徐总。现在客户已经把车订了,你不找我,我也想和你说这个事情呢。"就这一番话,宋艳辉算是领教了这个许冠,这个小子太精明了。做销售之前,许冠算是宋艳辉的助理,销售主管,那个时候还没发现这小子这么能说。现在可倒好,做了销售顾问,一天比一天过分,一天比一天精明。现在整个销售部都已经把矛头指向了他,但是他依旧我行我素。这靠的不仅仅是一张脸皮和过硬的心理素质,更重要的是一颗聪明的脑袋。就好像是现在,自己叫他到办公室,谁知道这小子不等自己问就把前后经过说得清清楚楚,而且说得头头是道。

3

徐琛深感宋艳辉现在或许在管理上遇到了问题,这个时候他是不是该出面了,眼下这种局面宋艳辉能否在这个岗位上做下去是一个很微妙的时期。销售经理是一个4S店最重要的中层管理者,徐琛对宋艳辉谈不上很满意,但是目前阶段在无人可用的情况之下,这个女孩子还是可以用一下的。如果现阶段来一个能力超强的销售经理,对徐琛来说还未必真的是好事。那么让这宋艳辉稳定下来,教给她该如何做一个优秀的销售经理,如果她是一个聪明人的话,她应该能够学会。到时候自己度过了现在这个阶段,她可以帮助自己有更大作为。如果她不够聪明的话,那么再换人也未尝不可。

　　这么想着,徐琛决定了现阶段好好培养一下宋艳辉。其实一个人能够有多大的能量,取决于你身边的朋友和帮助你的人,特别是那些想要帮助你的人,这些人至关重要。虽然徐琛只是现阶段不想让自己在工作中再遇到麻烦的事情,但是无形中却培养了宋艳辉。

　　彭程到达广西那边之后,发现手头的事情很烦琐,他马上理解了投资人为什么这么快就让自己过来了,甚至是不惜牺牲店里的利益。作为今后这边生意的主要负责人,他必须从初始阶段就开始介入所有事情,不能让以后的初始人员说自己在这里捡现成的。再一方面必须对现阶段所有具体工作做到全面的了解,这有利于今后掌控布局。过了一周,彭程给林峰去了电话,询问了那边的情况。当他听林峰说通业的促销政策和自己走之前制定的几乎一样的时候,心里也是一惊,话到嘴边他没说。他本想问林峰准备如何应对,但是他觉得现在他不该过多地干涉林峰的工作。他了解林峰,这么多年了两个人配合很默契,而且林峰对自己有一定的依赖,他隐约地感觉林峰没有对这个情况有足够的认识和准备。这个时候不应该提醒他,让他自己去发现问题吧。现阶段投资人的心思不在汽车这一块儿,新的项目让投资人热血沸腾,也牵扯了大部分精力。所以现阶段是林峰最好的锻炼机会,投资人不会注意到他的好坏,那么就放手让林峰去做吧。临挂电话的时候,彭程说了一句话:"不要总是一成不变,你是做销售出身的,这你比我要清楚。"

　　其实林峰并不是不想改变现状,他是在等待,等着彭程给自己来电话。他们两个人这么多年了,真的是太默契了,彼此之间都很了解。林峰知道彭程一定会给自己来电话,只要是到了广西那边一定会给自己来电话的。他知道徐琛和彭程想到一起去了,但是一方面他没有足够的重视,再一方面来说他实在是不想在彭程刚刚离开就改变销售策略。这绝对不是尊重前任领导和老大哥的做法,所以宁可等一等,看一看,等等彭程的电话,看看徐琛那边的动作。

　　这个电话之后,林峰挺感谢彭程。起码电话里彭程只是问了问自己现阶段工作情况,听到通业那边和自己这边的促销政策相近的时候,也只是略有沉默没有多做评论,也没有指示自己该怎么做,这一点值得感谢。彭程真的是把自己当成兄弟了,让身在局中的自己去解决该解决的问题。

第十八章　混战

林峰和彭程通话后的第二天，就开始安排了解通业集团那边的政策和具体实施的情况。林峰是一个从销售最基层开始做起的管理者，他懂得销售方面的各个流程和环节，也懂得各种猫腻和潜规则。他手下的销售顾问对他很是佩服，其实就因为他了解销售层面的所有，甚至包括灰色部分。给销售开会的时候，林峰布置了工作，了解到通业目前的实际情况和最低价。林峰手下的十个销售顾问在这边工作都超过三年半了，是林峰一手培养起来的。他们团结也都听话，这一点是林峰最放心的。

很快通业那边的真实情况就摸清楚了，林峰感觉到自己还是轻敌了。通业那边的活动从推出来已经变了三次，虽然每一次的变化都不大，但是都能让客户感觉新颖。现阶段他们加上了售后一起来做，这一点是林峰现在不能够完成的，不管怎么说他不可能这么快就把售后也拉进来。如果彭程还在的话，那没问题，可以让彭程在中间调和解决，但是眼下他已经开始负责全面工作了，用什么口气和身份来说呢？

什么才是最直接的促销？自然是价格。那好，就选择价格促销方式。

这是林峰在给销售部的夕会上宣布的："明天开始在打报价的基础上再优惠 2000 元，不过有条件，客户必须在展厅的时候才可以报价，不能出现电话报价的情况。"

楚天舒接到彭程电话的时候，是彭程给林峰打电话后的第三天。彭程考虑了很久，虽然他对楚天舒一点都不了解，甚至这次楚天舒表现出来的很多东西让他感觉自己受骗了，但是总的说来他能感觉到楚天舒身上有一种不同寻常的气息。他希望林峰能够多和楚天舒这种人交往，更加希望楚天舒能够帮助林峰。毕竟不在一座城市，没有直接的利益冲突，一定可以互通有无，相互协助。虽然彭程之前已经跟楚天舒说了自己要离开去做新的项目，但是楚天舒没有想到会是这么快。电话里客套了几句之后，楚天舒也对彭程表示了衷心的感谢，正是彭程在这次 8 月份区域会议之前和自己提前打了招呼，才让自己有了准备。不过不论怎么感谢，楚天舒是绝对不会把自己现在的情况和自己曾经怎么运作告诉彭程的。其实他已经听明白了，彭程在暗示自己他想知道这几个月是怎么回事。楚天舒很清楚，这些事情是对任何人都不能说的。

8 月份的毕向东非常忙碌，他把工作计划的最后一周定在了龙川集团。在这里，他一定要亲眼见证奇迹的出现，甚至他感觉大区经理魏强或许也会亲自来这边。可是计划不如变化快，就在 8 月份即将过去的时候，他确实接到了魏强的电话："你在哪里？"

"龙川集团，魏总，这边的情况很好呀！"

"你是不是哪儿好你往哪儿跑？"

毕向东一听，心想坏了："您……""你马上上邮箱，我给你发了一个投诉,马上给我一个情况说明!"

放下电话,毕向东来到了周玲的办公室:"我用一下你电脑,不知道谁给我添麻烦了,魏总发火了。"

电脑上是一封魏强转发的厂家总部客户关系部的邮件,邮件里指名投诉通业北方福特和昌硕福特两家汽贸。原因是这样的,一个客户在两家汽贸中间来回比价,最后在通业那边谈好了价格,客户决定第二天过去提车。结果第二天去了之后,销售顾问说什么都不卖了,客户转头再找昌硕那边,那边也不承认昨天的价格了,一怒之下客户就把两家经销商都给投诉了。按理说这种情况也算不上什么大的问题,不至于让大区经理出面。可是在附件里有两个录音文件,毕向东听完之后差点儿背过气去。

这件事情还要从8月份区域会议上,毕向东接到总部电话让他第一时间赶到北京开会说起,那次他们在北京开会的主要事情就是经销商价格管控。在西北区遇到了这种情况,三家经销商价格战打得有些过分了,一方面是价格血拼到了不可想象的地步,再一方面把客户的信心都给损伤了。这次的会议,厂家几个的大区主任都在,共同达成了一致的意见,从9月份开始一定要对经销商的价格进行管控,否则经销商的胆量越来越大了。长久这样下去的话,经销商不挣钱,客户信心受损,主机厂就彻底没办法了。

谁承想,现在8月份就要过去了,居然遇到了这种事情。附件里的录音是客户的手机电话录音,是和两家汽贸的销售顾问讨价还价的整个过程,电话里两家汽贸已经把价格放到了一个根本不可能的地步。如果这件事情是真的,那么就真的麻烦了。客户说了,第一要投诉两家经销商的行为,第二要按照经销商给出的价格成交,第三要厂家给一个说法。对于这个客户,毕向东知道不用太多理会,是一个胡搅蛮缠的客户。但是对于价格,他不能不理会。

"我要用一下电话。"毕向东对周玲说。

周玲明白了毕向东要打电话,让自己回避一下。

毕向东想了想,电话先打给了徐琛:"老徐,最近你那边情况如何?我要听真实的情况。"

"不理想,我不知道你怎么看今年的情况,我感觉有问题。"

"你现在卖了多少了?给我一个真实的数字。"

"50多点。"

"价格你现在怎么样?"

"价格……价格不高。"

"有些事情我需要和你交流一下,我手头有一个客户投诉,就是关于你们价格的……"

毕向东的话还没说完,徐琛好像有点儿急了:"价格投诉怎么能算是投

第十八章 混 战

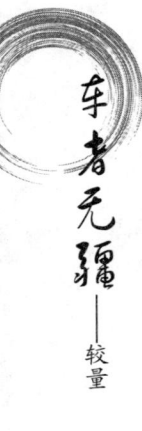

呢?这绝对是无责投诉,不应该计算。"

"你能听我把话说完吗?这次的投诉不是你一个人的事情,包括昌硕一块儿都投诉了。你和彭程都一样,而且问题绝对不是价格那么简单。"

电话那头儿的徐琛沉默了,和毕向东共事多年了,他了解这个人。如果不是重要得不能再重要的事情,毕向东都会和自己打哈哈的。可是徐琛不理解,价格问题怎么可能会成为投诉的主因,客户对价格满意或者不满意都不能算是服务好坏的判断标准呀。

"你和彭程的一个共同客户在电话里和你们两家的销售顾问讨价还价,还录音了,而且你们的价格太离谱了吧?虽然最后没有成交,但是这个价格魏主任已经关注了。"

"什么?魏主任怎么知道了?"

"我告诉你,这次的投诉是总部直接给魏主任发的。"

"投诉不都是直接到你那里吗?怎么……"

"废话,要是一般的价格投诉我还给你打电话?"

徐琛知道了问题的严重性,可是他不明白为什么价格的投诉会直接反馈到了大区主任的层面。

"我把魏主任的邮件给你转发过去,你自己看一下,然后马上给我一个情况说明,魏主任要得很急。"

毕向东把邮件做了修改,只保留了客户录制的徐琛网点的录音,给徐琛发了过去。发完之后,他给彭程打了电话。打了两次都没人接,他又给林峰打电话,电话响了许久也是无人接听。

毕向东有些恼火了,给昌硕汽贸的前台直接打了过去。

"我找你们彭总。"

"您好,彭总不在了,您有事的话给他打手机。"

"什么不在了?!什么意思?"

"彭总已经调走了,有事找他的话您打他的手机。"

毕向东把电话狠狠地摔在了桌子上。

4

毕向东怎么也没想到彭程离开H市居然没有和自己打招呼,这个彭程到底要干什么?现在这么重要的时刻离开了不和自己打招呼。他越想越生气,越想越觉得事情不简单。他站起来走出办公室:"周玲,楚总在楼上吗?"

"应该在,他一般出去都会和我说一声。"

毕向东来到楚天舒的办公室:"楚总,你能派人把我送到H市去吗?"

楚天舒一愣:"可以呀,什么时候?"

"现在!"

"这么着急?"

"对。"

毕向东走后,楚天舒问周玲发生了什么事情?周玲说不是很清楚,但是魏强好像是给毕向东发了一封邮件,毕向东看了之后很生气。打电话的时候她出来了,不知道具体什么事情。

楚天舒笑了:"让他们折腾去吧,我们好好地利用这个机会。对了,彭程已经调走了,上次我们去开会的时候他和我说过,但是没想到这么快。看来这是一件好事情,首先毕向东的关注点一定会发生变化,林峰短时间内恐怕不能很快地就进入角色。就算是徐琛再厉害,现在在他的店也只是一个临时展厅,我就不相信他能有什么大的业绩出来。他已经习惯了瞒报销售数据的手法了,我相信他不会轻易地改变这个习惯的。"

楚天舒的自信感染了周玲,这个月他们的销售确实是在不断地刷新着纪录,这个纪录不单单是他们自己的,而且是这个品牌所在区域的。周玲问楚天舒:"这个月马上就要过去了,下个月我们怎么办?"

"继续高歌猛进,我一定要让毕向东自己靠近过来。"

与楚天舒的春风得意形成鲜明对比的是林峰的苦闷。早上到了公司就开始忙得不亦乐乎,销售这边现在到了一个很关键的时期,还有不到一周的时间8月份就要过去了,但是销售任务还有差距,怎么办?彭程临走的时候说了,这个月先不要跟毕向东打招呼说他离开的事情,可是林峰觉得有些不妥,彭程认真地看着林峰:"这个时候对你来说很关键,你要先把该弄明白的都弄明白了,然后由你来和毕向东说这个事情。时间选在8月份最后的一天,到时候说什么都要请他过来,把这件事情说了之后看看咱们的月任务完成情况,如果不理想的话就请他帮忙,再告诉他以后你就是总经理,这次他帮了你你绝对不会忘记。如果完成情况不错,更要好好地对他。"

林峰想想彭程的话有道理,所以彭程离开之后,林峰也就没有对毕向东说这个事情。

最近几天,手下的销售顾问不断地和林锋反映一个问题,通业那边的价格又开始松动了。从彭程离开到现在,林峰已经三次对价格进行了调整,现在的价格已经完全触底了,算上贴息返利最多一台车也就是800多元的利润了。两家汽贸的价格在不到一个月的时间内各自调整了多次,如此之低的利润对于经销商来讲已经算是赔钱了。就是这么一种情况之下,徐琛居然还在价格上做文章,林峰实在是想不明白,何苦呢?

一天的时间,销售顾问就给自己反映了多次通业那边价格过低。这些销售顾问的能力林峰了解,他们的作风林峰也很清楚,他相信现在大家不是在给自己添麻烦,而是在替自己着急。林峰决定必须要有动作,如果徐琛想玩,

第十八章 混战

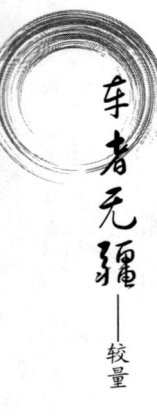

那自己就陪他玩到底。

没有等到下班,他就把所有的销售顾问叫到了自己办公室里:"从现在开始到 8 月底,我们的价格单车单议。现在有多少客户是因为价格问题没有成交的?这个数字我今天就要,然后大家给我一个客户可以接受的心理价位,我现在不考虑通业那边的价格,只考虑客户自己的接受度到底是多少。"

下班之后大家都留了下来。一直到 9:30,林峰和他的销售部终于把所有的客户都梳理了一遍,所有因为价格而没有最终确定的客户都统计完了,有 35 位。把这些客户分门别类地统计之后,大家对客户有一个普遍的共识,价格因素绝对是主导,但是客户自己对价格其实也并不是非常在意。服务态度被所有的销售顾问放在了第一位。这是因为销售顾问普遍反映客户经常会说一句话:那边真的是新开业,服务态度很差要么不热情,要么就是一问三不知。

最后林峰决定了,价格单车单议,不统一制定降价的政策。除此之外更要增强内功,在服务上要做到位。服务分为两个方面,硬件服务就是展厅,这个方面他们比通业要有优势,软件就是销售顾问,这一点林峰更加自信了。所以他坚信这场仗他们赢定了。

8 月份最后一周,通业和昌硕两家汽贸的价格一天一变,持续走低。

8 月 25 日中午 1:30,毕向东到了昌硕汽贸。快到 H 市的时候,林峰的电话打了过来,说上午手机忘带了。毕向东说:"老大,我很快就到您那里了,我太想见见您了!"

林峰听毕向东的口气就知道肯定出问题了。他放下电话马上给彭程打了过去,那边无法接通。

林峰找来了两个销售组长,这两个人对林峰非常佩服、信服,也绝对地服从。

"毕向东正在来的路上,齐丽你一会儿盯展厅,第一做到现场保持良好的接待秩序,第二谈价格一定要到洽谈区,最好不要让毕向东在身边,展厅里禁止谈价格。"

叫齐丽的女孩子点点头。

"李昊,你跟着我。不知道为啥毕向东会到咱们这里来,这小子一直都是喜欢锦上添花的,这周他的工作行程应该是全在龙川那边才对。电话里他阴阳怪气的,这个点儿过来应该是还没吃饭呢,一会儿你先订饭店,他平时住在哪里?"

"高速那边的一个快捷酒店。"

"那就在附近吧,我实在是不想让他来店里,如果实在没办法了那就只好随他了,他还不知道彭总调走的事情呢!"

叫李昊的男孩看上去很老练,他瞪大了眼睛看着林峰:"老大,你不会吧……这么重要的事情为啥不告诉他呀？他肯定知道了。"

"彭总走之前特意嘱咐了，不告诉他，让我月底最后两天再找他吃饭，到时候再和他说。我不确定他是不是知道了，反正早晚要知道，没什么大不了的。"

李昊点点头："那我先去准备一下，就在他经常住的酒店附近吧，那边有一个不错的地方。"

"行，这些事情我就不操心了，一会儿你跟着我。"

林峰必须物色一个人接替他的工作。如果今天毕向东来就是因为彭程的事情倒也没啥，这件事情已成事实了无法改变。如果毕向东今天不是因为彭程的事情过来，那自己也要对他说了，正好把李昊推出来，以后销售部就交给他了。

在李昊和齐丽两个人之间，林峰不用考虑自然就会选择李昊，因为李昊是男的，就这么简单，暂时不会涉及结婚生孩子等的问题。齐丽估计今年不结婚明年肯定要结婚了，男朋友和她是大学同学，小伙子考了研究生，这就要毕业了，据说在校的时候表现不错，好像是被一个什么企业给录取了。现在不知道齐丽怎么想，如果结婚会不会和小伙子一起走，这个问题林峰必须面对。

毕向东直接到了店里，这让林峰有些意外，平时毕向东都是到酒店，然后给自己打电话，让公司派个车去接他。但这次不一样，说明事情可能真的比较麻烦。

林峰的办公室里，毕向东看着他乐了，发自内心的一种大笑。因为他已经看出来了，林峰肯定是接替彭程做了总经理，不然的话他的气色绝对不会是这样。

毕向东从楚天舒那里出来之后就给魏强去了电话。电话里毕向东首先向自己的领导承认了错误，对网点的管理疏忽了，特别是价格管控，他表示对即将开始的9月份价格管控制度和措施一定要让网点好好贯彻，这次的投诉一定会积极改善，妥善处理。然后他向魏强汇报了昌硕汽贸彭程的事情。魏强沉默了足足半分钟："你准备怎么做？"

毕向东知道魏强也有一些意外，因为一个总经理的变更绝对不是那么简单的，就算是一个销售顾问离职，厂家的区域经理也要过问一下，更不要说品牌总经理了。"我现在正在去他们店的路上，所以刚才您说的报告我可能会稍晚点在路上发给您，我就不再联系昌硕那边的人了。我先把徐琛他们的情况说明看一下然后发给您，到了那边我先解决彭程的事情，然后再给您回复昌硕的情况说明。"

"我不是说投诉，彭程的事情你打算怎么做？"

"我和彭程认识多年了，他这次应该是事出有因，按道理来说他应该告诉

第十八章 混 战

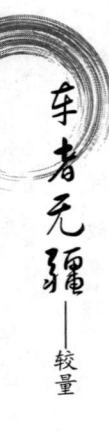

我们,但是没说一定是有不说的道理,我去了之后先了解情况再做决定,必要的时候和您沟通。"

"你去了先观察一下林峰的表情就知道了。如果林峰一张黑脸迎接你,你就惨了,肯定是彭程走了,总经理是从总部来的新人,这样的话估计你的工作也不好开展。如果林峰春风满面的话,那你就不用给我打电话了,这小子要是当了总经理对销售是好事情,对你也是好事情,对他们网点自身管理思路的一致性也是好事情。"

毕向东就是想到了魏强的这句话,所以才笑了,但是他的笑可是把林峰给弄蒙了。

"毕总您这是咋了?风风火火地进门就大笑,中奖了?"

"我是不是该恭喜您呀?林总!"

林峰愣了,一下子不知道说什么好了。

"怎么,我都到你门上了,你还不准备和我说?"

"这个……"林峰已经明白了,毕向东知道了整个事情,也就没有必要再隐瞒了。他也就把彭程调走,他接任的事情说了。

"你怎么知道的?"说完林峰问毕向东。

毕向东就把魏强在车上对他说的话说了一遍,并告诉林峰他的脸上写满了得意,这也是他进门就笑的原因。

"魏主任太厉害了。"

"你知道魏主任厉害就行,我这次来主要就是讨论一下你接下来的工作,除此之外你还有一个麻烦。魏主任发的邮件,一会儿我转发给你,你让李昊他们去弄一下,现在咱俩去吃点儿东西,聊聊工作吧。"

第十九章　都有新局面

1

林峰原本想要让李昊跟着一起去吃饭,但是毕向东说让李昊把魏强的邮件看一下,然后写一个情况说明。和给徐琛的邮件一样,他也是把对方的录音删了之后发给李昊的。

李昊订了一个私房菜馆,已经过了午饭的时间,所以人就更少了,就林峰和毕向东两个人。所以两个人只点了一个菜,要了两瓶啤酒,主要目的是聊聊接下来的工作。毕向东倒满一杯酒:"林总,今后您要多多关照。"

"我靠,你开什么玩笑呢,没喝就多了吧?"

"我可是很认真的,别看总经理和销售经理就差一个级别,但是真的工作起来那就差得不是一点半点了,今后我还真的需要你多多照顾我,你的工作重点多向销售倾斜呀。"

林峰笑了:"我真服了你了,你能不能不这么功利。我想征求一下你的意见,你觉得李昊和齐丽谁适合做销售经理?"

"你是总经理,你怎么问我呀,你有什么打算?"

"两个人都是我培养出来的,我有些举棋不定。"

"其实很简单,你接下来的工作是全面地统筹,总经理更多的时候是一个协调者。因为你不再有具体的工作了,如果总经理每天都在做具体的工作,那么这个总经理肯定要累死。所以你要选择一个首先听话,其次能力强,第三能够独当一面的人。"

"嗯。我想选李昊,其实两个人能力相当,只不过齐丽是一个女孩子。"

"你害怕闹绯闻?"

"不是,她会面临结婚生孩子等问题,这个是没法回避的,而且她现在好像是男朋友留在外地了,可变的因素太多了。"

"嗯,这个我能理解你,但是你一定要慎重,销售经理这个岗位可真不是那么简单的。你刚上任,选择一个优秀的销售经理你能省心一半,否则的话费心费力不说,搞不好还让领导怀疑你的用人能力。位置越高,考量你能力的越不是具体工作,而是如何把周围的资源盘活,这也包括你手下的人。"

林峰很认真地点点头。

"其实我这次来这边有两个事情。"毕向东也认真地看着林峰,"一个是因为彭总调动的事情,但是这个事情已经既成事实了,我们没有办法改变投资人的决定,我个人也不可能干涉你们公司的决定,所以就算是过来也就是给你道喜一下。第二个事情我想了解一下你们现在的销售政策,我给李昊的邮件是魏主任今早给我的,一会儿回去了我就要给魏总一个答复。徐琛的邮件已经发给我了,他是老江湖,我大可不必听他的,我想听听你的看法,到底怎么回事?"

毕向东非常老练,他深知自己现在所处的局面非常有利。本着兴师问罪的架势从楚天舒那里急急忙忙地出发,路上给魏强打电话的时候还真的有些提心吊胆,自己区域连续出状况,怎么向自己的领导交代?但是魏强的态度让他感觉到自己在关键的问题上缺少应有的沉稳和判断力,他也重新审视了自己所处的局面。他所管辖的区域中,龙川和昌硕两家汽贸一直都是主力军,现在通业这个车圈的大鳄也加入了自己的区域,这当然是一件好事情。而更为关键的是,现在曾经两家做得都不错的经销商的总经理都变更了,对他们来说肯定是需要自己帮忙的,对自己来说也确实是一个重新整合经销商队伍的最好时机。虽然他不知道楚天舒用什么方法把龙川整合到了一个难以想象的程度,但是对他来说这个结果是最好的。现在昌硕汽贸同样有机会对销售团队进行整合,这次的整合可能也会带来新的局面。徐琛那里不用说,这个人他太了解了,一定有一些举措出来,徐琛不甘寂寞,不甘落后,更不甘让原东家舒舒服服地拿走他的钱。毕向东听说徐琛给了老东家15万,周亚川还没有回复怎么解决这场让徐琛恶心的官司。这些局面对于毕向东来说是再好不过的,他的区域中不管原有的经销商,还是新加入的经销商都在洗牌,而且肯定是好过之前的局面,他不该高兴吗?

林峰没有想那么多,他也没法想太多,对他来说最重要的就是走好彭程离开后的路,可以说从现在开始到明年的春节是他最重要的时间。彭程说了,他有可能会回来一段时间,带他半年左右,林峰从心里不希望这种局面的发生,既然做就一定要自己单独去做。现在毕向东问他对这个月价格竞争的事情怎么看,而且说不再询问徐琛,他感觉这是自己表达想法的一个很好的机会。

"其实这个月的价格基本上已经失控了,我想徐琛那边肯定也是这个感觉。最开始的时候大家都还理智,但是越来越没有底线了。"

"是什么导致的?"

"高任务。如果不是高任务的话,现在这种局面是不会形成的。"

"你觉得是高任务?我和你说,绝对不是。如果你对这个月销售价格混乱的局面归结为高任务的压力,我可以告诉你,你没有认真地分析,更没有绝对重视你的对手。"毕向东看着林峰,他知道现在的林峰应该是由于刚刚提升位置,想法很多,所以有些混乱,"如果通业集团没有进入本市的话,再高的任务你们会因为任务的超高而自己把价格弄到自己都控制不住的地步吗?"

林峰一下子明白了毕向东要说什么:"那你的意思是我们的敌人是彼此?"

"没错,如果你和徐琛都能够冷静下来的话,面对市场、任务和客户大家都能够心平气和很多不是吗?这样吧,今晚我做东,叫上徐琛,一来给你庆祝一下,再者我们商量一下今后的工作,不能总是这么对着扛,没意义。"

毕向东很少单独把经销商的总经理聚在一起,不是因为别的原因,主要是没有这个必要,一个区域内的经销商很可能会有这样或者是那样的矛盾,区域经理没有必要去调和这种矛盾。但是这一次不一样,这不是矛盾,这是在洗牌,对自己所管辖区域的一次洗牌。如果不是在8月底这个关键的时刻,如果不是楚天舒那边的情况非常好不想去打搅,毕向东一定会把楚天舒也叫过来的。

对于毕向东来说,他希望不管是徐琛还是林峰都不要再在这件事情上过分地纠缠。不管是哪家经销商,拿出一个姿态来,首先把那个投诉的客户的问题解决了,然后再坐在一起谈一谈今后的工作如何开展,而且绝对不能再动价格。

回到了林峰的办公室,李昊已经把报告写好了,而且发到了毕向东的邮箱里。

由于要给魏强回信,毕向东对林峰说:"你先忙,我先给魏主任回信,然后我给徐琛打电话,咱们再定晚上的事情。不过这个事情不会变,肯定要在一起聊聊。"

他打开李昊给他发的邮件,看完了之后,气不打一处来。李昊的邮件里把所有的问题都归结为现在市场不好,客户过分地追求价格,淡季中客户的注意力都在价格方面,在没有更好的方法的时候,价格促销只能是最佳的方式。这哪儿是情况说明呀,毕向东知道林峰肯定是要安排把李昊扶正,那么这件事情必须让李昊有一个明确的态度。

"你到林经理办公室来一下。"毕向东拿起桌上的电话给李昊打了过去。

李昊正在展厅里和林峰聊天呢,他看了一眼林峰:"老毕叫我。"

"去吧,和他聊聊。"

李昊有些兴奋地朝林峰办公室走去。

"你仔细看了魏主任的邮件吗?"

"看了,魏主任让写一个情况说明。"

"你知道魏主任说的是什么事情吗?"

"就是客户投诉的事情,涉及了价格,应该是我们的价格太低了。"

"对呀,既然这样,我怎么从你的情况说明里面一点都看不出来你对这件

事情的认识呢?"

"没有呀,我写得挺清楚呀!"

"清楚?你怎么看这件事?"

"价格现在确实是控制不住了,但是这个局面不是我们一家造成的。现在的市场确实很淡,而且客户只看价格,这个时候我们一家不可能单独地把价格控制得那么理想。"

毕向东看出来李昊应该是有很多话要说,他点上一支烟,示意李昊继续说。

"其实价格不是决定因素,我知道这一点。但是魏主任让写情况说明,我又不可能说任务太高,本地竞争越来越激烈,价格已经控制不住了。我只能写得冠冕堂皇一些。"

"你认为造成现在这种局面的原因是什么?"

"8月份市场本身就不好,这个很正常,但是这个时候又增加了一个新入网的经销商,本来就不好的市场就会变得更加惨淡,消费者本来就在持币待购,这回更严重了。有库存车的价格还好,没车的为了不流失客户,价格就开始乱报。这种局面,要我说就是这么造成的。"

毕向东听完,马上就知道了,原来林峰没有跟自己说实话,刚才他还说是高任务,其实他们自己一定都明白绝对不是高任务而是多了一个竞争对手。但是林峰没有说,为什么林峰不说,肯定不是让李昊和自己说。怎么战胜竞争对手,获得自己的支持。那么林峰今天为什么不说呢?

"你说得有一定道理,可是这些确实是不能写进去,但是你写的这些也不行,既然你都能看明白,那你就知道该怎么写魏总才会既满意也不生气。记住一点,你们领导现在把你的位置放得很高,你也要有这种觉悟呀!"

让李昊重新去写那份情况说明之后,毕向东给徐琛拨通了电话:"老徐,我在林峰这里,你晚上有事儿吗?我请客你们两家在一起坐坐。"

"行呀,有事儿我也推了。你可是铁公鸡,晚上你安排吧,我来埋单。"

"少来这套,你现在根基不稳,老实点吧,我来吧。还有个事情,你知道彭程已经离开了吗?"

"什么?彭程走了?不知道呀!"

"我也是今天才知道的,早上给你打电话的时候我还在龙川集团呢,知道这个事情我就过来了。这对你也是一个好消息,林峰有自己的思路,你也是老江湖,大家在一起寻求一个共识没什么坏处。今天晚上说好了啊,我让林峰定地方,然后和你联系。"

2

楚天舒怎么也没想到魏强会直接给自己来电话,魏强首先肯定了这个月他们的成绩,然后提醒楚天舒月底的最后一天要有第三方来做库存检查,不管怎样,这个检查一定要过关。只要是检查过关了,肯定会有奖励。然后魏强又说 9 月初他计划在龙川集团开一次区域会议,让楚天舒做好准备,会上肯定要发言。第三他告诉楚天舒不管什么时候,有任何的问题可以直接找毕向东去解决,如果毕向东解决不了,可以给他打电话。

放下电话,楚天舒分析了一下,这个电话毕向东肯定不知道。如果毕向东提前知道了,肯定会跟自己打招呼。通过电话,楚天舒能够读出来几个信息:一是如果月底第三方对库存的飞行检查没有问题,魏强肯定会在下个月的月初把区域会议的地点定在龙川集团;二是只有飞行检查过关的经销商才有可能拿到邮件里兑现的各种奖励,也就是说自己对数字游戏进行的变革是对的;三是如果前两个都达成了,以后会重点扶持自己。

这三点对于楚天舒来说是好消息,因为他已经预料到了,如果这个月他们能够按照计划完成所有的任务,厂家必然会对他们重视。不过大区主任亲自来电话,这也是他所没有想到的,这是一件更好的事情了,所以楚天舒对这个月最后的几天更加看重,千千万万不能出差错。

周玲这半个月来忙得已经晕头转向了,她的销售部也是每天加班加点地忙碌。最近的这半个月展厅客流、成交量都成倍地增长了。截止到 8 月 25 日,他们已经完成了 175 台车的销售,这已经创造了福特品牌在这个区域内的单月最好成绩,之前的成绩是昌硕汽贸在一年前的 12 月份创造的单月 170 台的纪录。不过那时候是在一年中最好的 12 月份,所以那个成绩比起现在自然是逊色多了。

楚天舒给周玲打电话,把她叫到了自己的办公室。

"刚才魏强给我来电话了,肯定了成绩,同时也告诫我们要注意月底最后一天的飞行检查。这已经不是厂方第一次提醒咱们了,所以这次的检查我估计会很严格,我们必须重视。关于销售档案和各种数据、报表你一定要仔细整理。"

"嗯,这个你放心,我每天下班之后都会留下相关人员进行整理核对,保证不会在这件事情上出差错。"

"还有一件事情,你最近看没看销售日报表?"

"每天都看。"

"我们卖了多少车了?"

"175。"

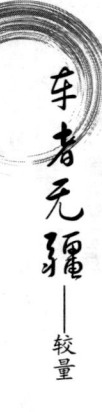

"每天展厅客流量多少?"

"……"

楚天舒的这个问题把周玲给问住了,她确实是从来没有注意过销售日报表中的这个数字:"我从来没有关注过这个数字。"

"其他的数字我估计你也没看过,这个表格是集团设计的,每天都要给集团上报的,给领导的东西你都不仔细看的话,领导问起来你,你不能回答就是工作态度问题了。"楚天舒话很重,但是似乎没有要停下的意思,"现在咱们每天展厅里的实际客流量在 75 到 90 之间,这样算来一个月已经超过 2000 批次了。现在我们这个月的销量是 180 左右,应该不会有再大的突破。我相信销售顾问已经开始收量了,这一点不用咱们教他们,他们自己也会这么做。可是我们的客户还在增长,客户不会自己收量。这个月你们任务够了,现在我们需要考虑下个月的销量了,你算算现在我们的成交率是多少?应该是不会大过 10% 吧?先不说厂家规定我们的成交率是多少,那些东西可以造假。就说一点,我们现在是不是在无端地浪费客户?成交量增大,是因为客户在增多,可以说我们市场工作做得出色,做总结的时候这个可以写进去。但是如果说我们现在的客户增多是以前的一倍的话,我们的销量并没有增长那么多,甚至不到 50%,是不是就有问题了呢?"

周玲听完楚天舒的这番话,心里有些不痛快,现在的局面一片大好,怎么还这样鸡蛋里挑骨头呢?"楚总,我知道您说的有道理,可是您说的也太理论了吧。现在客户增加是一种必然,这个月虽然是淡季,但是客户不会少,因为很快就要到 9 月份了,这个月的客户会增加很多,我们销售一直都在努力着,你这么说会让大家心里感觉不舒服。好像我们努力了,领导看不见,而且还在说风凉话。"

楚天舒一愣:"你不明白我要说的是什么?"

周玲看着楚天舒:"我不明白,但是我感觉你现在就是古代的皇上,手下人杀敌卖命,你却在一边泄气。"楚天舒乐了:"我可没那么不是东西。看来你已经被胜利冲昏了头脑了。我问你三个问题,你想好了再回答我。第一,销售顾问手头客户有多少你知道吗?二、下个月你打算怎么做?三、你手下的销售顾问人少了为什么卖车多了?你别着急回答我这三个问题,你好好地考虑一下,最好能够认真考虑好了我们再来谈谈,因为这三个问题如果弄不明白的话,接下来你肯定做不好。"

周玲虽然还是有些不服气,但是楚天舒这三个问题她是真的听进去了。回到自己的办公室,周玲有些失落,她心里还是不能接受今天楚天舒的态度。因为这个月虽然在预料之中,但是大家也是在努力,如果这份努力没有被认可那么大家的情绪肯定会受到影响。

对于楚天舒的三个问题,周玲也认真地听进去了。自己在办公室里生了一会儿气之后就给内勤打电话,让他统计一下现在销售顾问手头的客户,要求按人分车型分级别给自己,越快越好。这是楚天舒第一个问题,这个问题和后面的两个问题是相关的,有了这个问题的答案,或许后面两个问题也就自然有答案了。

周玲下楼之后楚天舒摇了摇头,这个女孩哪儿都好就是脾气不好。自己还没怎么着呢,她先急了,这怎么能行?楚天舒看了一眼表,估摸着毕向东快到昌硕那边了,他给毕向东拨了一个电话。

"毕总,你忙啥呢?匆匆忙忙地从我这儿走了,难道我这儿的饭不好吃呀?"

"你的饭好吃不好吃我不知道,你那里不如我这里热闹,一会儿我要和徐总、林峰一起吃饭。问你件事情,你知道吗,彭程离开昌硕了,现在林峰接替他了。"

楚天舒一惊,难道毕向东刚刚知道这件事情?"我不知道呀,什么时候的事?"

"这孙子谁都没说,我是今天在你那里的时候才知道的。现在过来一方面是这个事情,再一方面两家汽贸都不如你那里好,原本我是要在你那里为你庆功的,看来这次我要在这边一直待到9月份了。"

"那你下个月月初来这边吧,把你这片区的会议安排在我这里算了。"

"这个我们从长计议。"

楚天舒更加断定了魏强事先没有跟毕向东通过电话,那么魏强这么做是何用意呢?真是猜不透这家伙在想什么。

下班后楚天舒并没有走,还有不到一周的时间这个月就要过去了。这个月对楚天舒来说过得最难受,表面上看似轻松,因为他心里有底,虽然任务很高,但是他之前完成而没有上报的车辆已经达到了100多,三分之二的任务数都在里面了。这个月他过得或许是最扬眉吐气的,不论是毕向东还是陈建都对他另眼相看。特别是毕向东的改变,让楚天舒从内心往外地舒服。当然真正的感觉只有楚天舒自己最清楚,每天早上对他来说都是一个新的开始,不管前一天销售情况完成得如何,不管之前业绩如何好,新开始的一天都是未知数。他不知道会怎样,他担心今天颗粒无收,担心没有客户。原本楚天舒不觉得自己是一个患得患失的人,但是自从做了福特的总经理之后,这种感觉越来越强烈。害怕失去,珍惜得到。眼下办公室里只有他一个人,或许整个店里也只剩下他一个人。喧闹的4S店此时完全陷入了沉静,楚天舒站起来舒展了一下腰身,看了看表,已经快8点了。这个时候哪里还有吃饭的地方呢?他突然想去喝一杯。这时桌上的电话突然响了,如此安静的时刻,电话响起来把楚天舒吓了一跳。他看了一眼来电显示,是周玲办公室的电话,没想到她也还没走。

第十九章 都有新局面

"你还没走呢?"拿起电话楚天舒先说了一句。

"是的,准备要走呢,看你办公室还亮着灯。你忙不?我想和你聊会儿。"

"来吧,我没事了。"

不一会儿,周玲推开楚天舒办公室的门,楚天舒看她已经换好了便装,看来真的是要回去的时候看到自己办公室还亮着灯才打的电话。

"楚总,有个事情想和你聊聊,本来想明天,但是看你还没走,就今天吧。"

楚天舒笑了:"行。"

"下午你的话,我想了想,或许有一些道理。我先给你道歉,下午我的态度确实是不好。"

楚天舒愣了:"怎么了这是?"

"我刚才一直都在梳理销售部的潜在客户,说实话发现了很多问题。您不是问了我三个问题吗?第一个是销售部的销售顾问手上有多少客户,我下去后让内勤整理了一下,我看了看感觉真的触目惊心。这个月我们的成交客户大部分,应该说超过了50%都是一次成交的。这个数字肯定是有问题的,因为这个月的很多时间我都在展厅和销售办公室,我看见过他们与客户谈判,也听见过他们给客户打回访电话。绝对不是这么多的一次成交客户,他们偷懒了。这里面销售量最大的销售顾问成交量超过了15台,可是客户也是最多的,本月新增客户超过了300人,这个数字太可怕了。疯狂地把客户揽在自己怀里,然后把真正有效的购车客户悄悄记录下来自己跟进。楚总,您下午说的那些可能我确实是欠考虑,我向您道歉。"

楚天舒笑了:"行呀,你反思够快的!其实没必要道歉,你如果真的认识到了这个问题的话,我们就可以讨论接下来该怎么做了。我不知道你下个月的工作重点是什么,但是这个月的繁荣其实并不是真实的,或者说不能真实地反映目前我们的状况。你我都是这个品牌的新人,我们用了将近三个月的时间来改变这里库存结构的问题,现在已经见到了成效。但是你考虑没有,如何改变这里的人员结构和团队文化呢?你自己发现了很多问题,这些问题恐怕是你以前没有想过的,因为发现了这些问题,你开始觉得你自己的判断是有偏差的。其实我也告诉你,不管你还是我,我们的判断都会发生偏差,偏差往往来自于对胜利的盲目喜悦。千万不要让虚假繁荣充斥我们的头脑,眼前的这些虽然都是真实的,但是真实的背后还有很多不真实,比如说我们是不是真的具备了每个月都超过150台的能力?我想下个月,我们的工作重点是对销售部的整体管控,下个月开始,我们,不对,应该说是你,就要开始接受真正的考验了。有没有心理准备?"

"没问题。"

3

林峰对毕向东说,最好是让徐琛带上宋艳辉一起参加晚上的饭局。毕向东问他为什么,林峰说应该适当地让李昊开始露面了。

毕向东非常认真地对林峰说:"最好不要,眼下还不是时候。你要明白两点,第一你还没有真正地扶正,第二李昊现在是不是真的能够撑起这么大的局面?"

林峰想了想有道理:"行,那就咱们三个吧。"

毕向东看着林峰去开车的背影,这些年他阅人无数,他能感觉到林锋是一个好人,正是这个原因,此刻他内心有种说不出的感觉。正在看着发呆的时候,李昊不知什么时候出现在了自己身边:"毕头,今天我说话有些过了,其实我也是看着现在这种局面有些着急,价格真的控制不住了。晚上你们和徐总吃饭,好好地聊聊吧!其实我倒是觉得大家把话说开了,都挣钱,都能完成任务这样挺好的。"

毕向东斜着眼看了一眼李昊:"你怎么知道我们去吃饭?"

"峰哥和我说的。让我去,我就不去了,你们都是老总,我去不合适。"

毕向东笑了,有些轻蔑。

坐在车里,毕向东没说话,他隐隐地有些替林峰担心。他手下的这个李昊好像是过于积极地表现自己了。彭程在的时候,自己来过多少次,这个李昊都没有表现出来这么积极过。现在是因为彭程走了,林峰暗示过他什么,还是他觉得自己的机会来了呢?

这是徐琛第一次和林峰一起吃饭,上一次见面还不到一个月,林峰从销售经理已经成为总经理。看着林峰,徐琛很感慨,已经足足 13 年了,徐琛从事这个行业已经 13 年了。林峰,比自己年轻,刚刚坐上这个位置,一定是踌躇满志,每一个从事汽车行业的人都希望能够坐到总经理这个位置。但是真正坐到那个位子的人毕竟是少数,大部分的人都大浪淘沙了,可是真的坐在这个位置上就那么好吗?也未必。徐琛这两年就感觉自己的眼界越来越窄了,好像除了汽车什么都不懂了。可能是年纪越来越大,从事的行业一直都没变过,让他感觉自己多少有些落寞。看到林峰,或者应该说看到比自己年轻的人也在这个岗位上,他越来越有一种说不出来的复杂情绪。危机?失落?或许都不是,也或许都有点。

"坐吧,这还是咱们三个第一次喝酒,以后经常聚。"毕向东突然就开始了没心没肺。

"徐总,您在上座。"林峰表现出来比较客气。

徐琛笑了:"圆桌哪里来的上座,一起坐吧,毕总你坐中间,我和林峰一边

一个陪好了你。"

毕向东笑了:"行呀。其实今天找你们两个来吃饭就是陪着我,我想喝点儿酒了。正好林峰荣升总经理,我和老徐给你庆祝一下。"

林峰急忙做出阻拦的动作:"我这还不知道怎么样呢,没准儿彭程过了年还会回来的。我现在也就是代理他的工作罢了,以后的事情没想过。"

话是这么说,不管是毕向东还是徐琛都已经明显感觉到林峰现在有些飘飘了。这也正常,不能说多年媳妇熬成婆,最起码这个位置肯定是每一个从事这个行业的管理者都向往的。

酒过三巡菜过五味,徐琛和林峰明白要开始谈正事了。

还是毕向东先开口了:"你们两个这个月的成绩都不理想,我今天刚从龙川那边过来,他们的成绩简直难以想象。一个城市一家店固然是可以有效地保护经销商的利益,你们两个这么争来争去的,真的没意义。就算是你们各自的任务高,价格也需要调控,没问题,你们倒是完成任务呀!价格已经低得离谱了,但是任务却还是完不成,怎么办?"

"你这是来兴师问罪还是给林总庆祝来了?"徐琛有些不高兴,不是因为毕向东说话的口气好坏,而是毕向东把两家经销商叫在一起说这个事情,让他心里不痛快。林峰只不过是刚刚接手这家店,你可以和他说好了之后再找我,但是现在就开始平起平坐,这让徐琛非常不能接受。

"不是兴师问罪,是希望你们两个人能够统一一个态度。你们两个就代表着自己的公司,你们的投资人把你们放在这个位置上,要的就是你们能够创造价值。"

林峰看着两个人一句话都没说,他能听出来徐琛不高兴了,这场饭局如果这么下去的话肯定是不欢而散了。但是这个时候他不能说话,他害怕自己一开口,徐琛的矛头就会对准自己。这个时候还是什么都不说最好,反正他们两个人和毕向东认识也不是一年两年了,毕向东的说话方式和接受程度他们都了解,就看徐琛想把事情弄到哪一步了,绝对不会真的撕破脸。

徐琛看了一眼林峰:"林总,咱们今天把话说开了吧。今晚毕总安排咱们吃饭其实很简单,是想让我们两个定一个价格同盟,是吧,毕总?"

"什么同盟都无所谓,关键的问题是你们两个能够真的执行,这才是最重要的。"

徐琛笑了:"你这是逼着我们订一个攻守同盟,小心我们一起对付你。说真的,你现在政策不好,我们卖车也没用呀。你的政策都倾斜到了龙川那边,他们这个月疯了。怎么疯的? 不是被你逼的就是让你宠的,你自己说吧,你得了什么好处了?"

"你说你这个人,就是一点儿都看不得别人比你好,现在咱们说 8 月份的任务呢,你扯什么谈呀? 你真该自己去龙川那边看看,和你说句话不怕你不爱听,销售比你在的时候少了一半,客户比你在的时候多了一倍,销量呢这个最直接,你自己去看就行了。我还告诉你,现在龙川集团的数字是百分百准确的。"

徐琛一下子没话说了,他知道在这件事情上,那个楚天舒绝对是厉害角色。而且他也相信现在的龙川有绝对的实力让毕向东把风向标重新转过去,那么接下来怎么办?继续和林峰斗这是必然的,不管龙川那边怎么样毕竟不是一座城市,眼下的战争是不能停止的。但是就这个局面来看,想大规模地开战可能也不大,那就干脆偷偷地来吧。

毕向东也不是那么容易就被糊弄的人,徐琛想得挺好,等毕向东离开后,该怎么干还怎么干。哪知道毕向东决定这个月的最后四天就在两家汽贸蹲点儿了。徐琛真是说不出来的气愤,眼看着这个月就要过去了,销售任务肯定是没戏了。这天宋艳辉找到徐琛:"徐总,有个事情我想征求一下你的意见。"

"什么事?"

"许冠的事情,我想和您聊聊。"

"他出什么事儿了?"

"现在整个销售部对他意见都很大,我觉得这个人能不能不留了?"

"怎么突然这么说,发生什么事情了吗?"

"没有,但是一直都在发生着。许冠个人目的太强,不在乎团队合作。现在他的做法让很多销售顾问不满意,如果不对他有什么严厉的措施,我怕销售顾问们也开始和他一样。"

"你说具体点。"

"抢车、抢客户,已经非常严重了,我看这么下去如果我们不给他严厉惩罚的话,我真怕销售部都和他一样,到时候队伍就没法带了。"

"你说的这些问题确实很严重,但是这些还不足以让他离开。你明白我的意思吗?"徐琛看着宋艳辉。

宋艳辉点点头,又说:"可是现在应该开除他,这样大家心里才会平衡,这样做我们就能够纠正很多错误的东西。"

"开除他很简单,但是你想过吗,他走了之后就能改变局面吗?你说的问题是抢车、抢客户,但是这两个问题是任何销售部都存在的,你用这个理由和借口就能让一个曾经的销售主管,现在销量最好的销售顾问离开吗?我同意你的观点,现在需要树立你的威信,甚至需要找一个典型来杀一下。如果你不能找到一个合理的借口或理由就把一个员工开除,你想过如果朱宇阳问起来的话怎么解释吗?"

宋艳辉皱着眉头,她知道徐琛说得有道理,可是许冠是一个非常狡猾的人,怎么可能让他自己犯错误被开除呢?

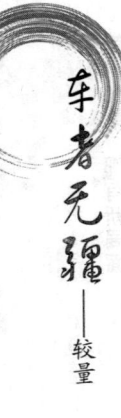

"这个月马上就过去了,许冠应该是唯一一个完成销售任务的销售顾问,你应该好好地总结一下。如果他真的有问题,就给他一个合理的借口,既能让他自己服气,也能让销售部的其他员工警觉。"徐琛说这句话就等于是在教宋艳辉了。

宋艳辉出去后,徐琛点上一支烟。他对宋艳辉培养的决心已经下了,他必须好好地培养自己的人了。当初离开龙川集团来通业考虑的首先是收入,其次是个人发展。通业集团是一个国有企业,对自己来说没有想过要坐到什么集团领导的位置,但是北方大区的总经理,也就是朱宇阳的那个位置是绝对想过的。不论坐到什么位置,对于他来说最重要的是人,他必须有自己的人,这个"自己的人"也绝对不止是一个。一方面要上边有人,这个比较难,也正是因为比较难才说明重要。再方面手下要做到有人,有得力的干将能帮自己冲锋陷阵。这样的人具备了,他就有资格、有实力挑战了。

培养一个得力的干将绝对不是那么容易的。徐琛决定要培养宋艳辉不是无奈之举,他也不是一个随随便便找一个人就来培养的主儿,他看中宋艳辉的专注力。已经不止一次了,他发现宋艳辉是一个做一件事情很专注的人,交代给她的事情基本上都能在很短的时间内做好,从来没有超过规定的时间。说白了,这种人就是执行力很强。作为领导,最喜欢手下人执行力强,再说徐琛不放权的性格正好需要的就是执行力强的人,就这一点来说,徐琛培养宋艳辉也是必然。

宋艳辉回到办公室,静静地想着徐琛的话,如果她没理解错的话,徐总应该是让她找一个合适的理由,典型的事件,一下子就让许冠彻底地"死掉"。这么做既能让自己的权威得到了认可维护,也可以让销售部的其他销售顾问牢记,有些错误是不能犯的,再有也能对总部有交代。这件事情说难不难,说简单还真不简单。领导要找下属的毛病是再简单不过的事情了,但是怎么既冠冕堂皇又不太显山露水,既能够有足够的警示作用还要必须是"死刑",这就不那么好办了。

动了心思的事情就一定可以找到突破口,宋艳辉决定就按照徐琛给她的提示,从销量上找突破口。还没等她完全想通,办公室的门就被推开了。

一个女销售顾问气呼呼地坐在她对面:"辉姐,你管不管那小子?"

宋艳辉知道"那小子"指的是许冠,肯定又是抢车抢客户了:"谁呀?"

"还能有谁,许冠!辉姐你要是不管,以后我们就不顾及面子了,该是我们的肯定不会再给他了!"

"怎么了?"

"还能怎么,我跟进了好久的一个客户,今天过来提车,又是找他了,而且换了购车人的姓名电话。我的客户还说不是自己买车,前几次就是帮朋友看车。胡扯呢,肯定是那个浑蛋教客户说的!辉姐你说怎么办吧,今天要是不解决的话我明天比他还狠,比不要脸比不过他,但是比抢客户我弄死他!"

宋艳辉看着气鼓鼓的小丫头,虽然生气,但是也觉得她挺可乐的:"你这是逼我呢?"

"不是,我实在是咽不下这口气,凭什么呀?他卖的车多我不生气,但是他现在是抢的车多。"

宋艳辉点点头,这句话才是重点。

4

一旦对一件事情开始留心,就一定可以发现突破口。接下来的两天时间,一方面销售部的其他员工和宋艳辉反映了太多关于徐冠的问题,再一方面宋艳辉也有了一个很大的发现。许冠这个月已经销售了18台车,每一台车的价格都不是很高,但是也都不算低,不过,每一台车都送给了客户1000到1500元的装饰。购车赠装饰这也是可以理解的,客户希望在价格上经销商能够让得足够多,经销商当然是希望客户不还价,那么两者之间的平衡点就是赠品了。送一些,然后价格可能会好谈很多。许冠的特点是谈判的时候永远把各方面因素都综合在一起衡量,就他的能力来说,绝对具备了一名优秀销售顾问的一切素质,甚至是争抢的那种气势也是一般人所没有的。但是徐冠犯了一个做人最大的忌讳,就是贪婪,如果不是贪婪的话,他不会放弃销售主管的机会做回普通销售顾问。一个男人最该在年轻的时候多经历多挫折,哪怕是少挣点儿钱都没什么关系。但是很多人,年轻的时候都是用尽力气去挥霍自己的青春,好像那份青春根本就不是自己的一样。徐冠的贪婪把他彻底地毁灭了,或许是太年轻,或许是因为人性现实的一方面。面对利益的时候该如何取舍,该如何面对,该如何区分,这真不是一个不到30岁的男孩子能够解决的。身在这样一个浮躁的年代,充斥着利益诱惑的行业,他的迷失也是情有可原的。

还有三天,这个月就要过去了。宋艳辉明白一定要在这个月找一个理由,一个非常好的借口把许冠彻底清除出这个队伍,否则恐怕销售部会失控,到时候自己的位置也就不保了。宋艳辉让销售内勤把许冠8月份所卖的18台车的客户档案都找出来,下班之后,她开始一个客户一个客户地看。边看边不由得钦佩这个许冠,他的客户档案做得非常工整而且完备,所有厂家要求的东西都在里面,一丝一毫都不差,多余的东西是一点儿都没有。看过了他所有的档案之后,宋艳辉有了一些动摇,这样一个人其实还是很优秀的,为什么大家不能融合他呢?恐怕是沟通的问题,如果大家好好地沟通,把该说的问题都说出来是不是不会这样?如果许冠能够真的融入这个团队,如果大家能够接受许冠的话,那么对于销售部来说岂不是一件好事情吗?

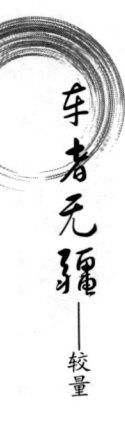

这样想着,宋艳辉似乎感觉到了一些轻松,没有了要把谁怎么样的那种紧张、压抑和不舒服。她开始整理桌上散落的一份档案,这是今天许冠卖的一辆车,车主是一个大学刚毕业的学生,家里的经济条件还不错,大学刚毕业还没有工作就先给买了一辆福克斯。宋艳辉看着客户身份证复印件,看着男孩的年龄,比自己小4岁,就因为家庭环境不一样,他就可以随便地去潇洒去挥霍……或许此时他正在和朋友们庆祝他的第一辆车……猛然间,宋艳辉觉得自己有些问题,这根本就不是她该想的,摇头笑了笑。突然,她看到了客户在交车检验单上的签字,一个非常帅气的名字。这个签名怎么这么陌生呢?宋艳辉心里暗自寻思。

她把这个客户的所有档案都拿了出来,把所有能够找到客户签字的地方都拿出来一一比对,这一比对就出问题了。除了这张交车检验单上的签字之外,其他的笔体都一样,就这一张不一样。这是怎么回事?客户在交车的时候不在场,让朋友代签了?这种可能性是有的,但是一般来说人都有表现自己的欲望,哪一方面成绩突出就希望身边的人了解知道,特别是身边刚刚认识的陌生人。如果这个客户的字写得这么漂亮,依照他的性格,他会在所有需要签字的地方都自己来写。如果这个客户的字写得不好看,那么又有一个可以为自己代劳签字的朋友,所有的签字都该是这个朋友来代替的。

此时的公司里已经只剩下她一个人,非常安静,宋艳辉甚至感觉到有些恐惧。但是她明白这里面一定有一些问题,如果这件事情是一个巧合,那么就坚持自己刚才的想法,给徐冠一个机会,给自己和销售部一个机会,大家团结起来一起面对更大困难。如果这件事情不是巧合,那么一定要深挖到底,剩下的三天时间一定要弄明白。不,一定要在今天弄明白,然后用两天时间求证,在9月份到来之前就把这个问题处理了。

宋艳辉把所有的档案都翻出来,18份档案,不看别的,只看客户签字的地方。看过之后宋艳辉惊呆了,原来18份档案的客户签字虽然不是很相似,但是能够看出是出自一个人之手。而这所有的签字和许冠今天卖的那辆车的客户交车检验单上的签字完全不同,也就是说,除了这个交车检验单上的签字之外,所有的签字都是一个人代签的。所有客户都有一个共同的朋友?如果这个假设成立的话,那么"这个朋友"只可能有一个人,那就是许冠。

为什么许冠要这么做?是因为这些东西当时没有留下来,许冠害怕检查不过关而后补的?以许冠这么聪明这么谨慎的性格,不会所有的客户都没有做好这项工作,一个半个可以理解。销售顾问替客户签字或者是偷着补签的事情偶有发生是正常的,但是如果说一个月内所有的客户签字都是一个人的,那么就太不正常了。还有一个不正常的现象,许冠的字宋艳辉是知道的,和这个统一签名完全不一样,许冠的字很清秀,这些个签名潦草甚至是很难看,这又是为什么呢?

第十九章 都有新局面

想了许久,没有结果。但是她想到了另外一个重要的环节,这里面没有销售赠品单,销售赠品单在财务经理的手上。如果销售赠品单上面的签字也不是客户本人的,那么就是大问题了。按照集团的规定,所有的赠品均需要客户签字确认,这个环节是必不可少的。没有客户的签字,一般情况下销售经理是不会签字的,但是有一些时候客户比较着急,或者客户没有最终确定是否购车,销售顾问会用赠品来诱导客户。遇到这些局面的时候,一般情况下销售经理会先把字签了,让销售顾问带着客户去看好车之后直接把东西拿走,客户在办理交车手续的时候再补签字。但是不管什么情况,销售赠品单都必须是客户本人签名才行,否则不论是销售顾问还是销售经理、财务经理都要受到处分。宋艳辉看了看表,真想给姜烨打电话把他叫过来。但是她没有那么做,应该说她冷静了一下之后,觉得这件事情先不能声张。事情基本上已经算是明了了,而且如果这件事情是真的,那么开除许冠都是轻的,这里面搞不好还有一些别的事情。既然要查就要查清楚,否则的话,半死不活最后都难堪。

第二天,宋艳辉找到了姜烨,说要看一下销售顾问 8 月份所有的销售赠品单,要控制销售顾问的赠品金额,找点数据,这样理论联系实际,不至于有太大的偏差。姜烨丝毫都没有怀疑宋艳辉的说法,就这样把财务单据给了宋艳辉。

回到自己办公室,宋艳辉找到了许冠所有的销售赠品单,果然都是那个看似不同实际上完全一样的签字。而在销售赠品单中,宋艳辉又发现了新的问题,在最近的几次单据中似乎有涂改增加的迹象。这个问题就比较严重了,首先如果是许冠一个人做这件事情,他不敢在这个单据上造假,因为这份单据并不是原始单据,原始单据在客户手中,第二联在财务,底联在精品部。如果是涂改的话,第一联是原始单据,在客户手中要不过来,也没有改的必要。那么问题就在第二联和第三联上。姜烨有没有必要和许冠合谋?完全没有必要,姜烨是总部的正式员工,还有外出补助,不值得为了这些小钱毁了自己。孙兴华出事之后,姜烨就变得非常老实了,因为他知道徐琛不好惹,也不会去招惹他,更不会自己玩火。那么最有可能的就是精品部的人,精品部其实就只有一个女孩,曲妍。这个曲妍以前是卖低端品牌的,能说会道。虽然现在只是临时展厅,但是徐琛希望能够把该配置的岗位都配置上,人可以少一点,这样新店一开业就能很快进入正轨。所以精品部东西不算少,但是人员就一个。一个人其实也就足够了,销售顾问一般情况下都是自己卖精品,曲妍也会帮着销售顾问推销一些,不过主要还是依靠销售顾问。

看来这件事情至少是两个人一起做的,宋艳辉感觉自己分析得应该有道理,那么很简单就可以印证自己的判断。她看了那张涂改最明显的单据,记住了日期。宋艳辉到精品部去找曲妍,其实精品部就在销售和售后中间的区

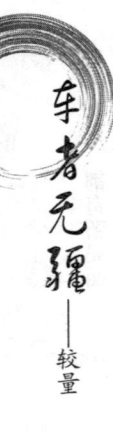

域,类似于一个大卖场。曲妍看到宋艳辉走过来,马上从沙发上站了起来。

"辉姐有事?"

"嗯。我刚才和姜烨聊天的时候说起来了,我们这个月销售情况不好,但是赠品可不少,这个要控制一下。你把这个月销售顾问的赠品单底联给我,然后你再做一个表格,进货价一定要做进去,然后你站在你的角度上把问题分析一下。"

"噢,行,你什么时候要呀?"

"你先把赠品单据底联给我吧,我和姜经理核对一下数据,徐总也要呢。"

看着曲妍有些迟疑,宋艳辉又说:"姜经理那里总部要来检查,所以他不想再动他的单据账目了,他说不想弄乱了。徐总又要得紧,我就只好麻烦你了。"

"辉姐看你说的,不麻烦,这是应该的,我马上给你拿。"

宋艳辉把许冠的客户档案、财务部有问题的赠品单和精品部的底联都放在了徐琛的桌子上,然后开始把事情的经过说了一遍。虽然这里面大部分都是她自己的推测,但是合情合理,都是做汽车销售多年的人,这些简单的道理还是一眼就能看穿的。

许冠不过是用赠转卖的方式从中获利罢了。客户要了 800 块钱的东西,许冠改成了 1000 元,然后 200 元的东西出赠品库,但是客户不拿走,由曲妍负责把那些东西销售,然后两个人分利润。如果客户当面挑完了要签字,那么就让客户自己签字,签完字先把单据放在精品部,客户走后再拿第一联单据找经理签字,甚至更过分的,直接把第一联涂改。

徐琛听完之后问宋艳辉:"这件事情除了你还有谁知道?"

"没有人知道。"

"姜烨也不知道?"

"是的。"

"那你怎么拿到他的财务联的?"

"打着您的旗号,说是要对赠品进行管理,我要做一个数据给您。"

徐琛笑了,这个女孩看来还是很聪明的,这么短的时间把问题都处理好了。这回很简单了,开除一个许冠不算什么,根本不用这么兴师动众,当初孙兴华怎么样,不是照样滚蛋。但是徐琛想利用这个机会试一下宋艳辉的办事能力,考虑问题的周全性。这么看来,宋艳辉没问题,这件事情办得快、干净,而且一点儿都没有惊动当事人。

"非常好,你拿处理意见吧,你和他谈还是让人力资源部谈?"

"我先谈吧,如果他有什么异议的话,搞不定再找人力资源部。"

"好,我喜欢你这种敢于担当的精神。"徐琛不由自主地表扬了宋艳辉。

"那个曲妍怎么考虑?"

"给她一个机会吧,她和许冠不一样,虽然我还没有了解到具体的情况。我想和许冠谈,也是要了解具体的情况,如果曲妍没有太严重的问题,还是给她一个机会比较好。我们招一个人不容易,培养一个人也不容易,不能轻易地放弃。"

徐琛看着面前的宋艳辉,真的要对这个女孩刮目相看了。

第二十章 数字游戏也可以这样玩

1

8月份注定是不平凡的,楚天舒所在的龙川集团在最后一天,实际完成销售188台,创造了本区域单月销售最高纪录。伴随着8月份最后一天最后一台车的成交,销售部创造了一个新的历史。但是最后一天注定也是不平凡的,8月31日,主机厂邀请第三方审计公司对全国各区域经销商进行的库存审计检查如期进行。所有的经销商都是第一次接受这种检查,之前所有的准备工作都不是很充分,而且都有偏差。其实这一次厂家的飞行检查目的是对经销商之前瞒报数字的摸底,严格意义来讲这只是一个准备,更大的动作或许还在后面。

毕向东没有离开H市的两家汽贸,因为检查是由第三方进行的,全部经销商都要被查到,但是时间不确定,所以毕向东不知道什么时候检查哪一家,徐琛这边是新入网的网点,虽然也是检查范围之内的,但是不做考核。检查完了徐琛的店之后,毕向东就已经感觉到不对劲了,他给魏强去了电话汇报情况,魏强对他说:"已经有人和我说了,你尽快地督促你手下的大经销商,越是大的经销商问题越多。"

毕向东放下电话就给林峰打了过去,把检查有可能的项目、重点甚至可能的目的都告诉了他。电话另一端的林峰明显有些紧张:"这个问题不是很普遍吗?现在怎么要拿这个说事儿?"

"现在不是抱怨的时候,快点儿想办法补救一下,尽量不要太难看。"

怎么补救呀,一点儿办法都没有,这件事情不是一天两天了,而且大部分经销商都在做。可是毕向东给自己打电话的目的是什么?如果明天的检查有问题,他会不会说"我提前告诉你了,你怎么没有好好地准备"?这件事情真的是比较麻烦,林峰思来想去还是给彭程去一个电话比较好。

在毕向东知道彭程调离的事情后,彭程和毕向东通过了电话,随后他和林峰说:"对于毕向东来说,昌硕汽贸谁来做总经理不重要,重要的是业绩一定要好,你就好好做吧!"

电话拨通许久,彭程才接电话:"怎么了?"

"彭总,有一件事情比较麻烦,我想向您请教一下。"

电话那端的彭程说："我昨天喝多了，有点儿难受，5分钟后我给你打过去。"

林峰看了看手表，已经下午了，看来彭程昨天战斗到了很晚，也说明那边的事情恐怕不是很顺利。

5分钟之后，彭程把电话打了过来，电话里林峰详细地把现在遇到的检查情况跟彭程说了。

彭程听完沉默了一会儿："我不是很清楚厂家现在要做什么，如果明天检查的话，你现在要做的事情是两件。第一，马上给毕向东打电话，晚上一起吃饭。既然他能陪着徐琛检查也一定可以陪着你检查，挽救措施那是扯淡呢。第二，明天不论怎么检查都不要争辩，记住这个问题是普遍现象，法不责众知道吗？"

不得不佩服彭程的老练，其实这两点并不是什么高深的策略，也不是什么必要的事情，都是应该做好的，最起码是一个总经理应该做好的事情。

林峰放下电话，已经感觉到自己做得不合格了，这件事上欠缺考虑，彭程说得对，这是一个普遍现象，厂家不可能真的大规模处罚经销商，就算是真的要开始整治，也要让所有经销商有所准备才行。林峰马上给毕向东打电话，邀请他今晚一起吃饭。毕向东说："我今晚和徐总在一起，明天一早你安排一个人接我，还在火车站那里的酒店。"

林峰有些失落，其实刚才第一个电话就该主动地约毕向东，现在失去了机会。

检查龙川集团和H市的并不是一批人，徐琛那里被检查完之后，楚天舒也接到了毕向东的电话，电话里毕向东对楚天舒说的话和对林峰说的差不多。楚天舒问："检查老师什么时候来？"

"这个我也不知道，明天肯定查昌硕，查完了我让林峰找人把我送到你那里去，我估计应该是你们了。你跟我说实话，你那里有多大问题？"

"我不敢说，如果按照你说的，我这里应该没有问题。"

"真的？"

"真的。"

"那好，如果你那里真的没有问题，你这次就算是露了大脸了。"

结果第二天一早9点，楚天舒办公桌上的电话响了，是卢莉打的内线。

"楚总，玲姐刚才来电话说有两个人来检查，说是第三方的老师，可能一会儿要见您一下。"

楚天舒很意外，因为毕向东说了今天检查林峰那里，怎么突然就到这里了？这是怎么回事？放下电话后，他马上给毕向东打了过去。

"检查老师来我这里了！"

毕向东也是一惊："坏了，不是一批人！我在昌硕呢，这边刚开始检查。"

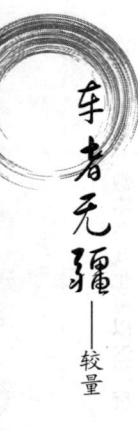

"你不来我这里了?"

"你那里到底有没有问题?"

"应该没问题,但是你最好能过来。"

"行,你马上派人来接我,林峰这里问题太多,我帮他处理一下,然后我下午的时候到你那里,你一定要确保你没问题。我过去了如果问题不大的话一切都好说,这是第一次检查,老师都不是很严格。"

电话放下没多久,周玲就带着两个穿着西装的年轻人来到了楚天舒办公室。

"这是我们楚总。"周玲把楚天舒介绍给两个年轻人。

"楚总,这是厂家飞行检查的老师。"

楚天舒看着两位年轻人,伸手:"你好,你好。"

两个年轻人把工作证、介绍信递送到楚天舒面前:"楚总您好,刚刚我们已经让周经理核对了我们的身份,您再看一下吧。我们这次是受长安福特主机厂的邀请对贵经销商进行库存检查的,请您给予配合支持。接下来我们要开一个简短的项目启动会,参会人员有您、销售经理、财务经理和销售内勤。"

"好的,没问题。周玲你去通知一下大家做好准备去会议室。大家到了之后告诉我,我和两位老师再过去。"

周玲下去后,楚天舒把自己的名片分别递送给两位检查人员:"您能给我一张名片吗?"

"楚总,不好意思,我们有规定,不能透露我们的任何信息。因为这次检查是第一次,很有可能会长期地检查下去,所以我们出来之前厂方提了明确的要求,不能够给经销商透露我们的任何信息,我姓周,他姓吕。"

楚天舒不知道这是什么意思,任何信息都不能透露,这倒是很奇怪。

会议很短暂,两名检查的老师布置完检查要点之后就和楚天舒说:"楚总,您忙吧,您这里短时间没事情了。今天下午5点左右会结束检查,到时候我们会在第一时间通知您结果,还会有总结会,并请您签字确认。"

楚天舒走出会议室,叫住了走在前面的陈松楠:"到我办公室来。"

"这个检查主要是查库存车,为什么还涉及财务?"坐下后楚天舒问陈松楠。

"肯定是融资的事情,如果我们卖了车不上报,肯定涉及还款的问题。"

"这是让我们好好做还是不让我们好好做!"

"其实楚总你大可不必上火,我说句实在话,这种检查肯定是要查出问题的,如果一点儿问题都没有的话,那么主机厂岂不是太无能了?换句话说,这次检查就是要找问题。检查库存车的目的是要看看我们是不是按照实际数字上报销售,如果没有上报销售的话就说明我们融资中出现了还款不及时的情况。如果我们把没有销售的车辆提前上报的话,也就是之前我们的那些做法,肯定是套取了厂家的返利。这两个到底哪个更严重,就看厂家怎么看待了,现在说实话我也不知道哪个问题更严重。你还是尽快地让毕向东来吧,这小子怎么最近不来了?"

楚天舒眉头紧锁,心中暗想,毕向东这小子怎么每次都不和我把话说完?这么大的事情他怎么总是磨磨唧唧的?"我一会儿让周玲派车去接他,他在昌硕那边呢,也正检查呢,好像这次检查不是一批人。"

陈松楠说得一点儿都没错,这一次检查的主要目的就是库存车,从库存车里可以发现很多问题。如果经销商为了套取厂家的返利、贴息或者别的销售政策,那就是大问题了。可是如果经销商卖了车不上报销售,那么融资过来的车就存在了不还款的问题,一般经销商的车辆都是首付了部分金额或者是完全不用首付款就可以从厂家开出来的。这个问题也不小,车卖了钱不还,钱干吗去了?

楚天舒暗自里有些恼火,陈松楠这个人哪都好,就是喜欢马后炮,更他妈恶心的是他的马后炮每次都是对一件事情的绝对正确的理解。可是他每次都不说,非到事情发生了,他才站出来,虽然不是幸灾乐祸,但是多少有点儿不作为的嫌疑。当初他一点儿都没和自己说这个事情,现在告诉自己这里面有财务风险。

骂归骂,问题没有人替楚天舒扛着。陈松楠出去后,楚天舒马上给周玲去了电话:"你要全程参与检查,跟着老师,有什么问题多沟通多交流,有事情马上告诉我,不能等到无法挽回了再想办法。还有派人去昌硕那边接毕向东,我已经给他打了电话了。"

放下电话又给毕向东打了过去:"毕总,我这边不像想象那么顺利,可能也有一些问题,你尽早过来吧!"

"嗯,这边的问题不少,我帮着处理一下,尽量快。"

整个上午,楚天舒都坐立不安,在办公室里不知道该做点什么好。他实在是担心出问题,现在这种局面对他来说很不容易,但是如果一旦出了问题,所有的努力都白费了。魏强说了,如果这次的检查没问题,下个月的区域会议就到这边来开。原本以为自己这次争取到了一个露脸的机会,哪里知道会在这件事情上面有疏忽。看来多学点财务知识是必不可少的,如果不懂财务常识的话很可能会在这方面犯错误,财务风险的防范不能依靠别人,必须自己心里有数才行。

对于楚天舒来说,他等待一个机会,一个证明自己的机会。可以说自从到了福特之后他就在寻找一个机会证明自己,这个证明不是要证明自己的能力,而是要证明自己比任何人都要强。他是一个十足的霸权主义者,他需要的就是这种只做到最好的感觉。这种情况之下,他开始变得患得患失,刚来到龙川集团时的那种锐气少了很多,没有了当年和朱羽在一起斗的那种胆

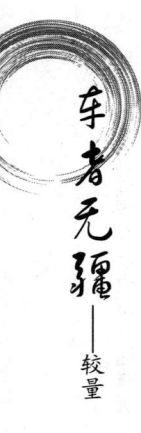

量。他害怕失去,害怕失去什么呢?是现在的金钱、地位和荣誉?绝对不是,但又有一些是确实无法回避的,那就是不论金钱、地位和荣誉,都和目前的一切相关,这些都是他所在意的。楚天舒突然感觉非常疲惫,生平第一次有了想抽一支烟的想法。

2

毕向东到龙川集团的时候,检查结果还没出来。

但是陈松楠已经和楚天舒说了,违规车辆超期上报的55台,延期上报的198台,涉及的金额恐怕都不小。楚天舒问陈松楠超期上报是什么意思?陈松楠说:"这一次的检查太严了,我们虽然已经把瞒报的车辆都处理了,但是厂家的系统出库日期和我们自己的出库日期肯定是不一致的,这其中有问题的车辆都被拉了出来。我现在还没有具体的数字,但是应该就是那些曾经套返利的车子。"

楚天舒皱了皱眉:"延期上报的是不是就是我们实际销售之后没有上报的车辆?"

"对,这些车辆按理说都是实际存在的。"

"这我就不明白了,我们哪里有那么多的延期上报车辆?再说我们销售延迟上报他们会知道?我们集团内部都没有上报,就是怕产生不必要的反复做账。这个他们是怎么知道的?这个数字你确定准确吗?"

"肯定是准确的。你来之后我们确实是没有那么多的超期上报,这里面大概有将近40台车是徐琛在的时候超期上报的。你还记得我和你说过吗,徐琛曾经也想要彻底改变这个局面。这些车辆都在今年的检查范畴之内,不过他们怎么知道我们的数据我也说不清楚,财务内网肯定是没有做,这一点我可以保证。他们也调了我们的内网数据报表进行审查了。"

"这怎么可能?问题有多么严重?"

"现在不好判断,因为我们手上也没有这次检查的规范和标准。"

就在这个时候,毕向东来了。

毕向东一看楚天舒就知道,这次检查绝对不是楚天舒昨天电话里预计的那样理想。毕向东明白这次的检查超乎了所有人的预期,甚至魏强,甚至再高层的人都不一定明白,估计只有极少数的大BOSS们知道。至于这次检查要达到什么目的不好说,只是有一点,今后经销商肯定是不可能随意虚报数字了。厂家要严格规范,这个严格规范的力度多么大不敢说,不过9月份绝对有经销商好受的,价格管控,车辆上报的管控,看来9月份又要忙了……

"你先别着急。"毕向东坐下之后点了一支烟对楚天舒说,"老师走了吗?"

"还没有呢,最终的结果还没出来。刚才财务经理和我说了一下,不理想……"

"没什么,还是那句话,你先不要着急看结果。这一次的检查超乎所有人的意外,整个大区的问题肯定都不少,我先给你说一下徐琛和林峰那里的情况,然后你有什么问题再问我。"

楚天舒没有说话,其实他不关心徐琛和林峰,他只关心他自己。别人成绩好他不羡慕,别人成绩不好他也绝对不嘲笑,但是他要自己有一个很好的成绩。

毕向东说了两句之后,能看出来楚天舒心不在焉:"楚总,我现在和你沟通的事情非常重要你知道吗?你不要总在自己的思想世界里,我要说的是整个品牌在今后的走势,我们一起交流一下好不好?OK?"

楚天舒一下子明白了,毕向东和自己说徐琛、林峰两家的情况不是在跟自己汇报工作,人家没必要这么做。毕向东这是在告诉自己一个事情,主机厂的风向标问题。他一下子就清醒过来了,从自己的世界中跳了出来:"不好意思,这件事情太突然了,我有些摸不到头脑了。"

"没关系,我说了你不要着急,先听我说,好了吗?"

楚天舒点点头。

另外两家的情况当然比楚天舒要严重,但是总的来说其实大家都差不多,谁也好不到哪里去。因为这次检查的是提前上报和延期上报情况,说白了两边堵,你肯定跑不了。反正不是提前上报套取返利,就是延迟上报、延迟还款。这两个问题都不小,都很严重。

"厂家怎么想的?这么多问题出来打算怎么处罚?"

"我现在也不知道那些大老板们怎么想的,说实话,这些人高高在上不食人间烟火的样子我也看不惯,这一次我估计他们也上当了。"

"这是什么意思?"

"你想呀,他们不食人间烟火,但是绝对有人是了解民间疾苦的。讨论这次检查制度的时候肯定有人了解其中的原委,之所以什么都不说任其发展,就是要让这些大BOSS们知道现在的经销商都是怎么生存的。其实和你讲句掏心窝子的话,我也看不惯现在我们的一些做法。一个制度出来,不管好坏,都必须按照执行,执行好了就能拿到返利,执行不好就拿不到返利。可是有些时候这些制度本身就是扯淡,就是一些毫无实战经验的人在指导经常打仗的人。不让他们知道一下他们永远都不明白经销商怎么过日子的,你说这是不是算他们上当了?"

"我靠,你这是什么呀?你们出面检查我们,扣我们返利,然后还说同情我们的话,说得那么有道理那么中肯,我怎么觉得你那么二货呀?"楚天舒乐呵呵地看着毕向东。

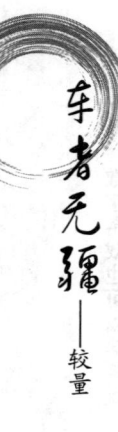

"去你的吧！我在这里跟你掏心掏肺的，你小子还说我二货，我看你最二！"

两个人说笑了一阵，楚天舒心情好了很多。这时，卢莉推门进来："楚总，检查老师叫您过去，可能检查结束了。"

毕向东看了一眼楚天舒："咱俩先过去。"

会议室里，毕向东和两位检查的老师亮明了身份："两位老师，我是这里的区域经理。"说着递上了名片，"我姓毕，我知道这次检查的规矩，我不是来求情的，也不是让二位给高抬贵手的。"

其中一位老师笑了："毕姥爷，那您这是？"

"哈哈，老师您取笑我了，您二位老师来这边不容易，我想以个人名义请二位吃饭，我也是刚到，今天希望二位老师能给一个面子。"

两位老师相互看了一眼："毕总，您应该清楚我们的工作规范，我们不允许接受吃请。"

"经销商的人请你们吃饭是吃请，主机厂的人请你们吃饭应该是联络感情。"

楚天舒一句话都没说，毕向东用他的身份请两位老师吃饭，这个时候他绝对不能插嘴。

"这样毕总，我们的事情一会儿稍晚点再说，我们想和楚总聊一聊，您也可以在。我们谈完工作，然后再谈其他的可以吗？"

"没问题。"

两位老师把手提电脑打开，其中一位老师点上一支香烟："楚总、毕总，我们本次检查到此就结束了。我和吕老师本次受长安福特主机厂的委托，对贵经销商今年截止到 8 月 29 日的销售情况进行盘点、审计和检查。通过检查我们发现了很多问题，首先不得不说，我们目前检查过的经销商中，楚总这里的情况并不特殊，但是有一个比较突出的问题是，楚总这里的延迟瞒报情况非常严重。我想请教一下楚总，贵集团是不是资金存在一些问题？"

楚天舒一愣："没有呀，我们集团资金还是很充裕的。"

"那我想请教一个事情，这也是我们本次检查的一项工作之一。您延迟瞒报的数量非常巨大，如果说并不是因为资金问题，为什么超过了 190 台车都延迟瞒报，延迟还款？这到底是为什么？"

"这个问题非常复杂，但是我可以保证一点，我绝对不是有意拖欠厂家的还款。"

"这个问题我之所以要问您，就是感觉非常奇怪，因为如果您真的是有意要拖欠厂家的融资款的话，我从您公司的内部财务网络中就会发现问题，但是您的内网中，并没有任何问题。所以我不能理解，为什么对集团内部您也要延迟上报数据，难道您不怕集团对您有什么措施？"

听了这番话,楚天舒感觉非常吃惊,为什么自己做得天衣无缝的事情他们居然能够查出来? 另一个感觉非常吃惊的人是毕向东,因为在徐琛和林峰那里都没有遇到这种情况,或者说这种极其稀少。楚天舒看着正在瞪着自己的毕向东笑了:"周老师,您这是在告我的状呢,我们区域经理就在这里呢!其实这件事情很复杂,我觉得一句话也没法和您说清楚,您是负责检查的老师,我就跟您说一句话,不管出于什么样的考虑,我们确确实实是做了一些违规的操作,但是也是无奈之举。我和您说一件事情,其实我刚到这个位置上不过四个月的时间,前任给我留下了一些问题,当然这些问题并不是前任的错,应该是大环境造成的不容易改变的局面。四个月里,我背负了无数的误解和指责,甚至是集团董事长的质询,不过我都挺过来了。因为我知道我要做的事情不是错的,虽然是违规操作,但是却把自己公司和主机厂的损失都降低了,甚至是已经降低到了最小了。"说着,楚天舒认真看着面前的两位老师,"不管是什么问题,不管是不是违规操作,我想我们的目的不是要做错的事情,而是要做一件纠偏的事情,这件事情很难做,但是我做到了。"

两位老师都点了点头:"我们虽然不懂汽车销售,但是我们都是注册会计师,我们能够从贵公司的账目看出你们公司目前的运转是比较正常的,风险很小,是我们检查过的所有网点中比较突出的。当然我说的突出不代表主机厂认为的合格,所以我用了突出这个词,我会在报告里给您详细地写进去。如果这个突出在主机厂看来是好的,那么您就是合格的。您明白我的意思吗?"

楚天舒非常不情愿地点点头,周老师的意思是说:我不了解你们汽车行业,所以这只是突出,如果主机厂的考核重点就是你犯的错误,那么你就是典型分子了,因为你和其他网点的问题不一样。

周老师笑着说:"楚总,您还有事儿吗?"

"有一件事情,我想问一问,可能您有您的原则,但是我想知道,您二位到底是怎么知道我们这里的问题的? 我们延迟上报,您二位是怎么发现的?"

检查的两位老师相互对视了一眼,笑了:"楚总,这个问题我想毕总是最清楚的,您能做到今天的成绩,毕总是功不可没的!"

楚天舒惊讶地看着毕向东……

3

毕向东听完这句话,顿觉脸上火辣辣的,好像是被谁打了一记响亮的耳光。

其实两位老师是调取了主机厂潜在客户系统的后台,从销售顾问维护客户的成交时间来判定的销售时间。当这个时间与开具发票和系统申报日期

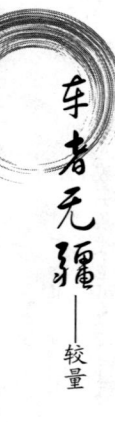

不一致的时候，就说明属于延迟上报，这个问题其实非常简单，楚天舒现在根本就没有意识到。

楚天舒看着毕向东。

毕向东脸色非常难看："二位老师您严重了，楚总这边的情况确实特殊，他在努力地进行着人员的调整和公司的管理层规划，这里的销售经理也是刚来不到半年，所以他们的压力很大，但是决心也很大。这几个月他们很辛苦，我们作为主机厂能够为经销商做的事情就是帮助其发展并助推一把力。"毕向东明白两位老师说自己清楚这件事，是因为他也有潜在客户系统平台的后台账号密码，而且毕向东的账号权力更广泛，所以他应该了解到这个事情。

不过事实却并不是这样。毕向东作为区域经理，或者说主机厂所有区域经理，大部分情况下是绝对不会关注经销商潜在客户系统的。检查的老师哪里知道这一点呢，他们不过是第三方的老师，和主机厂是没有关系的，所以毕向东感觉自己的脸上实在是挂不住了。

楚天舒有些惊诧地看着毕向东，毕向东则朝他笑了笑，心里想：看什么，我和你一样，一头雾水，只不过我比你更惨，被人捧杀罢了。

毕向东管辖的区域检查结果全部出来了之后，魏强给毕向东打电话询问龙川集团的检查结果如何。毕向东如实做了汇报，并对魏强说："这一次检查，我这里所有的经销商都不理想，或多或少都有问题。龙川集团的问题应该是最特别的，他们和大家的最大不同就是提前上报销售的车辆远远少于延迟上报的数量。"

"也就是说他们有很多车辆都是卖了之后没有上报？"

"是的。"

"这个事情从什么时候开始的？"

"应该是从楚天舒接任总经理之后。"

"你现在在龙川集团呢？"

"是的。"

"你告诉楚天舒，这个月5号开北区的区域会议，地点就在他们家。你让他做好接待工作，我会提前一天过去的。"

毕向东把这个消息告诉楚天舒的时候，发现楚天舒似乎并没有太多的兴奋："怎么了？老大来这里你还不高兴？"

"不是不高兴，主要是这件事情我比你先知道了。"

"我靠，你能不能不得瑟？"

"我没和你得瑟，上个月月底的时候魏总给我来过一个电话，告诉我如果这次检查我表现突出的话，他准备把区域会议的地点定在我这里。"

"我说你小子怎么不和我说呢？"

"当时我确实是没准备，再说我也不知道你有没有接到电话，万一你早就知道呢。"

"你别和我扯淡了！今天晚上你请我好好喝点，你必须给我一个绝对合理也绝对正确的解释，告诉我你这段时间是怎么回事！"

"行。"

楚天舒知道自己做得有些过分了，如果这件事情不是有厂家委托的第三方飞行检查的话，他绝对不会对毕向东说自己这几个月如何操作的。第一，这不算是什么光彩的事情，毕竟是欺骗了别人。第二，毕向东会怎么看自己？等于是把人家当傻子了。

但是，这次的飞行检查让楚天舒得知一个事情，就是毕向东可能知道自己的作为，但是他一直都没说。这一点为啥？楚天舒也想不明白。所以晚饭就他们两个人，楚天舒把自己这几个月来的做法都和毕向东一一说明了，然后问毕向东："你早就知道我们这么做了？为什么不阻止我？"

"老楚呀，我和你说实话，其实我什么都不知道！按理说我应该什么都知道，但是我真的什么都没发现。说起来惭愧，你知道检查的两个老师怎么发现你的问题的吗？"毕向东端起酒杯把一整杯啤酒一饮而尽，"你的销售经理不合格！潜在客户信息系统你们遗漏了，这个系统里面有销售顾问对客户的跟踪记录，你们这就是百密一疏，把所有的问题都想到了，但是系统的问题忽略了。我可以告诉你，我真的没有要帮助你的意思，我要真的知道了这件事情的经过我非弄死你，你这绝对是侮辱我的智商！"

楚天舒乐了："我不告诉你不是侮辱你的智商，我是害怕你知道了之后，我肯定就没办法按照我的思路来运作了。这件事情不知道结果如何，我只能说我做得过分但不是为了我自己。如果为了自己我大可不必这样做，沿着徐琛留下来的方法一路做下去就好了，还在乎别的干什么？我只是想改变现状，只是想证明自己，只是想要通过自己的努力证明我的想法是可以实施的。当初你和陈建不都是否定我的吗？现在看见了吧，我成功了！"

"我怎么觉得你就是一愤青呀？"毕向东一只眼睛闭起来看着楚天舒。

楚天舒是不是愤青这是一个毫无意义的命题，不用去讨论。但是他无疑是成功了，他的成功不但改变了目前龙川集团福特品牌库存结构的现状，而且让整个大区的领导都看到了一个完全不同的经销商运作模式。而更加关键的一点，恐怕是所有人都没有想到的，楚天舒用他的成功，让徐琛时隔近半年后再一次走进了龙川集团福特品牌的销售展厅和会议室。

区域会议如期召开。龙川集团福特品牌二楼的会议室并不大，毕向东陪着魏强提前一天到的。楚天舒在办公室里聆听了魏强对自己的"谆谆教导"，半个小时的时间，魏强都在对楚天舒这个月的工作给予肯定，虽然也提出了一些不足，但整体是赞扬。楚天舒对这种赞扬深感不安，他总觉得魏强的赞扬背后一定会有一把尖刀。因为他确确实实让主机厂有损失，而且他的

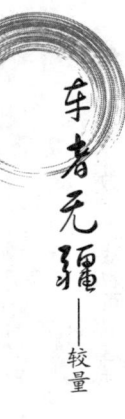

行为也确确实实是在套取厂家的返利,延迟上报销售,等待销售政策出来一下子都上报了,这和提前上报的性质相同,从后果来讲延迟上报可能更加恶劣。不过出乎楚天舒的意料,魏强仅仅是大加赞扬了楚天舒,除此之外没有多余的一句话。

这一次的区域会议除了对之前一个月的工作进行总结之外,对于这次的飞行检查没有做任何点评。就在大家都非常诧异的时候,魏强强调了下一个月甚至是未来相当长的一段时间之内经销商的工作重点。

1. 在未来的一段时间内,甚至是相当长的时间内,主机厂将对经销商进行价格管控,不再允许经销商私自促销、团购等变相的降价行为。

2. 今后主机厂对经销商的审查重点将会放在销售申报时间上,这件事情将会在 10 月份开始重点审查,并对经销商的库存进行分时段考核审查。

虽然只有两项工作,但是所有经销商都知道这两项工作意味着什么。

大家肯定都不敢和魏强理论,但是跟各自的区域经理可就不一样了。魏强管辖着四个区域经理,这一次的区域会议第一次在省会城市之外召开。对于经销商来说,这次的会议绝对是一个具有决定性意义的里程碑一样的会议。就在魏强宣布会议结束之后,已经有不少经销商找到了楚天舒,因为不知道谁把消息传了出去,这次的审核中龙川集团的表现和大家都不一样,他一定是事先得到了风声。甚至有人说,这次的会议地点早在上个月区域会议的时候就已经确定了。当时魏强等主机厂的人在北京,魏强电话通知了楚天舒本月的工作重点是什么,并要求楚天舒不惜代价完成。

传闻越来越离谱,但是充分证明了一点,那就是大家对这个政策并不满意,甚至非常抵触。

区域会议结束之后,毕向东对楚天舒说:"今晚其他人你不用管了,魏主任肯定回北京,你也不用陪着了。但是你要出面请一下徐琛,这个人绝对有他独到的地方,这是一个你们接近的机会。"

楚天舒笑了,他当然知道这是一个机会,而且他早就已经准备好了:"没问题,我已经订好了,你先去找周玲,我和徐琛聊聊,一会儿晚上一起吃饭。"

徐琛坐在楚天舒的办公室里,这间办公室曾经是他的,在这里他得到了职业生涯第一个高度,并借助这个位置得到了许多荣誉和目前的机会。如今他坐在了这张办公桌的对面,对面的楚天舒是一个陌生的面孔,但是这个陌生的面孔已经把他留下的所有顽疾都改变了。毕向东已经和他说了,现在的龙川集团已经摆脱了所有的提前上报车辆,而他也用自己的眼睛看到了现在销售部的变化,这个变化带来的是销量飞涨。

"徐总,我对您可是久仰了!"

徐琛笑了:"楚总,我们之间能不能不再这么虚伪了?"

"我没有觉得我虚伪,我说的也是实话,真的是久仰。听您的名字已经不止几百次了。"

"这一点我相信,你接过我的烂摊子,肯定有很多人抱怨,'徐琛'这个孙子这个……'徐琛'这个孙子那个……我没猜错吧?应该说我在您那里是臭名昭著吧?"

楚天舒哈哈大笑:"徐总您这番话绝对是大气的体现,真的能够自嘲的人并不多,再说回来了,就算是臭名昭著,那不也需要能力吗?有些人想臭名昭著都没有臭的机会。"

徐琛看着面前的楚天舒,无奈地笑了:"楚总你真的让我佩服。毕向东说你已经把那些提前上报的车辆都给消化了,而且现在销售部的人员更加合理了。这些是我想做而根本就没有办法做到的,我佩服你的勇气,你能做好这些真的需要很大的勇气!"

楚天舒点点头,他承认徐琛的话是对的,做这些需要的不是能力,不是运气,而是勇气。这四个月来,楚天舒面对的是所有人的否定,马上就会失去一切的危险。但是如今,他已经把一切都按照自己的想法做好了,回头再看一次,如果再给他一次机会,他会不会还坚持自己的想法去做呢?真的不知道。

"徐总,今天晚上别安排别的事情了,我请您吃饭,叫上毕向东。"

"好的,没问题。"

就这样,两个原本并不熟悉,甚至有些敌对的男人走到了一起。

4

周一早上一上班,周玲就给楚天舒打公司内线电话:"楚总,您看邮箱了吗?"

"怎么了?"

"月任务出来了。"

楚天舒有些心跳加速,这段时间他一直都在等待着9月份的月度任务出来。8月份他已经完成了一个不可能完成的数字,那么9月份呢?按理说9月份的任务一定会超过前一个月,但是不论楚天舒还是毕向东,都很清楚,8月份的实际完成中有一部分是来自上几个月的延迟上报。所以楚天舒非常担心这个月的任务会出奇的高,当周玲告诉他邮箱里的任务数出来了,他有些紧张。

"多少?"

"135。"周玲的口气很平静。

这个数字应该是一个可以接受的数字,虽然是不低,但是没有比照上个月的实际完成累加,楚天舒知道毕向东还是能够明白自己现在的状况的。

"你准备一下,我一会儿需要找你谈谈。"说完,楚天舒放下了电话。

　　除了销售部的任务之外,还有一件事情让楚天舒心情不好。昨天集团财务部给他来电话,说每个月的财务审计中发现了他售后的一些问题,约好今天上午和他谈一谈。周日楚天舒休息了一天,已经连续工作了好几周,他有点吃不消,结果整整一天他的电话就没断。最后一个电话就是集团财务部来的,龙川集团每个月都有财务审计工作,基本上是对各个品牌子公司的管理层进行的一个关于财务方面的考核。一般来说这个审计工作不需要总经理参与,但是这一次集团却直接把电话打来了,虽然很客气地请楚天舒周一早上9点到集团财务部去一下,但是楚天舒明白这叫作约谈。楚天舒问具体是什么事情,对方说:"应该是售后的一些问题。"

　　当下楚天舒就给刘彬去了电话:"今天审计的过去了?"

　　"是的,走了一个多小时了。"

　　"有什么问题吗?"

　　"没有呀,一切都正常。"

　　"你确定没问题?"

　　"怎么了?"

　　"集团刚来电话了,让我明天一早到集团财务部去一下,说你那边有点儿事情。"

　　"不会呀,我这里没问题呀,检查的时候我全程陪同的,一点儿都没有问题。"

　　"嗯,那就行,你只要是没问题就行。先这样吧,有什么事情明天一早就知道了。"

　　9点整,楚天舒来到了集团财务总监的办公室。龙川集团财务总监姓林,是一位已过天命之年的老太太,很慈祥的样子。楚天舒和财务接触不多,对面前这个慈祥的林老太太也一点儿都不熟悉。

　　林总监扶了扶眼镜:"楚总,你好。今天叫您来这里主要是有两个问题需要和您沟通一下。你喝水吗?"

　　"不用,谢谢,您说吧。"

　　"好,那我就先简单地说一下问题,然后我们需要讨论一个解决方案。"说着林总监把电脑打开了,"集团每个月都有一个内部审计,这个你应该是知道的对吧?这个审计主要是针对三个部门五个岗位进行的,第一是总经理,第二是财务经理,第三是售后服务部的材料会计、备件经理、配件计划员。这其中对于总经理的审计工作其实并不重要,或者说几乎没有进行过。我们一般来说不会对总经理进行审计,不过财务经理和售后的备件经理是我们审计最严格的。一般来说财务经理负有的责任是监督,他负责监督一个品牌子公司的经营风险,而他的能力和公正是由我们来监督的。备件经理是否优秀直接关系到一个品牌子公司的售后运转情况、盈利情况和持续发展情况。所以周总要求我们对这两个中层经理的审计是非常严格的。"

　　这是楚天舒第一次和集团的财务总监面对面，林总监淡定、平和的气度让他非常敬佩，和这种人一起共事绝对是一种享受。林总监说了财务经理和备件经理是主要的检查目标，陈松楠目前正在外地开会，那么就只有备件经理可能出问题了，昨天财务部在电话里也已经告诉自己是售后方面的事情。可是为什么刘彬说没问题呢？这是怎么回事？

　　林总监看着楚天舒："你知道是哪里的问题吗？"

　　"听您的提示，我能感觉到应该是我们的备件经理出了问题，但是我昨天接到集团的电话之后第一时间就和服务经理联系了，他说审计没有出现问题呀？"

　　"是的，楚总您说得对，这一次审计您的公司确实是没有发现问题，或者应该说我们没有发现直接的问题，可是没有发现直接的问题并不代表没有问题。你最近有没有关注过你的备件库存结构？我们这次的审计发现了一个非常严重的隐患，这是在前两次审计中就已经发现的，但是并没有通知你们，就是要看看这个问题是偶然发生的，还是有预谋的。两个月过去了，我们已经可以判定这件事情是有预谋的。"说完，林总监把一份材料给楚天舒递了过去。

　　这是一份在两个月以前的审计中，发现的龙川集团福特品牌售后备件问题的情况说明。两个月以前福特的备件库存发生了一些微小的变化，备件的基础库存降低了5万多。售后服务的基础库存是一个品牌按照主机厂的要求进行的常规备货，也就是说，是主机厂根据需要对经销商进行的最低限度的铺货，不过这种基础库存大部分都是一些非常用件。福特品牌要求基础库存在55万，根据不同的类型分门别类地进行了规定。因为这些基础库存很大一部分是平时的非常用备件，所以基本上每一个经销商在考核的时候，都不会把基础库存算在对售后服务备件经理的考核范围之内。可是就是这样一个基础库存，这样一个几乎不会发生太大变化的基础库存却在一个月之内减少了5万元。接下来的两个月内，这个基础库存不断地减少，与之相对的，在8月中旬的时候，一批备件被补充到了基础库存里，正好填平了两个月来不断减少的库存。也就是说，在第三个月的最后，突然有一批备件填充到基础库存的账面上了。这一次填充到账面的备件并不是严格意义上的非常用件，而是一些经常使用的备件。

　　"楚总你能看明白吗？"林总监问楚天舒。

　　楚天舒点点头："我能看明白报告，我知道您这份报告里的问题在哪里，但是这个问题是怎么造成的我还不太清楚。"

　　林总监的表情突然非常严肃了："楚总，您现在需要和我们做一个详细的交代和说明，到底是什么情况让您对基础库存做出了调整？"

"我？我没有对基础库存进行调整。"

"这件事情非常奇怪,目前我的理解是这样的。有人需要备件能够尽快地运转起来,这样一来整体的业绩就会有提升的感觉,这个时候就把一些并不常用的备件转卖到了其他地方,然后把一些常用件放在了基础库存里面。这样做的结果就是基础库存在某一个程度上在降低,因为循环开始了,业绩也就越做越高了。"

楚天舒听完了林总监的话感觉非常无聊,他明白面前的老太太开始怀疑自己了,怀疑自己作秀把业绩做上去。

"您刚才说的这个事情我认为有可能,但是这仅仅是存在于理论的可能,并不会真的发生。厂家对基础库存是有严格界定和考核的。首先,如果我们自己把基础库存降下来了,那么厂家肯定是要按照基础库存的规定要求我们必须在一定时间之内把基础库存补足,而且是按照厂家的要求进行补足,绝对不能是我们自己想补充哪些就补充哪些。其次,基础库存中的很多备件都是非常用的,这个您也很清楚,这些备件消化起来很慢,如果我们能够在短短的几个月之内连续消化这些备件,那只能说明有事故车而且是比较老的事故车。这些情况具备了,那么基础库存降下来也没什么大惊小怪的。"楚天舒佩服林总监和他的审计团队的工作细致,但是也感觉到了这些人其实还是门外汉,这么简单的道理都看不懂。这里面肯定是有问题,但是绝对不是她说的那样,自己为了业绩做大就把基础库存降低,然后为了加快周转把一些常用备件放进去。

林总监听完楚天舒的话,问:"那你的意思是这个不是问题?"

"这是一个很严重的问题。您把这个问题想得太简单了,这不是我个人要把业绩做大,玩的数字游戏,这背后一定还有什么我们不知道的事情。您是否允许我把我们的服务经理刘彬叫来?"

"现在这种时候我们把你叫来已经是破格了,按理说我们查明之后直接拿处理意见,然后交给董事长就行了。但是现在考虑你是新上任不久的总经理,而且工作能力不错,我们希望和你私下聊一聊,如果你觉得自己没问题,那么我们就会按照我们的方式进行下一步的工作。还是不要惊动你公司的人比较好。"

楚天舒从林总监的话里听出了一些意味深长的东西。其实事实恐怕并非如林总监所说,恐怕林总监已经把这件事情向董事长进行了汇报。董事长是何等聪明的人,这里面的玄机肯定早就看透了。林总监说自己工作能力不错,这纯粹是扯淡,这几个月里自己就没有什么好的业绩。那么一定是周亚川要求林总监和自己谈,但是仅限于和自己谈谈,如果是自己的问题,他们肯定会大事化小,或者直接交给董事长处理。如果自己没有问题,那么他们就按照程序该怎么查就怎么查了。"我明白您的意思了,我自己肯定没有问题,我相信这里面一定有一些误会。如果集团程序化审计,我希望能够公平一些,多取证多听取意见。"

"好的。但是我也要提醒你一下,在我们对这件事情做出公开化之前,请你不要对手下人有什么动作、提醒,这样不利于我们发现问题。"

往回走的路上,楚天舒心情很不好。对这个林总监他说不好是怎样一种感觉。挺钦佩她的工作作风,从她的报告中可以看出来她对待问题的细致,一些细小的问题能够被她发现,甚至能够从中联想到深入的问题。她气定神闲的气度也是楚天舒欣赏的类型,这种感觉让人非常舒服,即便是她说的问题也让人可以很快接受。但是有一点是楚天舒所不欣赏的,那就是对业务不了解还根据自己的感觉进行判断,甚至是误判。这是他相当无法接受的事情,这个人到底是怎么样的?或许通过这件事情可以了解一下。

第二十一章 妥协也是胜利姿态

1

楚天舒回到办公室,马上就给周玲打电话,让她到自己办公室来。

"这个月我们的任务很重,不光是销售任务,最关键的问题是我想对销售进一步改变考核,继续纠正工作作风。我们先谈谈任务吧,刚才让你准备一下,你准备得怎么样了?"

"我们这个月的任务相对来说不是很高,虽然这个数字不算低,但是我们在上个月的完成情况很好,所以现在的实际情况还是比较乐观的。一方面销售顾问的积极性非常高,再一方面我们手上的客户成倍地增长了不少。潜在客户就是我们最大的资源,有了客户就有了一切。"

"上个月的时候咱们不是讨论过一次吗,现在的销售部并没有达到理想的状态。如果我们想要在短时间内提高销量,并能够保持住的话,就需要把现在销售部的工作方式进行改进,必须有更加严谨的考核。用考核做管理的辅助手段是必要的,你要认真地考虑一下。"

周玲知道楚天舒说的绝对是正确的,现在销售部确实是需要整顿一下风气。上个月的成绩太好了,大家的收入都很不错,私下里销售部已经有过多次聚会了,她已经明显地感觉到现在的销售部有一些浮躁。但是她也有所顾虑,9月份进入了汽车销售的旺季,这个时候是应该放宽一些要求,进而达到销售任务的完成,还是应该从严治军,给他们灌输新的思想,或者是楚天舒说的用考核来整顿一下销售部?这些都有可能对销量有一些影响,如果做得不得当会在销售任务上有所损失。周玲无法权衡,但是从内心来讲她自然是倾向于暂缓严格考核,因为现在这个时机她真的不想错过,她已经有所预感,9月份的销售情况应该很理想。

楚天舒看周玲一直发愣没反应:"怎么了?犹豫不定还是不认可我的意见?"

"认可,但是有所顾忌。我害怕耽误销售。"

"首先,如果我们的销售团队不改变现有的工作方式,我们的销售量一定会到达一个数字之后就停滞不前,没有一个统一目标的团队是没有办法不断超越的。其次,我们现有团队的工作效能还需要加强,特别是现在大家的工作作风并不理想,我需要的团队,是在工作的时候必须全身心地投入,大家的目标必须一致。你上次也说到了问题所在,潜在客户的管理已经成为短时间无法解决的事情,那么这个时候我们不马上开始整顿的话,新问题又开始出现,到头来就是焦头烂额了。第三,你现在担心销量,我问你什么时候做最合适?过了9月份就是10月份,进入到了10月份就会一直持续一个销售高潮期,一直到明年春节过后,到了那个时候你打算再做整顿?不要忘记了,那个时候新一轮淡季就会到来,到时候你肯定比现在还担心销量。到了那个时候销售顾问恐怕都已经养成了懒散的习惯,你在淡季的时候,大家收入都不高的时候,出台高压力的考核政策,那岂不是自己找死呢?第四,现在最不该担心的就是销量,已经进入了旺季,这时候你不抓紧时间对销售部进行整改甚至是优化,那么就会错过一年中最好的机会。我比你更在意销量,但是我更在意的是长远的发展,不能只顾眼前。我承认我自己只是一个打工的经理人罢了,但是我们坐在这个位置上就要对这个位置负责,受君之托忠君之事,这个原则我是不会改变的。"

"楚总,我怎么感觉你很亢奋呀,你这是咋了?"

楚天舒笑了,想起来刚刚在集团林总监那里受到的怀疑,心里还是不痛快。这些话应该对林总监说出来才对,他又看了看周玲:"我不是亢奋,我是真的觉得现在这个时候对销售部进行整顿是最佳时机。销量现在已经上来了,大家的收入都有了保障,这个时候我们就应该把要求提出来。收入绝对是可以给大家的,甚至可以更高,但是前提条件是一定要完成我们定的目标和考核任务,其实考核任务也应该是目标之一。具体的方法我想不用我说你应该知道。早上我让你准备的,其实就是怎么来完成9月份的销售任务,现在我们说了这么多关于销售部的整改问题,这些都不矛盾。那么9月份你打算怎么做?"

周玲看着楚天舒:"领导,你必须让我捋一下思路,你的话转变得太快了,我有点儿跟不上节奏。怎么说着说着销售部的整改问题,突然就开始说起9月份的销量来了?"

"销售部整改是你的分内工作,这个务必要开始进行。9月份的任务是厂家和我对你的考核,这个你敢不完成?"

"饶了我吧……我哪个都不敢不完成。9月份任务,我计划按照销售顾问平均分配,销售目标之外增加10%左右,这样能够确保完成销售目标。"

"还有吗?"

"没了。"

"没了?你不觉得这些不足以让你完成目标吗?我想知道除了你把销售目标进行分解之外,你怎么保证你的目标的达成?这个是关键,这个才是我要的答案。"

"销售顾问手头的潜在客户。"

"我们现在的潜在客户是多少?你心里有数吗?这些客户有多少有希望在本月成交?是不是需要我们重点跟进?还有多少客户是我们需要进行价格促销才有可能购车的?还有多少客户肯定是本月不购车,但是我们需要持续跟进的?这就是客户级别呀,客户级别高的客户你怎么管理?"

周玲彻底被楚天舒说晕了,倒不是楚天舒说得快或者是思路快,而是这些确实都是真实存在的数据和问题,而这些数据和问题都是周玲所没有想到的。"楚总,电话里你也没说这么详细,我只是准备了一下任务分配的方案,因为这个月我简单统计了一下,我们有希望成交的客户在 80 个左右,那么随着我们客户的增加,完成任务也是不成问题的。销售顾问我没有逐一地进行沟通,但是现在大家的状态都还不错,客户都有不少。只不过,现在客户管理确实比较薄弱。这样,我今天先把任务分配给大家,然后明天的重点工作放在销售部考核制度的订立方面,我会和您具体地讨论一下。"

楚天舒点点头,周玲是一个可塑之才,她马上就明白了楚天舒要的是结果,绝对不是过程。

周玲出去后,楚天舒一直在考虑一个问题,该不该找刘彬谈谈?

与楚天舒相比,徐琛和林峰那里的情况都非常不理想。最大的问题就是 9 月份厂家要对经销商库存结构进行考核,也就是说目前的提前上报车辆必须尽快地处理。徐琛那里的情况稍好一些,毕竟才不过两个月的时间,数量还不算多。林峰那里简直就是灭顶之灾,这么多年来早就养成了习惯,林峰在这里做销售经理之前,彭程就已经一直在延续这个政策了。那个时候比现在更加过分,久而久之这已经成了大家约定俗成套取厂家返利的方法了。林峰从区域会议回来之后就一直心情低落,他不知道该怎么面对现在这种局面,对于他来说早就习惯了彭程说什么就去执行什么的工作方式了。突然之间把一切都交给他去做,他有点无所适从,倒不是能力不够,而是思想境界远没达到。就在这个档口,毕向东的月度目标数出来了,95 台。这个数字不算低,因为上个月昌硕汽贸的实际完成没有超过 60 台,虽然数字上报了 85 台,但是毕向东应该清楚实际的情况。林峰看完邮件马上抓起桌上的电话给毕向东打了过去。

"毕总,这个月的任务是不是有点儿离谱呀?这个数字是怎么测算出来的?这个月魏总说了要考核经销商的库存结构,不让我们擅自进行车辆出库了,但是任务这么高怎么活呀?政策你们往死里整我们,任务你们也往死里整我们,还让不让人做了?"

"我手下的经销商可不止你一个,但是你是第一个给我打电话的。其实不管主机厂出什么样的政策,都是为了经销商能够挣钱,主机厂已经发现了经销商自己进行车辆出库的行为了,难道还会放任你们?你反省一下,如果这种局面一直持续下去的话,会是什么结果?我也可以告诉你,按照你的理解,主机厂的任务肯定是越来越高,这样下去用不了半年的时间,你们所有经销商都会被压死。你现在已经是总经理了,你要改变你的思路,如果你不改变思路的话很危险。我给你一个建议,楚天舒这方面做得很不错,你可以向他请教一下,我相信他这个人是一个可以交往的朋友。我现在在北京,手头的事情不少,如果在他那里你没有得到你想要的答案,那么你就等我周末过去。周末的时候我会找你和徐琛,上个月你们承诺了要确保价格,那么这个月我要见到具体的措施。"

林峰有些郁闷,毕向东的话是肯定没错,但是现在的现实情况也是最让人恼火的。任务高,手上有一堆车已经提前申报了,就算是卖了也不算是销量,更让人恼火的是,厂家还要检查价格,这简直就是把人往绝路上逼。毕向东让他给楚天舒打电话,林峰没打。这个电话打不打的意义不大,打了也只是听听人家的经验罢了,对自己来说现在最关键的问题是怎么解开眼下的僵局。他给李昊打电话,让他马上把销售部的所有潜在客户统计一下,晚上开会的时候他有重要的事情说。放下电话又给齐丽去了电话,让她今天务必要把现在在库未销售的那些提前上报的车辆进行统计,包括入库的时间、销售价格、当时享受的返利金额、现在的库龄、目前能够走的最低价格,都要弄清楚并做好表格,晚上开会用。

布置完了这两件事情,林峰开始感觉到有些力不从心,他不知道是不是自己太倒霉了,怎么刚一上来就赶上了这个事情呢?彭程在这里这么多年也没有发生如此大的变化,当年主机厂可是睁一只眼闭一只眼地允许经销商自己进行车辆出库的。但是现在突然之间就开始变了,这个变化的速度太快了,林峰接受不了。他点上一支烟狠狠地吸了一口,有些愤怒地看着窗外的街景,他知道这个时候徐琛、楚天舒和他三个人之中,最难受的就是他了。楚天舒那里不管是不是提前知道了风声,反正他已经没有丝毫的压力了。徐琛新店不过两个月,还在保护期,进车都不多,就算是有提前上报的车辆能有多少呢?最惨的就是自己了。

其实人是一种很奇怪的动物,越是想不开的事情越容易钻牛角尖。对于毕向东来说,他区域里的这三家经销商,手心手背都是肉有些夸张,但是确实是他最看重的三家经销商。其中林峰和徐琛是和他共事多年的老熟人了,彼此之间都非常熟悉和了解,楚天舒虽说是刚刚接手,但是表现出来了完全不同以往的思路,这个人一定可以把龙川的这家店做到更加优秀。眼下虽然是局势发生了变化,但是毕向东还是没有放弃努力的可能。他自己最清楚,这个月的商务政策绝对不是简单定出的,主机厂的大领导肯定是已经发现了经销商的问题,要开始动作了。此刻他在北京,也正在和全国各区域的大区主任探讨对策,因为经销商一个月之内肯定是不能够消化掉所有车辆,那么这

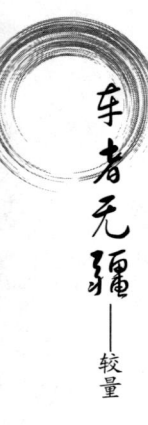

么下去的局面会不会两败俱伤？经销商开始抱怨甚至开始抵触，这些都不一定。就在这个时候，林峰打来了电话，毕向东自然是没好气儿了。他周末确实是要去找林峰和徐琛，一方面是价格问题，再一方面是去帮助林峰处理他的车。不过前提是在这里能够有一个相对合理的解决办法才行。

2

  徐琛那里的情况好很多，但是目前他的现状还不能够随心所欲地施展。因为他现在也有一些提前上报的车辆，再有一点，他习惯了的工作方式方法发生了根本性的变化，他有些不适应。这倒不是说他一定要用这个方法来套取返利，而是说一旦完不成任务，用什么来弥补数字的差距？这让他有不安全的感觉。

  不过徐琛绝对比林峰老到很多，他非常清楚现阶段最挠头的就是林峰，那么林峰怎么去运作这件事情，决定了这件事情是不是有缓冲的余地。徐琛始终相信这件事情不会那么严重，经销商和主机厂之间的纽带是各个区域的老总和副总，这些人肯定会想尽一切办法帮助经销商，毕竟他们在经销商那里也可以得到绝对的利益好处。就算是没有利益好处，最起码还有一个业绩呢，这个可是他们自己的分内工作。现如今这么大的变化之下，经销商不适应，他们一定也不会适应。主机厂那些不接地气的大老板们肯定是不了解民间疾苦的，但是区域的人不能不了解呀，要不然就真的官逼民反了。所以徐琛判定，区域一定会有办法的，该传达的政策肯定会传达，但是具体操作一定可以商量。

  对于徐琛来说，有一个人让他心里多少有些不是那么痛快，那就是楚天舒。楚天舒对他来说完全是陌生的，这个完全陌生的人接替了他在龙川集团的位置。在开始的那几个月里，这个人根本就不显山露水，甚至可以说糟糕得一塌糊涂。8月份毕向东召开小区会议的时候，自己甚至都没有把他放在眼里，但是整个8月份最为耀眼的就是这个楚天舒，不但是把销售数量做到了极致，更是在随后的检查过程中超乎所有人的意料之外。徐琛非常清楚，这个楚天舒已经把自己在龙川集团时提前上报的车辆都消化殆尽了，这个数字不小，还要每个月有销售数字的支持。毕竟是一个新任总经理，业绩是一切和根本。这个楚天舒似乎得到了上天的特殊眷顾，徐琛认定了楚天舒不是依靠自己的能力取得的如此成绩，一定是周亚川背后的支持，再有毕向东也一定和他透露过什么消息，否则的话怎么可能呢？一个新任总经理上来就改变前任多年的经营模式，这根本说不通。其实即便是到了现在，徐琛也并不认为自己当初采取的销售策略是错误的，此一时彼一时。现在厂家开始检查经销商的提前上报套取返利的行为，可是当初如果没有经销商提前上报的话主机厂也不可能对外宣称产销多少多少。那个时候大家可都是受益的,现在反过头来想来检查经销商的问题,这只能说风向标变了,但是不代表当时的策略是错误的。

虽然这样想着,但是该做的准备还是要做的,徐琛同样安排销售经理对现在的状况进行整体盘点。首先是现有客户,其次是有多少车是提前上报的,第三要宋艳辉拿出一个政策来,一个月把这些车都消化掉。好就好在,他们刚开始销售,数量还不大。

经销商各自盘算着自己的情况,各自计算着各自的盈亏。厂家的区域经理们也同样在挠头,此时此刻,魏强区域的四个区域经理都在他北京的办公室里抱怨着。魏强听着每一个人的抱怨,心里其实也不痛快,但是他是从总部回来之后才召集四个区域经理来开会,或者说是要通知一个事情。

"好了,不要说了。我刚从总部回来就把你们叫过来,其实现在的这些问题我们都知道不是一天造成的,当然也不是一天就能够解决的,现在怎么应对才是关键。"

"我没办法,我手下的经销商都在闹,当初咱们也是睁一只眼闭一只眼,谁不知道他们提前申报出库的事情?谁敢说不知道?"魏强手下资格最老的一个区域经理先开口了。

"老姚,那你和我说现在怎么解决?"

老姚站了起来:"我说?要我说继续该怎么办怎么办,法不责众,我就不相信了,现在这种局面一个月能解决得了!今年能够解决就不错!"

"别扯淡了,坐下说。"魏强打开一包烟给每个人分了一支,"老毕,你有什么看法?"

"我?我没什么,现在这个局面已经形成了,我们能做的就是尽快到经销商那里去安抚经销商的情绪呗!说别的都没用,气话都会说,但是最终的结果改变不了。总部刚出来的政策,绝对不可能改变,我们能做的就是给大家打气,然后任务上给大家降低一些。"

"任务降低不可能,我拿到了我们区域的任务汇总了,比上个月的还高!"

四个人同时骂了一句。

"没办法,现在总部的领导换了,你们都知道领导要的是什么。"停顿了一下,魏强看着手下四个区域经理,"这样吧,我把任务给你们发下去,然后你们现在就开始分配,发邮件,看看经销商的反应情况。"

两个小时,两个小时的时间里几乎所有的经销商都来了电话。魏强挨个儿问了三个区域经理之后把目光投向了毕向东:"你那里怎么样?"

"龙川和通业都没打电话,昌硕是最反感的。"不知道为什么,毕向东有一种不太好的感觉,因为今天魏强给他的感觉和以往有些不太一样。

"现在的事情非常复杂,总部要的是业绩。在做好业绩的同时,总部开始更加务实,经销商过去的许多小动作现在都不被允许了。所以我们现在属于夹在中间比较受气的状况,可是不管怎么说,我们是主机厂的人,我们的立场一定要端正才行。一直都在问你们怎么看待这次的商务政策,就是希望你们能够自己拿出意见来。我也可以跟你们说一下,这次我从总部回来没有任何的指导思想,但是有一个原则,各个大区可以自己决定政策执行的时间。但是对于8月份的库存审计考核必须做出明确的态度,对9月份工作也要做出明确的安排。最迟不能超过10月底,所有的经销商车辆,如果还有延迟上报、提前上报的,一律扣除返利,返利数目根据上报所在月份处罚。"

魏强的办公室里非常安静,四个区域经理不认为这是什么好消息。虽然时间上给出了宽限,但是对于一些大的经销商来说,可能有近百台的车辆需要处理,销售任务非常高。现在这种局面之下,怎么控制经销商的情绪才是最关键,如果经销商彻底抵制的话,那就会形成一种很难收场的局面。

"我对大家的要求是,整个9月份都要在重点经销商那里工作,我们的重点经销商,一方面业绩好的不能够降下来,再一方面就是车辆消化有困难的经销商。老毕,你那里的重点放在龙川和昌硕,没问题吧?"

"我没问题。"

"好。那我接下来说一下关于8月份库存审计工作的处理意见,我们讨论一下。"

毕向东的眼睛没有离开魏强,他已经有所察觉了,一定要出事儿。

"这一次的审计结果,总部的大领导都没有想到,但是我们自己应该是有所准备的。说实话,结果在意料之中,但是有些经销商的成绩出乎意料。出乎意料不是出乎意料地好,而是走向了另一个极端。延期上报的情况之前我们出现很少,但是这一次,毕向东你那里的经销商一下子就出现了100多台车的延期上报,你知道这意味着什么吗?经销商的还款不及时,这说明经销商的资金运作有问题,这么大的问题如果总部真的追究起来,有可能直接出红牌让经销商出网,这个后果你考虑过吗?"

毕向东一听,坏了坏了坏了……怎么一下子来了个180度大掉头呀,按理说这件事情不应该是这样呀!但是他也承认魏强说的是对的,这件看起来不那么严重的事情的后果,可能比这个还要严重。

"再有,"魏强接着说,"经销商的融资款不及时归还很有可能影响经销商的授信额度,甚至被怀疑还款能力,直接导致停止融资。这一点你知道吗?"

"我知道,但是之前这件事情我确实不知道龙川会这么做,我承认是我工作的失误。"

魏强摆了摆手,示意他不要再说了:"我说一下处理意见。龙川扣除8月份返利30万,如再发生延期上报情况,将会通知金融机构进行信用评估,其他经销商也要吸取教训。9月份大家的重点还是那句话,盯好重点经销商,我给你们的时间是10月底,你们不能给他们10月底,提前,一定要提前!再有,我说一下价格的事情。这个事情你们自己灵活掌握,你们到经销商那里,自己一定要多保持联系沟通,必要的时候给我打电话。"

毕向东真没想到会是这样一个结果,他有些接受不了。

"老毕留下,你们先出去吧。"魏强等其他三个区域经理走了之后,从自己办公桌后走到沙发边上,给毕向东递过一支烟,"我知道你现在接受不了,也明白你没法和楚天舒交代,但是现在这个局面是我唯一能够想到的最好的解决方案了。你告诉我怎么能够让众多经销商都满意,又不让龙川在其他经销商那里受排挤?跟你说,我不知道楚天舒怎么想的,但是他确实是歪打正着了,不管最初的目的是什么,他确实是把曾经的问题都给消化掉了。这次的检查结果按理说大家都有问题,但是明眼人都明白楚天舒的问题和大家不一样,而且他接下来的日子最好过。这种时候我们必须把这种经销商保护起来,所以我想到了这个办法,虽然看上去是惩罚了他,但是真的是在保护他。"

毕向东知道不管现在魏强说什么,都是他自己去面对楚天舒。他有点惧怕面对楚天舒,这个人太精明,而且不好对付。毕向东问:"您是不是早就想好了用这个办法?"

"这个月的商务政策在出台之前征求过我们几个大区总的意见,我那个时候就开始观察经销商的动作了,不过我没想到龙川集团的这个新来的总经理有这么大的胆量和抗压力。"

"也就是说去那里开会之前,您就已经决定了要牺牲掉龙川?"

"是的。不过这不叫牺牲,这应该叫作妥协。楚天舒必须向我们妥协,我们也要向其他的经销商妥协。这个月虽然是扣除了楚天舒30万的返利,不过是从8月份的返利里面扣除的,8月份他拿到了多少钱你心里有数,这些钱是怎么来的你心里也有数。如果他完成得真那么好的话,我无话可说,但是他同样是在玩数字游戏,你没有发觉吗?如果楚天舒的数字游戏玩得漂亮的话,那就是我们的悲哀了。以前徐琛他们那一代总经理做事情还有分寸,讲究一些原则,起码知道和我们共同进退。楚天舒呢?他做这些事情之前和你打过招呼吗?你的区域内的销售目标他考虑过吗?最终把返利骗到手,你还敢再去纵容他?"

魏强不愧是领导,他说的每一句话都是很透彻的。其实在这件事情上,楚天舒做的实际上已经触犯了大多数人的利益,甚至已经严重地改变了游戏规则。这种局面之下,毕向东也确实是想不出什么更好的解决办法,魏强说这是一种妥协,确实有道理,这就是一种相互的妥协。楚天舒必须向厂家妥协,否则以后别说是毕向东,就算是魏强都会拿他没办法。而区域经理也必

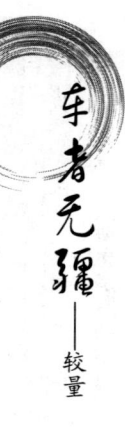

须向其他经销商妥协,毕竟这个区域的业绩还是要依靠大家。这么来说,毕向东已经明白了,这件事情肯定是不能够改变了。同时他也明白了一个道理,不管你做的事情是不是正确,最关键是看最后对结果的评价,而不是结果本身。结果评价的好坏,直接决定了你做的事情是不是真的圆满。想到这里,他不由得佩服魏强确实有手段,也不由得感慨自己就是倒霉的命,怎么去和楚天舒这个难缠的家伙说这件事情呢?

3

9月份的销售任务没有超出徐琛的预料,他没有给毕向东打电话。他在这个品牌已经整整四年了,虽然现在离开了龙川集团,但是服务的品牌并没有变,厂家的区域经理还是毕向东,大区总还是魏强。这一切对他来说没有变化,唯一变的是他供职的公司不一样了。

9月份第一个周末,徐琛想下班后回家看看,8月份到现在他还没有回过家。即便是上一次在龙川开区域会议的时候,由于会议之后楚天舒一定要请客吃饭,所以徐琛也没有回家。工作中徐琛是一个绝对敬业的经理人。他的脾气可能很不好,性格可能很强势,也可能绝对不允许有人挑战自己的权威,但是他的敬业精神也是任何人所不能比拟的,需要做好的事情绝对是没有任何拖沓地以最快的速度做好。而且多年来他已经养成了凡事必须做到最好的性格,这一点也是他能够获得领导认可支持的重要原因。

就在徐琛收拾好了手提电脑,准备离开办公室的时候,办公室的门被敲响了。

朱宇阳这个近乎消失了的人走了进来,徐琛一愣:"朱总,您好!"

"今晚有安排吗?"

"我想回家看看呢,上个月就没回去。"

"噢,家里没什么事情吧?"

"没事儿,就是好久没回去了。"

"那这样,今晚咱俩喝点儿,明天你再走?多休息两天!"

徐琛感觉很吃惊,朱宇阳今天说话的口气好像是有什么重大的事情要发生。他不由得把电脑放在办公桌上,坐下来:"朱总您没事儿吧?"

"没事儿,就是想找你吃顿饭,你来了几个月了,咱都没正式地吃过一次饭呢,有点不应该。"

徐琛已经看出来了,朱宇阳出事儿了,一定是出事儿了,而且搞不好还会求到自己:"行,朱总召唤,我怎敢不从。不过咱说好了,我请您!"

朱宇阳笑了:"行,谁请客都行。"

就这样,两个人找了一个安静的小饭店。

"徐总,你是我从龙川挖来的总经理,郑总和您当时都给我留下了深刻的印象,你们的工作都非常出色。现在郑总已经在总部接受完了所有培训和入职手续,很快就会到这边来。"朱宇阳端起酒杯,"我敬你一杯。"

徐琛也端起酒杯,他知道朱宇阳还有话要说,也就没有说话,也没喝酒。

朱宇阳端着酒杯轻轻地碰了一下徐琛的杯子:"我很快就要离开通业北方了,这个事情你暂时先要给我保密。"说罢整整一杯足有二两白酒一饮而尽。

徐琛听完这句话非常吃惊:"什么?怎么回事?你调回总部了?"

"是的,回总部了。只不过具体为什么我现在也不是很清楚,总部那边有我的朋友,据说是对我工作不满意,要调整。"

徐琛听完这句话,心里有种说不出的感慨。一方面他和朱宇阳一样都是属于通业集团外聘的管理人员,总部的一句话就能决定自己的生死存亡,这种感觉让人没有安全感。再一方面他又有一些窃喜,从内心深处,徐琛希望有一天自己能够坐在通业北方总经理的位置上,这次的人事调整让他看到了一些信息,那就是这个位置并不一定是一成不变的,这个位置对于自己来说还是有希望的。

"徐总,你是一个有能力的人,这里的机会有很多。这一次我回总部,估计就不会出来了,但是也不一定是坏事情,总的说来我还可以在总部那边给你一定的帮助。这次我回去一定会向总部提一下,如果可能的话,让你来接替我的位置。"

徐琛一愣,看着面前的朱宇阳。他简直不相信自己的耳朵,可是看着朱宇阳认真的表情,他又觉得这个人说的是内心的实话。可是为什么呢?为什么朱宇阳会说出这种话?按理说朱宇阳和自己没有深交,虽然是朱宇阳把自己从龙川集团挖过来的,但是来到了通业之后两个人的关系并没有实质性的进展。这个时候朱宇阳开始向自己示好是为了什么?

看着徐琛一言不发的表情,朱宇阳乐了:"徐总不相信我的话是吗?其实大可不必。首先你有这个能力做北方的总经理,其次我希望我的继任者能够帮助我,我们都是外聘的经理人,我们的权力其实都不是很大,但是我们可以做的就是相互帮助。"

听到这里,徐琛明白了,这个朱宇阳是有求于自己了。看来在这边他的问题不小,这一次他离开恐怕不是像他说的"不知道为什么就突然调回了总部"。想到这里,徐琛突然觉得自己这几个月来有些闭塞,怎么突然变得像一个职场新人一样了?不关心自己直接领导的事情,也不关心新进入的这家公司的人际关系。朱宇阳这段时间近乎消失一定是有原因的,搞不好他已经在总部和北方分公司之间来回奔波多次了。现在恐怕是事情无法挽回了,所以即便是离开也要选择一个他觉得可以相信的继任者,这个时候就选择了自

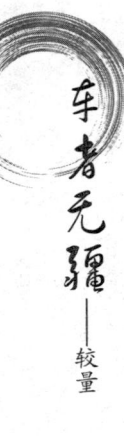

己。徐琛虽然看不透朱宇阳的想法,但是他有一点是明确的,现在朱宇阳离开,自己的机会来了。

"我不太明白你的意思,有什么我能帮忙的,您尽管说。"徐琛装作单纯的样子。

"徐总你太客气了,怎么会不明白呢?不管你是不是明白,我就告诉你一句话,你自己争取机会,我也给你创造机会,我周一就回总部。你可能很快就会接到总部的电话,到时候你是去总部,还是总部来人对你进行考察就不知道了。反正你记住,我会帮助你走上通业北方总经理的位置。至于我呢,需要你帮助我的时候我会告诉你,那也是在你坐稳了这个位置之后的事情了,所以你不必担心我不帮助你。"

一直以来,徐琛就没有把这个朱宇阳放在眼里过,他觉得这个人不过是一个文弱的书生,毫无值得重视的地方。但是今天这个人表现出来的却是完全不同的另外一面。先不说和自己在这里做交易时的平静表情和语速,就说他这么自信地说能够帮助自己坐稳这个位置,这绝对是需要相当的实力才敢这样说。而且他说了,不会在自己没有坐稳这个位置的时候就请自己帮助他,而是一定要在自己坐稳了通业北方总经理的位置之后,才会提出需要帮助他做的事情。这句话的弦外之意或许是说,如果你不帮助我的话,不管你是不是坐稳了这个位置,我都有办法让你滚蛋。徐琛明白从今天开始,面前的这个朱宇阳已经和自己是一条战线了,当然前提条件是自己愿意这么做。徐琛如果不愿意,那就简单了,恐怕等不到下周一,最先离开的就是他自己了,所以在这件事情上徐琛没得选择,只能站在朱宇阳的身后。直到此时,徐琛才真的明白,这个朱宇阳相当阴险,是一个太可怕的角色。看来自己对他的判断都是错误的,这个人应该是一个玩弄权术的高手,经营方面可能确实不行,但是玩弄权术他一定是有过人之处。

徐琛端起酒杯:"朱总,感谢您对我的信任,如果有机会的话,我不会让您失望的!"

朱宇阳非常满意地点点头并端起了酒杯,心想,面前这个人是一个很上道的人,点拨一下就能够明白,不错的人选。

根本就没有等到周一,就在徐琛和朱宇阳吃饭之后的第二天,他就接到了总部的电话。给徐琛打来电话的是通业集团人力资源部副部长,这个人徐琛早就见过,他到通业集团之后所有的手续和培训都是通过这个副部长办理的。副部长是一个与徐琛同龄的女人,姓胡,徐琛见到这个女人之后不由得佩服她的干练。在通业这种大型集团里,一个女人能够做到集团人力资源部副部长的位置,可以想象是多么厉害。

胡副部长和徐琛简单地寒暄了几句,很快就进入正题:"徐总,请您下周三到总部来报到,您这几天把手上的事情安排一下,然后等我们的电话,我手下人会通知您具体来总部的时间。"

"有什么事情吗?"徐琛问这句话的时候内心有些激动,看来朱宇阳确实是一个有能量的人,这件事情才刚刚说,居然就开始有回音了。

"具体的需要等你到了总部才能知道,不过我可以私下透露一些事情,你需要好好地准备一下,你这次来总部应该会见到老大。"

"老大"是通业集团的董事长。为什么见老大?见老大的目的是什么?见到老大说什么?这些已经太明显了。看来这个朱宇阳真的是不容小觑。

"我需要准备什么吗?"

"应该什么都不用准备,你就做好平时该做的事情就行了,见到老大估计没什么重要的话题。"

毕向东到来前没有给楚天舒打电话,突然就出现在了展厅里。周玲接到前台打来的电话,说区域经理到展厅了。她还没有站起来,毕向东就推门进来了:"美女你好。"

周玲看毕向东一脸轻松的表情,心想:看把这老小子美得,上个月完成这么好,估计没少挣钱。

"毕老您怎么来了?"

"晕,怎么这么难听!"

"那我就叫您毕总?"

"怎么这么别扭呀,叫我老毕算了!"

"别,我可不敢,我们老总要是知道了非得收拾我,他可是对您非常尊重。"

"服了你们了,你们老大在吗?"

"在,我带你上去。"

"你忙着吧,我自己上去就行了。"

周玲给楚天舒的QQ上留言:老毕来了,自己上去了。

楚天舒看着周玲的留言很诧异,什么意思呀这是?还没明白过来,毕向东就推门进来了。

4

楚天舒没想到毕向东给他带来了这么一个让他震惊的消息。当毕向东对他讲完魏强对8月份的现场库存飞行检查的处理意见之后,他愣了。他一时间不知道问题出在哪里,但是他知道这件事情上自己肯定是一个牺牲品,他明白厂家的意思肯定不是这样的。难道是因为自己这几个月为了能够甩清包袱瞒报数字惹恼了大区?或者还有什么他不知道的原因?

毕向东看着楚天舒:"我知道这个结果有点儿难以接受,但是你要明白魏

主任的良苦用心。"

"这不是扯淡吗？我承认我做得有点儿过分，但是现在拿我说事儿也太说不过去了！上个月整个区域我完成得是最好的，结果到头来我却要受罚，公平吗？我不接受，如果非要这样的话，我就去总部要一个说法！"

这是毕向东最不愿看到的，他相信换作任何人都不会善罢甘休，更何况是楚天舒。但是他的任务就是要平息经销商的不满情绪，他知道这件事情非常困难，但是没办法，现在他就是到这里受气来了。

"我理解你，不过这个决定没法改变，你就算是到了总部也一样。"

"我就不相信，咱们试试不？"

"你觉得有意义吗？"

"我觉得很有意义，你觉得有意义吗？"

"咱们心平气和地来谈谈好不好？我今天不是区域经理，也不是来给你下处罚决定的。我可以很真诚地和你讲话，我们都坦诚一些可以吗？"

"坦诚？你告诉我什么是坦诚？接受你们的逻辑我就是坦诚了？"

毕向东知道现在的楚天舒绝对是一肚子火，他能理解："我知道我现在说什么都没用，可是该说的话我还是要说。你不要觉得你什么都是对的，你也别觉得你做得有多么好。从你接手这家店到现在时间不短了，你上次已经和我说过了你是怎么运作的。我佩服你的勇气和决心，但是你这么做本身就是不合规定的，你这是不按照游戏规则玩。"

"那你们就用更加不是游戏规则的方式对付我？"

"你听我把话说完，我说完了你听听有没有道理。现在看上去你是受害者，但是你冷静看看，这件事情你是最大的受益者。你不要忘记了8月份你拿到了多少？又是因为什么拿到的这笔钱？我也可以和你讲，我并没有对魏主任说明你为什么这么做，怎么做的。虽然现在事情出来之后可以看出来你的运作方式，但是毕竟现在大家都没有把话说明白。整个区域20多家网点，就你家的问题和别人不一样，你让魏主任怎么做？处罚其他的人，奖励你？到时候你还在区域里怎么往下混？"

"为了其他家的利益，我就不得不低头？"

"这根本就不是低头，你仔细地想一下，现在你得到了什么，你怎么得到的？8月份你拿到的钱有多少你心里很清楚，如果大区检查你的出库时间，你想过后果吗？现在为什么没有这么做，而且为什么魏主任一再强调你工作做得细致，工作做得好？这是给你很大面子了。"

"30万，我损失了30万！"

毕向东已经从楚天舒的话里听出了妥协的意思。

"你知道魏主任怎么说这件事情吗？这次的事情是大家相互妥协，你必须向我们妥协，而我们也必须向其他经销商妥协。你可以觉得我们牺牲了你的利益,你也可以认为是我们把自己的面子牺牲掉,用来保护你。这就看你怎么看待这个问题了。"

楚天舒一句话没说,从抽屉里拿出一盒烟给毕向东扔过去一支。

毕向东看着楚天舒:"你不是不抽烟吗?"

"让你们逼的。"

毕向东笑了,他知道现在的楚天舒已经想通了:"你是一个聪明人,你一定可以做成大区最优秀的经销商。"

"老毕你不会夸人,夸得让人想吐。"

"去你的,说你好也不行,说你不好你要打人,你这人真难伺候。别的不说了,今天我请你,绝对不让你埋单。"

毕向东在龙川待了两天,他由衷地佩服楚天舒。他看到了一个正在起步的优秀经销商,楚天舒这个人的思路非常明晰。不过他也替楚天舒担心,他的性格太强,这种性格肯定是要出事情的,特别是位置越坐越高的时候,人应该收敛一些自己的脾气和性格。离开龙川集团,他直奔了昌硕汽贸,路上给徐琛打电话关机了。毕向东很奇怪,这个时候关机,估计这小子肯定是喝高了。

林峰这几天过得非常艰难。林峰有一点做得很好,那就是不论怎么艰难,尽可能地不给彭程去电话求教。这个月的情况彭程也知道,之前打过一次电话后,林峰就决定今后尽可能不麻烦彭程,一方面他那边的事情也很多,再一方面自己必须学会依靠自己。林峰能够感觉到,最近一段时间李昊和齐丽都很努力,应该是知道自己很忙,在帮着自己分担。可是他自己觉得有一种说不出来的压力,或者是一种说不出的疲倦,这种感觉让他有些压抑。9月份的任务不算低,而且还有一大批提前出库的车辆需要处理,这些车才是最让人头疼的事情。怎么解决好这些车,关系到他的工作是否能够正常开展,林峰决定不管遇到什么事情,尽可能地去积极面对,不管怎么累怎么疲倦,都要挺住。

毕向东到来之前的半小时,林峰和所有经销商都收到了大区魏主任发来的邮件,针对8月份库存车检查的结果处理。

林峰看着邮件,他不明白魏强这封邮件里到底是谁错了。楚天舒那边的情况在9月份的大区会议上已经得到了魏强的肯定,也得到了认可,可是为什么要给这么重的处罚?这一点他真不理解。难道说是法不责众?可是为什么魏强要自己打自己嘴巴,自己肯定了的东西就算是法不责众也不应该处罚呀!这是什么主机厂,这不是自己给自己难堪吗?

林峰肯定是读不懂魏强的意思,因为魏强只是把处罚结果写在了邮件里,具体怎么操作,也就是说要在10月底之前把所有提前上报车辆都消化,这个并没有写在邮件里。这其实才是最重要的、最有意义的事情,魏强交给

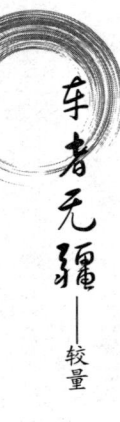

了手下的四个区域经理,让他们单独到每一家经销商上门重点讲解。

毕向东给林峰打电话的时候已经就要到他们店里了,林峰马上要求李昊把最近这两天的销售日报表给自己。区域经理要来了,林峰才想起来自己这两天好像没有认真关注过销售,这可真不是什么好现象。功课还没做到位,李昊就带着毕向东走进了他的办公室,9月份开始,林峰就搬到彭程的总经理办公室了。林峰很希望自己能够真正地进入角色,但是销售部的事情还是牵扯他的精力最多,可他发现自己已经不是以前的那种状态了。林峰说不好自己这是怎么了,以前在销售部的时候每天做什么事情心里有数,甚至是每天都能够有条理地做好工作笔记,下班之后做好第二天的工作计划。但是现在,根本就没办法专心地去想一件事情。每天还是拿出工作笔记,然后开始写一天的工作规划,写着第一条,突然想起来什么事情,分神了,马上拿起桌上的电话。继续写第二条,又想起来一个事情……他感觉自己有些力不从心。

毕向东看见林峰的第一感觉就是他有点疲倦。他对林峰很了解,这个人能力不差,但是怎么面对新局面的时候没有办法展开呢?或许是时间尚短,还需要一些时日吧。

林峰和毕向东讨论了一下这个月的工作,其实所谓的讨论就是林峰朝毕向东要政策要主意,因为昌硕汽贸现在的情况非常不乐观,总共有80台车已经提前上报了销售。这些车之中绝大部分都是畅销车型,但是不论是怎么样的车,都需要销售政策,现阶段对于他们来说销量不可能一下子增长这么快。这个月的任务不降反涨,如果没有强有力的政策支持,绝对是完不成任务的。毕向东明白林峰说的都有道理,但是现在的情况是总部没有松口,所以这个月势必要放弃了。

林峰非常不解:"你的意思是让我放弃9月份?"

"恐怕还有10月份。"

"不可能!"

"你看看龙川,他们就是放弃了三个月的任务达成,然后换回来了今天的局面。"

"什么局面?大区主任发邮件直接扣了30万,这就是他们三个月后换回来的局面?"

毕向东看着林峰:"你知道你自己说什么哪吗?你难道看不出来吗?"

林峰沉默了,他当然是非常明白楚天舒那边的运作模式,也明白魏强的邮件只是做做样子给其他的经销商看,不管是法不责众还是其他的原因。但是放弃9月份和10月份是他不能接受的:"楚天舒放弃的是淡季,现在要我放弃旺季销售,我绝对做不到!"

"从来没说过要你放弃旺季的销售,但是你要首先保证能够尽快地把现有提前上报的车辆都消化掉,这是最根本的。你能够保证在10月份完成的时候,把销售任务和提前上报车辆都处理得很好吗?"

"那就看你怎么给我销售任务了。"

"销售任务不会减少,你应该明白,总部那边的任务肯定会在这几个月增加,传统的旺季总部一定会冲量。"

"总部冲量我们也要冲量,但是现在你让我放弃,我肯定不会同意。"

毕向东真想骂街,他不知道林峰怎么了,显而易见的道理他都不明白了。

"林总,你先搞清一个事情,8月份的飞行检查其实是关于提前上报车辆的,但是为什么没有处罚大家? 并不是法不责众,而是因为总部没想到问题会这么严重。但是这个问题的形成从一个层面来说并不是主机厂的原因,而是经销商的行为,这个行为非但是损害了主机厂的利益,更加损害了经销商自己的利益。这种局面如果不改变的话,肯定都是虚假繁荣,用不了多久经销商肯定就没有动力了,一切都是数字上的游戏罢了。现在不是我要你放弃旺季,而是你自己是不是有能力改变现在的局面,提前上报销售的车辆你这里很多,你怎么平衡之间的关系? 如果不能够平衡关系的话,那就势必要有所割舍。一个旺季不重要,重要的是今后怎么发展,路还很长,又不是说过了今年你们就不做这个品牌了。"

"那你的意思是今年剩下的时间都要放弃?"

毕向东实在是没法和林峰交流了,他心里暗骂:缺魂的东西,你就两个月的时间,怎么一点儿都不明白。想归想,他还是笑着说:"这样吧,我先去找李昊和齐丽聊聊,一会儿我再找您。"

毕向东看了最近一段时间昌硕汽贸的展厅客流量登记,登录了自己的后台看了昌硕汽贸潜在客户的情况,可以说非常不理想。李昊和齐丽被他叫到了林峰以前的办公室,他想了解一下现在昌硕汽贸的问题出在哪里。齐丽毕竟是女孩子,上来就把自己的不满直接发泄了出来。总的意思是自从彭程走了之后,林峰的主要精力似乎不在销售,说不上是不管销售,该管的还是会管,甚至和以前的要求没有区别。但是很多时候问题解决起来不像以前那么顺利了,而且林峰好像是事情比较多,向他请示的事情总是过一段时间才会有答复。

毕向东已经大体上明白林峰现在的问题了,不过眼下他不想去找林峰,他现在必须把销售的问题解决了才行。他问李昊:"你们这个月有什么计划?"

第二十二章　必须辞职？

1

李昊把自己的工作笔记打开："月初的时候林总给我们开了会,林总要求我们这个月务必要尽可能多地把提前上报销售的车辆消化完,月度任务那个时候还没出来,所以我们一直都在做关于提前上报车辆销售的促销政策。"

"嗯。"毕向东觉得林峰的主体思路还是对的,可是怎么刚才和自己说的那些话完全是相反的呢?

"月度任务出来之后,林总还没找过我们两个,我们找他的时候,他说等一等,您可能要过来。"

毕向东明白林峰在等自己来,希望自己给他政策。月度任务出来之前,他肯定认为这个月的任务不会很高,所以重点就放在了消化那些提前上报的车辆上。但是月度任务出来之后应该是超出了他的预期,再加上提前上报的车辆需要消化,这个事情他有点儿不能接受。月度任务出来之后他给自己打过电话,这一点就能看出来,林峰的心理素质还没有过关。以前是彭程在掌控大的局面,现在他自己上位了,有点儿支撑不住了。毕向东能够理解,猛然间的这种变化始料未及,不管是林峰自己的位置还是曾经习惯了的厂家的工作方式,这些都让林峰感觉到了压力和无法适应,这些毕向东都可以理解,但是林峰不能生活在别人的理解中。理解不是销量不是业绩不当饭吃,他必须尽快地调整。毕向东也不会因为能够理解林峰就改变现在的工作方式,也不会改变策略,再说他也没有能力改变主机厂的销售策略。

"我来了也不可能有什么大的变化,现在你们林总的压力很大,你们两个跟他的时间不短了,应该学会给领导分忧。这两个月的压力会很大,现在各个网点都在行动,你们也一样,不能干等着。目前总部是没有政策的,而且这个月肯定还会进行库存的检查,所以你们必须首先处理提前上报销售的那些车辆。"

李昊和齐丽现在都不是真正意义上的销售经理,所以两个人谁也不敢多说话,毕向东说完了两个人都不吭声。毕向东觉得现在必须让两个人明白一件事情,林峰肯定是不可能回到销售部了,这种情况之下必须有人能够在销售部挑起大梁。"林总有没有明确你们两个哪一个负责主要工作?"

齐丽看了看李昊："林总没有说明，但是大概的意思是让昊哥负责。"

毕向东看了一眼李昊："你有什么打算？"

"峰哥没说让我负责，不过现在确实是压力很大，我们两个都能感觉到峰哥的压力，我也愿意分担一些。不管最后是不是我来负责销售部，我尽可能多地做一些事情是没问题的。"

毕向东点点头："现阶段你们两个很关键，林峰刚刚做总经理，肯定很多事情都需要处理，你们两个是他的人，应该帮助他做好总经理的工作，少给他添麻烦。9月份你们的任务没有减少，但是整个区域的任务都没有减少，所以你们现在需要有一个明确的思路，到底怎么办。总部的态度很明确，提前上报的车辆必须消化，最迟不能超过10月份，所以你们必须在10月份之前把现在已经上报销售的车辆消化。先看看你们的车都是哪些，然后看看手头的潜在客户的情况。把客户分类管理一下，重点是准备购车客户的目标车能否转化成为现有车辆。"

毕向东现在做的其实并不是区域经理该做的工作，不过和经销商相处的时间长了，他自然也明白经销商的不容易。他在这个区域管理已经不是一年两年了，这么多年来他对自己管辖的经销商也都有了一定的感情，不希望某一家经销商亏损，不想看到管理层人员的变动。所以他尽可能地帮助林峰，他一直都觉得林峰不容易，是一个可以坐稳总经理这个岗位的人，所以他可以在管理上给他帮助。同时他也明白，林峰只是现在刚刚接手总经理的工作，所以一切都还忙乱，一旦捋顺了，他就能够进入角色，而且会处理得非常好。

李昊和齐丽分头按照毕向东的安排去做准备了。毕向东掏出手机给徐琛打了过去，依旧是关机。这个徐琛怎么回事，怎么也玩起了失踪？想到玩失踪，他想起了彭程前段时间玩失踪的事情，不过彭程在昌硕已经很多年了，也该有所提升了。徐琛不会有变化，他在通业的时间太短了，不会有变化的。估计是喝多了，躲起来睡觉了。

9月份果然是传统的旺季，市场的变化是所料未及的。9月份的第一周，昌硕汽贸的销量非常理想。毕向东整整一周的时间没有离开这里，一方面因为徐琛的手机始终处于关机和无人接听的交替之中，而宋艳辉说徐总去总部述职了，具体什么事情也不是很清楚；再一方面毕向东在昌硕汽贸帮助林峰，他不希望看到林峰忙乱中自己找不到方向。毕向东也在等待着徐琛从总部回来，他想知道仅仅三个月的时间，他为什么要去总部述职，是犯了错误还是另有原因？

销售上的忙碌让林峰多少能够找到一些感觉了，他已经能够看明白，毕向东是真心地在帮助自己，此时的毕向东简直就是在担负一个销售经理的责任。这一周的时间，每天他都和自己在一起，每天都在和自己讨论销售的事

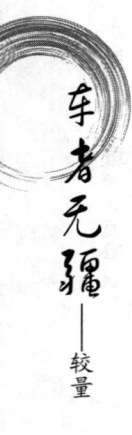

情,始终都在给自己信心。林峰嘴上没说,但是心里非常感谢毕向东。整整一个星期,毕向东对自己的帮助很明显,林峰觉得自己如果再没有表示的话就有点儿不像话了。周五快下班的时候,毕向东找到他说周六日休息,然后周一就直接去龙川那边了。林峰非常诚恳地对他说:"这一周非常感谢你,现在其实我也很混乱。猛然间做了总经理,根本就不知道该做什么了!"

毕向东笑了:"你呀就是还不适应,等你闲庭信步的时候你就不这么说了,到时候就又该跟我叫板了。"

林峰笑了:"不和你开玩笑了,今晚一起吃个饭吧,其实早该请你,但是一直都没时间。"

"行呀,就咱们两个吧!"

毕向东在昌硕汽贸整整一个星期的时间,一个星期里给徐琛打了不下十个电话,但基本是关机和无人接听。店里的人说徐琛去总部述职了,可是什么述职一连一个星期居然都不接电话也不回电话,难道没有具体的工作要做了吗? 还是徐琛自己的职位出了什么状况,导致他要离开通业集团? 这些状况毕向东并不想过问,他关心的是他管理之下的经销商能够更好地完成业绩。最近一年,徐琛、彭程都发生了变化,他管理之下的最重要的两家经销商更换了总经理。徐琛转投一家新经销商,相信以徐琛的能力,很快就会成为有重要作用的经销商。这个时候对于毕向东来说,最重要的是能够稳定住现有的这种局面。彭程曾经是一个相当有经验的总经理,而且有足够的能力与徐琛制衡,既不冲突也不示弱。现在换了林峰,明显有一点稚嫩,不过毕向东并不想放弃林峰。一方面自己和林峰相处了多年,对这个人了解,林峰的能力没问题,虽然做总经理经验尚浅,但是可以很好地和自己配合。作为主机厂的外派人员,和经销商处理好关系一点儿坏处都没有。再有一个方面,毕向东不希望昌硕汽贸的投资人再派一个新人来,昌硕是一个综合集团的子公司,他们派来的人不一定了解汽车行业,到时候又要重新磨合,这个过程恐怕会耽误昌硕汽贸的业绩,投资人可能不会因为更换总经理而担心业绩,但是他不一样呀! 所以毕向东这一个星期里对昌硕汽贸的照顾,其实也是他对自己的一种自我保护,或者说是让经销商能够明白自己也不容易。

两个人吃饭的时候没有谈工作,吃过饭毕向东提议去喝茶。林峰知道毕向东有话要说,这是毕向东的一个习惯,喝茶的时候谈工作。

"你觉得李昊这个人能用吗?"毕向东还没开口,林峰就问了这么一句。

毕向东点上一支烟:"我其实也想问你这个问题,你觉得呢? 不管怎么说,你接触他的时间比我要多,你的感觉是最直观的。"

"最近这段时间他有一些变化,不过我也能理解,我现在已经是总经理了,他肯定是希望做销售经理。男人都希望事业上能够越来越好,这一点我理解,我想听听你的意见,工作上,他能担当起来吗?"

"说实话,如果你让我选的话,现阶段我会选择齐丽。因为齐丽的工作能力比李昊差一些,可以掌控。你能明白吗?"

"我明白你的意思。"

"你明白我也要啰唆两句。我希望你来做这个总经理,所以你一定要稳妥,哪怕现在业绩并不十分理想,但是也应该把稳定放在第一位。你要明白,投资人在更换总经理的时候肯定预料到了业绩或许会有下降。这个时候你如果成绩不错,能说明你的能力没被看错,但是如果你一切稳定了,投资人就会对你有新的要求了,到那个时候再想要超越就会很难。如果这个时候你的业绩有些许的下降,但是保持了稳定,投资人一定可以接受,一旦局面稳定了,你再超越自己的话就会易如反掌。你好好地考虑一下,现在用李昊和齐丽哪一个人,对你自己的未来十分重要。"

"他们两个人跟我都时间不短了,我现在需要的是稳定,可是业绩不能太差呀!"

"业绩换谁都不会太差,彭程走了你们难道还不做了不成?他们跟了你多久都不重要,重要的是能否为你所用,你明白吗?"

"你说的我认可,可是我的原则是不会利用别人完成自己的欲望。我觉得不管是用李昊还是齐丽,我首先是要站在工作的层面来考虑。"

"那好,我就跟你说说工作层面。李昊这个人聪明,非常聪明,他的聪明表现在了所有的事情上,对商务政策的理解上,对工作的理解上,对领导交给的工作的态度上都能看出来他的聪明。齐丽这个人内敛,女孩子少有的大气在她身上能够体现,不过非常不明显,我觉得她在等待机会。这两个人各有特色,单独一个就能够帮你坐稳总经理……"毕向东想说,两个人凑在一起未必是好事情,但是考虑了一下还是没有出口。

"其实我担心的是齐丽的稳定,如果她能够稳定的话,我倒是还希望用她的。"林峰坚定地说。

2

9月的第一周对于楚天舒来说非常艰难。月初毕向东带来了一个他非常不满意的消息,大区主任魏强决定对他进行处罚,这个结果完全是出乎意料。不过不管是不是有预料,他最终都接受了这个结果,毕竟自己有错在先。毕向东带来这个消息的同时还对自己给予了一定的安慰,告诉自己其实主机厂也在向经销商妥协。经过毕向东的分析,楚天舒明白了一个重要的事情,在这件事情上,不论是毕向东还是魏强都欠自己一个人情,即便不是牺牲了自己,也是用自己来堵住了所有经销商的嘴。那么,可以肯定的是,从现在开始,他和区域的关系会更加紧密,也更加微妙!

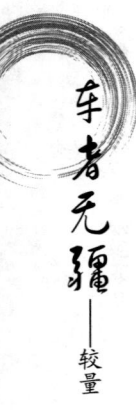

这件事楚天舒虽然是理解了，但是有一件事情他不敢怠慢。毕向东走了之后，楚天舒马上就找来了刘彬，他需要了解一下集团财务总监检查自己品牌配件的事情。但是他不能够惊动刘彬，现在他不知道是不是刘彬参与了这件事情，就怕他趁着自己来这个品牌的时间不长，还不了解这里的全面工作而玩猫腻。林总监也提醒自己不要打草惊蛇，自己当然会注意的。

"刘经理，这几个月售后的报表很好看，但是我想知道问题，今天咱俩必须对目前的问题进行一下探究，周总随时有可能会找我了解情况。"

"楚总你这人真有意思，哪个领导不喜欢好看的报表呀？报表好看就行了，干吗要揪住问题呢？"

"我只想听实话，投资人喜欢好看的报表，但是如果我们也喜欢的话，我们就离死不远了。"

"你对徐琛了解多少？"

"我就接触过两次，最近的一次是这个月的大区会议，会后我请他和毕向东吃饭，没有太深的感觉。"

"你怎么评价他？"

"谈不上评价，我对他一点儿都不了解，虽然吃过一次饭，但是根本不算是熟悉。"

"楚总，您太谨慎。"

"不是谨慎，我确实是不了解他。你和他相处的时间不短，我想听听你的评价。"

就这样，两个人从徐琛开始谈起。

在刘彬的眼里，徐琛是一个敬业的总经理，同时也是一个强权的管理者。按照刘彬的话来说，徐琛在这里的这些年自信心在一点点地增加，而且是越来越强。这种自信心的增加也越来越让他变得强权，事实也证明了他的能力和判断。他的很多决断基本上都证明了他的预见，也正是这种证明使得徐琛越来越信心满满。这些年的成功和决断，让徐琛和龙川集团的管理层发生了不少矛盾，具体这些矛盾的形成，刘彬不敢说完全了解，起码他能够明白其中的成因。徐琛对陈建和马洪亮这两个集团主管销售售后的副总非常不满意，不止一次在公司内部管理层会议上对手下的部门经理说过一句话：不管集团怎么要求你们，你们必须有自己清醒的判断，集团考虑的是大局，这个我们比不了，但是我们不能因为大局就把自己的方寸打乱了，那样最终还是我们自己没有做好工作。

其实说白了这番话就是在告诉所有人，在这里徐琛才是老大，集团的话和做法可以不管，但是这个品牌的发展是徐琛在意的，也是必须的。

如果徐琛是投资人，那么徐琛的做法没错，但是徐琛只是一个职业经理人，说得再直白一点，徐琛就是一个打工仔。这种时候，徐琛不考虑整体发展的思想是有很大局限性的。徐琛不可谓不是一个优秀的管理者,但是他的思想高度决定了他不能够取代陈建成为一个集团的领导,徐琛缺少的是大局观。这种人如果真的给他更高一层的管理岗位,他必将是集权的代表者,会更加不顾及下边管理层和基层员工的感受。或许会成就一些事情,但是不会是企业发展的良性助推力。

当然这些是楚天舒不用考虑也不需要考虑的,他也是一个职业经理人,与徐琛相比较他的思想高度还是有的,他不会只考虑自己部门的发展就不顾及集团的整体利益。楚天舒的大局观比徐琛要高,眼下他要了解的并不是徐琛曾经怎么管理这个品牌,也不想了解徐琛的为人。

"现在你有什么实际的具体的困难?"

"嗯……"刘彬刚刚还在回忆徐琛的工作作风,猛然间楚天舒一下子把话题回转到了自己工作上来,他有些不适应,"我现在的困难其实很多,我们这几个月的销量不错,现在咱们售后的人手有些不够。不知道你考虑没有,或许再过半年的时间售后服务顾问就会短缺。而且现阶段我们的主修人员太少,只有两个主修,销售业绩增长得很快,一片繁荣,但是售后却并不乐观。培养一个主修可是要有时间的,而且并不是所有的人都能做主修。钣金喷漆方面的情况也一样,人少。其实说了半天售后就是人少,常年不被重视。现在销售业绩提升得很快,售后的矛盾还没有出现,但是一旦出现了就是大问题。"

"人员是一个企业发展的根本,也是重中之重,这个我支持你,你可以马上打申请给行政部,然后我批示之后尽快地转交给集团人力资源。除了人员的问题,你还有什么问题?"

刘彬感觉楚天舒肯定是有所指,他想了想最近工作中遇到的问题。工作中不可能没有问题,不可能没有困难,但是如果所有的困难和问题都寻求自己的直接上级支持帮助,那么自己的能力肯定是被怀疑的。今天楚天舒和自己上来先东拉西扯了徐琛,看来是别有用心。刘彬知道集团和徐琛的官司刚刚结束,但是这件事情难道会和自己扯上关系?

"楚总我这个人比较实诚,您有什么就直说,我可以给您解释。"

楚天舒笑了:"我想规范一下销售和售后的工作流程,这几个月你也看到了,销售的增长速度很快,可是你也知道这种快速增长的背后一定会存在很多隐患。我已经找过周玲,我让她现在开始规范销售部的工作流程。我们想要细致的工作,工作流程是第一要务,这个流程不仅仅是一堆字,一些规范,一定要可以执行,一定要能够被接受,而且必须严格地执行,我们管理者更要严格地监督。我希望你也尽快地给你的部门做一个标准化的作业流程,售后服务的部门比销售多,人员也比销售多,你的部门更加需要一个标准。厂家的标准我们一定要好好地参考,里面肯定有我们可以用到的,但是不能局限,

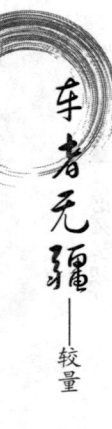

我们有自己的实际情况,所以记住,务必要做自己的流程规范类文件。"

刘彬并不是非常理解楚天舒的话:"我不是很能理解,我做规范文件,还是考核文件?"

"不是考核,是工作流程规范。也就是说,客户进厂之后服务顾问应当通过几个步骤进行接车和检查,然后怎么交给车间,备件怎么领料,等等。把这些规范都做好了,我们的考核自然就能够有依据了。说白了,我想要的就是标准,就是工作的指导方向。"

"我明白了,楚总,您是想看看我的管理思路是不是明晰吧?"

楚天舒笑了:"算是吧,但是主要还是希望通过部门经理来强化本部门的管理,不管是你还是周玲,都是部门经理,部门管理的好坏你们是至关重要的。现在备件的情况如何?你刚说人员的问题,我想除了人员之外,备件的问题也会凸显,我们卖车越来越多,维修的量势必会增加,与之相对应的备件一定会增加,这一块儿你要严格管控。"说完,楚天舒看着刘彬,话谈到现在已经触及了敏感的东西,不知道刘彬能否明白他的意思。当然,如果刘彬有问题,这里面的事情他会不会对自己说,楚天舒没把握。

刘彬沉默了。

这种沉默楚天舒不视为好事情,或许刘彬真的知道一些什么?如果真是这样的话,自己是不是出面把他保下来呢?

"楚总,其实备件的问题一直都很突出,但是我也有难处。"

"什么问题突出?"

"我们的备件长期积压太多,前期的时候,备件的管理很混乱,徐琛在的时候备件就出了很多问题。很多常用件我们都需要从厂家单独下订单,肯定是影响我们的工作。"

"这个问题多久了?"

"很久了。"

楚天舒明白,备件的问题恐怕不是工作的问题,而是人的问题。"你刚说你有你的难处,什么意思?"

刘彬点上一支烟:"您不知道?"

楚天舒看着刘彬,没有任何表情。

"备件的李旭是董事长的亲戚,以前徐琛在的时候,他们的关系处得一直都很好,这个李旭人倒没什么大的问题,就是很懒,做事情没条理。"

果然像楚天舒预料的,这不是工作的问题,而是人的问题。董事长的亲戚,这让他想起了当年的朱羽,周亚川也是人,是人就有三亲六故,这个也很正常。但是这种皇亲国戚是最难对付的,不过既然李旭是董事长亲戚的事情刘彬知道,那么集团的人不可能不知道。楚天舒觉得这里面一定还有一些自己不知道的事情,反正绝对不是那么简单的。他有些心烦,怎么又让自己遇到这种事情了？当初的朱羽自己不知情，现在不一样了。而且现在自己的想法也已经和那时候有了很大区别，当初自己只是销售顾问，什么都无所畏惧，现在不一样了。

"这样吧，你还是先整理一下工作规范方面的文件，抽时间我找李旭聊聊。"

刘彬出去之后，楚天舒陷入沉思。这件事情肯定有什么隐情，集团财务部的审计工作不是刚刚开始，为什么这个时候突然在备件上面出了问题？这些人肯定是知道李旭和董事长的关系，为什么现在自己刚刚坐稳就拿这个事情说事儿？他自己和林总监沟通之后，感觉林总监已经和董事长汇报过这个事情了，也就是说董事长一定是了解事情的原委，这件事情背后有什么隐情？楚天舒不得不考虑全面，以前的位置低，什么都无所畏惧，现在不一样了，现在的楚天舒已经开始患得患失，开始有所顾忌。他深刻地明白一个道理，如果处理不好各种关系，自己的位置坐不稳。就算是业绩好，最终的结果也只能沦为一杆枪。

3

就在楚天舒找过刘彬的当天下午，人力资源部的鹿峰就给楚天舒来了电话。鹿峰已经不是行政专员了，现在的鹿峰专管集团所有管理层的考核。电话里，鹿峰说让楚天舒半小时后到集团行政部，老大要见他。

楚天舒感觉似乎出了点状况，董事长要见他为什么在行政部？他没多问，但是心里已经开始打鼓了。

人力资源部有一间小会议室，里面坐着陈建、财务总监林总，还有新来的人力资源总监，三个人在桌对面等着楚天舒。楚天舒进门后感觉有些压抑，但是确实不知道到底是什么事。他坐下后不久，周亚川也推门进来了。

"小楚呀，你到福特已经快半年了吧？这段时间董事长和我对你很认可，你的工作也得到了厂家的认可。你有你的方式，你有你的办法，在人员没有大变化的情况下，这个品牌的销量有了大幅度提升，这是好的开始。"陈建做了开场白。

楚天舒突然间感觉心跳得厉害，他知道这不是主要的话题，难道老大把自己叫这里来就是接受表扬来了？绝对不会。楚天舒露出了一丝很不好看的笑容："我还有很多没有做，其实这个品牌的基础很好，大家也很团结。我相信这是一个很有潜力的品牌，现在我和周玲、刘彬已经计划开始从内部管理对这个品牌进行整体的改变。我们现在与厂家的关系非常融洽，而且得到了厂家大区领导的认可和支持。"楚天舒的话听起来好像是在给自己做辩解，他自己都觉得挺别扭。

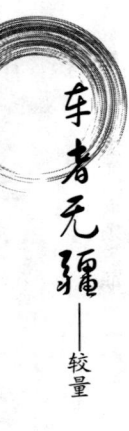

　　在座的有一位是集团新来的人力资源总监,这个人看上去年纪不是很大,至多35岁的样子,是一个很干练的女人。她笑着对楚天舒说:"楚经理似乎有些紧张,我们应该是第一次面对面交流,其实这个交流今后会成为一种惯例。这种交流模式是我跟周董提出来的,我希望今后每半年对我们总经理层面的管理者进行一次面对面的交流,这种交流对于大家的工作是好事情。所以您不必紧张,这次周董让您先来与我们面聊,因为您也是新上任不久的总经理,而且陈总和周董对您的评价都很高。刚刚您提到了准备要开始对您所在的子公司进行内部管理的改变,希望能够对这个品牌进行整体的改变,我想了解一下您的具体想法。"

　　这个新来的人力资源总监楚天舒是第二次见到,上一次是在集团的管理层会议上,周亚川介绍的。据说这个人是从南方来的,是本地人,不过常年在南方一个跨国公司里工作。今天算是第一次面对面交流,虽然只说了几句话,但是楚天舒已经感觉出这个人是个不好对付的家伙,话说得漂亮,但是总感觉在挑毛病一般。"我到福特的这段时间我们的销量提升比较快,前期虽然数字看上去不理想,但是我已经和陈总做过当面的汇报,是有一些原因导致我们的库存结构不合理。目前这些问题都已经解决了,所以销量增长是必然的。可是我们如果是站在品牌的优势上对公司进行管理肯定是不行的,内部管理是一个公司存活的根本所在,如果没有良好的内部管理,我们的繁荣始终是虚假的。遇到了市场不好的情况,肯定会出现问题。销售部方面,现在我让周玲负责市场和销售两个部门,我们的市场部应当是为整个公司服务的,但是现在市场部可能还没有达到如此的高度,所以市场部暂时归在销售部之下管理,也就是为销售部服务。除了日常的市场宣传、市场活动之外,还为销售部提供数据方面的支持工作。销售部的重点工作放在流程的管理和客户管理上,我们的工作流程和方法决定了我们是不是盲目地工作,我们的客户也决定了我们的销量。这是我给销售部周经理的任务,让她尽快地做好内部管理规范文件。售后服务部也是同样的道理,就在今天上午我还在和刘彬讨论这个问题。售后服务是一个庞大的部门,我本人从销售出身,对售后服务的了解程度不深,这方面还要依靠刘经理来做。越是庞大的部门,越是需要具体可执行的规范进行考核。"

　　"具体的考核您是怎么制定的?"

　　"考核方面基础是集团的规定,辅助主机厂的要求,再结合上我们自己的实际情况,有些方面严格,有些方面可能会适当地宽松一些。但是宽松不是不达标,而是需要循序渐进地提升,所有宽松项最终都会变为严格项。"

　　"嗯,那么我想了解一下,如果现在集团遇到了一些问题,需要您舍弃自己品牌的利益,您是否会这么做?"

　　"齐总,我觉得您的这个假设是不存在的。"

"为什么?"

"集团遇到了问题,如果需要舍弃子公司的利益,这种状况不是我们做总经理的人能够决定的。我们只是职业经理人,我们存在的价值是为投资人创造价值,而不是决策。"

"并不是让你决策,而是如果需要你舍弃你所在的子公司的利益,你会如何做?"

"我不认为您刚刚给出的这种如果、这种假设有意义。"楚天舒坚决地回答道。不知道为什么,他感觉面前这个人力资源总监是带有某种目的地在给自己设套,就等着自己往里钻。

"楚总,我们之前有过交流吗?"

"没有。"

"那么您对我不应该有意见吧?"

楚天舒一听这句话,感觉非常诧异,不知怎的手心里开始慢慢地出汗:"我不明白您的意思。"

"刚刚您的话好像是对我有意见,我们假设的话题如果没有意义的话,周董、陈总、林总不会坐在这里吧?"

楚天舒愣住了,他看了一眼周亚川和陈建,两个人脸上始终如一的表情没有任何变化。他心里暗自寻思着:坏了,难道自己犯了什么错误?难道说售后备件的事情已经查明了?是不是给自己扣了一个不顾集团利益的大帽子?怎么这么快?上午还在和刘彬说这个事情呢,怎么现在就开始了?

人力资源总监并没有照顾楚天舒的感受,依旧微笑着问:"我还是想知道,如果集团需要你和你的品牌做出牺牲的时候,你怎么做?"

"我会听从集团的安排。"

"那么集团的管理制度如果和你的管理思路出现相左的情况,你怎么去权衡?"

楚天舒已经满手是汗,他不能再有丝毫的怠慢,他已经感觉出来一定是出了状况,这不是面对面交流,应该是在兴师问罪呢!"我刚刚说了,集团的管理规范是基础,我相信集团的管理规范和我个人的管理思路是不会有冲突的。如果真的有,我肯定是改变自己,然后重新审视集团的规范,并且尽快地扭转自己的思路。"

"好,很好,楚总的思想境界很高,但愿您在具体的工作中能够始终如一地坚持自己的思想。您也说了,企业的发展制度是必不可少的基础,那么集团会在明年出台多种管理制度,我相信楚总一定也是这些制度的拥护者。我希望您能够如您所说,好好地审视集团的规定,然后做好您的工作。"

楚天舒不知道这个人葫芦里到底卖的什么药,但是有一点可以看出来,这个人绝对是没安好心。齐总监的话还没有完,接下来她开始从集团管理说

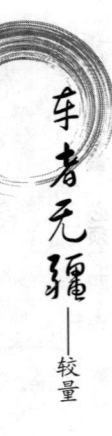

到了品牌内部管理，从销售售后的规范说到了财务状况，甚至是目前福特品牌的详细规范。楚天舒心里越来越凉，他感觉到一定是哪里出了事情，这个齐总监太强势了，怎么这个人能够坐在这里滔滔不绝，而其他的人一言不发呢？

"管理的事情我们谈了不少了，我想再了解一下你对于人员规划方面有什么想法？"

"目前我是按照主机厂的要求进行人员配备，我到这个品牌的时间不长，还根本谈不上规划。不过我觉得集团把我们这些总经理放在子公司的管理层，除了创造价值之外，最重要的一点，应该是能够为集团发掘和培养更多人才。"

"你自己对于人员规划方面一点构思都没有吗？"

"尽可能多地培养学习型管理人才，在基层员工中尽可能培养阶梯管理团队。集团的品牌很多，希望能够为集团输送更多的人员参与到集团的内部管理中去。"

"楚总真的是难得的人才，思想境界真的很高。不过您恕我直言，如果平时的工作中您也能够真的像您说的这样的话，我相信您一定是集团里最优秀的总经理。"

楚天舒实在是不想再忍了，他能够感觉出来面前这个女人在找碴儿："齐总，其实您还不了解集团，集团里像我这样的总经理有很多，您说我是最优秀的，我可真不敢当。董事长和陈总在这里，您这不是在夸我呢。"

"楚经理您过虑了，虽然您是第一个进行总经理面聊的，但是我之前也和一些总经理聊过。您的思想境界真是很高，这一点周董、陈总和我说过不止一次了。"

"我觉得您还是太片面了，就像您刚说的，我只是表现出来了一种思想上的东西，具体工作您还是应当结合实际来看吧。"

"这么说，楚总并不认可我对您的高评价？"

"我喜欢您对我给予的这个高评价，但是我不认为我能够胜任您说的最优秀的总经理，那只是我努力的一个方向罢了。"

周亚川听两个人你来我往地说了不少，这个时候他该说话了。因为他已经看出来楚天舒由最开始的紧张、不满变得有些恼火了，应该开始反击了，这个局面就到这里恰到好处。以后慢慢地让他们接触，矛盾肯定是必不可少的，这也是他把这个人力资源总监请来的最主要原因。如果初次沟通就水火不容，接下来不一定是好事情。

"你们两个都说了不少，我也听了不少，你们说的都不错。小楚呀，你的能力确实不错，齐总对你的评价肯定是中肯的，但是也有些高呀。我知道齐总的意思是在鼓励你，你也说了最优秀是你的目标，那就朝着这个目标努力就好了！"

接下来的几天时间，龙川集团不断有总经理给楚天舒来电话，都在询问老大和总经理面聊的事情。

4

看来或许是楚天舒自己想多了，最近半个月的时间龙川集团的总经理们都在骂街："不知道老大怎么想的，从哪儿弄来了这么一个货，狗屁不懂，还当着老大的面说三道四的……"这些话包括楚天舒自己都说过，多多少少让楚天舒心里有些踏实了。最起码，现在这个时候不是在针对自己，那么董事长怎么想，和他没关系。

这半个月对楚天舒来说很煎熬，一方面齐总监对他进行了所谓的面聊之后，他一直都惴惴不安，再一方面林总监关于售后备件的调查迟迟没有下文，第三毕向东现在对自己逼得很紧。

毕向东从林峰那里忙了一周，到楚天舒这里之后，和他说了一个自己的猜测：徐琛可能要出状况。徐琛已经消失了整整一周，目前手机还处于关机状态，这种情况绝对不正常。而且毕向东临来楚天舒这里的时候给朱宇阳打了电话，朱宇阳已经回到了通业集团总部。朱宇阳只是说徐琛回到总部述职去了，具体是什么原因，他也不清楚。毕向东对楚天舒说："现在你是我管辖的经销商里最具实力的了，这个时机你千万不要错过，一定要抓住这个机会！我告诉你，林峰现在根本不成气候，他手下销售部的两个主管都不是省油的灯，很可能会反水。徐琛如果离开通业，他们短时间是不会对你形成威胁的，你在我的区域里肯定可以一家独大。我告诉你，曾经彭程就是我区域的老大，当时的彭程是可以呼风唤雨的，现在你的机会来了，你千万要把握住！"

楚天舒明白对于毕向东来说，这也是他自己一个千载难逢的培养新的大经销商的机会，他自然是绝对不会放过。也正是这个原因，毕向东给了楚天舒太多的压力。其实按照楚天舒的想法，现在这个阶段应该是把所有的精力放在内部管理上，楚天舒明白内部管理是业绩增长的有效保障，不能够让业绩盲目地增长，到头来虚假繁荣。可是毕向东现在的心里比他急，因为他比楚天舒更需要业绩。这两周的时间，毕向东几乎天天和周玲在一起，每天都不会离开销售部。楚天舒知道这样下去肯定不行，他给周玲打电话，让周玲到自己的办公室。

"老毕现在需要业绩，他把咱们当枪，你能明白吗？"楚天舒问周玲，他很担心周玲现在分不清局面，因为这段时间的销售情况不错，但是毕向东还在不停地加码。

"我明白，不过没办法，他是厂家的人，如果不在这里还好说，但是就在身

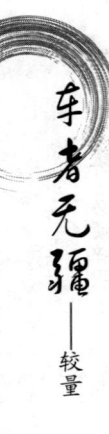

边想瞒也瞒不住呀!"

"不是要瞒着他,我想办法和他谈谈,然后你按照我们的计划来做,我们的计划不能变,至少不能因为毕向东的原因就改变。他想要有好的业绩,不能拿我们做牺牲!"

"你准备怎么做?"

"我找你就是要告诉你,还是要把销售部的工作细化一下,客户是我们的根本,我们目前的客户管理工作还是不行。把我们的进店客户和来电客户做好统计,做好分类,这些是我们的基础,千万不要小看那些数字。现在市场部也是你在管理,我希望你能够有效地发挥市场部数据统计的优势,说句不该说的,市场部等于是给你配的内勤,你要学会让手下的所有人为你工作。你要的数字他们手头都有,让他们做好统计,然后你自己来分析就好。你给他们一个结果导向,他们自然会给你统计好你需要的数字,到时候所有都是一目了然。"

给周玲交代好了工作之后,楚天舒把毕向东叫到了自己办公室。

"老毕,我很尊重你对吧?"

"少来,你说吧,你想干什么?"

"我想让你放过我。"

"你什么意思?"

"我知道现在是一个很好的机会,但是你也知道其实我们现在内功还不足。我希望成为优秀的经销商,但是如果我们自己的能力还没有达到的话,最终的结果肯定是不会很好。目前我们的内部管理还不到位,你在我这里时间不短了,从上个月开始你几乎大部分的时间都在我这里对吧?你说说我的客户管理工作到位吗?你说现在我的销售售后工作规范吗?这些如果我不改变的话,就算是趁着这个机会做到了你管辖的区域里最好的经销商,那也只不过是一个临时的住客,迟早我还是要被人超越的。既然要做,我想把自己的功底打实,均衡发展。"

"我不明白你想什么呢?市场是你能够等来的还是你能够掌控?现在的局面你不抓住的话,一旦过去了你就再没有机会了你知道吗?你想做到最好,你还想要稳扎稳打,你还想能够长久发展。我先问你一句话,你是投资人还是股东?你的所谓的长久和你的身份真的不相符,你知道吗,你想得太多,不可谓不长远,可是盲目的长远会失去眼前可以得到的美好,反而为了一个根本就不能实现的目标失去可以拥有的,你不觉得也是一种遗憾吗?我不认为作为职业经理人应该拥有你这样的思想。再有一点,我可以跟你说,你不是一个合格的职业经理人,你太患得患失了,你所考虑的事情没错,但是你不够职业。在机会面前你不敏感,你不如徐琛敏感,更不如彭程狡诈。你睿智,可是你却有一种文人身上的迂腐,说白了就是酸臭。"

第二十二章 必须辞职？

楚天舒笑了,递给毕向东一支烟,自己也点上:"你总算是说出来你想说的话,其实在你的心里不知道多少次衡量过我、徐琛和彭程。按理说我应该高兴,毕竟我们认识到现在才不到半年的时间,能让你把我和彭程、徐琛两个人比较,说明你认可我。不过你也错了,我之所以和他们两个不同,是因为我这个人私心很少。我活得不真实,这一点就像你说的文人气太重,迂腐酸臭,可是就是这样一个人改变了徐琛想改变没有改变的库存结构。老毕,你不觉得你对我的评价有失偏颇吗?"

"你的成功不代表你的正确,你仔细想一下,你成功是因为什么?在保新市只有一家经销商,这是你的优势。你没有同城的压力,你承认吗?如果你有同城的压力,你能够做得如此完美,你能够顶得住压力吗?徐琛并不是你所认为的那么无能,这个品牌在他手里有足够的潜力,他能够做到的你做不到,但你做到的他未必不能做到,只是没有去做罢了。"

谈话不快乐,但是毕向东明白楚天舒不欢迎他了,他承认楚天舒的能力,也承认这个人确实是与众不同。不过毕向东还是觉得楚天舒不一定正确,最起码现在这个时候为什么要有这么奇怪的想法?现在最该做的事情就是快速地冲击销量占领市场,而他还在固执地认为应当按部就班地做好内部管理。这是毕向东不能理解的。

9月末,龙川集团的销量再一次创造了纪录,第三季度完美收官。

周亚川的办公室里。

"天舒,记得三个月以前你曾经和我说过,让我给你三个月的时间,到时候你会给我一份满意的答卷。现在你做到了吗?"

"我认为三个月的时间我做到了,可是还不够,因为我还需要更长的时间。"

"我知道你有足够的能力,我了解你的心理,你需要时间来证明自己,我也会给你时间。"

楚天舒有些激动。

"有些事情我想跟你聊聊。"说完周亚川站起来,示意楚天舒坐在沙发上。

"林总监找过你没有?"

"找过了。"

"你呢?"

"我找过刘彬,也和李旭交流过。我认为这件事情两个人都不是恶意的,李旭的想法很简单,加快自己管理的部门的周转。我刚刚过去,他希望在我那里得到好的印象。说白了,我对售后服务不了解,他想钻空子。至于刘彬,他平时对李旭几乎就不管。所以我觉得这件事情刘彬至多也就是失察,不能算是大的问题。"

"你对手下人太过于袒护,这样不行呀!"

"董事长,我不是袒护他们,确实是事实。李旭平时在店里工作并没有太多的问题,就是比较懒散,他希望通过自己的小心机加快基础库存的周转,他感觉我没有做过售后服务,经验不足,这是一个他可以在我这里卖弄的好机会。然后他希望我可以不动声色地给您传递这个信息,他希望改变在您心里的印象。"

周亚川看着楚天舒,眼睛里透着威严:"这是他自己对你说的?"

"是的……"楚天舒知道这些话周亚川一定会相信,不过这些话确实是李旭自己说的。楚天舒和他交流了不下 20 次之后,李旭才断断续续地把这个想法说了出来。

"你作为总经理已经让下面的部门主管算计了,你自己都还不知道。你觉得你能说自己做得合格吗?"

"我……"

"前几天齐总和我们几个老总对所有的总经理进行了面聊,这个面聊的的确是齐总提出来的。不过我也想和你们面对面聊一聊,齐总所有的一切都是出于对你们的心理分析判断,所以才显得咄咄逼人。那天你的表现基本上是合格的,齐总对你的评价很高,按照她给我的报告来看,你确实是最好的一个总经理。你知道吗,我现在需要的就是齐总这样的人,我需要能够给我分忧的人。"

楚天舒不知道面前的周亚川为什么和自己说这些,按理说这不是董事长该说的话。

周亚川看着楚天舒:"有一件事情我要和你说一下,今天叫你来就是为这件事。很多年以前,我有一个很好的朋友,当时我们两个一起创业,做汽车修理厂,一起拿汽车品牌销售权。后来由于我们两个人妻子的原因,我们不得不分开,当时我们手上只有两个品牌,一个是一汽大众,一个是上海大众。分开的时候我们说好了,以后不论谁的生意做大了都不会去涉足对方的品牌。快 20 年了,我们的集团越来越大,但是我的朋友是一个安身立命的人,他很知足,这么多年来一直都守着上海大众没有发展,日子自然是过得轻松自在。几天之前他找到我,他的儿子在德国上大学,学的是医学,一直以来儿子都是他的骄傲,他想到德国去,想要移民那里,想要过平静的生活。他这个人其实一辈子都是很淡然的,如果他也和我的性格一样,恐怕龙川集团不会发展这么快这么大。他希望我为他保守秘密,三年的时间,三年内让我派人到他的店里做管理,三年之内的所有收益都给他,三年之后这个品牌就彻底是我的了。"

说完周亚川看着楚天舒:"你明白我要说什么吗?"

楚天舒感觉到了,周亚川要他去那里。楚天舒实在是一百二十个不愿意,他在福特刚刚做出一些成绩来,怎么就又要自己离开呢?

"你是聪明人,但是我还是要和你多说几句。三年的时间所有的管理都归我们,不过有一个前提,就是不能够让外界知道这件事情,他的公司有不少融资,这些他不希望在移民的路上成为阻碍,所以他希望慢慢地运作这件事情,而他自己可能也不会马上就飞到德国。他要求三年的时间里他的公司内部管理人员没有变化,但是我没有同意,我不能眼睁睁地看着这个品牌这么做。如果按照他的想法,三年之后这个品牌就一点儿价值都没有了。所以我想到了一个办法,这个办法只有你去最合适。你来龙川集团的时间还不长,那边对你肯定不会有戒心。而且这次李旭的事情我肯定会处罚你,严厉地处罚。听说魏强还给你开了一张30万的罚单?我想李旭的事情加上魏强给你开的罚单,足够让你不舒服了。再加上我会让集团都知道,在前段时间齐总组织的面聊会议上,你和齐总之间的矛盾很深,表现得非常不尽如人意。"

"周董,您这是什么意思?"楚天舒站了起来。

"我要你辞职,然后去那里。"

楚天舒头嗡了一声:"为什么?"

"你去那里,了解那里的实际情况,然后不动声色地对内部管理人员进行改组,如有可能的话彻底洗牌。如果你成功,你在那里三年的时间,三年之后这个品牌就回归龙川集团。那个时候这个品牌我会给你股份,你可以继续做这个品牌的总经理。"

"什么时候过去?"

"从现在起,你就开始做交接工作,但是要不动声色,不能让任何人知道,这件事情只有你和我两个人知道就行了。明年1月1号你正式过去,今年最后的一个季度,也是你在龙川集团的最后一个季度,12月底的时候你递交辞职报告。"

"非要这样做吗?"

"只有这么做,我才能够既不伤害朋友面子,又拿到真正有价值的品牌。"

"我……能选择不辞职吗?"

"可以。明天早上你就被辞退。"

第二十三章　离开并不代表结束

1

徐琛在广州整整待了15天,15天的时间里,他和通业集团总部的领导都进行了沟通。最先见到的还是胡副部长,胡副部长开门见山地对徐琛讲,由于工作的调整,朱宇阳不再担任通业集团北方分公司的总经理职务,这一次让徐琛到总部来,就是要对徐琛进行考察,相信徐琛有能力胜任这个职务。

面对如此的开场白,徐琛也有些不适应,按照胡副部长的话来说,目前总部初步圈定了三个人,徐琛只是其中之一,剩下的两个人是谁暂时还不能对他讲,但是她本人希望徐琛能够做这个职务。胡副部长的话徐琛将信将疑,他和胡副部长在之前没有任何的工作交集,但是此时这个女人对自己表现出来的是一种前所未有的信任,这种信任看起来有很多虚假的成分,这一点徐琛有些不理解。

为什么总部的人对自己并不了解,但是却表现出如此的信任? 在总部一天之后,徐琛发现胡副部长一直与自己保持沟通。如果真如她所说,有三个候选人,那么胡副部长一定是负责和自己沟通,其他的两个人还有专门的副部长或是别人负责沟通。这也就是说,通业集团一定是在多方面地对三个人进行考察,这种情况之下谁能够取得信任,不好说。在广州期间,胡副部长要求徐琛关闭手机,这样有利于他自己安静,胡副部长也对他讲了,通业集团是国有企业,分公司是总经理外聘制,享受的待遇很高。所以这个位置的竞争一直都很激烈,是朱宇阳把他推荐给了董事会。这一次总部是利用8到15天的时间对候选人员进行考评,然后确定最终的人选,不过最终的人选要在明年1月份才会公布。也就是说,这次来这里的考察即便是合格,恐怕也不会对外公布,就连本人都不知道。

徐琛考虑了一下,还是听从了胡副部长的建议关闭了手机,他知道目前他的工作应该不多,临关手机之前他给宋艳辉发了一条短信:我在总部述职,这段时间开机不方便,如果有重要的事情就给我发电子邮件。

徐琛先是与集团人力资源部的领导,也就是胡副部长进行一整天的面聊,对人员规划和整体的管理思路做了汇报。之后徐琛见了集团财务部的三大部长,这三个部长分别负责不同的工作,融资、审计、日常审核。负责日常

第二十三章 离开并不代表结束

审核的部长和徐琛聊了整整一天的时间,总经理需要了解的财务知识和财务常识徐琛都能够应对自如,这也就算是结束了。接下来,集团市场运营部、客户关系发展部、战略投资部、公共关系部,再加上财务和人力资源这六大部门的谈话用了整整10天的时间。这10天的时间徐琛理解为一次定向的考察,应该正如胡副部长所说,这是一次圈定了候选人的定向考察。徐琛不知道这次考察的结果如何,但是他对自己的表现还是非常满意的。面对这六个部门,他所表现出来的应该是最好的状态。徐琛向来对自己有足够的自信,他始终相信自己有能力做好通业北方总经理这个职务。只不过他更加清楚的是,这种企业里,恐怕用人并不是自己能力高就可以的。临离开总部的前一晚,他约胡副部长吃饭,想从她的嘴里得到一些消息。不过还是让他很失望,没有任何有价值的消息。

饭桌上两个人聊得很不错,徐琛没想到一个做行政的女人有如此之高的思想境界。对于整个汽车行业的发展,这个女人非常有见解,要知道通业集团可并不是单一的汽车产业,而且这个女人的思路很开阔,已经可以囊括目前市场的大趋势了。和这种人在一起,徐琛感觉可以学到很多东西,也觉得是一种无形的压力。如果自己稍微有一点点让对方感觉虚飘的东西,那么印象分肯定是大打折扣的。

第二天徐琛是下午3:30的飞机,他原计划在酒店里睡一觉,然后给宋艳辉去一个电话询问一下这半个月的情况。但是不到8点,酒店床头的电话就响了,是总部的人来的电话,要求徐琛9点之前到总部,有事情。

徐琛有一些激动,他不知道是不是自己的表现很好,而让总部决定在自己临走之前要透露一些消息。

让徐琛没想到的是,在总部里会见徐琛的是通业集团董事局主席伍志文。伍志文按照行政级别来说可是正部级的领导,而徐琛充其量只能算是分公司中层管理人员,而且到通业集团也就是半年的时间,怎么能够见到大老板呢?只有一个解释,那就是自己这次一定是得到了相当大的认可。见到大老板能够说明至少老板有时间愿意见你,说明他知道有你的存在,如果老板知道有你的话,一定会在合适的机会想起你。

徐琛对于能够和伍志文单独沟通真的是从来没有奢望过,他自己非常清楚,通业集团并不是一般的经销商,它是一家国有背景的综合集团。这样一家集团的大老板,身份是绝对高的,自己是没有任何机会接近他的。如果说徐琛也会紧张的话,那么就是这种他从来没有奢望过的事情突然出现在面前的时候。伍志文绝对是大老板,表现出来的气度绝对不一般。既没有过分地对徐琛进行夸赞,也没有表现出一点点的生疏,就好像两个人经常见面,徐琛经常向他汇报工作一般。这种轻松的氛围也让徐琛的紧张感慢慢地消失了。伍志文对徐琛说:"我们很需要有能力的人不断地加入我们的集团,你现在已

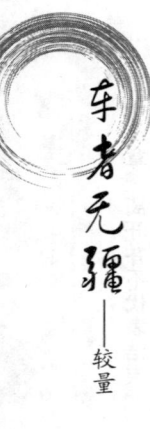

经是我们集团的一分子了,你肯定也是非常希望能够有更多优秀的人员在你手下,这样你的工作轻松,也容易出成绩,是不是这样?"

徐琛非常诚恳虔诚地说:"是的,董事长您说的这一点我非常赞同。其实人才不人才的,只能通过具体的工作来体现,手下的员工工作能力越强,自己也就越强,不然的话就会被淘汰了。"

伍志文点点头:"你是一个有危机感的人,这样有利于你的进步。咱们集团是一个国有企业,肯定有很多的问题存在。不过我们能够做到在多个行业发展,并且在多个领域里都取得了相当不错的成绩,也正是因为我们是一个重视人才的集团,这一点你可以放心。"

和伍志文聊了大概40分钟的时间,不知道是不是心理作用,这40分钟过后,徐琛走出伍志文的办公室,感觉自己非常兴奋,似乎得到了很多启迪。他对工作更加有信心,对于未来也更加目标明确。高层领导和中层管理人员沟通的好处就在于这里,通过和决策层领导的谈话,给中层管理人员未来规划一个方向,告诉他们决策层一直都在关注,一直都在支持下面的工作,并肯定中层管理人员的工作方式和工作内容。这种谈话很多时候都会收到意想不到的效果,其实很多中层的管理人员根本从来就没有奢望过能够和决策层面对面地沟通自己的思想和工作。一旦中层管理者感觉到了决策层对自己的关注,那么他的工作就会更加努力,甚至会时刻提醒自己需要按照正确的方式去做。

和伍志文面对面的沟通之后,徐琛就是这样的感觉。有那么一段时间,能否做北方分公司的总经理似乎都不重要了,大老板认可自己的工作方式,这才是最重要的。这种兴奋的感觉一直陪着徐琛到达机场候机大厅,徐琛打开电脑一封封地看着邮件的时候,似乎清醒了很多。这15天,徐琛尽可能地不看邮件,他需要一个彻底安静的环境,需要这种彻底放松的方式去和总部的领导们沟通。不过现在,所谓的述职已经结束了,他的心也该回到通业北方福特店了。对于徐琛来说,今年最后的这四个月应该是幸福的,厂家的考核基本上没有,但是压力来自于明年。按照计划,明年的3月份,应该是通业北方福特店新店建成开业的时间。正式开业之后,所有考核都要严格执行。徐琛自己已经感觉到了,主机厂这两年的考核越来越严格,面对主机厂的考核,经销商唯一能做的就是贯彻执行,就算是觉得不近人情或者根本无法达到也要贯彻执行。这种压力是很难言表的,也是不为外人所理解的。

这十多天里,徐琛并不是一点儿都没有看邮件,但是他刻意地不去想福特那边的事情。这次看邮件,他看着每日报表的数字,还算是满意的。不过看着数字的同时,他也发现了一个非常微小的细节。这个月许冠的销量一直都是零,也就是说这个销售冠军这个月到目前为止还是光杆司令呢。这里面一定是有问题的,看来宋艳辉趁自己不在的时候可能已经开始行动了,如果真是这样的话,自己是小看了这个女孩了。

从广州飞回后徐琛打开手机,第一条短信居然是胡副部长的。

"徐总是否已到？我是总部胡利。总部这边的报告已出,你的分数非常理想,恭喜。"

徐琛看着手机,心里有些兴奋。抬头看看已经开始偏西的阳光,感觉非常舒服,紧接着的一条短信就是宋艳辉派司机来机场接他的,这条短信又让徐琛感觉到了舒服。能够一下飞机就得到总部领导的消息这已经让他感觉到很兴奋了,现在宋艳辉又非常懂事地把自己的行程给安排得如此妥当,这让徐琛的心理满足感激增。上车后,徐琛马上给胡副部长回了短信:谢谢部长的关心,总部的事情还麻烦您多费心,这边的工作我肯定会百分百尽职。

回到公司,徐琛马上叫宋艳辉和陈正超到自己的办公室,整整两周没有来公司了,虽然销售和售后都有报表发到自己的邮箱,但是徐琛还是需要两个部门经理给自己做一下全面的汇报。特别是宋艳辉,他非常需要了解一下许冠现在的情况,但是徐琛是一个绝顶聪明的人,越是这个时候他越不着急,他相信宋艳辉会和自己详细说明现在销售部的情况。

陈正超的汇报不是很多,售后那边的情况和销售不一样,毕竟现在只是临时展厅,售后的客户也并不是很多,大部分的客户还都是处于一种观望的姿态。不过陈正超也说了,现在售后接到的电话越来越多,咨询占了绝大多数。这也说明一个问题,现在的消费者非常理智,懂得比较,这对于经销商来说是好事情,同时也是一个压力。徐琛听完陈正超的分析问道:"为什么是压力？"

"同城有两家同品牌的经销商的情况下,就要靠专业化服务和差异化服务来赢得客户的信任。一方面我们的服务必须做到极致,做到让客户无可挑剔;再方面我们要在厂家政策相同的情况之下尽可能地做到差异化,除了价格之外,在服务方面必须做到昌硕没有的,我们才能够赢得客户更多的认可和信任。"

徐琛点点头,他想起伍志文说的,手下人的能力越强,管理者越轻松。看来陈正超这个小伙子还真是不错,自己没看错他,这个思路很正确。不在价格上做文章,而是把所有的精力放在了怎么做好工作、做好服务上,这是一个正确的思路。

"你说得很有道理,就看你怎么做了,怎么寻找到差异化并能够无限地放大。你先下去吧,今年最后的三个半月看你的表现了,明年春节过后我们就应该会搬到新店,有你大显身手的时候。"

2

陈正超走后,徐琛看着宋艳辉:"这个月成绩不错呀,我们之前那些提前上报的车辆怎么样了?"

"已经都消化完了,这个月的市场情况很乐观,我觉得这个月的销量一定会好过之前所有的月份。"

"想过为什么吗?"

"一方面国家政策的支持,再一方面可能是昌硕汽贸的市场工作做得比较好,我们能够借助这个优势来做,第三应该是目前我们的激励制度更合理。我私下里找人问过昌硕那边的情况,我们的奖励制度非常透明,销售顾问每个月自己都能够明确地知道自己的收入,但是昌硕那边不是这样,考核制度繁多,这样销售顾问卖了车都不知道自己能挣多少钱。"

徐琛点点头,他自己也有些诧异,今天回来这是怎么了?陈正超表现出来了一种有条理的缜密,现在宋艳辉也一样地表现出来这种缜密。之前他们和自己汇报工作的时候很少这样一二三的,难道说自己以前小看了这两个人?

"嗯,很好。你分析得不错,销量增加还有一个原因就是传统旺季到了,这个时候到春节,我们的销量应该都会很不错,我希望你能够对销售顾问的考核稍稍放宽。我们要业绩,大家要挣钱,这个时候应该是一个最好的机会。昌硕那边刚刚更换了总经理,我还不清楚他们现在是不是政策有变化,但是有一点是肯定的,林峰的能力再强也不可能马上就胜任总经理的工作,这个机会你一定要抓住。"还有句话徐琛没有说,总部对自己在考核,这个时候业绩一定是最为重要的一个砝码。眼下的机会一定要把握住,"其他的事情如何?"

"徐总……许冠辞职了。"宋艳辉说这句话的时候声音不是很高,但是能够听出来,她对这件事情没有任何的意外或者说没有任何的不快。作为销售部的销售冠军,他的辞职没有让销售经理感觉有不妥的地方,这也说明销售经理在这个销售冠军辞职的事情上一定是做了文章的。

"为什么?"

"这个月您去总部之后,我对销售部进行了重新分组,许冠被分在了陈阳的组里。"

许冠和陈阳是以前的两个组长,两个人的关系一直都不是很理想。宋艳辉这么做明显是让许冠有压力,可是这么做就能够让许冠辞职?

"许冠连续两台车都有问题,其中一台车的保险没有按照公司的规定在公司做,而是在外面做的。我们通过客服的了解,许冠给客户介绍了保险公司。这件事情许冠不承认,在陈阳质问他的时候两个人发生了口角。"

"什么?"

"许冠不但没有承认自己的错误,还骂了陈阳。"

"这种人你居然让他辞职了?走了吗?"

"人还没走……"宋艳辉有些不明白徐琛的意思,不辞职难道还要留下来?"他递交了辞职报告,我让他回家休息,等您回来再给他答复。"

"不用等我回来,这种人直接开除,难道让他辞职之后说我们对他不公平吗?别的都不说,就冲一点,和自己的组长发生冲突就应该直接开除了。不用跟我汇报了,你写一个报告,开除,扣除他 8 月份绩效工资,总部我来解释。"

"嗯,我知道了。"宋艳辉松了一口气,"还有一件事,毕向东找了您好几次了,您是不是给他回个电话?"

"好的。"

从 9 月份开始,整个汽车市场就进入了超高速的发展阶段,几乎每一家经销商的库存压力都开始变小。福特经销商提前上报的那些车辆绝大部分都在 9 月份一个月解决了,这个局面任何人都没有想到。不管是经销商还是主机厂,都笑容满面。

林峰对这种市场的激增感觉到一种说不清道不明的喜悦,他知道大市场是不能阻挡的,这种市场情况之下,他的销售业绩非常好。昌硕汽贸的基础很好,销售部的员工都工作了三年以上,团结性非常高,这一点是他们的最大优势。

刚过十一长假,李昊就找到了林峰。

"林哥,有个事儿想想听听你的意见。"

"什么事儿?"

"通业那边有一个销售主管辞职了,他到咱们这边来面试了。"

"谁?"

"许冠。"

"你认识吗?"

"我不是很熟悉,但是我知道这个人。"

"为什么辞职?"

"他说自己被算计了。"

林峰沉默了一会儿:"你见过了吗?"

"没有,他的简历是发到公司邮箱的。行政部通过电话和他联系了,感觉这个人可以用,就给我打电话询问这个人的情况,我也不是很熟悉,想听听你的意见。"

"原则上我是不喜欢这种人的,不过见一下也未尝不可。这样,你让行政

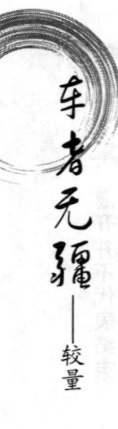

部联系他,面试的时候你也参加一下。了解一下他在那边的情况,然后问他为什么辞职,什么叫被算计了?这个一定要弄明白。"

"行。"

2008年的岁末,还有不到十天,这一年就要过去了。气温并不冷,这个冬天或许不会下雪了,桌上的咖啡机正在磨着咖啡,浓香的咖啡味很快就飘了出来。楚天舒拿起咖啡壶,倒了满满一杯,又点上一支香烟,这已经是他连续抽的第五根烟了。整个办公室里香烟环绕,桌上放着他的辞职报告,他已经把电子版的辞职报告给周亚川、陈建和集团人力资源部齐总监发了过去。一分钟之前陈建气急败坏地给他来了电话,质问他怎么回事。楚天舒说得非常轻松:"累了。"

一杯咖啡还没喝完,陈建就推门进来了。楚天舒赶紧站起来:"陈总。"

陈建什么话都没说,径直来到了沙发前坐下,看着楚天舒。楚天舒从自己办公桌前转过来,坐在沙发上。

"你到底怎么回事?就因为林总监的审计和齐总监对你的评价?这不是理由。"

"真的是因为这个原因,我不能接受这种接二连三的诽谤,我不接受。"

"辞职就能够解决这些问题吗?你都给谁发了邮件?"

"您应该看到了,主送的董事长和您,抄送了齐总监。"

"你这是干什么?想用辞职来威胁谁?"

"没有,我是真的不想干了,我需要一段时间来调整一下。"

"你扯什么谈呢!你现在马上跟我去找周董,这件事情或许还能挽回。"

"陈总,我没想挽回,我也没有威胁谁,我就是想休息了,太累了。我来集团四年了,马不停蹄地在工作,一点儿自己的时间都没有。30多岁的人了,连个女朋友都没有,每天就是工作工作工作。在集团四年,雪铁龙、宝马、标致、福特四个品牌,我真的挺累的。每次都是把工作做好了,然后很快就换一个新的岗位,就要收获了又开始新的耕耘,太累了!"

"你看看你走过的路,哪一步不是越来越高,哪一步不是越走越好?你现在不是可以等着收获了吗?怎么现在这个时候你要辞职?我不明白你在想什么,今年你的成绩太好了,是不是把你烧坏了?听不得一点批评的声音!不管是林总监,还是齐总监,对你没有一点恶意,林总监在审计备件之后还和你单独沟通过是不是?已经征求了你的意见,你自己表示了没问题,他们才进一步审计的,结果可能是你不想看到的,但是不管是李旭,还是刘彬,都不能说没有责任。"

12月初,集团已经把李旭开除了,刘彬也调离了现在的品牌。这件事情之后,楚天舒很快就向集团口头提出辞职。

"你现在这么做只能证明你不是一个合格的职业经理人,你要明白是谁在给你发工资,是谁在给你工作的平台。你从一个对汽车行业一点儿都不了解的人,一步步走到了总经理的位置,你难道不觉得这些都是集团和董事长对你的信任吗?"

"我知道这是信任,可是我也确实感觉到疲倦了。陈总,我也知道您对我一直都很认可,可是我自己确实是有些没力气了。"

就在两个人聊的时候,林总监和齐总监一同推门进来了。

"你们两个在这里点火呢?"林总监进门后一边用手扇着烟一边开玩笑地说道,"楚总,您这是怎么了?闹小孩子脾气呢?"

看到两个人进来,楚天舒心里还真是感觉到了温暖。自己不过是龙川集团众多的总经理中的一个罢了,而且在这个位置上不过半年多的时间,现在集团副总、财务总监和人力资源总监都到这里来劝自己,他能感觉到大家的真诚。这一点就足够了,再说其他话就假了。

三个人在楚天舒的办公室里目的就一个,留住楚天舒,不让他有太多极端的想法。楚天舒有些无奈了,这个时候,"累、疲倦、烦"等借口都已经毫无力量了。就在这时,陈建的手机响了,陈建看了一眼:"董事长。"

办公室里的四个人都不说话了。

陈建接通电话,很快就挂了:"董事长让咱们三个到他办公室里去。小楚,你自己好好地考虑一下我们刚才说过的话,我希望你现在不管做出什么决定,都属于你的理智而不是冲动。"说完站起来走了。

3

半个小时之后,楚天舒接到陈建的电话:"小楚,你到集团董事长办公室来。"

放下电话,楚天舒并没有马上就去集团,而是点上一支烟。他知道这一次去集团意味着他最后一次见周亚川了,楚天舒非常清楚,这次的离开是周亚川一手安排的。他要到周亚川的对手那里去,这件事情在楚天舒看来是绝对不可理解的。不过他没有选择的余地,9月份周亚川和他谈过之后,他就一直在思考一件事情,为什么周亚川选择了他?周亚川说自己在龙川集团的时间不长,外面知道自己的人应该还不多。这件事情周亚川肯定是非常相信自己,这种信任来自哪里?楚天舒找不到一个让周亚川能够如此信任自己的理由,他一直都在想一个问题,如果自己是董事长,凭什么相信自己?这个问题他没有找出答案,或者说没有一个足够的理由让他相信自己。9月初周亚川找楚天舒谈话之后,一直到两天之前,就没有再找过他。直到两天之前的晚上9点,周亚川给楚天舒打电话,告诉他明天辞职,并且告诉他给哪些人发邮件。可以说这所有的一切都是周亚川一个人策划的,楚天舒只是台前的棋

子罢了。

抽完一支烟,楚天舒站起来想了想,还是没有给周玲打电话。他很想给周玲打一个电话,把她叫上来和他聊聊,但是周亚川说这件事情不能跟任何人说。楚天舒明白这种事情一定要保密,这也是在保护自己。就这样,他走出自己的办公室,回头锁上门,走出展厅,回头看了看店头,心中感慨万千。怎么也没有想到会以这样一种方式离开这里,未来会怎样,一下子成了根本就不确定的因素。这些年来楚天舒去过很多次集团大楼,到周亚川的办公室也不是一次两次了,但是这一次他感觉自己的腿很沉,好像根本就没有力气到那里一般。

周亚川要求陈建、林总监和齐总监对集团任何人都不要提起楚天舒辞职的事情,他说他会找楚天舒聊一聊,至于会聊什么,想达到什么样的效果,他并没有说。

只是从那天开始,楚天舒就消失了,陈建给他打了几个电话都是关机。陈建问过周玲,周玲也说不知道楚总去哪里了,那天走的时候和行政说了一声,自己锁了门就离开了。陈建又给吴戈打电话,约他晚上吃饭,并告诉吴戈叫上楚天舒。直到下班的时候吴戈才来电话,说楚天舒电话一直打不通,估计是陪厂家的人吃饭喝多了,不定在哪儿睡了。

直到12月28日,集团人力资源总监和陈建来到了福特店,在中层管理会议上宣布,免去楚天舒的总经理职务,任命周玲为总经理,至于楚天舒的去向并没有提及一字。这个时候,所有人都震惊了,很多人都不明白这是怎么了。12月份,福特备件经理李旭被辞退,服务经理刘彬调离,现在楚天舒突然被免了。集团这么多年了,还从来没有过这种情况呢,怎么一下一个品牌有了这么大的变化?要知道这个品牌的总经理徐琛是今年辞职的,楚天舒临危受命半年多,把这个品牌做得有声有色,怎么说免职就免职了呢?有些人替楚天舒惋惜,有些人觉得楚天舒就是自己的前车之鉴,也有一些人虽然觉得不可理解,但是因为和自己没有任何关系,也就很快忘记了楚天舒这个人。

陈建和齐总监宣布完集团的任免决定之后,齐总监找周玲谈话,齐总监问陈建是否有话要说,陈建摇了摇头:"你先聊吧,我一会儿再找她谈谈,我主要是说一下工作的事情,不能影响工作的进行。"

齐总监很快就跟周玲谈完了,陈建走进周玲的办公室。这是两个人多年来第一次单独面对面,陈建很感慨,这么多年过去了,他身边的人走走来来,但是自己的位置也算是稳定。面前的这个小女孩,多年前跟自己矛盾重重,如今回到龙川集团几个月的时间就做到了总经理。不得不感慨人生如戏,或许这比任何一出戏都要精彩。再想一想楚天舒,不知道董事长和楚天舒谈得怎么样,应该是不好。可是现在毫无说法就给免职了,到底怎么处理日后的事情呢?按理说楚天舒应该来公司做交接,但是现在他的手机彻底关机了,根本就找不到人,这应该不是楚天舒的作为,他不是这样一个不负责任的人。可是怎么也找不到他,难道他真的消失了?怎么会呢?原本以为楚天舒可以坐稳这个总经理的位置,自己也算是培养一个得力的人。在总经理层面,陈建需要更多的人来支持自己的工作,陈建也开始慢慢地物色一些有潜质的管理者,希望以集团的名义给他们更多机会,本来看好的楚天舒现在为什么说走就走了?陈建看着周玲,知道这个女孩绝对不会和自己一条心的。

"我只有一个要求,你尽可能地延续楚天舒留下来的政策,我知道他在的时候是你们两个一起研究商务政策定考核。所以这里面也有你的心血,你应该珍惜。"

"陈总,我非常能够明白您的意思,我会认真地做,楚总现在在哪里?"

"我也不知道,你是什么时候知道的?"

"昨天下午董事长找我谈话,只说了让我接替楚总,但是没说楚总的安排。"

"具体我也不知道,但是几天之前他给集团人力资源部、我和董事长都递交了辞职报告。说自己太累了,需要休息,感觉压力很大,不能够继续坐在这个位置上了。之后董事长和他谈过一次话,再然后他就一直处于消失状态,大概有一周了吧。"

周玲沉默了。

"厂家的人还不知道吧?"

"还不知道呢,我想请您出面和毕向东或者是魏强聊一聊,今年的年会您跟我去吧?"

陈建点点头:"可以,这半年多楚天舒得到了厂家的认可,这个很难得,我们都很清楚有主机厂的支持,经销商就能够很顺利地开展工作,我希望你能够继续维系好和主机厂的关系。这一点很重要,我想不用我说你应该很清楚。"

"我明白,今年我们确实是成绩不错。目前在北区我们的成绩是最好的。这个成绩我肯定会保持住。除此之外,楚总对公司也有很好的规划,我会坚持把这些规划做下去,我相信我们的成绩不会掉下来。"

陈建已经感觉到了,周玲肯定知道楚天舒的事情,周亚川一定会和她说的,不管是出于信任还是出于对周玲的一种警告。陈建相信在相当长的一段时间之内,楚天舒肯定是龙川集团的一个话题。现在他需要做的很简单,就是平稳福特的员工心态,然后尽可能地联系到楚天舒。

和周玲简单的交流之后,陈建回到集团周亚川的办公室,周亚川在办公室里静静地等待着陈建。他要跟陈建商量一件很重要的事情,这些年来龙川集团在本地的扩张非常迅速,目前本地市场越来越明显地趋于饱和。而且现在主机厂有一个声音,就是要在一个城市内发展两到三家经销商,这一定会

成为一个趋势。周亚川计划在现有的品牌里面选择一些盈利能力好的，申请本地第二家特许经营权。而且还计划在本省范围内的其他城市开新店，这只是一个初步计划，周亚川还没有想好，所以他要听一听陈建的意见。对于龙川集团来说，这是一个重要的转折点，如果做好了，龙川集团将不仅是一家局限于本地的品牌，但是如果做不好的话，这一步可能是负担。

周亚川把这个想法跟陈建说了之后，陈建沉默了好久。陈建没想到周亚川会有这个想法，按照他对周亚川的一贯理解，他不是一个善于冒险的人。可是这两件事情都属于比较冒险的，陈建知道这两年集团的盈利能力非常强，本地中高端品牌已经形成了垄断的局面。这些年集团的发展不算慢，接连有五个新的品牌开业，可以说在本地市场上，所有中端以上的品牌都已经拿到了，接下来集团想要有发展就必须要有突破。所以周亚川想要在外地开店，想要在本地拿一些盈利能力好的品牌的第二家也是正常。董事长征求自己的意见，说是征求意见其实也是在求得认同。

"董事长，您这是一个想法还是已经论证过了？"

"在集团内部选择一些盈利能力好的品牌筹划本地第二家，是我已经论证了的事情，最近的一段时间，主机厂网络部的一些领导都跟我有过交流，他们也是希望能够发展第二家经销商。而我们也有足够的能力有第二家，这也是巩固和稳定我们目前在本地市场的优势。在外地投资新店是我的一个计划，这个计划应该不是很着急，我们先在本地市场进一步确立优势之后，肯定要进行外扩，这也是大趋势。力争把龙川这个品牌做成全国的品牌，而不是只局限于本地市场。"

陈建听明白了，周亚川在这件事情上已经有了成熟的思路。两件事情肯定是以在本地市场开第二家店为第一位，这也是正确的。就像他自己说的，在巩固自身优势的情况下谋求新的发展。"目前上汽、一汽两个集团的品牌优势都很明显，我觉得如果要申请第二家，这两个集团的品牌应该是首选。"

"我也是这么想的，我和财务部已经打过招呼了，要求他们整理这两个集团旗下的品牌近三年的财务报表。我要看看具体的数字，测算一下盈利能力，看看收益如何。我想听听你的意见，你觉得这么做我们有什么潜在的风险吗？"

"目前主机厂的思路我们还不是很清楚，仅凭网络部的信息我觉得还不可信。主机厂是不是愿意把同一个品牌的第二家给一家集团，这个是我们最该引起重视的。如果主机厂不想把第二家给同一个集团的话，我们怎么去公关？还有我们的人员现在是不是充足？同一个品牌的第二家最好是从第一家店内抽调管理人员，那么第一家店的人员现在是不是有富余？这个问题恐怕是管理上最头疼的，那些总经理，谁也不愿意把自己手下的人拱手让给集团。"

周亚川笑了:"他们不愿意也不行,把他们放在总经理的位置上,除了给集团创造价值之外,还有一个重要的目的就是培养人。不愿意放人是绝对不行的,集团化管理的最大优势就是人员充足,我相信每一个品牌都有潜在的管理人才,只是我们都没有发现,也怪我们没有给大家机会。"

整整两个小时,周亚川和陈建在办公室里对集团的未来发展做出了相当多的探讨和研究。但是整整的两个半小时,周亚川只字未提楚天舒的事情。陈建感觉非常诧异,这和周亚川一贯的风格极不相符。谈话接近尾声的时候,陈建问:"您同意楚天舒辞职了?"

"我让他先休息一段时间。小楚有些时候太极端,让他休息休息是好事儿。"

"那您打算怎么安排他?"

"春节之后再说吧!我和他说好了,如果春节之后还是坚持要离开的话,我不会再挽留了。你觉得呢?"

"嗯。我同意您的说法。小楚是一个人才,身上也有棱角。不过他有些时候过于追求完美,做事情的时候为了结果可能会忽视过程,作为职业经理人是一个很优秀的人选,但是可能会在职业道路发展的关键时期遇到瓶颈。"

"福特那边的事情你要多操心,周玲还年轻,很多事情肯定考虑得不够周全。"

"您放心,刚才来之前我已经和周玲聊过了。她考虑得很全面,我们已经商量好了,先把厂家应付过去。厂家最不希望的就是总经理的频繁更换,她让我和她一起去参加福特的年会。北区的领导对小楚很认可,我希望周玲能够把这种认可传递下来。"

"你和周玲都要记住一点,楚天舒已经不是福特的总经理了。不管他之前做得好不好,都没有关系了。从现在开始,你作为集团的副总,对福特品牌应该给予最大的关注和支持。"

"我明白!"

4

辰硕联合是一家已经有十多年历史的上海大众4S店,这家店的投资人就是江辰。江辰是一个很古怪的人,他做事情好像从来都不问回报,只是爱好。江辰和周亚川曾经是莫逆之交,当年他们两个人都是市公交公司的普通员工,80年代末期两个人多方筹资开始干起了修理厂。那个年代的汽车修理厂还少得可怜,关键是因为那个年代几乎就没有私家车。他们的汽车修理厂的最大客户就是江辰的老舅,江辰的老舅是市公安局副局长,所以当时他们的客户是所有公检法司的公务车。不过到了1995年,他们的生意开始越

来越不好了,因为江辰的老舅那一年退休了。两个人开始计划一方面开拓新业务,再一方面尽快转行。1995年的时候,私家车是一个奢侈品,有私家车的人在本市绝对是稀有动物,但是这种稀有动物已经开始有了。江辰的老舅跟他们两个人说,如果有机会可以租一个地方卖车。江辰老舅告诉两个人,如果能弄到车的话,一年能有几十万的收入。这个消息真真地刺激了两个人,就这样,周亚川负责联系车源,江辰负责找地租地。很快两个人有了第一单生意,一辆丰田佳美,不但是一分钱不便宜,还要加上3万才能提车。客户不但不还价,而且好像捡了大便宜一样,周亚川看在眼里,知道自己还是胆子太小了。他马上联系了上线的卖家,人家告诉他这个车在北京天津至少要加5万才出手。这时候周亚川终于明白了一个道理,越是值钱的东西人们越不在乎价格。从那时候开始的两年时间,两个人真正地完成了资本的原始积累。

江辰的老舅说一年能有几十万的收入,何止呀,两个人第一年就纯利100多万。1997年香港回归前两个月,一个天大的馅饼落在了两个人的脑袋上。一个北京高官的亲支近派很偶然地见到了江辰,两个玩家成了莫逆之交。这个家伙很快就把一个上海人介绍给了两个人,这个上海人手上有一个上海汽车集团的审批名额。从那时候开始,两个人就走上了正规的汽车销售维修道路,很快就拿到了上海大众。这个品牌当时在国内虽然产品线单一,但是那个年代的汽车产品线和品牌都没有现在这么丰富,所以两个人很快就迈上了富裕的道路。

有人说男人有了钱就会变坏,但是周亚川和江辰这两个人还都没有变坏。周亚川是一个工作狂,一直以来把事业当作一个男人毕生的梦想。这么多年来很多人问他有了这么多钱为啥还在拼命?他自己也不知道,他总是觉得不满足,总是觉得有新鲜的事物等着他去发现,总是有新的理念要去实施。江辰则彻底成了玩家,玉石、珠宝、红木、高端宠物,这些他都玩遍了。2000年,两个人之间的经营理念开始有了分歧,周亚川提出来让江辰退居二线不再管理,每年分红。但是江辰更干脆,分家!

周亚川觉得有些不好意思,毕竟当初不论是汽修厂还是汽车销售,都是江辰的舅舅帮了很多忙。但是江辰是一个很随性的人,他对周亚川说:"你是一个商人,我是一个公子,我们注定不能玩到一块儿去。现在分开对我们来说是好事情,以后不论谁做得好了,我们都是一辈子的。如果现在不分开,最多再有三年,咱们就成仇家了,到时候的结果不是你死就是我亡,你自己选吧。"

周亚川真是哭笑不得,他看着江辰:"你怎么永远都是一副玩世不恭的样子?你真这么想?"

"我知道这么说不好听,但是我确实是没有那么多的抱负和理想,现在的收入我已经很满足了,我的人生不想在挣钱挣钱挣钱中来回地轮回。所以呀,我们分家吧,但不是各走各的路,以后不论是谁遇到了困难找到对方,对方都不能说'不'字。"

两个人虽然性格迥异,但是都是大气的男人,这么点儿事情真的太好解决了。周亚川让江辰挑品牌,江辰要了他们的第一个品牌上海大众。从此之后两个人的关系愈加紧密,只是不再谈论生意。不到十年的时间,周亚川的企业疯了一般地发展,而江辰则还是守着自己的上海大众一家单独店,自得其乐。

楚天舒离开龙川集团之后第一时间办了一张移动的新手机号,并给周亚川发了短信。第二天他就一个人溜达着去了辰硕联合,他要先看看那里的情况。楚天舒并不理解周亚川的行为,为什么这么一个好的品牌,这么一个好的朋友,有什么事情说不开,非要用这种方式呢?不过他也觉得作为投资人,周亚川有他自己的考虑,这个时候自己必须站在投资人的角度去看问题。周亚川只给他回了一条短信:以后就用这个号码联系,你先不要着急,过一段时间有人联系你,安排你下一步的工作。

楚天舒离开之后没有给任何人打电话,他不知道该怎么说。他知道吴戈肯定会给他打电话、发短信,但是他不能够解释为什么要离开。他知道所有一切在吴戈面前都是不成立的借口,而现在他不需要去编这些借口,他要面对的是一个新的挑战。除了工作之外,他还要利用三年的时间在那里颠覆一切。

在辰硕联合转了一圈之后,楚天舒就出来了,他不想在里面时间太久,不然的话有一天自己来面试,恐怕是熟悉的面孔引起怀疑。转了一圈儿,居然没有一个销售顾问来接待自己。这让楚天舒有些不可理解,展厅里人并不多,销售顾问好像各自都在忙着各自的事情。看到这种局面,楚天舒马上就明白了,这里恐怕根本谈不上管理,不知道是投资人不准备做了的原因,还是因为管理混乱导致的投资人准备撤资,或许兼而有之吧。

周亚川和陈建聊完了明年的规划之后,给周玲去了一个电话:"有时间的时候你给楚天舒打电话,我不知道他什么时候开机。但是你要保持和他的联系,记住一点,不要让他知道一切,万万不能。"

放下电话,周亚川陷入了沉思。这些年来他经历了太多的分分离离,经历了太多的风浪和平顺,想一想当年和江辰一起创业一起打拼,现在都已经是年过半百的人了。周亚川之所以要派人去江辰的店里做卧底,其实很简单,他不希望江辰知道自己怎么想的,如果说现在接手江辰的汽贸,那是帮助他做管理。依照江辰的性格,他会安排很多自己的亲信在里面,这会严重地阻碍企业的发展,而且管理思路上肯定是跟龙川集团不一样。就算是把江辰的汽贸看作一个特区,恐怕也会拖累整个集团的发展。周亚川想了很久,最

第二十三章 离开并不代表结束

后还是有人给他出主意,可以注资,但是让江辰内部继续管理。把所有该签好的协议都签好,三年的时间让企业内部发生变革,三年一到只更换总经理就足以了。这个办法周亚川想了很久,觉得是可行的。就这样,他决定从明年的1月份开始注资辰硕联合,三年不参与管理。

这些都安排好了之后,周亚川对楚天舒多少有一些担心。楚天舒是一个太过于追求完美的人,这个人的最大缺点就是不会审时度势地利用自己。楚天舒是一个绝对优秀的职业经理人,但是在很多时候他喜欢当孤胆英雄。周亚川需要他不仅仅是孤胆英雄,还要培养人才。追求完美的人,往往对手下人的要求也太严格,不容易宽容错误,很难培养人。他的性格缺点是很难改变的,可是目前这个人是综合评比分数最高的,也是唯一可以用的。这个人选可能并不完全让人满意,但是现阶段,他是最合适的。用一个最合适的人去做一件自己最担心的事情,就算不能收到最满意的结果,也不会满盘皆输。如果三年之后一切不理想的话,到时候自己再出手来硬的也未尝不可。这样想着,周亚川再一次坚定了自己的想法,放手去做吧,对于年轻人来说,这个机会难得。这是一个完全独立于任何投资人之外的运作,他希望楚天舒好好地珍惜。这些话他不会对楚天舒说,但是他相信,楚天舒会随着时间的推移,越来越明白这一点。

周亚川拿起电话:"老江,你晚上有空吗?咱俩吃顿饭吧!"

楚天舒进入整车销售行业四年的时间,思路已经越来越清晰了。不断与身边的人较量让他得以提升自身能力,不断地和厂家的人较量让他得以提升自己的信心。在这不断的较量之后,楚天舒得到了投资人前所未有的信任。这是楚天舒的幸运,因为他的路还很长,他还无法理解投资人在做资金运作的同时需要的是整盘棋的大运作。龙川集团人力资源齐总监对他的整体评价非常高,周亚川在比较了众多的总经理之后,决定了的这个人选能够在未来的三年时间起到什么样的作用?是不是能够按照他的想法顺利地推进?这些都是未知数。唯一可以预见的是,楚天舒将继续在这个行业里前行,继续地较量和奋争,继续地进行着看得见和看不见的努力。

12月31日,一年的最后一天。风还是那么温暖,一点儿都没有冬日的感觉,反倒好像是早春,好像是楚天舒刚来到这个城市的那个早春一样温暖。这么多年了,居然一点都没有改变。走在街上,楚天舒感觉轻松,有说不出来的兴奋。是暖冬没有改变,还是自己内心的火热没有改变,他自己也说不清楚。唯一能够说得清楚的是,他看到了在不远的前方,有一个属于自己的方向,那个方向似乎不那么清晰,那个方向似乎不那么明确,但是一定就在前方。不远的前方,一个光亮在闪烁,那就是自己要去的地方。

过去的终将过去,该来的任谁都无法阻挡,时间的洪流可以让所有看上去美好的东西褪去色彩,回归本来面目。而时间也是最有情的,它让人变得成熟而稳重,让物变得厚重而神秘,让事情得以顺利推进或颠覆,重新开始。如果说每个人都有一条属于自己的看不见的生命线,那么属于楚天舒的这条生命线,漫长而且充满了传奇,这个故事永远不会结束,就像一个人的生命,漫长得没有尽头,直到永久。

第二十三章 离开并不代表结束